STEPHANIE PARRIS

Frevel

Buch

England im Jahr 1583: Seit 25 Jahren ist Königin Elisabeth Monarchin eines Landes, das tief vom unbarmherzigen Geist der römischen Inquisition durchdrungen ist. Da sagt eine unheilvolle Prophezeiung den Untergang der Königin sowie des protestantischen Glaubens voraus. Gerüchte gehen um, dass Elisabeths katholische Cousine Maria Stuart, die sich als Nachfolgerin der Tudors sieht, ihr den Thron streitig machen will. Der italienische Philosoph und Freigeist Giordano Bruno wird nach London entsandt, um Beweise für das Komplott zu finden …

Autor

Stephanie Parris ist das Pseudonym der Journalistin Stephanie Merritt. Unter ihrem bürgerlichen Namen publizierte sie Literaturkritiken in angesehenen Zeitungen wie The Times, Daily Telegraph und Die Welt und schreibt derzeit für The Guardian und The Observer. Darüber hinaus veröffentlichte sie bereits einige erfolgreiche Romane. In Deutschland erschien bei Limes bereits ihr von der Presse hochgelobter historische Thriller »Ketzer«. Die Autorin lebt mit ihrem Sohn in Südengland.

Bei Blanvalet von Stephanie Parris außerdem lieferbar:

Ketzer (38059)

Stephanie Parris

Frevel

Roman

Aus dem Englischen
von Nina Bader

blanvalet

Die Originalausgabe erschien 2011 unter dem Titel
»Prophecy« bei HarperCollins Publishers, London.

MIX
Papier aus verantwortungsvollen Quellen
FSC® C014496

Verlagsgruppe Random House FSC® N001967
Das FSC®-zertifizierte Papier *Holmen Book Cream*
für dieses Buch liefert Holmen Paper, Hallstavik, Schweden

1. Auflage
Taschenbuchausgabe Januar 2015 bei Blanvalet, einem Unternehmen
der Verlagsgruppe Random House GmbH, München.

Umschlaggestaltung und –illustration: www.buerosued.de
Redakteurin: Martina Czekalla
ES · Herstellung: sam
Druck und Einband: GGP Media GmbH, Pößneck
Printed in Germany
ISBN: 978-3-442-38397-9

www.blanvalet.de

Prolog

Mortlake, Haus von John Dee
3. September im Jahr des Herrn 1583

Ohne Vorwarnung flackern alle Kerzen im Raum und erlöschen, als wäre ein plötzlicher Luftzug hereingezogen, aber die Luft bleibt ruhig. Im selben Moment beginnt die Haut meiner Arme zu kribbeln, die Härchen richten sich auf, und ich erschauere – ein kalter Atemzug streift uns, obwohl draußen der Tag allmählich anbricht. Verstohlen schiele ich zu Doktor Dee, der wie zu einer Marmorstatue erstarrt dasteht, die Hände wie im Gebet versunken gefaltet und die Knöchel beider Daumen erwartungsvoll gegen die Lippen gepresst hat – oder gegen das, was durch seinen aschgrauen Bart davon zu sehen ist, der ihm in einer Imitation Merlins, als dessen Erben sich Dee heimlich betrachtet, spitz zulaufend bis auf die Brust fällt. Ned Kelley, der Wahrsager, kniet vor dem Arbeitstisch auf dem Boden, kehrt uns den Rücken zu und hält den Blick auf den gänseeigroßen, hellen, durchsichtigen Kristall gerichtet, der in einem Messingständer auf einem quadratischen roten Seidentuch ruht. Die hölzernen Läden der Fenster des Studierzimmers sind geschlossen; diese Zeremonie muss im Schatten, im Kerzenlicht durchgeführt werden. Kelley holt tief Atem wie ein

Schauspieler, der sich anschickt, seinen Prolog zu sprechen, und breitet die Arme aus wie ein Gekreuzigter.

»Ja …«, keucht er schließlich. Seine Stimme ist kaum lauter als ein Flüstern. »Er ist hier. Er gibt mir ein Zeichen.«

»Wer?« Dee beugt sich mit vor Eifer funkelnden Augen vor. »Wer ist er?«

Kelley wartet kurz mit der Antwort. Seine Brauen ziehen sich zusammen, als er sich auf den Kristall konzentriert.

»Ein Mann, größer als ein gewöhnlicher Sterblicher, mit einer Haut so dunkel wie poliertes Mahagoni. Er ist von Kopf bis Fuß in ein zerrissenes weißes Gewand gehüllt, und seine Augen bestehen aus rotem Feuer. Mit der rechten Hand hält er ein Schwert in die Höhe.«

Bei diesen Worten fährt Dees Kopf herum, er umklammert meinen Arm und starrt mich an. Der Schock in seinem Gesicht muss sich in meinem eigenen widerspiegeln. Genau wie ich hat er die Beschreibung erkannt: Das Geschöpf, das Kelley in dem Kristall sieht, passt zur ersten Figur im Zeichen des Widders, so wie der antike Philosoph Hermes Trismegistos es beschreibt. Es gibt sechsunddreißig solcher Gestalten, die ägyptischen Götter der Zeit, die die Einteilung des Tierkreises beherrschen und von denen manche als »Sternendämonen« bezeichnet werden. Doch es gibt nur wenige Gelehrte in der christlichen Welt, die die Figur identifizieren können, die Kelley sieht, und zwei davon befinden sich hier in diesem Studierzimmer in Mortlake. Wenn es wirklich das *ist*, was Kelley sieht. Ich ziehe es vor, mich nicht dazu zu äußern.

»Was sagt er?«, drängt Dee.

»Er hält ein Buch vor sich«, erwidert Kelley.

»Was für ein Buch?«

»Ein altes Buch mit abgewetztem Einband und Seiten aus Blattgold.« Kelley lehnt sich tiefer über den Kristall.

»Wartet! Er schreibt mit dem Zeigefinger etwas darauf – mit Blut.«

Ich würde gern fragen, was die Gestalt mit dem Schwert gemacht hat, während sie schreibt – es sich vielleicht unter den Arm geklemmt? –, aber Dee würde es mir verübeln, wenn ich diese Angelegenheit ins Lächerliche zöge. Ich höre, wie er neben mir zischend den Atem einzieht. Er brennt darauf zu erfahren, was der Geist schreibt.

»XV«, berichtet Kelley nach einem Augenblick. Er dreht sich um, erst, um zu uns aufzublicken, und dann, um über seine rechte Schulter zu spähen. Er wirkt verwirrt. Vielleicht erwartet er, dass Dee die Zahlen deutet.

»Fünfzehn, Bruno«, flüstert Dee, dabei sieht er mich bestätigungsheischend an. Ich nicke einmal. Das verloren geglaubte Buch von Hermes Trismegistos, das Buch, das ich in England zu finden gehofft hatte und von dem ich jetzt weiß, dass Dee es vor Jahren in den Händen gehalten hatte, nur um brutal überfallen und beraubt zu werden und es wieder zu verlieren. Konnte das sein? Mir kommt plötzlich ein Gedanke: Was, wenn Kelley die Besessenheit seines Herrn von diesem fünfzehnten Buch kennt?

Der Wahrsager gebietet mit erhobener Hand Schweigen, ohne den Blick von dem Kristall abzuwenden.

»Er blättert die Seite um. Jetzt zeichnet er etwas … es sieht aus wie … ja, es ist ein Zeichen – rasch, holt mir Papier und Tinte!«

Dee beeilt sich, das Verlangte zu bringen. Kelley streckt eine Hand danach aus und schwenkt sie ungeduldig, als fürchte er, das Bild könne verschwinden, bevor er Zeit hätte, es auf Papier festzuhalten. Er nimmt die Feder und zeichnet, den Kristall immer noch eindringlich betrachtend, das astrologische Symbol des Planeten Jupiter und hält es uns zur Begutachtung hin.

Ich erstarre. Dee, dessen Hand nach wie vor auf meinem Arm ruht, spürt es und dreht sich halb zu mir um, um mich mit fragend hochgezogenen Brauen zu mustern. Ich bemühe mich, eine unbeteiligte Miene zu wahren. Das Zeichen des Jupiter ist mein Code, meine Unterschrift sozusagen; es ersetzt meinen Namen als Beweis dafür, dass meine Nachrichten und Informationen wirklich von mir stammen. Nur zwei Menschen auf der Welt wissen dies: ich selbst und Sir Francis Walsingham, der erste Staatssekretär und Geheimdienstchef Ihrer Majestät. Das Zeichen kommt in der Astrologie häufig vor, und Kelley hat es sicherlich zufällig gezeichnet, trotzdem betrachte ich seinen Hinterkopf mit wachsendem Argwohn.

»Auf die gegenüberliegende Seite«, fährt Kelley fort, »malt er etwas anderes.« Auch das überträgt er auf das Papier; die Feder kratzt träge über das Blatt, als verrinne die Zeit zäher, während er die Offenlegung des Bildes in den Tiefen des Kristalls beobachtet: diesmal das Symbol des Saturn – ein Kreuz mit einem geschwungenen Schweif.

Dees Atemzüge beschleunigen sich, als er das Papier nimmt und mit zwei Fingern dagegenschnippt.

»Jupiter und Saturn. Die Große Konjunktion. Ich denke, Ihr versteht, Bruno?« Ohne meine Antwort abzuwarten, wendet er sich ungeduldig an Kelley. »Ned – was tut der Geist jetzt?«

»Er öffnet den Mund und bedeutet mir zuzuhören.«

Kelley verstummt und verharrt regungslos. Einige Momente verstreichen.

Dee beugt sich voller Erwartung vor, so als würde er von einem straff gespannten Seil gehalten und schwanke zwischen dem Wunsch, sich auf seinen Wahrsager zu stürzen und ihn zu schütteln, und der Furcht davor, ihn in die Enge zu treiben. Als Kelley endlich weiterspricht, klingt seine Stimme verändert, irgendwie dunkler, und er verkündet wie in Trance:

»›Alle Dinge haben nahezu ihre Vollendung erreicht. Die Zeit selbst soll verändert werden, und seltsam sollen die entstehenden Wunder sein. Wasser soll in Feuer vergehen und eine neue Ordnung daraus entstehen.‹«

Hier bricht er ab und stößt einen langen, zittrigen Seufzer aus. Dees Griff um meinen Arm verstärkt sich. Ich weiß, was er denkt. Kelley fährt in demselben unheilvollen Ton fort: »›Die Hölle selbst wird der Erde überdrüssig werden. Zu dieser Zeit wird sich einer erheben, der genannt werden wird der Sohn des Verderbens, der Herr des Irrtums und der Prinz der Finsternis, und er wird viele durch seine magischen Künste in die Irre führen, sodass es scheinbar Feuer vom Himmel regnet und der Himmel die Farbe von Blut annimmt. In Kaiserreichen, Königreichen, Fürstentümern und Staaten werden Umstürze stattfinden, Väter werden sich gegen Söhne und Brüder gegen Brüder wenden. Es wird Aufruhr geben unter der Bevölkerung der Erde, und Blut wird durch die Straßen der Städte strömen. Daran sollt ihr das Ende der alten Ordnung erkennen.‹«

Er hält inne und lässt sich schwer atmend auf seine Fersen sinken. Seine Brust hebt und senkt sich, als sei er eine Meile in der Hitze gerannt. An meiner Seite spüre ich, wie Dee, der immer noch mein Handgelenk umkrallt, zittert; ich spüre, dass er nach weiteren Worten des Geistes lechzt, den Wahrsager stumm drängt, nicht hier aufzuhören, aber aus Angst, den Bann zu brechen, nicht wagt, laut zu sprechen. Ich selbst behalte mir Bedenken vor.

»›Doch Gott hat eine Medizin für das Leiden der Menschen‹«, deklamiert Kelley in demselben Ton und setzt sich so plötzlich auf, dass wir beide zusammenschrecken. »›Es wird sich zugleich ein Prinz erheben, der im Licht von Vernunft und Logik herrscht, der die Dunkelheit der alten Zeiten vertreibt, und mit ihm wird die Veränderung der Welt beginnen, und so wird er einen Glauben einführen, eine alte Religion der Einheit, die den Zwistigkeiten ein Ende setzt.‹«

Dee klatscht vor Freude in die Hände und dreht sich mit leuchtenden Augen und der Begeisterung eines Kindes zu mir um. Es fällt schwer zu glauben, dass er in seinem sechsundfünfzigsten Herbst steht.

»Die Prophezeiung, Bruno! Was kann das anderes sein als die Prophezeiung der Großen Konjunktion, des Endes der alten Welt? Ihr seht das ebenso klar wie ich, mein Freund – dank der guten Dienste von Master Kelley hier haben sich die Götter der Zeit entschieden, uns die Ankunft des Feurigen Trigons anzukündigen, wenn die alte Ordnung umgestürzt und die Welt nach dem Abbild einer alten Wahrheit neu erschaffen werden wird!«

»Er hat zweifellos von bedeutenden Dingen gesprochen«, räume ich ein.

Jetzt dreht sich Kelley mit schweißfeuchter Stirn um und mustert mich mit seinen eng beieinanderstehenden Augen.

»Doktor Dee – was ist dieses Feurige Trigon?«, fragt er, nun wieder mit seiner normalen, leicht näselnden Stimme.

»Du konntest die Bedeutsamkeit dessen, was uns deine Gabe heute enthüllt hat, nicht erfassen, Ned«, erwidert Dee in väterlichem Ton, »aber du hast uns eine wundersame Prophezeiung übermittelt. Wirklich wundersam.« Er schüttelt langsam und bewundernd den Kopf, dann beginnt er im Studierzimmer auf und ab zu schreiten, während er zu einer Erklärung ansetzt und dabei merklich seine Autorität als Lehrer zurückgewinnt. Im Verlauf der Séance ist er vollständig von Kelley abhängig, aber eigentlich ist es nicht seine Gewohnheit, sich unterwürfig zu zeigen; immerhin ist er der persönliche Astrologe der Königin.

»Ein Mal alle zwanzig Jahre«, führt er aus, dabei hebt er wie ein Schulmeister einen Zeigefinger, »bilden die beiden mächtigsten Planeten in unserem Kosmos, Jupiter und Saturn, eine gerade Linie und bewegen sich jedes Mal durch die zwölf Tierkreiszeichen. Alle zweihundert Jahre – mehr oder weniger – rückt diese Konjunktion in ein neues Trigon, das heißt in die Gruppe von drei Zeichen, die einem der vier Elemente zugeordnet sind. Und ein Mal alle neunhundertsechzig Jahre wird der Zyklus durch die vier Elemente vollendet und beginnt von neuem beim Feuer. Während der letzten zweihundert Jahre wanderten die Planeten durch die Zeichen des Wassertrigons. Aber jetzt, mein lieber Ned, in diesem Jahr des Herrn 1583, werden sich Jupiter und Saturn erneut mit dem Zeichen des Widders vereinen, dem ersten Zeichen des Feurigen Trigons – die mächtigste aller Konjunktionen, die seit fast tausend Jahren nicht mehr vorgekommen ist.«

Er legt eine effektheischende Pause ein. Kelleys Mund steht offen wie das Maul eines Kabeljaus.

»Dann ist dies ein bedeutsames Ereignis am Himmel?«

»Mehr als bedeutsam«, spinne ich den Faden weiter. »Der Anbruch des Feurigen Trigons kündigt den Beginn einer neuen Epoche an. Es ist erst die siebte Konjunktion dieser Art seit der Erschaffung der Welt, und jede wurde von Ereignissen begleitet, die die Geschichte erschüttert haben. Die Sintflut, die Geburt Christi, der Herrschaftsantritt Karls der Großen – all das stimmt mit der Rückkehr zum Feurigen Trigon überein.«

»Und dieser Übergang in das Zeichen des Widders am Ende unseres unruhigen Jahrhunderts bedeutet laut Vorhersage wieder das Ende einer Zeit«, stimmt Dee nachdenklich zu. Er ist vor seinem hohen perspektivischen Spiegel in dem kunstvoll verzierten Goldrahmen angekommen, der in der Ecke bei dem nach Westen hinausgehenden Fenster steht. Seine besondere Eigenschaft besteht darin, dass er ein Bild wirklichkeitsgetreu wiedergibt und nicht seitenverkehrt wie bei einem gewöhnlichen Spiegel. Die Wirkung ist eigenartig beunruhigend. Jetzt dreht Dee sich zu uns um und hebt die rechte Hand. Sein Spiegelbild tut das Gleiche.

»Der Astronom Richard Harvey schreibt über die derzeitige Konjunktion: ›Darauf wird entweder eine wundervolle und Furcht einflößende Veränderung von Kaiserreichen, Königreichen und Staaten oder die Zerstörung der Welt folgen‹«, füge ich hinzu.

»Das hat er getan, Bruno, das hat er getan. In den kommenden Zeiten, meine Freunde, können wir wahrscheinlich mit Zeichen und Wundern rechnen. Unsere Welt wird sich verändern, bis wir sie nicht wiedererkennen. Wir werden Zeugen des Anbruchs einer neuen Ära werden.« Dee zittert, seine Augen schimmern feucht.

»Dann kam … der Geist in dem Kristall, um uns an die Prophezeiung zu erinnern?«, fragt Kelley verwundert.

»Und um uns auf ihre spezielle Bedeutung für England hinzuweisen«, fügt Dee mit bedeutungsschwangerer Stimme hinzu. »Denn sie kann nur auf eines hinauslaufen – die Abschaffung der alten Religion zugunsten einer neuen, mit Ihrer Majestät als Licht der endgültigen Aufklärung.«

»Davon hatte ich ja keine Ahnung«, beteuert Kelley träumerisch.

Ich beobachte ihn genau. Hier gibt es zwei Möglichkeiten. Entweder er ist ein Scharlatan, oder er verfügt wirklich über eine außerordentliche Gabe, was ich mit Vorbehalt betrachte, denn mir wurde eine solche Gabe niemals zuteil. In anderen Ländern habe ich von Männern gehört, die mittels Kristallkugeln oder eigens zu diesem Zweck angefertigten Spiegeln – wie dem aus Obsidian, den Dee über seinem Kamin aufbewahrt – mit Wesen sprechen, die sie als Engel oder Dämonen bezeichnen. Aber während meiner Wanderjahre durch Europa habe ich ebenso viele dieser umherziehenden Wahrsager und Medien gesehen, bis auf die Knochen durchtriebene Kreaturen, die sich für Geld anheuern lassen. Sie haben sich oberflächlich ein paar Bruchstücke esoterischer Bildung angeeignet und erzählen den Gutgläubigen für den Preis eines Bettes und eines Humpens Bier alles, von dem sie meinen, dass diese es hören wollen. Vielleicht bin ich ein Snob, aber ich kann mir nicht helfen, ich denke, wenn die ägyptischen Götter der Zeit beschließen würden, zu den Menschen zu sprechen, würden sie sich an gelehrte Männer wenden, an Philosophen wie meine Wenigkeit oder John Dee, den wahren Erben des Hermes Trismegistos, keineswegs an einen Mann wie Ned Kelley, der seine alte Filzkappe sogar im Haus tief in die Stirn gezogen trägt, um zu verbergen, dass man ihm wegen Falschmünzerei ein Ohr abgeschnitten hat.

Aber ich muss mit dem, was ich zu Dee über Ned Kelley sage, vorsichtig sein; der Wahrsager hatte schon lange vor meiner Ankunft in England seine Füße fest unter Dees Tisch, und dies ist das erste Mal, dass Dee mir erlaubt hat, an einer dieser Séancen teilzunehmen. Kelley verübelt mir meine kürzlich entstandene Freundschaft mit seinem Herrn; mir ist nicht entgangen, wie er mich unterhalb seines Mützenschirms feindselig anschielt. John Dee ist der größte Gelehrte Englands, aber in Bezug auf Kelley erscheint er mir erstaunlich vertrauensselig, obwohl er fast nichts über dieses »Medium« weiß. Dee ist mir ans Herz gewachsen, und ich möchte nicht gern mit ansehen, wie er hinters Licht geführt wird, doch zugleich möchte ich auch nicht seine Gunst verlieren und seine Bibliothek nicht mehr nutzen dürfen – die beste Büchersammlung, die in diesem Königreich zu finden ist. Also halte ich den Mund.

Ein plötzlicher Luftzug verrät, dass die Tür des Studierzimmers aufgeflogen ist, und wir alle zucken schuldbewusst zusammen; Kelley wirft mit überraschender Geistesgegenwart seine Kappe über den Kristall. Keiner von uns gibt sich irgendwelchen Illusionen hin: Was wir hier tun, würde als Hexerei bezeichnet werden, die ein Kapitalverbrechen gegen die Gesetze von Kirche und Staat darstellt. Es muss nur ein tratschsüchtiger Dienstbote Wind von Dees Aktivitäten bekommen und uns allen könnte der Scheiterhaufen drohen. Die protestantische Regierung dieser Insel ist zwar in einigen Dingen toleranter als die Kirche meiner Heimat Italien, geht aber dennoch rücksichtslos gegen alles vor, was nach Magie riecht.

Staubiges Abendsonnenlicht fällt in den Raum. In der Türöffnung steht ein kleiner Junge von vielleicht drei Jahren, der uns nacheinander neugierig anstarrt.

Dees Gesicht verzieht sich zärtlich, aber auch erleichtert. »Arthur! Was gibt es denn? Du weißt doch, dass du mich nicht stören sollst, wenn ich arbeite. Wo ist deine Mutter?«

Arthur Dee tritt über die Schwelle und wird mit einem Mal von einem heftigen Frösteln durchgebeutelt.

»Warum ist es hier so kalt, Papa?«

Dee wirft mir einen fast triumphierenden Blick zu, so als wollte er sagen: *Siehst du? Wir werden nicht getäuscht.* Er stößt die Läden des westlichen Fensters auf. Draußen geht die Sonne unter und färbt den Himmel zinnoberrot – in der Farbe des Blutes.

1

Barn Elms, Haus von Sir Francis Walsingham
21. September im Jahr des Herrn 1583

Die Hochzeitsfeier von Sir Philip Sidney und Frances Walsingham droht in den nächsten Tag überzugehen. Die Dämmerung ist hereingebrochen, Lampen sind entzündet worden, und über den Lärm der Musikanten auf der Galerie und das Gelächter der Gäste hinweg erzählt mir aufgeregt die junge Frau, mit der ich getanzt habe, sie habe einmal ein Hochzeitsfest besucht, das vier Tage gedauert habe. Dabei beugt sie sich dicht zu mir und presst ihre Hand gegen meine Schulter. Ihr Atem riecht nach süßem Wein. Die Musikanten stimmen eine weitere Weise an, meine Tanzpartnerin stößt einen Freudenschrei aus und umklammert eifrig meine Hand. Ich will gerade protestieren, dass es warm in der Halle ist und ich gern einen Becher Wein trinken und einen Moment frische Luft schnappen möchte, ehe ich mich wieder in das Getümmel stürze, aber ich habe kaum den Mund geöffnet, als mich eine Faust zwischen den Schulterblättern trifft und ein herzlicher Ausruf ertönt.

»Giordano Bruno! Was muss ich da sehen? Der große Philosoph hat seine Gelehrtenrobe abgelegt und schwingt mit einer Blume vom Hof Ihrer Majestät das Tanzbein? Hast du so im

Kloster tanzen gelernt? Deine verborgenen Talente setzen mich immer wieder in Erstaunen, *amico mio*.«

Als ich das Gleichgewicht wiedererlangt habe, drehe ich mich um und lächle breit. Vor mir steht der Bräutigam, herausgeputzt in vollem Staat, sechs Fuß groß und mit von Wein und Triumph gerötetem Gesicht. Seine Kniehose aus kupferfarbener Seide ist so voluminös, dass es an ein Wunder grenzt, wenn er sich damit durch eine Tür zwängen kann. Dazu trägt er ein elfenbeinfarbenes, mit Saatperlen besticktes Wams, und die Spitzenkrause um seinen Hals ist so steif gestärkt, dass sein hübsches, bartloses Gesicht so mühsam darüber hinwegzuspähen scheint wie das eines kleinen Jungen über eine hohe Mauer. Sein Haar steht vorne immer noch hoch wie das eines Schulbuben, der gerade aus dem Bett gescheucht worden ist. In all dem Tumult habe ich seit der Zeremonie am Morgen kein Wort mit ihm gewechselt, er und seine junge Braut waren ständig von hochrangigen Gratulanten und Verwandten umringt – den höchsten Würdenträgern des Hofes Ihrer Majestät.

»Nun«, er grinst schelmisch, »willst du mir nun Glück wünschen, oder bist du nur wegen der Speisen auf meiner Tafel hier?«

»Auf der Tafel deines Schwiegervaters, meinst du wohl«, berichtige ich ihn lachend. »Oder hast du irgendeinen Teil des Festes selbst bezahlt?«

»Deine Debattierhallenpedanterie kannst du dir heute sparen, Bruno. Aber ich hoffe, auch du hast genug Fleisch und Wein abbekommen.«

»Hier gibt es genug Fleisch und Wein, um die fünftausend zu speisen.« Ich deute auf die beiden langen Tische an jedem Ende der großen Halle, die sich unter den Resten des Festbanketts biegen. »Davon werdet ihr noch wochenlang essen.«

»Oh, dafür wird Sir Francis schon sorgen«, entgegnet Sidney.

»Heute Großzügigkeit, morgen Sparsamkeit, so lautet sein Motto. Aber lass gut sein, Bruno. Du kannst dir gar nicht vorstellen, wie ich mich freue, dass du hier bist.« Er breitet die Arme aus, und ich umarme ihn mit ehrlicher Zuneigung. Aufgrund meiner geringeren Körpergröße bohrt sich meine Nase in seine Halskrause.

»Pass auf meinen Festtagsstaat auf«, warnt er nur halb im Scherz. »Bruno, darf ich dich meinem Onkel Robert Dudley, dem Earl of Leicester, vorstellen?«

Er tritt zurück und deutet auf einen Mann, der ein paar Schritte entfernt von ihm steht. Er ist ungefähr so groß wie Sidney, vielleicht Mitte fünfzig, trotzdem noch kräftig und athletisch. Sein Haar schimmert an den Schläfen stahlgrau, aber das Gesicht hinter dem säuberlich gestutzten Bart ist feinknochig und anziehend. Der Mann mustert mich mit wachen braunen Augen.

»Mylord.«

Ich verneige mich tief. Der Earl of Leicester ist einer der hochrangigsten Edelmänner Englands und der Mann, der größeren Einfluss auf Königin Elisabeth ausübt als irgendjemand sonst. Dann hebe ich den Kopf und stelle fest, dass er mich abschätzend taxiert. Man munkelt, dass er in ihrer beider Jugend der einzige Geliebte der Königin gewesen sei und ihre lang andauernde Freundschaft auch heute noch intimer als die meisten Ehen wäre. Er lächelt, und jetzt tritt ein warmer Ausdruck in seine Augen.

»Doktor Bruno, die Freude ist ganz meinerseits. Als ich von Eurem mutigen Handeln in Oxford erfuhr, wollte ich Euch unbedingt persönlich kennen lernen und Euch danken.« Bei diesen Worten dämpft er seine Stimme – Leicester ist der Kanzler der Universität von Oxford und damit beauftragt, die katholische Widerstandsbewegung unter den Studenten zu zerschlagen. Dass diese Bewegung während seiner Amtszeit so mächtig geworden ist, hat ihn in nicht geringe Verlegenheit gesetzt; meine Abenteuer mit Sidney dort im Frühjahr hatten dazu beigetragen, sie zumindest vorübergehend auszuschalten. Ich setze gerade zu einer Antwort an, als wir von einem Mann in einem rostfarbenen Wams unterbrochen werden, der einen derart kugelförmigen Bauch vor sich herträgt, dass es aussieht, als wäre er schwanger. Der Earl nickt mir höflich zu, und ich wende mich wieder Sidney zu.

»Mein Onkel scheint Gefallen an dir zu finden. Er möchte gern mehr über deine gewagten Theorien bezüglich des Universums hören.« Ich muss wohl etwas beklommen wirken, denn Sidney versetzt mir einen aufmunternden Rippenstoß. »Leicesters Freundschaft ist viel wert, Bruno.«

»Ich freue mich, ihn kennen gelernt zu haben.« Ich reibe mir die Seite. »Darf ich jetzt deiner Braut meine Aufwartung machen?«

Sidney blickt sich um, als erwarte er, dass sich jemand dieser Bitte unverzüglich annimmt. »Sie muss hier irgendwo stecken. Schwatzt und kichert vermutlich mit ihren Zofen.« Es klingt nicht so, als habe er es eilig, sie zu finden. »Aber du wirst anderswo gebraucht.«

Er dreht sich um und verbeugt sich vor meiner Tanzpartnerin, die sich taktvoll ein paar Schritte zurückgezogen hat und uns mit sittsam gefalteten Händen unter gesenkten Lidern hervor beobachtet. »Ich entführe Euch den großen Doktor Bruno für eine Weile, bringe ihn aber so schnell wie möglich wieder zurück. Nach dem Maskenspiel wird weitergetanzt.« Das Mädchen errötet, lächelt mir schüchtern zu und verschwindet gehorsam in der bunt gemischten Gästemenge. Sidney sieht ihm belustigt nach. »Wie es aussieht, hat Lady Arabella Horton ein Auge auf dich geworfen. Lass dich von all dem Wimperngeklimper nur nicht täuschen. Der halbe Hof hat Interesse an dir gezeigt, und sie wird ihres schnell verlieren, wenn sie erfährt, dass du der Sohn eines Soldaten bist, dessen einziges Kapital in seinem Verstand und einer kleinen Zuwendung des Königs von Frankreich besteht.«

»Ich hatte nicht vor, ihr das sofort auf die Nase zu binden.«

»Hast du ihr erzählt, dass du elf Jahre lang Mönch warst?«

»Auch so weit sind wir noch nicht gekommen.«

»Es könnte ihr gefallen – vielleicht möchte sie dich gern für die verlorene Zeit entschädigen. Aber für jetzt legt dir mein frischgebackener Schwiegervater nahe, dass du vielleicht erst einmal einen Spaziergang durch den Garten machst, Bruno.«

»Gut. Ich hatte noch keine Gelegenheit, ihm zu gratulieren.«

Mir ist klar, dass es um etwas Geschäftliches geht. Sidney legt mir eine Hand auf die Schulter.

»Die hatte noch niemand. Weißt du, dass er bereits heute Nachmittag für zwei Stunden verschwunden ist, um über irgendwelchen Papieren zu brüten? Während der Hochzeitsfeier seiner eigenen Tochter?« Er lächelt nachsichtig, als müsse er solche menschlichen Schwächen tolerieren, obwohl wir beide wissen, dass es Sidney nicht zusteht, sich zu beklagen; in finanzieller Hinsicht war er auf diese Heirat dringender angewiesen als die junge Mistress Walsingham, bei der ich den Verdacht hege, dass sie zu große romantische Hoffnungen in ihn setzt.

»Ich nehme an, die Räder der Staatsmaschinerie müssen sich weiterdrehen.«

»In der Tat. Und nun ist es an dir, diese Räder zu ölen. Geh zu ihm. Wir sehen uns später.«

Wir werden von allen Seiten von Leuten bedrängt, die dem Bräutigam gratulieren wollen, sich gegenseitig anrempeln, aggressiv lächeln und versuchen, seine Hand zu schütteln. In dem Gewühl husche ich zur Tür.

Draußen schlägt mir kühle, vom ersten Herbstfrost durchsetzte Nachtluft entgegen, und es herrscht Ruhe, eine willkommene Abwechslung zu dem Lärm der Feiernden drinnen. In dem nah bei dem Haus gelegenen Ziergarten sind Laternen entzündet worden, und Paare schlendern die sorgsam gepflegten Pfade entlang, tuscheln miteinander und stecken die Köpfe zusammen. Sogar in den Schatten kann ich erkennen, dass Sir Francis Walsingham hier nicht zu finden ist. Ich hebe die Arme und lege den Kopf in den Nacken, um zum Himmel emporzublicken. Die Sternenkonstellationen heben sich silbern vom tiefen Dunkelblau ab. Die Anordnung ist hier anders als am Himmel über Neapel, wo ich als Junge zuerst die Sternbilder zu bestimmen gelernt habe.

Ich erreiche das Ende des Pfades, und da von Walsingham immer noch nichts zu sehen ist, überquere ich die weitläufige Rasenfläche und steuere auf ein Wäldchen zu, das an den Garten hinter Walsinghams Landhaus grenzt. Nach kurzer Zeit materialisiert sich ein schlanker Schatten aus dem Dunkel und kommt auf mich zu. Er scheint aus der Nacht selbst zu bestehen; ich habe Walsingham nie anders als schwarz gekleidet gesehen, noch nicht einmal heute, auf der Hochzeit seiner Tochter, und er trägt auch seine eng anliegende schwarze Samtkappe, die sein Gesicht noch ernster wirken lässt. Er ist jetzt über fünfzig, und ich habe gehört, er wäre letzten Monat krank gewesen – einer dieser langwierigen Krankheitsschübe, die ihn in regelmäßigen Abständen für Tage an sein Bett fesseln, aber wenn man sich nach seiner Gesundheit erkundigt, winkt er nur ungeduldig ab; so als hätte er keine Zeit, über solche Belanglosigkeiten nachzudenken. Dieser Mann, Königin Elisabeth Tudors erster Staatssekretär, hält die Sicherheit Englands in den Händen, obwohl er auf den ersten Blick keinen sonderlich imposanten Eindruck macht. Walsingham hat ein Netzwerk von Spionen und Informanten aufgebaut, das sich quer über Europa bis zum Land der Türken im Osten und den Kolonien der Neuen Welt im Westen erstreckt, und die Nachrichten, die sie ihm bringen, stellen den besten Schutz der Königin vor den Myriaden katholischer Komplotte gegen sie dar, die ständig ihr Leben bedrohen. Und was noch bemerkenswerter ist – er hat all diese Informationen im Kopf und kann sie jederzeit abrufen, wenn er sie benötigt.

Ich war vor sechs Monaten zu Frühjahrsbeginn in England eingetroffen, auf Geheiß meines Gönners König Henri III. von Frankreich, um einige Zeit bei seinem Botschafter in London zu verbringen und so der Aufmerksamkeit der katholischen Extremisten zu entgehen, die unter der Führung des Herzogs von Guise in Paris immer mehr Anhänger gewannen. Nachdem ich mich kaum zwei Wochen in England aufgehalten hatte, bat mich Walsingham um ein Treffen. Die langjährige Feindschaft zwischen mir und Rom sowie meine privilegierte Position als Hausgast in der französischen Botschaft machten mich zum idealen Mann für seine Zwecke. Und im Lauf der letzten Monate habe ich gegenüber Walsingham immer größeren Respekt empfunden, wenn nicht sogar ein wenig Furcht.

Seit ich ihn zuletzt gesehen habe, ist er jedoch hager und hohlwangig geworden. Jetzt faltet er die Hände hinter dem Rücken; der Lärm in der Halle verklingt, als wir uns vom Haus entfernen.

»*Congratulazione*, Euer Gnaden.«

»*Grazie*, Bruno. Ich hoffe, Ihr genießt das Fest!«

Wenn er unter vier Augen mit mir spricht, bedient er sich des Italienischen, teilweise vermutlich, um mir meine Befangenheit zu nehmen und teils, weil er sichergehen will, dass mir kein wichtiger Punkt entgeht – sein Diplomatenitalienisch ist wesentlich besser als mein Englisch, das ich größtenteils auf meinen Reisen von Kaufleuten und Soldaten gelernt habe.

»Nur aus reiner Neugier – wo habt Ihr unsere englischen Tänze gelernt?«, fügt er hinzu, dabei dreht er sich zu mir um.

»Ich mache einfach das, was die anderen machen. Wenn man beherzt genug auftritt, gehen die Leute davon aus, dass man weiß, was man tut, diese Erfahrung habe ich schon vor langer Zeit gemacht.«

Er lacht dieses tiefe, grollende Lachen, das so selten aus seiner Brust dringt.

»Das ist Euer Motto in allen Dingen, nicht wahr, Bruno? Wie sonst könnte ein Mann von einem flüchtigen Mönch zum persönlichen Berater des Königs von Frankreich aufsteigen? Wo wir gerade von Frankreich sprechen …«, seine Stimme klingt betont gleichmütig, »… wie geht es denn Eurem Gastgeber, dem Botschafter?«

»Castelnaus Stimmung hat sich beträchtlich gehoben, seit seine Frau und seine Tochter aus Paris zurückgekehrt sind.«

»Hm. Ich habe Madame de Castelnau noch nicht kennen gelernt. Es heißt, sie wäre eine Schönheit. Kein Wunder, dass der alte Hund bei bester Laune ist.«

»Schön … ja, das ist sie wohl. Ich habe bislang noch nicht mit ihr gesprochen, aber gehört, dass sie als äußerst fromme Tochter der katholischen Kirche gilt.«

»Das hat man mir auch zugetragen. Dann müssen wir Acht geben, dass sie keinen zu großen Einfluss auf ihren Mann ausübt.« Seine Augen werden schmal. Wir haben die Bäume erreicht, und er bedeutet mir, ihm in ihren Schatten zu folgen. »Ich hatte gedacht, Michel de Castelnau würde die Vorliebe des französischen Königs für diplomatische Beziehungen zu England teilen – das hat er jedenfalls selbst im Rahmen einer Audienz bei mir behauptet. Aber in letzter Zeit gewinnen dieser fanatische Herzog von Guise und seine katholischen Verbündeten am französischen Hof immer mehr Macht, und in Eurem Brief von letzter Woche habt Ihr mir ja mitgeteilt, dass Guise Maria von Schottland über die französische Botschaft Geld schickt …« Er hält inne, um seinen Zorn zu zügeln, und schlägt mit der Faust in seine Handfläche. »Und wozu braucht Maria Stuart Guises Geld, hm? Sie wird in Sheffield Castle mehr als großzügig versorgt, wenn man bedenkt, dass sie unsere Gefangene ist.«

»Um sich die Loyalität ihrer Freunde zu sichern?«, schlage ich vor. »Oder um ihre Kuriere zu bezahlen?«

»Ganz genau, Bruno! Den ganzen Sommer lang habe ich daran gearbeitet, die beiden Königinnen zu einem Punkt zu bringen, wo sie bereit sind, von Angesicht zu Angesicht miteinander zu reden und vielleicht einen Friedensvertrag auszuhandeln. Königin Elisabeth täte nichts lieber, als ihre Base Maria freizulassen, vorausgesetzt, sie gibt alle Ansprüche auf den englischen Thron auf. Und was Maria betrifft, so glaube ich, dass sie ihrer Gefangenschaft überdrüssig und daher bereit ist, fast alles zu schwören, was man von ihr verlangt. Deswegen beunruhigt mich dieser Strom von Briefen und Geschenken von ihren Anhängern in Frankreich ja auch so, der über die Botschaft zu ihr geleitet wird. Treibt sie ein doppeltes Spiel mit mir?« Er funkelt mich an, als erwarte er eine Antwort von mir, aber bevor ich den Mund öffnen kann, fährt er wie im Selbstgespräch fort:

»Und wer *sind* diese Kuriere? Ich lasse die diplomatische Post jede Woche abfangen und durchsuchen – sie muss eine andere Möglichkeit haben, ihre privaten Briefe zu verschicken.« Er schüttelt nachdrücklich den Kopf. »Solange Maria Stuart am Leben ist, stellt sie das Banner dar, unter dem sich Englands Katholiken und all jene in Europa versammeln, die wieder einen papistischen Herrscher auf unserem Thron sehen möchten. Aber Ihre Majestät wird nie aus bloßen Gründen der Vorsicht gegen ihre Base vorgehen, auch wenn der Kronrat sie drängt, der Gefahr ins Auge zu blicken. Deswegen ist Eure Anwesenheit in der Französischen Botschaft für mich wichtiger denn je, Bruno. Ich muss jegliche schriftliche Kommunikation zwischen Maria und Frankreich sehen, die durch Castelnaus Hände geht. Wenn sie wieder Komplotte gegen die Königin schmiedet, brauche ich diesmal hieb- und stichfeste Beweise, die sie belasten. Könnt Ihr mir die verschaffen?«

»Ich habe mich mit dem Sekretär des Botschafters angefreundet, Euer Gnaden. Für einen angemessenen Preis kann er uns Zugang zu jedem Brief verschaffen, den Castelnau schreibt oder erhält, wenn Ihr ihm zusichert, dass den Dokumenten hinterher nichts anzusehen ist. Er hat große Angst, entdeckt zu werden – er möchte, dass Ihr ihm Euren Schutz gewährt.«

»Ein guter Mann. Sichert ihm alles zu, was er wünscht.« Er umfasst für einen Augenblick meine Schulter. »Wenn er uns ein Siegel des Botschafters beschaffen kann, lasse ich Thomas Phelippes ein Duplikat davon anfertigen. Kein Mann in England ist in diesen Dingen so bewandert wie er. Angesichts der Umstände, Bruno, halte ich es übrigens für ratsam, dass Ihr nicht so oft mit Sidney gesehen werdet«, fügt er hinzu. »Nicht jetzt, wo er mein Schwiegersohn ist. Castelnau darf keinen Moment lang an Euer Loyalität gegenüber Frankreich zweifeln.«

Sogar im Dunkeln muss mein Gesicht meine Enttäuschung verraten haben. Sidney ist der einzige Mensch, den ich in England wirklich als Freund betrachte. Wir haben uns vor Jahren während meiner Flucht durch Italien in Padua kennen gelernt und unsere Freundschaft im Frühjahr aufgefrischt, als wir in Walsinghams Auftrag nach Oxford gereist waren. Die Abenteuer, die wir dort erlebt hatten, haben uns einander nur noch nähergebracht. Ohne seine Gesellschaft werde ich mir meines Exils nur noch schmerzlicher bewusst sein.

»Aber ich habe einen anderen Kontaktmann für Euch gefunden, einen Schotten namens William Fowler – Ihr werdet ihn zu gegebener Zeit kennen lernen. Er ist ein Anwalt, der für mich in Frankreich gearbeitet hat, Ihr werdet also viel Gesprächsstoff finden.«

»Ihr traut einem Anwalt, Euer Gnaden?«

»Ihr wirkt belustigt, Bruno. Anwälte, Philosophen, Priester, Soldaten, Kaufleute – es gibt niemanden, der mir nicht auf irgendeine Weise nützlich sein kann. Fowler hat gute Verbindungen in Schottland, sowohl unter unseren Freunden als auch unter denen, die der schottischen Königin die Treue halten und glauben, er stünde auf ihrer Seite. Er hat sich auch bei Castelnau eingeschmeichelt, der Fowler für einen heimlichen Katholiken hält, der mit der Herrschaft Ihrer Majestät unzufrieden ist. Er hat die Gabe, in jede beliebige Rolle schlüpfen zu können, die gerade erforderlich ist. Fowler ist hervorragend geeignet, um Eure Berichte aus der Botschaft zu schmuggeln, ohne Euch zu kompromittieren.« Er hält inne und hebt den Kopf. Musik und Gelächter wehen vom Haus her schwach zu uns herüber, und er scheint sich an den Anlass dafür zu erinnern. »Im Moment wäre das alles. Kommt – wir sollten heute fröhlich sein! Ihr müsst Euch wieder an dem Tanz beteiligen.«

Wir drehen uns zu den erleuchteten Fenstern um. Seine Hand ruht noch immer leicht auf meinem Rücken. Hier draußen, so weit westlich von der Innenstadt Londons entfernt, bringt die frische Brise saubere Nachtdüfte nach Erde, Gras und Frost mit sich. Sogar die Themse, die träge hinter den Bäumen dahinfließt, riecht hier nicht so faulig. Dees Haus liegt nur eine Meile entfernt; ich bin überrascht, dass er nicht eingeladen wurde. Immerhin ist er Sidneys alter Lehrer und eine Art

Freund von Walsingham. Als würde er meine Gedanken lesen, bemerkt der Staatssekretär beiläufig:

»Ihr verbringt neuerdings viel Zeit in Mortlake, wie ich hörte?« Es ist keine Frage, sondern eine Feststellung.

»Ich schreibe ein Buch«, erkläre ich, als wir langsam in Richtung der Musik zurückgehen. »Doktor Dees Bibliothek ist für mich von unschätzbarem Wert.«

»Was für ein Buch?«

»Über Philosophie. Und Kosmologie.«

»Also eine flammende Verteidigungsschrift Eures geliebten Kopernikus.«

»Etwas in der Art.« Ich will nicht zu viele Worte über das Buch verlieren, an dem ich arbeite, bevor es vollendet ist. Die Theorien, die es enthalten soll, sind nicht nur kontrovers, sondern revolutionär und gehen weit über Kopernikus' Thesen hinaus. Ich möchte es wenigstens geschrieben haben, bevor ich gezwungen bin, mich dafür zu rechtfertigen.

»Hm.« Bedeutungsschwangeres Schweigen folgt auf diesen Laut. »Hütet Euch vor allzu engem Umgang mit Doktor Dee, Bruno.«

»Ich dachte, er wäre Euer Freund, Euer Gnaden?«

»Das trifft bis zu einem gewissen Punkt auch zu. Wenn es um Kartografie, Chiffres oder die Reformation des Kalenders geht, gibt es niemanden im ganzen Reich, dessen Wissen ich höher schätze. Aber in der letzten Zeit spricht er mir zu viel von Prophezeiungen und Omen.«

»Er glaubt, wir leben in der Endzeit, Euer Gnaden.«

»Wir leben in Zeiten nie dagewesener Unruhen, so viel steht fest«, erwidert er brüsk. »Ihre Majestät hat genug zu fürchten, da muss Dee ihr nicht auch noch seine apokalyptischen Vorhersagen einflüstern, weil er sich ihr unentbehrlich machen will. Was wir alle auf unsere Weise tun«, schließt er seufzend. »Aber sein Einfluss reicht inzwischen bis in die Kronratskammer, und plötzlich trifft sie keine Entscheidung mehr, ohne vorher eine Sternenkarte zu Rate zu ziehen. Was die Regierungsgeschäfte ziemlich erschwert. Außerdem«, er dämpft die Stimme, »bin ich der festen Überzeugung, dass Gott der Herr einige Geheimnisse in das Buch der Natur geschrieben hat, die nicht enthüllt werden sollten. Wie ich hörte, bewegen sich Dees jüngste Experimente gefährlich nah an dieser Grenze.«

Es bringt nichts, ihn zu fragen, wie er von Dees Experimenten erfahren hat; Walsingham verfügt über Spitzel in ganz Europa und sogar den Kolonien der Neuen Welt. Kein Wunder, dass er genau weiß, was eine Meile von seinem eigenen Haus entfernt vor sich geht. Aber trotzdem, Dee war doch immer so sorgfältig darauf bedacht, seine Geheimnisse zu wahren …

»Einige bei Hof finden, dass er einen zu großen Einfluss auf Ihre Majestät ausübt und in Ungnade fallen sollte«, fährt Walsingham fort.

»Zählt Ihr auch dazu?«

Seine Zähne schimmern im Dunkeln, als er lächelt.

»Ich habe großen Respekt vor John Dee und würde nichts tun, was seinem Ruf schadet. Das gilt aber nicht für manche anderen Mitglieder des Kronrats. Lord Henry Howard veröffentlicht, wie man mir zutrug, ein Buch, das er der Königin präsentieren will – ein hitziger Angriff auf Prophezeiungen und Astrologie und alle, die behaupten, die Zukunft vorhersagen zu können. Er bezeichnet diese Leute als Hexenmeister und beschuldigt sie, mit Dämonen zu kommunizieren. Dees Name wird nicht ausdrücklich genannt, aber die Absicht ist nicht misszuverstehen … wenn Dee der Hexerei bezichtigt würde, hätte das üble Folgen für alle, die als seine Freunde bekannt sind – für mich, für Sidney, für den Earl of Leicester. Die

Howards verfügen über eine gefährliche Macht, wie die Königin nur zu gut weiß. Vielleicht erwähnt Ihr das Dee gegenüber, wenn Ihr das nächste Mal seine Bibliothek benutzt.«

Zum Zeichen dafür, dass ich die Warnung verstanden habe, neige ich leicht den Kopf. Als ich mich verbeuge und mich verabschieden will, blicke ich kurz auf und sehe einen Mann über das Gras auf uns zueilen. Sein kurzer Reitumhang weht hinter ihm her. Er fällt atemlos vor Walsingham auf die Knie. Im schwachen silbrigen Licht kann ich unter den Schlammspritzern, die von einem harten Ritt zeugen, das königliche Wappen auf seiner Livree erkennen. Er murmelt etwas von Richmond und einer dringenden Angelegenheit, die keinen Aufschub dulde, dabei ist in seinen aus den Höhlen quellenden Augen nacktes Entsetzen zu lesen. Ich entferne mich diskret, damit die Vertraulichkeit seiner Botschaft gewahrt bliebe, doch Walsingham ruft mich zurück.

»Bruno! Seid so gut und wartet einen Moment auf mich.«

Ich bleibe ein Stück abseits stehen, trete mit den Füßen auf der Stelle und reibe zugleich meine Hände, um die Kälte zu vertreiben, während der Mann sich erhebt und seine Nachricht weiter hervorstammelt. Walsingham beugt sich vor, die Hände hat er noch immer hinter dem Rücken gefaltet. Was auch immer der Bote vom königlichen Hof zu melden hat, es muss wichtig sein, sonst hätte er nicht derart rücksichtslos eine Familienfeier gestört.

Nach einer Weile murmelt Walsingham eine Antwort, der Bote verneigt sich abermals und macht sich in Richtung des Hauses auf. Walsingham hebt eine Hand und winkt mich zu sich.

»Ich werde in einer äußerst ernsten Angelegenheit im Richmond Palace gebraucht, Bruno, und ich möchte, dass Ihr mich begleitet. Wir wollen unauffällig aufbrechen, ohne Aufmerksamkeit auf uns zu lenken – der Bote weist gerade die Diener an, ein Boot bereit zu machen. Auf der Fahrt werde ich Euch dann alles erzählen, was ich weiß.« Seine Stimme klingt gepresst, aber beherrscht. Wenn Ihre Majestät Probleme hat, verlässt sie sich stets darauf, dass Walsingham alles wieder in Ordnung bringt.

»Wird man Euch nicht vermissen?« Ich nicke zum Haus hinüber, und er lacht kurz auf.

»Solange ich meinem Haushofmeister den Schlüssel zum Weinkeller überlasse, bezweifle ich, dass irgendjemand etwas merken wird. Und jetzt kommt.«

Er führt mich um das Haus herum und durch den Garten zu dem kleinen Kai, wo sich tanzende Lichter in dem schwarzen Wasser widerspiegeln. Ich muss mich in Geduld fassen, bis er willens ist, mir die Geschichte des Boten von sich aus zu erzählen.

2

Richmond Palace, Südwestlondon
21. September im Jahr des Herrn 1583

»Ein gewaltsamer Tod, sagt der Mann.« Walsingham muss die Stimme heben, um das Geräusch der Ruder zu übertönen, mit denen der Diener das kleine Boot verbissen gegen die Strömung Richtung Westen lenkt. Der Wind bläst uns Gischt in das Gesicht. Bei Tageslicht hätten wir die Strecke zwischen Barn Elms und dem Richmond Palace zu Pferd in der Hälfte der Zeit zurücklegen können, aber im Dunkeln ist der Fluss der sicherste Weg, obwohl er sich träge um die Landzunge herumwindet.

»Aber er muss von besonderer Bedeutung sein, sonst hätte man Euch nicht von dem Fest weggeholt.« Der Wind weht mir die Worte förmlich von den Lippen.

»Wie es scheint, wurde eine der Hofdamen Ihrer Majestät nur einen Steinwurf von den Privatgemächern der Königin entfernt direkt vor der Nase der Palastwächter getötet – Ihr könnt Euch vorstellen, dass sich der gesamte Hof in heller Aufregung befindet. Aber die Art des Todes ist der Grund dafür, dass Lord Burghley mich so dringend rufen ließ. Nun, bald werden wir mehr wissen.«

Er lehnt sich zurück und deutet auf die vor uns auftauchende weiße Palastfassade, ein blasser Schatten im Mondlicht. Zu beiden Seiten des Torhauses mit den warm erleuchteten Fenstern erheben sich die Kapelle und die große Halle, und von der Gebäudereihe, die an den Fluss grenzt, ragt ein Wald schlanker Türmchen auf, auf denen vergoldete zwiebelförmige Minarette thronen wie bei einem Palast eines Sultans des Ostens. Ein Diener erwartet uns an dem Landesteg hinter dem Palast, wo eine Reihe hölzerner Barken festgemacht ist, die müßig auf dem Wasser dümpeln. Er begrüßt Walsingham mit einer Verbeugung, doch sein Gesicht wirkt angespannt. Dann führt er uns zu einer in die Mauer eingelassenen Seitenpforte. An der Tür stehen zwei mit Piken bewaffnete Männer, die zur Seite treten, um dem Diener den Weg freizugeben. Dieser hämmert gegen die Tür und ruft etwas, woraufhin ein kleines Gitter aufgeschoben wird und ein kurzer Wortwechsel erfolgt, bevor die Tür ganz geöffnet wird und ein kleiner, rundgesichtiger Mann mit weißem Haar unter einer schwarzen Kappe heraustritt, die Arme ausbreitet und die Stirn runzelt. Er umarmt Walsingham kurz, dann fällt sein Blick auf mich, und die Besorgnis in seinen Augen verstärkt sich.

»Und das ist …?«

Walsingham legt ihm beschwichtigend eine Hand auf den Arm.

»Giordano Bruno. Ein äußerst loyaler Diener Ihrer Majestät«, fügt er mit einem viel sagenden Nicken hinzu.

Der ältere Mann betrachtet mich einen Moment lang, dann erhellt sich seine Miene.

»Aha. Dein Italiener, Francis? Der abtrünnige Mönch?«

Ich neige bestätigend den Kopf. Es ist kein Kompliment, aber ein Titel, den ich mit einigem Stolz trage.

»Als solchen pflegt mich die römische Inquisition zu bezeichnen.«

»Doktor Bruno ist ein *Philosoph*, William«, berichtigt Walsingham milde.

Der ältere Mann streckt mir eine Hand hin.

»William Cecil, Lord Burghley. Francis hat sich lobend über Eure Talente geäußert, Doktor Bruno. Wie ich hörte, habt Ihr Ihrer Majestät in diesem Frühjahr einen großen Dienst erwiesen.«

Meine Brust schwillt vor Stolz, und ich spüre, wie mir das Blut in die Wangen steigt. Walsingham geizt für gewöhnlich mit Lob, weswegen man sich nur umso mehr bemüht, es zu erringen, trotzdem hat er wohlwollend mit Lord Burghley über mich gesprochen – dem Schatzmeister der Königin und einem ihrer einflussreichsten Berater. Du Narr, tadele ich mich selbst lächelnd, du bist fünfunddreißig Jahre alt und kein Schuljunge mehr, der für seine Schreibkunst gelobt wird, obwohl ich mir in diesem Augenblick genau so vorkomme. Ich strahle weiter vor mich hin, aber Burghleys Gesicht wird wieder ernst.

»Hier entlang, Gentlemen. Wir wollen keine Zeit verlieren.«

Im Palast ist die Furcht nahezu greifbar zu spüren. Halb verdeckte Gesichter spähen ängstlich hinter Türen hervor, als unsere Schritte in den holzgetäfelten Korridoren widerhallen und die Flammen der Kerzen in dem Luftzug flackern, den wir verursachen. Unsere Schatten tanzen über die Wände, während Walsingham und ich Burghley folgen.

»Fast hätte ich es vergessen, Francis«, sagt er über seine Schulter hinweg. »Wie war die Hochzeit?«

»Es verlief alles glatt, danke. Ich habe das Fest verlassen, als es gerade in vollem Gange war. Der Himmel mag wissen, was von meinem Haus noch übrig ist, wenn Sidney und seine jungen Heißsporne ihr Trinkgelage beendet haben.«

»Es tut mir wirklich leid, dass ich nach dir schicken lassen musste«, erwidert Burghley mit gedämpfter Stimme. »Wären die Umstände nicht so … nun, du wirst es ja sehen. Ihre Majestät hat ausdrücklich nach dir verlangt, Francis.« Er zögert. »Na ja – offen gestanden hat sie erst Leicester rufen lassen wollen. Aber ich dachte, dass der Earl nach einem Tag auf der Hochzeit seines Neffen …«

Walsingham nickt.

»Ich fand, du wärst der richtige Mann, um die Dinge in die Hand zu nehmen, Francis. Die Königin macht sich große Sorgen. Diese Sache hat sich innerhalb ihrer eigenen vier Wände ereignet, und die Auswirkungen …« Die Worte ersterben ihm auf den Lippen.

»Ich verstehe. Zeig mir den Ort des Geschehens, William, und bring mich dann zur Königin.«

Burghley führt uns zwei Treppenfluchten empor, deren Täfelung rot, grün und golden verziert ist, und dann einen aufwändig möblierten und merklich wärmeren Korridor entlang, an dessen Wänden Gobelins und Damasttücher hängen – vermutlich nähern wir uns den Privatgemächern der Königin. Auf dem Weg kommen wir an drei weiteren bewaffneten Männern in königlicher Livree vorbei. Burghley bleibt vor einer niedrigen Holztür stehen, vor der ein stämmiger Mann mit einem Schwert am Gürtel Wache hält. Der Schatzmeister nickt ihm zu, woraufhin dieser zurückweicht. Burghley legt die Hand auf den Riegel. Seine Schultern zucken.

»Bitte, Gentlemen.«

Die Tür schwingt auf, und ich folge Walsingham in eine kleine, von guten Wachskerzen erleuchtete Kammer, in der eine Gestalt reglos auf einem Bett liegt, dessen Vorhänge zurückgezogen wurden. Zuerst halte ich sie für einen jungen Mann; die Hosen und das Hemd deuten darauf hin, aber als wir näher treten, sehe ich das lange helle Haar, das über das Kissen flutet wie im Kerzenschein schimmernde Goldfäden. Das Gesicht der Frau ist geschwollen und violett angelaufen, die hervorquellenden Augen und die aus dem Mund ragende Zunge weisen darauf hin, dass sie erdrosselt wurde. Das weiße Leinenhemd, das sie trägt, ist vorne aufgerissen, aber die beiden Hälften sind so zurechtgezogen worden, dass die Schicklichkeit selbst im Tod noch gewahrt bleibt. Sie wirkt jung, nicht älter als sechzehn oder siebzehn; ihr schlanker Hals weist dunkle Würgemale auf, die Hosen sind zerfetzt, die seidenen Strümpfe schmutzig. Ich blicke von einem meiner Begleiter zum anderen, und mir wird plötzlich bewusst, dass ich zwischen den beiden höchsten Beamten des Kronrats der Königin stehe. Dies ist kein gewöhnlicher Todesfall.

Walsingham zögert einen Moment, vielleicht aus Respekt, dann schreitet er um das Bett herum und betrachtet die Tote mit so unbeteiligter Sachlichkeit, als wäre er ihr Arzt.

»Wer ist sie?«

»Cecily Ashe«, entgegnet Burghley. Er hat die Tür hinter uns geschlossen, ist daneben stehen geblieben und knetet die Hände; vielleicht spürt er, dass wir uns ungehörig verhalten – drei Männer, die die kaum erkaltete Leiche einer jungen Frau anstarren. »Eine der Hofdamen Ihrer Majestät, sie unterstand Lady Seaton. Der Kammerfrau Ihrer Majestät«, fügt er an mich gewandt hinzu.

»Ah.« Walsingham nickt und legt eine Hand um sein Kinn, sodass sein Mund nicht mehr zu sehen ist. Mir ist aufgefallen, dass er das immer tut, wenn er sich seine Gefühle nicht anmerken lassen will. »Ashe … vermutlich die ältere Tochter von Sir Christopher Ashe aus Nottingham, nicht wahr? Armes Kind … sie war noch nicht einmal ein Jahr am Hof. Genauso alt wie meine Frances.«

Wir verstummen für eine Weile, unsere Gedanken folgen denen Walsinghams zu seiner siebzehnjährigen Tochter, die vielleicht just in diesem Augenblick von Sir Philip Sidney, einem Mann, der elf Jahre älter als sie und ein notorischer Schwerenöter ist, zu ihrem Ehebett geführt wird.

»Fast so alt wie meine Elisabeth, als sie starb«, fügt Burghley weich hinzu. Walsingham sieht ihn kurz an. Unausgesprochenes Mitgefühl herrscht zwischen ihnen, als sich ihre Blicke kreuzen, und ich spüre, dass diese beiden Männer etwas verbindet, was über Politik hinausgeht.

»Die Kleider?«

»Ach ja.« Burghley schüttelt den Kopf. »Das Übliche, nehme ich an. Sie hat versucht, sich unbemerkt zu einem heimlichen Stelldichein davonzuschleichen.« Bei ihm klingt das, als handele es sich um ein alltägliches Problem.

»Hat man sich an ihr vergangen?«

Walsinghams Ton ist wieder barsch geworden. Burghley hüstelt leise.

»Sie ist noch nicht offiziell vom Arzt untersucht worden, aber der Leichnam wurde mit zerrissenen Hosen und Unterkleidern aufgefunden. Auch das Hemd ist aufgerissen. Ihre Schenkel weisen Blutspuren und blaue Flecken auf. Sie wurde mit ausgebreiteten Armen abgelegt – in Form eines Kreuzes. Und da ist noch etwas, was du sehen solltest.« Burghley holt tief Atem, geht zum Bett hinüber, nimmt eine Ecke des zerrissenen Stoffes so behutsam zwischen Daumen und Zeigefinger, als könne er sich daran verbrennen, schlägt die linke Seite um und entblößt die kleine, blasse Brust des Mädchens.

Walsingham und ich schnappen beide zugleich nach Luft. Direkt über dem Herzen prangt ein Zeichen in dem weichen weißen Fleisch. Die Linien sind sorgfältig in die Haut eingeritzt, das Blut ist weggewischt worden, sodass das blutrote Mal gut zu erkennen ist: Es sieht aus wie die geschwungene Zahl Zwei, deren unterer Rand von einer vertikalen Linie geteilt wird. Bei diesem Zeichen handelt es sich eindeutig um das astrologische Symbol für den Planeten Jupiter. Walsingham wirft mir einen fragenden Blick zu, nicht mehr als ein Wimpernzucken, aber Burghleys scharfen Augen entgeht es nicht.

»Das ist noch nicht alles.« Der Schatzmeister bedeckt das Mädchen wieder. »In jeder Hand hat sie einen dieser Gegenstände hier gehalten.« Von einer hölzernen Frisierkommode neben dem Bett nimmt er einen mit einem goldenen spanischen Kreuz verzierten Rosenkranz aus dunklem Holz und hält ihn hoch, mit der anderen Hand überreicht er Walsingham eine kleine Wachsfigur von der Größe einer Kinderpuppe.

»Großer Gott!«, keucht Walsingham, dabei hält er die Figur in die Höhe, damit ich sie begutachten kann. Sie ist primitiv gefertigt, aber eindeutig ein Abbild von Königin Elisabeth – Haare aus roter Wolle, ein Umhang aus einem kleinen Stück violetter Seide, eine Papierkrone auf dem Kopf. Aus der Brust ragt eine Nähnadel, die mitten ins Herz gestochen wurde. Wir blicken beide Burghley an, der einmal nickt. In der Tat kein gewöhnlicher Mord.

»Wer hat sie gefunden?«, breche ich das Schweigen.

»Der Kaplan der Königin.« Burghley wendet sich von der Leiche ab.

»Was hatte denn der Kaplan in ihrer Kammer zu suchen?«

»Oh – hier wurde sie nicht gefunden«, erwidert er, die Andeutung mit einem gepressten Lachen quittierend. »Nein, der Leichnam lag draußen im Freien. Hinter dem Obstgarten gibt es eine verfallene Kapelle – die letzten Überreste der Priorei, die früher dort stand. Sie wird durch eine hohe Mauer von dem Palastgelände getrennt, und der Garten ist ziemlich verwildert. Seit einiger Zeit wird gemunkelt …«, Burghley runzelt die Stirn, »… dass er zu einem beliebten Ort für Treffen zwischen den Frauen der Königin und den Höflingen geworden ist, weil er abgelegen liegt und kaum kontrolliert wird. Ihre Majestät hat derartige Dinge streng verboten, versteht Ihr? Und da der Kaplan ein Mann ist, der auf Schicklichkeit und Anstand hält, hat er beschlossen, den Garten bei Anbruch der Dunkelheit zu überprüfen. Und da fand er sie – so daliegend, wie ich es beschrieben habe.«

»Hat er niemanden flüchten sehen, als er näher kam?«, frage ich.

»Er sagt nein, obwohl es vom Fluss her einen offenen Zugang zum Garten gibt. Der Mörder kann sich davongemacht und am Ufer versteckt haben, vielleicht hatte er sogar ein Stück flussabwärts ein Boot festgemacht. Der einzige andere Weg führt vom Obstgarten durch das Torhaus, aber zu dieser Zeit des Abends herrscht dort ein reges Kommen und Gehen, außerdem stehen königliche Leibgardisten am Tor. Aber es wurde ja schon dunkel, und da sie sich als Junge verkleidet hatte …« Burghley fährt sich seufzend mit der Hand über seine Kappe.

»Hast du zusätzliche bewaffnete Wachposten an den Toren postiert?«, erkundigt sich Walsingham.

»Natürlich. Am Kai, an dem ihr angelegt habt, und am vorderen Torhaus gingen ohnehin schon Patrouillen Streife, aber der Hauptmann der Palastgarde hat befohlen, die äußeren Mauern verstärkt zu bemannen, und einen Trupp losgeschickt, um den Obstgarten und den Wildpark zu durchsuchen … im Schutz der Dunkelheit, trotzdem fürchte ich, dass sie wenig Erfolg haben werden. Der Eindringling kann längst über alle Berge sein.«

»Oder sich noch auf dem Palastgelände aufhalten«, gebe ich zu bedenken.

Beide Männer drehen sich zu mir um; Walsingham hebt die Brauen, um mir zu bedeuten, dass ich fortfahren soll.

»Nur sieht es so aus, als hätten wir es keineswegs mit einem

Mord im Affekt zu tun. Alles wurde sorgfältig arrangiert, und das Opfer wurde anscheinend auch bewusst ausgewählt – eine Hofdame der Königin. Der Mörder spricht eine unmissverständliche Drohung gegen Ihre Majestät aus und führt uns vor Augen, wie nah er ihr kommen kann. Und wenn das Mädchen für ein Stelldichein gekleidet war, dann wusste der Täter entweder, wann und wo er es finden konnte, oder er war derjenige, auf den es wartete.«

Walsingham neigt den Kopf zur Seite und mustert mich.

»Was Ihr sagt, ergibt einen Sinn, Bruno. Aber wir wollen derartige Vermutungen für uns behalten. Es wird Ihrer Majestät schwerlich gefallen, dass ein Angehöriger ihres eigenen Hofes hinter alldem stecken könnte, und ich muss versuchen, sie zu beruhigen.«

»Im Palast sind schon genug Gerüchte im Umlauf.« Burghley schürzt die Lippen. »Der Kaplan hat einen solchen Lärm geschlagen, als er sie gefunden hat, dass die Hälfte der Dienstboten das Schauspiel schon begafft und alles blumig ausgeschmückt hatte, um es weiterzugeben, bevor mich die Nachricht erreichte. Wir können nicht mehr darauf hoffen, Einzelheiten verschweigen zu können. Die niederen Diener tuscheln schon von Teufelskunst – das Ganze sei das Werk des Antichristen, der gekommen sei, um die Prophezeiung von der Endzeit zu erfüllen.«

»Die Prophezeiung?« Ich blicke verdutzt von einem Mann zum anderen.

Walsingham, dem die Besorgnis in meiner Stimme nicht entgeht, lacht leise.

»Habt Ihr geglaubt, nur Gelehrte wie Ihr und Doktor Dee wüssten von diesen Prophezeiungen? Nein, nein, Bruno – dieses Jahr des Herrn 1583 war in England schon das Hauptgesprächsthema des einfachen Volkes, lange bevor es angebrochen ist. Sogar in den ärmsten Familien gibt es einen Almanach, der die Große Konjunktion von Jupiter und Saturn vorhersagt; die erste seit tausend Jahren, und natürlich all die unheilvollen Folgen: Überschwemmungen, Hungersnöte, Unwetter und Dürren – seit ich denken kann, sind in den Schänken und auf den Marktplätzen Flugblätter im Umlauf, denen zufolge sich die Prophezeiung in diesen Tagen erfüllen wird.«

»Die Religionskriege der letzten Jahre haben das Feuer nur noch mehr angefacht«, fügt Burghley mit zusammengebissenen Zähnen hinzu.

»›Wenn ihr aber hören werdet von Kriegen und Kriegsgeschrei, so fürchtet euch nicht. Es muss so geschehen, aber das Ende ist noch nicht da‹«, zitiere ich aus dem Markusevangelium.

»Die gegenwärtigen Kriege begannen an Universitäten und in den Schlafgemächern von Königen, und der Grund waren nicht die Bewegungen am Firmament«, wirft Walsingham scharf ein. »Nichtsdestotrotz besteht das Resultat darin, dass die Bevölkerung vor Angst den Kopf verliert, und wenn ungebildete Menschen es mit der Angst zu tun bekommen, verfallen sie wieder in den alten Aberglauben. Ich weiß nicht, wieso, aber die Engländer haben eine besondere Vorliebe für Prophezeiungen und Vorhersagen.«

»Wir haben dieses Jahr allein in London fünf Leute festgenommen, weil sie Flugblätter verteilt haben, die den Tod der Königin ankündigen«, fügt Burghley versiert hinzu.

»Die Menschen nehmen diesen Unsinn von der Großen Konjunktion ernst – und zwar nicht nur die unteren Schichten.« Walsinghams Blick wandert zur Brust des toten Mädchens. »Wenn sie glauben, die Wiederkunft Christi steht bevor, wird es den verkappten Priestern noch einfacher gemacht, aus ihren Löchern zu kriechen und die Leute dazu zu bringen, sich wieder Rom zuzuwenden.«

»Sie hatte einen Rosenkranz in der Hand«, sagt Burghley fast flüsternd. »Einen Rosenkranz und in der anderen Hand eine Wachsfigur der getöteten Königin. Die Botschaft ist eindeutig, nicht wahr? Der Triumph Roms und der Tod Ihrer Majestät.«

»Irgendjemand will unsere Gedanken in diese Richtung lenken.« Walsingham schiebt das Kinn vor, und an seiner Wange beginnt ein Muskel zu zucken. »Und dann noch das Zeichen des Jupiters. Dank John Dee ist Ihre Majestät bezüglich der Bewegungen der Planeten schon ängstlich genug. Jetzt wird sie darauf beharren, dass ihre Furcht begründet ist.« Er seufzt. »Ich sollte unverzüglich zu ihr gehen. Bruno – Ihr könnt damit beginnen, mit allen zu sprechen, die Lady Cecily nahestanden und vielleicht Licht in das Dunkel bringen können. Sagt, dass Ihr im Auftrag von Lord Burghley handelt. William, du machst Doktor Bruno wohl mit den richtigen Leuten bekannt? Und lass die Sergeanten jede private Kammer in dem Gebäude sowie die Küchen, die Kapelle und alle öffentlich zugänglichen Räumlichkeiten durchsuchen. Wenn der Mörder noch in der Nähe ist, muss er ein blutiges Hemd und ein Messer haben, das er vielleicht irgendwo zu verstecken versucht hat.«

Burghley nickt, fährt sich erneut mit der Hand über den Kopf und wirkt plötzlich erschöpft. Er muss gut zehn Jahre älter sein als Walsingham, vielleicht schon Mitte sechzig, obwohl er derjenige ist, der von beiden den gesünderen Eindruck macht. Er wirft mir einen Blick zu und zieht die Brauen zusammen.

»Ich fürchte, die Hofdamen sind etwas hysterisch, Doktor Bruno«, bemerkt er trocken. »Was natürlich verständlich ist, aber ich hatte Mühe, etwas Vernünftiges aus ihnen herauszubekommen. Nun – vielleicht hat ja ein jüngerer Mann mit schönen dunklen Augen und einem ansprechenden Lächeln mehr Glück.« Er lächelt grimmig und klopft mir auf die Schulter, als er mir die Kammertür aufhält.

»Das ist das Äußerste, was Ihr von Burghley je an Komplimenten zu hören bekommen werdet, Bruno.« Walsingham folgt mir.

»Ich dachte, er spricht von Euch, Euer Gnaden.«

Burghley blickt amüsiert über seine Schulter.

»Zumindest versteht er sich auf Schmeichelei«, stellt er fest. »Hoffentlich nutzt es bei diesen Gänsen etwas.«

Lady Margaret Seaton, Königin Elisabeths Kammerfrau, kommt mir alles andere als hysterisch vor, als ich in das Privatgemach geführt werde, in dem sie wartet. Wenn überhaupt, wirkt sie beeindruckend gefasst, um nicht zu sagen, zurückhaltend. Lord Burghley stellt mich als vertrauenswürdigen Assistenten vor, ehe er sich taktvoll zurückzieht und die Tür hinter sich schließt. Lady Seaton trägt Schwarz, als wäre sie bereits in Trauer, lehnt sich in ihrem Stuhl zurück und mustert mich mit scharfen Augen. Sie ist schon älter, ein gutes Stück über vierzig, steht der Königin also altersmäßig näher als die Hofdamen, und obwohl ihre zarte Haut erste Spuren der Jahre aufweist, ist mir klar, dass sie in ihrer Jugend als Schönheit gegolten haben muss. Zu beiden Seiten ihres Stuhls kauern zwei jüngere Frauen auf Kissen und umklammern ihre Hände. Beide tragen weiße Seidengewänder und weinen bitterlich. Lady Seaton hebt eine Hand, woraufhin die Mädchen sich bemühen, ihr Schluchzen zu dämpfen.

»Was seid Ihr?«, fragt sie mit klarer Stimme. Etwas Anklagendes schwingt in ihrem Ton mit; ich spüre, dass ihre offenkundige Abneigung nicht mir persönlich gilt, sondern dass sie sich ihrer Stellung bewusst ist und es vorgezogen hätte, wenn man ihr jemand geschickt hätte, der einen höheren Rang bekleidet als ich.

»Ich bin Italiener, Mylady. Lord Burghley hat mich gebeten,

mich zu erkundigen, ob Ihr Euch an irgendetwas erinnern könnt, was …«

»Ich meinte Eure Tätigkeit. Ihr seid kein Höfling, denke ich. Was dann? Ein Diplomat?«

»Etwas in der Art, Mylady.«

Sie zupft ihre voluminösen Röcke zurecht, raschelt ostentativ mit der Seide, während sie meinem Blick ausweicht.

»Wie eigenartig, dass Burghley einen Ausländer schickt. Aber fahrt fort.«

»Die junge Lady, Cecily Ashe – habt Ihr eine Ahnung, wen sie an diesem Abend in der Kapellenruine treffen wollte?«

»Die Papisten haben das getan, müsst Ihr wissen«, faucht Lady Seaton und beugt sich vor. Zugleich bemerkte ich, dass das rothaarige Mädchen, das links neben ihrem Stuhl kniet, sich auf die Lippe beißt und zu Boden starrt.

»Wie kommt Ihr darauf, Mylady?«

»Wegen des sakrilegischen Charakters dieser Tat.« Sie sieht mich an, als müsse diese Antwort auf der Hand liegen. »Ich nehme an, Ihr seid oder wart auch einer von ihnen?«

»Früher einmal. Aber Seine Heiligkeit Papst Gregor ließ mich exkommunizieren und würde mich gerne auf dem Scheiterhaufen brennen sehen. Deswegen lebe ich jetzt in dem mir freundlicher gesonnnen Reich Ihrer Majestät.«

»Ich verstehe.« Ein Anflug von Neugier huscht über ihr Gesicht. »Was habt Ihr getan, um ihn so gegen Euch aufzubringen?«

»Ich habe Bücher gelesen, die die Inquisition verboten hat. Ich habe den Dominikanerorden ohne Erlaubnis verlassen, und ich habe geschrieben, dass sich die Erde um die Sonne dreht, dass die Sterne nicht fest am Himmel stehen und dass das Universum unendlich ist.« Ich zucke mit den Achseln. »Unter anderem.«

Sie überdenkt dies mit einem leisen Naserümpfen, als wäre ihr ein übler Geruch entgegengeschlagen.

»Gütiger Himmel. Dann wundert mich das nicht. Um Eure Frage zu beantworten – ich habe keine Ahnung, was Cecily in der Kapelle zu suchen hatte. Ich habe sie zuletzt heute Nachmittag um vier gesehen, als sie unter meiner Aufsicht zusammen mit den anderen Hofdamen die Juwelen der Königin für den Abend zurechtgelegt hat. Nach dem Essen sollte in der großen Halle musiziert werden. Master Byrd sollte spielen.« Sie hält inne, ihre Stimme zittert leicht. Das rothaarige Mädchen unterdrückt ein Schluchzen. »Cecily zog sich zurück, um sich mit den anderen Mädchen vor dem Abendgottesdienst umzuziehen, und danach habe ich sie nicht mehr zu Gesicht bekommen.«

»Aber sie hat sich offenbar als Junge verkleidet davongeschlichen, um irgendjemanden zu treffen. Wisst Ihr, wer das gewesen sein könnte?«

Lady Seatons Augen werden schmal.

»Lächerlich«, schnaubt sie schließlich, sichtlich bemüht, Ruhe zu bewahren. »Allein der Gedanke ist lächerlich. Diese Mädchen stehen unter *meiner* Aufsicht, Master …«

»Bruno.«

»… und deshalb ist mir die Andeutung, ich würde es mit ihrer Ehre und ihrem Ruf nicht äußerst genau nehmen, zutiefst zuwider, besonders unter diesen Umständen. Ihre Majestät duldet keine Unmoral an ihrem Hof. Wie auch immer die Sitten in Italien sein mögen – die Hofdamen der Königin von England lassen sich nicht am helllichten Tag auf ein Stelldichein ein, sodass es jeder mitbekommt.«

Ich bin versucht, sie zu fragen, ob sie damit bis zum Anbruch der Dunkelheit warteten, ahne aber, dass sie Spott nicht gut verträgt. Das rothaarige Mädchen schielt verstohlen nach oben, und unsere Blicke kreuzen sich einen Moment lang, bevor es sichtlich gequält zur Seite schaut.

»Ich kann nur vermuten, dass sie den Hof überquert hat und von ihrem Angreifer in den Kapellengarten gezerrt wurde«, bemerkt Lady Seaton mit einem so nachdrücklichen Nicken, als sei dies ihr letztes Wort in dieser Angelegenheit. Dann wird ihr Gesicht weicher, etwas wie Bedauern spiegelt sich darin wider. »Ihre Majestät hat Cecily besonders geschätzt, müsst Ihr wissen. Sie mochte es, wenn sie ihr abends aus Senecas Werken vorlas. Cecilys Latein war von allen Mädchen das beste.«

»*Seneca?*«

»O ja, Master Bruno – Ihr braucht gar nicht so überrascht dreinzuschauen.Unsere Herrscherin ist sehr gebildet und erwartet dasselbe von ihren Hofdamen. Sie würde kein Mädchen in ihrem Kreis dulden, das ihr nicht vorlesen kann und nicht auch versteht, was es liest.«

Ich blicke auf das rothaarige Mädchen hinab, das erneut zu mir hochblinzelt und sich auf die Lippe beißt. Sie ist diejenige, mit der ich unbedingt sprechen muss, vorausgesetzt, es ergibt sich eine Gelegenheit, sie allein abzupassen. Ich frage mich, ob sie auch Seneca liest. Sie wirkt kaum alt genug, um das Alphabet zu beherrschen.

»Warum trug sie Männerkleidung?«

»Das kann ich Euch nicht sagen, Master Bruno. Die Mädchen sind sehr lebhaft und eigenwillig, sie treiben Spiele, verkleiden sich und so …« Die Worte ersterben auf ihren Lippen. Notfalls wird sie schwören, dass Schwarz Weiß ist, statt freiwillig etwas preiszugeben, das darauf hindeutet, dass sie bezüglich des toten Mädchens ihre Aufsichtspflicht verletzt hat, das ist mir klar.

»Ich danke Euch für Eure Hilfe, Mylady.« Ich verneige mich und gebe vor, den Raum verlassen zu wollen, dann drehe ich mich noch einmal um, als wäre mir ein Gedanke gekommen. »Es besteht wohl kein Grund zu der Annahme, dass Lady Cecily eine Anhängerin des römischen Glaubens war?«

Lady Seaton ist darüber so empört, dass sie aufspringt, aber da sie mit ihrem umfangreichen Reifrock fast im Stuhl stecken bleibt, verliert die Geste an Wirkung. Sie schüttelt die Hände der Mädchen von ihren Armen.

»Wie könnt Ihr es wagen, Sir! An der Treue ihrer Familie zu der Königin besteht kein Zweifel, und wenn Ihr glaubt, ich würde einen Papisten in meiner Nähe nicht sofort erkennen …«

»Verzeiht mir. Ich habe nur laut gedacht. Sie wurde immerhin mit einem Rosenkranz in der Hand gefunden.«

»Den ihr die papistischen Verschwörer untergeschoben haben, die für diese schändliche Tat verantwortlich sind!« Sie sticht mir fast mit dem Finger ins Gesicht. »Ich denke, Ihr solltet jetzt gehen, Sir. Ihr seid beauftragt, den Mörder der armen Cecily zu finden, und beschuldigt sie stattdessen der Hurerei und des Papistentums!«

Ich murmele eine Entschuldigung und ziehe mich rückwärts mit einer weiteren Verneigung durch die Tür zurück. Dabei werfe ich dem rothaarigen Mädchen einen Blick zu, der besagt, dass ich jederzeit bereit bin, ihm zuzuhören, wenn es mir etwas anvertrauen möchte. Aber ich bin nicht sicher, ob es mich verstanden hat.

Die vielen kostbaren Wandbehänge halten die Zugluft vom Korridor fern, aber ich höre den Wind heftig an den Fensterrahmen rütteln, als ich mich in einer Nische gegenüber der Treppe niederlasse, von der aus ich die Tür zu der Kammer im Auge behalten kann, die ich gerade verlassen habe. Walsingham wird vermutlich noch einige Zeit bei der Königin bleiben, und ich kann nichts tun als warten und hoffen, dass die rothaarige junge Hofdame irgendwann einmal ohne Lady Seaton im Schlepptau auftaucht.

Die Zeit verstreicht. Knarren in der Ferne und Schritte zeugen von geschäftigem Treiben irgendwo anders in diesem Labyrinth von Gängen, aber mein Korridor bleibt leer. Ich lege die Hände um mein Gesicht und blicke aus dem Fenster. Im Mondlicht kann ich das weitläufige Palastgelände erkennen, die große Halle auf der Westseite, die Kapelle auf der östlichen, die durch eine schmale überdachte Brücke, die den Graben überspannt, mit dem Privatgemächerkomplex verbunden ist. Der Palast ist gut geschützt, grenzt zu einer Seite an den Wildpark und zu einer anderen an den Fluss, und alle Tore und Eingänge sind schwer bewacht. Aber die Wahrheit lautet, dass jeder potenzielle Attentäter reichlich Möglichkeiten hat, Königin Elisabeth anzugreifen, wenn sie sonntags von der königlichen Kapelle zu ihrem Audienzsaal geht oder wenn sie im Sommer im Land herumreist – oder bei einem ihrer zahlreichen öffentlichen Auftritte. Walsingham missfällt ihr unerschütterlicher Glaube an die Liebe ihrer Untertanen zutiefst, er hält ihn für naiv, und ihr Drang, sich furchtlos inmitten der Bevölkerung zu zeigen, bereitet ihm gleichfalls Sorgen, aber sie besteht darauf, sich von geflüsterten Drohungen nicht einschüchtern zu lassen. Sie möchte den Menschen von Angesicht zu Angesicht gegenübertreten und ihnen die Hand zum Kuss reichen. Vielleicht erzählt Walsingham ihr deshalb nicht alles, was ihm über die in den Seminaren in Frankreich ausgeheckten Komplotte zu Ohren kommt. Dort wimmelt es jetzt von zornigen jungen Engländern im Exil, die der Meinung sind, dass die päpstliche Bulle von 1570, die Elisabeth zur Ketzerin erklärt, ihnen indirekt auch das Recht gibt, sie im Namen der katholischen Kirche zu ermorden.

Aber der Mord heute Abend ist nicht die Tat eines jungen

Hitzkopfs, der bereit ist, für seinen Glauben zum Märtyrer zu werden, sondern ihm haftet etwas bedrückend Theatralisches an, ein Maß an Planung, das dazu bestimmt ist, echte Furcht zu erwecken. Aber Furcht wovor? Vor den Katholiken? Den Planeten? Auch hier gibt es eine Botschaft, die Burghley entschlüsselt zu haben glaubt, aber ich bin mir da nicht so sicher. Das Jupiterzeichen beunruhigt mich, allerdings vielleicht nur, weil es mir und Doktor Dee und unseren geheimen Aktivitäten so nahekommt. Seufzend strecke ich die Beine aus. Nach meinen Erlebnissen in Oxford hatte ich gehofft, etwas Abstand von den Machenschaften der Gewalt zu gewinnen, die an Elisabeths Hof herrschen. Schließlich bin ich ein Philosoph; was ich mir wirklich wünsche, ist Zeit, um an meinem Buch zu arbeiten, solange König Henri III. von Frankreich bereit ist, für meinen Aufenthalt hier bei seinem Botschafter aufzukommen. Als ich mich kurz nach meiner Ankunft in England einverstanden erklärte, für Walsingham zu arbeiten, war ich davon ausgegangen, dass es sich nur darum handelte, in der Botschaft die Augen offen zu halten, darauf zu achten, welche Angehörigen des englischen Adels dorthin zum Dinner kommen, wer zur Messe bleibt, wer das Vertrauen des Botschafters zu gewinnen versucht und wer mit welchen Katholiken im Exil korrespondiert. Jetzt bin ich zum zweiten Mal in einen gewaltsamen Todesfall verwickelt worden und weiß nicht genau, was von mir erwartet wird.

Das leise Knarren einer Tür, die am Ende des Ganges geöffnet wird, reißt mich aus meinen Gedanken. Ich ziehe mich tiefer in die Nische zurück und spähe vorsichtig um die Ecke, kann aber im dämmrigen Licht nur eine Frauengestalt erkennen, die für Lady Seaton zu schlank ist. In der Hand hält sie eine Kerze in einem Leuchter und kommt mit raschen Schritten auf mich zu. Als sie an einer der Kerzen an der Wand vorbeigeht, schimmert rotgoldenes Haar unter ihrer weißen Leinenhaube auf, und ich pfeife leise durch die Zähne. Sie stößt einen kleinen Schrei aus, den sie sofort mit ihrer freien Hand erstickt. Ich lege einen Finger auf die Lippen und erhebe mich, dann warten wir beide regungslos ab, ob ein Wachposten angelaufen kommt. Alles bleibt still, und nach einem Moment sind wir sicher, dass uns niemand gehört hat.

»Ich habe auf Euch gewartet. Kann ich Euch unter vier Augen sprechen?«, frage ich mit nahezu unhörbarer Stimme.

Sie zögert kurz, dann blickt sie über ihre Schulter und nickt. Anschließend bedeutet sie mir, ihr zu folgen, führt mich die Treppe hinunter, einen weiteren Gang entlang und danach in eine leere Galerie, die nur von dem Mondlicht erleuchtet wird, das durch die Fenster fällt und blasse Schatten auf die Holzdielen malt, das nur dort schwache Färbungen aufweist, wo die Scheiben mit Buntglaswappen verziert sind. Sowie die Tür hinter uns zufällt, scheint sie ihren Entschluss schon zu bereuen, ihre Augen weiten sich vor Furcht, und sie blickt sich gehetzt um.

»Wenn man mich hier findet …«

Ich gebe leise, beruhigende Laute von mir, während ich sie von der Tür weg zu einem der großen Fenster geleite.

»Ihr wart mit Lady Cecily befreundet?«

Sie nickt nachdrücklich und schluchzt dann in ihr Taschentuch.

»Wie ist Euer Name?«

»Abigail Morley.«

»Ich denke, Ihr wisst mehr als Lady Seaton, Abigail«, dränge ich sanft.

Wieder nickt sie, diesmal tief betrübt. Sie kann mir nicht in die Augen sehen; vermutlich fürchtet sie, Verrat an ihrer toten Freundin zu begehen.

»Hatte Cecily einen Liebhaber? Hat sie Euch erzählt, dass sie sich mit jemandem treffen wollte? Wenn Ihr irgendetwas wisst – es könnte uns helfen, den Täter zu fassen.«

Endlich hebt das Mädchen den Kopf.

»Lady Seaton sagt, es wäre schwarze Magie gewesen.«

»Die Leute sprechen von Magie, wenn sie andere über ihre Unwissenheit hinwegtäuschen wollen. Aber ich glaube, Ihr wisst es besser.«

Bei diesen Worten weiten sich verblüfft ihre Augen, und sie lächelt fast über die Kühnheit, mit der jemand die Autorität ihrer Herrin in Frage zu stellen wagt. Sie steht nah bei mir, und mir fällt auf, dass sie auf eine blasse, sehr englische Art hübsch ist, obwohl ihre Züge für meinen Geschmack zu leer sind. Ich bevorzuge Frauen mit mehr Feuer in den Augen.

»Es ist uns nicht gestattet, mit den Gentlemen vom Hof Umgang zu pflegen«, flüstert sie. »Man hat es uns streng verboten. Schon das kleinste diesbezügliche Gerücht kann dazu führen, dass wir in Schimpf und Schande zu unseren Familien zurückgeschickt werden und nie mehr zurückkehren dürfen, versteht Ihr?«

»Das erscheint mir sehr hart.«

Das Mädchen zuckt die Schultern, wie um zu sagen, dass diese Dinge schon immer so geregelt worden sind.

»Als Hofdame in die Dienste Ihrer Majestät genommen zu werden ist der sicherste Weg, um bei Hof eine gute Partie zu machen. Deswegen schicken unsere Väter uns hierher und bezahlen teuer für dieses Privileg. Cecily hat mir erzählt, ihren Vater hätte es über tausend Pfund gekostet, ihr diese Stellung im Palast zu besorgen.«

»Armer Mann. Ihn hat also ein doppelter Verlust getroffen. Aber wie sollt Ihr denn eine vorteilhafte Partie machen, wenn Ihr Euch nicht mit den Höflingen abgeben dürft?«

»Oh, die Ehen werden für uns arrangiert«, klärt Abigail mich mit einem leichten Schmollen auf. »Es handelt sich um eine Abmachung zwischen unseren Vätern und der Königin. Und natürlich würde kein Mann uns nehmen, wenn Zweifel an unserer Tugendhaftigkeit aufkommen. Außerdem«, fügt sie mit einem koboldhaften Lächeln hinzu, »ist Ihre Majestät als ›Die jungfräuliche Königin‹ bekannt, daher denkt sie, wir sollten alle ihrem Beispiel folgen. Sie sollte wissen, dass Heimlichkeit alles nur noch spannender macht – man muss sich immer etwas Neues einfallen lassen.«

»Zum Beispiel, sich als Junge zu verkleiden?«

»Cecily war nicht die Erste, die das versucht hat. So fällt man weniger auf – kann sich leichter unbemerkt davonstehlen. Für Männer ist alles so viel einfacher«, setzt sie mit einem so vorwurfsvollen Blick hinzu, als trüge ich die Schuld an dieser Ungerechtigkeit.

»Nun, ich fürchte, Eure bedauernswerte Freundin ist jetzt jenseits jeglicher Schande. Hatte sie denn nun einen Galan?«

»Sie hatte jemanden kennengelernt«, gibt das Mädchen zu. »Erst vor kurzem – im letzten Monat tat sie sehr geheimnisvoll und war immer mit ihren Gedanken anderswo. Wenn Lady Seaton sie ausschalt, weil sie ihren Pflichten nicht sorgfältig genug nachkam, pflegte sie zu erröten, zu kichern und mir viel sagende Blicke zuzuwerfen.« Ein unmutiger Unterton hatte sich in Abigails Stimme geschlichen.

»Hat sie Euch gesagt, wer der Mann war?«

»Nein«, räumt sie nach kurzem Zögern ein, und in dem darauffolgenden Schweigen senkt sie die Lider. »Aber sie hat in unserer Kammer oft angedeutet, dass er einen hohen Rang bekleidet und über Macht und Einfluss verfügt – offenbar handelte es sich um jemanden, von dem sie dachte, er würde uns beeindrucken. Er muss reich gewesen sein, denn er hat ihr kostbare Geschenke gemacht. Einen goldenen Ring, ein Medaillon und einen wundervollen Schildpattspiegel. Sie war davon überzeugt, dass er sie heiraten wollte, aber sie war schon immer eine Träumerin.«

»Also war er hier am Hof?« In meinem Eifer packe ich sie unabsichtlich am Ärmel, was sie erschreckt. Ich ziehe hastig meine Hand weg, und sie weicht einen Schritt zurück.

»Ich nehme es an. Auf jeden Fall muss er ein häufiger Besucher gewesen sein, denn in der letzten Zeit verschwand sie oft zu den seltsamsten Zeiten, kam erhitzt zurück und tat sehr geheimnisvoll, obwohl sie dafür sorgte, dass wir alle wussten, was sie tat. Sie bat mich, Lady Seaton zu erzählen, sie fühle sich nicht wohl, aber wie Ihr gesehen habt, ist die alte Dame keine Närrin – sie begann Verdacht zu schöpfen. Früher oder später wäre Cecily ertappt worden oder hätte einen dicken Bauch vor sich hergetragen.

»Aber irgendjemand ist einer Entdeckung zuvorgekommen«, grübele ich laut. »Sie hat demnach nie seinen Namen erwähnt? Seid Ihr sicher? Oder sonst irgendetwas, das auf seine Identiät schließen lassen könnte?«

Sie schüttelt erneut den Kopf, diesmal etwas nachdrücklicher.

»Keinen Namen, ich schwöre es. Sie sagte nur, er würde ungewöhnlich gut aussehen.«

»Nun, das schränkt den Kreis der Verdächtigen am englischen Hof erheblich ein.«

Sie kichert und sieht mir endlich in die Augen. Im selben Moment hallen draußen im Gang Schritte wider, und ihr Lachen erstirbt.

»Habt Ihr mit irgendwem sonst darüber gesprochen?«, zische ich. Sie schüttelt verneinend den Kopf. »Gut. Erzählt niemandem von dem heimlichen Verehrer – weder Ihr noch eines der anderen Mädchen, die von ihm wussten. Und behaltet unser Gespräch für Euch. Wenn Euch noch etwas einfällt, schmuggelt eine Nachricht in die Französische Botschaft. Ich wohne zurzeit dort.«

Ihre Augen weiten sich im Dämmerlicht. »Glaubt Ihr, ich bin in Gefahr?«

»Bis man weiß, wer Eure Freundin getötet hat und warum, steht nicht fest, wer in Gefahr schwebt. Es empfiehlt sich auf jeden Fall, Vorsicht walten zu lassen.«

Die Schritte – dem Geräusch nach zu urteilen stammen sie von zwei Personen – kommen näher; als sie vor der Tür Halt machen, bedeute ich dem Mädchen, sich in eine dunkle Ecke zurückzuziehen. Dann öffne ich just in dem Augenblick die Tür, in dem die Wachposten nach dem Knauf greifen, und gebe vor, bei ihrem Anblick vor Schreck zusammenzuzucken.

»*Scusi* – ich habe die Kammer von Lord Burghley gesucht und mich dabei in dem Gewirr von Gängen verlaufen«, erkläre ich mit einem entschuldigenden Lachen. Sie wechseln einen Blick, führen mich dann aber davon, ohne den Raum zu betreten.

»Lord Burghley, wie? Du wirst erst einmal dem Hauptmann der Palastgarde Rede und Antwort stehen, du spanischer Hund«, schnarrt einer der beiden. »Wie bist du hier hereingekommen?«

»Lord Burghley hat mich eingelassen«, beharre ich seufzend. Nach sechs Monaten in England habe ich gelernt, mit derartigen Reaktionen zu rechnen. Die Engländer halten alle Ausländer – vor allem solche mit dunklen Augen und Bärten – für spanische Papisten, die sie in ihren Betten ermorden wollen. Ich werde den Weg zu Burghley schon noch finden; was zählt, ist, dass niemand erfährt, dass Abigail mit mir gesprochen hat.

Lady Cecilys mysteriöser Verehrer weiß vielleicht nicht, dass sie seine Identität geheim gehalten hat, und beabsichtigt möglicherweise, auch ihre Freundinnen zum Schweigen zu bringen. Vorausgesetzt – und ich habe gelernt, nichts ohne Beweis vorauszusetzen –, dass er etwas mit diesem bizarren Mord zu tun hat.

3

Salisbury Court, London
26. September im Jahr des Herrn 1583

»Hat ihr die Titten abgeschnitten, wie ich hörte.« Archibald Douglas lehnt sich in seinem Stuhl zurück und stochert sichtlich zufrieden darüber, die endgültige Version zum Besten gegeben zu haben, mit einem Hühnerknochen in seinen Zähnen herum. Dann fällt ihm ein anderes Detail ein, er beugt sich hastig wieder vor und hebt einen Finger. »Hat ihr beide Titten abgeschnitten und ihr einen spanischen Rosenkranz unten reingerammt. Elender Dreckskerl.« Er sackt wieder zurück und leert sein Glas.

»Monsieur Douglas, *s'il vous plaît*.« Courcelles, der Privatsekretär des Botschafters, hebt geziert die nahezu unsichtbaren Brauen, was wie alle seine Gesten einstudiert und oft geprobt wirkt. Er streicht mit der Hand über sein sorgfältig frisiertes Haar und schnalzt leise mit der Zunge, als gelte seine Missbilligung hauptsächlich der vulgären Ausdrucksweise des Schotten. »*Mir* erzählte ein Freund am Hof, sie wäre mit einem Rosenkranz erdrosselt worden. Auf den Stufen der königlichen Kapelle, ob man es glaubt oder nicht.« Er presst eine Hand auf sein Brustbein und holt tief Atem. Ich finde, er sollte sich einer

Schauspielertruppe anschließen, er erweckt mit jeder Bewegung den Eindruck, als stünde er auf der Bühne.

William Fowler am anderen Ende des Tisches wechselt einen flüchtigen Blick mit mir, bevor er den Kopf wieder senkt. »Derartige Berichte werden von Mal zu Mal blutrünstiger«, bemerkt er obenhin, dabei sieht er den Botschafter an. Auch er spricht mit schottischem Akzent, aber ich verstehe ihn weit besser als Douglas. Fowler ist ein adretter, zurückhaltender Mann Mitte zwanzig, glatt rasiert, mit braunem Haar, das ihm fast bis in die Augen hängt. Er spricht mit gedämpfter Stimme, als würde er ständig Geheimnisse preisgeben, sodass man sich vorbeugen muss, um ihn verstehen zu können. »Ich war in den letzten Tagen oft in geschäftlichen Angelegenheiten im Palast, und ich fürchte, die Wahrheit ist weitaus profaner.« Aber er geht nicht weiter darauf ein. Mir ist aufgefallen, dass Fowler, mein neuer Kontaktmann, den ich heute Abend erst kennen gelernt und mit dem ich noch kein Wort unter vier Augen gewechselt habe, die Gabe hat anzudeuten, dass er weit mehr weiß, als er in Gegenwart anderer zugeben will. Vielleicht ist es diese Eigenschaft, die dem französischen Botschafter so an ihm gefällt.

Warum Castelnau allerdings Douglas in seiner Nähe duldet, begreift niemand. Der ältere Schotte ist eine Art Edelmann niederen Ranges, ungefähr vierzig Jahre alt, hat frühzeitig ergrauendes rötliches Haar und ein von Wein und Wetter gegerbtes Gesicht. Er hat sich mit dem Versprechen, den Anspruch der schottischen Königin auf den englischen Thron zu unterstützen, in der Botschaft eingenistet. So unwahrscheinlich es klingt – er ist tatsächlich ein Senator am obersten schottischen Gericht, unterhält angeblich gute Beziehungen zu schottischen Lords – sowohl katholischen als auch protestantischen – und ist mit der Empfehlung von Königin Maria von Schottland persönlich angereist. Für den Botschafter müssen diese Verbindungen ein ausreichender Grund sein, um ihn durchzufüttern. Ich hege da allerdings meine Zweifel. Angesichts des Umstands, dass auch ich die letzten sieben Jahre nur dank einflussreicher Gönner überlebt habe, sollte ich Archibald Douglas gegenüber vielleicht mehr Nachsicht walten lassen, aber ich bilde mir gern ein, dass ich meinen Gastgebern als Gegenleistung für ihre Großzügigkeit wenigstens etwas biete, und sei es auch nur eine angeregte Unterhaltung beim Essen und das Prestige meiner Bücher. Soweit ich es beurteilen kann, bringt Douglas überhaupt nichts ein, und seine allzu offenkundig zur Schau getragene Sympathie für Königin Maria und ihre französischen Anhänger erweckt meinen Argwohn. Er kommt mir vor wie jemand, der jedem nach dem Mund redet, von dem er sich etwas erhofft. Es ärgert mich, dass Claude de Courcelles, der eine Spur zu geschniegelte Sekretär des Botschafters, mich mit Douglas in einen Topf wirft. Courcelles ist für Castelnaus Buchhaltung zuständig und betrachtet alle, die seiner Meinung nach auf Kosten seines Arbeitgebers leben, mit unverhohlener Abneigung. Ich muss ihn oft daran erinnern, dass ich ein persönlicher Freund des Botschafters bin, wohingegen Douglas – nun, Douglas behauptet, mit vielen einflussreichen Leuten befreundet zu sein, unter anderem mit der schottischen Königin selbst, aber ich glaube ihm das nicht so recht. Wenn er bei den schottischen und englischen Edelleuten so beliebt ist, warum wird er dann nicht ab und an bei ihnen zum Essen eingeladen? Und warum sitzt er nie in Schottland an seiner eigenen Tafel?

Der Mord am Hof war heute Abend das Hauptgesprächsthema bei Tisch und hat sogar die üblichen Diskussionen über die schottische Königin und die Ambitionen ihrer Guise-Vettern verdrängt. In der Nacht im Richmond Palace habe ich Burghley und Walsingham von meiner Unterhaltung mit Abigail berichtet, seither werden die Hofdamen von zusätzlichen Wachposten beschützt und die Männer des Hofes erneut befragt, aber natürlich neigen sie zum Lügen, wenn es um verbotene Affären geht. Walsinghams Besorgnis wächst stetig – die Hofhaltung der Königin in Richmond umfasst gut sechshundert Männer und Frauen. Zwar herrscht eine strikte Hierarchie – jeder höherrangige Diener ist für die unter ihm stehenden verantwortlich –, aber wie kann man aus so vielen Leuten herausbekommen, was sie wann wirklich getan haben? Königin Elisabeth zieht es vor zu glauben, dass ein Irrsinniger in das Palastgelände eingedrungen ist; ihre Lösung des Problems besteht darin, den Hof früher als sonst in ihren Palast Whitehall mitten in London zu verlegen, der nicht so exponiert ist und sich besser verteidigen lässt. Sie will nicht zugeben, dass sich der Mörder durchaus noch in ihrer Nähe befinden könnte. Walsingham sagte, er würde nach mir schicken, wenn er meine Hilfe bräuchte. Inzwischen solle ich zu Castelnau zurückkehren und meine Aufmerksamkeit auf die Gespräche hinter verschlossenen Türen der Französischen Botschaft richten.

In dem holzgetäfelten Speisesaal von Salisbury Court brennen die Kerzen herunter, und die Uhr hat schon Mitternacht geschlagen, aber der Tisch ist noch immer mit den Überresten von Castelnaus Festmahl übersät, die Saucen sind längst kalt und geronnen. Die Dienstboten werden am Morgen Ordnung schaffen; nach der Mahlzeit pflegt der Botschafter mit seinen Gästen private Angelegenheiten zu erörtern. Seit sich Englands einflussreichste und unzufriedenste katholische Lords so oft an Castelnaus Tafel versammeln, empfiehlt es sich nicht zu riskieren, von den Dienern belauscht zu werden, schließlich kann man nicht vorsichtig genug sein, wie der Botschafter zu betonen nicht müde wird. Deshalb müssen wir alle versuchen, Archibald Douglas zu ignorieren, der mit einem abgenagten

Hühnerkadaver herumspielt oder mit dem Finger kaltes Fett aufwischt, um es geräuschvoll abzulecken, während er seine unausgegorenen Ansichten von sich gibt.

Michel de Castelnau, Seigneur de Mauvissiere, schiebt seinen Teller von sich, stützt die Ellbogen auf den Tisch und mustert seine Gäste. Für einen Mann von sechzig Jahren ist er bemerkenswert rüstig, hat kaum Silbersträhnen in seinem dunklen Haar, und in seinem harten Gesicht mit der Knollennase leuchten scharfe Augen, denen nichts entgeht. Castelnau ist ein kultivierter Mann, nicht frei von Eitelkeiten, der an seiner Tafel gern Gäste mit Verstand und fortschrittlichen Ideen sieht, die sich nicht scheuen, ihre Theorien zu verteidigen und die Diskussionen über Wissenschaft, Theologie, Politik oder Poesie zu schätzen wissen. Ich verstehe immer noch nicht, wie ein Mann wie Douglas in seinen Kreis passt, wenn man einmal davon absieht, dass er Maria Stuarts Wohlwollen genießt. In dem dämmrigen bernsteinfarbenen Licht ragen unsere tanzenden Schatten hinter uns an der Wand auf.

»Eine Jungfrau wurde am Hof der Königin geschändet und ermordet.« Der Blick des Botschafters wandert über jeden Einzelnen von uns hinweg. »Meine Freunde, dies geschah, um die Katholiken zu verunglimpfen. Warum sonst? Ob Kruzifix oder Rosenkranz, das hat wenig zu bedeuten. Die Einzelheiten können sich von Bericht zu Bericht unterscheiden, aber die Absicht bleibt dieselbe: Furcht und Hass zu schüren – als ob es nicht schon genug davon gäbe! *Die Katholiken haben das getan*, werden die Engländer in den Straßen raunen. *Die Katholiken schrecken vor nichts zurück, sie wollen unsere Königin töten und uns alle wieder zu Sklaven des Papstes machen.* Das werden sie behaupten.« Er hat einen quengeligen, winselnden Ton angeschlagen, um den Klatsch der englischen Bürger in den Gassen und auf den Märkten zu imitieren. Courcelles, dieser

Speichellecker, lacht pflichtschuldig, Douglas rülpst vernehmlich.

»Was *ich* gehört habe«, durchschneidet eine neue Stimme die Stille wie Glas, »ist, dass ihr gesamter Körper mit Symbolen schwarzer Magie bedeckt war – mit Blut gemalt.« Er sieht mich an, als er dies sagt; der Mann, der halb im Schatten am Ende des Tisches sitzt. Er hat scharf geschnittene Züge, einen spitz zulaufenden Bart, Brauen wie gotische Bogen und Augen, die so hart wie Pfeilspitzen schimmern. Heute Abend hat er sich für seine Verhältnisse ungewöhnlich zugeknöpft verhalten, aber jedes Mal, wenn er diese schmalen, kalten Augen auf mich richtet, spüre ich die Feindseligkeit, die von ihm ausgeht wie die Hitze von einem Feuer.

Castelnau späht nervös in meine Richtung. Trotz der Vorbehalte seines Sekretärs gegen mich hat sich der Botschafter mir gegenüber stets freundlich, fast herzlich gegeben, seit ich auf Geheiß seines Königs im April in sein Haus gekommen bin, aber ich weiß, dass ihm dieser Teil meines Rufes Sorge bereitet. In Paris habe ich König Henri III. die Gedächtniskunst gelehrt – ein einzigartiges System, das ich aus den Lehren der Griechen und Römer entwickelt habe. Der König bezeichnete mich als seinen Hofphilosophen, was natürlich den Neid der Gelehrten an der Sorbonne weckte, die überall verbreiteten, meine Gedächtnistechniken seien Hexerei und der Kommunikation mit Dämonen entsprungen. Es waren diese Gerüchte, die, zusammen mit dem wachsenden Einfluss der katholischen Splittergruppe am französischen Hof, zu meinem vorübergehenden Exil in London geführt haben. Castelnau ist ein aufrechter Katholik, kein Extremist wie die Guise-Horde, aber fromm genug, um es mit der Angst zu tun zu bekommen, wenn die Leute ihm gegenüber darüber scherzen, dass er einen Hexenmeister in seinem Haus beherbergt. Auch er warnt mich oft, dass meine Freundschaft mit Doktor Dee meinem Ruf schade. Ich vermute, er sagt das, weil sein enger Freund Henry Howard Dee hasst, obwohl mir der Grund für diesen Hass ein Rätsel bleibt.

Lord Henry Howard starrt mich unter seinen geschwungenen Brauen hervor unentwegt an, als würde seine Position mich dazu verpflichten, mich zu rechtfertigen. »Habt Ihr nicht auch solche Berichte gehört, Bruno?«, fügt er mit seiner glattesten Stimme hinzu. »Das ist doch Euer Fachgebiet, nicht wahr?«

Ich lächele freundlich, während ich seinem Blick unverwandt standhalte. Es würde ihm einen Stich versetzen, wenn er wüsste, dass ich als Einziger hier am Tisch das tote Mädchen mit eigenen Augen gesehen habe, aber natürlich weiß niemand, dass ich in jener Nacht dort war, genauso wenig wie irgendjemand die Wahrheit bezüglich meiner Arbeit für Walsingham kennt. Castelnau glaubt, meine Bekanntschaft mit Philip Sidney würde sich zu seinem Vorteil auswirken; gelegentlich lasse ich ihm ein paar falsche Informationen vom englischen Hof zukommen, die ihn in dieser Illusion bestärken. Armer, vertrauensseliger Castelnau, es erfreut mich keineswegs, ihn zu täuschen, aber ich muss zuerst an mich denken, und ich glaube, ich habe in England bessere Zukunftsaussichten als in Frankreich. Allerdings bereitet es mir keine Gewissensbisse, Menschen wie Henry Howard in die Irre zu führen, einen gefährlichen Mann, vor dem mich Walsingham eindringlich gewarnt hat. Seit sein älterer Bruder, der Herzog von Norfolk, wegen Verrat hingerichtet wurde, ist Howard mit dreiundvierzig Jahren das Oberhaupt der mächtigsten katholischen Familie in England. Man sollte ihn nicht unterschätzen; im Gegensatz zu vielen anderen englischen Adeligen hat er einen messerscharfen Verstand und hat an der Universität von Cambridge sogar Rhetorik gelehrt. Sidney sagt, die Königin hätte ihn in ihren

Kronrat berufen, weil sie weiß, dass es klüger ist, seine Feinde in seiner Nähe zu halten, und weil sie die Puritaner unter ihren Ministern bei der Stange halten will.

»Mylord, Ihr irrt Euch – ich bin nur ein einfacher Schriftsteller«, erwidere ich, dabei hebe ich bescheiden die Hände. »So wie Eure Lordschaft auch«, füge ich dann hinzu, wohl wissend, dass ihn der Vergleich ärgern wird. Es wirkt, er funkelt mich an, als hätte ich seine legitime Geburt in Frage gestellt.

»Ach ja – was ist denn mit Eurem Buch, Howard?«, fragt Castelnau, sichtlich dankbar für die Ablenkung.

Howard neigt sich nach vorne und hebt einen Finger anklagend zur Decke.

»Die Art dieses Mordes – *das* ist das Hauptthema meiner Abhandlung. Wenn die Königin sich so offenkundig auf Wahrsagerei und Geisterbeschwörer wie John Dee verlässt, sind ihre Untertanen versucht, es ihr gleichzutun. Da sie sie noch dazu ermutigt hat, dem Papst den ihm gebührenden Gehorsam aufzukündigen, ist es nicht weiter verwunderlich, dass diese sich den Weissagungen und dem Geschwätz jedes alten Tattergreises über Sterne und Planeten zuwenden. Und überall, wo Chaos und Verwirrung herrschen, reibt sich der Teufel hämisch die Hände. Aber die Leute schlagen ja sämtliche Warnungen in den Wind.«

»Wenn ich Euch richtig verstehe, Mylord, seid Ihr der Meinung, dass dieser Mord geschah, weil die Leute Euer Buch nicht gründlich genug gelesen haben?«, frage ich mit unschuldsvoller Miene. Castelnau wirft mir einen warnenden Blick zu.

»Ich bin der Meinung, *Bruno* …«, Howard zischt meinen Namen, als würde er dabei die Zähne zusammenbeißen, »… dass diese Dinge alle zusammenhängen. Eine Herrscherin, die sich von der Kirche Gottes abwendet und alle spirituelle

Autorität für sich selbst beansprucht, aber das Haus nicht verlässt, ohne zuvor die Sterne befragt zu haben? Prophezeiungen bezüglich des Endes der Welt und der Ankunft des Antichristen? Die alte Ordnung ist auf den Kopf gestellt worden, und jetzt erdreisten sich Irrsinnige, Unschuldige im Namen des Teufels abzuschlachten. Ich bin sicher, dieser Mord war nicht die letzte Tat dieser Art.«

Bei diesen Worten hebt Douglas so ruckartig den Kopf, als verspräche das Gespräch endlich doch interessanter zu werden als die Überreste seines Huhns.

»Aber wenn man den Berichten Glauben schenken darf«, gebe ich vorsichtig zu bedenken, »dann scheint dieser Mörder eher im Namen der katholischen Kirche gehandelt zu haben.«

»Diejenigen, die sich der Herrschaft der Heiligen Mutter Kirche entzogen haben, werden immer die Ersten sein, die sie schmähen«, kontert Howard so rasch, als würden wir ein Fechtduell austragen, dabei krümmen sich seine Lippen zu einem Lächeln. »Was Ihr eigentlich wissen müsstet, Master Bruno.«

»*Doktor* Bruno, wenn ich bitten darf«, murmele ich. Normalerweise bestehe ich nicht darauf, aber ich weiß zufällig von Walsingham, dass Henry Howard zwar einen Familientitel geerbt, aber ansonsten nur den Mastergrad erreicht hat. In Universitätskreisen zählen solche Unterschiede. Und sein Gesichtsausdruck verrät mir, dass ich einen wunden Punkt getroffen habe.

»*Alors* …« Castelnau lächelt unsicher, hält ablenkend die Weinflasche hoch und späht über unsere Gläser hinweg, um zu sehen, wer nichts mehr zu trinken hat. Ausgerechnet Douglas schiebt augenblicklich sein Glas vor. Als der Botschafter die Flasche über den Tisch schiebt, zucken wir allesamt wie erschrockene Tiere zusammen, denn im selben Moment wird die Tür mit einem leisen Klicken geöffnet. Aufgrund des geheimen

Charakters dieser Treffen sind unsere Nerven zum Zerreißen gespannt.

Die Gruppe atmet erleichtert auf, als die Neuankömmlinge den Raum betreten. Trotz der späten Stunde scheinen sie erwartet worden zu sein, zumindest von unserem Gastgeber. Auf den ersten Blick hätte man sie für ein Paar halten können, doch dann schlägt die junge Frau ihre Kapuze zurück und geht mit ausgebreiteten Armen auf Castelnau zu, der aufsteht und seine Frau mit einem Spanielblick in den Augen begrüßt. Als sie ins Licht tritt, erkennt man, dass sie nicht mehr so jung ist, wie sie zunächst gewirkt hat; die Figur könnte die eines jungen Mädchens sein, aber ihr Gesicht verrät, dass sie auf der falschen Seite der dreißig steht. Dennoch ist sie fast drei Jahrzehnte jünger als ihr Mann, was vielleicht das Leuchten in seinen Augen erklärt. Sie legt ihm eine zarte Hand auf die Schulter, dann hebt sie den Kopf und blickt flüchtig in die Runde. Marie de Castelnau ist klein und zierlich und gleicht einer Puppe – die Art Frau, die in Männern sofort einen Beschützerinstinkt weckt, obwohl sie sich so selbstsicher bewegt wie eine Tänzerin und sich ihrer Reize offenbar nur allzu gut bewusst ist. Ihr kastanienbraunes Haar ist aufgesteckt und wird im Nacken von einem Schildpattkamm gehalten, nur ein paar lose Strähnen ringeln sich um ihr herzförmiges Gesicht. Sie streicht eine davon zurück, ehe sie ihren Umhang aufschnürt und die Gäste am Tisch mustert.

Unsere Blicke kreuzen sich einen Moment lang, sie betrachtet mich mit einem Ausdruck, der an Neugier grenzt, bevor sie ihre Aufmerksamkeit wieder Castelnau zuwendet, der liebevoll ihre Hand tätschelt. Walsingham hat Recht, sie ist in der Tat sehr hübsch. Ich bemühe mich, diesen Gedanken sofort zu verdrängen.

»Du hast also unseren guten Throckmorton gefunden.« Der

Botschafter strahlt den jungen Mann an, der nach seiner Frau hereingekommen ist und jetzt unschlüssig an der Tür steht. Er trägt noch immer einen Reiseumhang. »Schließt die Tür hinter Euch, kommt her, und trinkt einen Becher Wein.« Er deutet auf einen leeren Stuhl. Courcelles wird losgeschickt, um noch eine Flasche zu holen; der Sekretär ist nicht zu stolz, Dienstbotenpflichten zu übernehmen, wenn Heimlichkeit angesagt ist. Ich für meinen Teil bin überrascht, dass mir gestattet wird, an diesem ganz offensichtlich konspirativen Treffen teilzunehmen. Henry Howard mag mich ablehnen, aber Castelnaus Glaube an meine Treue zu Frankreich, wenn auch nicht zu Rom, scheint unerschütterlich zu sein. Mein Herzschlag beschleunigt sich vor Erregung.

»Ist er durch den Garten gekommen?«, fragt Castelnau seine Frau besorgt.

»Nein, über die Water Lane, Mylord«, erwidert der junge Mann namens Throckmorton, während er Platz nimmt. Er meint damit, dass er das Haus von hinten, von der Flussseite aus betreten hat, wo er gute Chancen hatte, nicht gesehen zu werden. Salisbury Court ist ein mindestens hundert Jahre altes, langgestrecktes, weitläufiges Gebäude, dessen Haupteingang in der Fleet Street neben der Kirche St.Bride's liegt, aber der Garten fällt bis zu dem braunen Wasser der Themse ab; jeder, der der Botschaft einen Privatbesuch abstatten will, kann nach Einbruch der Dunkelheit mit einem Boot an den Buckhurst Stairs anlegen, die Water Lane hochgehen und ein Tor in der Gartenmauer passieren, ohne befürchten zu müssen, bemerkt zu werden. Dieser Throckmorton wirkt noch sehr jung, sein bartloses Gesicht ist schmal und feinknochig und wird von hellem Haar umrahmt, das ihm in Locken bis über den Kragen fällt; er hat ein angenehmes, offenes Lächeln, aber seine hellen Augen schießen nervös hin und her, als rechne er halb damit, von einem von uns angegriffen zu werden, wenn er gerade in die andere Richtung schaut. Sowie er sitzt, öffnet er seinen Umhang. Sein Blick ruht fragend, aber nicht feindselig auf mir, dem einzigen unbekannten Gesicht.

»Doktor Bruno, Ihr kennt Francis Throckmorten noch nicht, glaube ich?«, sagt Castelnau, dem nicht entgeht, in welche Richtung der junge Mann blickt. »Ein äußerst wertvoller englischer Freund der Botschaft.« Er begleitet seine Worte mit einem viel sagenden Nicken.

Howard mustert den Neuankömmling ohne zu lächeln, dann schlägt er die Knöchel gegeneinander.

»Nun, Throckmorton«, beginnt er ohne Einleitung. »Was gibt es Neues von der Königin?«

Er meint natürlich die andere Köngin: Elisabeths Base Maria Stuart, die sie auch als rechtmäßige Königin von England betrachten, als die einzige legitime Tudor-Erbin. *Sie*, das sind die Extremisten der katholischen Liga in Frankreich, die von dem Herzog von Guise, Marias Vetter mütterlicherseits, angeführt wird, und die katholischen englischen Edelleute, die sehen, dass sich das Blatt in ihrem eigenen Land gegen sie wendet. Sie versammeln sich an Castelnaus Tafel, um ihrem Groll freien Lauf zu lassen und zu fordern, dass endlich etwas unternommen wird. Nur dass Maria Stuart zurzeit eine Königin ohne Reich ist; ihr Sohn James VI. herrscht unter Elisabeths wachsamen Augen über Schottland, und Maria wird in Sheffield Castle gefangen gehalten, damit sie keine Rebellion anzetteln kann. Doch diese Maßnahme hat anscheinend nicht dazu beigetragen, die Anzahl der Komplotte zu mindern, die in ihrem Namen auf beiden Seiten des Kanals geschmiedet werden.

Throckmorton legt die Hände flach auf den Tisch und lässt den Blick noch einmal über die Runde schweifen, dann strafft er sich, als schicke er sich an, eine Rede zu halten, und lächelt schüchtern.

»Ihre Majestät Königin Maria bat mich, Euch auszurichten, dass die Liebe und Unterstützung, die sie von ihren Freunden in London und Paris erfährt, und besonders die fünfzehnhundert Goldkronen, die Mylord Castelnau ihr so großzügig geschickt hat, ihre Stimmung sehr gehoben haben.«

Castelnau neigt bescheiden den Kopf. Howard richtet sich verblüfft auf.

»Ihr habt mit ihr persönlich *gesprochen*?«

»Nein«, wehrt Throckmorton fast entschuldigend ab. »Mit einer ihrer Frauen. Walsingham hat bestimmt, dass sie vorerst keinen Besuch empfangen darf.«

»Aber Briefe schon?«

»Ihre offizielle Post wird von ihren Gefängniswärtern geöffnet und gelesen. Doch ihre Frauen schmuggeln meine Korrespondenz hinein und heraus – in ihrer Unterwäsche verborgen.« Bei der Vorstellung läuft er hochrot an und fährt hastig fort: »Sie ist sicher, dass die Wärter noch keine Möglichkeit gefunden haben, sie zu lesen. Und Bücher sind ihr gestattet.« Er wirft Howard einen bedeutungsvollen Blick zu. »Sie lässt Euch bitten, ihr eine Ausgabe Eures neuen Werkes zu schicken, in der Ihr Prophezeiungen und Ähnliches verdammt, Lord Howard. Sie brennt darauf, es zu lesen.«

»Sie erhält es mit Eurer nächsten Lieferung.« Howard lehnt sich sichtlich zufrieden zurück.

»Sie kann es auch kaum erwarten«, fügt Throckmorton hinzu, dabei blickt er hoffnungsvoll von Douglas zu Fowler, »Neues von ihrem Sohn zu erfahren. Sie möchte wissen, was der König von Schottland denkt und wie seine Absichten aussehen.«

Castelnau lacht bitter auf. »Das wüssten wir alle gern. Auf

welche Seite wird sich der junge James schlagen, wenn er eine Wahl treffen muss?« Er zuckt entnervt die Achseln.

»Demnach schreibt er seiner Mutter nicht selbst?« Howard runzelt die Stirn.

»Unregelmäßig«, lässt ihn Throckmorton wissen. »Und wenn er es tut, bedient er sich der Sprache der Diplomatie, sodass sie sich bezüglich seiner Pläne nie sicher sein kann. Sie fürchtet, seine Loyalität könnte nicht ganz dort liegen, wo sie liegen sollte.«

»König James ist siebzehn«, sagt Fowler mit seiner ruhigen, autoritären Stimme, und alle beugen sich vor, um ihm zu lauschen. Er kleidet sich schlicht, trägt keine Halskrause, nur der Hemdkragen ragt aus seinem wollenen braunen Wams heraus. In gewisser Hinsicht freut mich das; ich hege Gecken gegenüber ein instinktives Misstrauen. »Er ist gerade erst aus dem Schatten seiner Regentinnen herausgetreten – welcher Siebzehnjährige, der Geschmack an der Unabhängigkeit gefunden hat, würde die Zügel wohl bereitwillig wieder seiner Mutter überlassen? Es wird eines besseren Anreizes als Sohnesliebe bedürfen, um ihn dazu zu bringen, sie zu unterstützen. Außerdem«, fügt er hinzu, »war er noch kein Jahr alt, als er sie zuletzt gesehen hat. Sie mag sich ja einbilden, es bestünde ein natürliches Band zwischen ihnen, aber James weiß, dass eine Königin auf dem Thron ihm mehr nützen kann als eine im Gefängnis.«

»Nun, Monsieur Throckmorton, Ihr könnt Königin Maria versichern, dass ihr Sohn just in diesem Moment einen Abgesandten des Herzogs von Guise empfängt«, unterbricht Madame de Castelnau, dabei späht sie unter ihren dichten Wimpern hervor. »Er wird James die Freundschaft Frankreichs anbieten, wenn er seine Pflichten als Marias Sohn anerkennt und erfüllt.«

Ihre Worte lösen ein überraschtes Raunen aus. Castelnaus Gesicht verdunkelt sich vor Wut – das hört er eindeutig zum ersten Mal, und was ihn anbetrifft, steht es den Guises gewiss nicht zu, über Frankreichs Freundschaft zu verfügen –, aber ich sehe, wie er seinen Zorn zügelt ... immer ganz der professionelle Diplomat. Er will seine Frau nicht öffentlich tadeln. Sie sieht ihn nicht an, aber um ihre Mundwinkel zuckt Triumph, als sie den Blick senkt und angelegentlich den Tisch betrachtet.

»Auf jeden Fall«, bemerkt der Botschafter so gelassen, als habe er ein ganz anders geartetes Gespräch geführt, »gibt es gute Gründe für die Annahme, dass wir bald einen Vertrag haben werden, der Königin Maria ihre Freiheit auf friedliche Weise wiedergibt, sie wieder mit ihrem Sohn vereint und es Frankreich erlaubt, sowohl mit England als auch mit Schottland Freundschaft zu pflegen.«

»Zur Hölle mit Verträgen!«

Henry Howard stößt seinen Stuhl zurück und schlägt so plötzlich mit der Faust auf den Tisch, dass erneut alle zusammenzucken. Die Kerzen sind so weit heruntergebrannt, dass sein Schatten hinter ihm an der Holztäfelung hochkriecht, über die Decke zuckt und über uns aufragt wie ein Riese in einem Kindermärchen.

»In Christi Namen, die Zeit für Verträge ist vorbei! Begreift Ihr das nicht, Michel?«, bellt Howard und stützt sich mit beiden Händen auf den Tisch, um den Botschafter wütend anzustarren, während Courcelles ihm vergeblich bedeutet, seine Stimme zu dämpfen. »Fühlt Ihr Euch inzwischen am englischen Hof so wohl, dass Ihr nicht merkt, aus welcher Richtung der Wind in Paris weht?«

»Der König der Franzosen hofft immer noch auf ein politisches Bündnis mit Königin Elisabeth, und es ist meine Pflicht, alles zu tun, was in meiner Macht steht, um ihm dazu zu verhelfen, während ich hier seine Interessen vertrete.« Castelnau bleibt ruhig, aber Howard lässt sich nicht beschwichtigen.

»Das französische Volk will kein solches Bündnis mit einer protestantischen Ketzerin, und das weiß Euer König Henri – er spürt die Macht der katholischen Liga im Rücken. Keine weiteren Verträge oder Heiraten oder Versuche, die Prätendentin Elisabeth versöhnlich zu stimmen – uns bleibt jetzt nur noch ein Weg!« Wieder schlägt er zur Bekräftigung so hart auf den Tisch, dass die Platte erzittert.

»Wenn ich mich recht erinnere«, versetzt Castelnau mühsam beherrscht, »wart Ihr vor gar nicht allzu langer Zeit mein engster Verbündeter, als es um die Heiratsverhandlungen zwischen Eurer Königin und dem Bruder meines Königs ging.«

»Nur zum Schein, Michel. Dieser Plan war von Anfang an zum Scheitern verurteilt.« Howard winkt mit großer Geste ab. »Der Herzog von Anjou wollte Elisabeth nie wirklich heiraten – sie ist mindestens zwanzig Jahre älter als er, um Himmels willen! Ich meine, würdet *Ihr* das auf Euch nehmen?« Er sieht die Männer nacheinander an; fordert sie förmlich zu spöttischen Bemerkungen auf. Douglas antwortet mit einem lasziven Kichern. »Und sobald sie die Unzufriedenheit ihrer Untertanen bezüglich dieser Absicht witterte, schickte sie ihn seiner Wege«, fährt Howard fort. »Jetzt wird sie nicht mehr heiraten – und wenn doch, dann bestimmt keinen katholischen Prinzen. Sie hat gesehen, wohin das führt.«

»Und mit fünfzig wird sie auch keinen Erben mehr gebären«, fügt Marie de Castelnau abfällig hinzu. »Frankreichs beste Hoffnung besteht darin, Maria Stuart auf Englands Thron zu bringen, damit sie von dort aus als Mutter und katholische Herrscherin auf ihren Sohn einwirkt und ihn an seine Pflichten erinnert. *Et voilà*!« Mit einem so zufriedenen Lächeln, als habe sie einen gelungenen Zaubertrick vorgeführt, streckt sie die Hände vor.

»*Et voilà*?« Ich sehe sie ungläubig an. »Problem gelöst? Ihr sprecht, als wären sie alle Schachfiguren – man macht mit dieser einen Zug, wirft jene vom Brett und bedroht wieder eine andere. *Fin de partie*. Glaubt Ihr wirklich, dass das so einfach ist, Madame?«

Marie presst die Lippen zu einem schmalen weißen Strich zusammen, gibt meinen Blick aber trotzig zurück. Howards Miene verfinstert sich. »Ihr wagt es …«, platzt er heraus, doch Castelnau hebt eine Hand. Er sieht erschöpft aus.

»Fahrt fort, Bruno«, sagt er sanft. »Ihr habt Euch bislang noch kaum geäußert. Ich würde gern Eure Meinung hören. Ihr kennt König Henris Ansichten so gut wie alle seine Berater.«

Ich spüre, dass Fowlers Augen auf mir ruhen. Ohne mich in seine Richtung zu drehen weiß ich, was er will – ich soll Vorsicht walten lassen und meine privilegierte Position an diesem Tisch nicht gefährden, indem ich mich feindselig zeige. Doch Castelnau erwartet, dass ich unverblümt meine Meinung vertrete; er würde Verdacht schöpfen, wenn ich nicht die Rolle des Advocatus Diaboli übernehmen würde.

»Ich sage nur, dass diese Königinnen keine Puppen sind, die man nach Belieben herumschieben kann.« Während ich diese Worte formuliere, muss ich plötzlich an die Elisabeth-Puppe mit der Nadel in der Brust in Cecily Ashes toter Hand denken. Ich erschauere; die Erinnerung bringt mich aus dem Konzept. »Diese glorreiche Wiedervereinigung unter Rom wird nicht ohne großes Blutvergießen in England abgehen. Das hat bislang noch niemand erwähnt.«

»Solche Dinge werden als selbstverständlich vorausgesetzt, Ihr verdammter Narr!«, grollt Howard.

»Könnt Ihr hobeln, ohne dass Späne fallen?«, fragt Marie mit einem leisen Lächeln. Sie hat schöne weiße Zähne und scheint sich nicht davor zu fürchten, sie auch zu benutzen.

»Die Königin der Schotten scheut sich nicht, Blut zu vergießen, wenn es ihren Zwecken dienlich ist, das kann ich Euch versichern«, verkündet Douglas bestimmt und reißt sich aus seinen eigenen Gedanken, um sich ein weiteres großes Glas Wein einzuschenken, das er mit einem Zug leert. »Ich könnte Euch da eine Geschichte über sie erzählen …« Er lacht in sein leeres Glas.

»Tatsächlich? Ist es die über die Pastete?«, fragt Courcelles mit einem bühnenreifen Augenverdrehen.

»Aye.« Douglas' Augen leuchten auf. »Nach dem Tod ihres Mannes gab es ein großes Fest …«

Courcelles hebt eine Hand. »Vielleicht ein andermal. Sie könnte Madame de Castelnau nicht gefallen.«

»Oh, aye. Tut mir leid.« Douglas wirft Marie einen Blick zu und berührt mit einer gespielt schuldbewussten Geste seine Stirn.

Eine kurze, betretene Stille tritt ein; alle drehen sich zu ihm um, und ich spüre, dass mir etwas entgangen ist. Marie und Henry Howard wechseln einen Blick, dessen Bedeutung ich nicht entschlüsseln kann. Ihre Wangen sind vor Aufregung gerötet, ihre Augen blitzen hell und entschlossen, ihre leicht geöffneten Lippen glänzen. Sie bemerkt, dass ich sie beobachte, und senkt sittsam die Lider, blickt dann aber wieder auf, um zu sehen, ob ich sie immer noch anschaue.

»Die Priesterseminare in Frankreich arbeiten noch immer unermüdlich daran, Missionare in allen möglichen Verkleidungen hierherzuschicken, Mylords, und das katholische Netzwerk, das sie unterstützt, hat nichts von seiner Macht eingebüßt«, wirft Fowler ein, und die gesamte Gruppe richtet ihre Aufmerksamkeit auf ihn. »Wir können nur beten, dass deren Bemühungen Erfolg haben und verlorene Seelen in den Schoß der Heiligen Römischen Kirche zurückbringen …«

»Ja, Fowler, ich bewundere Eure Frömmigkeit, und ich bin sicher, wir beten alle für dasselbe«, schneidet ihm Howard das Wort ab. »Aber als Warnung für potenzielle Konvertiten weiden sie jeden Jesuitenmissionar, der ihnen in die Hände fällt, auf dem Schafott in Tyburn aus wie ein Schwein auf dem Schlachterblock. Es ist Zeit zu begreifen, dass dieses Land weder durch Politik noch durch Predigten wieder katholisiert werden kann, sondern nur durch Gewalt.«

»Dann … verzeiht mir, wenn ich etwas schwer von Begriff bin, aber sprecht Ihr von einer Invasion?« Ich blicke mit großen Augen von Howard zu Castelnau. Es ist keine eigentliche Frage, und das Gesicht des Botschafters antwortet mit einem Ausdruck hilflosen Kummers.

»Michel – haltet Ihr es für klug, dass er hier mit uns sitzt?« Howard schnippt ungeduldig mit den Fingern in meine Richtung. »Wir wissen alle, dass die Inquisition diesen Mann wegen Ketzerei verhaften will. Sagt mir – was meint Ihr, wem seine Loyalität in dieser Sache gilt? Hm? Rom oder der ebenfalls exkommunizierten Elisabeth?«

»Doktor Bruno ist ein persönlicher Freund meines Königs«, versetzt Castelnau ruhig, »und ich bürge für seine Loyalität gegenüber Frankreich. Seine Ideen mögen manchmal ein wenig …«, er sucht nach einem diplomatischen Ausdruck, »… *unorthodox* erscheinen, aber er ist und bleibt ein Katholik. Er besucht regelmäßig mit meiner Familie hier in der Botschaftskapelle die Messe und hält sich immer an die mit seiner Exkommunikation verbundenen Vorschriften. Ein Problem, das wir zu gegebener Zeit aus der Welt schaffen werden, nicht wahr, Bruno?«

Ich setze eine Miene auf, die fromme Hoffnung ausdrücken soll, und nicke ernst.

Howards Gesicht verfinstert sich, aber er sagt nichts mehr, und ich empfinde einen plötzlichen Anflug von Zuneigung zu dem Botschafter, gefolgt von Bedauern darüber, dass ich gezwungen bin, ihn so zu täuschen. Wie auch immer sich dieser Fall entwickelt, ich werde dafür sorgen, dass Walsingham von seinem Einsatz für Frieden erfährt. Castelnau hat wie König Henri von Frankreich eher gemäßigte Ansichten; er gehört zu den Katholiken, die finden, dass man den Glauben unter verschiedenen Gesichtspunkten betrachten dürfen muss. Auf seine Weise ist er ein integrer Mann, er würde sich nicht für Krieg entscheiden, aber vielleicht wird man ihm keine andere Wahl lassen. Seine Frau dagegen sieht aus, als könne sie einen gewalttätigen Konflikt kaum erwarten.

»Hört zu«, sagt sie jetzt, faltet die Hände und lässt den Blick ihrer hellen Augen kurz über die Gruppe schweifen, bevor sie hinzufügt: »Mylords, Freunde … wir alle, die wir uns an dieser Tafel zusammengefunden haben, weisen verschiedene Lebenshintergründe auf, aber wir verfolgen dasselbe Ziel, nicht wahr? Wir glauben alle, dass Maria Stuart die rechtmäßige Erbin des englischen Throns ist und dass sie den katholischen Glauben wieder einführen würde, der uns vereint, ist es nicht so?«

Zustimmendes Gemurmel erklingt, von einigen begeisterter als von anderen; ich fange Fowlers Blick auf und wende mich rasch ab.

»Außerdem würde Maria Stuart auf dem englischen Thron die Interessen unserer beiden Nationen besser wahrnehmen«, fährt Marie knapp fort, streckt ihre eleganten Finger aus und gibt vor, die bunt schillernde Sammlung von Ringen zu betrachten. »Das vereint uns in unseren Zielen ebenso wie in unserer Religion, was uns zu natürlichen Verbündeten macht, auch wenn wir nicht immer einer Meinung sind. Wenn wir das vergessen, verlieren wir jegliche Hoffnung auf Erfolg.« Hier blickt sie auf und richtet ihr strahlendes Lächeln auf mich, ehe sie es den anderen schenkt. Ich betrachte die Frau des Botschafters mit neu erwachter Neugier. Wie groß der Ruf ihrer Frömmigkeit auch sein mag, an ihrem politischen Scharfsinn besteht kein Zweifel; hinter dem Lächeln und dem Erröten verbirgt sich eine eiserne Willenskraft, die in starkem Gegensatz zu der Gewohnheit ihres Mannes steht, es stets allen recht machen zu wollen. Ich schiele zu Castelnau hinüber. Er zwickt sich mit Daumen und Zeigefinger in den Nasenrücken und wirkt müde. Das Machtgleichgewicht in der Botschaft scheint sich nach Maries Rückkehr kaum merklich verlagert zu haben.

»Soll ich neue Kerzen holen, Mylord?«, murmelt Courcelles. Ohne dass wir es gemerkt haben, sind die schwachen Flammen fast erloschen, und wir sitzen im Halbdunkel.

»Nein.« Castelnau schiebt seinen Stuhl zurück und erhebt sich schwerfällig. »Wir werden uns zurückziehen. Meine Frau ist noch nicht lange aus Paris zurück und muss sich ausruhen. Morgen Abend wird mein Kaplan hier vor dem Essen die Messe lesen. Gute Nacht, Gentlemen. Claude, ich glaube, Monsieur Douglas braucht ein Gästezimmer.« Er nickt zum Ende des Tisches hinunter, wo Douglas mit dem Gesicht auf den Händen eingeschlafen zu sein scheint. Courcelles gibt einen kleinen angewiderten Laut von sich.

Unser Gastgeber hält uns die Tür auf und wünscht uns noch einmal eine gute Nacht, als wir an ihm vorbei in den Gang hinausströmen. Ich bin gezwungen, abrupt stehen zu bleiben, als Henry Howard vor mir Castelnau auf französische Art umarmt, jedoch mit einem sehr englischen Mangel an Herzlichkeit.

»Da wir gerade von natürlichen Verbündeten gesprochen haben – Ihr wisst, dass wir uns mit Spanien in Verbindung setzen müssen, wenn das hier weitergehen soll«, zischt er dem Botschafter ins Ohr. »Je eher, desto besser.«

Castelnau seufzt. »Wenn Ihr meint.«

»Throckmorton befördert auch Briefe von Maria zur spanischen Botschaft. Oh – das wusstet Ihr nicht?«

Castelnau wirkt ob der Neuigkeit verletzt, so als habe er gerade erfahren, dass seine Frau ihm untreu sei; Howards Arm hält er noch immer umfasst.

»Sie steht mit Mendoza in Kontakt? Aber der Mann ist so …«

»Geradeheraus?«

»Ich wollte ›ungehobelt‹ sagen. Für einen Botschafter zumindest.«

»Mendoza ist ein Mann der Tat«, widerspricht Howard entschieden, dabei entzieht er sich Castelnaus Griff; hiernach verneigt er sich knapp, geht von dannen und lässt die unausgesprochene Kritik in der Luft hängen.

Sowie wir draußen im Gang außer Hörweite sind, überfällt Howard mich förmlich und sticht mir mit einem seiner goldgeschmückten Finger fast ins Gesicht.

»Ihr mögt den französischen König und den Botschafter eingewickelt haben, Bruno, aber Ihr sollt wissen, dass mir Eure Nase nicht gefällt.«

»Dafür kann ich mich nur entschuldigen, Mylord. Sie ist so, wie Gott sie geschaffen hat.«

Seine Augen werden schmal, er tritt einen Schritt zurück und mustert mich lange mit dem harten Blick eines Mannes, der befürchtet, man wolle ihm ein schlechtes Pferd andrehen.

»Ich habe gehört, was man in Paris über Euch sagt.«

»Und was sagt man, Mylord?«

»Spielt nicht Katz und Maus mit mir, Bruno. Dass Ihr verbotene Magie praktiziert.«

»Ach, das.«

»Und es heißt, Ihr würdet mit Teufeln sprechen.«

»Oh, ständig. Sie fragen oft nach Eurer Lordschaft; sie

sagen, sie halten ein besonders warmes Plätzchen für Euch bereit.«

Howard rückt wieder näher. Er ist größer als ich, aber ich weiche nicht zurück. Sein Atem weht mir heiß ins Gesicht.

»Scherzt, so viel Ihr wollt, Bruno. Ihr seid nichts anderes als ein begnadeter Hofnarr, genau wie Ihr es am französischen Hof wart, und ein Narr darf ungestraft so ziemlich alles sagen. Aber wer wird am Ende wohl lachen, wenn König Henri nicht mehr die Macht hat, Euch zu beschützen?«

»Kann ein Herrscher denn einfach mir nichts, dir nichts seine Macht einbüßen?«

Jetzt lacht er, leise und wissend.

»Gebt Acht und wartet ab, Bruno. Gebt Acht und wartet ab. In der Zwischenzeit werde ich ein Auge auf Euch haben.«

Auf den Dielen hinter uns erklingen Schritte, Howard verstummt, misst mich mit einem letzten missbilligenden Blick und eilt schnellen Schrittes davon, dabei befiehlt er einem Diener, ihm seinen Umhang zu bringen. Ich wende mich um und sehe William Fowler mit Courcelles an seiner Seite vor mir stehen.

»Gute Nacht, Doktor Bruno.« Fowlers Gesicht verrät nicht, was in ihm vorgeht. »Es hat mich gefreut, Euch kennen zu lernen.«

Ich versichere ihm mit ebenso unbeteiligter Miene, dass die Freude ganz meinerseits sei. Er streckt eine Hand aus, um die meine zu schütteln, und steckt mir dabei ein zusammengefaltetes Stück Papier zu. Ich schließe die Finger darum und wünsche ihm noch eine glückliche Reise, während ich mich bereits zum Treppenhaus umdrehe. Wenn ich ihn doch nur begleiten könnte, um offen mit ihm zu reden! Vielleicht könnten wir gemeinsam ergründen, was hinter alldem steckt, was wir heute Nacht gehört haben.

4

Salisbury Court, London
27. September im Jahr des Herrn 1583

Es kommt mir vor, als hätte ich kaum die Augen geschlossen, als jemand leise, aber beharrlich an meine Kammertür klopft. Die Morgendämmerung bricht gerade erst an – so früh überbringen Boten für gewöhnlich nur schlechte Nachrichten. Ich schlüpfe in ein Paar Beinlinge und in ein Hemd, eile zur Tür und schiebe den Riegel zurück, um meinen ungeduldigen Besucher einzulassen, dabei wappne ich mich für neuerliches Unheil. Aber es ist nur Léon Dumas, der Sekretär des Botschafters, der in seiner Hast, nicht gesehen zu werden, so rasch in den Raum huscht, dass er mich fast umreißt und mit dem Kopf gegen die schräge Decke stößt. Hier im zweiten Stock des Hauses, direkt unter dem Dach, sind die Kammern für Leute von meiner und nicht seiner Größe konzipiert.

Dumas reibt sich die Stirn und lässt sich schwer auf mein Bett sinken. Er ist ein ernster junger Mann von siebenundzwanzig Jahren, hochgewachsen, mager und mit schütterem Haar sowie leicht hervorquellenden Augen, die ihn immer ängstlich und erschrocken wirken lassen – und ich werde das Gefühl nicht los, dass sich dieser Eindruck noch verstärkt hat, seit ich ihn überredet habe, mir Einblick in die Korrespondenz des Botschafters zu verschaffen. Jetzt sieht er mich mit diesen großen Augen und einem schmerzlichen Stirnrunzeln an, als wäre ich auch daran schuld, dass er sich den Kopf gestoßen hat. Er ist bereits vollständig angekleidet.

»Léon, Ihr seid ja mit den Hühnern aufgestanden – ist etwas geschehen?«

Er schüttelt den Kopf.

»Ich wollte Euch nur warnen – der Botschafter ist bereits in sein Arbeitszimmer gegangen, um die Tageskorrespondenz in Angriff zu nehmen. Er war die halbe Nacht auf und hat die Briefe von Maria Stuart gelesen, die Monsieur Throckmorton aus Sheffield Castle mitgebracht hat, und jetzt ist er dabei, sie zu beantworten. Er möchte, dass sie heute noch vor Einbruch der Dunkelheit in Throckmortons Haus am Paul's Wharf abgegeben werden – anscheinend soll Throckmorton morgen beim ersten Tageslicht nach Sheffield zurückreiten.«

»Gut. Also erwartet Throckmorton Euch irgendwann an diesem Abend?«

»Ich denke schon. Castelnau wird den Morgen damit verbringen, seine Briefe zu schreiben und zu verschlüsseln, und ich muss ihm dabei helfen. Dann wird er mich allein lassen, damit ich sie ins Reine schreiben kann, während er und der Rest des Haushalts beim Essen sitzen, und wenn er seine Mahlzeit beendet hat, wird er sich die Abschriften ansehen und sie versiegeln, und dann wird er mich losschicken.«

»Hm …« Ich gehe in Gedanken den Zeitplan durch. »Wir müssen schnell zu Werke gehen. Habt Ihr die Briefe von Königin Maria gesehen?«

Er schüttelt den Kopf; eine nervöse, zuckende Bewegung.

»Lest sie, während er fort ist, Léon. Wenn Ihr keine Zeit habt, eine Kopie anzufertigen, prägt Euch den Inhalt ein, so gut Ihr könnt. Aber es kann sein, dass sie ihm einen neuen Code geschickt hat – sie ändern ihn oft, weil sie fürchten, die Briefe könnten abgefangen werden. Ist das der Fall, müssen wir den Code kopieren.«

Dumas schluckt hart und nickt. Er sitzt auf seinen Händen.

»Und wenn ich keine Zeit habe, zwei Kopien anzufertigen, bevor er sie versiegeln will …«

Zum Überlegen schreite ich kurz im Raum auf und ab.

»In diesem Fall müssen wir auf dem Weg zu Master Throckmorton unserem Freund Thomas Phelippes einen Besuch abstatten. Keine Sorge, Léon – Phelippes ist ein Meister seines Fachs. Niemand wird bemerken, dass er sich an den Briefen zu schaffen gemacht hat.«

Dumas verzieht kummervoll das Gesicht und rutscht auf seinen Händen herum.

»Aber was, wenn wir ertappt werden, Bruno?«

»Dann werden wir beide auf die Straße gesetzt«, erwidere ich ernst. »Wir werden gezwungen sein, uns einer fahrenden Schaustellertruppe anzuschließen. Wir könnten anbieten, bei der Ankunft Christi in Jerusalem am Palmsonntag den Esel zu spielen.«

»Bruno …«

»Oh – ich weiß, was Ihr sagen wollt. Nun gut, von mir aus könnt Ihr die Rolle der Vorderbeine übernehmen.«

»Müsst Ihr alles ins Lächerliche ziehen?«

Doch trotz der Rüge lächelt er, während ich an Howards boshafte Beleidigung vom letzten Abend denken muss. *Ein begnadeter Hofnarr*. Hat man in Paris wirklich so von mir gesprochen? Königin Elisabeth hält sich einen italienischen Narren am Hof, der auf den Namen Monarcho hört; muss ich mich tatsächlich mit ihm vergleichen lassen? Der Stachel schmerzt in meinem Fleisch, weil ich die Augen nicht vor der Wahrheit verschließen kann: Ohne Geld, Land und Titel muss ich mich wohlhabenden Männern unentbehrlich machen, wenn ich es zu etwas bringen will, und ich habe viel Lehrgeld dafür zahlen müssen zu erkennen, dass die meisten dieser Männer lieber unterhalten als erleuchtet werden wollen. Aber darf ich nicht hoffen, beides vereinen zu können? Genau das will ich in dem Buch darlegen, das ich gerade schreibe und das meine neuen Theorien bezüglich des Universums so erklären soll, dass es auch außerhalb der Universitäten von gewöhnlichen Männern und Frauen in einer ihnen verständlichen Sprache gelesen werden kann.

Ich setze mich neben Dumas auf das Bett und lege ihm einen Arm um die Schultern, um ihn etwas aufzumuntern.

»*Courage, mon brave.* Denkt an die Münzen, die bald in Eurer Börse klimpern werden. Ihr könnt über den Fluss nach Southwark fahren und Euch in einem der Freudenhäuser ein williges Mädchen suchen. Das wird ein Lächeln auf Euer Gesicht zaubern. Außerdem …«, ich drehe mich seufzend zum Fenster, wo fahles Licht durch die Ritzen der Läden fällt und über den Boden kriecht, »… weiß ich noch gar nicht, in was wir hier hineingeraten sind, Léon, aber wenn wir Vorsicht walten lassen und unsere Sache gut machen, könnten uns am Ende viele Menschen ihr Leben verdanken. Unter anderem …«, füge ich flüsternd hinzu, als dem jungen Sekretär die Augen aus den Höhlen zu quellen drohen, »… die englische Königin persönlich.«

Gegen elf Uhr trete ich in einen derart goldenen Herbstmorgen hinaus, als wolle die sonst stets nur halbherzig scheinende englische Sonne uns nachträglich für ihre Abwesenheit während des kalten, feuchten Sommers entschädigen. Im Garten von Salisbury Court prangen die Bäume in einem Farbenmeer, das sich leuchtend vom Blau des Himmels abhebt: Karminrot, Ocker, Bernstein und Zartgrün, ein Überbleibsel des Sommers. Alles ist so bunt wie die Seidengewänder, die Sidney und seine Freunde bei Hof tragen. Ich selbst bin wie jeden Tag in Schwarz gekleidet; ein einsamer dunkler Schatten in dieser farbenfrohen Landschaft. Elf Jahre lang habe ich die schwarze Kutte der Dominikaner getragen; später, als ich mir meinen Lebensunterhalt dadurch verdient habe, dass ich an den Universitäten Europas lehrte, legte ich die schwarze Robe der Gelehrten und Akademiker an. Jetzt, da ich von derartigen Zwängen frei bin, bevorzuge ich immer noch Schwarz, es erspart mir die Mühe, groß über meine Kleidung nachdenken zu müssen. Für Mode habe ich mich nie interessiert; manchmal frage ich mich, wie sich die jungen Gecken in ihren auffallenden Kostümen überhaupt bewegen können – den ballonartig aufgeplusterten Kniehosen, den geschlitzten Ärmeln, unter denen kostbare Leinenwäsche in Kontrastfarben aufblitzt, oder den ausladenden gestärkten Halskrausen, die den Träger fast erwürgen. Mein einziges Zugeständnis an die Tatsache, dass ich jetzt dank Walsingham über mehr Geld verfüge als früher, besteht darin, dass ich mir Kleider von guter Qualität leiste. Meine Hemden sind aus feinstem Leinen gefertigt, und darüber trage ich ein weiches schwarzes Lederwams. Sidney zieht mich damit auf, dass ich jedes Mal, wenn er mich sieht, dasselbe anhabe. Tatsächlich besitze ich aber fast alle meine Kleidungsstücke in mehrfacher Ausführung, ich lege großen Wert auf Sauberkeit und wechsele meine Wäsche weit häufiger als die meisten Engländer, die ich kenne. Vielleicht rührt das von den Monaten her, die ich auf der Flucht vor der Inquisition auf der Straße verbracht habe, nachdem ich aus dem Kloster in Neapel entkommen war. Damals musste ich in schäbigen Gasthäusern in der Gesellschaft von Ratten und Läusen nächtigen und manchmal nur mit dem, was ich am Leibe trug, pro Tag viele Meilen zu Fuß zurücklegen, um einen ausreichend großen Abstand zwischen mir und Rom zu legen. Ich brauche nur flüchtig an diesen Abschnitt meines Lebens zurückzudenken, und schon verspüre ich das Bedürfnis, mich am ganzen Körper zu kratzen und schleunigst mein Hemd zu wechseln.

Mit einem ungeöffneten Buch in der Hand schlendere ich im Garten mitten durch die überall verstreuten Muster leuchtender Laubblätter, während der Morgen allmählich wärmer wird. Hinter der Mauer höre ich die Rufe der Bootsmänner auf dem Fluss und das sanfte Plätschern, mit dem die Wellen über das schlammige Ufer rollen. Fowler hat mich in seiner kurzen Nachricht gebeten, ihn heute um drei Uhr in der »Meerjungfrau« zu treffen, einer Schänke in Cheapside; bis Dumas mit der Abschrift der geheimen Briefe des Botschafters fertig und bereit ist, sie zu dem jungen Master Throckmorton zu bringen, habe ich nichts zu tun. Wenn das Glück uns hold und die Zeit auf unserer Seite ist, können wir die Briefe auf dem Weg bei Walsinghams Vertrauten Thomas Phelippes in der Leadenhall Street abgeben, damit er sie öffnet, kopiert und wieder versiegelt, und dann kann Dumas die Originale zum Paul's Wharf tragen, während ich die Kopien zu Fowler in die Schänke bringe.

Ich hatte den Morgen in meiner Kammer verbracht und versucht, mit meinem Buch weiterzukommen. Seit meiner Rückkehr aus Oxford im Frühjahr ist das meine Hauptbeschäftigung – dieses Werk, von dem ich glaube, dass es alles bisherige Wissen der europäischen Akademien auf den Kopf stellen wird. So wie Kopernikus' Theorie, dass die Sonne und nicht die Erde den Mittelpunkt des bislang bekannten Universums bildet, im ganzen Christentum Wellen geschlagen und jeden Kosmologen und Astronomen gezwungen hat, das zu überdenken, was sie bislang für Tatsachen gehalten haben, so stellt meine Abhandlung ein neues, erleuchtetes Verständnis der Religion dar und wird hoffentlich den Männern und Frauen die Augen öffnen, die den Verstand haben zu begreifen, worauf ich hinauswill. Meine Philosophie ist eine revolutionäre Deutung der Beziehung zwischen den Menschen und dem, den wir Gott nennen; eine Deutung, die über die momentan existierende Trennung zwischen Katholiken und Protestanten hinausgeht, die so viel unnötiges Leid verursacht hat. Ich hoffe, dass Königin Elisabeth imstande ist, meine Ideen zu verstehen – wenn ich einen Weg finde, ihr meine Theorien zu unterbreiten. Zu diesem Zweck habe ich so viel Zeit wie möglich in Dees Bibliothek verbracht und mich mit den noch vorhandenen Schriften von Hermes Trismegistos, der Neoplatoniker und anderen geheimen, mit hart erworbenem Wissen und alter Weisheit gefüllten Büchern befasst – Büchern, von denen Dee die einzige Kopie besitzt.

Aber seit der Nacht von Sidneys Hochzeit und dem Mord an Cecily Ashe bin ich aus der Welt der Ideen und Theorien herausgerissen worden; die grausame Tat geht mir einfach nicht aus dem Kopf. Meine Gedanken wollen nicht zur Ruhe kommen, daher habe ich ein Buch mit in den Garten hinausgenommen, wo ich aber bis jetzt nichts anderes tue, als mit den Füßen in dem Laub zu scharren und über das Bild von Cecily Ashe nachzugrübeln, wie sie in ihren Männerkleidern ausgestreckt auf einem Bett im Richmond Palace dalag, mit verzerrtem und zerschlagenem Gesicht und einem in die Brust geritzten mysteriösen Zeichen. Mit derartigen Todesfällen habe ich eigentlich nichts mehr zu schaffen, und doch nagt die Erinnerung an ihren Leichnam an mir. Letzte Nacht habe ich von dem Mord geträumt; geträumt, ich würde eine schattenhafte Gestalt mit einem Kruzifix über einen in Nebel gehüllten verlassenen Friedhof jagen, bis sie sich endlich umdreht und ich unter der Kapuze das Gesicht von Doktor Dee erkenne.

Dieser jüngste Mordfall lässt mich zu sehr an die üblen Vorkommnisse denken, deren Zeuge ich im Frühjahr in Oxford geworden bin; es handelt sich nicht um eine aus der Hitze des Augenblicks heraus verübte Gewalttat, sondern um ein kaltblütiges Tötungsdelikt, das als Symbol, als Warnung gemeint ist. Aber als Warnung wovor? Und wenn der junge Verehrer dahintersteckt, den Abigail erwähnt hat … wie detailliert er das alles geplant haben muss! Einem jungen Mädchen fast einen Monat lang den Hof zu machen, es mit schönen Worten und teuren Geschenken allein in der Absicht zu umwerben, ihren kalten Leichnam gleichsam als leeres Blatt zu hinterlassen, auf das er mit ihrem Blut seine eigene Botschaft schreiben kann. Ich stelle mir das Mädchen Cecily vor, ihre Freude an der heimlichen Liaison, die Abigail beschrieben hat, die Unschuld dieser ersten Liebe mit siebzehn, ohne dass sie ahnen konnte, dass sie damit ihren eigenen Untergang heraufbeschwor. Vielleicht unweigerlich folgen meine Gedanken diesem Weg zu einer anderen jungen Frau, deren Leben durch die Liebe zerstört wurde: Sophia, das Mädchen in Oxford, das kurz mein Herz berührt hat, ohne dass ich wusste, dass sie das ihre bereits einem Mann geschenkt hatte, der sie dann betrogen und fast getötet hat. Und wie um mein Unbehagen zu verlängern wandern meine Erinnerungen noch weiter zurück, zu Morgana, der Frau, die ich vor zwei Jahren in Toulouse geliebt hatte. Sie hatte meine Liebe erwidert, aber da ich weder über das Geld noch über den Rang verfügte, um sie zu heiraten, brach ich eines Nachts heimlich nach Paris auf, ohne mich zu verabschieden. Ich dachte damals, ich würde das Richtige tun – es ihr ermöglichen, den Mann zu heiraten, den ihr Vater für sie ausgesucht hatte, und ein sorgenfreies Leben zu führen, aber auch sie starb vor ihrer Zeit. Wurde ihr Leben auch verfrüht beendet, weil sie sich verliebt hatte?

Ich werde es nie erfahren, aber ich erinnere mich an den Blick, den Walsingham und Burghley über den Leichnam von Cecily Ashe hinweg gewechselt haben, und verspüre eine tiefe Erleichterung darüber, keine Tochter zu haben, um die ich fürchten muss. Trotz der für die Jahreszeit ungewöhnlichen Wärme erschauere ich. Die Verletzlichkeit dieser Mädchen, die Arglosigkeit, mit denen sie Männern ihr Vertrauen schenken … wenn ich ein Mann des Gebets wäre, würde ich beten, dass Abigail nichts geschehe. Doch so, wie sich die Lage gegenwärtig darstellt, kann ich nur hoffen, dass der Mörder glaubt, seine Botschaft wäre verstanden worden. Wenn nicht, könnte er auf den Gedanken kommen, sie noch einmal niederzuschreiben.

All diese Grübeleien haben mich zum Ende des Gartens geführt. Als ich kehrtmache und den Pfad entlang zum Haus zurückgehe, werde ich fast von einem kleinen, mit Bändern geschmückten Hund umgerannt, der einem Ball aus Lumpen nachjagt und seinerseits von einem ungefähr fünfjährigen Mädchen verfolgt wird, das durch die Blätterhaufen stürmt. Ihr Haar und ihr blaues Gewand wehen hinter ihr her. Der Ball rollt mir vor die Füße, und ich greife danach, bevor der Hund ihn schnappen kann, und halte ihn in die Höhe, woraufhin das Tier hechelnd an mir hochspringt, ohne den Blick von meiner Hand zu wenden. Das Mädchen bleibt vor mir stehen und mustert mich misstrauisch; ich werfe ihr den Lumpenball über den Kopf des Hundes hinweg zu, und die Kleine ist so überrascht, dass sie ihn eher zufällig als absichtlich auffängt. Der Hund stürzt jetzt zu ihr, sie nimmt ihn auf den Arm und gibt ihm den Ball, den er mit einem leisen Knurren schüttelt, als habe er eine Beute erlegt.

»*Pierrot, tu es méchant!*«, schilt das Kind.

»Pierrot?« Ich bücke mich, sodass ich ihr in die Augen sehen kann. »Er ist ein Junge?«

Sie nickt heftig. »Und warum trägt er diese Bänder?«, frage ich weiter.

»Er mag sie.« Sie zuckt die Achseln, als verstehe sich das von selbst. Hinter der Mauer ertönt eine Frauenstimme.

»Katherine! Katherine, viens ici! Où es-tu?«

Marie de Castelnau erscheint in dem Bogengang, der diesen Teil des Gartens von den gepflegteren Pfaden in der Nähe des Hauses trennt. Das Licht fällt auf ihr Haar, als sie sich eine lose Strähne aus dem Gesicht streicht. Sie runzelt die Stirn, aber als sie den Blick auf mich und ihre kleine Tochter richtet, werden ihre Züge weich, und sie kommt langsam auf uns zu.

»Ah, Monsieur l'hérétique. Bonjour.«

»Madame.«

Ich verneige mich höflich.

Sie beugt sich zu dem Kind hinunter und legt ihm eine Hand auf die Schulter.

»Katherine, bring Pierrot ins Haus. Sieh einmal – deine Schuhe sind ganz schmutzig, und es ist gleich Zeit für deinen Unterricht. Du kannst danach im Garten spielen, wenn du fleißig gelernt hast.«

Katherine schiebt die Unterlippe vor.

»Ich will meinen Unterricht hier draußen bekommen.« Sie zeigt auf mein Buch. »Monsieur l'hérétique darf seine Bücher auch mit in den Garten nehmen.«

»Nun, Monsieur l'hérétique darf vieles tun, was sich nicht schickt, und du solltest dir an ihm besser kein Beispiel nehmen. Er ist ein schlimmer Mensch.« Sie zwinkert mir zu.

Das Kind blickt mit offenem Mund zu mir auf, wartet auf eine Bestätigung oder einen Widerspruch. Ich nicke bedächtig.

»Ich fürchte, deine Mutter hat Recht.«

Katherine kichert entzückt.

»Und jetzt ab mit dir«, sagt Marie diesmal etwas schärfer und gibt dem Mädchen auf den Rücken einen leichten Klaps. Katherine hüpft davon, der Hund folgt ihr kläffend.

»Es tut mir leid – meine Tochter glaubt jetzt, das wäre Euer Name.« Castelnaus Frau lacht und hält sich mit vor der Brust verschränkten Armen an meiner Seite, als wir langsam zum Haus zurückgehen. »So nennt König Henri Euch. Es ist liebevoll gemeint. Was ihn anbelangt, meine ich«, fügt sie hastig hinzu und blickt erst zur Seite, dann auf ihre Füße.

»Ihr habt mit König Henri über mich gesprochen?«

Sie lacht erneut, ein sanftes, melodisches Geräusch.

»Nein. Aber Euer Name fiel häufig, wenn ich mit Königin Louise zusammensaß. Ich kenne sie, seit wir junge Mädchen waren. Anscheinend vermisst der König Euch. Er behauptet, in Paris gäbe es keine originellen Denker mehr, seit Monsieur l'hérétique ihn verlassen hat und nach London gegangen ist.«

»Sehr freundlich von ihm, das zu sagen.« Wir gehen schweigend weiter. Die Sonne scheint warm auf unsere Gesichter.

»Ich muss gestehen, dass ich von der Aussicht fasziniert war, Euch kennen zu lernen«, fährt sie nach einer Weile fort. In ihrer seidenweichen Stimme schwingt ein eigenartiger Unterton mit. »Königin Louise sagte, Ihr wärt bei den Damen von Paris sehr beliebt gewesen.«

»So?« Das ist mir neu. Sicher, es gab am Pariser Hof ein paar oberflächliche Tändeleien, aber – soweit ich mich entsinne – keine von ihnen war ernst genug gewesen, um die Aufmerksamkeit der Gemahlin des Königs zu erregen. Nach meinen Erfahrungen in Toulouse habe ich mir geschworen, meine Energie auf das Schreiben zu konzentrieren und mein Herz gegen eine mögliche neue Liebe zu verschließen.

»O ja, gewiss.« Marie berührt leicht meinen Arm und lässt ihre Hand einen Moment darauf liegen. »Weil Ihr für alle ein großes Rätsel wart, wie es aussieht. Über Euch waren viele Geschichten im Umlauf, aber niemandem ist es gelungen, die Wahrheit von den Gerüchten zu trennen. Und natürlich waren die Damen frustriert, weil Ihr keine von ihnen auserwählt hattet – was dem Klatsch nur neue Nahrung geliefert hat.«

»Ich verfügte nicht über die notwendigen Mittel, um zu heiraten.«

»Vielleicht hattet Ihr nur keine dementsprechenden … Neigungen?« Ihre Lippen krümmen sich zu einem verschmitzten Lächeln. Ich bleibe stehen und sehe sie an. Meint sie das, was ich denke?

»Es hat Frauen gegeben«, verteidige ich mich lahm. »Ich meine, ich habe in der Vergangenheit Frauen geliebt. Aber ich hatte immer das Pech, mich in die zu verlieben, die ich nicht haben konnte.«

Sie lächelt in sich hinein. »Ist es so nicht viel interessanter? Gleichwohl – ich wollte nicht andeuten, was Ihr gedacht habt.« Sie zögert kurz. »Wisst Ihr, was man von Lord Henry Howard sagt?«

»Was – dass er Frauen nicht anschaut?« Ich erinnere mich an Howards Faust, die am Abend zuvor auf den Tisch gekracht ist, und an seine lodernden Augen. Vielleicht ist das ja die Erklärung für seine angestaute unterdrückte Wut.

»Er hat nie geheiratet. Obwohl das darauf beruhen kann, dass ihn ein schlechtes Beispiel von der Ehe abgebracht hat«, fügt Marie hinzu, dabei beugt sie sich vertraulich vor. »Ihr habt gehört, weswegen sein Bruder hingerichtet wurde?«

»Weil er Verrat begangen hatte?«

»Ja. Aber kennt Ihr die genaue Art seines Verrats? Der Herzog von Norfolk beabsichtigte, Maria Stuart zu heiraten und so König von England zu werden, wenn sie auf den Thron zurückkehrt – nachdem sie Elisabeth aus dem Weg geräumt haben.«

Sie nickt bekräftigend, während sie auf eine Antwort wartet. Ihre blauen Augen leuchten, als habe sie mir etwas anvertraut, das sie für sich hätte behalten sollen. Sie steht unschicklich nah bei mir, ihre Hand ruht noch immer auf meinem Arm, und wir sind inzwischen weit genug gegangen, um vom Haus aus gesehen zu werden. Instinktiv blicke ich auf und sehe dort eine schemenhafte Gestalt stehen, die uns beobachtet, aber obwohl ich die Augen zusammenkneife, kann ich nicht erkennen, wer es ist. Augenblicklich trete ich einen Schritt von Marie zurück und versuche, die in mir aufkeimenden Schuldgefühle zu unterdrücken. Ich betrüge Castelnau ohnehin schon schamlos genug; das Letzte, was ich möchte, ist, dass er denkt, ich würde ihn auf eine noch ehrlosere Weise hintergehen.

»Henry Howard traut Euch nicht ganz.« Marie wird plötzlich ernst. »Wegen Eures Bruchs mit Rom. Aber mein Mann nimmt Euch in Schutz, er sagt, Ihr wärt ein frommer Katholik und ein Freund Frankreichs, auch wenn Ihr seltsame Philosophien vertretet. Und Howard antwortet darauf stets, dass Ihr längst Euren Frieden mit der Kirche gemacht hättet, wenn Ihr ein überzeugter Katholik wärt.«

»Was denkt Ihr denn?«

»Ich weiß es nicht. Vermutlich seid Ihr auch für mich ein Rätsel. Sie können nicht beide Recht haben. Doch ich muss gestehen, dass mir noch nie ein wahrer Katholik begegnet ist, den sein Ausschluss aus der katholischen Kirche glücklich stimmt. Warum tut Ihr nicht Buße und findet einen Bischof, der Euch wieder in ihren Schoß aufnimmt?«

»Ich wurde exkommuniziert, weil ich den Dominikanerorden verlassen habe. Würde die Exkommunikation aufgehoben, müsste ich dorthin zurückkehren, und ich fürchte, ich bin nicht für das Dasein eines Mönches geboren.«

Sie misst mich mit einem wissenden Blick und lächelt leicht;

sie nimmt an, den Grund dafür zu kennen. Aber sie schätzt mich falsch ein – was ich meine, ist, dass ich es nicht hinnehmen kann, wenn man mir vorschreibt, was ich zu denken habe. Ein Mönch eignet sich Wissen an, das bereits existiert, er hat keine eigenen neuen Philosophien zu entwickeln.

»Nun, Monsieur l'hérétique – ich gebe Euch nicht auf. Ich werde für Eure Seele beten. Vielleicht können wir Euch mit Geduld und Gebeten zu einer Rückkehr bewegen.«

Dann lächelt sie, hüpft vor mir her und hebt ihre Röcke, um nach den Laubhaufen zu treten. Ich weiß nicht, was ich von dieser Frau halten soll. Vielleicht hat sie nur Freude an Klatsch, und es fehlt ihr in der Botschaft an Gesellschaft, aber dafür erscheint sie mir zu klug, und etwas an ihrem Verhalten warnt mich, auf der Hut zu sein. Ich weiß nicht, ob sie mit mir kokettiert, um sich zu amüsieren, oder ob sie mich verdächtigt, nicht der zu sein, für den ich mich ausgebe, und versucht, mich zu überführen. Wie dem auch sei, ich darf mich von ihrer Aufmerksamkeit nicht geschmeichelt fühlen oder mich gar von ihr einwickeln lassen und dann irgendetwas preisgeben, was nicht für ihre Ohren bestimmt ist. Zumindest eines steht fest: Hinter Madame de Castelnau steckt wesentlich mehr als nur eine fromme katholische Ehefrau. Allein, ihre Enthüllung über Howards Bruder ist interessant.

»Also ist der Posten noch unbesetzt?«, rufe ich, als sie innehält, um einen Heidekrautzweig von einem Busch neben dem Pfad zu pflücken. »Der von Maria Stuarts Ehemann, meine ich.«

»Warum, wollt Ihr Euch darum bewerben?« Ihr klares Lachen hallt durch den Garten. »Ich muss Euch warnen, Bruno – die Männer dieser Dame sind ungewöhnlich anfällig für Unglücksfälle. Der erste starb an einem Abszess, des zweiten hat sie sich entledigt, der dritte hauchte irrsinnig geworden in einem dänischen Gefängnis sein Leben aus. Und der Herzog von Norfolk verlor seinen Kopf schon allein deswegen, weil er der vierte werden *wollte*.«

In diesem Moment löst sich die Gestalt, die uns vom Haus aus beobachtet, von der Wand und entpuppt sich als Claude de Courcelles. In seinen blonden Haaren fängt sich das Licht, als er die Stufen hinunterkommt.

»Madame – Eure Tochter wartet auf Euch, damit ihr Unterricht beginnen kann.« Er vollführt eine kleine Verneigung, die von seiner Halskrause behindert wird, und bedenkt mich mit einem vernichtenden Blick. Marie wirft den Kopf in den Nacken und schnalzt mit der Zunge.

»Wo ist denn ihre Gouvernante? Sie sollte sich um sie kümmern. Kann ich denn nicht einen Moment Ruhe haben?« Satin raschelt, als sie ihre Röcke rafft, um die Stufen zum Haus emporzusteigen. »Übrigens, Courcelles«, sagt sie beiläufig über ihre Schulter hinweg, »Bruno erwägt, die schottische Königin zu heiraten. Was sagt Ihr dazu?«

»Meinen Glückwunsch.« Das Lächeln des Sekretärs ist kalt wie Eis. »Obwohl Ihr vielleicht feststellen werdet, dass sie einen *finanziell unabhängigen* Mann bevorzugt.«

»Wie ich hörte, ist sie heutzutage nicht mehr so wählerisch«, ruft Marie von der Schwelle her. »Sie soll monströs dick geworden sein.«

Courcelles und ich verfolgen, wie ihre schlanke Gestalt in den Tiefen von Salisbury Court verschwindet, und wechseln einen Blick, ehe der Franzose mir mit übertriebener Höflichkeit bedeutet vorauszugehen.

»Ihr habt die Neuigkeiten vom Hof gehört, wie ich annehme?«, fragt Fowler mit seinem singenden Akzent, als ich ihm gegenüber an einem Tisch in der »Meerjungfrau« Platz nehme. Die

Schänke liegt an der Gabelung der Friday Street und Broad Street in Cheapside, östlich der großen Kirche St. Paul's und ist bei Kaufleuten, Anwälten und Akademikern sehr beliebt. Die meisten Männer, die sich um die Holztische drängen, sind gut gekleidet, tragen Federn an ihren Kappen und treffen sich hier, um über Geschäfte und Verträge, Schiffsladungen, Gerichtsverfahren und Darlehen zu sprechen. Inmitten des Stimmengewirrs und gelegentlicher Flüche kann man das leise Klirren von Münzen hören. Die Luft ist warm und riecht nach Hefe. Nachdem ich meinen Blick kurz rundherum schweifen ließ, hatte ich den Schotten an einem Tisch im hinteren Teil des Schankraums entdeckt, wo er in dem Sonnenlicht sitzt, das durch die Fensterscheiben fällt. Die hochlehnigen Stühle schützen uns in unserer Ecke wirkungsvoll vor neugierigen Augen oder lauschenden Ohren. Als ich den Kopf schüttele, beugt er sich vor und streicht sich eine Haarsträhne aus der Stirn. »Ich war heute Morgen in Whitehall. Sie haben Sir Edward Bellamy wegen des Mordes an der Hofdame der Königin verhaftet.«

»Tatsächlich? Demnach war er der Liebhaber des Mädchens?«

»Er leugnet es, aber es hat sich herausgestellt, dass es seine Kleider waren, die sie trug, als sie gefunden wurde. Der junge Dummkopf hat vergessen, dass sein Monogramm auf sein Hemd aufgestickt war.«

»Aber er bestreitet den Mord?«

»Natürlich. Er behauptet, es wären alte Kleider, die er dem Mädchen auf seinen Wunsch hin verkauft hatte, abgesehen davon hätten sie jedoch vorher kaum ein Wort miteinander gewechselt. Es stimmt, dass es sich bei dieser Verkleiderei um einen alten Trick handelt, den die Mädchen anwenden, um sich unbemerkt davonstehlen zu können, aber wie es aussieht, nimmt man ihm den Rest seiner Geschichte nicht ab. Er hat gekreischt und um sich getreten, als sie ihn in den Tower geschafft haben, und der Vater des Mädchens ist Feuer speiend von Nottingham hierhergeritten und hat Satisfaktion verlangt. Der arme Mann hat immerhin eine Investition verloren.«

Fowler verzieht grimmig das Gesicht und lehnt sich zurück, während das Schankmädchen unsere Humpen mit Bier aus einem irdenen Krug füllt. Es versucht, mit uns zu schäkern, stellt aber bald fest, dass mein Gefährte und ich zu nüchtern und zu abgelenkt für derartige Vergnügungen sind. Als es sich beleidigt zurückzieht, hebt er seinen Becher.

»Auf Eure Gesundheit, Doktor Bruno! Ich freue mich, dass wir endlich Gelegenheit haben, ungestört miteinander zu reden. Ich habe von unserem gemeinsamen Freund wahre Wunderdinge über Euch gehört.« Er hebt die Brauen, um auf die Geheimhaltungspflicht anzuspielen, die uns beide verbindet.

»Mir geht es genauso, Master Fowler.« Wir stoßen kurz an, dann nickt er, blickt viel sagend auf den Tisch und schiebt eine Hand darunter. Ich brauche einen Moment, um zu begreifen, was er meint, dann ziehe ich die Kopien von Castelnaus Briefen, die im Haus von Thomas Phelippes angefertigt worden sind, aus meinem Wams und schiebe sie über meinen Schoß in Fowlers wartende Hand. Er verstaut sie mit geschickten Fingern in seinen Kleidern und legt dann beide Hände um seinen Bierhumpen. Ich spähe flüchtig über meine Schulter, aber niemand scheint den Austausch bemerkt zu haben.

»Danke. Ich bringe sie noch heute Nachmittag nach Whitehall«, murmelt er nahezu unhörbar.

»Darf ich Euch etwas fragen?«

»Nur zu.« Er hebt auffordernd die Hände.

»Was genau *tut* Ihr am Hof?«

Zum ersten Mal lacht er, und seine Züge entspannen sich. Als er den Kopf senkt, fallen ihm wieder Haarsträhnen in die

Stirn. Er streicht sie zurück und sieht mich mit wachen blauen Augen an.

»Ich mache mich nützlich. Ihr wisst ja, wie es am englischen Hof zugeht – so wie an allen anderen Höfen auch, nehme ich an. Edelmänner schicken ihre Söhne dorthin, um sich in der Hoffnung, es zu etwas zu bringen, der Königin zu empfehlen. Das Problem besteht darin, dass es nur eine Königin gibt, aber Dutzende ehrgeizige Höflinge, die alle um ihre Gunst buhlen.« Er hält inne, um einen Schluck Bier zu trinken. »Also endet es damit, dass ein Haufen junger Männer den ganzen lieben langen Tag lang nichts anderes zu tun hat, als in den Galerien und Hallen herumzulungern und darauf zu lauern, dass die Königin vielleicht irgendwann einmal vorbeikommt und Notiz von ihnen nimmt. In der Zwischenzeit haben sie reichlich Gelegenheit, das Geld ihrer Väter zu verspielen oder in eine übereilte Ehe zu schlittern, weil sie ein Mädchen geschwängert haben, oder sich in gefährliche Duelle verstricken zu lassen. Und wenn sie in Schwierigkeiten geraten, haben sie oft zu viel Angst oder schämen sich zu sehr, um ihre Väter um Hilfe zu bitten.«

»Und da kommt Ihr ins Spiel?«

»Da komme ich ins Spiel. Einige dieser jungen Burschen sind völlig unerfahren, weltfremd und oft einsam – sie wollen Ratschläge und jemanden, der ihnen zuhört. Und ich habe gute Verbindungen in der Stadt, ich kenne Anwälte, die ungewollte Heiratskontrakte für null und nichtig erklären und Lösungen finden können, wenn jemand tief in Schulden geraten ist … solche Dinge eben. Leute, die einem ein diskretes Darlehen verschaffen können. So erfahre ich fast alles über die Höflinge, über ihre Affären, ihre Klagen, ihre Beziehungen, manchmal sogar etwas über ihren seelischen Zustand. Lauter Informationsfetzen, die für unseren gemeinsamen Freund von Interesse sind.«

»Ich sehe, wie nützlich das sein kann. Und diese jungen Männer vertrauen Euch?«

»Sie sind mir dankbar. Ich bin dafür bekannt, schweigen zu können wie ein Grab. Allerdings vermute ich, die Hälfte von ihnen erinnert sich noch nicht einmal an meinen Vornamen. Was mir sehr zupasskommt.«

Ich mustere ihn interessiert. Sein schmales Gesicht ist bartlos, sein Haar mittelbraun, seine Haut blass. Nur seine Augen fallen auf, in ihnen brennt ein intensives Licht, und sie blicken scharf und wachsam. Er scheint über die Gabe zu verfügen, mühelos mit seinem Hintergrund verschmelzen zu können – der ideale unauffällige Beobachter. Ich beginne zu verstehen, welchen Wert er für Walsingham hat.

»Aber trotz all des Vertrauens, das Euch entgegengebracht wird, habt Ihr nichts gehört, was Euren Verdacht auf diesen Sir Edward gelenkt hat, bevor er verhaftet wurde?«, frage ich mit gedämpfter Stimme.

»Er führte ein zurückgezogenes Leben. Wirkte immmer still und sanftmütig.« Fowler blinzelt einen Augenblick irritiert, dann leert er seinen Humpen und hebt eine Hand, um ihn erneut füllen zu lassen.

»Vermutet man ein religiöses Motiv hinter dem Mord?«

»Ich weiß auch nicht mehr als das, was ich Euch erzählt habe. Er hat anscheinend einen Vetter, der mit einer Geldstrafe belegt wurde, weil er sich weigerte, in die Kirche zu gehen, aber so einen gibt es in fast allen Familien. Edward Bellamy gehörte nicht zu denen, die verdächtigt wurden, mit den Papisten zu sympathisieren, wenn Ihr das meint. Indes wage ich zu behaupten, dass sie im Tower auf die eine oder andere Weise schon ein Geständnis aus ihm herausbringen werden. Sie werden die Angelegenheit schnell aus der Welt schaffen wollen, damit die Königin nachts wieder ruhig schlafen kann.«

Bei diesen Worten krümmen sich seine Finger langsam zu einer Faust und strecken sich wieder. Ich zucke zusammen. Es ist besser, nicht darüber nachzudenken, was sie im Tower mit einem anstellen. Im Sommer habe ich einen Gefangenen gesehen, nachdem die Folterknechte mit ihm fertig waren – der Tod wäre eine Erlösung gewesen. Diese Erinnerung bringt mich auf einen anderen Gedanken.

»Ist dieser Sir Edward ein gut aussehender Mann?«, frage ich, als das Schankmädchen mit dem Krug zurückkommt. Fowler wirkt überrascht und belustigt zugleich.

»Darüber habe ich nie nachgedacht. Ich schätze andere Männer für gewöhnlich nicht nach ihrem Äußeren ein.«

»Ich auch nicht«, ergänze ich hastig. »Ich habe nur gefragt, weil ... hat er das Mädchen verführt oder gezwungen?«

Fowler blickt mich noch immer neugierig an.

»Jetzt, wo Ihr es erwähnt – nein, ich glaube nicht, dass er auf Frauen anziehend wirkt. Er hat eine kleine Entstellung – wir bezeichnen es als Hasenscharte –, und er macht einen etwas kränklichen Eindruck. Nun ja, die Zeit im Tower wird seiner äußeren Erscheinung mit Sicherheit nicht zugutekommen.« Er greift nach seinem Bier, und wir hängen eine Weile schweigend unseren Gedanken nach. Dann beugt er sich vor. »Aber wir müssen uns auf unsere Arbeit konzentrieren. Gibt es außer diesen hier ...«, er klopft auf seine Brust, wo er die Briefe in sein Wams geschoben hat, »... noch weitere Neuigkeiten aus der Botschaft?«

»Seit der letzten Nacht ist nicht viel passiert.«

Léon Dumas und ich waren nach dem Abendessen mit dem Päckchen, das Throckmorton nach Sheffield Castle bringen soll, zu Thomas Phelippes' Haus gegangen. Dumas hatte auf dem gesamten Weg gejammert und genörgelt und auch keine Ruhe gegeben, während Phelippes geschickt das Siegel von

Castelnaus Briefen an Maria entfernt hatte, damit wir Kopien anfertigen konnten, die Fowler an Walsingham weitergeben würde. Meiner Meinung nach war den wieder versiegelten Briefen nicht anzusehen, dass sie abgefangen worden waren, doch Dumas war fast außer sich vor Angst, als er nach Paul's Wharf aufbrach, um sie dort abzugeben. Ich musste ihm einen Becher Wein einflößen und warten, bis er sich beruhigt hatte, ehe ich ihn gehen lassen durfte.

»Wenn Ihr in dieser Verfassung bei ihm auftaucht, könntet Ihr Euch genauso gut ein Schild um den Hals hängen, auf dem steht: Ich habe den Kronrat über alles informiert«, mahnte ich ihn. Dumas rang nur die Hände. »Was, wenn sie bemerkt, dass sie geöffnet worden sind?«, blökte er. »Königin Maria, meine ich. Castelnau wird mich umbringen.«

»Bis sie zu Maria gelangen, sind sie durch so viele Hände gegangen, dass nichts mehr auf Euch hindeutet«, seufzte ich. »Außerdem kann Castelnau keiner Fliege etwas zuleide tun. Bei einigen seiner Freunde bin ich mir da allerdings nicht so sicher.«

Jetzt sind die Briefe rechtzeitig vor seinem morgigen Aufbruch bei Throckmorton angekommen, und Dumas ist auf dem Rückweg zur Botschaft. Bislang funktioniert das System reibungslos. Ich lege die Hände um meinen Humpen und senke die Stimme.

»Der Botschafter hat Maria einen langen Brief geschickt – vier Seiten, alle verschlüsselt. Aber seinem Sekretär ist es gelungen, eine Kopie des neuen Codes an sich zu bringen, also stellt das kein Problem dar. Sie ist in dem Päckchen, das ich Euch gegeben habe. Und Lord Henry Howard schickt ihr eine Ausgabe seines Buches, in dem er gegen Prophezeiungen wettert und das er mit ›*votre frère*‹ signiert hat.«

Fowler nickt. »Wie anrührend. Er wäre ihr Schwager geworden, wenn der Plan seines Bruders aufgegangen wäre. War in dem Buch irgendetwas versteckt?«

»Nein, Phelippes hat es überprüft, als er das Päckchen geöffnet hat.«

Fowler runzelt nachdenklich die Stirn. »Dann muss das Buch selbst eine Botschaft enthalten oder irgendeine geheime Bedeutung haben. Einer von uns wird es lesen müssen. Und Ihr seid der Gelehrte, nicht wahr?«

Ich verdrehe in gespieltem Protest die Augen. »Schon gut, ich werde mir eine Ausgabe beschaffen. Zumindest bin ich dann für die nächste Diskussion mit ihm besser gerüstet.«

Fowler lächelt, hebt aber warnend einen Finger. »Seid sehr vorsichtig, was Howard betrifft, Bruno. Er ist der festen Überzeugung, dass seine Familie mehr als jede andere unter den protestantischen Reformen gelitten hat, und er ist nicht gewillt, irgendwelche Rücksicht zu nehmen. Die Howards haben Land und Titel des Herzogtums Norfolk eingebüßt, als sein Bruder hingerichtet wurde, und seitdem wartet er auf eine Gelegenheit, sich zu rächen.«

»Und jetzt will er Krieg.«

Fowler schneidet eine Grimasse.

»Allmählich sieht es so aus. Keinem von ihnen liegt wirklich etwas an Maria Stuart, sie benutzen sie alle nur als Vorwand, um ihre eigenen Ziele zu verfolgen. Aber sie sind durchaus bereit, England in einen Krieg zu stürzen, um diese Ziele zu erreichen. Hat Mendoza Salisbury Court schon einen Besuch abgestattet?«

»Der spanische Botschafter? Ich bin mir nicht sicher, ob ich ihn erkennen würde.«

»Oh, Ihr erkennt Don Bernadino de Mendoza, wenn Ihr ihn seht. Sieht aus wie ein Bär und hat eine Stimme wie eine Kriegstrommel. Sobald er kommt, um privat mit Castelnau zu sprechen, gebt mir Bescheid, dann teile ich es unserem gemeinsamen Freund mit. Wenn es Howard und dem Herzog von Guise gelingt, sich spanisches Geld zu verschaffen, könnte all dieses Gerede von einer Invasion bald mehr werden als bloße Worte.«

»Reicht denn die Absicht, Verrat zu begehen, für die notwendigen Maßnahmen nicht aus, wenn die Königin davon erfährt?«

Fowler schüttelt brüsk den Kopf. »Die Königin wird keine Beschuldigungen gegen Howard oder Maria Stuart erheben – und auch nicht gegen die Botschafter von Frankreich oder Spanien –, wenn sie keine hieb- und stichfesten Beweise dafür hat, dass sie ihr oder dem Land Schaden zufügen wollen. Sie sind alle viel zu mächtig. Und ich spreche von Beweisen, die vor Gericht Bestand haben. Unser Freund möchte diese Angelegenheit so weit vorantreiben, dass jemand die Pläne dieser Gruppe schriftlich festhält und die Namen der Beteiligten auflistet.«

»Das ist ein gefährliches Spiel.« Ich stelle fest, dass ich mich über die Selbstverständlichkeit ärgere, mit der Fowler Walsinghams Wünsche zu kennen vorgibt – so, als vertraue der Staatssekretär ihm täglich seine Gedanken an. Freilich erkenne ich zugleich auch, dass dies auf Eifersucht meinerseits beruht, auf dem irrationalen Wunsch, ebenso vertraut mit Walsingham zu sein.

»Sicherlich.« Fowler presst die Lippen zusammen, bis sie fast nicht mehr zu sehen sind. »Obwohl ich es nicht unbedingt als Spiel bezeichnen würde. Ich weiß von meinen Quellen in Paris, dass Guise bereits Truppen zusammenzieht, die er entsenden kann, wenn er erfährt, dass die Zeit dafür gekommen ist.«

»Arbeitet Ihr schon lange für ihn? Für unseren Freund, meine ich?«

Er zuckt die Achseln.

»Ein paar Jahre.«

»Und wie seid Ihr zu alldem gekommen?« Ich schwenke die Hand durch die Luft, um auf das Netz anzuspielen, das Walsingham um sich webt und das wir nicht beim Namen nennen.

Fowlers Lippen krümmen sich zu einem leisen Lächeln.

»Zuerst aus Abenteuerlust, schätze ich. Mein Vater ist ein respektabler Edinburgher Bürger, der wollte, dass ich Jurist werde. Doch als ich vor ein paar Jahren nach Paris kam, um mein Studium dort fortzusetzen, war ich überrascht, wie viele unzufriedene Engländer ich dort vorfand – Konvertiten aus Oxford und Cambridge, die alle darauf brannten, eine katholische Rebellion gegen die englische Königin anzuzetteln.« Er hält inne, um einen großen Schluck aus seinem Humpen zu nehmen. »Es ist natürlich ungefährlich, in der Sicherheit einer Pariser Schänke mit den Kumpanen über Revolution zu diskutieren, und das meiste war ohnehin nur leeres Geschwätz. Aber ich begriff bald, dass es einer oder zwei von ihnen wirklich ernst meinten und über wichtiges Wissen verfügten. Alles, was ich tun musste, war, still dazusitzen und an den richtigen Stellen zu nicken, und schon dachten sie, ich wäre einer von ihnen.« Wieder führt er den Humpen zum Mund und blickt sich dann wachsam um. »Mir wurde auch klar, dass das, was ich auf diese Weise erfuhr, für andere von beträchtlichem Wert war, also wartete ich, bis ich ausreichend nützliche Informationen zusammenhatte, und wurde dann beim englischen Botschafter vorstellig. Er hat mich mit unserem gemeinsamen Freund bekannt gemacht. Danach kehrte ich nach Schottland zurück und machte mich daran, Freundschaften mit einigen der wenigen einflussreichen katholischen schottischen Lords zu schließen, die Maria Stuart unterstützen. Es ist für unseren Freund von essentieller Bedeutung, deren Absichten zu kennen, und wie es aussieht, ist es mir gelungen, dass mich die Katholiken dort für einen treuen Verfechter ihrer Sache halten.«

»Ihr kommt mir ausgesprochen unternehmungslustig vor.«

Er neigt den Kopf so, als wollte er *vielleicht* sagen.

»Zum ersten Mal in meinem Leben hatte ich das Gefühl, meinen Weg selbst gewählt zu haben, statt dem zu folgen, den mein Vater mir vorgegeben hat. Das war eine aufregende Erfahrung für mich.« Mit einem Achselzucken deutet er an, dass ich davon halten kann, was ich will.

»Und was ist mit Eurer Religion?«

»Religion?« Er wirkt überrascht. »Das war nie mein Hauptmotiv, so seltsam es auch klingen mag. Ich bin zwar protestantisch erzogen worden, habe aber oft gespürt, dass ich mit den moderaten Katholiken mehr gemein habe als mit den extremen Anhängern meines eigenen Glaubens. Meiner Ansicht nach ist jede Art von religiösem Fanatismus gefährlich. Elisabeth Tudor schätzt das richtig ein, denke ich.«

Ich nicke zustimmend.

»Und Ihr?«, drängt er. »Ich weiß, dass Ihr Euch in Salisbury Court als Katholik bezeichnet.«

»Es ist eine Frage der Freiheit«, erwidere ich nach einer Weile und blicke nachdenklich in meinen Humpen. »Unter der Herrschaft der Inquisition gibt es keine Gedankenfreiheit, keine Freiheit zu sagen: *Was wäre, wenn?*, und hernach seine Vorstellungskraft zu bemühen oder Spekulationen anzustellen – wie sollte denn in solch einem Klima Wissen erweitert werden können? Nehmt das Buch, das ich gerade schreibe, als Beispiel – in meiner Heimat würde ich allein dafür verbrannt werden, dass ich meine Ideen zu Papier bringe. Daher habe ich sofort zugestimmt, als Wal … äh, als unser Freund an mich herantrat; ich fand, die intellektuelle Freiheit, die in Elisabeths England herrscht, sei es unbedingt wert, verteidigt zu werden.«

»Ihr habt mir indessen immer noch nicht verraten, welcher Religion Ihr anhängt«, stellt er mit einem wissenden Blick fest.

»Ich bin von den Katholiken in Rom und den Calvinisten in Genf der Ketzerei bezichtigt worden« kontere ich lächelnd. »Und wenn es darum geht, eine Seite zu wählen, verhalte ich mich neutral, denn meine Philosophie geht über beide hinaus. Doch um das zu verstehen, müsst Ihr mein Buch lesen.«

»Ich kann es kaum erwarten.« Mit einem spitzbübischen Glitzern in den Augen hebt er seinen Humpen.

Solange wir unser Bier austrinken, verharren wir in kameradschaftlichem Schweigen.

»Aber fühlt Ihr Euch denn nie ...« Ich schüttele den Kopf und lege die Hände auf den Tisch. »... ich weiß nicht – schuldig?«

Er mustert mich mit seinen klaren, ernsten Augen.

»Weil ich Vertrauen missbrauche? Weil ich mehr als nur ein Gesicht habe? Natürlich«, gibt er mit einem traurigen Lächeln zu. »Keine Schuldgefühle zu empfinden würde bedeuten, kein Gewissen zu haben, und unser Freund würde niemandem trauen, der kein Gewissen hat, weil er sich dann auch auf dessen Loyalität nicht verlassen könnte. Ich beschwichtige mein Gewissen mit dem Gedanken, dass ich, wenn ich jemanden auf persönlicher Ebene hintergehen muss, es zum Wohle des Landes tue.«

Ich nicke gedankenverloren. Genau dieses Argument hat auch Walsingham immer vorgebracht; was er verschweigt, ist, dass persönliche Beziehungen oft ein starkes Band darstellen und es gegen die menschliche Natur verstößt, jemanden zu täuschen und zu betrügen, der einem vertraut.

»Euch macht das sehr zu schaffen, glaube ich«, flüstert Fowler, der mich eindringlich beobachtet. »Ihr mögt den Botschafter, nicht wahr?«

Mit einem Kopfnicken gestehe ich ihm diese Schwäche ein. »Er ist der einzige wirklich integre Mann in Salisbury Court.«

»Er versucht es zu vielen recht zu machen«, meint Fowler in einem Ton, der besagt, dass sein Urteil in diesem Punkt feststeht. »Und das wird eines Tages seinen Untergang herbeiführen. Hütet Euch lieber davor, zu viele Gefühle einzubringen, Bruno. Wenn er an der Planung einer katholischen Invasion beteiligt ist, ist er ungeachtet seiner guten Absichten ein Verräter.«

»Ich weiß.« Ich höre selbst, wie scharf meine Stimme klingt; erneut stelle ich fest, dass mich sein belehrender Ton verdrießt, und schäme mich prompt dafür. Glaubt er, mir erklären zu müssen, wie ich meine Rolle in der Botschaft zu spielen habe? Möglicherweise bin ich überempfindlich; das allerdings gehört für jeden in unserem Geschäft zu einem wertvollen Warnsystem, das habe ich in Oxford am eigenen Leibe erfahren.

»Natürlich.« Fowler lehnt sich zurück und hebt die Hände, um anzudeuten, dass er mich nicht hat kränken wollen. »Und fürs Erste geht es nur um die Briefe. Hier hängt alles von Euch und Eurem Freund, dem Sekretär, ab.«

Wir bezahlen das Bier, bahnen uns einen Weg durch die überfüllte Schänke und treten hinaus in die Nachmittagssonne. Das schöne Wetter hat die Stimmung der Londoner gehoben: Als wir die Friday Street hinunterschlendern, lächeln die Leute, grüßen sich und machen Bemerkungen über die ungewöhnliche Wärme, statt sich wie sonst gegenseitig mit ihrer üblichen grimmigen Entschlossenheit zur Seite zu stoßen. Fowler und ich setzen unseren Weg zunächst schweigend fort, unser Gespräch lastet noch auf uns. Erst jetzt, da ich die Passanten beobachte, die fröhlich ihrem Tagewerk nachgehen, erfasse ich die volle Bedeutung dessen, auf was wir uns eingelassen haben. Wir sprechen von nichts Geringerem als einer möglichen Invasion – von Frankreich oder Spanien oder beiden Ländern –, die letztendlich darauf abzielt, Elisabeth zu entthronen und England wieder unter die Herrschaft Roms zu stellen. Und was wird dann aus ihren protestantischen Untertanen, diesen rotgesichtigen Markthändlern und breithüftigen Hausfrauen, die gut gelaunt Bogen um Pferdeäpfel auf dem Pflaster schlagen, während sie sich zuwinken und zum hundertsten Mal feststellen, dass man meinen könnte, es wäre Juli, nicht wahr?

Sidney und Walsingham waren beide während der Bartholomäusnacht 1572 in Paris, als Hugenottenfamilien zu Tausenden von katholischen Truppen abgeschlachtet wurden und die Rinnsteine der Stadt vor protestantischem Blut überflossen. Genau das ist es, was Walsingham, wie ich weiß, am meisten fürchtet: dass dasselbe in den Straßen von London passierte, wenn die Katholiken wieder an die Macht gelangten. In Paris gibt es viele, die munkeln, dass der Herzog von Guise für das Massaker in der Bartholomäusnacht verantwortlich gewesen wäre.

»Hier trennen sich unsere Wege«, sagt Fowler, als wir zur Ecke Watling Street gelangen. »Wenn Ihr unserem Freund eine Nachricht zukommen lassen wollt, könnt Ihr mich in meiner Unterkunft in der Nähe des Hahnenkampfplatzes auf dem St. Andrew's Hill erreichen.« Er bleibt stehen und legt mir eine Hand auf den Arm. »Achtet darauf, wer heute Abend zur Messe nach Salisbury Court kommt und ob Howard irgendeinen Engländer mitbringt, den wir noch nicht kennen. Und hütet Euch vor Archibald Douglas. Er ist nicht nur der ungehobelte Trunkenbold, der er zu sein vorgibt.«

»Dann ist er ein Meister der Verstellungskunst«, gebe ich zurück. »Ich wundere mich, dass Castelnau und Howard seine Manieren tolerieren.«

»Sie dulden ihn, weil Maria Stuart es ihnen befiehlt. Und

Douglas profitiert davon, dass sie tief in seiner Schuld steht. Wusstet Ihr, dass er es war, der den Mord an Lord Darnley begangen hat, ihrem zweiten Mann?«

»Tatsächlich?«

»Tatsächlich.« Fowler lächelt, als er sieht, dass sich meine Augen vor Überraschung weiten. »Deswegen kann Douglas nicht nach Schottland zurück – er würde sofort festgenommen werden. Er ist ein notorischer Intrigant und wird außer des Mordes überdies politischer Verschwörungen verdächtigt. Und er versteht es ausgezeichnet, sich bei anderen einzuschmeicheln – denkt daran, dass König James ihn mag, obwohl er davon ausgehen muss, dass Douglas seinen Vater umgebracht hat. Frauen finden ihn allem Anschein nach außerdem sehr anziehend.«

»Frauen haben manchmal einen eigenartigen Geschmack.« Ich denke an Douglas' drei Tage alten silbrigen Stoppelbart und sein Gerülpse. Fowler verdreht die Augen und nickt nachdrücklich, während Passanten sich an uns vorbeidrängen. »Was hat es eigentlich mit der Geschichte von der Pastete auf sich?«

»Ah, die solltet Ihr lieber von ihm selbst hören.« Er grinst. »Nur Douglas kann dieser Geschichte die Würze verleihen, die sie verdient. Ich bin sicher, Ihr bekommt irgendwann die Gelegenheit dazu. Nun – wir werden uns bald wiedersehen, Bruno. Verständigt mich sofort, wenn ein spanischer Abgesandter die Botschaft betritt. Viel Glück!« Er nickt kurz, macht auf dem Absatz kehrt und wird von der bunten, geräuschvollen Menge verschluckt.

Die Sonne versinkt allmählich hinter den Dächern der Stadt, der Abend bricht an und taucht London in ein sanftes bernsteinfarbenes Licht, das sich in den Fensterscheiben widerspiegelt, als ich den Heimweg durch die Stadt antrete. An Tagen wie diesen denke ich manchmal, ich könnte mich hier auch heimisch fühlen. Über mir knarrt eine Vielzahl bemalter Schilder sanft im Wind. Die bunten Bilder, die darauf prangen, weisen auf Apotheken, Kerzenzieher, Baderchirurgen, Tuch- und Weinhändler sowie nach allen möglichen Tieren benannte Schänken hin – blaue Eber, rote Füchse, weiße Hirsche, Hunde, Hasen, Hähne und sogar Einhörner. Auf jeder Seite der Straße drängt sich ein Menschenstrom: Straßenverkäufer preisen ihre Waren an, Männer tragen Stangen über den Schultern, an denen Käfige mit gackernden Hühnern baumeln, Frauen balancieren Körbe voller Orangen auf dem Kopf, und Hausierer bieten in ihren Bauchläden allerlei Krimskrams feil – Kämme, Schreibfedern, Knöpfe, Messer und anderes mehr. Auf dem weitläufigen Kirchplatz von St. Paul's, der eher einem Markt gleicht, betteln barfüßige Kinder die besser gekleideten Männer und Frauen an, während ein zerlumpter Mann an einer Ecke auf einer alten Laute spielt und, in der Hoffnung, ein paar Münzen zugeworfen zu bekommen, ein wehmütiges Lied singt. Der Geruch gekochten Fleisches vermischt sich mit dem Gestank verfaulender Abfälle, und die Wohlhabenderen halten sich Parfümkugeln oder Blumensträußchen unter die Nase, um die ekelhaften Ausdünstungen nicht einatmen zu müssen.

Als ich den Hof überquere, wobei ich an baufälligen Schreinen und Kapellen vorbeikomme, die teilweise in Stände für Buchverkäufer und Händler umgewandelt worden sind, vertritt mir ein Pamphletverkäufer den Weg und hält mir seine Ware vor das Gesicht. Ich schicke mich an, ihn wegzuscheuchen, doch das Bild auf der Vorderseite der Broschüren sticht mir ins Auge, und ich greife nach einem Exemplar, um es mir genauer anzusehen. Hier sind sie wieder, die Symbole des Jupiter und des Saturn, vereint unter der kühnen Überschrift: *Das Ende der Welt?* Der Bursche, der diese Dinger verkauft, streckt eine Hand aus und wedelt ungeduldig mit den Fingern, um einen Penny zu kassieren. Trotz der Sonne hat er seine Kapuze ganz über den Kopf gezogen; eine weise Vorsichtsmaßnahme, denn mir ist bereits aufgefallen, dass es weder der Drucker noch der Verfasser gewagt haben, ihre Namen auf das Machwerk zu setzen, was heißt, dass es illegal gedruckt wurde. Mein Interesse ist geweckt, ich suche nach einer Münze und entferne mich rasch. Während ich das Pamphlet lese, pralle ich immer wieder mit anderen Leuten zusammen. Der anonyme Autor schreibt in einem unheilschwangeren Ton; er hat versucht, das Geburtshoroskop der Königin zu stellen, und knüpft seine dramatischen Vorhersagen an das Feurige Trigon, die Furcht einflößende Anordnung der großen Planeten, deren Symbole die Vorderseite zieren. Königin Elisabeths Tage sind gezählt, schreibt er; Gott wird England mit Krieg und Hungersnot schlagen, und ihre ungehorsamen Untertanen werden nach einem Erlöser schreien. Nach dem Umblättern sehe ich den Holzschnitt eines Teufels, welcher einen Mann mit einer Mistgabel piesackt. Ich verstaue das Pamphlet in meinem Wams, um es Walsingham zu zeigen, obwohl ich ziemlich sicher bin, dass er es, wenn er es nicht schon gesehen hat, ohnehin bald zu Gesicht bekommen wird.

Kaum habe ich die Tür von Salisbury Court hinter mir geschlossen, als Courcelles sich aus dem Schatten neben der Treppe löst, als ob er auf mich gewartet habe.

»Hier ist ein Junge, der sagt, er hätte einen Brief für Euch«, verkündet er, dabei legt er eine weiße Hand auf den geschnitzten hölzernen Adler, der das Ende des Geländers ziert. »Er wartet schon den größten Teil des Nachmittags, und obwohl wir alles versucht haben, war er nicht dazu zu bewegen, das

Schreiben hierzulassen, noch nicht einmal für einen Schilling. Er will uns auch nicht sagen, wer ihn geschickt hat; er beharrt darauf, strikte Anweisung zu haben, es nur Euch auszuhändigen, es handele sich um eine äußerst dringende und vertrauliche Angelegenheit.« Er hebt die fein gezeichneten Brauen; offenbar erwartet er eine Erklärung meinerseits.

»Dann sollte ich besser mit ihm sprechen«, erwidere ich obenhin, obwohl sich mein Pulsschlag beschleunigt. Ich denke zuerst an Walsingham, dann an Sidney, dann an Dee. Jeder von ihnen könnte sich dringend mit mir in Verbindung setzen wollen, aber Walsingham würde sicher nicht Verdacht erregen wollen, indem er eine offensichtlich geheime Botschaft direkt nach Salisbury Court schickt, und Sidney befindet sich, soweit ich weiß, noch immer auf Hochzeitsreise. Bleibt Dee, und mein Magen krampft sich zusammen – hat Ned Kelley ihm etwa etwas angetan?

Courcelles presst die Lippen zusammen und deutet in Richtung der Ställe an der Seite des Hauses. Dort finde ich einen mageren, ungefähr zwölfjährigen Jungen vor, der mit unglücklichem Gesicht auf einem Strohballen hockt und an seinen Fingernägeln herumzupft, während die Stallburschen ihn auf Französisch verhöhnen. Er sieht aus, als wäre er in eine Rauferei verwickelt gewesen.

»Ich bin Bruno. Du hast etwas für mich?«

Er springt wie von der Tarantel gestochen auf und zieht einen zerknitterten Brief aus seiner Jacke. Der Junge trägt keine Livree, ist aber nicht ärmlich gekleidet. Er winkt mich näher zu sich und überreicht mir den Brief so verstohlen, als enthielte er geheime Informationen.

»Von Abigail Morley.« Seine Stimme ist kaum mehr als ein Flüstern. »Sie sagte, ich dürfe ihn nur Euch aushändigen, Sir, trotzdem haben sie versucht, ihn mir abzunehmen.« Er misst die Stalljungen, die sich vor Unbehagen winden, mit einem giftigen Blick.

»Du hast deine Sache gut gemacht.« Ich gebe ihm eine Münze für seine Mühe und führe ihn zum Seitentor hinaus, ehe ich an einer schattigen Stelle stehen bleibe, fern von neugierigen Augen, um den Brief zu öffnen. Er ist in einer eleganten, schwungvollen Handschrift verfasst. Abigail bittet mich, sie morgen um elf Uhr früh am Holbeintor von Whitehall zu treffen. Sie schreibt, dass sie Angst hat.

5

Whitehall Palace, London
28. September im Jahr des Herrn 1583

Wieder ist der Morgen warm und der Himmel wolkenlos. Ich fahre mit einem Kahn flussaufwärts und steige an der Westminstertreppe aus, der dem Palast am nächsten gelegenen öffentlichen Anlegestelle. Die Themse fließt breit und ruhig dahin, das Sonnenlicht spiegelt sich funkelnd darin, und dort, wo die Brise die Oberfläche kräuselt, tanzen weiße Gischtwölkchen auf dem Wasser. Ich lehne mich im Boot zurück, während der Ruderer sich einen Weg durch die Flotte kleiner Schiffe bahnt, die Waren und Passagiere den Fluss hinauf oder hinunter oder zu den Docks im Osten befördern.

Von der Anlegestelle aus gehe ich die King Street hoch, an den Palastmauern vorbei, bis ich das Holbeintor erreiche, ein imposantes Bauwerk, das die aus London in Richtung Westen herausführende Hauptstraße überspannt und an den Privatgemächerkomplex und die Audienzsäle von Whitehall und zur anderen Seite an den Turnierplatz und den St. James's Park grenzt. Das dreistöckige Torhaus aus roten Ziegeln und weißem Stein mit einem achteckigen Turm im englischen Stil in jeder Ecke und großen Räumen über dem Haupttorbogen wird von Angehörigen der Palastgarde bewacht und wimmelt stets von Menschen – alle Reisenden in beide Richtungen müssen hier durchgeschleust werden. Abigail hat den Treffpunkt klug gewählt, in einer Menge fällt man oft am wenigsten auf.

Irgendwo in der Nähe schlägt eine Kirchenglocke zur elften Stunde, und ich warte zögernd an der Passage durch den Ostturm des Torhauses, der Fußgängern vorbehalten ist. Durch den mittleren Torweg rollen von Pferden oder Maultieren gezogene Karren, die große Staubwolken aufwirbeln – Händler bringen ihre Waren in den Palast oder in die Stadt. Mit Bündeln oder Packen beladene Menschen zwängen sich an mir vorbei, sodass ich mich gegen die Mauer pressen muss. Plötzlich streckt mir eine alte, zahnlose Frau eine schmutzige Hand hin und bittet um Geld oder Essen, und ich weiche erschrocken zurück. Aus Erfahrung weiß ich, dass sich sofort hundert weitere Bettler auf mich stürzen würden, wenn ich nach einem Penny greife, aber aus ihrem Gesicht schreit nachgerade die Verzweiflung, dass ich es nicht über mich bringe, ihr ein Almosen zu verweigern. Sie krümmt die Finger mit den geschwollenen Gelenken um die Münze, die ich ihr in die Hand drücke, packt meine Jacke und zieht mich zu sich heran.

»*When hempe is spun, England's done* – wird der Hanf gesponnen, ist Englands Glück zerronnen«, krächzt sie mir ins Gesicht, sodass mir ihr stinkender Atem entgegenschlägt. »Gebt gut Acht, Sir. Die Zeichen gelten alle uns.« Sie zeigt mit einem zitternden, knorrigen Finger gen Himmel, dann gibt sie mich frei und verschwindet in der Menge.

Ich starre ihr hinterher und grübele über ihre Worte nach, da nähert sich mir eine weitere Gestalt, eingehüllt in einen dünnen Umhang. Schuldbewusst bereue ich schon meine Großzügigkeit – jetzt kommen sie bereits, und ich habe nicht genug Münzen für alle –, aber diese Frau gesellt sich zu mir, greift in ihre Kleider und haucht, hervor aus den Tiefen ihrer Kapuze, mit einer gebildeten Stimme meinen Namen.

»Abigail!«

»Still! Wir dürfen nicht gesehen werden. Kommt einen Moment mit in den Durchgang.«

Wir treten in den Schatten des Turmtorweges. Die Kühle, die der feuchte Stein verströmt, lässt mich frösteln. Der Gang ist nicht breit, und wir werden, von gelegentlichen Flüchen begleitet, angestoßen und gegen die Wand geschoben, als wir an der Seite stehen bleiben. Abigail schlägt selbst hier ihre Kapuze nicht zurück.

»Sie haben den falschen Mann festgenommen«, flüstert sie ohne Einleitung. »Ich weiß nicht, wem ich es sonst sagen könnte.«

»Woher wisst Ihr das?«

»Weil Sir Edward Bellamy einmal versucht hat, mir den Hof zu machen, und wir uns darüber lustig gemacht haben – Cecily und ich, meine ich. Es war grausam von uns, aber er ist ein so jämmerliches Zerrbild von einem Mann. Keine Frau würde ihn wollen, trotz all des Landes, das er besitzt, es sei denn, sie wisse nicht mehr ein und aus.« Sie reibt sich unsicher über den Hals. »Indes, Sir Edward ist ein Gentleman und verdient es nicht, dass man ihm diese Tat anhängt. Er war nicht ihr heimlicher Galan, das würde ich beschwören.«

»Aber ihr Geliebter muss nicht zwangsläufig ihr Mörder gewesen sein. Es kann sich auch um jemanden handeln, der gewusst hat, dass sie an diesem Abend verabredet war. Vielleicht war einer von Sir Edwards Freunden ihr Verehrer?«

Unter der Kapuze ist der untere Teil ihres Gesichts zu sehen; sie nagt zweifelnd an ihrer Unterlippe.

»Ich glaube einfach nicht, dass er jemanden töten oder sich

an einer solchen Tat beteiligen könnte. Dazu ist er viel zu sanftmütig.«

»Auch solche Männer haben schon gemordet.«

Sie schüttelt entschieden den Kopf.

»Ich traue es ihm nicht zu. Er hat Cecily seine alten Kleider verkauft, damit sie sich als Junge verkleiden kann – das glaube ich. Allerdings denke ich, die Palastgarde war froh, schnell jemanden verhaften zu können, damit die Königin sie für ihre gute Arbeit lobt. Doch deshalb habe ich Euch nicht hergebeten. Da ist noch etwas.«

Sie bedeutet mir, näher zu treten, und zieht einen kleinen, oben mit einem Bändchen zusammengebundenen Samtbeutel aus ihrem Umhang.

»Lady Seaton hat Cecilys Sachen durchgesehen, bevor sie sie ihrem Vater übergab.« Sie spricht so leise, dass ihr Gesicht fast das meine berührt, wenn ich sie verstehen will. Ihr Atem streicht warm über meine Wange. »Doch ich argwöhne, sie hat nach etwas gesucht, das Aufschluss über Cecilys Affäre geben könnte. Sie hat nichts gefunden, sie wusste ja nichts von dem Kissen.«

»Was für einem Kissen?«

»Es gehörte zu Cecilys liebsten Besitztümern – ein kleines Kissen, das sie als Kind bestickt hat. Mit einem Bibelspruch und Blumen, wisst Ihr, solchen Sachen eben. Es lag immer auf ihrem Bett – ich dachte anfangs, es wäre eine Art Talisman, der ihr über ihr Heimweh hinweghilft, aber eines Tages zeigte sie mir, dass sie den Saum aufzutrennen und ihre heimlichen Schätze in dem Kissenbezug zu verstecken pflegte.«

Sie hält mir den Beutel hin. Ich wiege ihn in der Hand. Er ist leicht, und sein Inhalt klirrt leise, als ich ihn schüttele.

»Das sind die Geschenke von ihrem Freund; alles, was sie in das Kissen eingenäht hat. Ich weiß nicht, ob sie Euch irgendwie helfen – mir sagen sie überhaupt nichts, aber vielleicht findet Ihr ja etwas heraus. Alle Welt scheint entschlossen zu sein, Sir Edward für schuldig zu befinden, doch ich fände es schrecklich, wenn er für etwas bestraft wird, das er nicht getan hat.« Sie zupft wie ein Kind an meinem Ärmel. »Auf dem Ring ist ein Emblem. Es ist nicht das Wappen der Bellamys, ich kenne es nicht. Ihr könntet ihn Lord Burghley zeigen – er weiß vielleicht, wem es zuzuordnen ist.«

»Vielleicht. Habt Ihr mit irgendjemandem über diese Dinge gesprochen?«

Sie beißt sich auf die Lippe und senkt den Blick, schüttelt dann aber nachdrücklich den Kopf. Wieder habe ich den Eindruck, dass sie etwas verschweigt.

»Ich hätte es fast getan, als sie Sir Edward verhafteten, aber ich konnte doch nicht selbst zu Lord Burghley gehen. Außerdem habe ich mich an das erinnert, was Ihr gesagt habt. Wenn der Mörder zum Hof gehört, könnte er wissen, dass Cecily meine Freundin war, nicht wahr? Und daher könnte er denken, sie hätte mir ihre Geheimnisse anvertraut, und könnte demnach auch mich zum Schweigen bringen wollen, ist es nicht so?« Sie hebt ihr Gesicht zu mir empor. Im schwachen Licht sehe ich, wie blass sie ist und dass ihre Lippen zittern, obwohl sie versucht, dagegen anzukämpfen.

»Ihr habt den Mut aufgebracht, mir Cecilys Sachen zu bringen – dafür danke ich Euch. Ich bezweifle nicht, dass sie uns Hinweise auf den Mörder geben werden.« Ich lege die Hände auf ihre schmalen Schultern, um sie zu beruhigen. »Und was die Gefahr angeht … ich halte es für sehr wahrscheinlich, dass es dem Mörder, wenn es nicht Sir Edward ist, sehr gelegen kommt, dass ein anderer Mann für den Schuldigen gehalten wird, und er es deshalb vorzieht, sich im Verborgenen zu halten. Warum sollte er riskieren, durch einen weiteren Anschlag die Aufmerksamkeit auf sich zu lenken, wenn er die Chance hat, ungestraft davonzukommen?«

»Ich nehme an, das hängt davon ab, warum er Cecily überhaupt getötet hat«, gibt sie zu bedenken. »Ich meine, ein Mann kann eine Frau umbringen, weil sie ein Kind von ihm erwartet und er sie nicht heiraten will – so etwas hört man öfter. Doch das, was er mit ihrem Leichnam angestellt hat«, sie erschauert, »sagt mir, dass es einen anderen Grund geben muss. Was, wenn er sie getötet hat, weil sie etwas wusste, das sie nicht wissen durfte? Würde er dann nicht auch ihre Freundinnen aus dem Weg räumen wollen – nur für den Fall, dass sie ihnen etwas anvertraut hat?«

Als ich in ihr ernstes Gesicht blicke, komme ich zu dem Schluss, dass ich Abigail Morley unterschätzt habe. In genau diese Richtung sind auch meine eigenen Gedanken gegangen; ich habe mich sogar gefragt, ob Lady Seatons abweisendes Verhalten wirklich nur auf der Furcht vor saftigem Klatsch beruht hat oder ob etwas anderes dahintersteckte. Sacht drücke ich die Schultern des Mädchens.

»Warum sagt Ihr das? Hat Cecily Euch Grund zu der Annahme gegeben, dass sie gefährliche Geheimnisse hütete?«

»Nein, es ist nur …« Sie zaudert und blickt sich ängstlich um. »Seit sie diesen Mann kennen gelernt hat, hat sie begonnen, viel über Prophezeiungen zu sprechen.«

»Was für Prophezeiungen?«

»Oh, Ihr wisst schon, diese Vorhersagen, die es wie Sand am Meer gibt – dass die Tage der Königin gezählt sind und England vor dem Untergang steht und so weiter. So etwas hört man heutzutage an jeder Straßenecke.«

»Ich habe zufällig auch gerade eine gehört, von einer alten Vettel: ›When hempe is spun, England's done.‹«

Abigail nickt heftig.

»Das ist einer der Lieblingssprüche der Diener im Palast. Ihr wisst natürlich, was er bedeutet?« Sie senkt die Stimme. »Er spielt auf die Tudor-Linie an. Hempe steht für Henry, Edward, Maria, Philip und Elisabeth. Die alten Käuze zitieren ihn, um Englands Ende zu prophezeien, wenn der letzte Tudor stirbt. Cecily kannte Dutzende solcher Aussprüche.«

»Aber sie zeigte erst seit kurzem Interesse an diesen Dingen?«

»Seit ungefähr einem Monat. Ich habe mich gefragt, was für Flausen ihr dieser Mann in den Kopf setzt. Cecily, sagte ich, einiges von dem, was du da von dir gibst, könnte als Verrat ausgelegt werden. Dennoch lachte sie nur, als kümmere sie das überhaupt nicht, und meinte, alle würden solche Sprüche im Mund führen.«

»Hat sie religiöse Fragen erwähnt? Oder gesagt, wen sie selbst gern auf dem Thron sehen würde?«

»Nein, nichts dergleichen. Es war mehr ein persönlicher Groll«, fügt Abigail hinzu, dann schlägt sie eine Hand vor den Mund. »Ich weiß nicht, ob ich Euch das erzählen soll …«

»Abigail.« Ich sehe ihr fest in die Augen. »Es wäre gut, wenn Ihr mir alles sagen würdet, was wichtig sein könnte. Warum hegte Cecily einen Groll gegen die Königin?«

»Als sie letztes Jahr an den Hof kam«, flüstert Abigail und rückt näher an mich heran, als sich eine Gruppe von Jungen in Lehrlingskluft unter Einsatz der Ellbogen an uns vorbeidrängelt, »hatte sie daheim einen Verehrer, einen Mann, den sie kannte, seit sie ein Kind war. Er kam in der Hoffnung, sie zu treffen, nach London, doch als Lady Seaton davon erfuhr, erzählte sie es der Königin, und der junge Mann wurde fortgeschickt. Cecily wurde verboten, ihm je wieder zu schreiben. Er war nicht von hoher Geburt, versteht Ihr? Sie vergaß ihn dann auch ziemlich schnell, verzieh der Königin ihre Einmischung dagegen nie. Und sie hatte Angst, mit dem neuen Mann könnte es ihr ebenso ergehen.« Ihre Augen schießen hin und her. »Weil er für sie von zu hoher Geburt war.«

Ich kann nicht anders, als laut aufzulachen.

»Ich wusste nicht, dass Liebe dem Standesdünkel unterliegt. Müsst Ihr alle so genau darauf achten, dass Euer zukünftiger Mann rangmäßig nicht zu weit über oder unter Euch steht?«

Sie kichert, klingt einen Moment lang völlig unbeschwert.

»Ich mag meinen Ehemann nicht aus Liebe wählen dürfen, aber ich werde verdammt genau darauf achten, mir meine Liebhaber sorgfältig auszusuchen. Nun? Warum seht Ihr mich so schockiert an?«, fügt sie zur Antwort auf meinen Gesichtsausdruck hinzu, der sie erneut zum Kichern reizt. »Kein Grund, sich so prüde zu geben, selbst wenn Ihr früher ein Mönch wart.«

»Wollt ihr den ganzen Tag hier im Weg stehen?«, knurrt ein stämmiger Mann in einem derb gewebten Kittel, während er an uns vorbeitrampelt und Abigail so hart anrempelt, dass sie gleich in meine Arme stolpert, als ich versuche, sie aufzufangen. Sowie sie das Gleichgewicht wiedererlangt hat, klopft sie ihren Umhang ab – noch immer leicht verdutzt. Wir sehen uns kurz an und wenden dann rasch den Blick voneinander ab.

»Ich sollte jetzt besser …« Sie deutet auf die Palastmauern.

»Ja. Aber seid vorsichtig, Abigail. Achtet darauf, nicht alleine im Palast umherzugehen. Irgendwer am Hof weiß, wer Cecily getötet hat und warum, und Ihr habt Recht – er könnte Euch beobachten. Traut nicht jedem.«

»Nach dieser Sache weiß ich nicht, wem ich überhaupt noch trauen soll.« Sie lacht, ein nervöses, schrilles Geräusch, und nestelt an den Schnüren ihres Umhangs herum. »Ich meine, woher soll ich eigentlich wissen, ob ich Euch trauen kann?«

»Das könnt Ihr, Abigail, obwohl ich Euch nur mein Wort darauf geben kann.« Mit einem etwas festeren Griff fasse ich sie an den Schultern und zwinge sie so, mir in die Augen zu sehen. Sie mustert mich einen Moment lang forschend, und schließlich nickt sie.

»Ja – es ist seltsam, denn all die anderen Frauen sagen, man soll ausländischen Männern nie über den Weg trauen, schon gar nicht denen aus Spanien oder Italien. Aber ich spüre, dass mir von Euch keine Gefahr droht. Werdet Ihr es mich wissen lassen, wenn Ihr etwas Neues herausfindet? Es würde mir helfen, mich sicherer zu fühlen.«

Ich will es ihr gerade versprechen, als zwei junge Gecken in aufgebauschtem Satin sich grob an uns vorbeidrängen und Abigail diesmal unsanft gegen die Wand stoßen.

»Heda! Könnt ihr nicht aufpassen!«, rufe ich ihnen nach. Der kleinere der beiden, der eine scharlachrote Kappe mit einer Pfauenfeder trägt, dreht sich um, als er meinen Akzent hört.

»Hast du mit mir geredet, du spanischer Hurensohn?« Er bleibt stehen, spuckt auf den Boden und macht Anstalten, auf uns zuzukommen, sein Freund hält ihn jedoch zurück, und nach einem letzten giftigen Blick setzen sie ihren Weg fort.

»Schwachköpfe«, murmele ich, obwohl ich froh bin, dass es nicht zu einem Handgemenge auf offener Straße gekommen ist. »Ich danke Euch für Euer Vertrauen. Und, Abigail – Ihr müsst mir unbedingt Bescheid geben, wenn Ihr Euch noch an etwas anderes erinnert, das Cecily Euch erzählt hat. Es könnte von elementarer Bedeutung sein.«

Obschon ich mit sanfter Stimme spreche, versteht sie, worauf ich anspiele: Ich glaube, dass sie etwas zurückhält, irgendeinen Hinweis auf die Identität von Cecilys Liebhaber – entweder aus Angst oder aus falsch verstandener Loyalität. Sie lächelt zögernd, und da wird mir bewusst, dass meine Hände immer noch auf ihren Schultern ruhen. Wieder kreuzen sich unsere

Blicke, diesmal einen Moment zu lange. Flüchtig spiele ich mit dem absurden Gedanken, sie, wenn all dies vorbei ist, um ein neuerliches Treffen zu bitten. Irgendetwas in ihren erwartungsvollen Augen löst in mir die Frage aus, ob sie gerade dasselbe gedacht hat. Man kann mich schwerlich als die gute Partie betrachten, die ihrem Vater für sie vorschwebt, aber hat sie nicht bereits klargestellt, dass für einen Liebhaber andere Kriterien gelten würden? Ich verdränge die unangenehme Vorstellung, dass ihr Vater vermutlich nicht viel älter ist als ich, und gebe sie, ob meiner unausgesprochenen Gedanken beschämt, rasch frei. Sie zieht ihre Kapuze tiefer in die Stirn.

»Das Parfüm ist übrigens widerlich«, sagt sie, als sie sich zum Gehen wendet, und nickt zu der Stelle hinüber, wo der Samtbeutel in meinem Wams steckt. »Nur ein Mann kann sich einbilden, eine Frau würde so etwas benutzen wollen.« Sie lacht, winkt kurz und tritt danach in das helle Morgenlicht hinaus.

Bis sie in der Menge verschwindet, sehe ich ihr nach, drehe mich dann um und schlage die entgegengesetzte Richtung ein. Erst als ich am anderen Ende des Durchgangs in das Licht eintauche, spüre ich jemanden hinter mir. Ich fahre herum, aber mir folgen Dutzende von Menschen, die mir nur insofern Beachtung schenken, als sie unwillig mit der Zunge schnalzen, weil ich so abrupt stehen geblieben bin und dadurch den Passantenstrom kurzfristig zum Stillstand gebracht habe. Argwöhnisch drehe ich mich nach rechts und links, verrenke mir den Hals, um über die Köpfe der Menge hinwegschauen zu können, und pralle beim Weitergehen immer wieder gegen andere Fußgänger, doch alles, was ich sehe, ist eine Flut von Gesichtern, die vom Torhausdurchgang her auf mich zuwogt. Niemand nimmt Blickkontakt mit mir auf. Es ist möglich, dass ich mir alles nur eingebildet habe. Dennoch weiß ich instinktiv, dass gerade eben jemand hinter meinem Rücken gelauert und mich beobachtet hat, und dieser Jemand muss gesehen haben, wie ich mit Abigail Morley sprach.

Ich nehme ein Boot zurück nach Salisbury Court, weil ich glaube, dass es für einen etwaigen Verfolger schwieriger ist, auf dem Fluss unbemerkt zu bleiben. Obwohl ich während der ganzen Fahrt zu den anderen Booten und Lastkähnen hinüberspähe, bis sogar der Bootsmann nervös wird und fragt, was los ist, kann ich nichts entdecken, was mir Grund zur Sorge geben könnte. Als ich bei der Botschaft ankomme, bin ich schon fast überzeugt, mich geirrt haben zu müssen.

Ich habe die Galerie im ersten Stock zur Hälfte durchquert und brenne darauf, endlich den Inhalt des Samtbeutels zu untersuchen – den ich für den Fall, dass ich tatsächlich verfolgt werde, nicht an einem öffentlichen Ort zu öffnen gewagt habe –, als ich eine Frauenstimme meinen Namen rufen höre. Da ich so darauf fixiert bin, mich in meine Kammer zurückzuziehen und mich mit den Geschenken zu befassen, die Cecily von ihrem mysteriösen Liebhaber erhalten hatte, wäre mir angesichts der unerwünschten Ablenkung beinahe ein saftiger Fluch entfahren. Marie steht mit dem kleinen Hund ihrer Tochter in den Armen in einer Türöffnung hinter mir und betrachtet mich mit schief gelegtem Kopf. Widerstrebend drehe ich mich um und verneige mich.

»Madame.«

»Von wem war denn der geheimnisvolle Brief, den Ihr gestern bekommen habt, Bruno? Wir sterben alle vor Neugier, es zu erfahren.« Sie kommt mit einem koketten Lächeln auf mich zu und bleibt etwas zu dicht vor mir stehen. Sie trägt ein Kleid aus blauer Seide, und an ihrem Mieder steckt eine große, mit in der Sonne funkelnden Rubinen und Diamanten besetzte Brosche. Der Hund schiebt den Kopf vor und leckt mir die Hand.

»Ich habe vermutet, dass irgendein in Euch vernarrtes englisches Mädchen Euch selbst gedichtete Verse schickt, aber Claude ist davon überzeugt, dass die Antwort viel interessanter sein muss. Wer würde Bruno Botschaften schicken, ohne seinen Namen preiszugeben?, fragt er sich. Oder *ihren* Namen.« Ihre Augen weiten sich in gespielter Unschuld.

Ich lächele höflich, wenngleich Unbehagen in mir aufkeimt: Es ist meinen Plänen nicht gerade dienlich, wenn der gesamte Haushalt Spekulationen darüber anstellt, mit wem ich in Kontakt stehe, schon gar nicht angesichts solcher Verschwörungen wie denen, von denen ich am Abend zuvor gehört habe. Allmählich komme ich zu dem Schluss, dass es ein Fehler war, Abigail vorzuschlagen, etwaige Nachrichten hierherzuschicken. Meine Gedanken überschlagen sich, während ich eine bedauernde Miene aufsetze.

»Ich wünschte, Ihr hättet Recht, Madame, aber leider existiert ein solches Mädchen nicht. Der Brief stammte von einem jungen Mann vom Hof, der eines meiner Bücher gelesen hat und mein Privatstudent werden möchte.«

»Eines Eurer *Bücher*?« Sie wirkt sichtlich enttäuscht.

»So unwahrscheinlich es klingt – ja.«

»Was studiert dieser Mann?«

»Die Gedächtniskunst. Ich habe sie König Henri in Paris gelehrt.«

»Oh.« Sie denkt kurz darüber nach. »Warum dann diese Geheimnistuerei?«

»Weil eine ganze Reihe von Ignoranten behauptet, meine Gedächtnistechniken hätten etwas mit okkulten Wissenschaften zu tun. Ich nehme an, er will einfach nur Vorsicht walten lassen. Obwohl ich Euch versichern kann, dass an diesen Gerüchten kein Fünkchen Wahrheit ist«, füge ich hastig hinzu.

Sie sieht mich weiterhin mit schief gelegtem Kopf an, als könne sie mein Wesen so besser erfassen.

»Na schön, Bruno«, sagt sie endlich. »Ich bestehe darauf, ebenfalls Privatstunden bei Euch zu nehmen. Ich möchte Euer System erlernen. Über die Bezahlung könnt Ihr mit meinem Mann sprechen – auch wenn er zu dem Schluss kommen könnte, Kost und Logis seien Lohn genug, und die bekommt Ihr ja bereits.«

»Madame, ich bin mir nicht sicher, ob …«

»Seid nicht langweilig, Bruno. Es wäre perfekt – es ist ja nicht so, als wärt Ihr noch anderswo angestellt, und ich muss mir irgendwie die Zeit vertreiben, während Katherine bei ihrer Gouvernante ist. Außerdem ist mein Gedächtnis entsetzlich schlecht. Ich bin Euch nachgegangen, um Euch etwas zu sagen, und jetzt habe ich vergessen, was es war. Seht Ihr, wie dringend ich Euren Unterricht brauche?« Sie lächelt mit hochgezogenen Brauen zu mir empor, es wirkt unschuldig und wissend zugleich. Um meiner Verlegenheit Herr zu werden strecke ich eine Hand aus, um den Hund zu streicheln, und sie tut dasselbe, mit dem Ergebnis, dass ihre Hand leicht über die meine streicht. Ich ziehe meine Hand zurück, als hätte ich mich verbrannt, woraufhin sie errötend den Blick senkt. Gütiger Himmel, denke ich, die Vorstellung, mich allein mit ihr in einem Raum aufzuhalten und versuchen zu müssen, ihr irgendetwas beizubringen, ist beängstigender als alle Aufgaben, die Walsingham mir je übertragen könnte. Doch ich tröste mich mit dem Gedanken, dass Castelnau dazu nie seine Zustimmung geben würde.

»Wo wollt Ihr eigentlich so eilig hin?«

»Oh – nur in meine Kammer. Mir sind während meines Spaziergangs eine oder zwei Ideen gekommen, die ich aufschreiben will, bevor sie sich wieder in Luft auflösen.«

Sie lacht ihr melodisches Lachen. »Ihr seid keine sehr gute Empfehlung für Eure eigenen Gedächtnistechniken, Bruno.«

»Ich habe Euch gewarnt.«

»Oh, ich lasse mich nicht leicht von etwas abbringen, das ich mir in den Kopf gesetzt habe. Mir tut nur Euer junger Student leid – ich hoffe, er vergeudet sein Geld nicht. Wie heißt er denn?«

Ich zögere nur den Bruchteil eines Atemzugs lang, trotzdem entgeht es ihr nicht.

»Ned. Ned Kelley. Nun, Madame, ich muss …« Ich deute auf die Tür am anderen Ende der Galerie. Es ist ein schöner Raum, der entlang der gesamten Vorderfront des Hauses verläuft. Zu beiden Seiten sind hohe Fenster in die Wände eingelassen. Sonnenlicht tanzt über die dunkle Täfelung, Staubwölkchen wirbeln flirrend auf. Dasselbe Licht fällt seitlich auf Maries Gesicht, und ich verspüre plötzlich den Drang, ihre Wange zu berühren – nicht allein aus körperlicher Begierde heraus, sondern nur, um zu sehen, ob ihre Haut sich so weich anfühlt, wie sie aussieht. Geschwind trete ich einen Schritt zurück und wende mich zum Gehen, doch sie hält mich am Ärmel zurück.

»Jetzt fällt es mir wieder ein. Der Botschafter möchte Euch in seinem Arbeitszimmer sprechen – er fragt schon den ganzen Morgen nach Euch, aber niemand wusste, wo Ihr wart.« Sie bringt den letzten Satz wie eine Anklage hervor.

»Dann werde ich gleich zu ihm gehen.« Ich spüre den Druck des Beutels unter meinem Wams. »Allerdings muss ich erst mein Hemd wechseln.«

Sie betrachtet skeptisch meinen Kragen.

»Wenn Ihr bei ihm seid, sagt ihm gleich, dass ich in Euren geheimen magischen Künsten unterwiesen werden möchte.«

»Madame, egal was in Paris geredet wird, Magie ist dabei

nicht im Spiel …«, beginne ich aufgebracht, doch dann bemerke ich ihr koboldhaftes Lächeln.

»Oje, Bruno, es ist allzu leicht, Euch zu foppen. Ich glaube, der Unterricht bei Euch wird mir viel Spaß machen.«

Ich antworte mit einer knappen Verbeugung und lasse sie mit ihren glitzernden Juwelen in dem Lichtstrahl stehen. Sie lacht noch immer leise in sich hinein.

Als ich den Samtbeutel öffne, kommen die Gegenstände zum Vorschein, die Abigail bereits erwähnt hatte: ein goldener Siegelring mit einem eingravierten Wappen, ein Handspiegel aus Schildpatt und eine diamantförmige Glasphiole mit Parfüm von der Art, die Frauen um den Hals tragen, mit einem goldenen Verschluss und einer daran befestigten Kette. Liebesunterpfänder, eindeutig kostbar, aber was können sie mir über Cecily Ashe und ihren Liebhaber erzählen? Ich halte sie nacheinander ins Licht und inspiziere sie. Das Siegel auf dem Ring zeigt einen Vogel mit ausgebreiteten Schwingen und einem gebogenen Schnabel, einen Adler vielleicht, und die Buchstaben rund um den Rand sind in Spiegelschrift eingraviert, sodass man sie lesen kann, wenn der Ring in warmes Siegelwachs gepresst wird. Ich runzele die Stirn, während ich versuche, das Motto zu entziffern, bis ich begreife, dass es in französischer Sprache verfasst ist: *Sa Virtu M'Atire*. »Ihre Tugend fesselt mich« – oder vielleicht »seine Tugend«. Doch das Wort *attire* ist falsch geschrieben – ein merkwürdiger Fehler. Man sollte denken, dass jeder, der einen teuren goldenen Ring gravieren lässt, darauf achtet, dass der Goldschmied keinen Schreibfehler macht, und geradeso würde dieser selbst Wert darauf legen, nur fehlerlose Arbeiten abzuliefern, wenn er sein Geld wert ist. Demnach, überlege ich, derweil ich den Ring zwischen den Fingern drehe und der Inschrift mit den Augen folge, müsste hinter dem, was auf den ersten Blick wie ein Fehler aussieht, eine Absicht stecken, und das könnte wiederum bedeuten, dass das Motto eine verborgene oder verschlüsselte Bedeutung hätte. Wenn das tatsächlich der Fall wäre, würde ich vorerst noch nicht schlau daraus; ich weiß genauso wenig wie Abigail, wessen Wappen dieser Vogel ist, obwohl es so aussieht, als habe der Betreffende Beziehungen zu Frankreich. Was mir auch nicht weiterhilft – die Hälfte aller englischen Edelleute hat französische Vorfahren, und jeder Angehörige des niederen Adels sowie der höheren Klassen beherrscht zumindest ein paar Worte dieser Sprache.

Der kleine Spiegel ist das am wenigsten interessante Objekt. Ich drehe ihn gleichfalls in den Händen, aber er gibt nichts preis. Das Schildpatt ist so auf Hochglanz poliert, dass ich mein Gesicht fast genauso klar in dem gelbbraunen Muster erkennen kann wie in dem Spiegelglas. Frustriert lege ich ihn zur Seite und öffne die Parfümflasche. Als ich sie an die Nase halte, verstehe ich augenblicklich, was Abigail gemeint hat: Unter dem Duft von Rosenwasser verbirgt sich so etwas wie eine leichte Bitternote, ein säuerlicher Pflanzengeruch, bei dem man unwillkürlich zusammenzuckt. Bezüglich der Unkenntnis eines Mannes in Parfümfragen irrt sich Abigail jedoch – der Unbekannte, von dem diese Geschenke stammen, ist eindeutig ein Mann mit Geschmack und überdies ausgesprochen großzügig. Warum also sollte er seiner Geliebten ein derart offenkundig unangenehm riechendes Parfüm verehren? Ich kippe die Flasche leicht, tupfe einen Tropfen der klaren Flüssigkeit auf meine Fingerspitze und führe sie zum Mund, doch gerade als ich sie mit der Zunge berühren will, hämmert jemand gegen die Tür.

»Bruno? Seid Ihr da?«

Dumas. Ich beeile mich, die Geschenke in den Samtbeutel

zurückzustopfen, und lasse in meiner Hast den kleinen Spiegel fallen, der mit einem Unheil verkündenden Knacken auf dem Boden landet.

»Einen Augenblick!« Mit einem stummen Fluch hebe ich ihn auf, drehe ihn um und stelle erleichtert fest, dass das Glas nicht zerbrochen ist. Der Rahmen hingegen scheint beschädigt worden zu sein, er fühlt sich so locker an, als könnte das Glas herausrutschen. Doch mir bleibt keine Zeit, mir den Schaden genauer anzusehen; ich schiebe den Beutel unter mein Kopfkissen und öffne Dumas die Tür. Er steht vor mir, ringt die Hände und zieht ein Gesicht wie ein erschrockener Hase.

»Der Botschafter schickt nach Euch. Ich weiß nicht, worum es geht. Glaubt Ihr, er hat herausgefunden, was wir …« Er bricht ab, sucht nach dem richtigen Wort.

»Was wir heimlich treiben? Na, wir wollen doch nicht gleich das Schlimmste befürchten.« Ich klopfe ihm aufmunternd auf die Schulter, als ich mich an ihm vorbei durch die Tür dränge, obwohl mir der Umstand, dass mich Castelnau den ganzen Morgen lang gesucht hat, auch nicht gefällt. Dumas sieht zu, wie ich die Tür meiner Schlafkammer verschließe. Geheimnisse muss man in diesem Haus gut hüten.

Castelnau blickt von seinem Schreibtisch auf, als ich sein Arbeitszimmer betrete. Er wirkt ernst, aber nicht ärgerlich.

»Bruno! Ihr macht Euch rar. Setzt Euch doch.« Er deutet auf einen Stuhl vor dem leeren Kamin, auf dem mehrere bestickte Kissen liegen. Dumas scharrt hinter mir nervös mit den Füßen; er weiß offensichtlich nicht, ob er bleiben soll oder nicht. Castelnau wendet sich an ihn. »Léon, Ihr habt doch sicherlich noch etwas zu tun, nicht wahr?«

Dumas huscht zu seinem kleinen Schreibtisch in der Ecke. Castelnau winkt mit einer Hand in seine Richtung.

»Macht Euch seinetwegen keine Gedanken, Bruno. Ich habe keine Geheimnisse vor Léon – oder, Léon?« Er lächelt freundlich. Dumas gibt einen Laut von sich, der irgendwo zwischen einem Quieken und einem Hüsteln liegt. Hinter dem Rücken des Botschafters durchbohre ich ihn mit einem harten Blick. Ich habe noch nie einen Mann gesehen, dem sein schlechtes Gewissen so offen im Gesicht geschrieben steht. Wenn Courcelles ihm nur ein paar Lektionen in schmieriger Heuchelei erteilen könnte, wäre unsere Mission um einiges einfacher.

»Trinkt Ihr ein Glas Wein?« Castelnau greift nach einer venezianischen Karaffe auf seinem Schreibtisch. Als ich mit der Begründung, dafür sei es noch zu früh, ablehne, wirkt er enttäuscht, gießt sich aber trotzdem ein großes Glas ein und zieht sich den Stuhl gegenüber von meinem heran. »Ich weiß, dass Euch das, was Ihr gestern Abend beim Essen gehört habt, beunruhigen muss.«

»Falls ich nichts falsch verstanden habe, Mylord, klang es ganz so, als würde Lord Henry Howard versuchen, einen Krieg anzuzetteln.«

Castelnau seufzt. Er wirkt erschöpft; zum ersten Mal, seit ich ihn kenne, merkt man ihm sein Alter an. Ich frage mich, ob das an den Intrigen der schottischen Königin oder der Rückkehr seiner Frau liegt.

»Ihr habt nichts falsch verstanden. Wie Ihr ja selbst miterlebt habt, ist meine Frau eine glühende Anhängerin des Herzogs von Guise, doch Ihr sollt wissen, dass weder König Henri noch ich mit seinen Plänen einverstanden sind – obgleich der König im Moment seine eigenen Probleme hat. Ich brauche Euch auf meiner Seite, Bruno, um zu Toleranz, Diplomatie und Verhandlungen zu raten, wenn sie mit ihrem Gerede von einer Invasion beginnen. Steht mir bei – wir dürfen ihr Vertrauen nicht verlieren. Ich tue mein Bestes, um jeden zur Geduld zu mahnen.«

»Vielleicht finden sie, dass sie sich lange genug in Geduld gefasst haben.«

»Hm.« Er setzt das Glas an die Lippen und leert es, dann schüttelt er den Kopf. »Wenn Elisabeth sich doch nur nicht so störrisch geweigert hätte, den Herzog von Anjou zu heiraten! Dann bestünde zwischen unseren Ländern ein starkes Bündnis. Aber ich sehe jetzt, dass sie uns alle zum Narren gehalten hat. Sie hatte niemals den Wunsch zu heiraten. Zumindest in diesem Punkt hat sie Weisheit bewiesen.«

Er fügt den letzten Satz mit solcher Vehemenz hinzu, dass mir klar wird, dass er nicht mehr an die Königin denkt. So, wie ich Marie de Castelnau bislang wahrgenommen habe, bezweifle ich, dass ihm in seiner Ehe Frieden beschieden ist.

»Henry Howard ist in diesem Land so mächtig wie der Herzog von Guise in Frankreich«, fährt Castelnau fort. »Beide verfügen über genug Einfluss, um ihren jeweiligen Herrschern Angst einzujagen – aber nicht über so viel, wie sie es gerne täten. Also streben sie jetzt ein geheimes Bündnis mit Spanien an, um sich die nötigen Mittel für die Durchführung ihrer Pläne zu verschaffen.«

»Eine große katholische Zurückeroberung.«

»Ich weiß, dass Ihr kein fanatischer Anhänger der katholischen Kirche seid, Bruno.« Castelnau neigt sich nach vorn, fixiert mich mit seinen großen, traurigen Augen und schließt die Hände um sein Glas. »Aber das Blatt wendet sich. Der protestantische Glaube schwächt sich ab – in Frankreich, in den Niederlanden und auch auf dieser Insel. Er hat eine Zeit lang geblüht, konnte sich allerdings nicht behaupten. Ich wage zu prophezeien, dass er am Ende dieses problembeladenen Jahrhunderts nur noch als Experiment in der Erinnerung der Menschen leben wird, als Warnung für unsere Söhne und Töchter.

Alle Omen deuten auf den Anbruch einer neuen Ära hin. Dafür müssen wir bereit sein.«

»Dann haltet Ihr diesen Krieg für unvermeidlich, Mylord?« Ich reibe mir verwirrt mit dem Daumen über die Brauen. »Was bringt es denn dann noch, sich dagegen auszusprechen?«

»Nein, ich halte die Wiedereinführung des katholischen Supremats für unvermeidlich«, erwidert er mit ernstem Gesicht. »König Henri hat den Protestanten in Paris zu viel Freiheit gelassen, und ich glaube nicht, dass er den Aufstieg des Herzogs von Guise noch aufhalten kann. Vielleicht kann man ja dennoch beide Herrscher dazu bewegen, sich der katholischen Macht ohne Krieg zu unterwerfen. Das ist meine große Hoffnung. Ihr seht also, in welcher Zwangslage ich mich befinde, Bruno: Ich darf einerseits nicht den Eindruck erwecken, dieser Invasion absolut ablehnend gegenüberzustehen, falls Guise in Paris zu noch größerer Macht gelangt. Andererseits darf ich mich und Frankreich gleichzeitig nicht zu sehr in diese Sache einbringen – als Diplomat muss ich alle Parteien dazu drängen, mit friedlichen Mitteln für ihre Ziele zu kämpfen.« Er schüttelt bekümmert den Kopf und dreht sich zum Fenster, und ich begreife jetzt, was Fowler gemeint hat, als er sagte, Castelnau würde zu sehr versuchen, es allen recht zu machen.

Ich formuliere gerade im Geiste eine Antwort, als die Tür plötzlich mit solcher Wucht aufgestoßen wird, dass das Holz erzittert. Auf der Schwelle erscheint ein Mann, der fast den gesamten Türrahmen ausfüllt. Er hat die Arme vor der Brust verschränkt, sein schwarzer Bart ist borstig, und seine finstere Miene könnte die Farbe von den Porträts an der Wand abblättern lassen. Angesichts dieses Auftritts zieht sich Dumas zusehends tiefer in seine Ecke zurück. Castelnau indes setzt sein glattes Diplomatengesicht auf, erhebt sich und begrüßt den Besucher auf Spanisch.

»Don Bernadino. Das ist eine unerwartete Freude.«

»Spart Euch Eure Schmeicheleien für die Engländer auf, Castelnau. Wir wissen beide, dass das nicht der Fall ist. Aber ich habe Neuigkeiten für Euch, die Euch Feuer unter dem Hintern machen werden.« Der spanische Botschafter dreht sich um und spießt mich förmlich mit seinem düsteren Blick auf. »Wer zum Teufel ist das?«

»Giordano Bruno von Nola, zu Euren Diensten«, versetze ich ebenfalls auf Spanisch, dabei stehe ich auf und verbeuge mich.

Mendozas Augen werden schmal, und er nickt langsam.

»Das ist also König Henris italienischer Ketzer. Ich habe schon von Euch gehört. Vermutlich glaubt Ihr, Ihr wärt hier sicher.« Er wendet sich wieder an Castelnau. Seine Augen funkeln verächtlich, als er mit einem wurstähnlichen Zeigefinger vor dem Gesicht des Botschafters herumfuchtelt. »Genau das ist Euer Problem, Michel – Ihr nehmt Männer wie den hier in Euer Haus auf und füttert sie durch, und dann wundert Ihr Euch, warum niemand Euch oder Euren König ernst nimmt. Mein König Philip …«, jetzt bohrt er den Finger in seine eigene Brust, »… stellt spanisches Geld und Männer zur Verfügung, um die Ketzerei zu bekämpfen, während Euer König Henri seine Truhen öffnet, um ihr Vorschub zu leisten!« Er misst mich mit einem wutentbrannten Blick, den ich ungerührt zurückgebe, damit er sieht, dass ich mich nicht einschüchtern lasse. »Schickt ihn hinaus«, befiehlt Mendoza mit einer knappen Geste, als hätte er hier das Sagen. »Und ihn auch.« Er deutet auf Dumas, der zitternd hinter seinem Schreibtisch in der Ecke kauert. »Was ich kundzugeben habe, ist nicht für die Ohren von Dienstboten bestimmt.«

Castelnau schaut mich an und nickt mit einem entschuldigenden Lächeln in Richtung Tür. Ich steuere darauf zu, Dumas schiebt seine Papiere zu einem Stapel zusammen, erhebt sich und folgt mir, während Mendoza uns ungeduldig schnaufend nachsieht.

Draußen im Korridor richtet Dumas seine angsterfüllten Augen auf mich und flüstert: »Was meint Ihr, worum handelt es sich bei diesen Neuigkeiten?«

»Wenn ich raten müsste, würde ich sagen, Philip von Spanien hat sich einverstanden erklärt, Geld in Maria Stuarts Pläne zu investieren. Und wenn ich Recht habe …« Ich beende den Satz nicht. »Es steht viel mehr auf dem Spiel, als ich dachte, Léon. Wir dürfen jetzt nicht versagen.«

Auf dem Rückweg zu meiner Kammer stoße ich auf Marie und Courcelles, die an einem Erkerfenster stehen, die Köpfe zusammenstecken und miteinander tuscheln. Sowie sie mich bemerken, verstummen sie, und Courcelles weicht mit schuldbewusstem Gesicht zurück. Es ist ein Verhalten, das ich kenne; vielleicht benehmen sich alle Männer in Maries Gegenwart so. Sie hat etwas an sich, das einem das Gefühl gibt, einen Schritt zu weit gegangen zu sein. Sie selbst scheint sich dessen überhaupt nicht bewusst zu sein, oder sie gibt es jedenfalls vor.

»Nun, Bruno?«, ruft sie, als ich in der Hoffnung, an ihnen vorbeizukommen, ohne angesprochen zu werden, meine Schritte beschleunige. »Habt Ihr ihn gefragt?«

»Ihn was gefragt, Madame?«

»Also wirklich, Bruno – allmählich denke ich, ich sollte *Euch* in der Gedächtniskunst unterweisen. Wegen unserer Unterrichtsstunden!«

»Ah. Es tut mir leid, aber dazu war keine Zeit. Wir wurden unterbrochen.«

»So? Von wem denn?«

»Vom spanischen Botschafter.«

»Mendoza ist hier?« Sie wechselt einen Blick mit Courcelles. »Entschuldigt mich bitte, Gentlemen.« Ihre Röcke rascheln, als sie die Galerie entlangrauscht und verschwindet. Courcelles sieht mich an und zuckt auf seine aufreizende gallische Art die Achseln.

Der Samtbeutel liegt noch immer sicher unter dem Kissen. In dem Licht, das durch das Fenster fällt, lege ich die drei Gegenstände erneut auf das Bett. Das Spiegelglas hat sich gelockert, als es zu Boden gefallen ist, und ich nestele an dem Schildpattrücken herum, um zu sehen, ob ich es wieder befestigen kann. Es gibt mir einen Ruck, wie ich dabei feststelle, dass der Spiegel bewusst so konstruiert ist, dass man ihn auseinandernehmen kann. Behutsam löse ich das Glas aus der Fassung. Dahinter steckt ein quadratisches Stück Papier. Mit zitternden Fingern falte ich es auseinander und glätte es. Das Herz schlägt mir bis zum Hals. Jemand hat darauf die mir nur zu gut bekannten Symbole für Jupiter und Saturn gezeichnet und darunter ein Datum geschrieben: 17. November. Sonst nichts. Ich drehe das Papier um, halte es mir unter die Nase und schnuppere daran, falls es eine mit Orangensaft verfasste unsichtbare Botschaft enthielte, aber ich rieche nichts. Jetzt hämmert mein Herz fast schmerzhaft gegen meine Rippen; ich weiß noch nicht, was ich hier entdeckt habe, mit Sicherheit hat es jedoch etwas mit dem Mord an Cecily Ashe zu tun. Das Datum sagt mir nichts, muss aber zusammen mit den Planetensymbolen für denjenigen, der Cecily diese geheime Nachricht in dem Spiegel verborgen geschickt hat, eine Bedeutung haben. Höchstwahrscheinlich hat Cecily diese Bedeutung erkannt, als sie die Botschaft erhielt, obwohl sie wohl kaum geahnt haben konnte, dass sie den betreffenden Tag nicht mehr erleben würde.

Wenn der Spiegel eine geheime Nachricht enthalten hat, könnten die anderen Geschenke ebenfalls eine Bedeutung haben, die nur dem Absender und dem Empfänger bekannt war. Der Ring mit dem falsch geschriebenen Motto – dieser Fehler muss absichtlich gemacht worden sein. *Sa Virtu M'Atire* – aber wessen Tugend? Cecilys? Oder die von jemand anderem? Der Ring passt nur an meinen kleinen Finger; ich habe zwar schlanke Finger, aber das Schmuckstück wurde nicht für eine Männerhand angefertigt. Als ich ihn anstecke und die Hand drehe, um die Inschrift noch einmal genauer zu betrachten, bemerke ich dort, wo ich den Zeigefinger in das Parfüm getaucht hatte, einen roten Fleck. Die Haut ist zu einer Art Blase aufgeworfen, die juckt und brennt, als ich darüberreibe. Nicht gerade die Art von Parfüm, die man gerne benutzt, denke ich und bin erleichtert, dass ich es nicht gekostet habe; es muss aus billigen Ingredienzen bestehen, was mir merkwürdig vorkommt, weil die Flasche und die anderen Geschenke so kostbar wirken. Da trifft mich die Erkenntnis wie ein Schlag, ich springe auf, umklammere die Flasche mit der Faust und beginne im Raum auf und ab zu gehen. Unter meinem Kragen bricht mir der Schweiß aus. Ich muss mit irgendjemandem über meine Schlussfolgerungen sprechen – normalerweise würde ich mich jetzt an Sidney wenden, und zum ersten Mal vermisse ich ihn von ganzem Herzen. Ich weiß noch nicht einmal, ob er und seine junge Frau wieder in London sind, aber selbst wenn dies der Fall ist, kann ich mit ihm nicht mehr so engen Umgang pflegen wie damals in Oxford, wenn ich das Vertrauen erhalten will, das man mir in der Französischen Botschaft schenkt.

Wen kann ich dann einweihen? Direkt zu Walsingham kann ich damit nicht gehen, wiewohl er es war, der mich in den Tod von Cecily Ashe verstrickt hat; zumindest will ich nicht zu ihm gehen, bevor ich sicher bin, dass meine Theorie richtig ist. Dann ist da natürlich noch William Fowler; Walsingham hat ihn mir als Ersatz für Sidney geschickt, und vermutlich sollte ich ihm vertrauen, aber Fowlers unergründliche Reserviertheit weckt in mir längst nicht dieselbe Zuneigung wie Sidneys gutmütige Aufschneiderei. Schwer lasse ich mich erneut auf mein Bett sinken, und mir wird klar, wie sehr mir mein Freund fehlt; seine Heirat hat mir allzu deutlich vor Augen geführt, wie alleine ich hier in England bin. Freilich gibt es noch einen anderen Grund, weshalb ich nicht mit Fowler sprechen will – abgesehen davon, dass seine Aufgabe lediglich darin besteht, meine Botschaften bezüglich der Komplotte weiterzuleiten, die in Salisbury Court geschmiedet werden: meinen persönlichen Stolz. Abigail Morley hat mir Cecily Ashes Geheimnisse anvertraut, und ich will derjenige sein, der das Rätsel lösen wird. Ich will meine Fähigkeiten unter Beweis stellen, indem ich den Mörder überführe, und zwar ohne jemanden wie Fowler hinzuzuziehen, den ich in gewisser Hinsicht als Rivalen um Walsinghams Gunst betrachte, ungeachtet dessen, dass wir zusammenarbeiten sollen – ich komme einfach nicht dagegen an.

Ich trete zum Fenster, stütze mich auf das Fensterbrett und starre in den Nachmittagshimmel, der jetzt bernsteinfarben glüht. Meine Kammer geht zum hinteren Teil des Hauses hinaus, von hier aus kann ich die Gärten bis hinunter zum breiten braunen Band der Themse überblicken, in deren träge dahinfließendem Wasser sich die sinkende Sonne widerspiegelt. Wenn ich ganz ehrlich bin, dann muss ich zugeben, dass ich Angst habe. Wie auch immer die Komplotte von Maria Stuart ausgehen – meine eigene Zukunft steht auf dem Spiel, das ist mir nur zu klar. Gesetzt den Fall, diese Invasion, die derzeit noch wie eine Rachefantasie entrechteter Männer und einer wutschnaubenden gefangenen Königin klingt, würde irgendwann einmal Wirklichkeit, hätte ich in einem katholisierten England keine Chance mehr. Sofern jedoch – wie ich aufrichtig hoffe – diese Pläne durchkreuzt werden, ist es so gut wie ausgeschlossen, dass Castelnau hier weiterhin den Botschafterposten bekleidet; sobald seine Beteiligung bekannt würde, wäre seine Glaubwürdigkeit dahin. Und wenn er abgesetzt werden sollte, müsste ich um meiner selbst willen dafür gesorgt haben, dass ich für Walsingham und den englischen Hof unentbehrlich geworden bin, und zwar nicht nur, weil ich Zugang zu der Französischen Botschaft und ihren Intrigen habe. Wenn ich herausfinde, wer Cecily Ashe getötet hat, kann Königin Elisabeth nicht mehr an meinem Nutzen für sie zweifeln, denke ich.

Dann kommt mir ein Gedanke: Es gibt einen Freund, dem ich mich anvertrauen kann – jemanden, der über genau die Fähigkeiten verfügt, die ich brauche, um meine Theorie bezüglich des Parfüms und des Rings zu überprüfen, und der auch Diskretion zu wahren weiß. In der Hektik der letzten Tage habe ich ihn vernachlässigt, aber er ist der einzige Mensch, der mehr über die Große Konjunktion weiß als irgendjemand sonst in London. Also werde ich morgen nach Mortlake zurückkehren, zum Haus von Doktor Dee.

6

Mortlake, London
29. September im Jahr des Herrn 1583

Doktor Dees Bibliothek ist meiner Meinung nach eines der größten Wunder dieser verregneten Insel. Sein gesamtes Haus ist ein weitläufiges Wirrwarr aus Anbauten, neuen Flügeln und verborgenen Räumen, sodass man von außen unmöglich erahnen kann, wie das ursprüngliche Cottage ausgesehen hat, das einst seiner Mutter gehört hatte und jetzt irgendwo tief in diesem Labyrinth vergraben ist. All diese zusätzlichen Räume wurden von Dee selbst entworfen, unter Berücksichtigung seiner esoterischen Gebote, um irgendwelchen speziellen Aspekten seiner Arbeit zu dienen, und die Bibliothek bildet den Höhepunkt seiner Bemühungen. Seine Sammlung von Büchern und Manuskripten und auch der Raum selbst sind größer als die Universitätsbibliothek von Oxford; an den Wänden hat Dee mit großem Aufwand diese neumodischen vertikalen Regale errichten lassen, die an den europäischen Universitäten die altmodischen Lesepulte ersetzt haben und in denen man die Bücher besser zur Schau stellen kann. Dem die Bibliothek besuchenden Gelehrten hilft das nicht unbedingt weiter, weil die Werke nach keiner bestimmten Methode geordnet zu sein scheinen, es sei denn, es handelte sich um irgendein geheimnisvolles System, das nur in Dees Kopf existiert, denn er vermag die Hand ohne Zögern auf jedes beliebige Werk zu legen, das man ihm nennt, und erinnert sich genau daran, wohin er es zurückstellen muss.

Manche Regale sind mit alten, auf Holzspindeln aufgerollten und horizontal aufgestapelten Karten und Tabellen vollgestopft, oder mit Hüllen, die alte Pergamentmanuskripte mit Goldverzierungen enthalten, die der Zerstörung von Englands Klosterbibliotheken entgangen sind. Es gibt Bücher, für die Dee Kontinente überquert hat, um sie zu finden; Bücher, die ihn ein Jahreseinkommen gekostet haben; Bücher, die in kostbares braunes Kalbsleder gebunden und mit Messingklammern versehen sind; Bücher, die ihn in anderen Ländern auf den Scheiterhaufen gebracht hätten. Hier findet man *De Occulta Philosophia* von Cornelius Agrippa von Nettesheim, das *Liber Experimentorum* des Mystikers Ramon Hull, Burgos *Abhandlung über Magie*, die Schriften des Nikolaus Kopernikus und Abt Trithemius' Studien der Kryptografie; man kann, wenn das Thema einen interessiert, Bücher über Mathematik, Metallurgie, Theologie, Botanik, Nautik, Musik, Astronomie, die Gezeiten, Rhetorik oder jeden anderen Wissenszweig finden, über den jemals etwas zu Papier gebracht worden ist. In einer Ecke des Raums steht ein Paar in Messingständern angebrachter bemalter Globen, einer zeigt die Erde, der andere das Firmament. Sie sind ein Geschenk des großen Kartografen Gerard Mercator. In einer anderen Ecke bewahrt er einen fünf Fuß hohen Quadranten und andere, selbst konstruierte Geräte zur Bestimmung der Planetenbewegungen auf.

Hinter dieser höhlenähnlichen Bibliothek mit der gewölbten Holzdecke, in der man oft vom Reisen erschöpfte Gelehrte und Schriftsteller antrifft, die das Meer überquert haben oder tagelang geritten sind, um sich Einblick in Bücher zu verschaffen, von denen Dee die einzige bekannte Kopie besitzt, liegen die inneren Räume, zu denen nur seine engsten Freunde und Kollegen Zugang haben: sein Alchemielabor und sein privates Studierzimmer, sein Heiligtum.

»Irgendeine Art Gift, meint Ihr?«, murmelt Dee, der sich über einen der Arbeitstische in seinem Laboratorium beugt. Er hält die gläserne Parfümflasche in den Schein einer Öllampe, die an einem Haken über ihm hängt, sodass ihre Facetten Lichtfragmente reflektieren, als er sie neugierig in den Händen dreht. Draußen ist es hell, die letzte Wärme des Sommers erfüllt die Luft, aber in diesem Raum sind die Fensterläden stets geschlossen. In Dees Laboratorium kommt man sich gefangen vor wie im Bauch eines riesigen Tiers. Das liegt an der Dunkelheit, der Hitze mehrerer ständig brennender Feuer und dem Umstand, dass der Raum ein pulsierendes Eigenleben zu führen scheint: Sechs Destillierapparate mit damit verbundenen Gefäßen und Fläschchen aus Ton, Glas oder Kupfer blubbern und dampfen unaufhörlich vor sich hin, als würden sie sich angeregt miteinander unterhalten. Dampfwolken steigen zur Decke empor und fließen als feuchte Rinnsale an den Wänden mit der abblätternden Farbe hinunter. Heute hängt ein unangenehmer Geruch im Raum, ein fauliger Stallgestank.

»Ach, das.« Dee lacht schelmisch wie ein kleiner Junge, als er mich die Nase rümpfen sieht. »Mein neuestes Experiment. Ich versuche, Pferdemist zu destillieren.«

»Zu welchem Zweck?«

»Das weiß ich erst, wenn ich sehe, was dabei herauskommt. So …«

Er zieht den Stopfen aus der Parfümflasche und schnuppert mit der erfahrenen Nase eines Weinhändlers, der einen neuen

Wein prüft, an der Flüssigkeit. Ich wundere mich, dass er trotz des brodelnden Pferdemists etwas riechen kann.

»Hm. Sie haben es mit Rosenwasser gemischt. Aber Ihr habt Recht – es enthält noch etwas anderes. Eine Art Säure. Zeigt mir noch einmal Euren Finger.«

Er zieht meine Hand in das Licht. Obwohl die Röte verblasst ist, hat sich dort, wo ich mit dem Parfüm in Berührung gekommen war, eine kleine Blase gebildet. Dee nickt nachdenklich. »Viele gewöhnliche Pflanzen und Beeren können diese Wirkung haben, wenn der Saft konzentriert wird. Könnte unangenehm werden, wenn er wie Parfüm auf zarte Haut getupft wird. Ein ziemlich boshafter Trick, nicht viel mehr.«

»Und wenn jemand es trinken würde? Könnte es giftig sein?«

Er runzelt die Stirn. »Das kommt darauf an, was die Grundsubstanz ist. Indes, wie sollte der Absender darauf kommen, dass das Mädchen das Parfüm trinken könnte?«

»Vielleicht war es gar nicht für das Mädchen bestimmt.«

»Warum sollte überhaupt *irgendjemand* Parfüm trinken?«

»Das würde niemand tun, es sei denn, er wüsste nicht, dass es seinem Essen oder Trinken beigemischt wurde. Was einfach wäre, wenn ich jeden Tag mit dem Betreffenden in Kontakt käme.«

Dees Augen weiten sich, und er starrt mich an, als er begreift, worauf ich hinauswill. »Die Königin?« Seine Stimme ist kaum mehr als ein Flüstern. »Ihr meint, das Mädchen hätte vorgehabt, die Königin zu vergiften?«

»Ich weiß es nicht. Es ist nur eine Theorie.« Ich gehe beim Sprechen zwischen den Destillierapparaten auf und ab und versuche, durch den Mund zu atmen, um dem Gestank zu entgehen. »Es ist, wie Ihr sagtet, ziemlich boshaft und sinnlos, einer Frau vergiftetes Parfüm zu schenken, das bewirkt, dass die Haut Blasen wirft. Aber was, wenn Cecily wusste, dass das

Parfüm nie dazu bestimmt war, als solches benutzt zu werden – wenn ihr Verehrer es ihr zu einem anderen Zweck geschenkt hatte? Denkt nach, Dee – es gibt eine ganze Reihe von Fanatikern, die bereit sind, die Königin zu töten, um die katholische Kirche wieder an die Macht zu bringen.«

Dee nickt bedächtig. »Erst letzten Monat haben sie einen Mann auf der Straße von York verhaftet, der zwei geladene Pistolen bei sich hatte und vor jedem, der es hören wollte, damit prahlte, er würde Elisabeth töten, um die alte Ordnung in England wiederherzustellen. Er war ganz offensichtlich nicht bei Verstand, der arme Teufel – sie haben ihn trotzdem gehängt und gevierteilt, um ein Exempel zu statuieren.«

»Nicht jeder ist so hitzköpfig. Ein klügerer Mann mag sich sagen, dass der beste Weg, um an die Königin heranzukommen, darin besteht, sich einer Person zu bedienen, der sie vertraut. Eine Hofdame wie Cecily Ashe hätte wohl zahlreiche Gelegenheiten gehabt, der Königin etwas in den Wein zu tun, wenn man es ihr zur Verfügung gestellt hätte.«

Ich sehe ihm an, dass er nicht überzeugt ist.

»Nun, Bruno – ehe wir uns mit diesen Theorien vergaloppieren, wollen wir erst einmal sehen, was diese Flasche alles enthält.« Er reicht mir das Parfüm und tritt zu einer Holzkiste in einer Ecke des Raumes, hinter einem großen konischen Topf von halber Mannshöhe, der an einem Messinggestell über dem Feuer hängt. Als er den Deckel der Kiste abnimmt, hört man plötzlich ein Kratzen und Scharren, gefolgt von wildem Gequieke. Dee greift hinein und fördert eine zappelnde braune Maus zu Tage. »So, dann wollen wir einmal.« Er hebt den Kopf, und sein Blick fällt auf mein Gesicht. »Sie vermehren sich in meinem Haus wie die Pest – ich habe dem Küchenjungen aufgetragen, ein paar für mein Laboratorium zu fangen. Ihr wärt überrascht, in wie vieler Hinsicht sie sich als nützlich erweisen, Bruno.«

»Das kommt mir ein wenig grausam vor.« Ich zucke die Achseln.

»Wissen erwirbt man oft auf brutale Weise«, erwidert er sachlich. »Das ist der Fluch der Wissenschaft. Und Ihr wollt doch sicher nicht, dass ich es an einem Diener erprobe, oder? Gebt mir jetzt das Fläschchen wieder und haltet die Maus fest.« Er drückt mir den kleinen, sich windenden Körper in die Hand. Ich spüre, wie das winzige Herz unter meinen Fingern hämmert. Der Schwanz zuckt wild hin und her, während Dee seelenruhig von Tisch zu Tisch geht und verschiedene Gerätschaften zusammensucht – ein Glasrohr, einen Trichter, ein Kästchen mit einem Klappdeckel. Er weist mich an, das Tierchen auf den Rücken zu legen. Das gefällt der Maus noch weniger, sie beißt zu, ich fluche und lasse sie fast fallen, als ein Blutstropfen aus meinem Finger quillt.

»Haltet sie still«, sagt Dee ungeduldig, als wäre ich derjenige, der sich zur Wehr setzt. Mit einiger Mühe führt er das Glasröhrchen in die Schnauze der Maus ein, wogegen das arme Geschöpf mit all seinen schwachen Kräften ankämpft und dabei jämmerlich quiekt, bis ich fürchte, es zu erdrücken, so sehr muss ich mich anstrengen, es festzuhalten. Dee steckt den Trichter in das Rohr und gießt etwas von der Flüssigkeit aus der Flasche hinein. Ein großer Teil schwappt über; es ist fraglich, ob die Maus überhaupt etwas geschluckt hat, aber Dee öffnet den Deckel des kleinen Kastens und befiehlt mir, das Tier hineinzusetzen.

»Und jetzt warten wir ab«, sagt er so zufrieden, als hätte er eben ein Kuchenblech in den Ofen geschoben. »In der Zwischenzeit muss ich Euch etwas zeigen, was mir auf der Seele liegt, Bruno. Kommt mit.«

Er führt mich durch eine Tür im hinteren Teil des Laboratoriums in sein Studierzimmer, wo ich zuletzt mit ihm und Kelley deren Séance beigewohnt habe. Zu meiner Erleichterung stelle ich fest, dass Kelley nicht da ist.

»Sie hat mich für heute Abend nach Whitehall bestellt.« Mit einer Hand bedeutet er mir, Platz zu nehmen, mit der anderen zupft er an der Spitze seines Bartes herum. »Das verheißt nichts Gutes, fürchte ich. Walsingham kam gestern zu mir herübergeritten, um mir das hier zu zeigen.« Er geht zu seinem Schreibtisch und hält eine Ausgabe derselben Flugschrift mit den kühn auf die Vorderseite gedruckten Zeichen des Jupiters und des Saturns in die Höhe, die ich gestern für einen Penny auf dem Kirchhof von St. Paul's erstanden hatte. »Francis wollte mich warnen«, fährt er ruhig fort. »Seit dem Mord an dem Mädchen ist die ganze Welt verrückt geworden – alle reden nur noch von Prophezeiungen und der Apokalypse, von Feurigen Trigonen und Großen Konjunktionen. Dieses Zeug hier«, er schlägt mit dem Handrücken gegen das Schriftstück, »schürt die Angst und die Unruhe der einfachen Leute noch, und es wird massenhaft in Umlauf gebracht. Der Kronrat ist der Meinung, dass das Ganze aus dem Ruder läuft und schleunigst abgestellt werden muss.« Er seufzt und legt das Machwerk mit der Vorderseite nach unten auf den Tisch.

»Damit habt Ihr doch nichts zu tun.«

»Ganz recht. Ich bin nur der Mittelsmann.« Mit einer Geste, die demütige Bescheidenheit ausdrücken soll, spreizt er die Hände. »Wie man hört, spricht Lord Burghley bereits davon, ein neues Gesetz zu erlassen, das es verbietet, das Horoskop der Königin zu stellen. Er meint, das würde den ständigen Vorhersagen ihres drohenden Todes ein Ende setzen. Ich für meinen Teil glaube nicht, dass er auf diese Weise etwas erreicht – schon jetzt muss ein Mann damit rechnen, seine Hand zu verlieren, wenn er solchen Schmutz verfasst, und trotzdem wird der gedruckt und Narren lesen ihn.«

Dee lässt sich schwer auf seinen Stuhl sinken, lehnt sich weit nach vorne, faltet die Hände wie zum Gebet und starrt derart eindringlich ins Leere, als sähe er dort jemanden, der versuchen würde, ihm etwas zu sagen. Ich nehme in mitfühlendem Schweigen dieselbe Haltung ein, denn mir ist klar, in welch misslicher Lage er sich befindet. Armer Dee: Wenn es gegen das Gesetz verstößt, der Königin das Horoskop zu stellen, wird er seine Stellung als Hofastrologe verlieren, und die Gunst Ihrer Majestät ist fast seine einzige Einkommensquelle. Er hat für eine Frau und zwei kleine Kinder zu sorgen, von diesem Tagedieb Ned Kelley, der sich in Dees Haus eingenistet hat, ganz zu schweigen. Dazu kommt, dass Alchemie und das Sammeln von Büchern keine billigen Vergnügen sind. Er ist auf regelmäßige Einkünfte angewiesen, um seine Experimente finanzieren und seine Bibliothek erhalten zu können, und er braucht den Schutz der Königin vor denen, die gegen ihn hetzen.

»Dahinter steckt Henry Howard«, murrt Dee düster, als habe er meine Gedanken gelesen. »Er wird nicht ruhen, bis er erreicht hat, dass ich in Ungnade falle und vom Hof verbannt werde.«

»Henry Howard?« Ich sehe ihn verwundert an. »Hat er denn etwas mit diesen Pamphleten zu tun?«

»Nein, er ist derjenige, der gegen sie wettert!«, entfährt es Dee. Er springt von seinem Stuhl auf, tritt erneut an seinen Schreibtisch, greift nach einem kleinen, in Leder gebundenen Buch und hält es wie ein Beweisstück in die Höhe. »Er verdammt alle Formen von Wissen, die zu begreifen ihm der Verstand fehlt, er faselt vom Anrufen von Dämonen, er behauptet, es wäre die Nachsicht der Königin Astrologen wie mir gegenüber, die dazu geführt hat, dass Propheten und Wahrsager überall im Land Furcht und Unglauben säen. Niemand am Hof wagt es, eine von diesem Buch abweichende Meinung zu äußern. Aber dass ausgerechnet Henry Howard sich zum Vertreter von Sachlichkeit und Vernunft aufschwingt! Hört Euch das an, Bruno.« Er blättert ein paar Seiten um, räuspert sich und beginnt laut zu lesen. »›Gewisse Wichtigtuer im Reich lenken Menschen mit Zeichnungen, illustrierten Büchern und Figuren wilder Bestien von ihren Pflichten ab und erwecken falsche Hoffnungen in ihnen.‹ Damit meint er natürlich mich. Oder hier: ›Der Abschaum der Narrheit, der Auswurf des Stolzes, der Schiffbruch der Ehre und das Gift der Verderbtheit.‹ Alles zielt auf mich, und ich könnte Euch noch mehr Beispiele nennen.«

Ehe er seine Drohung wahrmachen kann, greife ich rasch nach dem Buch. Der Titel ist in Gold in den Einband eingestanzt: *Eine Abhandlung gegen das Gift vermeintlicher Prophezeiungen.* »Warum hasst Henry Howard Euch so?«

Dee setzt sich wieder und faltet die Hände.

»Er war einst mein Schüler«, erwidert er mit einem Anflug von Traurigkeit. »Er kam heimlich zu mir, hungerte nach der Art von Wissen, von dem Ihr und ich uns im Klaren sind, dass es in den falschen Händen sehr gefährlich sein kann. Das war vor zehn Jahren, direkt nach der Hinrichtung seines Bruders – er stand damals ungefähr in Eurem Alter. Ein erschreckend intelligenter junger Mann, das war er, und er hatte auf seinen Reisen Philosophen und Weise getroffen, die ihm die Schriften des Hermes Trismegistos gezeigt haben. Er wollte darin unterwiesen werden.«

»Und Ihr habt Euch einverstanden erklärt?«

»Er war ein talentierter Schüler und zahlte äußerst großzügig, vielleicht deshalb, weil niemand erfahren sollte, dass er zu mir kam. Aber …« Dee hebt bedauernd die Hände. »Die großen Geheimnisse antiker Philosophie müssen mit Demut angegangen werden. Ich merkte bald, dass Henry Howards Ehrgeiz seine Weisheit bei weitem übertraf.«

»Wie meint Ihr das?«

»Er entwickelte geradezu eine Besessenheit von Hermes' verloren gegangenem Buch. Ah, ich sehe, Ihr lächelt, Bruno. Haben wir das nicht gleichfalls getan – das denkt Ihr doch gerade, nicht wahr? Jedoch frage ich Euch jetzt – was enthält dieses fünfzehnte Buch Eurer Meinung nach denn?«

»Das weiß niemand mit Sicherheit«, gebe ich zurück. »Darin besteht ja sein unwiderstehlicher Reiz. Wir wissen nur, dass der große Philosoph und Astrologe Marsilio Ficino sich geweigert hat, es für Cosimo de' Medici zu übersetzen, weil er sich vor den Folgen für das Christentum fürchtete.«

»Ganz genau. Weil man glaubt, das verloren gegangene Buch enthüllt das Mysterium der Göttlichkeit des Menschen. Es ist der Gipfel hermetischer Magie.«

»Es heißt, es gäbe das Geheimnis preis, gottgleich zu werden«, flüstere ich, dabei entsteht das Bild von Howards scharfem Gesicht und seinen Raubvogelaugen vor mir.

»Indes, wo Ihr und ich verstehen, dass dies durch Aufklärung und Gnosis geschieht, war Howards Auslegung weitaus prosaischer.« Dee beugt sich mit einem bedeutsamen Nicken vor. »Das hatte mir Sorge bereitet.«

»Was meint Ihr damit?«

»Howard strebte nicht nach göttlichem Wissen.« Er dämpft die Stimme. »Sondern nach göttlicher Unsterblichkeit.«

Wir verstummen und sehen uns einen Augenblick lang an. Zweimal mache ich Anstalten, etwas zu sagen, doch jedes Mal hält mich etwas in Dees ernstem Blick davon ab. Sein Glaube an Magie – wenn wir damit die Welt meinen, die jenseits der Grenzen unseres heutigen Wissens und unserer Philosophie liegt – ist einfacher gestrickt und vertrauensvoller als mein eigener. Wenn das Universum unendlich ist, wovon ich überzeugt bin, dann muss es eine unendliche Anzahl von Möglichkeiten beinhalten, die wir noch nicht entdeckt haben; je länger ich allerdings darüber nachdenke, desto stärker wird die Skepsis, die ich den Behauptungen von Alchemisten und Scharlatanen sowie ganz besonders denjenigen Männern entgegenbringe, die von dem hinteren Teil eines Karrens aus einer gutgläubigen Menge Gedankenlesertricks vorführen. Kann ein Mensch tatsächlich unsterblich werden? Und kann ein Buch den Schlüssel enthalten, der diese Tür öffnet? Um verloren gegangene Bücher ranken sich immer Gerüchte und Mythologien; da sie nicht mehr verfügbar sind, werden ihnen besondere Kräfte zugeschrieben. Aber der Reiz der Unsterblichkeit – ich kann mir vorstellen, wie er einen Mann wie Henry Howard in seinen Bann schlagen muss.

»Was ist dann geschehen?«

Dee saugt seine Wangen ein.

»Es ging nicht nur um das Hermes-Buch. Mir wurde allmählich klar, dass Howards Interesse an Magie mehr auf Machtstreben als auf Wissensdurst beruhte.«

»Führt das eine nicht zum anderen?«, gebe ich mit einem Lächeln zu bedenken.

»Ja, bei denen, die klug genug sind, beides mit Vernunft einzusetzen, hingegen nicht in der grob vereinfachenden Weise, die ihm vorschwebte. Vergesst nicht, dass sein älterer Bruder kurz zuvor hingerichtet worden war – die Howards hatten den größten Teil ihrer Ländereien und Titel verloren. Er suchte nach Wegen, sich durch Kontrolle und Manipulation wieder nach oben zu kämpfen. Ich entdeckte in ihm eine Skrupellosigkeit, die mir Unbehagen einflößte. Am Ende sagte ich ihm, ich könne ihn nicht länger unterrichten.«

»Was er vermutlich übel vermerkt hat.«

»Allerdings. Die Howards hassen es, wenn man ihnen einen Strich durch die Rechnung macht. Erst bot er mir mehr Geld an. Als ich mich immer noch weigerte, drohte er mir.«

»Mit Gewalt?«

Dee zupft wiederum an seinem Bart und dreht den Kopf zum Fenster. Seine Augen blicken kummervoll.

»Nicht mit etwas Primitivem. Er sagte einfach nur, er würde mich vernichten. Er würde wie ein schleichendes Gift gegen mich arbeiten, bis noch nicht einmal die, die ich als meine Freunde bezeichnete, mehr zu mir halten würden. Und er forderte mich heraus, ihn auf die Probe zu stellen.«

»Doch das ist zehn Jahre her«, versuche ich ihn zu beruhigen.

»Ja, und ich bin immer noch hier. Oh, im Laufe der Jahre haben die Ignoranten und Neider oft gegen mich gehetzt – behauptet, ich würde Dämonen beschwören, mit den Toten sprechen, alle möglichen verbotenen und scheußlichen Rituale mit mumifizierten Leichen oder tot geborenen Kindern zelebrieren, und was weiß ich noch alles. Bislang hat Ihre Majestät diesen Unsinn nicht ernst genommen.« Er legt mir eine Hand auf den Arm. »Aber ich habe mich zu keiner Zeit der Illusion hingegeben, dass Henry Howard seinen Hass oder seine Drohung vergessen hat. Männer wie Ihr und ich, Bruno – wir bewegen uns auf sehr dünnem Eis. Wir arbeiten am äußersten Rand des Wissens, und das jagt vielen Leuten Angst ein. Wir können uns nie sicher sein, wann wir vielleicht einbrechen werden.«

Er sieht so melancholisch aus, dass ich meine Hand über die seine lege und sie einen Moment festhalte.

»Howards Antwort auf Eure Ablehnung bestand demzufolge darin, sich vehement gegen jede Form okkulten Wissens auszusprechen?« Ich deute auf das Buch. Dee runzelt die Stirn.

»Öffentlich schon. Gleichwohl habe ich mich immer gefragt,

ob er heimlich seine Ziele weiterverfolgt und seine Frömmigkeit als Deckmantel benutzt hat. Henry Howard ist ungemein hartnäckig. Vor ungefähr vierzehn Jahren kam das Gerücht auf, dass eine Kopie von Hermes' verlorenem Manuskript gefunden worden wäre. Diesen Teil der Geschichte kennt Ihr von diesem Schurken Jenkes, Bruno.«

Ich nicke – Rowland Jenkes, der Händler, der esoterische und verbotene Bücher vertrieben und mich in Oxford zu töten versucht hat.

»Nun«, fährt er fort, »Ihr erinnert Euch sicher, dass Jenkes gemeint hat, das Buch in einer Bibliothek der Universität von Oxford entdeckt zu haben. Da er von meiner Sammlung wusste, schrieb er mir, und ich reiste nach Oxford, um ihn zu treffen. Das, was er mir von dem Manuskript zeigte, überzeugte mich so, dass ich ihm einen hohen Preis bot.«

»Demnach habt Ihr es gelesen?« Ich beuge mich begierig vor.

»Nur einen kleinen Teil davon«, erwidert er. »Vollkommen gewiss bin ich mir dessen nie gewesen, aber damals glaubte ich, es stamme wirklich von Hermes Trismegistos. Ich wollte es nach London bringen und so schnell wie möglich übersetzen. Nur bekam ich nie die Gelegenheit dazu. Wie Ihr wisst, wurden mein Diener und ich kurz nach unserem Aufbruch aus Oxford auf der Straße brutal überfallen und ausgeraubt, und das Buch wurde mir abgenommen.«

»Jenkes erzählte mir das«, nicke ich. »Doch er schwor, dass er mit dem Diebstahl nichts zu tun gehabt hätte.«

»Zuerst dachte ich, er müsse dahintergesteckt haben, um das Buch erneut verkaufen zu können.« Dee reibt sich geistesabwesend den Hinterkopf, als hätte die Geschichte die alte Wunde wieder aufgerissen.

»Ich kehrte nach Oxford zurück, um mich zu erholen – bei

dem Angriff wurde ich ziemlich schwer verwundet –, und stellte Jenkes zur Rede; er stritt natürlich alles ab. Im Laufe der Zeit jedoch kam ich darauf, dass es außer ihm noch andere gab, die das Buch in ihren Besitz bringen wollten und die über die notwendigen Mittel verfügten, Spione in meinem Haus und Räuber, die es entwenden sollten, zu bezahlen.«

»Henry Howard?« Ich blicke auf sein Buch in meinen Händen.

»Es ist nur ein Verdacht, ich habe keinerlei Beweise. In den darauffolgenden Jahren fragte ich jeden, den ich kannte, jeden Sammler und Händler, der mit Antiquitäten und Manuskripten zu tun hatte – sowohl in England als auch in dem Rest von Europa –, und keiner hatte je wieder etwas von dem Buch des Hermes gehört. Und Ihr könnt wetten, dass Jenkes, wenn er der Dieb gewesen wäre, versucht hätte, es noch einmal zu Geld zu machen. Was zu dem Schluss führt, dass es mir jemand gestohlen hat, der kein Interesse daran hatte, es zu verkaufen, sondern der es behalten und seinen Inhalt studieren wollte.«

»Wenn wir ganz sicher sein wollen, bleibt uns nur eins – wir müssen versuchen, Henry Howard zu töten«, schlage ich mit todernster Miene vor. »Stellt sich heraus, dass er unsterblich ist, können wir davon ausgehen, dass er das Buch hat und es echt ist.«

Dee kichert leise. »Führt mich nicht in Versuchung, Bruno. Jedenfalls bringt uns das der Lösung des Problems nicht näher.«

»Ich dachte, das *wäre* Euer Problem?«

»Ich fürchte, es ist weitaus komplizierter. Gestern …«, er zögert, blickt zur Tür, »… hatte Ned Kelley eine furchtbare Vision. Er meinte, die Geister hätten ihm Einblick in das gewährt, was kommen wird, und ich muss entscheiden, ob ich die Königin warne oder nicht.«

Am liebsten möchte ich ihn anfahren, er solle sich nicht wie ein Narr benehmen, denn mein Zynismus in Bezug auf Ned Kelley schnürt meine Brust wie ein Eisenring zusammen, aber Dees Augen haben sich geweitet, und seine Lippen zittern leicht. Ich neige mich zu ihm hin.

»Sprecht weiter.«

Er holt tief Atem.

»In dem Kristall erschien Ned, ähnlich wie bei der Séance, der Ihr beigewohnt habt, ein Geist in Gestalt einer rothaarigen Frau in einem weißen Gewand, auf das die Symbole der Planeten und Tierkreiszeichen aufgestickt waren. In der rechten Hand hielt sie ein Buch und in der linken einen goldenen Schlüssel.«

Kelleys Geister halten immer ein Buch in der Hand, denke ich. Vermutlich ist seine Fantasie allmählich erschöpft. »Diese Gestalt kenne ich nicht«, sage ich kurz, obwohl ich in dem Moment, wo er eine rothaarige Frau erwähnt hat, sofort an Abigail Morley denken musste.

»Das ist noch nicht alles. Sie sprach kein Wort, schnürte aber in der Vision ihr Mieder auf und öffnete es für ihn …«

»Vermutlich konnte sie es kaum erwarten«, schnaube ich.

»Spottet nicht, Bruno«, tadelt er gekränkt. »Wartet, bis Ihr alles gehört habt. Sie hatte ein mit Blut gemaltes Symbol auf der Brust …«

»War es zufällig das Zeichen des Jupiters?« Ich kann den Sarkasmus in meiner Stimme nicht verbergen, doch Dee sieht mich nur verwundert an.

»Großer Gott, nein, Ihr seid freilich nah daran. Es war das Zeichen des Saturns. Wie um alles in der Welt konntet Ihr das wissen?«

Ich springe zornig auf, gehe zum Fenster und funkele ihn an.

»Dieses Detail hat er dem Mord am Hof entnommen! Kommt schon, John – der Mann ist ein Scharlatan! Er spielt auf Euch wie auf einer Harfe, seht Ihr das denn nicht?«

»Aber Ned kommt nie in die Nähe des Hofes und dieser Kreise. Woher sollte er solche Einzelheiten wissen?«

»Es ist das Gesprächsthema von ganz London!«, belle ich gereizt. »Er muss nur einen Fuß aus der Tür setzen, und schon kann er die Leute auf der Straße darüber klatschen hören. Er hat einen dieser Handzettel in die Finger bekommen, die schauerlichen Beschreibungen gelesen und gedacht, das wäre doch ein hübsches Bild für seine nächste erfundene Vision. Lasst Euch davon doch nicht den Schlaf rauben, um Himmels willen!«

»Schon gut, Bruno.« Er wirkt plötzlich erschöpft. »Ich weiß, dass Ihr Ned nicht mögt, gleichwohl – er ist wirklich ein begnadeter Seher, und Ihr beleidigt mich, wenn Ihr etwas anderes behauptet. Er spricht mit den Geistern in ihrer eigenen himmlischen Sprache. Ich habe es selbst gehört.«

»Er ist ein Verbrecher! Habt Ihr seine Ohren nicht gesehen? So bestraft man Falschmünzer, nicht wahr? Und wenn er Münzen fälschen kann, kann er dies sicherlich auch mit Visionen und Sprachen!«

»Ned hat ein hartes Leben geführt und Fehler gemacht, aber das gehört alles der Vergangenheit an. Er ist jetzt ein ehrlicher Mann, Bruno. Es steht uns nicht zu, über ihn zu urteilen.«

Entnervt fahre ich mir mit den Händen durch mein Haar – mit ihm ist in diesem Punkt einfach nicht zu reden. »Beim Blut Christi, John! Man hat doch das Recht, sich ein Urteil über einen Mann zu bilden, den man bei sich aufgenommen hat und den man durchfüttert! Ihr habt ein zu weiches Herz.«

Dee lächelt nachsichtig. »Und das aus dem Mund eines Mannes, der keiner Maus etwas zuleide tun kann.«

Wir starren uns an, als uns mit einem Mal die Maus wieder einfällt. Dee eilt von seinem Stuhl, aus dem er sich überraschend schnell erhoben hat, bis in das Laboratorium zurück. Sein Gewand weht hinter ihm her. Ich folge ihm dicht auf den Fersen. Zwischen den leise blubbernden Destillierapparaten ist die Luft feuchter, der Gestank beißender geworden. Der Raum riecht wie ein Bauernhof während eines Sommerunwetters.

Dee klappt den Deckel der Holzkiste auf und hält sie in den Schein der Lampe. Die Maus liegt reglos darin, die winzigen Pfoten zeigen zur Seite. Um ihren Schwanz herum hat sich eine wässrige Kotpfütze gebildet, eine ähnliche rötliche umgibt ihren Kopf. Ihre Augen quellen so unnatürlich hervor wie die Glasaugen einer ausgestopften Kreatur.

»Interessant.« Dee nickt, als würde ihn das Ergebnis zufriedenstellen. Sein Kopf berührt fast den meinen, als wir uns darüberbeugen. »Die Substanz hat schnell gewirkt – hier, seht, sie hat ihren Magen durch beide Körperöffnungen entleert. Ich muss gestehen, dass ich von Eurer Theorie nicht überzeugt war, Bruno, aber es sieht aus, als hättet Ihr Recht gehabt.«

»Was für ein Mittel könnte diese Wirkung haben?« Ich nehme die Maus genauer in Augenschein, halb hoffend, als Lebenszeichen sie noch zucken oder sich verkrampfen zu sehen.

»Schwer zu sagen. Eibe vielleicht oder Gemeine Schmerwurz, beides ist zu dieser Jahreszeit leicht zu bekommen, und daraus lässt sich mühelos ein Extrakt herstellen.«

»Würde es bei einem Menschen genauso wirken?«

»Nicht so schnell, vor allem dann nicht, wenn es mit Rosenwasser versetzt ist. Doch wenn die Dosis groß genug ist, dürften dieselben Symptome auftreten. Es hat eindeutig eine stark abführende Wirkung. Ich werde das Tier aufschneiden und mir die Innereien genauer ansehen, indessen wird mir heute dazu keine mehr Zeit bleiben, bevor ich gehe. Aber, Bruno«, er dreht sich mit vor aufkeimender Furcht geweiteten Augen zu mir um, »falls Euer Verdacht zutrifft, muss die Königin unverzüglich gewarnt werden.«

»Nein!« Das kommt schärfer heraus als beabsichtigt. »Ich meine – wir wissen ja nur mit Sicherheit, dass einer der Hofdamen der Königin Gift in einer Parfümflasche übergeben wurde. Dieses Mädchen ist jetzt tot, und wir wissen nicht, wer es ihr gegeben hat und warum. Bis wir Beweise haben, sollte die Königin nicht beunruhigt und der Hof nicht in Aufruhr versetzt werden. Sie wird ja bereits so gut geschützt wie möglich. Außerdem«, füge ich hinzu, »könnte die Person, die mir das Parfüm gebracht hat, kompromittiert werden.«

»Ihr versteht nicht, Bruno.« Er fasst mich bei den Schultern und schüttelt mich leicht. »Neds Vision, die rothaarige Frau, ihr Ende … es passt alles. Ich fürchte, Ihre Majestät schwebt in furchtbarer Gefahr.«

Es widerstrebt mir, die nächste Frage zu stellen, aber ich weiß, dass es unumgänglich ist. »Welches Ende nahm denn diese Vision?«

»Nachdem sie ihre Brust mit dem in die Haut eingeritzten Saturnzeichen entblößt hatte, hielt sie Buch und Schlüssel in die Höhe und öffnete den Mund, als wollte sie etwas sagen, doch ehe sie ein Wort hervorbringen konnte, durchbohrte ein Schwert ihr Herz, und dann wurde sie von einem reißenden Strom fortgeschwemmt.« Der Griff von Dees Händen verstärkt sich, und seine Augen forschen verzweifelt in den meinen. Er hofft eindeutig auf eine beruhigende Erklärung meinerseits.

»Einen gewissen Sinn für Dramatik kann man ihm jedenfalls nicht absprechen. Wo *steckt* Kelley übrigens?« Ich blicke mich suchend in dem Laboratorium um, so als hielte ich es für möglich, dass sich der Seher hinter einem der größeren Destillierapparate verschanzt hält.

»Oh, ich habe ihn seit gestern Abend nicht mehr gesehen.

Die Vision hat ihn so erschüttert, dass er für eine Weile fortgehen musste, um sich zu erholen.« Ihm entgeht nicht, dass meine Augen schmal werden. »Das hat er schon öfter getan, Bruno. Wenn ihn die Séancen zu sehr angestrengt haben, verschwindet er für ein paar Tage, und anschließend kommt er frisch und ausgeruht zurück.«

»Wahrhaftig – das Ganze muss stark an seinen Kräften zehren.« Ich runzele die Stirn. »Und er erzählt Euch nie, wohin er geht?«

»Ich frage nie.«

Jetzt bin ich es, der ihm die Hände auf die Schultern legt; wir verharren in dieser halben Umarmung, während ich in seine bekümmerten grauen Augen blicke – die so voller Weisheit sind und doch in mancher Hinsicht so blind.

»Erzählt der Königin unter keinen Umständen heute Abend von dieser Vision«, sage ich so sanft, als würde ich ein Kind ermahnen. »Sollte ihr wirklich etwas zustoßen, würde man behaupten, Ihr hättet es dank der Macht des Teufels vorhergesehen, und in dem wesentlich wahrscheinlicheren Fall, dass nichts passiert, würdet Ihr als falscher Prophet beschimpft werden, der um nichts besser ist als die Verfasser dieser Flugschriften. Ich gebe nicht vor, Kelleys Beweggründe zu verstehen, immerhin täten wir beileibe gut daran, uns auf das zu konzentrieren, was wir über die realen Gefahren wissen, die der Königin drohen …«, ich nicke zu der Parfümflasche auf dem Arbeitstisch hinüber, »… und nicht auf das, was er in dem Kristall sieht oder zu sehen vorgibt.«

Dee macht Anstalten, Einwände zu erheben, aber unvermittelt scheint ihn eine abgrundtiefe Müdigkeit zu überkommen, und er lässt den Kopf hängen.

»Vielleicht habt Ihr Recht, Bruno. Besser, ich gebe meinen Feinden nicht noch mehr Waffen gegen mich in die Hand.«

Ich schiele zu dem steifen kleinen Körper der braunen Maus in der Kiste hinüber und erinnere mich an ihren Herzschlag, den ich in der Hand gespürt hatte. Wie schnell doch ein Leben ausgelöscht werden kann, denke ich. Wenn wir nur der Reise der Seele folgen könnten, wenn sie den Körper verlässt, und dann zurückkehren, um den Weg kartografisch festzuhalten wie die Abenteurer der Neuen Welt oder wie Mercator mit seinen Globen. Die Maus hat ihr Leben allerdings nicht umsonst gelassen; sie hat zumindest bewiesen, dass es den Feinden der Königin beinahe gelungen war, bis in ihre Privatgemächer vorzudringen. Aber wie sollen wir mit der Suche nach ihnen beginnen?

Als ich mich an der Tür von Dee verabschiede, fällt mir plötzlich eine Frage ein, die, wenn überhaupt, nur er beantworten kann.

»Der siebzehnte Tag des Novembers – hat er irgendeine besondere astrologische Bedeutung? Ich habe schon darüber nachgedacht, aber ich habe nicht die richtigen Karten und Tabellen hier, um zu berechnen, ob die Sterne irgendein spezielles Ereignis ankündigen.«

Dee kichert. »Bezüglich des Himmels kann ich nichts sagen, dagegen wird Euch jeder Engländer darüber aufklären, dass sich morgen der Tag der Thronbesteigung Ihrer Majestät jährt – 1570 hat sie ihn zu einem öffentlichen Feiertag erklärt. Es werden Umzüge und Prozessionen stattfinden, um ihre glorreiche Herrschaft zu feiern. Und dieses Jahr sollte man ihn sich nicht entgehen lassen, denn es ist der fünfundzwanzigste seit ihrer Krönung. Warum fragt Ihr?«

Ich zögere – überlege, ob ich ihm von dem Zettel erzählen soll, der in Cecily Ashes Spiegel versteckt war, jedoch ich fürchte, er würde sofort zu demselben Schluss kommen wie ich, nur dass er diese Erkenntnis mit Ned Kelleys lächerlichen Fantasien in Verbindung bringen und sich verpflichtet fühlen würde, die Königin auf diese leicht hysterische Art zu warnen, die er manchmal an den Tag legt. Meine Gedanken überschlagen sich, während Dee mich erwartungsvoll ansieht. Hatte derjenige, der Cecily eine als Parfümflasche getarnte Giftphiole gegeben hat, ihr auch das Datum mitgeteilt, an dem sie das Gift benutzen soll? War der fünfundzwanzigste Jahrestag von Elisabeths Thronbesteigung dazu bestimmt gewesen, zugleich ihr Todestag zu werden? Der Aufruhr, den eine derartige Andeutung bei Hof auslösen würde, würde so viel Staub aufwirbeln, dass die Spuren des eigentlichen Komplotts davon verdeckt werden würden, und außerdem muss, falls dies in der Absicht der Verschwörer gelegen haben sollte, etwas schiefgegangen sein. Cecily Ashe ist tot, und das Gift befindet sich sicher in Dees Laboratorium. Heißt das, dass der potenzielle Mörder versuchen wird, einen anderen Weg zu finden, um an dem Ehrentag der Königin einen Anschlag auf sie zu verüben? Für mich besteht jetzt kein Zweifel mehr daran, dass Cecily von dem Mann getötet wurde, der ihr diese Geschenke gemacht, sie in seine Pläne, die Königin zu vergiften, verwickelt und ihren Leichnam dann mit einem Abbild der erstochenen Elisabeth in der Hand zurückgelassen hat – als Hinweis auf den Auftrag, den sie aus irgendeinem Grund nicht mehr ausgeführt hat.

»Bruno? Ihr seht aus, als würde Euch etwas bedrücken.« Dee betrachtet mich mit einem väterlich sorgenvollen Stirnrunzeln. »Stimmt irgendetwas nicht?«

»Nein, nein – einer der Botschaftsdiener hatte das Datum erwähnt, und ich habe mich gefragt, warum es wichtig sein könnte.« Ich forsche in seinem Gesicht, und da mich unversehens eine Welle der Zuneigung zu ihm erfasst, nehme ich ihn wieder bei den Schultern und küsse ihn auf beide Wangen. Er wirkt überrascht, aber erfreut. »Vergesst nicht – kein Wort über irgendwelche Visionen, wenn Ihr bei der Königin seid«, füge ich über meine Schulter hinweg hinzu, als ich mich zum Gehen wende.

Ich hatte den Bootsmann, der mich nach Mortlake gebracht hat, bezahlt, damit er auf mich wartet; so weit flussaufwärts sind Fährboote schwer zu bekommen. Wir sind seit ungefähr zwanzig Minuten in Richtung London unterwegs, als ich ein weiteres kleines Boot bemerke, das uns in einem Abstand von ungefähr fünfzig Yards folgt. Darin sitzt nur ein Passagier, ein Mann, soweit ich das erkennen kann. Er trägt einen Reiseumhang und hat sich einen Hut tief ins Gesicht gezogen, aber Genaueres lässt sich aus dieser Entfernung nicht sagen.

»Ist dieses Boot schon seit Mortlake hinter uns?«, frage ich den Bootsmann, der unter seiner Kappe hervorblinzelt.

»Das da? Ja, Sir – es war am Ufer festgemacht, als Ihr kamt.«

»Die ganze Zeit, während ich an Land war?«

Er zuckt die Achseln.

»Kann ich nicht mit Sicherheit sagen, Sir. Einen großen Teil der Zeit jedenfalls.«

»Mit demselben Passagier darin? Oder ist er in Mortlake eingestiegen?«

»Hab' ich nicht drauf geachtet.«

»Aber das Boot ist zur selben Zeit losgefahren wie wir?«

»Muss es ja wohl, wenn es jetzt hinter uns ist.«

»Verringere die Geschwindigkeit«, weise ich ihn an. »Lass es uns einholen.«

Der Bootsmann gehorcht, doch das Boot hinter uns scheint es ihm gleichzutun, denn der Abstand wird nicht geringer. Ich befehle meinem Bootsmann, das Rudern ganz einzustellen; er wendet ein, dass die Strömung zu stark ist und uns ans Ufer treiben würde. Das andere Boot gleitet von uns weg und näher an die gegenüberliegende Seite heran. Je weiter wir flussabwärts fahren, desto voller wird es auf dem Fluss, aber unsere beiden Boote bleiben weiterhin auf demselben Kurs. Ich lehne mich über den Rand, kann nach wie vor trotzdem keinen genauen Blick auf den Passagier erhaschen, von dem ich jetzt sicher bin, dass er mir folgt. Bei Putney lenkt der andere Fährmann sein Boot plötzlich quer über den Fluss und legt an den Landetreppen an; mein Bootsmann rudert verbissen weiter, und ich kann nur die Silhouette des Mannes erkennen, als er aussteigt. Ihm haftet nichts Auffälliges an; Größe und Körperbau sind durchschnittlich, und er schiebt den Hut nicht in den Nacken, als er die Stufen hinaufsteigt und verschwindet. Irgendjemand hat sich ganz eindeutig für meinen Besuch bei Dee interessiert. Ich erinnere mich, auch gestern schon das Gefühl gehabt zu haben, verfolgt zu werden – könnte es sich um dieselbe Person gehandelt haben? Aber wem könnte so daran gelegen sein herauszufinden, was ich den ganzen Tag lang treibe, dass er sich die Zeit nimmt, mir bis Mortlake zu folgen? Ein kalter Schauer läuft mir über den Rücken. Es kann im Grunde nur jemand sein, der mich gestern mit Abigail hat sprechen sehen, und der mir folgt, weil er fürchtet, dass sie mir etwas anvertraut hat, was nicht für meine Ohren bestimmt war. Wenn das der Fall ist, heißt das, dass es sich bei dem Mann, den ich eben leichtfüßig die Landetreppe habe erklimmen sehen, eigentlich nur um den Mörder von Cecily Ashe handeln kann. Und wenn diese Vermutung zutrifft, folgere ich grimmig, könnte Abigail in unmittelbarer Gefahr schweben – genau wie ich auch, obwohl ich wahrscheinlich besser auf mich aufpassen kann. Vielleicht sollte ich sie warnen – aber wie kann ich ihr eine Botschaft zukommen lassen, ohne noch mehr Verdacht zu erregen? Ich habe keine Möglichkeit, mich mit dem Küchenjungen in Verbindung zu setzen, der mir letztes Mal ihren Brief gebracht hat – und ich kann nicht wissen, ob er absichtlich oder unabsichtlich vorher jemandem etwas von unserem Treffen verraten hatte.

Nachdem das Boot endlich an den Buckhurst Stairs angelegt hat und ich dem Fährmann seinen nicht unbeträchtlichen Lohn für die lange Fahrt ausgezahlt habe, kehre ich nach Salisbury Court zurück und finde das Haus ungewöhnlich still und leer vor; die Hallen und Galerien liegen verlassen da. Das kommt mir sehr gelegen; es gelingt mir, meine Kammer zu erreichen, ohne von Castelnau oder seiner Frau aufgehalten zu werden. Doch noch bevor ich den Schlüssel in das Schloss stecke, überkommt mich ein dermaßen greifbares Unbehagen, als hätte ich einen Schatten durch den Korridor huschen sehen; ich fahre herum und spähe nach rechts und links, aber am Treppenabsatz bleibt es ebenso merkwürdig ruhig wie im Rest des Hauses. Ich tadele mich stumm dafür, allmählich überall Gespenster zu sehen, versuche den Schlüssel zu drehen und stelle fest, dass er sich nicht bewegen lässt. Vorsichtig drehe ich den Türknauf – die Tür ist bereits offen. Jeder Muskel in meinem Körper spannt sich an, meine Nackenhaare stellen sich auf, und meine Hand wandert instinktiv zu dem Messer, das ich am Gürtel trage. Ich habe diese Tür abgeschlossen, das würde ich bei allem schwören, was mir heilig ist, darauf achte ich nämlich mit an Besessenheit grenzender Sorgfalt. In den sechs Monaten, die ich hier wohne, bin ich nicht ein einziges Mal ausgegangen, ohne meine Kammer zu verschließen – in meiner Truhe befinden sich Bücher und Schriften, die niemand in diesem frommen katholischen Haushalt gutheißen würde. Wie naiv von mir, nicht daran gedacht zu haben, dass jemand in diesem Haus einen Zweitschlüssel für alle Räume haben könnte! Meine eigene Dummheit innerlich verwünschend ziehe ich die Tür langsam zurück, versetze ihr dann einen kräftigen Tritt und springe mit gezücktem Messer in einem Satz über die Schwelle.

Doch der Raum ist leer und wirkt unberührt, genauso, wie ich ihn verlassen habe: Die Bettdecken sind säuberlich gefaltet, die Papiere auf dem Schreibtisch, an dem ich gearbeitet habe, zu zwei Stapeln aufgeschichtet, daneben liegen Schreibfedern und ein kleines Messer. Einen Moment ziehe ich in Betracht, dass ich mich geirrt haben könnte; möglicherweise habe ich in meiner Hast, zu Dee zu gelangen, heute Morgen tatsächlich vergessen, die Tür abzuschließen. Allein, das Gefühl des Unbehagens will nicht weichen; ich drehe mich langsam um, lasse den Blick durch den Raum und über die wenigen Möbelstücke schweifen, zerbreche mir den Kopf darüber, ob irgendetwas anders ist als sonst, und rechne halb damit, dass sich im Schatten etwas bewegt. Erst als ich zu dem Schreibtisch trete, fällt mir sofort auf, dass die Papiere jetzt anders angeordnet sind. Ganz eindeutig hat derjenige, der in meine Kammer eingedrungen ist, nicht daran gedacht, dass ich in Frankreich ebenso sehr für mein erstaunliches Gedächtnis wie für meine ketzerischen Thesen bekannt bin. Ich sehe die Notizen rasch durch. Es ist nichts Aufrührerisches dabei: ein paar mathematische Berechnungen der Bewegungen von Mond und Erde und eine Reihe von Diagrammen, die sich mit der Lichtstrahlung der Himmelskörper befassen, aber nichts, was mich ins Gefängnis bringen könnte. Trotzdem sind die obersten Papiere nicht die, an denen ich zuletzt gearbeitet habe. Dieser Gedanke treibt mich zu der geschnitzten Truhe, in der ich meine umstritteneren Bücher aufbewahre. Das Vorhängeschloss an den eisernen Klammern ist unversehrt, aber die Spuren im Staub ringsum verraten, dass es ein kleines Stück bewegt worden ist. Jemand hatte sich daran zu schaffen gemacht.

Am anderen Ende des Raumes steht eine weitere, größere

Truhe, die meine Kleider enthält. Als ich den Deckel aufklappe, schlägt mir der leichte Duft der Ambrakugel entgegen, die ich hineingelegt habe, um Motten fernzuhalten. Auch hier bemerke ich Anzeichen dafür, dass jemand in der Truhe herumgewühlt hat. Meine Kleider sind herausgenommen und hastig zusammengefaltet wieder zurückgelegt worden. Ich greife nach einem Wams aus feiner Wolle, streiche es glatt und lege es sorgfältig neu zusammen. Es scheint nichts zu fehlen, aber die Truhe ist eindeutig durchsucht worden. Das erscheint mir noch seltsamer – ich kann verstehen, dass es Angehörige der Botschaft, wie zum Beispiel Courcelles, geben mag, die der Meinung sind, das Recht zu haben, sich hier hereinschleichen und überprüfen zu dürfen, was ich unter ihrem Dach lese und schreibe, doch ich kann mir nicht vorstellen, warum sich jemand für meine Kleider interessieren sollte. Es sei denn, dieser Jemand sucht nach etwas ganz Speziellem.

Wenigstens, denke ich voller Erleichterung, als ich das Wams wieder in die Truhe lege, hatte ich nicht allein die Glasphiole mitgenommen, sondern habe den Samtbeutel mit Cecily Ashes sämtlichen Liebesunterpfändern bei mir. Der Gedanke daran lässt mich kurzzeitig erstarren – aber nein, das ist unmöglich. Niemand in der Botschaft kann wissen, dass ich in der Nacht des Mordes im Richmond Palace war oder dass ich mich mit Abigail Morley getroffen habe. Ich richte mich auf, klopfe meine Kleider ab und schüttele diese törichten Befürchtungen ab wie lästige Fliegen. Der Mann in dem Boot hat mich aus der Fassung gebracht, und selbst bei ihm habe ich keinen Beweis dafür, dass er mir wirklich gefolgt war. Dennoch grübele ich, als ich in den Gang hinaustrete und mich gleich zweimal vergewissere, dass ich die Tür abgeschlossen habe – den Eindringling in meiner Kammer habe ich mir nicht eingebildet, und jemand in der Botschaft weiß, wer er ist.

Die Stille hält im ganzen Haus an, als wäre während meiner Abwesenheit die Apokalypse über die Bewohner von Salisbury Court hereingebrochen, sie mit sich gerissen hätte und nur mich allein zurückgelassen. Auf dem Weg zu Castelnaus privatem Arbeitszimmer begegne ich keiner Menschenseele und höre noch nicht einmal Schritte, und als ich an die Tür klopfe, vernehme ich nur das Echo meiner Knöchel auf dem Holz.

Doch nachdem ich die Tür aufgestoßen habe, sehe ich die Umrisse einer Gestalt am Fenster; sie zuckt zusammen und dreht sich erwartungsvoll um, und ich erkenne Throckmorton, den jungen Kurier. Argwöhnisch verschließt sich bei meinem Anblick sein elfenhaftes Gesicht.

»Guten Tag, Master Throckmorton. Der Botschafter ist ausgegangen?« Ich schlage bewusst einen unbefangenen Ton an. Throckmortons Blick wandert für den Bruchteil einer Sekunde zu Castelnaus Schreibtisch, dann verneigt er sich knapp und faltet die Hände hinter seinem Rücken.

»Die anderen sind in der Kapelle und hören die Messe. Ich warte hier auf ihn.«

»Ah. Ihr habt Euch ihnen nicht angeschlossen?«

»Ich bin gerade erst gekommen.« Wieder verirren sich seine Augen fast unbewusst zum Schreibtisch des Botschafters. »Ich wurde heute nicht erwartet, daher wollte ich nicht stören.« Er lächelt, aber es wirkt gezwungen.

»Ich hatte Euch auf der Straße nach Sheffield vermutet«, bemerke ich obenhin. Ich hatte angenommen, die Eile, mit der Dumas und ich vor zwei Tagen die Briefe bei ihm abliefern mussten, hätte daher gerührt, dass Throckmorton direkt am nächsten Morgen nach Sheffield aufbrechen sollte. Was hatte ihn aufgehalten – war ihm irgendetwas Verdächtiges aufgefallen?

»Ich musste meine Reise verschieben. Unvorhergesehene

Umstände. Ich reite heute Abend los.« Selbst er lässt mir gegenüber Vorsicht walten; sogar hier in der Botschaft empfiehlt es sich nicht, zu offen zu sprechen. Ich beschließe, ein Risiko einzugehen.

»Wegen Mendozas Neuigkeiten?«

»Ihr wisst davon?« Sein Misstrauen ist augenblicklich geweckt.

»Ich war hier, als er gestern Castelnau besucht hat.« Gleichgültigkeit vortäuschend nehme ich eine Schreibfeder vom Tisch des Botschafters, drehe sie zwischen den Fingern und lege sie zurück – alles, ohne Throckmorton anzuschauen. »Eine interessante Entwicklung der Dinge.«

Verstohlen schiele ich zu dem jungen Mann hinüber. Er wirkt erleichtert und entspannt sich sichtlich.

»In der Tat«, erwidert er. »Mit spanischen Truppen und spanischem Geld haben wir eine reelle Chance auf Erfolg. Ich hatte nicht erwartet, dass Philip so schnell einwilligt.«

Also hatte ich richtig vermutet. In Throckmortons Augen leuchtet derselbe Glanz wie in denen von Marie de Castelnau, als sie von dem glorreichen Unterfangen sprach, England wieder unter katholische Herrschaft zu stellen. Sein glattes Gesicht ist von der freudigen Erregung eines Jungen angesichts der Aussicht auf ein Abenteuer erhellt, seine Begeisterung wird ganz offensichtlich nicht durch persönliche Erfahrungen mit Krieg oder Massakern gemildert. Wieso findet ein junger Mann wie dieser – mit seinem kultivierten Akzent, dem gut geschnittenen Wams aus dunkelgrüner Wolle und den teuren Lederstiefeln – Gefallen daran, seinen Glauben anderen mittels spanischer Kriegsschiffe aufzuzwingen?

»Eure Familie hat demnach unter dem protestantischen Regime sehr gelitten?« Ich nehme den Deckel von einem Tintenfass aus Emaille und gebe vor, mich darauf zu konzentrieren.

»Meine Familie?« Er klingt verwirrt. »Wie kommt Ihr denn darauf?«

Ich drehe mich zu ihm um.

»Nun, ich bin davon ausgegangen, dass alle Engländer, die sich gegen ihre Königin verschwören, Grund haben müssen, die Protestanten zu hassen. So wie Lord Howard.«

Trockmorton legt den Kopf schief.

»Glaubt Ihr nicht, dass es Männer gibt, die allein für ihren Glauben kämpfen? Für ihre Überzeugungen?«

Ich zucke die Achseln.

»Das halte ich durchaus für möglich. Nach meiner Erfahrung sind Rache oder Habgier jedoch die stärkeren Motive.«

Er mustert mich einen Moment mit erneut aufflammendem Misstrauen.

»Vielleicht habt Ihr nie leidenschaftlich genug an etwas geglaubt, um dafür zu kämpfen.«

Ich lächele, ohne auf die in der Bemerkung enthaltene Kränkung einzugehen. Es stimmt, ich würde ihm am liebsten klarmachen, dass ich das Leben unschuldiger Menschen für einen zu hohen Preis für die Durchsetzung irgendeines Glaubens halte, aber ich habe eine Rolle zu spielen.

»Oh doch, das habe ich und tue ich, sonst wäre ich jetzt nicht hier. Aber ich wurde katholisch erzogen. Ich war nur neugierig, was einen jungen Engländer dazu bewogen haben könnte, sich gegen sein eigenes Land zu stellen.«

Das scheint ihn ein wenig in Verlegenheit zu bringen; ich habe einen wunden Punkt berührt.

»In meiner Familie waren alle loyale Protestanten, Doktor Bruno«, verteidigt er sich mit einem Anflug von Trotz. »Mein Onkel Sir Nicholas war als Diplomat in Elisabeths Diensten in Frankreich und Schottland, wo er sich mit Maria Stuart anfreundete. Obwohl er ihren Glauben nie geteilt hatte, unterstützte er ihren Anspruch auf den englischen Thron und sprach sich öffentlich gegen ihre Gefangenschaft aus.«

Ich nicke, als wäre ich beeindruckt.

»Nach Oxford habe ich in Frankreich studiert«, fährt er fort. »Und dort habe ich viele im Exil lebende Engländer kennen gelernt, die sich der Sache von Königin Maria verschrieben haben. Sie haben mich Madame de Castelnau vorgestellt.« Hätte ich nicht genau hingehört, wäre mir entgangen, dass seine Stimme einen Hauch weicher geworden ist. Beinahe hätte ich gelächelt, bemühe mich aber, auch weiterhin ernst und aufmerksam zu wirken. Er wäre nicht der erste Mann, der sich aus blinder Verliebtheit heraus einer anderen Religion zuwendet – oder die erste Frau. Wahrscheinlich hat Marie ihren nicht unbeträchtlichen Charme spielen lassen, um ihn in die Intrigen in der Botschaft zu verstricken.

»Also seid Ihr in Frankreich zum katholischen Glauben übergetreten?« Die Seminare in Reims und Paris sind Walsingham ein Dorn im Auge, brodelnde Kessel katholischen missionarischen Eifers, in dem Komplotte und Intrigen angerührt werden. Und das Feuer unter diesen Kesseln wird von zornigen jungen englischen Studenten geschürt, die Geschmack an der Rebellion gefunden haben. Erst Fowler, jetzt Throckmorton – beide Söhne aus guten Familien, die dem Erfolg verheißenden, aber uninteressanten Weg nicht folgen wollten, der ihnen vorgegeben wurde. Einer wurde zum Spion, der andere zum Verräter, und das alles nur um des Abenteuers wegen, des Dranges, sich selbst zu beweisen. Ich selbst war ungefähr in Throckmortons Alter, als ich der Inquisition die Stirn bot und aus dem Kloster in Neapel floh; ich kann nicht leugnen, dass die Aussicht auf Gefahr und Risiko einem Mann das Blut schneller durch die Adern fließen lässt.

»Gott hat mir in seiner Güte den Weg zu der wahren Kirche

gewiesen.« Es klingt, als habe er einen Satz in einer fremden Sprache sorgfältig auswendig gelernt. »Ich kam nach England zurück, um Königin Maria hier zu dienen. Madame de Castelnau hat mich ihrem Mann empfohlen.« Wieder ändert sich sein Ton kaum merklich, als er sie erwähnt, er senkt den Blick und errötet leicht.

»Und Eure Familie hat keinen Verdacht geschöpft?«

»Mein Vater und mein Onkel sind beide tot. Ich wünschte, vor allem mein Onkel hätte diese Zeit noch erleben dürfen.« Ein Anflug von Wehmut schwingt in seiner Stimme mit. »Er wurde verdächtigt, an den Plänen des Herzogs von Norfolk beteiligt gewesen zu sein, der vorhatte, Maria Stuart zu heiraten. 69 war das, wisst Ihr?«

»Er hat mit Henry Howards Bruder gemeinsame Sache gemacht? Tatsächlich?« Ich vergesse für einen Augenblick, mir mein Interesse nicht anmerken zu lassen, aber jetzt, wo sich Throckmorton für das Thema erwärmt hat, ist er nicht mehr so auf der Hut.

»Soweit ich weiß, war er eine Weile der Mittelsmann der beiden. Unsere ganze Familie geriet unter Verdacht, es wurden hingegen nie Beweise gefunden. Ich war damals erst fünfzehn, aber ich sehe alles noch ganz genau vor mir.« Bei der Erinnerung verschließt sich sein Gesicht wieder.

»Danach ist Eure Arbeit eine Art Familientradition.« Ich lächele, um seinen Argwohn zu zerstreuen, doch er nimmt es kaum wahr, sondern schielt ängstlich zur Tür.

»Wenn Mendoza mich nicht ersetzt.«

»Euch ersetzt?«

Throckmortons Miene verfinstert sich.

»Er fürchtet, mein Gesicht könnte in der näheren Umgebung von Sheffield Castle zu bekannt werden. Er sagt, er hat Angst, ich könnte durchsucht und die Korrespondenz entdeckt werden, deshalb will er einen seiner eigenen Kuriere einsetzen. Aber die kennen die Gegend nicht so wie ich, und sie wissen nicht, wie sie Marias Kammerdienerinnen die Botschaften zukommen lassen sollen.« Er verzieht beleidigt das Gesicht; ich merke ihm an, dass er fürchtet, von seiner Position verdrängt zu werden.

»Vielleicht legt er auch Wert darauf, seine Korrespondenz von der der Franzosen zu trennen?«, überlege ich laut. »Vielleicht traut er dem Botschafter nicht und denkt, Ihr wärt zu sehr Castelnaus Mann.«

Erneut wandert sein Blick verstohlen zu dem Schreibtisch, aber er reißt sich sofort zusammen und beginnt, an einem losen Faden an seinem Ärmel herumzuzupfen.

»Deswegen muss ich mit dem Botschafter sprechen. Zwischen ihm und Mendoza herrscht böses Blut, wie Ihr sicher wisst, gleichwohl darf das unsere Pläne nicht beeinträchtigen. Wenn überhaupt, bin ich Marias Mann.«

Marias oder Maries, frage ich mich stumm.

»Gut, dann lasse ich Euch jetzt allein, damit Ihr in Ruhe auf ihn warten könnt.« Ich steuere auf die Tür zu.

»Wie steht es denn mit Euch, Doktor Bruno?«

»Mit mir?« Die Frage hält mich zurück, als ich nach dem Türknauf greife. Meine Haarwurzeln beginnen zu prickeln. Ich drehe mich um und stelle fest, dass seine hellen Augen forschend auf mir ruhen.

»Ja. Wessen Mann seid Ihr?«

»Ich bin König Henri von Frankreich treu ergeben«, erwidere ich so unbefangen, wie es mir möglich ist. »Dank seiner Gunst kann ich hier in England leben, und ich werde seinen Botschafter bei allem unterstützen, was er zum Wohle Frankreichs zu tun beabsichtigt.«

Er taxiert mich nun mit schmalen Augen.

»Dann ist es für Euch eine politische und keine religiöse Angelegenheit, nicht wahr? Maria wieder auf ihren Thron zu bringen, meine ich.«

Ich lächele nur.

»Wenn es Männer gibt, die Religion strikt von Politik trennen, Throckmorton, dann sind sie nicht in den Botschaften Europas zu finden. Sie kauern vermutlich in irgendeiner abgelegenen Höhle, beten und hüllen sich in Tierfelle.«

Bei diesen Worten muss er lachen, und er verbeugt sich leicht, als ich in der Hoffnung, etwaige Zweifel, die er vielleicht bezüglich meiner Person hegt, zumindest vorübergehend zerstreut zu haben, den Raum verlasse. Ich gehe durch die leeren Korridore zum hinteren Teil des Hauses, zu dem kleinen Anbau, den Castelnaus Vorgänger in die Privatkapelle der Botschaft umgewandelt hat. Königin Elisabeth erlaubt Gottesdienste in den Botschaften der Länder, die Rom die Treue halten, allerdings ist die Teilnahme auf die Botschaftsangehörigen, die Dienerschaft und auf katholisch getaufte Ausländer beschränkt. In der Praxis quellen diese Kapellen von englischen Katholiken über, etwa mit Freunden der Botschafter, für die der Empfang des Sakraments in ihren eigenen Häusern Kerkerhaft oder gar die Todesstrafe nach sich ziehen würde.

Ich beziehe auf einer Bank in einer Fensternische gegenüber der Kapelle Posten und warte, um zu sehen, wer alles herauskommt. Zu den Pflichten meiner Arbeit für Walsingham gehört es ja auch, darauf zu achten, wer hier die Messe besucht, und ihm die Namen unerwarteter Gäste zu nennen. Drinnen ist schwach ein monotoner Sprechgesang zu vernehmen, der von den gedämpften Antworten der Gemeinde unterbrochen wird. Eine Fliege schwirrt vor der Scheibe umher und prallt gelegentlich dagegen, zitronenfarbenes Licht fällt durch die Scheiben und beleuchtet Binsen auf dem Boden.

Die Minuten – ich weiß nicht, wie viele – verstreichen, die Intonationen nehmen ihren Fortgang, dann tritt Stille ein, und endlich öffnet sich die Tür, und die Gottesdienstteilnehmer strömen heraus, dabei tuscheln sie so erleichtert miteinander wie Kinder nach Schulschluss: der Kellermeister, der Haushofmeister, der Koch und der Rest der Botschaftsdienstboten. Dann die, die näher beim Altar gesessen haben: Courcelles, Archibald Douglas (was mich überrascht, ich hatte keine Ahnung, dass er die Messe besucht), Lord Henry Howard natürlich und hinter ihm ein hochgewachsener junger Mann mit einem langen Pferdegesicht und hoher Stirn, hinterher Castelnau und seine Frau, gefolgt von einem verschüchtert wirkenden spanischen Priester, der mit gesenktem Kopf und gefalteten Händen vorbeihuscht. Wenngleich die Teilnahme an der Messe allen erlaubt ist, die hier wohnen, benehmen sie sich, als wären sie bei einem Vergehen ertappt worden, werfen mir verstohlene Blicke zu und schlurfen mit gesenktem Kopf vorüber – alle außer Marie, die mir ein kokettes Lächeln schenkt.

»Ah, Bruno – ich fürchte, Ihr habt die Messe verpasst.« Der Botschafter lächelt entschuldigend, als wäre dies sein Fehler. Courcelles schnaubt verächtlich.

»Ich muss mich entschuldigen – ich bin gerade erst gekommen«, erwidere ich mit einer leichten Verbeugung. »Throckmorton wartet in Eurem Arbeitszimmer auf Euch, Mylord.«

»Throckmorton?« Castelnau bleibt abrupt stehen und wechselt einen Blick mit Howard. »Was um alles in der Welt will er hier?«

Ich zucke nur die Achseln und schüttele den Kopf.

»Vermutlich hat er etwas Dringendes mit Euch zu besprechen.«

»Dann höre ich mir das besser an.« Castelnau beschleunigt seine Schritte.

Howard funkelt mich finster an, sein Blick wandert mit der üblichen Geringschätzung an mir hinunter. Ich sehe ihm fest in die Augen, um ihm zu verstehen zu geben, dass ich mich weder von seiner Person noch von seinem Rang einschüchtern lasse. Bei dem Gedanken, dass dieser Mann kaltblütig irgendwelches Gesindel angeheuert hat, um Doktor Dee und seinen Diener auf der Straße von Oxford zu überfallen, und bei der Vorstellung, dass er, entschlossen, das Geheimnis der Unsterblichkeit zu lüften, im Schein einer Kerze über dem gestohlenen Buch brütet, wallt Zorn in mir auf. Aber auch das sind nur Vermutungen; ich wahre eine unbeteiligte Miene, Howard wendet den Blick ab, und meine Aufmerksamkeit richtet sich auf den jungen Mann an seiner Seite. Er ist ungefähr Mitte zwanzig und wie alle anderen Höflinge seines Alters kostbar in ein Samtwams mit ausladender gestärkter Halskrause gekleidet, freilich kommt mir etwas an seinem Gesicht, mit dem dünnen, wie aufgemalt wirkenden Schnurrbart, bekannt vor.

»Sind wir uns schon einmal begegnet?«, frage ich, als er sich umdreht und mich mit seinen dunklen Augen anschaut. Es scheint ihn zu überraschen, so unverblümt angesprochen zu werden. Hinter ihm zieht Howard angesichts meines Verstoßes gegen den guten Ton scharf den Atem ein. Der junge Mann zögert fast unmerklich, er verrät sich nur dadurch, dass er sich auf die Lippe beißt und für den Bruchteil einer Sekunde den Blick abwendet.

»Ich glaube nicht, dass wir das Vergnügen hatten, einander vorgestellt zu werden«, erwidert er mit glatter Höflichkeit.

»Mein Neffe Philip Howard, der Earl of Arundel«, schnarrt Howard knapp, dann deutet er auf mich. »Das ist der Hausgast des Botschafters, Giordano Bruno, der Neapolitaner.« Er betont das Wort »Hausgast«, als würde er mich als Castelnaus Hure vorstellen. Der junge Mann nickt und setzt ein verbindliches Lächeln auf, und genau da erinnere ich mich: Er ist einer der beiden jungen Höflinge, die sich gestern am Holbeintor so rüde an Abigail und mir vorbeigedrängt haben. Nicht der, der mich einen spanischen Hurensohn genannt, sondern der hochgewachsene Freund, der diesen davon abgehalten hatte, zurückzukommen und seiner Beleidigung eine Handgreiflichkeit folgen zu lassen. Ich bin sicher, dass der junge Earl mich gleichfalls erkennt; vielleicht mag er es aus Scham über das Benehmen seines Freundes nicht zugeben. Engländer lieben es, Ausländer auf der Straße anzupöbeln, eine Erfahrung, die ich seit meiner Ankunft häufiger gemacht habe, als ich zählen kann, aber hier, als Gast einer ausländischen Botschaft, zieht er es vielleicht vor, nicht mit derartigen Heldentaten in Verbindung gebracht zu werden. Ich verneige mich, sage jedoch nichts.

»Ach, Bruno – fast hätte ich es vergessen.« Castelnau dreht sich um, als er das Ende des Korridors erreicht. »Morgen findet in Whitehall ein großes Konzert statt, der Chor der königlichen Hofkapelle singt neue Werke von Master Byrd. Ihre Majestät Königin Elisabeth hat gütigerweise alle Botschafter der Länder des katholischen Europa eingeladen – vielleicht, um zu demonstrieren, dass man sie nicht als Gegnerin dieses Glaubens betrachten kann, wenn sie einen derart bekannten Katholiken als Hofkomponisten behält.«

Er lächelt, Howard grunzt angewidert.

»Auf jeden Fall«, fährt Castelnau fort, dabei schwenkt er eine Hand, um anzudeuten, dass er es eilig hat, »würden Marie und ich uns freuen, wenn Ihr uns begleiten würdet. Ich habe es leider versäumt, Euch schon früher bei Hof vorzustellen.«

Ich mache Anstalten, ihm zu danken, doch er rauscht schon weiter; begierig, zu Throckmorton zu gelangen und zu hören, was den jungen Kurier zu ihm geführt hat. Ich lehne mich kurz gegen die Wand. Offiziell am Hof von Königin Elisabeth, womöglich sogar der Königin selbst vorgestellt zu werden – was könnte das für mich bedeuten? Am Ende, grübele ich, unterscheide ich mich gar nicht so sehr von den jungen Höflingen, die Fowler beschrieben hat – denen, die müßig herumlungern und darauf hoffen, dass diese Quelle aller Gönnerschaft und Privilegien auch für sie zu sprudeln beginne. Außerdem besteht freilich auch die Möglichkeit, dass ich mit Abigail Kontakt aufnehmen und sie vor dem warnen kann, was Dee in der Parfümphiole entdeckt hat. Und sie vielleicht noch einmal bedrängen, ihr Gedächtnis zu durchforsten. Ich bin davon überzeugt, dass ihr noch etwas einfällt. Der Schlüssel zu diesem Rätsel liegt im Herzen von Elisabeths Hof, in seinen innersten Kammern, und nun habe ich die Chance, diesem Heiligtum wenigstens einen Schritt näher zu kommen.

7

Whitehall Palace, London
30. September im Jahr des Herrn 1583

Zu beiden Seiten der Stufen brennen Leuchten, obwohl die Abenddämmerung noch nicht hereingebrochen ist. Die Sonne steht tief über dem Westen der Stadt und wirft bernsteinfarbenes Licht über das Wasser. Leichtfüßig steigt Marie zu dem Boot hinunter. Um die Schultern hat sie sich einen kurzen Umhang aus weißem Pelz geschlungen, darunter trägt sie ein Abendgewand aus grüner Seide. Eine Hand ruht leicht auf dem Arm ihres Mannes, während sie von der letzten Stufe in die Barke hüpft; ihr klares Lachen hallt durch die Luft, als sie beinahe das Gleichgewicht verliert und die Hand eines der Ruderer ergreifen muss, um sich abzustützen. Sie wirkt heute Abend ausgelassen, sprüht vor guter Laune – die Aussicht auf einen Abend bei Hof erfüllt sie mit freudiger Erregung. Wenig erstaunlich, denke ich, sie ist eine schöne Frau, der immer noch der Abglanz der Jugend anhaftet und die nichts mehr liebt, als bewundert zu werden, wozu es in Salisbury Court wenig Gelegenheit gibt. Kein Wunder, dass sie ihren Charme an mir und Courcelles erprobt. Der Sekretär des Botschafters gesellt sich jetzt zu mir und beobachtet, wie Castelnau und seine

Frau in der Botschaftsbarke Platz nehmen, die uns flussaufwärts nach Whitehall bringen wird. Er trägt einen auffälligen dunkelroten Anzug, und als die schon herbstliche Kühle mit sich bringende Abendbrise ihm das feine blonde Haar aus der Stirn weht, fällt mir einmal mehr auf, wie gut er aussieht, obschon sein voller Mund, sein fast bartloses Kinn und sein ständiges lakonisches Schmollen ihn etwas zu feminin wirken lassen. Er blickt von der Seite flüchtig zu mir und dann wieder zum Fluss.«

»Schön, dass Ihr Euch die Mühe gemacht habt, Euch dem Anlass entsprechend zu kleiden, Bruno«, murmelt er. Ich trage ein gut geschnittenes Wams und Hosen aus feiner schwarzer Wolle, so wie jeden Abend.

»Meiner Erfahrung nach ist es nicht ratsam, bei derartigen Gelegenheiten den Damen Konkurrenz zu machen«, gebe ich freundlich zurück, falte die Hände hinter dem Rücken und beobachte den Verkehr auf dem Wasser. »Sie mögen das überhaupt nicht.«

Möwen stoßen heisere Schreie aus und gleiten anmutig über den Fluss hinweg zum anderen Ufer hinüber, die Wellen plätschern sacht gegen die Stufen. Courcelles schaut, nach meiner Anmerkung von plötzlichen Zweifeln überkommen, an seinen eigenen Kleidern hinunter.

»Bruno, Courcelles – steigt ein, um Himmels willen!«, ruft Castelnau und klatscht in die Hände. »Wir sollten nicht zu spät kommen.«

Ich nehme Marie gegenüber Platz. Sie lächelt und neigt sich nach vorne, dabei fällt mein Blick auf die an ihrem Mieder befestigte juwelenbesetzte Brosche. Etwas daran kommt mir merkwürdig bekannt vor, und als ich genauer hinsehe, erkenne ich, dass die Steine sich zu einem Vogel mit gebogenem Schnabel zusammensetzen, der sich mit ausgebreiteten Flügeln aus seinem Nest erhebt. Es dauert ein Weilchen, bis mir klar wird, wo ich diesen Vogel schon einmal gesehen habe, und beinahe entfährt mir ein leiser Schrei – er ist mit dem in den goldenen Siegelring eingravierten Emblem identisch, den Cecily Ashe von ihrem mysteriösen Geliebten erhalten hat. Unwillkürlich wandert meine Hand zu meiner Brust, wo der Ring für den Fall, dass meine Kammer nochmals durchsucht würde, in einer Innentasche meines Wamses steckt.

»Seht Ihr irgendetwas, das Euch interessiert, Bruno?«, fragt Marie süß. Ich blicke auf, bemerke, wie ihre Augen schelmisch blitzen, und mir wird klar, dass ich die Brosche, die sie an der Seite ihres Mieders genau dort angesteckt hat, wo der Ansatz ihrer glatten weißen Brüste über dem tiefen Ausschnitt ihres Korsetts zu sehen ist, geradezu schamlos angestarrt habe. Sie betrachtet mich mit gespieltem Tadel, als wäre ich ein ungezogener Schuljunge, und ich spüre, wie mir das Blut heiß in die Wangen steigt. Ich schiele rasch zu dem Botschafter hinüber, der anscheinend nichts mitbekommen hat, er ist damit beschäftigt, Courcelles – der, den bösen Blicken nach zu urteilen, mit denen er mich durchbohrt, zumindest versucht hat, unserem Gespräch zu lauschen – detailliert auseinanderzusetzen, wie wir nach dem Konzert wieder nach Hause kommen.

»Eure Brosche«, erwidere ich und deute darauf, was mich noch verlegener macht.

»Ah. Sie ist sehr schön, nicht wahr?«, bemerkt sie mit derselben seidigen Stimme. »Sie bedeutet mir viel – der Duc de Guise schenkte sie mir, bevor ich Paris verließ.« Sie berührt leicht das Schmuckstück und lässt ihre Finger fast abwesend über ihr Dekolleté gleiten; ich für meinen Teil lasse meinen Blick ihrer Hand fast unabsichtlich folgen und zusammen mit ihr auf dem blassen Stück Haut ruhen, den feinen Linien ihres Schlüsselbeins und dem halbmondförmigen Schatten zwischen ihren Brüsten. Endlich hebe ich den Kopf und stelle fest, dass sie mich mit einem unergründlichen Ausdruck in den Augen eindringlich fixiert.

»Tatsächlich? Verzeiht mir …« Ich verwünsche den Umstand, dass meine Hand leicht zittert. »Ich dachte nur, ich würde das Emblem kennen.«

»Den Phönix?« Sie dreht die Brosche geringfügig und senkt den Kopf, um sie zu betrachten. »Ihr habt sie wahrscheinlich in Frankreich gesehen – es ist das persönliche Wappen von Marie de Guise, der Tante des Herzogs. Er erbte sie nach ihrem Tod.«

»Der Tante des Herzogs? Also – Maria Stuarts Mutter?«

»Natürlich. Der Phönix war ihr bevorzugtes Symbol – da sie sich selbst schon so oft aus der Asche erhoben hat, versteht Ihr? Unglück und Schicksalsschläge konnten sie nicht besiegen. Wie ich vernommen habe, hat Maria Stuart dies Zeichen auch angenommen, um ihre bevorstehende Rückkehr aus dem Gefängnis auf den Thron zu versinnbildlichen. Was bald geschehen wird, so Gott will.«

Sie lächelt bewusst provozierend und zeigt ihre weißen Zähne. Ich bekunde murmelnd meine Zustimmung, doch meine Gedanken überschlagen sich. Es besteht kein Zweifel daran, dass der Vogel mit dem Symbol auf dem Ring identisch ist. Ein Phönix – und was ich für die Zweige des Vogelnests gehalten hatte, sind, wie ich jetzt erkenne, Flammen, die ihn umzingeln, während der Vogel triumphierend seine großen Schwingen ausbreitet. Sobald wenig später die Ruder der Barke in einem gleichmäßigen Rhythmus durch das Wasser gleiten und der Wind immer kühler wird, je mehr wir uns der Mitte des Flusses nähern, wende ich mich von Marie ab und richte den Blick auf das südliche Ufer, ohne es bewusst wahrzunehmen, während ich im Geist das Bild der Buchstaben rund um das Phönixemblem auf dem Siegelring heraufbeschwöre. *Sa Virtu M'Atire.*

Das Visualisieren der Dinge bereitet mir keine Schwierigkeiten – mein Gedächtnissystem ist auf solchen Techniken aufgebaut –, und sowie ich die Buchstaben vor mir sehe, muss ich an mich halten, um auch diesmal keinen unterdrückten Schrei auszustoßen und mich für meine eigene Dummheit zu verwünschen, denn plötzlich erscheint, was bislang im Dunkeln lag, so blendend klar wie die goldene Sonnenscheibe vor uns am violetten Himmel: Es ist kein Code, sondern ein Anagramm! Die Buchstaben wirbeln in meinem Kopf umher und reihen sich dann so mühelos aneinander, dass ein Kind das Rätsel hätte lösen können: *Sa Virtu M'Atire* wird zu Marie Stuart – also nahezu perfekt Maria Stuart.

Damit ich nicht durch meine Körpersprache meine Erregung verrate, beiße ich auf die Knöchel meiner Hand und kauere mich über die Knie, denn auf diese Erkenntnis folgt eine zweite, noch Furcht einflößendere: Der Ring, den Cecily Ashe erhalten hat, war weit mehr als das Geschenk eines Liebhabers. Er muss als Unterpfand die Besiegelung einer ganz speziellen Verbindung zu der Königin der Schotten oder ihren Anhängern gewesen sein. Wurde ihr das Gift in der Parfümflasche dementsprechend auch in Marias Namen übergeben? Dann kann die Schlussfolgerung nur lauten, dass Cecily auf irgendeine Weise in die gegen Elisabeth gerichteten Komplotte Maria Stuarts verwickelt war, und soweit ich weiß, ranken sich diese Komplotte alle um die Französische Botschaft und diejenigen, die sich in ihrer Kapelle oder an der Speisetafel versammeln. Ich nehme das Gesicht aus dem Wind und kehre es Marie zu, betrachte sie, als sähe ich sie zum ersten Mal.

»Ist irgendetwas, Bruno?«, fragt sie, dabei legt sie eine Hand sanft auf meinen Arm. »Ihr wirkt, als würde Euch etwas bedrücken. Habe ich etwas Falsches gesagt?«

»Nein – nein, gar nichts.« Ich ziehe meinen Arm behutsam

zurück, denn ich sehe, dass Castelnau den Kopf gehoben und ihre Geste bemerkt hat. »Das Reisen auf dem Wasserweg bekommt mir nicht, das ist alles. Ich brauche nur einen Fuß in ein Boot zu setzen, und schon gerät mein Magen in Aufruhr.«

»Das muss aber unangenehm für Euch sein, wenn man bedenkt, welche langen Strecken Ihr auf dem Fluss zurücklegt«, wirft Courcelles trocken ein. Ich fahre zu ihm herum.

»Was wollt Ihr damit sagen?«

»Nichts.« Er schüttelt den Kopf, als bereue er es, überhaupt den Mund aufgemacht zu haben. »Mir ist nur aufgefallen, dass Ihr neuerdings so oft außer Haus seid. Und Ihr scheint alle Wege per Boot zurückzulegen, weiter nichts – ich frage mich, wie Eure Geldbörse das verkraftet.«

»Ich habe Empfehlungsschreiben für Büchersammler in London bei mir, die ich aufsuche, um mit meiner eigenen Arbeit fortfahren zu können«, gebe ich achselzuckend zurück. »Auf dem Fluss kommt man am schnellsten vorwärts, und ich ziehe es vor, auf eigene Kosten zu reisen, statt mir die Pferde meines Gastgebers auszuleihen. Dafür überwinde ich sogar meine Seekrankheit. Habt Ihr Probleme damit?«

Er schüttelt erneut den Kopf und verstummt, also dringe ich nicht weiter in ihn. Aber die kleine Spitze, die er sich nicht verkneifen konnte, hat ihn verraten. Woher weiß er, und warum sollte es ihn interessieren, wohin ich mich bewege und auf welchem Weg? War er der Mann in dem Boot? Kann er von denjenigen in der Botschaft, die an meiner Loyalität zweifeln, ausgeschickt worden sein, um mir nach Mortlake zu folgen? Das ist schlechterdings unmöglich – er war gestern mit der Familie Castelnau in der Kapelle, als ich von Dee zurückkam, nachdem ich von dem Fremden verfolgt worden war, der bei Putney ausgestiegen ist. Trotzdem hat Courcelles eindeutig Interesse an meinem Treiben in der Stadt. Ich werfe ihm einen verstohlenen Blick zu. Es war ein Fehler, mir einzubilden, dass nicht registriert wird, was ich tue und lasse.

Castelnau lenkt uns mit Bemerkungen über die prächtigen Häuser ab, deren Gärten sich hinter hohen Mauern bis zum Fluss erstrecken, und erzählt von deren Bewohnern: »Diese Dächer gehören zum Beispiel zu Somerset House, wo die Königin vor ihrer Thronbesteigung als Prinzessin gelebt hatte und das jetzt eine Unterkunft für ausländische Diplomaten ist; dort sehen wir den großen Torhausturm des Savoy Hospital, das der Großvater der Königin zum Wohl der Armen gegründet hat, die Landungstreppen dahinter führen zu dem prachtvollen Besitz von York Place, einst die Residenz des großen Kardinal Wolsey, die jedoch vom Vater der Königin als Geschenk für seine …« Hier hält Castelnau inne, besinnt sich auf seine berufliche Verpflichtung und vermeidet das Wort *Mätresse.* »… für seine zweite Frau beschlagnahmt wurden, für Anne Boleyn, die Mutter der Königin.«

Courcelles langweilt diese Führung sichtlich, aber Marie und ich, die noch nicht lange genug in London leben, um die in Stein geschriebenen Geschichten zu kennen, sind von dem Archiv von Einzelheiten im Kopf des Botschafters gefesselt. Die moosbewachsenen Ziegelmauern und Schornsteindickichte scheinen Farbe und Leben anzunehmen, als er beschreibt, was alles sich in den Hallen und Galerien dahinter abgespielt hatte. Marie scheint vor allem das Schicksal von Anne Boleyn zu faszinieren.

»Das muss man sich einmal vorstellen«, sagt sie an niemanden im Besonderen gewandt und deutet auf die Mauern von York Place, während die Ruderer der Flussbiegung folgen und das Haus außer Sicht gerät. »So viele Jahre hat der König sie geliebt und darum gekämpft, sie zu seiner Königin zu machen, und sie wartete auf ihn und schaute aus just diesen Fenstern.

Und alle waren gegen eine Heirat, mussten sich gleichwohl der Stärke ihrer Liebe beugen. Er richtete für diese Frau sein Reich zugrunde. Es ist so romantisch … findet Ihr nicht?«

Sie dreht sich um und richtet die letzte Frage mit unschuldig geweiteten Augen und leicht geöffneten Lippen an mich. Mir entgeht nicht, wie sehr dies Courcelles zu verdrießen scheint. Das gehört zu ihrem Spiel, vermute ich, sie spielt uns gegeneinander aus, versucht, Rivalität in uns zu wecken. Wahrscheinlich verfährt sie mit Throckmorton genauso, wenn er da ist, und zweifellos auch mit anderen Männern. Offenbar begreift sie nicht, dass ich nicht mitspiele.

»Und sowie er sie für sich gewonnen hatte, suchte er nach Wegen, ihr den Kopf abschlagen zu lassen«, werfe ich lächelnd ein. »Sein Verlangen nach ihr schmolz dahin wie Schnee in der Sonne.«

»Das ist eine ziemlich zynische Auffassung von Liebe, Bruno«, tadelt sie.

»Sie beruht auf Beobachtungswerten, wie alle meine Hypothesen.«

»Seht, hier ist schon der Palast«, meldet sich Courcelles zu Wort. Wir drehen uns um und beobachten, wie die niedrigen roten Ziegelmauern einiger Nebengebäude am Wasserrand höheren Befestigungsanlagen aus hellem Stein weichen und direkt vor uns ein von Laternen erleuchtetes Bauwerk in das Wasser hineinragt.

Castelnau gebietet allen mit erhobener Hand Schweigen und lässt den Blick langsam über uns hinwegwandern, sodass keinem von uns seine ernste Miene entgeht.

»Wir werden außer einer höflichen Begrüßung heute Abend kein Wort mit Henry Howard und seinen Begleitern wechseln«, warnt er mit gedämpfter Stimme. »Wir dürfen dem englischen Hof und vor allem Ihrer Majestät keinen Grund liefern, uns zu verdächtigen, etwas mit ihm zu schaffen zu haben. Haben wir uns verstanden?« Obwohl er uns alle ansieht, scheint die Frage hauptsächlich an seine Frau gerichtet zu sein. Wir nicken pflichtschuldig.

»Legt an der Privy Bridge an«, befiehlt Castelnau den Ruderern, und Marie schickt sich an, ihre Röcke glattzustreichen und ihren Umhang zurechtzuzupfen.

Die Privy Bridge ist weniger eine Brücke als vielmehr eine Art Landungssteg, ein auf Pfählen stehender überdachter Fußweg, ähnlich einem schmalen Häuschen, über den die Angehörigen des Hofes bei schlechtem Wetter ihre Barke erreichen können, ohne nass zu werden. Heute Abend sind die Wände dieses Ganges mit scharlachrot-goldenen und mit dem Wappen der Königin bestickten Bannern geschmückt; der Löwe und der Drache scheinen sich in der leichten Brise aufzubäumen. Am Ende dieser Konstruktion führen einige Stufen hinunter zu einer kleinen Landungsbrücke, und dort warten zwei Männer in der Livree der Königin, um uns beim Aussteigen behilflich zu sein. Castelnau hebt Marie aus dem Boot, ehe er selbst hinausklettert, Courcelles und ich folgen ihm, und ich bleibe kurz auf den Stufen stehen, um zu der vor mir aufragenden Palastmauer aufzublicken. Zum ersten Mal werde ich am englischen Hof und vielleicht Königin Elisabeth selbst vorgestellt, und mich erfasst ein seltsames Gefühl der Beklemmung.

Wir werden einen Verbindungsweg entlang und dann quer über einen weitläufigen gepflasterten Hof geführt, der zu allen vier Seiten von Gebäudereihen aus roten Ziegeln mit Balustraden an den Dächern und hohen, von perlweißem Stein eingefassten Fenstern mit Mittelpfosten gesäumt wird. An jedem Eingang und im Schatten der Kreuzgänge bemerke ich hochgewachsene, bewaffnete junge Männer, die in Wappenröcke der Königin gekleidet sind.

»Elisabeth bekommt es wohl mit der Angst zu tun«, raunt Courcelles leise, dabei nickt er zu einem der granitgesichtigen Männer hinüber. »Normalerweise ist die Palastgarde nicht so zahlreich vertreten.«

»Vermutlich hat sie Grund dazu«, entgegne ich. Er quittiert dies mit einem grimmigen Lachen.

Aus der offenen Tür der großen Halle wehen Stimmengewirr und Musik zu uns herüber, und der Wohlgeruch brennenden süßlichen Duftöls steigt uns in die Nase. Auf der Schwelle bleibt Castelnau so abrupt stehen, dass ich fast gegen ihn geprallt wäre, und er deutet mit dem Finger auf mein Gesicht.

»Macht keine Schwierigkeiten, Bruno.« Er lächelt, doch die Warnung ist unmissverständlich.

Ich weiß, worauf er hinauswill. Ich bin aufgrund seiner Einladung hier, und das ist keine Kleinigkeit; ich stehe in Europa in dem Ruf, mich gern auf hitzige Debatten einzulassen, aber an diesem Abend vertrete ich die französische Botschaft und in gewisser Hinsicht auch König Henri selbst. Es würde von mir ohnehin erwartet werden, bescheiden und zurückhaltend aufzutreten, denn unter den gegebenen Umständen ist es allemal von entscheidender Bedeutung, dass Königin Elisabeth auch weiterhin eine gute Meinung von Henri von Frankreich und seinem Botschafter hat. Castelnaus Ansicht nach könnte ihre freundschaftliche Beziehung alles sein, was zwischen England und einem Krieg steht. Courcelles lächelt affektiert, doch ich nicke nur gehorsam. Castelnau dreht sich zufrieden um, zieht sein Wams zurecht und bereitet sich darauf vor, die Halle zu betreten, während Marie sich hinter seinem Rücken zu mir wendet und mir zuzwinkert.

Die Pracht des Spektakels, das sich uns bietet, verdrängt alle meine anderen Gedanken. Die Halle wölbt sich über unseren Köpfen, der obere Teil der Wände scheint nur aus durch die

Buntglasfenster fallendem Licht zu bestehen und lenkt den Blick weiter nach oben zu dem dunklen Holz der Stichbalken der Decke mit dem kunstvollen Schnitzwerk und den vergoldeten Spandrillen. An jeder Wand hängt ein buntes, mit den königlichen Insignien in Gold, Karminrot und Blau besticktes Banner. Der untere Teil der langen Wände ist, soweit ich es in der Menschenmenge erkennen kann, mit kostbaren flämischen Wandbehängen geschmückt, die Szenen aus dem Alten Testament zeigen. Höflinge in Samt und Seide in allen Farben scharen sich zu Gruppen zusammen oder schreiten durch den Raum, werfen einander scheele Blicke zu und stellen ihre prunkvolle Kleidung zur Schau; die Männer tragen bauschige Kniehosen mit weißen Seidenstrümpfen, die ihre Waden betonen, Wämser mit geschlitzten Ärmeln, hinter denen leuchtend buntes Leinen aufblitzt, und einige zudem gestärkte Halskrausen, die ihnen den Anschein verleihen, wie balzende Vögel ihr Gefieder zu spreizen. Über eine Schulter haben sie kurze Samtumhänge drapiert, die von Broschen aus Gold oder Jade zusammengehalten werden, und wenn sie sich vorbeugen, um sich miteinander zu unterhalten, schwanken und nicken die langen Pfauenfedern an ihren Kappen und verhaken sich auch hier und da miteinander. Einige dieser Männer tragen silberne Parfümkugeln an ihren Gürteln, die einen schweren, süßlichen Geruch verströmen, und alle ohne Ausnahme haben Schwerter in aufwändig bestickten Scheiden bei sich. Es erstaunt mich, dass eine Königin, die in ständiger Angst vor Anschlägen lebt, es duldet, dass ihre Höflinge in ihrer Gegenwart Waffen tragen, aber möglicherweise wagt noch nicht einmal sie es, einem Gentleman sein Schwert abnehmen zu lassen. Sidney hat mir einmal erzählt, dass sie Duelle unter den Männern des Hofes verboten und als Strafe dafür den Verlust der rechten Hand festgesetzt hat. Die sperrigen Kostüme zwingen diese Höflinge dazu, mit leicht gespreizten Beinen zu gehen; ihrer Herumstolziererei und den hin und her schweifenden Blicken, mit denen sie sich vergewissern, dass sie bemerkt werden, haftet etwas Lächerliches an. Ich kann mir nur vorstellen, wie sie sich wohl dann benehmen würden, wenn mehr Frauen anwesend wären.

In einer Nische vor einem großen Fenster, das sich vom Boden bis zur Decke erstreckt, spielt eine Gruppe von Musikern leise Melodien. Der Effekt ist atemberaubend, da die sinkende Sonne durch die bunten Scheiben fällt und die Köpfe und Schultern der Männer in ihren leuchtenden Schein taucht, bevor sie Muster auf den mit Binsen bestreuten Boden malt.

Maries Kopf schwenkt von rechts nach links und wieder zurück, ihre Augen strahlen wie die eines Kindes auf einem Faschingsfest, und ich muss unwillkürlich lächeln. Dies ist zweifellos der richtige Ort für eine junge Frau auf der Suche nach männlicher Bewunderung. In der Halle herrscht ein unübersehbarer Überschuss an jungen Männern. Es heißt, dass die Königin es nicht liebt, in einen Wettstreit um die Aufmerksamkeit ihrer Höflinge treten zu müssen – vor allem nicht, seit sie zu altern beginnt –, daher sind diese angehalten, ihre Frauen zu Hause zu lassen. Die wenigen anwesenden Damen sind eindeutig älter, eher im Alter der Königin, in enge Mieder über ausladenden Reifröcken gezwängt, und ihre Gesichter sind starr vor Farbe. Schon zieht Marie Blicke auf sich, als wir uns langsam einen Weg durch die Menge bahnen. Obwohl sie sich bei ihrem Mann untergehakt hat, bemerke ich, dass sie zufrieden in sich hineinlächelt, statt sittsam den Kopf zu senken, wie es sich für eine Frau gehört, wenn sie von Männern gierig angegafft wird.

Ich suche die Menschenmenge verstohlen nach bekannten Gesichtern ab. Abigail kann ich nirgendwo entdecken. Am anderen Ende der Halle, direkt neben der Fensternische, ist ein

Podest mit einem vergoldeten Thron in der Mitte errichtet worden; ich vermute, dass sich die Köngin und ihre Hofdamen einen großen Auftritt verschaffen wollen, bevor das Konzert beginnt. Die Wahrscheinlichkeit, dass ich Gelegenheit bekomme, mit Abigail unter vier Augen zu sprechen, ist mehr als gering – die Hofetikette verlangt, dass ich in Castelnaus Nähe bleibe und darauf warte, vorgestellt zu werden –, vielleicht kann ich ihr jedoch eine Botschaft zukommen lassen und sie um ein weiteres Treffen bitten. Ich glaube immer noch, dass sie etwas zurückhält, und meine jüngste Entdeckung bezüglich des Rings erfordert es noch dringender, dass ich Abigail dazu bringe, mir auch die Geheimnisse anzuvertrauen, die sie bislang für sich behalten hat. Davon abgesehen hat mich allerdings seit ihrer unverhofften Bemerkung über einen möglichen Liebhaber, den sie für sich in Erwägung zieht, die Hoffnung auf ein Wiedersehen nicht losgelassen; manchmal ertappe ich mich dabei, dass ich mich frage, ob sie damit wohl auf mich angespielt hat, wenngleich ich mich dann sofort mahne, mich nicht lächerlich zu machen. Trotzdem kann ich eine zaghafte Vorfreude nicht unterdrücken, während ich in der glitzernden und funkelnden Menschenmenge nach einem roten Haarschopf Ausschau halte.

Just in diesem Moment teilt sich das Menschengewimmel vor uns, und mein Blick fällt auf ein gefährliches Kleeblatt: Henry Howard und sein Neffe Philip, Earl of Arundel, sind in ein Gespräch mit Don Bernadino de Menoza und Archibald Douglas vertieft. Letzteren erkenne ich fast nicht wieder. Offenbar hat er sich für diesen Anlass rasieren und sich das Haar schneiden lassen, er wirkt jünger und wesentlich gepflegter als bei unserer letzten Begegnung. Castelnau senkt grüßend den Kopf, Howard erwidert die Geste mit einem knappen Nicken, dreht sich um und sagt etwas zu Mendoza, der mit einem Flüstern antwortet und unsere Gruppe finster anstarrt. Castelnau späht über Maries Kopf hinweg zu mir hinüber. Furcht flackert in seinen Augen auf.

Dennoch setzt er unverzüglich seinen Weg Richtung Podest fort und schlängelt sich mit Marie im Schlepptau durch die Reihen; er will für uns Plätze in der Nähe der Königin ergattern, um ihren Blick besser auf uns lenken zu können. Als ich den beiden durch das Gewühl folge, entdecke ich zu meiner Freude Sidney und seinen Onkel, den Earl of Leicester – die zwei überragen alle anderen um Haupteslänge. Sidneys Haar steht noch wilder vom Kopf ab als sonst, er sieht aus, als wäre er kurz vorher im Freien von einer heftigen Windbö erfasst worden. Unauffällig versuche ich, seine Aufmerksamkeit auf mich zu ziehen. Als er mich endlich bemerkt, schenkt er mir ein warmes Lächeln, macht aber keine Anstalten, auf mich zuzukommen, und mir fällt wieder ein, dass ich in der Öffentlichkeit, vor allem in Gegenwart von Castelnau und Courcelles, der mich beobachtet wie eine Katze eine Maus, Abstand zu meinem engsten Vertrauten wahren muss. Der Earl of Leicester wirkt in seinem aufwändig bestickten pflaumenfarbenen Samtwams imposant und aristokratisch, er hält die Arme vor der Brust verschränkt, während er den Blick über die Menge schweifen lässt. Sein Gesicht mit den hohen Wangenknochen und den schmalen Lippen ist ernst, die Augen funkeln wachsam. Er beugt sich zu Sidney und sagt etwas, was sie beide zum Lachen bringt; ich wende mich ab und unterdrücke die Enttäuschung darüber, dass ich mich nicht zu meinem Freund gesellen kann. Mir wird bewusst, dass es unter all meinen Bekannten in England kaum einen gibt, mit dem ich offen sprechen kann. Plötzlich komme ich mir in dem Gewimmel übertrieben aufgeputzter Männer seltsam isoliert vor, wie ein Schauspieler, der eine Rolle zu spielen hat.

Indes, diese trüben Gedanken verfliegen, als die Musik verstummt und in die darauffolgende Stille hinein ein klarer Ton aus acht Trompeten ertönt. Wie auf einen unausgesprochenen Befehl hin teilt sich die Menge, um eine Gasse von der Tür bis zu dem Podest zu schaffen, und ich sehe, dass in der Mitte der Halle ein Teppich ausgelegt worden ist. Castelnau schiebt uns alle vorwärts, bis wir ganz vorne stehen. Ein Raunen läuft durch die Halle, ehe die Trompeten noch einmal erschallen und die mächtigen Flügeltüren aufgestoßen werden. Die Höflinge sinken augenblicklich auf die Knie, und als ich kurz den Kopf hebe, erblicke ich die weißen Röcke eines Mädchens, das Rosenblüten auf den Teppich streut, während es langsam den von den knienden Gästen gebildeten Gang entlangschreitet.

Ich riskiere es, mich noch ein Stück höher zu recken, spähe an dem Mädchen vorbei und hefte den Blick zum ersten Mal auf die Königin von England. Schon vor meiner Ankunft in ihrem Reich habe ich mir im Geist ein Bild von Elisabeth Tudor, meinem Symbol für Möglichkeiten und Hoffnungen, gebildet, einer protestantischen Monarchin, die es gewagt hat, während ihrer fünfundzwanzigjährigen Herrschaft nacheinander drei Päpsten die Stirn zu bieten. Es ist töricht und vermessen von mir, das weiß ich, aber ich habe immer geglaubt, sie würde sich mir instinktiv verbunden fühlen, wenn ich sie nur dazu bringen könnte, mir zuzuhören oder mein Buch zu lesen. Genau wie ich ist sie wegen Ketzerei exkommuniziert und wegen ihrer Ansichten zur Feindin der Kirche erklärt worden; die Inquisisiton will sie genau wie mich tot sehen, und trotz der Bemühungen von sachlich und nüchtern denkenden Beratern wie Walsingham und Burghley fördert sie Männer wie John Dee und interessiert sich für seine esoterischen Bestrebungen. Wenn eine Herrscherin dafür prädestiniert ist, einen ketzerischen Philosophen, der unorthodoxe und provokative Theorien vertritt, zu unterstützen, dann sicherlich diese vorurteilslose, schamlos intellektuelle Frau, hinter deren huldvollem Lächeln, das sie jetzt ihren katzbuckelnden Höflingen schenkt, sich ein eiserner Wille verbergen muss, sonst hätte sie nicht so lange in einer Männerwelt regieren können.

Elisabeth Tudor schreitet langsam durch die Halle, sie hält sich sehr gerade und bewegt sich für ihr Alter und die augenfällige Schwere ihres kostbaren Gewandes mit Röcken aus dickem scharlachrot-goldenem Brokat und dem mit kleinen Granaten und Perlen bestickten scharlachroten Mieder erstaunlich anmutig. Um den Hals trägt sie eine kleine Krause aus gestärkter Spitze mit einem steifen Kragen, einem zarten Gebilde aus Draht und feinerer Spitze, das hinter ihrem Nacken aufragt. Daran sind zu beiden Seiten drei lange Perlenschnüre befestigt. Ihr dunkelrotes Haar ist kunstvoll frisiert und so hoch aufgesteckt, dass sie kaum wagen darf, den Hals zu bewegen, um nicht das Gleichgewicht zu verlieren. Ich vermute, dass es sich um eine Perücke handelt. Ihre ganze Haltung ist ein Musterbeispiel majestätischer Würde. Hinter der Schicht weißer Schminke, die ihr Gesicht bedeckt, ist ihre Miene so undurchdringlich wie eine Maske. Sie ist nicht schön zu nennen, gleichwohl findet sich in ihren Zügen etwas, das über bloße Schönheit hinausgeht, ein Ausdruck von Willensstärke und Selbstbewusstsein, der puppenhafte Schönheit trivial erscheinen lässt. In einer Hand hält sie einen Fächer aus langen roten Federn mit einem Perlmuttgriff. Auch ihre Hofdamen schwenken Fächer, denen dabei jedes Mal feine parfümierte Puderwölkchen entströmen. Für einen lächerlichen Moment hoffe ich, dass Elisabeth nach links schaut und mich bemerkt, doch sie geht ohne Eile weiter auf das Podest zu. Obschon sie dabei lächelt, behält sie ihre in sich gekehrte Aura bei. Hinter ihr kommen die Hofdamen, alle in langen weißen Seidengewändern; sie folgen ihren Schritten mit akribischer Präzision, während ihre Blicke durch den Raum wandern und sich hier und da auf einen jungen Mann heften, bevor sie sich scheu abwenden. Dahinter sehe ich die älteren Dienerinnen, die sieben Kammerfrauen, unter ihnen auch Lady Seaton, die zufällig den Kopf senkt, als ich meinen hebe; unsere Blicke kreuzen sich, und sie runzelt flüchtig die Stirn – aus Neugier, wie ich annehme –, ehe sie wieder nach vorne schaut und ihr Gesicht seinen üblichen, leicht säuerlichen Ausdruck annimmt.

Erst als die Königin die Stufen des Podestes emporgestiegen ist, ihren Thron bestiegen und ihre Hofdamen um sich versammelt hat, bemerke ich, dass Abigail Morley nicht unter ihnen ist, und augenblicklich zieht sich meine Brust schmerzhaft zusammen.

Walsingham, Burghley und einige andere, ernst blickende silberbärtige Männer in Schwarz – vermutlich die Staatsmänner des Kronrats – nehmen ihre Plätze zu beiden Seiten des Podests ein und verschränken die Hände hinter dem Rücken, als wären sie im Dienst. Falls Walsingham mich gesehen hat, lässt er es sich nicht anmerken. Elisabeth bedeutet ihren Untertanen, sich zu erheben, und sowie das Rascheln der Kleider verstummt ist, streckt sie eine Hand aus.

»Mylords, Ladies und Gentlemen«, beginnt sie mit einer klaren, für eine Frau ziemlich tiefen, aber gemessenen, mit öffentlichen Reden vertrauten Stimme. »Ich habe euch eingeladen, um euch mit einigen neuen Kompositionen von Master Byrd zu erfreuen, die von dem Chor der Hofkapelle gesungen werden. Die Schönheit von geistlicher sowie weltlicher Musik überschreitet jegliche Grenzen von Rasse und Religion und ist für alle Menschen bestimmt.« Nach diesen Worten nickt sie, und die großen Türen der Halle öffnen sich erneut.

»Das sagt sie, um die Puritaner zu beschwichtigen«, flüstert

Courcelles hinter meinem Rücken. »In ihrem Rat gibt es viele, die vielstimmige Musik für eine der größten Sünden Roms halten.«

Ich nicke, meine Aufmerksamkeit hingegen gilt dem Mann, der jetzt den Mittelgang entlang auf das Podest zugeht. Er ist klein, hat braunes, aus der Stirn gekämmtes Haar und einen säuberlich gestutzten Bart. Nur seine Augen zeugen von ruheloser Energie, als er den Chor – dreißig Männer und zwölf Knaben – zu der Nische vor dem großen Fenster führt, wo zuvor die Musiker gespielt haben. Dieser William Byrd wird rund um die Uhr von Walsinghams Agenten überwacht; er macht aus seinem katholischen Glauben keinen Hehl, und seine Stellung als königlicher Hofkapellmeister schützt ihn nur bedingt. Aber der Umstand, dass Elisabeth über seinen religiösen Ungehorsam nicht nur hinwegsieht, sondern Byrd sogar weiterhin öffentlich rühmt, wird von einigen als Zeichen von Zweifeln an ihrem eigenen Glauben gedeutet – oder einfach nur als Beweis dafür, dass sie weiß, was sie will, und sich von Extremisten beider Fraktionen nicht einschüchtern lässt.

Eine erwartungsvolle Stille legt sich über die Menge, während Byrd darauf wartet, dass seine Sänger sich in Reihen aufstellen. Als er zufrieden ist, hebt er beide Hände und breitet die Arme aus, das Publikum hält den Atem an, und einen Herzschlag lang scheinen wir alle in einem zeitlosen Raum zu schweben, zwischen einem Moment und dem nächsten gefangen. Hierauf lässt Byrd die Hände sinken, und ein Ton, klar wie Vogelgesang, löst sich aus dem Mund des kleinsten Jungen und steigt zu den Deckenbalken empor. Er ist kaum erklungen, als die anderen Stimmen nacheinander einfallen und die Basstöne dunkel und melancholisch unter den anmutigen Jungenstimmen dahinfließen. Bei dem Lied handelt es sich um ein Gebet für die Königin; die Worte fluten über die Musik hinweg wie

Wasser über einen gläsernen Springbrunnen. Die Wirkung ist so ergreifend, dass mir ein Schauer über den Rücken läuft. Ich schiele zu Marie: Zu meiner Überraschung hat sie den Kopf leicht zurückgelegt, die Augen geschlossen und die Lippen ein wenig geöffnet, sie scheint sich von der Musik vollkommen vereinnahmen zu lassen. Als ich sie so sehe, revidiere ich meine Meinung über sie. Ich hatte sie für zu oberflächlich gehalten, um sich von Schönheit rühren zu lassen, sofern es sich dabei nicht gerade um ihr Bild im Spiegel handelt. Vielleicht habe ich sie ungerecht beurteilt, denke ich, und dann muss ich den Blick abwenden; die Kurve ihres Halses, die feuchten Lippen und die blassen Lider wirken so provozierend, dass mich gegen meinen Willen und wider besseres Wissen eine Welle des Verlangens erfasst. Ich darf mir auf keinen Fall gestatten, mich solchen Gedanken über die Frau meines Gastgebers hinzugeben.

Auf der Suche nach Ablenkung lasse ich den Blick erneut über die Menge wandern, beobachte die Gesichter und die verschiedenen Reaktionen, die von Versunkenheit bis hin zu unverhohlener Langeweile reichen. Plötzlich bemerke ich aus dem Augenwinkel heraus einen kleinen Tumult in der Nähe des Podests, stelle mich auf die Zehenspitzen und sehe, dass einer der Palastgardisten sich zu Lord Burghley durchgedrängt hat und ihm sichtlich aufgeregt etwas zuflüstert. Ich weiche zurück und schiebe mich zwischen Courcelles und Castelnau, sodass ich Burghley über die Köpfe der Menge hinweg besser im Auge behalten kann. Jegliche Farbe ist aus seinem Gesicht gewichen, er dreht sich um und winkt Walsingham unauffällig zu sich. Walsingham entschuldigt sich bei seinen Begleitern rechts und links von ihm, drängt sich an ihnen vorbei und gesellt sich zu Burghley, der ihn sogleich dicht zu sich heranzieht. Die beiden Männer flüstern miteinander, schließlich blickt

Walsingham auf, und seine Augen durchkämmen ganz kurz die Menschenmenge, und sobald ich den versteinerten Ausdruck auf seinem Gesicht sehe, krampft sich mein Magen zusammen. Ich bin sicher, dass etwas Entsetzliches geschehen sein muss.

Inzwischen drehen sich noch weitere Leute zu der Quelle der Unruhe um, während die Stimmen der Sänger noch immer durch die Halle fluten. Elisabeth hat nun ebenfalls etwas bemerkt und neigt sich, die Hände auf die Lehnen ihres Throns gestützt, vor, um festzustellen, wer es wagt, das Konzert zu stören. Ihr Ärger schlägt in Besorgnis um, als sie ihre beiden obersten Staatsmänner bei dem Soldaten stehen sieht. Walsingham hebt eine Hand; eine Geste, die besagt: Keine Sorge, wir haben alles unter Kontrolle. Sein Gesicht ist jedoch angespannt, und jetzt reckt er sich, um erneut die Menge abzusuchen, als hoffe er, eine bestimmte Person ausfindig zu machen. Dann beugt er sich zu dem Soldaten, erteilt ihm leise ein paar hastige Befehle, und danach verlassen die drei – Burghley, Walsingham und der Wachposten – die Halle durch eine Seitentür.

Ich bemühe mich, mich auf die Musik zu konzentrieren, aber das Blut pocht in meinen Schläfen. Der Palastgardist und seine drängend flackernden Augen, Burghley und Walsingham und ihr gehetzter Gesichtsausdruck … jetzt bin ich ganz sicher, dass sich etwas Furchtbares ereignet haben muss, und sosehr ich auch versuche, meine schlimmsten Befürchtungen zu verdrängen, ich kann nicht verhindern, dass meine Gedanken unaufhörlich um Abigails Abwesenheit und den Verdacht kreisen, dass jemand unser Treffen am Holbeintor beobachtet hat. Allerdings kann ich unmöglich das Konzert verlassen und Walsingham folgen; für die Öffentlichkeit bin ich ein Niemand, nur ein unbedeutender Gast des französischen Botschafters. Es steht mir nicht zu, Fragen zu stellen. Der Chor setzt seinen ätherischen Gesang fort, wiewohl am anderen Ende der Halle, gegenüber dem Podest, erneut Unruhe entsteht. Doch als ich mir den Hals verrenke, um besser sehen zu können, stelle ich fest, dass es sich nur um ein paar Diener handelt, die frische Kerzen in die Wandleuchter stecken, weil das letzte Tageslicht allmählich erstirbt. Dann fällt mir auf, dass einige bewaffnete Männer unauffällig hinter den Dienern in die Halle geschlüpft sind und zu beiden Seiten der Haupttüren Posten bezogen haben – und noch immer nimmt der Gesang seinen Fortgang. Ich richte meine Aufmerksamkeit wieder auf den Chor; meine Handflächen sind unterdessen schweißfeucht, ich wische sie an meiner Hose ab, und mein Mund wiederum ist so trocken, dass ich kaum schlucken kann. Eine weitere Motette beginnt und endet mit einem bittersüßen, flehenden Schluss.

»Giordano Bruno?«

Die Stimme ist kaum zu vernehmen, warmer Atem weht über meine Wange. In einem Winkel meines Blickfeldes taucht ein bärtiges Gesicht derart nah neben dem meinen auf, dass ich die Züge unmöglich erkennen kann.

»Dreht Euch nicht um und antwortet nicht, Sir. Versucht, die Halle in ein paar Minuten durch die Tür hinter Euch zu verlassen, ohne dass jemand auf Euch achtet. Befehl des Staatssekretärs.«

Er zieht sich so unbemerkt zurück, wie er aufgetaucht ist, ohne dass ich sein Gesicht habe sehen können. Ich warte, bis ich gewiss bin, dass Castelnau, Marie und Courcelles nur Augen für den Chor haben, und trete einen Schritt zurück, dann noch einen, bis ich von anderen Gästen verdeckt werde. In die Täfelung ist eine Seitentür eingelassen; als ich darauf zusteuere, öffnet der Wachposten sie einen Spaltbreit, und ich zwänge mich durch die schmale Lücke. Auf der anderen Seite erwartet mich ein hochgewachsener, bärtiger, ganz in Schwarz gekleideter Mann. Er sieht aus wie ein Sekretär.

»Hier entlang.« Er deutet auf den sich vor uns erstreckenden Korridor.

»Könnt Ihr mir verraten, worum es hier eigentlich geht?«, frage ich.

Er schüttelt den Kopf, presst die Lippen zu einem schmalen Strich zusammen und bedeutet mir, den Gang entlangzugehen, der von der großen Halle zu einem Labyrinth von Staatsräumlichkeiten führt. Wenn wir um eine Ecke biegen müssen, legt er mir leicht eine Hand auf den Rücken, um mir den Weg zu weisen. Worte werden nicht gewechselt. Am Ende eines anderen Korridors bleibt er stehen und klopft an, bevor er mich in eine kleine, kärglich möblierte Kammer mit hohen Fenstern führt. Der Earl of Leicester lehnt neben einem dieser Fenster an der Wand und blickt tief in Gedanken versunken zu dem sich verdunkelnden Himmel hinaus, während sich die Schatten rund um seine Augen und die scharfen Konturen seines Gesichts legen. Walsingham schreitet, eine Hand um Kinn und Mund gelegt, im Raum auf und ab; Burghley steht neben dem Schreibtisch und beobachtet die Tür. Seine Kappe ist verrutscht, und sein weißes Haar steht ihm in Büscheln vom Kopf ab, weil er wohl mit der Hand hindurchgefahren ist. Neben ihm steht zu meiner grenzenlosen Überraschung der magere Junge, der mir vor drei Tagen Abigails Botschaft überbracht hatte. Er wischt sich die Hände immer wieder an seiner gestreiften Schürze ab, die darauf schließen lässt, dass er in der Küche arbeitet, und sieht aus, als hätte er geweint. Als der Wächter die Tür leise hinter mir schließt, zuckt der Junge merklich zusammen, zeigt auf mich und ruft mit einem anklagenden Unterton in der Stimme:

»Das ist er, Sir! Das ist der Mann!«

8

Whitehall Palace, London
30. September im Jahr des Herrn 1583

Lord Burghleys Gesicht verzerrt sich gequält. Ich nehme an, dass auf meinem eigenen Gesicht ein ähnlicher Ausdruck liegt, obwohl ich nicht genau weiß, warum. Niemand rührt sich von der Stelle.

»Bist du ganz sicher? Das ist der Mann, der dir die Botschaft für Lady Abigail gegeben hat?«

Walsingham schlägt einen scharfen Ton an, was bewirkt, dass der Junge sichtlich in Verwirrung gerät; sein Blick wandert wild von mir zu dem Staatssekretär, zu Burghley und wieder zurück, als fürchte er, wir würden versuchen, ihn in eine Falle zu locken.

»Nein! Nicht die Botschaft – das heißt, die Botschaft kam von ihm, aber er hat sie mir nicht gegeben.«

»Du redest Unsinn, Junge.«

»Er sagte mir, die Botschaft wäre von Master Bruno – der Mann, der mich im Hof angehalten hat.« Jetzt ist die Panik in der Stimme des Jungen nicht mehr zu überhören. »Ich konnte ihn im Dunkeln nicht richtig sehen, aber er hat gesprochen wie ein Engländer. *Das* ist Master Bruno«, fügt er, erneut auf mich deutend, hinzu. »Seine Stimme war es nicht. Er ist kein Engländer.«

»Das ist uns bekannt.« Walsingham lässt seiner Ungeduld kurz freien Lauf, dann nimmt er sich zusammen, und sein Ton wird weicher. »Wir müssen herausfinden, was heute Abend genau geschehen ist – Jem, nicht wahr?«

Der Junge nickt unglücklich.

»Gut. Also, Jem – erzähl uns alles noch einmal. Ein Mann, den du nicht kennst, hat dich früher am Abend auf dem Hof neben der Küche angehalten und dich gebeten, Abigail Morley etwas von Master Bruno auszurichten. Ist das richtig?«

»Ja, Sir.«

»Und du konntest den Mann nicht genau erkennen?«

»Nein, Sir. Die Kerzen brannten noch nicht, und es war dunkel. Und er hatte sich einen großen Hut tief in die Stirn gezogen und den Kragen aufgestellt, Sir.« Der Junge zupft am Halssaum seiner schmutzigen Tunika, um uns zu zeigen, was er meint. Eine kleine Pause entsteht. »Er könnte einen Bart gehabt haben«, fügt der Junge schließlich hoffnungsvoll hinzu.

Walsingham verdreht die Augen.

»Er *könnte* einen Bart gehabt haben. Nun, wenigstens können wir jetzt die Frauen und Kinder ausschließen.«

»Nicht *alle* Frauen«, kommt es murmelnd vom Fenster her aus Leicesters Mund. Ich fange seinen Blick auf, und er lächelt trotz der angespannten Atmosphäre im Raum. Ich gebe das Lächeln zurück, wobei ich fast etwas wie Erleichterung empfinde. Burghley misst ihn mit einem tadelnden Blick.

»Und wie genau lautete die Nachricht?«, bohrt Walsingham weiter.

»Ich sollte ihr … ich sollte ihr sagen, dass Master Bruno sie vor dem Konzert heimlich bei dem Küchendock treffen möchte. Er betonte, dass es dringend wäre. Dann gab er mir einen

Schilling.« Jem blickt sich nervös um, als argwöhnte er, die Münze zurückgeben zu müssen.

Walsingham runzelt die Stirn.

»Und du hast die Nachricht sofort überbracht? Wie bist du denn in die Privatgemächer Ihrer Majestät gekommen?«

»Ich habe etwas Zuckerwerk mitgenommen, Sir. Dann können die Wachposten einen nicht zurückschicken – man muss nur behaupten, die Königin hätte danach verlangt, sie wissen nämlich nicht, ob das stimmt oder nicht. Die Mädchen – die Hofdamen Ihrer Majestät, meine ich – schmuggeln mit der Hilfe von uns Küchenjungen oft Botschaften herein und heraus.« Er beißt sich schuldbewusst auf die Unterlippe. »Ich bin so weit hineingegangen, wie ich konnte, und habe eine von ihnen gebeten, Lady Abigail zu holen.«

»Und wie wirkte sie, als du ihr die Botschaft ausgerichtet hast?«

»Verängstigt, Sir«, erwidert der Junge, ohne zu zögern. »Sie sagte, sie würde sofort kommen und ich solle niemandem etwas davon erzählen.«

»Und das war vor dem Beginn des Konzerts? Wie lange davor?«

»Das kann ich nicht sagen, Sir.« Jem blickt auf seine zerschlissenen Schuhe hinab. »Ich kann die Zeit nicht lesen. Aber es war nicht lange vorher – in der Küche war kaum jemand mehr, das weiß ich genau. Sie hat uns für den Abend freigegeben, weil sie wegen des Konzerts früher gegessen hat. Ihre Majestät, meine ich. Und die ersten Gäste waren schon angekommen.«

Walsingham sieht mich fragend an.

»Ich habe heute Abend keine derartige Botschaft geschickt.« Ich versuche, nicht den Eindruck zu erwecken, als müsse ich mich verteidigen. »Kann mir jemand endlich einmal sagen, was passiert ist?«

»Sie haben sie umgebracht!«, platzt der Junge heraus, dabei funkelt er mich anklagend an. »Und wenn Ihr es nicht wart, war es der andere Mann, und wenn der es nicht war, war es der Teufel selbst!«

Als ich die Worte laut ausgesprochen höre, stelle ich fest, dass ich etwas Derartiges geahnt habe; das Gefühl drohenden Unheils, das mich beschlichen hatte, als mir Abigails Abwesenheit aufgefallen war, war bis zur Stunde ständig stärker geworden, dennoch erschreckt mich der schonungslose Ausbruch des Jungen. Sonach hat der Mörder doch einen Weg gefunden, um Abigail in eine Falle zu locken, denke ich benommen, während ich versuche, einen Sinn in der Geschichte des Jungen zu finden. Obwohl ich die Botschaft nicht geschickt habe, trage ich eindeutig die Verantwortung für das Geschehene.

Leicester stößt sich ohne Eile von der Wand ab, streckt sich, nickt Walsingham zu und deutet dann mit einem kaum merklichen Nicken auf die Tür. Walsingham bedeutet ihm mit erhobenem Zeigefinger, noch etwas zu warten.

»Du warst uns eine große Hilfe, Jem«, wendet er sich freundlich an den Jungen. »Eine Frage habe ich noch. Glaubst du, dieser Mann hat eigens auf dich gewartet, damit du die Nachricht überbringst?«

»Nun – ja, Sir.« Der Junge zwinkert heftig, als wittere er eine neuerliche List. »Weil ich schon einmal eine Botschaft überbracht habe, seht Ihr? Ich nehme mal an, irgendwie muss er das gewusst haben.«

»Was für eine Botschaft?« Jetzt ist Walsinghams Stimme wieder messerscharf.

»Eine von Lady Abigail für ihn.« Er zeigt auf mich. »In die Fleet Street, Sir. Ich musste den halben Tag im Stall warten, und die französischen Jungen haben gedroht, mich zu verprügeln.« Er fletscht die Zähne, als würde die Erinnerung noch immer an ihm nagen.

»Danke. Ich möchte, dass du jetzt mit dem Sergeant mitgehst, Jem. Vielleicht haben wir später noch Fragen an dich. Wenn du dich an weitere Einzelheiten über den Mann mit dem Hut erinnern kannst – seine Stimme, sein Gesicht, seine Statur, alles, was uns helfen könnte –, dann musst du es unbedingt sagen.«

»Es ist meine Schuld, nicht wahr?« Der Junge blickt plötzlich zu Burghley, dessen großväterliche Ausstrahlung ihn weniger Furcht einflößend erscheinen lässt als Walsingham und mich. »Hätte ich ihr diese Botschaft nicht ausgerichtet, wäre sie jetzt nicht tot, oder? Ich bin schuld – für einen lausigen Schilling!« Er bohrt sich die Faust in den Mund und sieht aus, als würde er gleich in Tränen ausbrechen. »Sie war immer nett zu mir, die Lady Abigail. Nicht so wie manche andere.«

Burghley legt ihm eine Hand auf die Schulter.

»Schuld hat allein der verderbte Mann, der sie getötet hat. Und mit deiner Hilfe werden wir ihn finden, damit er niemandem mehr etwas zuleide tun kann.«

Der Junge wirft mir über die Schulter hinweg einen letzten Blick zu, als der Wachposten ihn aus dem Raum geleitet.

Nachdem sich die Tür hinter ihnen geschlossen hat, richten die drei Mitglieder des Kronrats ihre Augen fest auf mich.

»Eine Botschaft, Bruno?« Walsingham verschränkt die Arme vor der Brust.

So knapp wie möglich lege ich dar, was ich mit Abigail Morley zu schaffen gehabt hatte; berichte von dem Besuch des Küchenjungen sowie meinem Treffen mit Abigail am Holbeintor, wo sie mir den Beutel mit Cecily Ashes Schätzen ausgehändigt hatte und mich zum ersten Mal der Verdacht beschlich, dass wir beobachtet würden. Dann beschreibe ich die Entdeckung, die Dee und ich bezüglich des Parfüms gemacht haben, und erzähle von meiner Vermutung hinsichtlich der Bedeutung des goldenen Siegelrings, den ich aus meinem Wams nehme und Walsingham übergebe. Er dreht ihn zwischen den Fingern und nickt, während ich mit meiner Geschichte fortfahre. Als ich zum Ende komme, betrachten mich die drei Männer einen Moment schweigend. Ich kann fast sehen, wie es in ihren Köpfen arbeitet.

»Sie werden Edward Bellamy aus dem Tower entlassen müssen.« Burghley ergreift als Erster das Wort, dabei knetet er seine dicklichen Finger.

Walsingham macht auf dem Absatz kehrt, stapft durch den Raum und öffnet und schließt die Hände wie eine Katze, die ihre Krallen ausfährt. Ich habe ihn noch nie so beunruhigt erlebt – und noch nie so bestrebt, es sich nicht anmerken zu lassen. Endlich bleibt er stehen und fixiert mich mit einem so grimmigen Blick, dass ich zusammenzucke.

»Euch ist es nicht zufällig in den Sinn gekommen, etwas von alldem an mich weiterzugeben, Bruno? Ihr habt Euch – ungeachtet der Tatsache, dass Ihr bereits den Verdacht gehegt hattet, der Mörder könnte es auch auf sie abgesehen haben – zum einzigen Vertrauten dieses Mädchens ernannt. Warum seid Ihr nicht sofort zu mir gekommen?«

»Euer Gnaden, ich …« Entschuldigungsheischend hebe ich die Hände und komme mir wieder einmal wie ein Schuljunge vor. »Ich wollte keine unnötige Panik auslösen, bevor ich mir bezüglich der Parfümflasche ganz sicher war. Und die Bedeutung der Gravur auf dem Ring habe ich erst heute entschlüsselt.«

»Es ist an mir zu beurteilen, wann Panik angebracht ist und wann nicht. Diese Gegenstände hätten sofort in meine Hände gelangen müssen«, wiederholt er mit gepresster Stimme.

»Ich war mir ja noch nicht sicher, deshalb dachte ich, je weniger Leute davon wissen, desto besser.«

»Mich eingeschlossen, wie es aussieht.«

»Bleib ruhig, Francis.« Burghley streckt eine Hand nach ihm aus. »Das Mädchen hatte ja noch nicht einmal Lady Seaton eingeweiht und wäre sicherlich zu ängstlich gewesen, um sich an den Kronrat zu wenden. Sie hat sich Bruno anvertraut, und er war vernünftig genug, seine Theorie auf die Probe zu stellen, ehe er damit zu uns kam.« Er dreht sich zu uns um. »Das beweist zumindest, dass sich der Mörder am Hof auskennt und mit seinen Gepflogenheiten vertraut ist.« Er schüttelt den Kopf, sein Gesicht wirkt noch blasser als zuvor. »Wir können Ihre Majestät so gut bewachen lassen, wie wir wollen, er findet einen Weg, durch die Maschen des Netzes zu schlüpfen. Küchenjungen als Verbindungsleute, man stelle sich das vor!«

»Was ist mit ihr passiert? Mit Abigail?« Ich höre, wie ich mit brüchiger Stimme spreche, und erinnere mich plötzlich an die Wärme von Abigails Atem auf meiner Wange, als sie mir Cecilys Geheimnisse zugeflüstert hat. Sie hatte mich für den einzigen Menschen gehalten, dem sie vertrauen konnte, irgendjemand wusste das und hat dieses Wissen genutzt, um sie töten zu können.

Walsingham sieht Burghley an, dann kommt er zu mir und legt mir die flache Hand zwischen meine Schulterblätter. »Kommt mit, Bruno. Ich möchte, dass Ihr das seht. Wir werden jedes Körnchen Intuition brauchen, über das wir verfügen. Mylord Leicester – Ihr kehrt besser in die Halle zurück und beruhigt Ihre Majestät. Sie hat den Wachposten hereinkommen sehen und wird schon besorgt genug sein, doch ich halte es für das Beste, das Konzert ohne Unterbrechung weitergehen zu lassen.«

Leicester nickt knapp, hierauf wendet er sich stirnrunzelnd an mich.

»Wenn ich das richtig verstanden habe, Bruno, lautet Eure Theorie, dass das erste ermordete Mädchen, Cecily Ashe, von ihrem Liebhaber in ein Komplott verwickelt worden war, die Königin zu vergiften, und dass dieses Komplott irgendwie mit den Invasionsplänen der Guises zusammenhängt, die in Salisbury Court geschmiedet werden?« Seine Augen forschen eindringlich in meinem Gesicht.

»So sehe ich es, Mylord.«

»Demzufolge wurde sie getötet, weil diejenigen, deren Anweisungen sie befolgte, fürchteten, sie würde sie verraten?«

»Ja, das glaube ich.«

»Und Abigail Morley wusste möglicherweise genug – oder er hat es gedacht –, um diesen Liebhaber zu identifizieren, und deshalb hat er sie gleichfalls ermordet?«

Wieder nicke ich.

»Dann befinden sich alle Verdächtigen hier, innerhalb dieser Mauern.« Er sieht die beiden älteren Männer an. »Jeder, von dem wir wissen, dass er an der Planung einer französisch-spanischen Invasion beteiligt ist, ist heute Abend bei diesem Konzert. Die Gäste haben sich mindestens eine Dreiviertelstunde vor dem Eintreffen der Königin in der Halle versammelt – jeder hatte Zeit, sich unbemerkt davonzustehlen. Just in diesem Augenblick könnte sich ein Mann in jenem Raum aufhalten, an dessen Händen im wahrsten Sinne des Wortes Blut klebt.«

Walsingham wirkt, als fühle er sich nicht wohl in seiner Haut, Burghley verzieht das Gesicht.

»Was soll ich denn tun, Robert – Henry Howard und den Earl of Arundel in aller Öffentlichkeit wegen Mordverdachts verhaften, von dem französischen und dem spanischen Botschafter ganz zu schweigen, und all das ohne die Spur eines

Beweises?« Burghley schüttelt den Kopf. »Außerdem ist es unwahrscheinlich, dass einer von ihnen eigenhändig einen Mord begeht, selbst wenn da eine Verbindung bestände. Sie werden sich gefahrlos unter den Augen von dreihundert Zeugen unter die Menge in der Halle gemischt haben, während ein Komplize das arme Mädchen aus dem Weg geräumt hat, da könnt Ihr sicher sein.«

»Es wäre gut, wenn wir die Gäste von der Halle zu ihren Booten und Pferden bringen könnten, ohne dass sie etwas von diesen jüngsten Ereignissen mitbekommen«, blafft Walsingham. »Ich werde die Wachposten anweisen, die Leute aus dem Palast zu geleiten, sowie das Konzert zu Ende ist.«

»Ihre Majestät wird Dee sehen wollen«, wirft Leicester ein, dabei betrachtet er Walsingham mit einem Ausdruck, den ich nicht deuten kann.

Walsingham schließt kurz die Augen, als denke er über das Ausmaß dieser neuerlichen Komplikation nach.

»Das wird sie zweifellos.«

»Seit seinem gestrigen Besuch ist sie sehr aufgeregt, wie wir alle wissen …« Leicester bricht mitten im Satz ab und macht eine vage Geste in Richtung Tür. »Nun, es scheint tatsächlich mehr als nur ein Zufall zu sein. Obwohl sie es mit Sicherheit als eingetroffene Prophezeiung deuten wird.«

»Großer Gott. Dees Vision! Daran hatte ich bislang überhaupt noch nicht gedacht.« Burghley presst die Hände wie zum Gebet zusammen, seine Zeigefinger berühren seine Lippen. »Ich schlage vor, dass John Dee unverzüglich verhört wird. Und zwar nicht unbedingt von einem seiner Freunde«, fügt er mit einem warnenden Blick zu Leicester hinzu und wendet sich zur Antwort auf meine stumme Frage an Walsingham. »Wir sollten Bruno jetzt zum Ort des Geschehens bringen. Die Zeit läuft uns davon.«

Walsingham nickt.

»Allerdings. Auch Master Byrds Motetten können nicht ewig dauern.«

Er führt mich schnellen Schrittes durch eine Reihe von Korridoren, vorbei an Wandbehängen und in Wandhaltern flackernden Fackeln. Burghley folgt uns, mit einer weiteren Fackel in einer Hand. An jeder Ecke scheinen noch mehr Wachposten zu stehen als bei meiner Ankunft, und ihre angespannten Gesichter zeugen von der angstbesetzten Stimmung, die offenbar den ganzen Palast erfasst hat. Wir gelangen in einen Teil des Gebäudekomplexes, bei dem es sich eindeutig um die Domäne der Diener und Köche handelt, die hinter den Kulissen durch ihre unermüdliche Arbeit dafür sorgen, dass die prunkvolle Palastmaschinerie reibungslos läuft. Auch hier sind Wächter postiert; kaum dass sie unsere Schritte hören, legen sie die Hände sofort an ihre Piken, treten dann aber zurück und senken respektvoll die Köpfe, als sie sehen, wer da so entschlossen mit steinerner Miene auf sie zukommt.

Ich folge Walsingham über einen schwach erleuchteten Hof, wo in einer Ecke Fässer und in einer anderen Holzscheite aufgestapelt sind. Zwei Männer schleppen im Licht einer kleinen Laterne Säcke in eines der Nebengebäude. Noch immer hat Walsingham kein Wort mehr gesagt – ich brenne darauf, ihn nach Dee zu fragen, die Miene des Staatssekretärs ist jedoch dermaßen abweisend, dass ich es nicht wage. Auf der rechten Seite des Hofes liegt ein langes, zweistöckiges rotes Ziegelgebäude mit einer Reihe von hohen Schornsteinen. Hier verlangsamt Walsingham seine Schritte und bleibt bei einem halbrunden, halb mannshohen, auf Bodenhöhe in die Wand eingelassenem Gitter stehen. Hinter den Eisenstäben, die es vom Hof trennen, höre ich das leise Plätschern von Wasser.

»Die Palastküchen«, erklärt Walsingham mit gedämpfter

Stimme, dabei deutet er auf das Gebäude. Als ich mich bücke, sehe ich, dass das Gitter das Ende eines gewölbten Tunnels bildet, der mitten durch das Küchengebäude verläuft. Das andere Ende öffnet sich zum Fluss hin. Das Tageslicht ist fast ganz erloschen, der Tunnel liegt tiefschwarz vor mir. Das muss die Küchenanlegestelle sein, überlege ich. In respektvollem Abstand tuscheln ein paar Diener miteinander, während sie uns scharf beobachten. Eine Frau in ihrer Mitte unterdrückt ein Schluchzen. Ein weiterer Wachposten, der neben einer kleinen Tür links von dem Gitter an der Wand lehnt, nimmt Haltung an, sowie er Walsingham näher kommen sieht, und öffnet uns auf ein Nicken hin die Tür. Walsingham gibt Burghley zu verstehen, dass er mit der Fackel vortreten solle. Hinter der Tür liegt ein gefliester Gang, in dem es leicht nach gekochtem Fleisch und Kräutern riecht. Fast unmittelbar dahinter befindet sich rechts eine weitere Tür, die Walsingham öffnet; langsam dreht er sich zu mir um.

»Es ist kein schöner Anblick, Bruno, vor allem nicht, weil Ihr das Mädchen gekannt habt. Aber ich möchte wissen, was Ihr von dieser Sache haltet. Es tut mir leid, Euch darum bitten zu müssen«, fügt er etwas weicher hinzu. Ich nicke stumm, und er nimmt Burghley die Fackel ab.

Wir treten in einen Raum, der aussieht wie eine Vorratskammer, vielleicht zwölf Fuß breit und zwanzig Fuß lang, und der bis auf einen Stapel hölzerner Kisten an der Wand und eine reglose, in dem weißen Kleid nahezu gespenstisch wirkende Gestalt auf dem Steinboden leer ist. Walsingham tritt vor, kauert sich neben dem Leichnam nieder und hält die Fackel so, dass die flackernden Flammen das erbärmliche Ende von Abigail Morley beleuchten.

Das Mieder ihres Kleides ist rüde in der Mitte entzweigerissen worden, um ihren Oberkörper zu entblößen. Aus ihrer linken Brust ragt ein Dolch, er ist ihr fast bis zum Griff in das Fleisch gestoßen worden. Direkt ins Herz, denke ich, und mich beschleicht das beunruhigende Gefühl, schon einmal hier gewesen zu sein, dieses Bild schon einmal gesehen zu haben. Als ich näher an die Tote herantrete und mich auf den Boden knie, registriere ich, dass sowohl der Leichnam als auch die Fliesen nass sind. Auch Abigails rotes Haar ist mit Wasser durchtränkt. Walsingham hält die Fackel dichter an sie heran und gibt mir ein stummes Zeichen, mir ihre Brust erneut anzusehen. Auf der rechten Seite, dem Dolch gegenüber, ist ein Zeichen grob in ihre blasse Haut eingeritzt worden: ein senkrechtes Kreuz mit einem nach rechts geschwungenem Schweif, das einem klein geschriebenen »h« ähnelt – das astrologische Symbol für den Saturn. Um mein bei diesem Anblick nun heftig in meiner Brust hämmerndes Herz wenigstens eine Spur zu beruhigen, stoße ich den Atem langsam zischend aus. In einem schrecklichen Moment der Klarheit begreife ich, warum Leicester von Doktor Dee und von mehr als nur einem Zufall gesprochen hat: Gesehen habe ich dies Bild zwar zuvor nicht, eine Beschreibung der Tat hatte ich allerdings bereits gehört – Abigail ist fast auf dieselbe Weise getötet worden wie die Frau in Ned Kelleys jüngster Vision, von der Dee mir erzählt hatte.

Endlich zwinge ich mich, Abigails Gesicht zu betrachten. Es ist bleich, nur der Fackelschein wirft einen schwachen orangefarbenen Schimmer über ihre Wangen, es überrascht mich jedoch, wie friedlich es für jemanden wirkt, der vor kurzem eines gewaltsamen Todes gestorben ist. Es kommt mir eigenartig vor; während meiner Jahre auf der Straße habe ich zahlreiche Leichen erstochener Männer gesehen, aber ihre Züge waren ausnahmslos vor Todesqual verzerrt gewesen.

Ich bedeute Walsingham, mit der Fackel ihr Gesicht zu beleuchten, was er auch tut. Jetzt knien wir beide in den Pfützen, die sich rund um den Leichnam gebildet haben. Abigails Augen starren blicklos ins Leere, das Weiß ist blutunterlaufen, das linke Auge vollständig rot verfärbt. Rund um Mund und Nase weist sie Prellungen auf, dagegen hat sie keine Würgemale am Hals wie Cecily Ashe.

»Sie hat im Wasser gelegen?« Ich bringe kaum mehr als ein Flüstern heraus.

»Mit den Händen war sie an einem der Eisenringe festgebunden, an denen sonst die Boote am Dock festgemacht werden. Eines der Küchenmädchen fand sie, weil es bemerkte, dass die Tür zu diesem Raum offen stand. Sie sagt, anschließend hätte sie erst die ebenfalls offenen Türen zur Verladerampe, dann etwas Weißes im Wasser treiben sehen. Anfänglich glaubte sie an einen Geist.« Walsingham schneidet eine Grimasse.

»Demnach sollte sie wohl gefunden werden. Aber ihrem Gesicht nach zu urteilen ist sie nicht ertrunken«, murmele ich mehr zu mir selbst. »Ich glaube, sie wurde erstickt, und als sie sich nicht mehr rührte, wurde ihr der Dolch in die Brust gestoßen. Der Mörder musste auf sie gewartet und sie überrumpelt haben, als sie kam …« Ich breche abrupt ab. Als sie kam, um mich zu treffen.

Walsingham erhebt sich steif.

»Er kam hier herein, denke ich.« Er hält die Fackel in die Höhe, und ich sehe, dass sich gegenüber der Tür, durch die wir gekommen sind, noch eine weitere, mit einem schweren Riegel gesicherte Doppeltür befindet. Walsingham winkt mich zu sich, reicht mir die Fackel, schiebt den Riegel zurück und stößt die Tür auf. Ich stelle fest, dass sie sich direkt zu dem unter dem Gebäude verlaufenden Tunnel öffnet; zwei breite steinerne Stufen führen zum Wasser hinunter. Der Tunnel ist so breit wie eine kleine Barke, die gewölbte Decke vielleicht zehn Fuß hoch, und er dient eindeutig dem Zweck, Vorräte per Boot vom Fluss zu den Palastküchen zu bringen, wo sie dann in diesem Raum ausgeladen werden können. Da ja das Ende des Tunnels mit dem Metallgitter verschlossen ist, kann man sich einzig durch diese Doppeltür Zugang zum Palast verschaffen.

»Diese Tür war offen, als das Mädchen gefunden wurde«, bemerkt Walsingham. »Daher gehe ich davon aus, dass der Täter mit einem Boot gekommen und auf demselben Weg geflüchtet ist und sie ihm die Tür selbst geöffnet haben muss.« Er legt eine Hand auf den Türrahmen und späht über das schwarze Wasser hinweg, das leise gegen die Stufen des kleinen Kanals plätschert. »Sie trieb hier, direkt neben dem Dock.« Er zeigt auf das Wasser unterhalb der Stufen. »Ihr habt Recht – das war eine weitere bewusst arrangierte Szene. Hätte er die Leiche nicht festgebunden, wäre sie womöglich versunken oder aus dem Tunnel heraus in den Fluss hinausgeschwemmt worden – er wollte, dass sie rasch gefunden wird. Vielleicht sogar noch während des Konzerts.«

»Und wieder das Zeichen der Prophezeiung – diesmal der Saturn. Er will keinen Zweifel daran lassen, dass die beiden Todesfälle zusammenhängen. Und dann der Dolch …«, wiederhole ich und blicke zu Walsingham auf, als eine andere Erinnerung in mir aufsteigt. »Die Puppe! Cecily Ashe wurde mit einer Puppe mit rotem Wollhaar in der Hand gefunden, von der wir vermuteten, dass sie Königin Elisabeth darstellen sollte. Aus ihrem Herzen ragte eine Nadel.«

»Ich erinnere mich daran.« Er reibt sich mit dem Handrücken über das Kinn. »Sah aus wie das Spielzeug einer Hexe. Ihre Majestät war deswegen tief beunruhigt. Und jetzt ist der Täter dazu übergegangen, menschliche Puppen zu verwenden. Doch die Absicht bleibt dieselbe, meint Ihr nicht? Der Tod der Königin soll symbolisiert werden.«

»Wie ihn die Große Konjunktion von Jupiter und Saturn vorhersagt«, überlege ich laut.

»Ihre Majestät hat mich einmal auf dieses Mädchen aufmerksam gemacht, als ihre Hofdamen im Audienzsaal versammelt waren«, wirft Burghley von der Tür her ein. »Sie fragte mich, ob ich nicht auch fände, dass die Kleine ein Ebenbild ihrer selbst in ihren Jugendjahren sei; der Vergleich amüsierte sie. Und wenn man genau hinsah, bestand tatsächlich eine gewisse Ähnlichkeit, wenn sie auch nur auf dem roten Haar beruhte. Armes Kind.«

»Trotzdem …« Ich schüttele den Kopf, während ich mein Gewicht ein wenig verlagere; meine Knie werden auf dem feuchten Stein allmählich taub. Als ich Abigails marmornes Gesicht abermals scharf ins Auge fasse, stelle ich fest, dass ich wieder analytisch denken kann; mein sachlicher Verstand hat die Oberhand über die Emotionen gewonnen, die mich noch kurz zuvor aufgewühlt hatten. »Irgendetwas stimmt hier nicht.«

»Ihr habt wirklich ein ausgeprägtes Talent zur Untertreibung«, meint Burghley trocken.

»Nein, ich wollte damit sagen, dass meine Theorie falsch sein muss. Bei genauerer Betrachtung stützen die Fakten sie nicht.«

Walsingham stößt unvermutet ein bellendes, humorloses Lachen aus. »Es kommt selten vor, dass ein Mann das zugibt, Bruno. Die meisten meiner Bekannten biegen sich die Fakten so lange zurecht, bis sie zu ihren Theorien passen. Erklärt mir, was Ihr meint.«

»Es ergibt keinen Sinn. Ich hatte geglaubt, Cecily Ashe wäre ermordet worden, weil sie Teil einer Verschwörung zur Ermordung der Königin war und vielleicht ihre Meinung geändert hat oder irgendwie zu einer Bedrohung für dieses Komplott und die anderen Beteiligten geworden ist. Und nun ist Abigail, von der man annehmen konnte, dass sie die Geheimnisse ihrer

Freundin gekannt hatte und die aller Wahrscheinlichkeit nach im Gespräch mit mir gesehen wurde, ebenfalls tot. Aber warum sind die Leichen dann in beiden Fällen dort zurückgelassen worden, wo sie gefunden werden mussten – am Hof –, und so zur Schau gestellt worden, dass sie auf den Tod der Königin durch die Hände katholischer Verschwörer hinweisen? Falls die Mädchen getötet wurden, um sie zum Schweigen zu bringen und die Verschwörer zu schützen …«

»Vielleicht ging es darum, sie öffentlich zu bestrafen«, gibt Walsingham zu bedenken. »Wenn der Mörder wusste oder befürchtete, dass es zu spät war, sie dazu zu bringen, den Mund zu halten, hat er vielleicht beschlossen, an ihnen stattdessen ein Exempel zu statuieren. Wegen ihres Verrats.«

»Und dadurch seine eigenen Pläne gefährdet?«

»Eventuell gibt es mehr als nur ein Komplott?«, schlägt Burghley vor.

»Beim Blut Gottes, William, es gibt Hunderte, wenn nicht Tausende von Komplotten in diesem Land!«, entfährt es Walsingham. Er presst eine Hand auf seine Stirn und beginnt, in dem engen Raum zwischen dem Ladedock und Abigails Leichnam auf und ab zu gehen. »Die meisten bewegen sich auf der Ebene dieses Burschen, den wir mit Pistolen herumfuchtelnd und wirres Zeug brabbelnd auf der Straße von York aufgegriffen haben. Doch wenn wir eine Flasche mit Gift in unmittelbarer Nähe der Schlafkammer der Königin finden, wohin sie von einem Mädchen gebracht worden war, das einen Ring mit dem Emblem von Maria Stuart besitzt, dann können wir meiner Meinung nach davon ausgehen, dass wir es fürwahr mit einer äußerst ernsten kriegerischen Verschwörung zu tun haben, mit der Absicht, einen Königsmord zu begehen.«

»Hierauf frage ich erneut – warum die Aufmerksamkeit auf ein Komplott lenken, das zum Ziel hat, die Königin zu töten, wenn diese Morde dazu bestimmt sind, genau dieses Komplott zu vertuschen?«

»Ich weiß es nicht, Bruno – um Furcht und Verwirrung zu säen? Um uns in die eine Richtung zu lenken, während sie aus einer anderen angreifen? Wie dem auch sei – ich dachte, Ihr hättet beschlossen, das Rätsel ohne Hilfe zu lösen.« Die unterdrückte Wut in seiner Stimme ist nicht zu überhören, und da er ihr mit beiden Händen durch eine gereizte Geste Ausdruck gibt, schwenkt er die brennende Fackel gefährlich. Das flackernde Licht lässt irgendetwas an Abigails Hals aufblitzen. Ich strecke eine Hand aus, um es zu berühren – und ziehe gleich darauf meine Finger instinktiv von ihrer kalten Haut zurück. Wieder erinnere ich mich daran, wie dicht sie unter dem Holbeintor bei mir stand; an die Wärme und Festigkeit ihres Fleisches, als ich das erste Mal in den Gemächern der Königin in Richmond mit ihr gesprochen hatte. Dieses blühende Leben – so bedenkenlos ausgelöscht wie eine Kerze. Ich beiße die Zähne zusammen, strecke die Hand ein zweites Mal aus und zwinge mich, nunmehr nicht zurückzuweichen, dann fingere ich eine dicht an ihrem Hals befestigte massive Goldkette aus dem erkalteten Fleisch. Der Anhänger ist hinter ihren Kopf gerutscht und hat sich in ihrem Haar verfangen; ungeduldig nestele ich daran herum, bis ich die Kette samt einigen rotgoldenen Strähnen in der Hand halte. An ihr hängt ein rautenförmiges goldenes Medaillon.

»Seht Euch das an.« Gewissermaßen um Wiedergutmachung zu leisten, halte ich es Walsingham hin.

Er dreht es zwischen den Fingern, danach blickt er mich erwartungsvoll an.

»Ich habe es nie an ihr gesehen«, füge ich hinzu.

»Sie könnte ihren kostbarsten Schmuck für besondere Anlässe bei Hof aufgehoben haben. Öffnet das Medaillon.« Walsingham hält das Licht ruhig; sogar Burghley tritt näher, um es sich anzusehen. Der Verschluss ist klein, ungeschickt hantiere ich daran herum. Burghley beginnt, mit den Füßen zu scharren und mit gespitzten Lippen pfeifend den Atem auszustoßen.

»Wir sollten uns nicht mehr allzu lange hier aufhalten – das Konzert muss fast vorbei sein.«

Walsingham schenkt ihm keine Beachtung, sondern beugt sich vor, sodass die Hitze der Fackel mir fast das Gesicht versengt. Ich schiebe einen Fingernagel in den Verschluss, woraufhin er endlich aufspringt. Auf der rechten Seite des Medaillons kommt ein Emaillebild zum Vorschein, dem das Wasser offenbar nicht geschadet hat. Es zeigt einen roten Phönix mit nach links gedrehtem Kopf und ausgebreiteten Schwingen in einem Nest aus Flammen. In die linke Hälfte sind zwei Initialen eingraviert, ein großes M, das mit einem gewundenen S verschlungen ist. Ich reiche Walsingham das Schmuckstück. Wenngleich Schatten über sein Gesicht tanzen, sehe ich, wie er blass wird.

»Was ist, Francis?« Burghleys Stimme klingt plötzlich besorgt.

Walsingham umklammert das Medaillon mit der Faust.

»Maria Stuart. Immer wieder Maria Stuart. Also war dieses Mädchen auch an dem Komplott beteiligt. Himmel, haben sie denn den gesamten Haushalt der Königin angeworben?«

»Das Medaillon war nicht Abigails Eigentum.« Ich höre, wie meine Knie knacken, als ich mich endlich erhebe und meine steifen Beine schüttele.

»Woher wisst Ihr das?«

Ich berichte ihm von Abigails merkwürdigem Verhalten am Holbeintor. »Als sie mir das erste Mal von Cecilys heimlichem Verehrer und seinen Geschenken erzählte, erwähnte sie ein Medaillon, aber in dem Beutel mit den Sachen, den sie mir später ausgehändigt hat, befand sich kein Medaillon. Ich nehme an, sie hatte in der letzten Sekunde beschlossen, es für sich zu behalten. Deswegen wirkte sie wohl auch so schuldbewusst.«

Walsingham denkt einen Moment darüber nach.

»Vielleicht war sie töricht genug, es heute Abend bei Hof zu tragen«, mutmaßt er. »Wenn unser Mörder – oder derjenige, der den Mörder angeheuert hat – wirklich zu den Höflingen gehört, könnte er es an ihrem Hals gesehen und als das Medaillon erkannt haben, das er Cecily geschenkt hatte.«

»Auf jeden Fall hat Lord Burghley Recht.« Ich werfe dem Schatzmeister einen Blick zu. »Hinter diesen Morden steckt mehr als nur ein Mann. Derjenige, der den Jungen Jem im Hof angehalten hat, kann nicht derselbe sein, der zum Fluss gelaufen und den Küchenkanal hochgerudert ist, um Abigail zu treffen – das hätte er nicht rechtzeitig geschafft. Ich denke, er hat die angeblich von mir stammende Botschaft ausgerichtet und ist dann seelenruhig in die Halle zurückgegangen, um sich unter die Menge zu mischen, während jemand anderes mit einem Boot auf dem Fluss gewartet hat. Und ich könnte wetten, dass Jems großer Unbekannter in der Zeit, in der Abigail getötet wurde, vor den Augen der Königin und des gesamten Hofes dem Chor applaudiert hat.«

Walsingham seufzt, als er die Tür des kleinen Raumes schließt und den Riegel vorschiebt. Der Geruch des Flusses wird ein wenig schwächer.

»Ich brauche Beweise, Bruno. Bloße Verdächtigungen sind riskant, wenn es um so mächtige Leute geht wie die, an die wir hier denken. Ein Ring, ein Medaillon – Ihre Majestät wird wegen dieser Dinge nicht gegen ihre Base vorgehen, und Maria Stuart wird ohnehin behaupten, sie wären ihr von denen gestohlen worden, die ihr schaden wollen. Es scheint sicher zu sein, dass derjenige, der hinter diesen Morden steckt, am Hof gut bekannt ist. Und er ist gerissen. Er könnte noch immer planen, die Königin auf andere Weise aus dem Weg zu räumen. Wenn wir nur wüssten, wer Cecily Ashes Liebhaber *war*!« Er packt mich bei der Schulter, schüttelt sie leicht und bringt sein Gesicht nah an das meine heran.

Burghley hüstelt diskret.

»Wir sollten jetzt wirklich zurückgehen. Das Konzert muss fast zu Ende sein, und der französische Botschafter und seine Begleiter werden sich über Doktor Brunos Abwesenheit wundern. Francis – du kehrst mit Bruno in die Halle zurück. Ich werde dafür zu sorgen versuchen, dass die Diener und Wachposten, die von dieser schrecklichen Geschichte wissen, sich erst dann blicken lassen, wenn sämtliche Gäste gegangen sind. Sollen die Gerüchteverbreiter nur bis morgen warten, bevor sie ihre Zungen in Bewegung setzen.« Er saugt die Wangen ein und bedeutet uns schroff, ihn allein zu lassen.

Walsingham und ich überqueren den Küchenhof, der jetzt ganz im Dunkeln liegt, und gehen zu dem Gang zurück, durch den wir gekommen sind.

»Der Mörder verfolgt Euch, Bruno«, sagt er leise über seine Schulter hinweg. »Er wusste, dass dieser Küchenjunge Euch in Salisbury Court aufgesucht hat.«

»Wenn er nicht schon in Salisbury Court war.«

»Wahrlich ein Schlangennest, da stimme ich Euch zu. Dort könnten wir zweifellos die nötigen Beweise finden. Haltet die Augen offen, Bruno – nur Ihr könnt das Material beschaffen, das einen oder alle von ihnen des Verrats überführt. Doch seid vorsichtig. Der Täter muss wissen, dass Ihr ihn jagt. Und wenn Ihr auf noch etwas stoßt – egal wie unwichtig es Euch vorkommt –, bringt Ihr es so schnell wie möglich zu mir. Verstanden?«

»Ja, Euer Gnaden.« Betreten senke ich den Kopf.

Er bleibt so abrupt stehen und dreht sich zu mir um, dass ich gegen ihn pralle. »Da ist noch etwas, das ich Euch fragen muss, Bruno.« Er blickt sich um und dämpft seine Stimme noch mehr. »Habt Ihr John Dee jemals von Visionen sprechen hören? Von Einblicken in die Zukunft, die ihm Engel gewähren und solche Sachen?«

Ich zögere. Mögliche Antworten bleiben mir im Hals stecken. Gegen meinen Rat muss Dee der Königin von Kelleys Vision von der rothaarigen Frau in dem weißen Kleid erzählt haben, als sie ihn am Abend zuvor zu sich bestellt hat. Der alte Narr, denke ich zornig, allzu stolz ist er, allzu sehr darauf erpicht, Eindruck zu schinden. Ich würde auch meinen Kopf darauf verwetten, dass er Ned Kelley überhaupt nicht erwähnt, sondern die Vision als die seine ausgegeben hat; er will die Königin unbedingt in dem Glauben lassen, dass nur ihm allein die Gabe zuteilwurde, mit Engeln sprechen zu können, obwohl er das Bild mit Sicherheit in Form einer Metapher präsentiert hat – als Zeichen dafür, dass die himmlischen Wächter ihre schützende Hand über Elisabeth halten. Und jetzt, nur einen Tag später, hat sich diese Vision auf furchtbare Weise fast bis in die letzte Einzelheit erfüllt. Sagte Dee nicht, Kelley habe beschrieben, wie die rothaarige Frau von einem gewaltigen Strom fortgerissen wird? Und wurde Abigails Leiche dann nicht im Wasser treibend gefunden? Das musste Leicester gemeint haben, als er von mehr als einem Zufall sprach. Jetzt begreife ich, dass er Recht hatte: Ned Kelley wusste Bescheid. Es kann keine andere Erklärung geben – er hat den Mord an Abigail Morley beschrieben, bevor er verübt wurde, und es war kein Engel oder Dämon, von dem er sein Wissen bezogen hat. Kein Wunder, dass diese hinterlistige Kreatur Kelley untergetaucht ist.

»Bruno?« Walsingham beugt sich noch näher zu mir. In seinen Augen leuchtet eine Warnung auf.

»Er hat etwas in dieser Art erwähnt«, murmele ich, da ich nicht den Anschein erwecken möchte, als würde ich noch mehr vor ihm geheim halten. »Er besitzt einen Kristall, in dem er unter gewissen Umständen Bilder zu sehen glaubt.«

»Sprecht offen, Bruno – Ihr meint, er hält Séancen ab, um mit den Geistern in Verbindung zu treten. Schon gut, Ihr verratet ihn nicht. Wir verfolgen beide dasselbe Ziel – wir wollen Dee schützen. Aber er hat sich in große Schwierigkeiten gebracht.« Seufzend vergewissert er sich erneut, dass wir nicht belauscht werden. »Gestern Abend berichtete Doktor Dee der Königin von seiner jüngsten Vision – von einer rothaarigen Frau mit dem Zeichen des Saturns auf ihrer nackten Brust, der eine Klinge mitten ins Herz gestoßen und die dann von einem großen Fluss davongetragen wurde. Er sagte, die Vision handele von den Wünschen ihrer Feinde, die ihm ihre Schutzengel geschickt hätten, um sie durch ihn zu warnen. Oder ähnlichen Unsinn, was weiß ich. Heute Morgen hielt es Ihre Majestät für angebracht, den Kronrat in diese Vision einzuweihen. Sie hat es aus Bosheit getan, denke ich, um Henry Howard zu ärgern. Sie hat es sich ja immer schon zur Aufgabe gemacht, öffentlich über alle Drohungen gegen ihre Person zu spotten, ob sie nun auf Informationen aus sicherer Quelle oder auf Fantasien wie denen von Dee basieren. Nein, sie muss unbedingt bei jeder Gelegenheit ihre Furchtlosigkeit unter Beweis stellen. Sie konnte ja nicht ahnen … nun, Ihr seht, wo das Problem liegt, Bruno.«

Ich nicke; ich sehe es nur allzu klar. John Dee hat unwissentlich den Mord an Abigail Morley vorhergesagt und die engsten Berater der Königin wissen davon. Die naheliegende Schlussfolgerung wird lauten, dass nur jemand, der in das Verbrechen verwickelt ist, über solche Vorkenntnisse verfügen kann. Warum konnte Dee nicht wenigstens ein Mal meinen Rat beherzigen und den Mund halten?

»Er hatte mir auch davon erzählt«, flüstere ich. »Euch hat er allerdings nicht die ganze Wahrheit gesagt. Die Vision stammte nicht von ihm, obwohl er der Königin sicherlich weismachen wollte, die Geister hätten sie ihm und keinem anderen geschickt. Nein, er beherbergt einen … Wahrsager in seinem Haus.«

So kurz wie möglich berichte ich ihm von Ned Kelley, seinem abgeschnittenen Ohr, seinen angeblichen Visionen in dem Kristall, von der Art, wie er sich in Dees Haus eingenistet hat und seinem plötzlichen Verschwinden, nachdem er etwas prophezeit hatte, was dem Tod von Abigail Morley sehr nahekam. Nachdem ich geendet habe, presst Walsingham die Lippen zusammen und schüttelt den Kopf.

»Armer Dee«, sagt er endlich mit einem Anflug von Mitleid. »Er forscht mit solch leidenschaftlichem Eifer nach dem Unbekannten, dass er das übersieht, was sich direkt vor seiner Nase abspielt. Er hat schon immer den Fehler gemacht, den falschen Leuten zu vertrauen.«

»Wenn die Sache mit dem Wasser nicht wäre, würde ich sagen, Kelley hatte seine sogenannten Prophezeiungen irgendeiner billigen Flugschrift entnommen, die für einen Penny an jeder Straßenecke zu haben sind«, versetze ich. »Jedoch hat er Dee erzählt, er hätte gesehen, wie die Frau von einem Wasserstrom mitgerissen würde, und dann wurde Abigails Leichnam in dem Kanal bei dem Dock gefunden. Es hat den Mörder gewiss wertvolle Zeit gekostet, sie an dem Eisenring festzubinden, also muss er etwas Bestimmtes damit beabsichtigt haben – ein symbolisches Zeichen zu hinterlassen oder etwas in der Art.«

»Wir müssen diesen Kelley um jeden Preis finden. Er *wird* uns sagen, woher er die Einzelheiten dieser Tat kannte – freiwillig oder gezwungenermaßen. Jedenfalls stammt sein Wissen nicht von einem Geist in einem Kristall, so viel steht fest.«

»Glaubt Ihr nicht, dass die Welt mehr Geheimnisse birgt, als unsere Augen allein enthüllen können, Euer Gnaden?«, frage ich mit einem leisen Lächeln, sein Gesicht bleibt dennoch ernst.

»Nicht in dem Sinn, wie Dee oder die Königin oder sogar Ihr selbst daran glaubt, Bruno. Ich habe in meinem Leben genug gesehen, um davon überzeugt zu sein, dass Gott uns unseren Verstand geschenkt hat, damit wir ihn benutzen, und dass das Böse nur den Herzen der Menschen entspringt. Aber dieser Kelley muss verhört werden. Ich werde meine Leute ausschicken, um ihn aufzuspüren.«

»Wenn Ihr das tut, wird er endgültig untertauchen. Hier muss man behutsam vorgehen – er wird seine Geheimnisse nur durch Schmeichelei oder durch List preisgeben. Lasst es mich mit ihm versuchen. Er mag mich nicht, doch vielleicht kann ich ihn davon überzeugen, dass ich auf seiner Seite bin.«

Walsingham nickt und legt mir eine Hand auf die Schulter.

»Gut, Bruno. Aber findet ihn schnell. Burghley wird Dee heute Abend holen lassen, damit der Kronrat ihn befragen kann, und wenn die Einzelheiten dieses Mordes erst einmal bekannt sind, sieht es nicht gut für ihn aus.«

Wir setzen unseren Weg fort, bis uns die Musik erneut entgegenweht; nach dem Bild, das sich uns soeben geboten hatte, erscheinen mir die klaren Stimmen noch ätherischer als zuvor. Als wir um eine Ecke biegen, eilt uns ein junger Mann in der Livree der Palastgarde entgegen, stößt im Vorbeihasten gegen uns und murmelt, ohne sich umzudrehen, eine Entschuldigung. Ich habe Mühe, nicht das Gleichgewicht zu verlieren, schimpfe aber nicht, denn der Zwischenfall bringt mir eine Erinnerung zurück.

»Philip Howard«, flüstere ich, bevor ich wie angewurzelt stehen bleibe.

»Wie bitte?« Walsingham dreht sich zu mir um, seine Augen werden schmal.

»Philip Howard war an dem Tag, an dem ich mich mit Abigail getroffen habe, am Holbeintor.« Ich senke meine Stimme, bis sie kaum noch zu vernehmen ist. »Er und sein Freund haben sich an uns vorbeigedrängt, sie hätten uns leicht schon vorher beobachtet haben können. Außerdem passt die Beschreibung von Cecily Ashes Liebhaber auf ihn – er sieht gut aus und trägt einen Titel, gehört also zu der Art Mann, mit dem ein junges Mädchen vor seinen Freundinnen ein wenig prahlen würde. Und durch seinen Onkel und die Botschaft besteht auch eine Verbindung zu Maria Stuart.«

Walsingham presst die Lippen zusammen.

»Der Earl of Arundel zählt ebenfalls zu denen, die wir ohne unwiderlegbare Beweise nicht beschuldigen können. Aber ich werde ihn überwachen lassen. Und jetzt, Bruno, müsst Ihr zu Euren Begleitern zurückgehen. Der Botschafter wird sich schon über Eure Abwesenheit wundern. Ich vertraue darauf, dass Euch eine glaubwürdige Erklärung einfällt.« Er klopft mir auf die Schulter und schiebt mich schließlich auf eine Seitentür im hinteren Teil der Halle zu, die jetzt von zwei bewaffneten Wachposten flankiert wird.

So unauffällig wie möglich husche ich in den Raum. Die meisten Zuschauer halten den Blick höflich auf den Chor gerichtet, nur ein paar Köpfe drehen sich zu mir um, als sich die Tür hinter mir schließt, schenken mir aber weiter keine Beachtung. Ich befinde mich jetzt auf der anderen Seite der Halle als vor meinem Aufbruch und stelle fest, dass der Stuhl rechts von der Königin, auf dem eine ihrer Hofdamen gesessen hatte, gegenwärtig von Leicester besetzt ist, der sich mit besorgter Miene zu ihr beugt. Elisabeths Gesichtsausdruck ist unter der dicken

Schicht von Schminke und Rouge nicht zu erkennen, aber sie wendet den Blick nicht von den Sängern ab; indem sie ihnen ihre ungeteilte Aufmerksamkeit schenkt, will sie den anderen Anwesenden anscheinend mit gutem Beispiel vorangehen. Zwischen den Köpfen vor mir kann ich Master Byrds wild fuchtelnde Arme erkennen. Erst jetzt, da ich meine eigenen Arme vor der Brust verschränke, zu Boden blicke und tief durchatme, merke ich, wie stark ich zittere.

»Doktor Bruno. Ihr seht aus, als hättet Ihr ein Gespenst gesehen.«

Die Stimme und die knappe Sprechweise sind unverkennbar, ich drehe mich um und sehe Henry Howard etwas abseits seiner Begleiter stehen und mich voller Interesse betrachten. Ich fahre mir mit der Hand über das Gesicht, als könne ich ihm so einen Anschein von Normalität verleihen, und ringe mir ein freundliches Lächeln ab. Howard hat sich anlässlich des Konzerts den Bart stutzen lassen, wodurch sein Gesicht noch spitzer wirkt, sein schwarzes Haar ist ordentlich zurückgekämmt, und in einer Hand hält er einen mit Granaten und einer schillernden Pfauenfeder geschmückten Hut.

»Oder sollte ich besser sagen: einen Geist?«, fügt er mit derselben falschen Höflichkeit hinzu, dabei dreht er den Hut langsam zwischen den Fingern.

Ich bin immer noch in einer Art Schockzustand gefangen, und obwohl ich meine Beine kaum spüren kann, fällt mir ein, dass die Knie meiner Hose nass sind, weil ich neben dem Leichnam gekniet habe. Es es unwahrscheinlich, dass Howard mich eindringlich genug begutachten wird, um es zu bemerken, jedoch verstärkt es das Unbehagen, das ich in seiner Gegenwart empfinde. Tatsächlich bin ich mir meiner durchweichten Knie so stark bewusst, dass ich ein Weilchen brauche, um zu registrieren, was er eigentlich gesagt hat.

»Bitte?«

»Wie ich hörte, verbringt Ihr viel Zeit in Mortlake, in der Bibliothek unseres Freundes Doktor Dee«, fährt er fort. »Der Botschafter erwähnte etwas in der Art.«

»Ich benutze sie manchmal für meine Recherchen«, erwidere ich langsam, kaum imstande, mich zu zwingen, die notwendige Vorsicht walten zu lassen. Howard zieht seine elegant geschwungenen Brauen hoch und misst mich mit einem langen Blick, als wollte er mich mahnen, bei der Wahrheit zu bleiben.

»Also ist er jetzt dazu übergegangen, Geister zu beschwören, oder nicht?«

»Ich weiß nicht, wie Ihr darauf kommt, Eure Lordschaft«, protestiere ich, höre aber selbst, wie meine Stimme zittert. Ich will nur noch, dass er mit seinen Sticheleien aufhört und mich in Ruhe lässt, damit ich meine Gedanken sammeln kann, bevor ich mich wieder zu Castelnau geselle.

»Er hat seine grotesken Visionen Ihrer Majestät anvertraut.« Howards Augen schweifen über die Köpfe der Menge hinweg zu dem Podest, wo die Königin mit Leicester sitzt. »Sie hat sie ihrerseits ins Lächerliche gezogen, indem sie sie vor dem Kronrat zum Besten gegeben hat. Ihr könnt Euch sicher vorstellen, wie wir gelacht haben.« Er dreht sich abrupt um und sieht mich an. »Aber wenn Dee wirklich versucht, mit Geistern zu sprechen, könnte er selbstverständlich wegen Hexerei verhaftet werden. Ich bezweifle, dass sie ihn dann noch retten kann.«

»Mylord, ich weiß nichts davon.«

»Ihr steht Dee sehr nah, nicht wahr?«

»Ich respektiere ihn als Gelehrten. Indes, ich muss sagen, dass mir John Dee zu vernünftig erscheint, als dass er etwas Derartiges versuchen würde.«

»Was denn – Teufel herbeizurufen, meint Ihr? In einem magischen Kristall? Oder Statuen Leben einzuhauchen?«

Bei diesen Worten zucke ich merklich zusammen, und augenblicklich leuchten seine Augen auf – er weiß, dass er ins Schwarze getroffen hat. Ich hole tief Atem. Entweder hat Howard beschlossen, seinen Hass auf Dee auf alle auszuweiten, mit denen Dee Umgang pflegt, oder er hat Grund zu der Annahme, dass Dee und ich so vertraut miteinander sind, dass der alte Astrologe mir von Howards eigener Suche nach dem verschwundenen Buch des Hermes Trismegistos erzählt haben könnte. Und wenn dem so wäre … wie ist er bloß auf diese Idee gekommen? Hat Castelnau ihm gegenüber tatsächlich meine Ausflüge nach Mortlake erwähnt, oder ist es möglich, dass Howard mir gefolgt war? Er selbst hatte zwar gleichfalls in Salisbury Court die Messe besucht, als ich gestern von Mortlake zurückkam, er könnte mir aber leicht einen Diener hinterhergeschickt haben, der mich beobachten sollte. Sein spöttischer Blick entgeht mir nicht, gleichwohl bin ich aufgrund der Ereignisse des Abends noch zu verstört, um meine übliche stoische Gelassenheit an den Tag zu legen. Statuen Leben einzuhauchen – das ist eine offene Anspielung auf die hermetische Magie, und jetzt lauert er darauf, dass ich nach dem Köder schnappe. Doch ich entscheide mich dafür, Ahnungslosigkeit vorzutäuschen und überhaupt nicht darauf einzugehen.

»Ihr solltet besser auf der Hut sein, Bruno«, schnarrt er endlich, als ihm klar wird, dass er keine Antwort von mir bekommen wird. »Der Ruf als Experte auf dem Gebiet schwarzer Magie, den Ihr Euch in Paris erworben habt, ist bereits Gegenstand einiger Gerüchte am englischen Hof.« Er deutet auf die uns umringende Menge.

»Wie konnte es nur dazu kommen?«, versetze ich sarkastisch.

»Oh, Gerüchte verbreiten sich schnell, sie gehen auf Reisen wie Merkur mit seinen Flügelsandalen, oder etwa nicht?« Er lächelt wie eine Katze, die ein Mauseloch beobachtet. »Wenn

Ihr zu eng mit John Dee in Verbindung gebracht werdet, könnte es sein, dass er Euch mit in den Untergang reißt. Am Hof wird Sternguckern und Magiern schon genug Furcht und Misstrauen entgegengebracht. Die Leute verlangen danach zu erfahren, was die Zukunft für sie bereithält, stürzen sich dann aber wie eine Meute wilder Hunde auf diejenigen, die es ihnen sagen. Das gilt auch für Herrscher.«

»Ist das eine Warnung, Mylord?«

»Nennen wir es einen guten Rat.«

»Sollten mir irgendwelche Sterngucker oder Hexenmeister über den Weg laufen, werde ich das an sie weiterleiten.«

Howard setzt zu einer Antwort an, doch in diesem Moment ersterben die Stimmen des Chors und begeisterter Beifall brandet auf. Die Königin bedeutet William Byrd, zu ihr auf das Podest zu steigen, wo er niederkniet und sie ihm gestattet, ihre ausgestreckte Hand zu küssen, bevor er sich erhebt, sich umdreht und sich tief verneigt. Unter weiteren Beifallsbezeugungen führt er seinen Chor durch das Getümmel zurück zu der Haupttür der Halle, die die Wachposten diensteifrig für ihn öffnen.

Nachdem der Chor die Halle verlassen hat, erhebt sich Königin Elisabeth, woraufhin alle Anwesenden ehrerbietig auf die Knie sinken, bis sie eine Hand hebt. Die Musiker nehmen ihre Plätze wieder ein und stimmen eine leise Hintergrundmelodie an, als die Königin so huldvoll lächelnd, wie es ihre starre Schminkschicht zulässt, ihre Schleppe zurechtzupft und ihre Hofdamen mit einem Nicken anweist, diese aufzunehmen, bevor sie würdevoll von dem Podest heruntersteigt. Wie es scheint, ist es ihre Gewohnheit, sich bei solchen Gelegenheiten die Zeit zu nehmen, sich unter ihre Untertanen zu mischen, die sich verneigen, ihr blumige Komplimente machen und sogar, wenn sie es wagen, eine Bitte an sie richten. Schon drängen sich einige Höflinge vor und stoßen sich in der Hoffnung, ein paar Worte mit ihrer Herrscherin wechseln zu können, gegenseitig unsanft zur Seite. Bei derartigen kurzen Wortwechseln sind zweifelsohne Vermögen gewonnen oder verloren worden; wenn die Königin in der Stimmung ist, sich schmeicheln zu lassen, oder wenn ein anziehendes Gesicht Gnade vor ihren Augen findet, ist das eine Gelegenheit, die es unbedingt zu nutzen gilt, und diese Engländer wissen das nur zu gut. Ich beobachte mit wachsender Bewunderung die Manier, wie sich Elisabeth in der Menge bewegt – wenn Leicester sie darüber informiert hat, dass heute Abend ein weiterer Mord innerhalb der Palastmauern verübt worden ist, lässt sie es sich nicht anmerken und sorgt mit ihrer Haltung dafür, dass auch die Gäste vorerst nichts davon erfahren. Ich bemerke freilich, dass sich Leicester dicht hinter ihr hält und seine Hand leicht auf dem Griff seines Schwertes ruht.

Mendoza taucht an Howards Seite auf, legt ihm eine Hand auf die Schulter und wirft mir einen abweisenden Blick zu.

»Ah, *el hereje*«, bemerkt er mit einem Nicken, als freue er sich, einen Spitznamen für mich gefunden zu haben. Er spricht spanisch, mit leiser Stimme, die durch seinen buschigen Bart zusätzlich gedämpft wird. »Seht nur – dort drüben kämpft Euer Botschafter verzweifelt um eine kurze Audienz bei der englischen Königin.«

Ich blicke in die angegebene Richtung und sichte Castelnau, der sich so höflich, wie es ihm möglich ist, zu Elisabeth durchdrängt. Ein fast pathetisch hoffnungsvoller Ausdruck liegt auf seinem Gesicht, als er versucht, ihren Blick auf sich zu lenken.

»Er würde auf den Kopf seines eigenen Kindes trampeln, nur um ein Lächeln von ihr zu erringen«, schnaubt Mendoza. »Vermutlich bildet er sich immer noch ein, einen Vertrag zwischen Frankreich und England zustande zu bringen, eh?« Er heftet seine kleinen schwarzen Augen auf mich.

»Da fragt Ihr den falschen Mann, Señor.«

»Kommt mir nicht so, Bruno! Ihr wart ein Vertrauter des Königs von Frankreich, und der Botschafter bezieht Euch in Staatsangelegenheiten mit ein, obwohl nur Gott weiß, warum. Sagt mir – hat Castelnau dem französischen König mitgeteilt, dass Guise Truppen gegen England zusammenzieht?«

»Das weiß ich nicht.« Ich habe mich mittlerweile in solchem Grade an Täuschungen und Ausflüchte gewöhnt, dass ich sogar dann unglaubwürdig klinge, wenn ich die Wahrheit sage. »Aber ich halte es für unwahrscheinlich.«

»Wie kommt Ihr darauf?«

Ich zögere.

»Wegen seiner Frau. Und weil er König Henri zurzeit noch keine weiteren Gründe liefern will, den Herzog von Guise zu fürchten.«

»Und weil er immer noch glaubt, eine alle Parteien zufriedenstellende Lösung finden zu können, nicht wahr? Er meint, er würde die Fäden in der Hand halten – die Interessen des einen gegen die des anderen abwägen.«

»Möglicherweise.« Wiederum fällt mir ein, dass Fowler gesagt hat, Castelnau würde versuchen, es zu vielen Leuten recht zu machen.

»Sein Glaube an die Diplomatie ist wirklich rührend.« Mendoza schüttelt den Kopf. »Fast tut es mir leid, dass er am Ende eine herbe Enttäuschung erleben wird. Ihr hingegen seid ein kluger Mann, Bruno. Klug genug, Euch nicht einem Monarchen zu unterwerfen, dessen Tage gezählt sind.«

»Sprecht Ihr von Elisabeth oder von Henri?«

»Von beiden. Eine neue Zeit bricht an. Männer wie Ihr und Castelnau werden sich entscheiden müssen, auf welche Seite sie sich schlagen. Sofern Ihr irgendwelchen Einfluss auf ihn habt, tätet Ihr gut daran, ihm zu raten, seinen König nicht hören zu lassen, was in der Botschaft besprochen wird. *Entendido*?«

Er richtet sich zu seiner vollen, imposanten Größe auf, bläht die Brust und sträubt seinen Bart. Zwar schüchtert er mich damit nicht ein, aber ich bin derzeit nicht in der Verfassung, mit ihm zu streiten – also nicke ich nur und nutze die Gelegenheit für einen Rückzug meinerseits in die Sicherheit der Menge.

»Bruno.«

Ich drehe mich in Richtung des Murmelns und sehe William Fowler an der Wand lehnen. Er trägt einen adretten Anzug aus grauer Wolle und hält eine dazu passende Kappe in seinen Händen.

»Was wollte Howard von Euch?«

»Mich noch einmal daran erinnern, wie sehr er mich hasst.« Ich spähe über meine Schulter hinweg zu Howard hinüber. Er und Mendoza stecken ihre dunklen Häupter zusammen und tuscheln miteinander, während sich die Höflinge ringsum zu der Königin durchkämpfen. In meinem Kopf dreht sich alles; ich weiß nicht, was ich von dem kurzen Wortwechsel mit Henry Howard halten soll. Er muss befürchten, dass Dee mir etwas erzählt hat, das ich gegen ihn verwenden könnte, und wollte mich warnen, dass er über die Macht verfügte, sowohl meinen als auch Dees Untergang herbeizuführen, doch ich kann mich des Gefühls nicht erwehren, dass er mich hat beobachten lassen. Die Vorstellung jagt mir einen Schauer über den Rücken. War es Howard oder einer seiner Handlanger, der mich mit Abigail am Holbeintor gesehen hat? Instinktiv blicke ich wieder über meine Schulter. Zum ersten Mal, seit diese Sache begonnen hat, empfinde ich echte Furcht.

»Ist denn irgendetwas passiert?«, flüstert Fowler und schiebt sich an ein paar Zuschauern vorbei näher an mich heran. »Ich habe Euch gesehen, als Ihr hereinkamt, Ihr wart leichenblass. Und da habe ich mich gefragt, ob vielleicht …«

Mit einem knappen Kopfschütteln gebe ich ihm zu verstehen, dass ich hier nicht darüber sprechen kann.

»Die Berater der Königin sind ebenfalls während des halben Konzerts gekommen und gegangen«, beharrt Fowler. »Mir ist aufgefallen, dass Walsingham eine Zeit lang verschwunden war.« In seiner drängenden Stimme schwingt ein ängstlicher Unterton mit. Ich weiß, was in ihm vorgeht, weil ich dieses Gefühl selbst schon empfunden habe – es ist die Furcht, etwas Wichtiges verpasst zu haben. Ausgeschlossen zu werden. Diesmal bin ich es, der mehr weiß als er, den Walsingham ins Vertrauen gezogen hat, und trotz der widrigen Umstände verschafft mir das eine tiefe Genugtuung.

»Bruno, geht es Euch gut?«, bohrt er weiter. »Ihr seht furchtbar aus. Hat es etwas mit Howard zu tun?«

»Trefft mich morgen«, zische ich durch die Zähne. »Um zwei Uhr. Aber nicht in der ›Meerjungfrau‹ – irgendwo anders.«

Er überlegt kurz, dann rückt er noch näher.

»In der ›Mitra‹ in der Creed Lane. Im hinteren Raum«, raunt er mir zu, als er an mir vorbeihuscht und mit der Menge verschmilzt wie eine graue Katze mit den Schatten.

Ich arbeite mich durch das Menschengewühl, bis ich Castelnau und seine Begleiter erreicht habe. Der Botschafter kämpft immer noch um einen Platz in der Nähe der Königin; Marie und Courcelles stehen dicht beisammen und tuscheln miteinander. Courcelles entdeckt mich als Erster und quittiert meinen Anblick mit einem Rümpfen seiner schmalen Nase.

»Wo wart *Ihr* nur?«, erkundigt er sich argwöhnisch.

Zur Antwort deute ich mit einer Kopfbewegung zu der Gruppe um die Königin hinüber und lächele, als wäre alles in schönster Ordnung.

»Königin Elisabeth persönlich?« Marie wirkt sichtlich beeindruckt, und sie zieht ihren Umhang enger um sich. Der Wind, der über den Fluss weht, bringt einen ersten Hauch von Frost mit sich. Die Laternen des Bootes schwanken im Rhythmus der in das Wasser eintauchenden Ruderblätter. Ich stelle mir vor, wie Abigails Mörder flussabwärts davonrudert und ihren leblosen Körper mit dem wie Seegras um sie herumflutenden roten Haar im Küchenkanal treibend zurücklässt.

»Hast du gehört, Michel?« Marie stößt ihren Mann an und nickt zu mir zurück. Ihre Augen glänzen im Lampenschein. »Die Königin von England möchte Brunos Gedächtnistechniken erlernen, allein ich war es, die sich zuerst dafür angemeldet hatte. Ihr seid in Mode gekommen, Bruno!«

Courcelles richtet seinen kalten Blick auf mich.

»Aber die Königin wusste gar nicht, dass Ihr das Konzert besuchen würdet. Merkwürdig, dass ihre Leute Euch trotzdem mit solch einer Eilfertigkeit erwartet haben.«

»Sie hat durch Lord Philip Sidney von meiner Anwesenheit erfahren.« Ich bemühe mich, mit ruhiger Stimme zu sprechen. »Er kennt meine Arbeit und hat sie offenbar Ihrer Majestät gegenüber erwähnt.«

Weiterhin betrachtet mich Courcelles mit unverminderter Skepsis. Mir wird klar, dass sich sein Verdacht nur festigen wird, wenn ich zu sehr auf meiner Geschichte beständе. Was er persönlich denkt, kümmert mich wenig, doch ich kann jetzt, wo ich in der Botschaft für Walsingham so wichtig geworden bin, nicht zulassen, dass er in Castelnau Zweifel sät.

»Hattet Ihr denn nicht auch das Gefühl, dass heute Abend irgendetwas geschehen ist?«, beharrt Courcelles, der diese Frage jetzt der ganzen Gruppe stellt. »All diese Wachposten überall. Die Berater der Königin sind wie aufgescheuchte Hühner hin und her gehuscht. Der Earl of Leicester hat ihr etwas ins Ohr geflüstert. Es war eigenartig – als ob irgendetwas nicht stimmte, aber alle so taten, als wäre alles wie immer.«

Castelnau wirkt verdutzt. »Mir ist nichts Ungewöhnliches aufgefallen.«

»Mir ebenfalls nicht«, werfe ich hastig ein.

»Ihr wart nicht da«, hält Courcelles dagegen.

»Zu schade, dass Ihr ihretwegen fast das ganze Konzert versäumt habt«, bemerkt Castelnau in einem Ton, der andeutet, dass er mir meine Geschichte nicht ganz abnimmt, und mustert mich nachdenklich. »Etwas Vergleichbares an Musik hatte ich vorher noch nie gehört. Ihr wart lange fort – sie müssen Euch wohl viele Fragen gestellt haben, nicht?«

»Wie es aussieht, ist die Königin von meiner Gedächtniskunstlehre sehr angetan, allerdings sind ihren Beratern einige unangenehme Gerüchte bezüglich meiner Methoden zu Ohren gekommen.«

»Dass es sich dabei um schwarze Magie handeln soll?« Courcelles hebt anzüglich eine Braue. »Diese Gerüchte sind doch in ganz Europa verbreitet.«

»Etwas in der Art.« Ich bedenke ihn mit einem vernichtenden Blick, der aber im Dunkeln seine Wirkung verfehlt. »Jedenfalls wollten sie sich davon überzeugen, dass Ihrer Majestät oder dem Ruf ihres Hofes von mir keine Gefahr droht.«

»Das ist eine einmalige Gelegenheit«, meint Castelnau nachdenklich. »Sie scheinen Euch zu mögen, diese Engländer. Vermutlich weil Ihr als Rebell und Gegner des Papstes geltet.« Ein Schleier legt sich über seine Augen, und ich frage mich, ob er nach wie vor an meiner Ausrede zweifelt oder ob er sich gerade ausrechnet, wie er den Umstand, dass ich die Gunst der Königin genieße, am besten für seine Zwecke nutzen kann.

»Schon möglich, Mylord.« Allmählich beginne ich zu befürchten, mich in einem Lügennetz zu verstricken.

»Nun, die Königin wird warten müssen, bis sie an der Reihe ist.« Marie beugt sich mit einem entwaffnenden Lächeln vor. »Ich habe mich vor ihr für Unterrichtsstunden bei Euch angemeldet und habe demnach die älteren Rechte.« Sie legt mir eine Hand auf den Arm. »Wir fangen morgen früh an, wenn Katherine bei ihrem Lehrer ist. Nein – ich lasse keine Einwände gelten, Bruno.« Sie wendet sich an ihren Mann. Ihre Augen funkeln, ihre Hand in dem grünen Seidenhandschuh ruht noch immer leicht oberhalb meines Handgelenks. »Da hat der langweilige Hof doch einmal Stoff für Klatsch und Tratsch, Michel – die Frau von König Henris Botschafter wird von demselben Lehrer unterrichtet wie die Königin von England!«

»Ich dachte, du stündest der Königin von England ablehnend gegenüber?«, erwidert Castelnau milde.

»*Ich* dachte, Ihr stündet Doktor Bruno ablehnend gegenüber«, fügt Courcelles spitz hinzu.

Ich gebe seinen herausfordernden Blick gleichmütig zurück, aber seine Worte enthalten eine nützliche Warnung. Ich kenne Marie de Castelnau nicht, ich kenne weder ihre Absichten bezüglich meiner Person noch den Grund für ihr Interesse an meiner Arbeit – ich weiß nur, dass sie sich mit Leib und Seele dem Kampf von Maria Stuart und dem Herzog von Guise verschrieben hat und ich nicht zulassen darf, dass es ihr auch nur ein einziges Mal gelingt, mich zu überrumpeln. Flüchtig hoffe ich, dass der Botschafter ihr ihren Wunsch aus Gründen der Schicklichkeit abschlägt.

Castelnau scheint einen Moment darüber nachzudenken, dann schenkt er mir und seiner Frau ein väterliches Lächeln. »Wenn du gerne etwas über diese Techniken lernen möchtest, meine Liebe, dann wird sich Bruno sicherlich nicht weigern, dir Unterricht zu erteilen. Wir könnten weiß Gott alle ein besseres Gedächtnis brauchen.«

Das scheint das letzte Wort in dieser Angelegenheit zu sein. Marie drückt leicht mein Handgelenk, ehe sie in die Kissen zurücksinkt. Laternenlicht fällt über ihren zu einem zufriedenen Lächeln verzogenen Mund, während die Ruder in ihrem gleichmäßigen Rhythmus durch das Wasser pflügen. Courcelles hört nicht auf, mich mit seinen Fuchsaugen zu beobachten; er wartet ganz offensichtlich darauf, dass ich mich doch noch irgendwie verrate. Ich hingegen sehe dabei zu, wie das Wasser in silbrigen Rinnsalen über die Ruderblätter strömt und beschwöre erneut das marmorkalte Gesicht von Abigail Morley vor meinem geistigen Auge herauf, die heute Abend zum Teil auch meinetwegen sterben musste.

9

Salisbury Court, London
1. Oktober im Jahr des Herrn 1583

Als hätte er auf ein Stichwort gewartet, hält der Oktober mit einem bitterkalten Ostwind Einzug. Über den kornblumenblauen Himmel über der Stadt ziehen jetzt dunkle, drohende Wolken hinweg, und die herabgefallenen Blätter wirbeln über die Straßen und gegen die Fensterscheiben. In dem kleinen Salon, in dem Marie ihre erste Unterrichtsstunde zu nehmen wünscht, brennt ein helles Feuer. Mir ist keine andere Wahl geblieben, als mich zu fügen, obwohl ich es kaum erwarten kann, mich auf den Weg nach Mortlake zu machen, um die Verfolgung von Ned Kelley aufzunehmen. Letzte Nacht habe ich schlecht geschlafen, das Bild von Abigails durchweichtem und entstelltem Leichnam hat mich in meinen Träumen und wachen Momenten gepeinigt und meinem Gewissen keine Ruhe gelassen. Ich hätte sie besser schützen müssen – wäre ihr nichts geschehen, wenn ich früher zu Walsingham gegangen wäre, statt zu beschließen, das Rätsel alleine zu lösen? Solche Fragen führen zu nichts, trotzdem haben sie mich die ganze Nacht lang gemartert wie der Teufel auf Holzschnitten von der Hölle, der die Seelen der Sünder mit Mistgabeln martert.

Marie steht mit hochgestecktem Haar am Fenster und ist sich zweifellos des Umstands bewusst, dass sich ihre Figur vorteilhaft von dem grauen Gegenlicht abhebt. Als ich die Tür hinter mir schließe, eilt sie mit glänzenden Augen auf mich zu und packt mich am Ärmel.

»Habt Ihr schon gehört, dass letzte Nacht im Palast ein weiteres Mädchen getötet wurde, Bruno?« In ihrer Stimme schwingt Sensationsgier mit.

»Das ... das ist ja furchtbar. Woher wisst Ihr das?« Ich muss mein gesamtes Geschick aufbieten, um angemessenes Entsetzen vorzutäuschen.

Sie zuckt die Achseln. »Von einem Diener. Er ging heute Morgen auf den Markt, und offenbar spricht man in ganz London von nichts anderem. Eine weitere Hofdame der Königin, heißt es, genauso getötet wie die erste. In ihre Haut waren astrologische Symbole eingeritzt.«

Behutsam entferne ich ihre Hand von meinem Arm, nehme vor dem Kamin Platz und strecke die Hände zu den prasselnden Flammen aus. Ich kann mir nicht vorstellen, dass Marie früh aufsteht, um mit den Dienstboten zu schwatzen, aber unmöglich ist es nicht. Wenn sie die Wahrheit sagt, heißt das, dass sich die Neuigkeit Walsinghams und Burghleys Bemühungen zum Trotz überraschend schnell verbreitet hat. *Wenn.*

»Ich dachte, sie hätten den Mörder festgenommen?«

»Ich weiß.« Ihre Augen weiten sich vor Aufregung. »Allem Anschein nach haben sie den falschen Mann verhaftet, oder es gibt noch einen weiteren Täter. Und es muss geschehen sein, als wir alle der Musik lauschten – ist das nicht schrecklich?« Sie erschauert theatralisch. »Es ist merkwürdig, wisst Ihr, denn ich habe eine gewisse Hektik bemerkt – ein paar Berater der Königin kamen und gingen wieder, und ich wunderte mich, warum sie wohl das Konzert gestört haben. Dann kam der Earl of

Leicester herein, er wirkte ziemlich außer sich und sprach lange auf die Königin ein – da haben sie den Leichnam vermutlich entdeckt, oder? Es muss genau zu der Zeit gewesen sein, als Ihr über Euer Gedächtnissystem befragt wurdet. Habt Ihr nichts bemerkt?«

Da ich meine, einen spöttischen Unterton aus ihrer Stimme herauszuhören, mustere ich sie scharf, doch sie gibt meinen Blick gleichmütig zurück und faltet sittsam die Hände vor sich.

»Mir ist aufgefallen, dass die Palastwachen hin und her gehastet sind, aber sonst nichts. Ich wurde in ein kleines Privatgemach geführt und über meine Arbeit ausgefragt. Was auch immer sonst noch vorgefallen ist, muss sich in einem anderen Teil des Palastes abgespielt haben.« Ich zucke die Achseln, als interessierte mich das alles wenig.

»Wer hat Euch denn befragt?« Ihre Stimme klingt beiläufig, ihre Augen jedoch fixieren mich so scharf, dass es aussehen würde, als hätte ich ein schlechtes Gewissen, wenn ich den Blick abwendete.

»Lord Burghley.«

»Ah.« Sie nickt lächelnd, anschließend setzt sie sich neben mich auf die Bank und drapiert ihre Röcke um sich, bis das Ergebnis sie zufriedenstellt. Dann streicht sie mir mit dem Zeigefinger über das Handgelenk. »Ihr würdet mich doch nicht anlügen, Bruno?«

Ihre Berührung jagt mir einen Schauer über den Rücken. »Warum sollte ich das tun?«

»Ich weiß nicht … womöglich versteckt Ihr eine heimliche Freundin vor uns?« Ein schelmisches Lächeln spielt um ihre Lippen.

»Am Hof?« Ich ringe mir gleichfalls ein Lächeln ab. »Leider gibt es keine solche Freundin. Mein Leben ist lange nicht so bewegt, wie Ihr vielleicht meint, Madame. Es spielt sich hauptsächlich in Bibliotheken zwischen verstaubten Manuskripten ab.«

Sie schenkt mir ein weiteres katzenhaftes Lächeln und faltet die Hände im Schoß. Ich stoße langsam den Atem aus. Wenn die Zeichen nicht trügen, ist das Verhör vorerst beendet.

»Nun – dann wollen wir sehen, ob wir etwas Schwung hineinbringen können. Fangt an, Bruno. Ihr seid der Lehrer, und ich bin Eure willige Schülerin. Ihr könnt mich nach Belieben formen.«

Ihr Gesichtsausdruck ist trügerisch sanft, nur das gefährliche Glitzern in ihren Augen verrät eine Bosheit, über die ich lieber nicht nachdenken möchte. Der einzige Weg, die nächste Stunde durchzustehen, besteht für mich darin, mich so naiv wie möglich zu geben, das Gespräch stets oberflächlich zu halten und mich zu einfältig zu stellen, um ihre zweideutigen Bemerkungen zu verstehen.

Ferner ist da noch die Frage, wie weit ich sie in mein Gedächtniskunstsystem einweihen soll. Die Gerüchte, die mich vom Pariser Hof vertrieben haben, entsprechen natürlich der Wahrheit; meine *ars memoria* ist weit mehr als ein nützliches Werkzeug für Redner oder Leute, die ihre Fähigkeit, sich zu erinnern, verbessern wollen. Es ist eine Kunst, die eine tiefgründige Magie beinhaltet, in jahrelangen Studien verfeinert wurde und an der ich während der ganzen langen Monate als Flüchtling in Italien und später in den Archiven und Bibliotheken in Genf, Toulouse und Paris gearbeitet habe. Nur wenige dürften imstande sein, es vollständig zu verstehen; mein System ist das erste dieser Art, das die klassische Kunst der Erinnerung mit den Lehren des Thomas von Aquin verbindet, die in meinem früheren Orden, dem der Dominikaner, angewandt werden, doch dazu kommt als wichtigster Bestandteil die alte ägyptische Weisheit des Hermes Trismegistos. Ohne dieses

Element der Magie wäre meine Arbeit für Henri von Frankreich nicht von Interesse gewesen, einen Mann, der mit einer Begeisterung nach esoterischem Wissen hungert, die beinahe seinen Mangel an Talent aufwiegt. Marie de Castelnau war eine Vertraute von König Henris Frau. Wie viel mag sie bereits wissen? Wieder beschleicht mich das Gefühl, dass ein Damoklesschwert über mir schwebt.

Dennoch müssen wir irgendwo beginnen. Ich reiche ihr einen großen Bogen Papier, auf den ich ein Diagramm gezeichnet habe, und beobachte nicht ohne eine gewisse Befriedigung, wie sie es nimmt, betrachtet und in die eine sowie die andere Richtung dreht, während sie die Augen zusammenkneift, um die kleinen Schriftzeichen besser erkennen zu können.

»In Gottes Namen, Bruno«, seufzt sie, nachdem sie das Papier einmal um dreihundertsechzig Grad gedreht hat. »Wie soll jemand das verstehen?«

»Es ist nicht jedem bestimmt, es zu verstehen.«

Das scheint ihr zu gefallen.

»Das sehe ich. Es ist nur für Eingeweihte, sagt König Henri. Und eine solche möchte ich werden.« Sie schnippt mit dem Finger gegen den Papierbogen, dann stützt sie ihr Kinn auf eine Hand. »Wo fangen wir an?«

Ja, wo? Fast hätte ich laut aufgelacht. Mein System ist unendlich komplex, ich bin selbst noch nicht in alle Mysterien vorgedrungen. Das nach den in meinem Buch *Über die Schatten von Ideen*, das kurz vor meiner Abreise in Paris veröffentlicht wurde (und einer der Hauptgründe für meine Flucht war), erklärten Regeln erstellte Diagramm zeigt eine Reihe konzentrischer Räder, die nach den zwölf Zeichen des Tierkreises eingeteilt und in weitere Unterteilungen aufgespalten sind, die in einer scheinbar unendlichen Anzahl von Konfigurationen kombiniert werden können, um so die Summe menschlichen

Wissens zu bilden. Auf diesen Rädern sind die Elemente der natürlichen Welt vertreten – Pflanzen, Tiere, Mineralien; auf einer höheren Ebene folgen die Erfindungen der Menschen und das Spektrum aller Künste und Wissenschaften, dahinter die Bilder der Häuser des Mondes, die Planeten, ihre Konstellationen und die den Planeten zugeordneten Tierkreiszeichen. Und endlich folgt das Mächtigste von allem, die Namen und Bilder der sechsunddreißig Dekane des Tierkreises, die noch kein Mann vor mir aufzuführen gewagt hat. Es war dieses Element, das die gelehrten Doktoren der Sorbonne und die Kirchenbehörde in Paris dazu gebracht hat, mich der Hexerei zu bezichtigen, weil es ihnen am Licht des wahren Verständnisses mangelte. Richtig verstanden stellt mein System ein Mittel dar, alles zu verbinden, was das Universum enthält; eine goldene Aufstiegsleiter, die durch die Vorstellungskraft der Menschen von der niedrigsten Substanz bis hoch zu den Göttern der Zeit führt, die den unendlichen Raum hinter den Planeten bewohnen, welche alles bewegen und beeinflussen, was wir als Himmel und Erde kennen. Und der Mann, der das gesamte in diesem System enthaltene Wissen erfassen kann, birgt die Gesamtheit des bekannten Universums in seinem Geist und vermag seine eigene göttliche Natur wiederzufinden; jenen Teil seiner Selbst, der einst frei mit dem göttlichen Geist und den Göttern der Zeit kommunizierte, bevor uns dieses Wissen verloren ging. Er würde das Stadium eines Eingeweihten überschreiten und Gott gleich werden.

Das ist es, was Dee und ich meinen, wenn wir davon sprechen, in den göttlichen Geist einzudringen, obgleich wir uns über die Art der Dekane nicht einig sind. Er, immer ängstlich darauf bedacht, nicht zu sehr von den konventionellen Formen der christlichen Religion abzuweichen, nennt diese Geister »Engel« und versucht, durch Ned Kelleys angebliche Sehergabe mit ihnen in Verbindung zu treten. Aber ich weiß, dass Männer vom Schlag Kelleys nie einen Weg finden werden, die Dekane zu erreichen. Bevor die große Zivilisation Ägyptens zerbrach und so viel von ihrer Weisheit abhandenkam, kannten die Priester und Weisen das Geheimnis, mit den Göttern Kontakt aufzunehmen und sich ihre Macht zunutze zu machen. Diese Geheimnisse wurden sorgfältig in den Tempelarchiven gehütet, und als die letzten Priester flohen, trugen sie die Schriftrollen, auf denen ihr Wissen verzeichnet war, bei sich und brachten sie in die entlegensten Teile der bekannten Welt. Einer dieser Priester war Hermes Trismegistos – den einige für den Gott Thot hielten. So wurden die Namen der Dekane durch die Schriften des Hermes an uns weitergegeben, obwohl seine genauen Anweisungen für Gespräche mit den Göttern und den Aufstieg zu ihnen für uns verloren sind. Sie sind, wie ich glaube, in dem verschwundenen fünfzehnten Buch enthalten, von dem Dee annimmt, es könnte sich im Besitz von Henry Howard befinden. Mein Gedächtnissystem kommt dem Ganzen so nah, wie es ohne den in dem Buch beschriebenen Schlüssel möglich ist. Doch auch so strotzt es zur Genüge vor antikem Wissen, es reicht allemal, um mich auf den Scheiterhaufen zu bringen, wie sowohl König Henri als auch ich wissen.

Marie sieht mich immer noch an. Die Flammen des Feuers lassen ihre rechte Gesichtshälfte weicher wirken und werfen einen warmen Schein über ihre Wange und ihr Schlüsselbein. Ich beuge mich vor und zeige auf das äußerste Rad des Diagramms, dabei bin ich mir der Intensität ihres Blicks in der Stille unangenehm stark bewusst.

»Jedes Gedächtnissystem basiert auf symbolischen Bildern, da unser Gedächtnis besser dazu geeignet ist, sich an Bilder zu erinnern«, beginne ich, ohne ihr in die Augen zu sehen. »Diese Bilder hier sind nach ihren gemeinsamen Eigenschaften klassifiziert. Zum Beispiel seht Ihr in diesem Kreis die Steine und Mineralien, welche dem Planeten Mars zugeordnet werden …«

»Von Eurem Wissen wurde in Paris viel gesprochen«, unterbricht sie, dabei dreht sie sich eine Locke um den Finger. »Es hieß, Ihr würdet König Henri lehren, Dämonen zu beschwören, damit er und die Ketzerin Elisabeth sich gegen den Papst verschwören können.«

»Nun, Ignoranten müssen sich irgendwie die Zeit vertreiben. Diese Räder können gedreht werden, sodass sich verschiedene Verbindungsreihen ergeben …«

»Das gehört zu den Dingen, die der Herzog von Guise zu benutzen pflegte, um Unruhen gegen den König anzuzetteln«, fällt sie mir erneut ins Wort. »Er behauptete, Ihr würdet Henri durch Hexerei manipulieren und ihn zu Euren Ketzereien bekehren, damit er Euch vor der Inquisition beschützt. Das war einer der Gründe, warum König Henri Euch vom Hof verbannt hat. Wusstet Ihr das?«

»König Henri hat mich nicht *verbannt*«, widerspreche ich pikiert. »Ich wollte England besuchen. Es war meine Idee.«

Sie lächelt spöttisch.

»Wenn Ihr Euch das einreden wollt … Henri fürchtet den Herzog von Guise. Die Franzosen wollen keinen schwachen König, und Henri weiß das. Sie wollen einen Herrscher, der den katholischen Glauben verteidigt, nicht einen, der die Protestanten schalten und walten lässt, wie sie wollen, und der sich mit Hexerei befasst. O ja, über Euch wurde in Paris viel geredet, Bruno, auch noch, nachdem Ihr die Stadt verlassen hattet. Einige lassen verlauten, Ihr hättet in Rom einen Mann getötet.« Sie legt den Kopf schief und zieht eine Braue hoch, als wollte sie mich zu einem Geständnis herausfordern.

»Findet Ihr, dass ich wie ein Mörder aussehe, Madame?« Ich lächele, doch meine Handflächen werden schweißfeucht. Philip

Sidney hat einmal eine scherzhafte Anspielung auf dieses Ereignis gemacht, er hatte die Geschichte indessen in Italien gehört. Ich hatte nicht damit gerechnet, dass sie mich durch Europa und über das Meer verfolgen würde.

Wieder lacht sie, diesmal etwas wärmer.

»Nein, aber Ihr seht auch nicht so aus, wie ich mir einen Hexenmeister vorstelle. Oder einen Ketzer oder einen Mönch.«

»Weil ich nichts davon bin, Madame.«

»Oh, hört doch mit Eurem *Madame* auf, da komme ich mir immer vor, als wäre ich hundert Jahre alt. Ich bin Marie. Einfach Marie.« Sie betrachtet einen Moment ihre Fingernägel, hierauf hebt sie den Kopf und sieht mich an. Ein leises, neugieriges Lächeln spielt um ihre Lippen. »Wer seid Ihr dann eigentlich, Bruno? Niemand in Paris wusste es. Niemand in Salisbury Court weiß es. Jeder möchte Euch wegen Eures scharfen Verstandes und Eurer gewagten Ideen gern als Gast an seiner Tafel sehen, und alle Frauen buhlen um Eure Aufmerksamkeit, aber Ihr wahrt zu allen Distanz, Ihr lasst niemanden so nah an Euch heran, dass er erkennt, wie Ihr wirklich seid. Also entstehen Gerüchte, die unsere Wissenslücken füllen sollen.«

»Ich bin nur der Mann, den Ihr hier vor Euch seht.« Ich hebe beide Hände, wie um zu beweisen, dass ich nichts zu verbergen habe. »Weder rätselhaft noch geheimnisvoll.«

Sie betrachtet mich lange und ausgiebig, als versuche sie, in meinen Augen zu lesen. Entschlossen, keinen Verdacht zu erregen, halte ich ihrem Blick stand. Nur das Knacken der Scheite im Kamin und unsere Atemzüge zerreißen die Stille. Ich realisiere aufs Neue, wie schön sie ist, wie eingeengt sie sich in ihrem Leben zu fühlen scheint und wie unzufrieden sie mit ihrem Los ist; mit ihrem alternden Ehemann, der nur mit Staatsangelegenheiten beschäftigt ist, und mit ihrer kleinen

Tochter. Ich erinnere mich, wie gereizt sie mit ihrem Kind umgegangen ist, wie gezwungen, als würde sie die Mutterrolle nur widerwillig ausfüllen. Vorübergehend denke ich über den Weg nach, der vor einer jungen Frau von hoher Geburt liegt: wie kurz sie in vollem Glanz erstrahlen, in der Öffentlichkeit auftreten und sich bewundern lassen darf – genauso lange, wie es dauert, einen passenden Ehemann für sie zu finden. Ihr Hochzeitstag ist der Zenit ihrer kurzen Blütezeit, danach wird von ihr erwartet, sich in den Hintergrund zurückzuziehen, ihr Haar zu bedecken und sich mit dem zufriedenzugeben, was vom Glanz ihres Mannes und ihrer Kinder auch auf sie fällt. Für eine Frau wie Marie muss diese erzwungene Zurückhaltung mit dem Tragen eines härenen Hemdes gleichzusetzen sein.

Dieses Spiel, das sie mit mir treibt – die koketten Bemerkungen, die Berührungen, die Art, wie sie ihre Aufmerksamkeit zwischen mir und Courcelles aufteilt –, ist nur der Versuch, sich nun, da sie nicht mehr der gefeierte Mittelpunkt von allen ist, ein eigenes Drama zu inszenieren. Flüchtig empfinde ich Mitleid mit ihr, doch dann denke ich daran, wie gefühllos sie am Esstisch von einem heiligen Krieg gesprochen hat und wie sie das Emblem des Herzogs von Guise als Ehrenzeichen trägt – dasselbe Emblem, das bei den beiden toten Hofdamen gefunden wurde. Ob unwissentlich oder nicht … Marie ist irgendwie in die Morde verstrickt. Aber vielleicht ist selbst diese Begeisterung für eine französisch-spanische Invasion für sie nur ein weiteres Mittel, sich das Gefühl zu verschaffen, ein Teil der Welt zu sein, statt in der Abgeschiedenheit ihrer Räume nur von ihr zu hören.

»Ich glaube Euch nicht«, sagt sie endlich und schüttelt mit demselben belustigten Lächeln den Kopf. »In Euch steckt mehr, als es nach außen hin den Anschein hat. Allerdings gibt es an der Fassade nichts auszusetzen.« Sie breitet den Papierbogen mit dem Diagramm über unseren beiden Schößen aus, gibt vor, es zu studieren, zieht mit dem Finger langsam die Kreise nach und presst dabei den Arm gegen den meinen. Mein ganzer Körper verkrampft sich vor Anstrengung, nicht darauf zu reagieren. »*Habt* Ihr König Henri in die Geheimnisse der Magie eingeweiht«, flüstert sie, als könne mich diese Nähe dazu zu bewegen, ihr die meinen anzuvertrauen.

»Nein.«

»Will Königin Elisabeth darin unterwiesen werden? Ging es bei Euren geheimen Gesprächen darum?«

»Nein.« Also das will sie herausfinden, oder nicht? Ich frage mich, wer sie darauf gebracht hat – vielleicht Henry Howard, um die Königin in Misskredit zu bringen?

»Es ist allgemein bekannt, dass sie einen eigenen Astrologen beschäftigt.«

»Hierbei handelt es sich nicht um Astrologie.« Ich tippe auf das Diagramm. »Sondern um ein Mittel, das Gedächtnis zu stärken.«

Ihre Fingerspitze ruht auf dem zentralen Kreis.

»Sind das die Namen von Dämonen?«

Ich ringe mir ein Lachen ab, es klingt eher wie ein gepresstes Quieken.

»Abermals nein. Es sind die sechsunddreißig Unterteilungen des Tierkreises, drei für jedes Zeichen. Und zugleich Symbole … Gedächtnisbilder, wenn man so will.«

Sie murmelt ein paar der Namen so leise wie eine Litanei: *Assican, Senacher, Acentacer, Acecath, Viroaso*. Bei diesen Worten aus ihrem Mund beginnt meine Nackenhaut zu prickeln, die Luft scheint sich wie eine Samtdecke über uns zu legen. Jetzt dreht sie sich um und hebt langsam eine Hand zu meinem Gesicht, ihr Daumen streicht sacht über meine Wangenknochen, hernach über meine Unterlippe. Das Verlangen, das in ihren Augen brennt, erschreckt und verwirrt mich zugleich. Der züngelnde Schein der Flammen fängt sich als tanzende Punkte in ihren Pupillen, sie hypnotisieren mich, ich bin wie gefesselt, kann mich nicht mehr rühren. Gerade als ihr Gesicht sich dem meinen nähert und ich weiß, dass ich der Versuchung nicht widerstehen kann, zerbirst ein Holzscheit mit lautem Krachen im Kamin, und Funken sprühen auf. Wir zucken beide zusammen, der Zauber ist gebrochen, und ich nutze die Gelegenheit, um mich abrupt zu erheben und den Papierbogen an mich zu nehmen.

»Marie … ich kann nicht. Euer Mann – ich bin Gast in seinem Haus. Es wäre …« Der Satz bleibt unvollendet in der Luft hängen.

Sie rutscht auf der Bank hin und her, dann blickt sie auf. Ihre Augen lodern. Ihr Stolz ist verletzt, also richtet sie ihren Zorn auf mich. Rote Flecken leuchten auf ihren Wangen, ihre Lippen sind zu einem weißen Strich zusammengepresst.

»Ein Wort zu meinem Mann.« Ihre Stimme klirrt förmlich vor Kälte. »Ich muss nur ein einziges Wort darüber verlieren, dass Ihr versucht habt, mich zu berühren, und Ihr würdet unverzüglich hinausgeworfen werden. Wohin würdet Ihr dann wohl gehen?« Als ich keine Antwort gebe, hebt sie herausfordernd den Kopf. »In Ungnade zurück nach Paris. Ich könnte Euch vernichten, wenn ich wollte.«

»Das könntet Ihr vermutlich. Doch was würde Euch das bringen? Ich habe Euch nichts getan, Marie.«

Sie erwidert nichts darauf, sondern wendet nur mit zusammengebissenen Zähnen den Blick ab.

»Was wollt Ihr von mir?«, frage ich so sanft, wie es mir möglich ist.

Sie schüttelt den Kopf und starrt weiterhin beharrlich in die Flammen. Ich kann nicht sagen, was in ihr vorgeht; mein Verdacht, sie habe in der Hoffnung, ich würde schwach genug zum Nachgeben sein, ihren Charme eingesetzt, um mir irgendein Geheimnis zu entlocken, verstärkt sich, trotzdem besteht die unwahrscheinliche Möglichkeit, dass sie mir echte Gefühle entgegenbringt oder glaubt, es zu tun. Wie auch immer, jede Frau nimmt eine Abfuhr übel, und eine Frau, die in ihrem Stolz verletzt wurde, kann gefährlich sein. Ich knie vor ihr auf dem Boden nieder und lege eine Hand über die ihre. Sie zieht sie nicht zurück, sieht mich aber immer noch nicht an.

»Marie.« Ich halte inne, wähle meine nächsten Worte sehr sorgfältig. »Ich war elf Jahre lang Mönch, ich habe gelernt, meine Begierde zu zügeln. Und so schön Ihr auch seid …«, hier geruht sie endlich, mich anzuschauen, obwohl ihre Augen noch immer kalt funkeln, »… schulde ich Eurem Mann und König Henri, seinem Herrn, Loyalität und Respekt. Außerdem möchte ich Euren Respekt nicht verlieren.« Wenn ich ihn je genossen habe, füge ich stumm hinzu.

Wie um meine Rede abzuwägen schürzt sie die Lippen und ringt sich schließlich zu einem leichten Nicken durch. Zaghafte Erleichterung durchflutet mich; ich weiß so gut wie sie, wie schwer sie mir das Leben in Salisbury Court machen könnte, wenn sie es darauf anlegen würde. Ich verharre einige Augenblicke auf den Knien, während ich überlege, wie ich weiter vorgehen soll, entschlossen, keinen Schritt zu unternehmen, der ihren Ärger erneut aufflammen lassen könnte.

»Vielleicht ist es das Beste, für heute mit der Lektion Schluss zu machen?«, schlage ich vorsichtig vor. Sie nickt, und in diesem Moment klopft es an der Tür. Sofort springe ich auf, gebe Maries Hand frei und weiche zurück – allerdings nicht schnell genug, als dass diese Szene Courcelles, der eintritt, ohne die Aufforderung dazu abzuwarten, entginge. Marie hat zumindest den Anstand, schuldbewusst zu wirken, bevor ein hämisches Lächeln über ihr Gesicht huscht, als sie zu ihm aufblickt.

»Verläuft der Unterricht gut?«, fragt er mit einer Stimme, die einer in Satin verpackten Stahlklinge gleicht.

»Danke, ja, Claude«, erwidert Marie obenhin. »Ist irgendetwas?«

»Ja, Madame – Katherines Gouvernante hat mich gebeten, Euch zu holen. Das Kind weigert sich, seinem Unterricht zu folgen.«

Ich beobachte Marie und stelle fest, dass ihre erste unverschleierte Reaktion in Verdruss besteht. Ihre Züge verhärten sich, bevor sie sich zusammennimmt und eine Maske mütterlicher Besorgnis anlegt.

»Erwartet sie, dass ich mich um alles kümmere? Weshalb habe ich sie eigentlich eingestellt?« Sie erhebt sich, streicht ihr Kleid glatt und zögert kurz, als wäre sie nicht sicher, ob sie noch ein Wort an mich richten sollte, dann schiebt sie das Kinn vor und rauscht aus dem Raum, ohne uns beide noch eines Blickes zu würdigen. Courcelles wendet sich mir mit einem Ausdruck zu, der Marmor bersten lassen könnte.

»Ich dachte, Euer Unterricht sollte Marie de Castelnaus Gedächtnis verbessern?« Er legt eine Hand auf den Türknauf. »Er scheint die gegenteilige Wirkung zu haben – offensichtlich erinnert sich keiner von euch daran, dass sie eine verheiratete Frau ist. Ich frage mich, was ihr Mann dazu sagen würde.«

»Das werden wir zweifellos erfahren, wenn Ihr es ihm sagt«, erwidere ich, ohne aufzublicken, und falte das Diagramm mit den Gedächtnisrädern zusammen, ehe er es sich ansehen kann.

»Oh, ich werde nicht derjenige sein, der es ihm verrät, Bruno. Ich kann schweigen wie ein Grab.« Er legt eine Kunstpause ein. »Es sei denn, Ihr gebt mir Grund zu der Annahme, dass der Botschafter informiert werden sollte.«

»Es gibt nichts zu informieren«, versetze ich unverblümt und richte mich auf.

»Da bin ich ganz sicher. Aus ersichtlichen Gründen ist der Botschafter in diesem Punkt jedoch etwas empfindlich. Übrigens – habt Ihr gehört, dass sich am Hof ein weiterer Mord ereignet hat?«

»Allerdings. Was für eine Tragödie.«

»Letzte Nacht, als wir alle bei dem Konzert waren – ist das zu fassen? Nun, alle außer *Euch*, sollte ich wohl sagen.«

»Ein merkwürdiger Zufall.«

Er lacht trocken auf. »Ihr Jahrmarktsterngucker behauptet doch immer, es gäbe keine Zufälle, oder?« Er wirft das Haar zurück und stolziert aus dem Raum, und ich bleibe mit dem beunruhigenden Wissen zurück, in Salisbury Court verwundbarer denn je zu sein.

10

London
1. Oktober im Jahr des Herrn 1583

»Maria Stuart wird darüber nicht sehr glücklich sein.«

Thomas Phelippes hebt den Kopf nicht, als er diese Bemerkung macht, stattdessen huscht sein Blick flink wie eine Eidechse über die Zahlenreihen in dem Brief, dessen Siegel er soeben fachmännisch gelöst hat. Walsingham sagte einmal zu mir, Phelippes müsse eine solche Reihe nur ein- oder zweimal ansehen und könne sie dann auswendig herunterleiern, und in seiner Stimme schwang beinahe so etwas wie väterlicher Stolz mit. Wenn er kein derart genialer Entschlüsseler von Codes wäre, hatte Walsingham noch mit einem nachsichtigen Lachen hinzugefügt, könnte er auf einem fahrenden Jahrmarkt mit seinem phänomenalen Gedächtnis ein Vermögen verdienen. Natürlich bin ich von dem außerordentlichen Erinnerungsvermögen des Mannes fasziniert, aber sein Verhalten lädt nicht zu einer vertraulichen Unterhaltung ein. Tatsächlich scheint er für den Umgang mit anderen Menschen denkbar schlecht geeignet zu sein; er sieht sein Gegenüber kaum je direkt an und windet sich sichtlich vor Unbehagen, es sei denn, er wird gebeten, über seine Arbeit zu sprechen – dann verfällt er in einen langatmigen Monolog und feuert seine Informationen ab, fast ohne Luft zu holen. Hier in dem dämmrigen, sogar am Tag von Laternen erleuchteten Hinterzimmer mit den Läden, die er stets geschlossen hält, um nicht bei seinem Tun beobachtet werden zu können, ähnelt er einem Geschöpf des Waldes, das sich in seinem Bau verkriecht. Wenn die Natur ihn mit überragenden Geistesgaben ausgestattet hat, hat sie sich schadlos gehalten, indem sie ihm ein anziehendes Äußeres verwehrt hat: Der Mann ist klein und dicklich, hat ein schweres Kinn, eine platte Nase und Pockennarben auf den Wangen.

»Maria Stuart ist nie glücklich«, bemerke ich, während er fortfährt, den Brief zu untersuchen, von dem ich weiß, dass er von Lord Henry Howard stammt und auf dem Weg zu Francis Throckmorton ist, um von ihm nach Sheffield Castle gebracht zu werden. Müßig greife ich nach einer Stange Siegelwachs, die auf Phelippes' mächtigem Schreibtisch liegt, inspiziere sie und lege sie zurück. In einer Ecke des Raumes fertigt Dumas hastig Kopien von Castelnaus Briefen an Maria an, bevor er die Originale abliefert. Seine Feder verursacht so kratzende Geräusche wie eine hinter einer Holztäfelung gefangene Maus. Ohne aufzublicken streckt Phelippes eine Hand aus und schiebt die Wachsstange mit einem unwilligen Zungenschnalzen genau dorthin zurück, wo sie ursprünglich gelegen hatte. Dann nimmt er ein Buch aus seinem Schreibtisch, blättert es hastig durch und blickt von den Seiten zu dem Papier in seiner Hand. Als er das Buch in die Höhe hält, sehe ich, dass es sich um Henry Howards Hetzschrift gegen Prophezeiungen handelt.

»Lohnt es sich, es zu lesen?«, frage ich.

Phelippes hebt den Kopf lange genug, dass ich den Ausdruck von Geringschätzung auf seinem Gesicht erkennen kann.

»Es ist der Schlüssel«, redet er vor sich hin, als wäre es nicht der Mühe wert, dies jemandem zu erklären, der so offensichtlich begriffsstutzig ist. »Das Buch *ist* der Code. Diese Methode gehört zu den einfachsten, die man anwenden kann, deshalb hat er ihr eine Ausgabe geschickt. Seht einmal hier – die Zahlen sind in Dreiergruppen zusammengefasst.« Er hält das Papier so, dass ich die in Marias verkrampfter Handschrift zusammengequetschten Zahlenreihen erkennen kann. »Seite, Zeile, Wort. Seht Ihr? Für jeden bedeutungslos, der das Buch nicht kennt, auf das die Zahlen sich beziehen oder der keine Ausgabe davon besitzt; und der Code lässt sich theoretisch endlos variieren, weil man nie zweimal dasselbe Wort als Schlüssel benutzen muss. Maria indes ist von Natur aus bequem; sie bedient sich häufig derselben Seite als Schlüssel für häufig vorkommende Worte, statt sich die Mühe zu machen, nach anderen Grundlagen zu suchen. Was mir meine Arbeit sehr erleichtert.«

»Demnach kennt Ihr die betreffenden Seiten auswendig?«

»Den größten Teil davon, ja.«

Wenn er den bewundernden Unterton in meiner Stimme bemerkt hat, lässt er es sich nicht anmerken, er spricht ohne jede Art von Stolz, zählt lediglich Fakten auf. Jetzt beugt er sich tiefer über den Brief und blättert dabei die Seiten des Buches um.

»Ich werde zur Sicherheit ein paar dieser Worte noch einmal mit dem Buch vergleichen, aber im Wesentlichen behauptet Henry Howard in diesem Brief, nichts von irgendeinem Ring zu wissen. Offenbar hat Maria ihm einen wertvollen Ring mit einem eingravierten Familienwappen geschickt, der einst ihrer Mutter gehörte. In einer grünen Samtschatulle. Schon vor Wochen, wie es aussieht. Er sollte ihn als Siegel benutzen, um zu beweisen, dass die Briefe wirklich von ihm stammen, doch er beteuert hartnäckig, nie eine solche Schatulle oder einen Ring erhalten zu haben. Man könnte meinen, sie wären heimlich verlobt … dieses Hin und Her mit Ringen.« Phelippes gibt plötzlich ein bellendes Lachen von sich, ein Geräusch, das aus seiner Kehle unnatürlich klingt.

»Nur dass Howard ihn wohl wirklich nie bekommen hat«, murmele ich. Mein Gehirn fängt fieberhaft zu arbeiten an. Der Ring, den Maria Henry Howard geschickt hat, ist als Liebesunterpfand bei Cecily Ashe gelandet – es kann sich nur um dasselbe Schmuckstück handeln –, aber wer hat ihn ihr gegeben? Wenn Marias gesamte Korrespondenz mit Howard über die französische Botschaft läuft, dann kann das Päckchen mit dem Ring entweder abgefangen worden sein, bevor es Howard ausgehändigt wurde – zum Beispiel von Throckmorton oder sonst jemandem in Salisbury Court –, oder Howard lügt Maria an und war selbst derjenige, der Cecily den Ring geschenkt hat. Oder sein Neffe Philip Howard, auf den Abigails Beschreibung von Cecilys Liebhaber am besten passt. Ich schüttele den Kopf – es bleibt die Frage, warum der Betreffende ein so eindeutig zu identifizierendes Geschenk gewählt hat; eines das, würde es gefunden, klar auf die Verschwörer um Maria Stuart hinweisen würde. Es kommt mir fast wie ein bewusster Verrat an Maria vor.

Im Raum herrscht mit einem Mal eine seltsame Stille. Ich blicke auf und stelle fest, dass Dumas seine Kritzelei eingestellt hat. Stattdessen starrt er mich an, sein Gesicht ist bleich und angespannt, seine Augen quellen noch stärker aus den Höhlen als sonst. Ich runzele fragend die Stirn, woraufhin er sich auf die Lippen beißt und stumm das Wort »Zeit« formt.

Er hat Recht, er muss das Briefpäckchen zu Throckmorton bringen, und in der »Mitra« wartet Fowler auf mich. Wir arbeiten ohnedies, so schnell wir können, müssen aber immer damit rechnen, dass jemand aus Salisbury Court gesehen hat, wie ich mich mit Dumas getroffen habe oder unseren Abstecher in die Leadenhall Street zu Phelippes' Haus bemerkt hat – vor allem jetzt, wo es fast sicher ist, dass mich jemand beschattet. Dank Marie und ihrer Kokettiererei mit mir ist der größte Teil des Tages bereits verstrichen, aber ich hoffe immer noch, mich heute noch auf den Weg nach Mortlake machen zu können, um nach Ned Kelley oder Hinweisen auf seinen Aufenthaltsort zu suchen. Phelippes scheint bei seiner Arbeit erstarrt zu sein, ich hüstele hinter vorgehaltener Faust leise, doch er zwinkert nur.

»Fast fertig«, sagt er milde, dabei starrt er immer noch auf den Brief, und ich begreife, dass er sich die Zahlen einprägt. Ich würde ihn zu gern nach seiner Technik fragen, möchte seine Konzentration aber nicht stören. Als er sich notiert hat, was er braucht, faltet er Howards Brief wieder zusammen und arrangiert die Geräte, die er für sein zweites Talent benötigt, das Fälschen von Siegeln: einige Stangen Wachs, eine Kerze und eine Reihe kleiner Messer mit silbernen Klingen, von denen manche nicht größer sind als die Spitze einer Schreibfeder. Er nimmt sich einen Moment Zeit, um das neue Wachs zu betrachten, und passt die Farbe sorgfältig an die des Originals an. Ich verfolge fasziniert, wie er mit geschickten Fingern einen Teil der Unterseite erhitzt und gerade so viel frisches Wachs hinzufügt, um das Originalsiegel wieder befestigen zu können, ohne es dabei zu beschädigen. Jede unbedachte Bewegung könnte in dieser entscheidenden Phase fatale Folgen haben; Marias scharfe Augen würden jede verräterische Spur an Howards Siegel sofort entdecken und daraus schließen, dass sich jemand daran zu schaffen gemacht hat. Ich registriere, dass ich unbewusst den Atem anhalte; ich bin sorgsam darauf bedacht, Phelippes auf keinen Fall abzulenken, doch er scheint gar nicht auf mich zu achten. Für einen so schwer gebauten Mann hat er erstaunliche schmale Finger, lang und weiß wie die einer Näherin. Mit seinem kleinen Messer bearbeitet er das weiche Wachs, bis er mit dem Ergebnis zufrieden ist. Dann schiebt er den Brief wieder in die Ölhauthülle des Päckchens, das Dumas unverzüglich bei Throckmorton abliefern muss.

Aus den Augenwinkeln heraus sehe ich Dumas unruhig zappeln; er kann es kaum erwarten, endlich aufbrechen zu können. Nachdem er uns den kopierten Brief ausgehändigt und das Päckchen für Throckmorton neu versiegelt hat, geleitet uns Phelippes zur Hintertür seines Hauses und wünscht uns mit einem linkischen Heben der Schultern und noch immer gesenktem Blick einen guten Tag.

Wir überqueren den Hof und biegen in eine Seitenstraße ein, die bei dem kleinen Kirchhof von St. Katherine Cree endet. Eine kalte Windbö peitscht uns ein paar Regentropfen in die Gesichter, und Dumas erschauert; ein heftiges Zittern, das durch seinen ganzen Körper läuft. Er kommt mir ungewöhnlich angespannt vor; als ein Junge plötzlich aus einer Gasse gestürmt kommt, springt er wie ein Hase in die Höhe und packt meinen Ärmel.

»Stimmt etwas nicht, Léon?«, frage ich, während der Junge Haken um die Pfützen schlägt und hinter Häusern auf der anderen Straßenseite verschwindet. Dumas sieht mich mit einem eigentümlich flehenden Ausdruck an, scheint etwas sagen zu wollen, besinnt sich dann aber, schüttelt den Kopf und murmelt, dass er sich beeilen müsse. Ich komme ebenfalls zu spät zu meinem Treffen mit Fowler; am Morgen noch hatte ich es bedauert, mich in der Schänke einfinden zu müssen, weil es meine Pläne für den Tag beeinträchtigte, aber jetzt empfinde ich fast so etwas wie Erleichterung. Walsinghams zornige Reaktion im Palast hat mich gelehrt, dass ich nicht darauf hoffen kann, den Mörder allein zu überführen, und der stille, zurückhaltende Schotte mit seinem Netzwerk von Kontaktleuten und seinem Wissen über die Vorgänge in Salisbury Court könnte genau der Vertraute sein, den ich jetzt brauche.

Walsingham hat mir praktisch befohlen, meine Informationen weiterzugeben, und die Aussicht, einen Teil der Last auf einen anderen abwälzen zu können, erscheint mir mit einem Mal äußerst verlockend.

Als ich Dumas eine Hand auf die Schulter lege, zuckt er zusammen. Hier trennen sich unsere Wege, ich muss Richtung Westen zur Creed Lane, er Richtung Süden zum Paul's Wharf und Throckmortons Haus.

»Wir sehen uns dann in Salisbury Court.«

Er blickt sich flüchtig um, dann beugt er sich zu mir.

»Jetzt werden sie Bescheid wissen, nicht wahr? Dass die Briefe geöffnet worden sind?«

»Wie kommt Ihr darauf?«

»Der Ring. Wenn die Schatulle und der Ring aus dem Päckchen gestohlen wurden, werden sie jeden überprüfen, der eine Gelegenheit dazu hatte.« Wieder greift er nach meinem Ärmel. Seine Augen flackern vor mühsam unterdrückter Panik.

»Überstürzt nichts, Léon – der Ring kann überall auf seinem Weg verschwunden sein. Oder er ist überhaupt nicht verschwunden. Es gibt keinen Grund, warum man uns jetzt noch stärker verdächtigen sollte als zuvor.«

Aber er ist nicht überzeugt, im Gegenteil, er wirkt ängstlicher, als ich ihn je erlebt habe. Wenn seine Furcht die Oberhand gewinnt und er versucht, unsere Vereinbarung rückgängig zu machen, könnten wir den Zugang zu Marias Korrespondenz mit Salisbury Court und somit jegliche Informationen über ihre Invasionspläne verlieren und keine Beweise für Komplotte gegen die Königin mehr zusammentragen können. Das darf nicht geschehen, die gesamte Operation hängt von Dumas' Seelenfrieden ab, und es ist an mir, seine Bedenken zu zerstreuen.

»Wir müssen Ruhe bewahren, Léon, und dürfen uns auf keinen Fall durch unser Verhalten verraten. Wir werden später ausführlich darüber sprechen. Kommt in meine Kammer, wenn Ihr könnt.« Ich klopfe ihm auf die Schulter. »Und jetzt geht.« Ich sehe ihm nach, als er mit zum Schutz vor dem Regen hochgezogenen Schultern in südlicher Richtung auf den Fluss zusteuert. Als ich mich umdrehe, um meinen eigenen Weg fortzusetzen, bin ich mir sicher, eine hastige Bewegung zu bemerken, eine Gestalt, die in den Schatten hinter der Kirche St. Katherine huscht. Mein Magen krampft sich einen Moment lang zusammen, und ich greife nach dem Dolch mit dem beinernen Griff, den ich immer am Gürtel trage – das einzige Besitzstück, das ich in der Nacht meiner Flucht aus dem Kloster San Domenico in Neapel mitgenommen habe. Doch als ich mich nach allen Seiten umblicke, kann ich nichts Verdächtiges ausmachen, nur zwei Männer kommen tief in ein Gespräch verstrickt auf mich zu. Ich atme tief durch. Trotz des Regens gehen viele Londoner ihrem Tagewerk nach, und ich muss aufpassen, dass ich mich nicht von Dumas' Nervosität anstecken lasse und überall Gespenster sehe. Ich ziehe mir die Krempe meines Hutes tiefer in die Stirn und gehe weiter, aber meine Hand ruht nur für den Fall eines Falles auch weiterhin auf dem Griff meines Dolches.

Die Creed Lane verläuft westlich des Kirchhofs von St. Paul's, und die schmale Straße wimmelt bereits von Menschen, die sich mit scharfen Beschimpfungen gegenseitig anrempeln, während sie versuchen, sich und ihre Waren vor dem Regen zu schützen. Gerade als ich die Schänke erreiche, legt sich eine Hand auf meine Schulter. Wieder zucke ich zusammen, und meine Finger schließen sich instinktiv um das Messer, als ich mich umdrehe und in das grinsende Gesicht von Archibald Douglas blicke. Sein Atem riecht bereits stark nach Bier, doch seine Augen funkeln klar und mutwillig.

»Bruno! Dachte mir doch, dass Ihr das seid. Habe Euren Hut in der Menge erkannt. Was führt Euch in diesen Teil der Stadt?«

Augenblicklich auf der Hut mustere ich ihn aus schmalen Augen argwöhnisch. Soweit ich weiß, hat mich Douglas noch nie mit Hut gesehen, außerdem ist meiner aus schwarzem Leder wie der jedes zweiten Mannes in London. Könnte es *Douglas* sein, der mir heimlich folgt?

»Bücher«, erwidere ich, mühsam um Fassung ringend, »ich will mir die Stände der Buchhändler vor St. Paul's ansehen.«

»Ich glaube nicht, dass die Bücher, die Ihr bevorzugt, an öffentlichen Ständen verkauft werden.« Er blinzelt mir zu und legt mir einen Arm um die Schultern, als er die Tür aufstößt. »Kommt, ich lade Euch zu einem Humpen Bier ein.«

Sein plötzliches Auftauchen und die Jovialität, die er an den Tag legt, stimmen mich misstrauisch, aber da ich so offensichtlich auf dem Weg in die Schänke war, kann ich sein Angebot unmöglich ausschlagen, ohne Verdacht zu erregen, also lasse ich mich achselzuckend in den dampfenden Schankraum führen, wo der Geruch nach nasser Wolle mit dem von Pasteten und Bier wetteifert.

Douglas drängt sich durch das Gewühl vor Nässe triefender Menschen, die hier vor dem Wolkenbruch Schutz gesucht haben, und bestellt bei einem Schankmädchen, das in jeder Hand zwei Humpen trägt und flucht, als etwas von ihrem Inhalt überschwappt, Bier.

»Passt auf Taschendiebe auf«, warnt er mich über die Schulter hinweg, dann bleibt er stehen, blickt über meinen Kopf hinweg zur anderen Seite des Raumes hinüber, verzieht das Gesicht und murmelt: »Verdammt.« Als er einen Ecktisch erreicht, bedeutet er den anderen Gästen, auf der Bank zusammenzurücken und uns Platz zu machen, was sie leise murrend auch tun. Douglas hat etwas seltsam Zwingendes an sich; obwohl ich ihn nicht mag, möchte ich ihn nicht zum Feind haben, und da er so offenkundig zu den Verschwörern von Salisbury Court gehört, wäre es töricht, die Gelegenheit, ihm genauer auf den Zahn zu fühlen, nicht zu nutzen. Trotzdem werde ich das Gefühl nicht los, dass er beschlossen hat, *mir* auf den Zahn zu fühlen.

Als wir sitzen und unser Bier vor uns stehen haben, beugt er sich vor. »Ihr werdet nie erraten, wen ich gerade dort hinten gesehen habe.« Ohne meine Antwort abzuwarten schnauft er Bierschaum versprühend: »William Fowler.«

»Fowler? Tatsächlich?« Ich konzentriere mich auf den Humpen vor mir. Armer Fowler, ich frage mich, ob er mich mit Douglas hat hereinkommen sehen, nachdem ich ihn über eine halbe Stunde habe warten lassen. Ich kann nur hoffen, dass er so gut wie ich weiß, dass man in unserem Geschäft seine Pläne manchmal von einem Moment zum anderen ändern muss.

»Aye. Was haltet Ihr von ihm?«

»Von wem – von Fowler?« Douglas' Frage reißt mich aus meinen Überlegungen; er hat sich noch weiter vorgebeugt und fixiert mich scharf. Ich zucke die Achseln. »Ich kenne ihn kaum. Er scheint zu den stillen Zeitgenossen zu gehören.«

»Aye.« Douglas nickt und trinkt geräuschvoll einen großen Schluck. »Das tut er allerdings. Er hält sich ziemlich für sich.« Mit einem tintenfleckigen Zeigefinger tippt er auf den Tisch. »Lord Howard hegt den Verdacht, dass sich jemand an der Post zu schaffen macht. An der für Königin Maria, meine ich.«

»Wie kommt er denn darauf?« Ich bin gezwungen, mich ebenfalls weiter nach vorne zu lehnen, sein schottischer Akzent und der Lärmpegel in der Schänke machen es mir nicht leicht, dem Gespräch zu folgen.

»Er sagt, es fehlen einige Dinge. Sind einfach verschwunden, versteht Ihr? Daraus folgert er, dass sich jemand an den Päckchen vergreift, die aus Sheffield Castle kommen.«

»Was für Dinge?«

Douglas schüttelt nur den Kopf. »Briefe und Päckchen, die Maria ihm geschickt hat. Mehr hat er nicht gesagt. Aber natürlich richtet er sein Augenmerk auf Salisbury Court.« Er lässt den letzten Satz ganz beiläufig fallen und blickt dabei zum Nachbartisch, aber augenblicklich spannen sich alle meine Muskeln an.

»Howard hat keinen Grund, jemanden aus der Botschaft zu verdächtigen.« Ich versuche, mit ruhiger Stimme zu sprechen. Bittere Erfahrung hat mich gelehrt, dass es, wenn man eines Vergehens bezichtigt wird, fast nicht möglich ist, die Vorwürfe zurückzuweisen, ohne zu klingen, als erhebe man allzu hitzige Proteste. Aus diesem Grund habe ich es vor Jahren auch vorgezogen, aus dem Kloster zu fliehen, statt zu bleiben und mich einem Verhör durch den Vater Inquisitor auszusetzen.

Douglas lacht dröhnend auf.

»Kommt schon, Bruno, stellt Euch nicht dümmer, als Ihr seid. Jeder weiß, dass Ihr von der Inquisition gesucht werdet. Ihr seid ein abtrünniger Mönch, um Himmels willen! Und was Howard betrifft …«, an dieser Stelle dämpft er seine Stimme, »… in seinen Augen seid Ihr kein Anhänger des katholischen Glaubens, sondern ein Gegner. Ich sage nicht, dass ich seine Ansicht teile, ich finde nur, Ihr solltet wissen, was Howard von Euch hält. Er ist wütend auf Castelnau, weil er Euch zu diesen Versammlungen in der Botschaft eingeladen hat.«

»Nun, ich hasse es, ihn zu enttäuschen, aber heutzutage gilt meine Loyalität zuallererst demjenigen, der mir ein Dach über dem Kopf und eine warme Mahlzeit anbietet.«

»Aye, darauf trinke ich.« Er hebt seinen Humpen.

»Ich weiß über Marias Briefe nur das, was ich zusammen mit

dem Rest von Euch bei diesem Dinner erfahren habe.« Ich blicke ihm so freimütig wie möglich in die Augen. »Gehört Ihr selbst denn dem katholischen Glauben an?«

Ein Lächeln zuckt um seine Mundwinkel.

»Aye, man könnte vermutlich sagen, dass ich mich auf die Seite der Katholiken geschlagen habe. Ich persönlich betrachte mich als Pragmatiker. Ich kann die Zeichen der Zeit erkennen, mein Freund, und ich brauche keinen Sterndeuter und keine alte Prophezeiung, um zu wissen, dass Elisabeths Stern im Sinken begriffen ist.« Er schielt plötzlich nach rechts und links, aber niemand scheint unserem Gespräch Beachtung zu schenken. »Ich verstehe mich darauf, mich bei denen, deren Karriere steil nach oben führt, unentbehrlich zu machen, und wenn sie ihre Position gefestigt haben, fordere ich meine Belohnung ein. Henry Howard macht sich bezüglich meiner Frömmigkeit keine Illusionen, aber er weiß, dass ich meine eigene Position niemals gefährden würde. Königin Maria verbürgt sich für mich, und das reicht ihm. Nein – es ist Fowler, über den ich mir Gedanken mache. Er hat viele Freunde am Hof. Castelnau meint, das würde sich für uns günstig auswirken, aber ich habe da meine Zweifel.«

»Wie ich hörte, habt Ihr Euch Königin Maria einst bereits unentbehrlich gemacht«, werfe ich ein, um das Thema zu wechseln. Wenn die regelmäßigen Besucher von Salisbury Court zu viele Spekulationen über Fowlers Vertrauenswürdigkeit anstellen, könnte das unerwünschte Aufmerksamkeit erregen.

Douglas grinst breit, schlägt mit der flachen Hand auf den Tisch und ruft über den Lärm in der Schänke hinweg nach mehr Bier.

»Ihr spielt auf den unseligen und vorzeitigen Tod von Königin Marias zweitem Mann Lord Darnley bei Kirk o'Field an, schätze ich?« Er leert seinen Humpen und blinzelt dann einen Moment lang mit milder Enttäuschung hinein. »Es hieß, sie hätten am nächsten Morgen meine Schuhe am Tatort gefunden. Ist das ein Beweis, frage ich Euch? Es können die Schuhe jedes beliebigen Mannes gewesen sein – schließlich habe ich ja nicht meinen verdammten Namen daraufgestickt. Aber versucht einmal, das dem Kronrat von Schottland zu erklären. Natürlich war da noch mein früherer Diener, der auf dem Schafott gegen mich ausgesagt hat, aber wenn man einem Mann eine Schlinge um den Hals legt, sagt er so ziemlich alles, was man von ihm hören will, nicht wahr? Ach, danke, meine Süße.« Er schenkt dem Schankmädchen, das zwei frische Humpen vor uns hinstellt, ein strahlendes Lächeln. Ich habe meinen ersten kaum angerührt, aber das scheint er nicht bemerkt zu haben.

»Was war das eigentlich für eine Geschichte mit der Pastete?«, frage ich.

Wieder ertönt eine schallende Lachsalve.

»Ach ja, die Pastete. Ich werde es Euch erzählen. Als Maria Stuart vom Tod ihres Mannes erfuhr, lud sie eine Anzahl Frauen zu einem Ball an ihrem Hof ein, und sie haben die ganze Nacht lang getanzt – alle splitterfasernackt.« Er legt eine kleine Kunstpause ein. »Und wisst Ihr, was sie dann taten? Sie rasierten sich ihre Haare ab!«

»Ihre Haare?«, wiederhole ich stirnrunzelnd.

»Von ihren Mösen, Ihr ahnungsloser Engel.« Für den Fall, dass ich immer noch nicht verstehe, deutet er auf seine Leistengegend. »Dann taten sie die Haare in eine Fruchtpastete, die sie dann zum Spaß den männlichen Gästen vorsetzten. Das ist die Frau, die sie auf den Thron bringen wollen.« Er streicht sich das Haar aus der Stirn und nickt zufrieden.

»Ist das wahr?«

Douglas legt sich pathetisch die Hand auf das Herz.

»So wahr, wie ich hier sitze, mein Sohn.«

»Ich wünsche Euch einen guten Tag, Gentlemen. Dachte ich es mir doch, dass Ihr es seid.«

Ich schrecke zusammen und blicke auf. Fowler hat sich durch das Gedränge gekämpft, steht jetzt neben unserem Tisch und lächelt unsicher.

»Oh, hallo. So ein Zufall. Master Fowler – auch Euch einen guten Tag.« Douglas hebt seinen Humpen, doch sein höfliches Lächeln erreicht seine Augen nicht. Fowler neigt ohne erkennbare Wärme den Kopf. Zwischen den beiden Schotten scheint eine uneingestandene Feindseligkeit oder ein Misstrauen zu herrschen, das die Annahme Lügen straft, Landsleute fern von daheim würden sich unweigerlich miteinander anfreunden. Ich versuche Fowler mit den Augen eine Entschuldigung zu übermitteln, doch er murmelt mit professioneller Kaltblütigkeit nur: »Bruno«, und nickt, bevor er sich wieder an Douglas wendet.

»Was führt Euch hierher, Archie?«, fragt er.

»Oh, Geschäfte«, erwidert Douglas obenhin. »Immer Geschäfte, Fowler, Ihr kennt mich doch. Und unser Freund Bruno hat auf dem Kirchhof von St. Paul's nach Büchern gestöbert. Wo wir gerade beim Thema sind …« Er greift in sein Wams und zieht ein zusammengefaltetes, zerknittertes Stück Papier heraus. »Hat einer von Euch das hier schon einmal gesehen?« Er legt es vor sich auf den Tisch – eine weitere Flugschrift, diesmal mit einem Holzschnitt mit dem astrologischen Zeichen des Saturns. Douglas schiebt es zu mir herüber, während Fowler mir über die Schulter blickt. Auf dem Blatt prangt die primitive Zeichnung einer toten Frau, aus deren Brust ein Schwert ragt. Der Text besagt im Wesentlichen, dass der zweite Mord an einer königlichen Hofdame als klares Zeichen Gottes gewertet werden muss, welches besagt, dass Elisabeths Herrschaftszeit und mit ihr das, was der anonyme Verfasser als »protestantisches Experiment« bezeichnet, sich dem Ende nähert. Die Morde, deren Einzelheiten so deutlich auf die Große Konjunktion und ihre apokalyptischen Prophezeiungen hinweisen, sind Gottes Ausdruck des Zorns auf die ketzerische Königin, die in ihrer Rebellion gegen den Allmächtigen Unterstützung bei Hexern und Teufelsjüngern wie John Dee sucht, statt sich der Weisheit des Papstes zu unterwerfen. Wenn nicht der Teufel persönlich diese Morde begangen hat, dann kann es nur jemand mit satanischen Kräften gewesen sein.

»Steckt das weg!«, zischt Fowler und blickt sich hastig im Raum um, bevor er neben dem Tisch niederkauert. »Es verstößt heutzutage schon gegen das Gesetz, gedruckte Prophezeiungen nur zu besitzen – man weiß nie, wer einen beobachtet.«

»Diese Morde nehmen uns die Arbeit ab«, bemerkt Douglas, ohne auf Fowlers Rüge einzugehen, klopft auf das Pamphlet und dämpft seine Stimme zu einem Flüstern. »Untergraben das Vertrauen des Volkes in sie, mehr bedarf es nicht. Ihr werdet feststellen, dass es kaum Widerstand gegen einen Herrscherwechsel geben wird, sobald die Leute Beweise dafür sehen, dass Gott sein Antlitz von ihr abwendet.«

»Ihr unterschätzt die Sturheit der Engländer.« Fowler schüttelt den Kopf. »Und ihre Abneigung gegen Rom. Denkt nur an die Unzufriedenheit in den Straßen und die Hetzschriften, die aufgetaucht sind, als es hieß, die Königin erwöge, einen katholischen Franzosen zu heiraten.«

»Oh, aye?« Douglas strafft sich, als würde er sich auf einen Kampf vorbereiten, dann fällt ihm ein, wo er sich befindet, und er senkt die Stimme wieder. »Und Ihr unterschätzt die Anzahl einfacher Leute im Reich, William. Unter ihnen finden sich viel mehr Anhänger Roms, als Ihr glaubt. Die Menschen vermissen die Sicherheit des alten Glaubens. Sie vermissen ihre hölzernen Heiligenfiguren und Pilgerfahrten und den Trost von Beichte, Buße und Absolution.« Er hebt einen Finger. »Bei dem alten Glauben wussten sie, woran sie waren, und das mögen diese Menschen. Besucht einmal die kleinen Städte und Dörfer im Land – niemand dort hat Erasmus oder Tyndale gelesen. Die Leute gehen in die Kirche, weil es ihnen befohlen wurde und sie sich die Strafen nicht leisten können, aber tief in ihren Herzen glauben sie immer noch an das Wunder der Messe. Sogar die Geistlichen. Und wenn sie hören, dass der Teufel eine blutige Schneise durch den Hof zieht, weil ihre Herrscherin mit Hexerei liebäugelt, werden sie dankbar für eine neue sein, glaubt es mir. Es gibt genug einfache Leute im Land, um einen Aufstand anzuzetteln, wenn der Zeitpunkt gekommen ist. Man muss sie nur mit den richtigen Mitteln ermutigen.«

Er klingt ob dieser Aussicht so begeistert, als hätte er dies alles selber geplant, und er hat Recht: Diese Morde am Hof können, wenn die Nachricht davon auf die richtige Weise verbreitet wird, den Verschwörern nur nützen, wenn es zu einer katholischen Invasion kommen sollte. Aber wieder stellt sich mir dieselbe Frage – wenn die Morde Teil eines katholischen Komplotts sind, warum werden sie dann so ausgeführt, dass alles auf eben dieses Komplott hindeutet? Was erhofft sich der Täter von diesem doppelten Bluff?

»Ich frage mich, ob dieser Mörder weiß, dass er unserer Sache hilft«, werfe ich zaghaft ein, ohne den Blick von der Flugschrift zu wenden. Die Neuigkeiten müssen sich wie ein Lauffeuer verbreitet haben, wenn sie kaum einen Tag nach dem Mord schon verfasst und gedruckt werden konnten. Aber andererseits waren genug Diener in Whitehall Zeugen der Ereignisse der gestrigen Nacht, und viele Leute stehen Elisabeth ablehnend genug gegenüber, um ihr Leben zu riskieren, indem sie solches Material drucken.

»Natürlich nicht.« Douglas blickt sich um. »Wir haben es lediglich mit einem Irrsinnigen zu tun, der Frauen hasst. Aber ich sage, wir können uns das zunutze machen.«

»Ein Irrer innerhalb des Hofes«, fügt Fowler hinzu und faltet die Hände. »Alle waren gestern Abend wegen des Konzerts dort versammelt.«

Douglas zuckt die Achseln.

»Der beste Zeitpunkt, um zuzuschlagen – alle waren abgelenkt«, schnüffelt er. »Aber darüber muss ich mir nicht den Kopf zerbrechen. Es liegt in unserem Interesse, dass dieses Zeug hier ...«, er wedelt mit dem Pamphlet, »... ein möglichst breites Publikum erreicht. Es schürt die Angst und schmälert die Beliebtheit der Königin.« Er wuchtet sich von der Bank hoch, schlingt seinen Umhang um die Schultern, leert seinen zweiten Bierhumpen und knallt ihn auf den Tisch. »Wobei mir einfällt, dass ich noch zu tun habe. Es war mir ein Vergnügen, Gentlemen. Bis dann.« Er setzt seine formlose Wollkappe auf, berührt mit einer spöttischen Verbeugung die Krempe und verschwindet in der Menge.

»Ich nehme an, Ihr zahlt?«, fragt das Schankmädchen, das neben mir aufgetaucht ist und mir fordernd eine Hand entgegenstreckt. Erst jetzt geht mir auf, dass Douglas, der mich ja eingeladen hat, gegangen ist, ohne zu bezahlen – was ich wahrscheinlich hätte vorhersehen müssen.

Fowler lächelt mitfühlend, als ich das Geld für das Bier abzähle.

»Wie ich sehe, seid Ihr mit den Gepflogenheiten unseres Freundes Douglas noch nicht vertraut.«

Das Mädchen dreht die Münzen in der Hand und mustert mich argwöhnisch; sie fragt sich ganz offensichtlich, ob ich versuche, sie mit irgendeiner zweifelhaften ausländischen Währung zu betrügen. Nachdem sie sich vom Gegenteil überzeugt hat, zeigt sie auf die Humpen. Ich sehe Fowler an, der abwehrend eine Hand hebt.

»Nein, danke. Hier drinnen bekomme ich Kopfschmerzen. Der Himmel klart ein wenig auf, glaube ich. Wir können ein Stück gehen.«

»Ich bin nicht sicher, ob Douglas sich zu Euren Freunden zählt«, meine ich, als wir uns durch die Tür quetschen. Fowler hat Recht, der Himmel weist zwar immer noch bedrohliche graue Streifen auf, und der Wind fegt Blätter über die Straße, aber der Regen hat aufgehört. Das Pflaster ist glitschig von Pferdemist und nassem Stroh, und ich weiche dem fauligen braunen Strom, der sich in die Rinnsteine ergießt, sorgfältig aus.

»Nein, vermutlich nicht.« Er schlägt seinen Kragen hoch, und wir wenden uns in die Richtung von St. Paul's, getreu des Grundsatzes, dass man in der Menge am wenigsten auffällt. Ich lege eine Hand schützend über meinen Geldbeutel. »Ich weiß zu viel über Douglas, das ist das Problem«, fährt Fowler fort. »Wenn ein Mann sich in ein anderes Land absetzt, um dort in eine andere Haut zu schlüpfen, ist ein Landsmann, der seine wahre Geschichte jeden Moment ausplaudern kann, das Letzte, was er brauchen kann. Stellt Euch vor, jemand, der Euch von Italien her kennt, würde plötzlich in Salisbury Court auftauchen.« Er lächelt, aber ich muss an Marie de Castelnaus verschlagene Anspielung auf den toten Mann in Rom denken und schlinge die Arme um meine Brust, um einen Schauer zu unterdrücken.

»Auf jeden Fall sollten wir auf der Hut sein«, warne ich, als wir durch die Tore in den Schatten der großen Kathedrale treten, deren Mauern zweihundert Fuß hoch vor uns aufragen und deren zerborstener Turm wie ein Fingerstumpf zum trüben Himmel emporzeigt. »Sie vermuten, dass sich jemand an der Post zu schaffen macht.« Als wir an den Ständen der Buchhändler vorbeischlendern, erzähle ich ihm von dem, was in Phelippes' Werkstatt geschehen ist, von dem verschwundenen Ring und der wachsenden Besorgnis der Verschwörer bezüglich ihrer Korrespondenz mit Maria. Erst als ich alles laut wiedergebe, fällt mir auf, dass Henry Howard Douglas nicht anvertraut hat, was seiner Meinung nach gestohlen wurde; ganz eindeutig gären hinter den verschlossenen Türen von Salisbury Court Geheimnisse innerhalb von Geheimnissen. Phelippes' Scherz über eine Verlobung kommt mir wieder in den Sinn und gewinnt plötzlich eine neue Bedeutung, angesichts derer ich abrupt stehen bleibe. Wenn Howard auf eigene Faust mit Maria korrespondiert, ist es dann möglich, dass er beenden will, was sein Bruder begonnen hatte? Es wäre ein Spiel mit enormem Einsatz – wenn diese Invasionspläne auch nur den Hauch einer Chance auf Erfolg haben, könnte jeder Mann, den Maria heiratet, damit rechnen, bei ihrer Krönung König von England zu werden. Könnte er ihr mit seinen privaten verschlüsselten Briefen den Hof machen? So ein Unterfangen wäre Henry Howard durchaus zuzutrauen.

»Bruno?« Fowler ist gleichfalls stehen geblieben und mustert mich voller Sorge. Ich beschließe, diese Vermutungen für mich zu behalten.

»Also denkt Howard offenbar, ich wäre der Schuldige, und Douglas möchte gerne glauben, dass Ihr es seid«, stelle ich fest, als wir die Apsis am östlichen Ende des Gebäudes umrunden und uns hinter der Menge wiederfinden, die sich um die kleine Außenkanzel St. Paul's Cross drängt. Trotz des Windes harren die Menschen stoisch aus und verrenken sich die Hälse, um die Worte des Predigers aufzuschnappen, ehe sie von den Böen fortgerissen werden. Ich kann den Mann über den Köpfen des Publikums kaum erkennen, aber aus den Fetzen seiner Rede, die zu uns hinüberwehen, entnehme ich, dass er gegen Weissagungen, Zukunftsvorhersagen und auch gegen alte Prophezeiungen wettert. Er bellt etwas von König Saul und der Hexe von Endor. Ich nehme an, dass die Predigt offiziell gebilligt wurde; kein dummer Schachzug, da der Kirchhof der Hauptmarkt für den illegalen Verkauf von Flugschriften wie der ist, die Douglas uns eben gezeigt hat; die Händler mischen sich unter die Männer, die verbotene heilige Reliquien feilbieten, die sie unter ihren Umhängen bei sich tragen.

»Was ist mit Eurem nervösen Freund Dumas, dem Sekretär?«, erkundigt sich Fowler. »Ist er schon in das Visier von irgendjemandem geraten?«

»Zum Glück noch nicht. Bislang hat er die Nerven behalten.«

»Gut. Dann entspringen ihre Verdächtigungen im Moment blanker Bosheit, und wir werden sie hoffentlich leicht zerstreuen können. Was zählt, ist, dass niemand auf die Idee kommt, Dumas genauer in Augenschein zu nehmen. Wenn er verhört wird, ist das unser Ende.«

»Allerdings«, bestätige ich im Brustton der Überzeugung. Dumas würde bei der ersten Beschuldigung zusammenbrechen, es darf auf keinen Fall auch nur der Schatten eines Verdachts auf ihn fallen. Dann erinnere ich mich an die Gestalt, die ich hinter der Kirche in der Leadenhall Street verschwinden zu sehen gemeint hatte, als Dumas und ich Phelippes' Haus verließen, und an den merkwürdigen Zufall, dass Douglas plötzlich just an dem Ort aufgetaucht ist, an dem ich Fowler treffen wollte. Wieder beschleicht mich ein unbehagliches Gefühl. Es ist nicht möglich, mit absoluter Sicherheit zu wissen, wem man trauen kann und wem nicht.

»Was hat es denn nun mit diesem neuen Mord auf sich?«, flüstert Fowler, als wir uns an den Rand der Zuhörermenge heranschieben. »Es muss direkt unter unserer Nase passiert sein. Wurdet Ihr deswegen aus der Halle gerufen?«

Mit leiser Stimme erzähle ich ihm alles, was sich in der letzten Nacht in Whitehall ereignet hat, und lasse auch meine früheren Gespräche mit Abigail, den Mord an Cecily Ashe und meinen Verdacht, dass beide Morde mit den Komplotten zu tun haben, die in Salisbury Court geschmiedet werden, nicht aus. Als ich geendet habe, pfeift Fowler durch die Zähne und schüttelt den Kopf, ohne den Blick von der Kanzel zu wenden.

»Gütiger Gott«, murmelt er. »Bruno, diese Verschwörung zieht weitere Kreise, als wir angenommen haben. Glaubt Ihr, sie beabsichtigen, Elisabeth zu töten? Ich bin davon ausgegangen, dass der Herzog von Guise sie gefangen nehmen wollte, wenn diese Invasion Erfolg hat, um sie öffentlich wegen Ketzerei anzuklagen und ein Exempel an ihr zu statuieren.«

»Vielleicht meinen sie, den Thron leichter an sich bringen zu können, wenn das Land keinen Herrscher mehr hat, hinter den das Volk sich stellen kann«, mutmaße ich. »Dann würde England in ein Chaos gestürzt und wäre extrem verletzlich. Als Gefangene würde Elisabeth Loyalität wecken, so wie es Maria jetzt tut. Tot kann sie nichts mehr ausrichten.«

»Nein, dann würden die Leute nach einem neuen starken Monarchen schreien.« Fowler blinzelt in den Wind. »Also glaubt Ihr, einer unserer Freunde in Salisbury Court ist der Mörder?«

»Auf jeden Fall der Drahtzieher, wenn er die Morde nicht selbst begangen hat. Anders kann es meiner Meinung nach nicht sein. Cecily Ashe hat den Ring erhalten, den Maria Stuart Howard geschickt hatte – er muss ein Zeichen ihrer Beteiligung an der Verschwörung sein. Und bei dem Mann, der ihn ihr geschenkt hat, muss es sich um denselben handeln, der Cecily getötet hat. Wahrscheinlich fürchtete er, sie würde die ganze Sache auffliegen lassen.«

»Und derselbe Mann hat auch dieses Mädchen Abigail umgebracht?«

»Abigail muss getötet worden sein, weil sie Cecilys Freundin war und der Mörder dachte, sie wüsste etwas über seine Identität oder die Verschwörung. Aber ich bin fest davon überzeugt, dass sie ermordet wurde, weil er gesehen hat, wie sie an jenem Tag mit mir sprach.« Ich senke den Blick und hole tief Atem. »Und der einzige Mann, der dort war und uns sah, war Philip Howard. Er entspricht auch Abigails Beschreibung.«

Fowler runzelt die Stirn.

»Aber der Earl of Arundel war gestern Abend bei dem Konzert, ich habe ihn selbst gesehen. Wenn ich recht darüber nachdenke, waren sie alle da.«

»Es hätte ihn vor dem Konzert nur ein paar Minuten gekostet, den Küchenjungen ausfindig zu machen und dafür zu sorgen, dass ihr ausgerichtet wird, sie möge mich am Küchendock treffen. Dann hätte sein Komplize gewusst, wo er sie findet.«

»Alles, was wir sicher über diesen Mann wissen, ist, dass er einen ziemlich hohen Rang bekleidet und auf junge Frauen anziehend wirkt.« Fowler reibt sich mit dem Zeigefinger über das Kinn. »Aber das lässt sich auch von den anderen Männern sagen, die sich regelmäßig an der Tafel des Botschafters einfinden. Courcelles ist zum Beispiel von hoher Geburt und gilt als sehr attraktiv für Frauen. Madame de Castelnau findet das jedenfalls, das merkt man an der Art, wie sie ihn ansieht. Und er hätte reichlich Gelegenheit, ein Päckchen abzufangen, das an die Botschaft geschickt wird.«

»Dasselbe gilt für Throckmorton, und er ist ein gut aussehender Junge.«

»Aber Throckmorton ist nie lange genug hier, um einen Königsmord und zwei Morde zu planen, er ist immer auf der Straße nach Sheffield unterwegs. Er könnte wohl den Ring aus dem Päckchen entwendet haben, aber ich halte ihn nicht für intelligent und einflussreich genug, um hinter den Morden zu stecken. Er gehört zu der Sorte Mensch, die bereitwillig alles tun, was ihnen gesagt wird, aber er würde nie selbst Komplotte aushecken.« Er schüttelt den Kopf. »Bleiben nur Douglas und Henry Howard.«

»Douglas?« Vor lauter Ungläubigkeit vergesse ich, meine Stimme zu dämpfen. Eine Frau vor uns dreht sich um, misst uns mit einem tadelnden Blick und legt einen Finger auf die Lippen, obwohl mir schleierhaft ist, wie sie darauf hoffen kann, trotz des Gejohles und des Beifalls der Menge etwas von der Predigt mitzubekommen. Ich denke einen Moment lang über Douglas nach und frage mich, ob Fowler nicht doch Recht haben könnte. Er mag ja ein vom Trinken gezeichnetes Gesicht und ergrauendes Haar haben, aber sein ausgeprägtes Kinn und das Glitzern in seinen Augen, das verrät, dass er mit sich und der Welt zufrieden ist, könnten ein unerfahrenes Mädchen für ihn einnehmen. Und sogar Henry Howard mit seinem Spitzbart und den diabolischen Augenbrauen haftet eine gewisse gebieterische Ausstrahlung an, die attraktiv wirken könnte. Es liegt auf der Hand, dass uns eine so subjektive Beschreibung nicht weiterhilft.

»Wer kann schon sagen, wen Frauen anziehend finden und wen nicht?«, flüstert Fowler, als habe er meine Gedanken gelesen. »Es könnte sogar einige geben, die das von Euch behaupten, Bruno«, fügt er mit einem süffisanten Grinsen hinzu.

»*Grazie*. Ihr seid auch nicht gerade abstoßend«, erwidere ich gleichfalls grinsend, obwohl meine Gedanken unwillkürlich zu Marie und ihrem Versuch, mich zu verführen, wandern. Was auch immer sie dazu bewogen haben mag, mein Gesicht war es sicher nicht.

»Hört Euch uns an – da diskutieren wir wie zwei alte Priester in einem Knabenbordell über männliche Attraktivität.« Fowler lacht grimmig auf. »Wenn wir diesen Mann finden wollen, brauchen wir bessere Anhaltspunkte. Aber wo sollen wir anfangen?«

»Ich weiß schon, wo ich mit meiner Suche beginne«, zische ich durch die Zähne.

Der Prediger am St. Paul's Cross scheint zum Ende gekommen zu sein, eine Beifallsalve brandet auf, dann beginnt sich die Menge ringsum zu zerstreuen. Vom Fluss her ziehen Wolken auf, der Wind wird stärker, und die Luft riecht wieder nach Regen. Fowler zieht sich seine Kappe tiefer ins Gesicht, wir wenden uns ab und steuern auf die Südseite der Kathedrale mit ihrem Gewimmel von Händlern, Hausierern und Beutelschneidern zu. Ich empfinde jene eigenartige Erleichterung, die vom Reden herrührt, auch wenn keine Lösung für das Problem gefunden wurde; froh darüber, mich Fowler anvertraut zu haben, verwünsche ich mich erneut für mein störrisches Beharren darauf, Cecilys Mörder ohne fremde Hilfe ausfindig machen zu wollen. Wenn ich weniger auf meinen eigenen Erfolg erpicht gewesen wäre, hätte Abigail vielleicht nicht den Preis dafür bezahlen müssen. Das Bewusstsein meiner Schuld lastet wie ein Stein auf mir, als ich an ihren Leichnam auf dem kalten Boden dieser Vorratskammer denke, und mein Entschluss, den Schuldigen vor Gericht zu bringen, verstärkt sich.

»Hört zu, Bruno.« Fowler legt mir leicht eine Hand auf den Arm. »Ihr wollt einen der Howards als Täter sehen. Ich mache Euch keinen Vorwurf daraus – es fällt schwer, sie zu mögen. Aber wir müssen Augen und Ohren offen halten. Irgendetwas an der ganzen Sache kommt mir merkwürdig vor. Wenn das

Vergiften der Königin von Anfang an ein Teil von Guises Invasionsplan war, warum hat niemand das bei einem von Castelnaus geheimnisvollen Treffen erwähnt? Und wenn Cecily Ashe ermordet wurde, weil sie fürchteten, enttarnt zu werden, warum tun dann alle so, als wäre das etwas Neues für sie?«

Diese Fragen rühren an meine eigenen Bedenken. Ich blicke zum Himmel empor. Das Licht wird schwächer, ich muss mich beeilen, wenn ich einen Bootsmann finden will, der mich noch heute Abend bis nach Mortlake bringt.

»Einer oder mehrere von ihnen verstellen sich«, versetze ich. »Aber die Gruppe, die sich in Salisbury Court trifft, ist von Castelnau zusammengebracht worden. Daraus lässt sich nicht zwingend schließen, dass alle Mitglieder sich mögen oder einander trauen. Vielleicht verfolgen die, die Elisabeths Tod planen, eigene Ziele und benutzen die französische Invasion nur als Mittel zum Zweck.« Wieder erwäge ich die Möglichkeit, dass Henry Howard Maria mit Blick auf den Thron den Hof macht, aber das verschweige ich Fowler. Vielleicht ist es kindisch, aber ich will derjenige sein, der Walsingham diese Theorie unterbreitet.

»Das wäre möglich.« Er blinzelt nachdenklich, um gleich ebenfalls zum Himmel emporzusehen. »Ich habe den Eindruck, dass Henry Howard diese Mission am liebsten selbst leiten würde, aber die Behörden sind an ihm und seiner Familie zu sehr interessiert, er kann nicht die alleinige Kontrolle übernehmen, ohne entdeckt zu werden. Er braucht den Deckmantel der französischen Botschaft, um mit Marias Anhängern in Paris zu korrespondieren, aber ihm ist sein Missfallen darüber, dass Castelnau Leute wie Euch in die Verschwörung mit einbezieht, deutlich anzumerken.«

»Wie ist denn Euer Verhältnis zu Howard?«, erkundige ich mich neugierig.

Fowler zuckt die Achseln.

»Er duldet mich, weil Castelnau ihn davon überzeugt hat, dass ich nützliche Verbindungen zum schottischen Hof habe, und wie Ihr wisst, sind alle Informationen darüber, wie König James zum Thronanspruch seiner Mutter steht, von großem Wert für die Verschwörer. Ich glaube nicht, dass Howard mir direkt misstraut, aber er wirkt immer beunruhigt, wenn ich hier bin. Ich vermute, er zweifelt an der Loyalität eines jeden, der nicht die Intensität seiner eigenen Motive teilt.«

»Dann muss er an uns allen zweifeln«, gebe ich zurück. »Keiner sonst führt eine so persönliche Fehde gegen Elisabeth und ihre Regierung.«

Fowler nickt nachdrücklich.

»Darüber hinaus hat er, wie Ihr ja selbst gesehen habt, die Geduld mit Castelnaus Festhalten an diplomatische Beziehungen verloren. Wenn ihm spanisches Geld zur Verfügung gestellt wird, könnte Howard versucht sein, mit der französischen Botschaft zu brechen und mit Mendoza gemeinsame Sache zu machen.« Er presst die Lippen zusammen. »In dem spanischen Botschafter hat er einen Verbündeten gefunden, der genauso skrupellos ist wie er selbst.«

Ich sehe Howard und Mendoza wieder vor mir, wie sie bei dem Konzert in Whitehall die dunklen Köpfe zusammenstecken und mich voller Verachtung mustern, als ich mich ihnen nähere. Gerade als ich zu einer Antwort ansetze, bemerke ich aus dem Augenwinkel heraus eine Bewegung; ich fahre herum, aber über den Kirchhof wogt ein stetiges Menschenmeer, und die meisten Besucher haben zum Schutz vor dem Wind ihre Kapuzen hochgeschlagen oder die Hüte tief ins Gesicht gezogen. Es ist unmöglich, einen vom anderen zu unterscheiden, und trotzdem habe ich einen Moment lang das Gefühl gehabt, beobachtet zu werden. Ist er hier, der unsichtbare

Verfolger? Oder werde ich langsam zu einem Nervenbündel wie Dumas?

»Nun, vielleicht erfahren wir morgen Abend in Arundel House mehr«, brummt Fowler, als wir an den prächtigen Türen des südlichen Querschiffs vorbeigehen und den Kirchhof hinter uns lassen. »Der Earl of Arundel gibt ein Fest für die üblichen Gäste.«

»Ich fürchte, ich stehe nicht ganz oben auf Howards Gästeliste.«

»Ich bin sicher, dass der Botschafter einen Weg finden wird, Euch einzuschleusen. Sprecht mit ihm. In welche Richtung geht Ihr jetzt?«

Ich bleibe stehen und blicke zu dem Eingang einer schmalen Gasse hinüber, die zwischen den Holzgebäuden hindurch zu einer kleinen Straße führt, die mich zum Paul's Wharf hinunterbringt. »Zum Fluss. Wir sehen uns zweifellos bald wieder.«

»Wollt Ihr Richtung Westen? Vielleicht können wir uns ein Boot teilen?«

»Nach Mortlake. Aber ich denke, ich komme alleine schneller voran. Nichts für ungut, ich will Euch damit keinesfalls kränken«, füge ich hastig hinzu. »Ich bin ohnehin schon spät dran. Und wir sollten vorsichtig sein.« Wieder spähe ich über meine Schulter.

»Mortlake? Ihr wollt doch nicht etwa Walsingham besuchen?« Er senkt die Stimme.

»Nein, einen Bekannten, der in der Nähe wohnt.«

Er blickt mich lange aus schmalen Augen an, als verdächtige er mich, nicht die Wahrheit zu sagen. Vielleicht glaubt er, dass ich versuche, ihn zu übergehen und Walsingham ein paar wichtige Informationen zu bringen, die ich ihm, Fowler, vorenthalten habe. Solche Zweifel hat unser Herr und Meister in uns gesät; instinktiv suchen wir in jedem Wort eine Doppeldeutigkeit, sogar bei jenen Männern, denen wir eigentlich vertrauen sollten.

»Dann gute Fahrt – Ihr habt einen langen Weg vor Euch.« Fowler zögert, als wäre er plötzlich verlegen. »Ich bin froh, dass wir über all diese Dinge gesprochen haben, Bruno. Unsere Arbeit macht uns oft ziemlich einsam, findet Ihr nicht auch? Ich hoffe, wir können gemeinsam unseren Verstand und unsere Energie darauf richten, Walsingham die Beweise zu verschaffen, die er benötigt, um all diese Intriganten vor Gericht zu bringen. Nun, wann immer Ihr einen Vertrauten oder einfach nur Gesellschaft braucht, wisst Ihr ja, wo Ihr mich findet.« Schließlich klopft er mir auf den Rücken, schlägt seinen Kragen hoch und geht mit schnellen Schritten in Richtung Carter Lane davon, während ich mich zum Fluss wende und dicke Regentropfen vom sich verdunkelnden Himmel zu fallen beginnen.

11

Mortlake, Südwestlondon
1. Oktober im Jahr des Herrn 1583

Draußen auf dem Fluss nutze ich ein paar Minuten der Ruhe, um zum ersten Mal seit Tagen, wie es mir vorkommt, meine wirren Gedanken zu ordnen. Wegen der Regenwolken hat die Dämmerung verfrüht eingesetzt, und ich sitze in meinen Umhang gehüllt im Nieselregen im Bug des kleinen Bootes, lasse mich vom Rhythmus der Ruder einlullen und blicke zu den Lichtern hinter den Fenstern der am Ufer gelegenen Gebäude hinüber. Ich hatte das Glück, an einen der wenigen Bootsmänner zu geraten, die sich nicht bemüßigt fühlen, ihre Fahrgäste unterhalten zu wollen. Seine Laterne schwingt an ihrem Haken hin und her, während er gegen die Strömung anrudert, und in der Stille kehren meine Gedanken zu Maries Benehmen an diesem Morgen zurück. Dadurch, dass ich sie – in bester Absicht – zurückgewiesen habe, habe ich mich ihr auf Gedeih und Verderb ausgeliefert, falls sie beschließen sollte, mir Schwierigkeiten zu machen. Unter Umständen wäre es besser gewesen, sie ein wenig zu ermutigen, ihr einen kleinen Teil von dem zu geben, was sie will. In jenem Moment der Nähe, als sie sich vorgebeugt hat, um mich zu küssen, hat sich mein Körper daran erinnert, wie es ist, berührt zu werden. Es ist schon ein paar Monate her, seit ich zum letzten Mal eine Frau geküsst habe, und diese Angelegenheit hatte ja kein gutes Ende genommen. Was ich zu Marie gesagt habe, entspricht der Wahrheit – die Jahre im Dominikanerorden haben mich zumindest gelehrt, körperliches Verlangen zu unterdrücken, indes kann kein noch so großes Maß an Selbstdisziplin die Einsamkeit aus dem Herzen vertreiben. Das Leben, das ich gewählt habe – oder das mir aufgezwungen worden ist, ich kann nie genau sagen, was nun eigentlich zutrifft –, lässt kaum eine Art von Intimität zu. Ein Autor meines Schlages, besonders einer, der im Exil lebt, muss lernen, sich zurückzuhalten und sich in sich selbst zurückzuziehen, und meistens gelingt mir das auch. Dennoch verspüre ich ständig, irgendwo in meinem Inneren, den dumpfen Schmerz unerfüllten Verlangens, von dem ich manchmal fürchte, dass er mein lebenslanger Begleiter werden wird. Zählte ich zu einem anderen Schlag Mann, hätte ich bezüglich Marie vielleicht keine Bedenken gehabt; jemand wie Douglas würde sich vermutlich nicht zweimal bitten lassen, wenn sich ihm eine Frau anböte. Aber abgesehen von der Loyalität, die ich Castelnau schulde, spüre ich in Marie eine Kälte, die mich trotz ihrer Attraktivität abstößt. Unweigerlich beginnen meine Gedanken erneut um Sophia Underhill zu kreisen, die letzte Frau, die ich in den Armen gehalten habe – die Frau, deren Geist und Schönheit erst vor wenigen Monaten meinen Schutzpanzer durchbrochen haben. Ich frage mich, wo sie jetzt ist und ob sie ein wenig Glück gefunden hat.

Für gewöhnlich kann ich meine Gedanken zügeln, wenn sie diese Richtung einschlagen, indem ich mich mit meinem Gedächtnisrad beschäftige. An diesem Abend jedoch verschmelzen alle Bilder zu einem von Maries Lippen, was als Mittel zur Ablenkung nicht gerade wirksam ist.

Als Resultat dieser Grübeleien treffe ich in einer ziemlich niedergeschlagenen Stimmung in Mortlake ein. Mittlerweile ist die Abenddämmerung angebrochen, die Konturen der Gebäude und Bäume am Ufer verschwimmen im Regen mit dem grauen Himmel. Ich fröstele und komme mir plötzlich weit weg von daheim vor. Nimm dich zusammen, mahne ich mich streng. Mein einziges Ziel besteht jetzt darin, einen Mörder zu finden, und Selbstmitleid ist etwas für Schwächlinge.

Zuerst rührt sich in Dees Haus nichts. Ich stehe ein paar Minuten im immer stärker werdenden Regen vor der Tür, während kalte Furcht in mir aufsteigt. Es ist nicht auszuschließen, dass alle Bewohner des Hauses zum Verhör abgeholt worden sind oder dass Ned Kelley zurückgekehrt ist und die Tür verbarrikadiert. Ich schütze die Augen mit einer Hand vor den Regentropfen und versuche, durch eines der kleinen Fenster neben der Tür zu spähen, kann aber kein Licht erkennen. Gerade als ich erwäge, nach einem größeren Fenster Ausschau zu halten, das ich einschlagen kann, um hindurchzuklettern, ertönt ein Knarren, die Tür wird einen Spaltbreit geöffnet, und eine Kerze flackert darin auf.

»Mistress Dee, ich bin es, Giordano Bruno. Ich bin gekommen, um mich zu erkundigen, ob es Neuigkeiten vom Hof gibt.« Erleichtert kehre ich zur Tür zurück. Aus dem Dunkel im Inneren starrt mich das finstere Gesicht einer Frau an. Es ist nicht Dees Frau. »Ich bitte um Verzeihung. Ist deine Herrin zu Hause?«

Sie wendet sich ab; ich höre Schritte und leise Stimmen, dann wird die Tür ein Stück weiter geöffnet. Hinter der mürrischen Dienerin erkenne ich Jane Dee, die ins Licht tritt, als sie die Tür hinter mir schließt. Der kleine Arthur klammert sich an ihre Röcke und blickt argwöhnisch zu mir auf.

»Doktor Bruno.« Sie lächelt, wirkt aber angespannt. Das

Baby auf ihrer Hüfte reibt sich mit seinem winzigen Fäustchen die Augen und stößt dabei gegen die Leinenkappe auf seinem Kopf, die verrutscht und von Jane geschickt wieder zurechtgerückt wird. Sie ist ungefähr dreißig Jahre alt, keine Schönheit, aber sie hat ein freundliches, offenes Gesicht und ein gewinnendes Wesen. Dee ist vollkommen abhängig von ihr und hat einmal gescherzt, ich sollte erst dann überhaupt daran denken zu heiraten, wenn ich eine zweite Jane gefunden hätte. Ich schätze und respektiere sie sehr; es gibt nicht viele Frauen, die zulassen würden, dass das Haus nach kochendem Pferdemist stinkt und der größte Teil des Einkommens ihres Mannes für Manuskripte und astronomische Geräte ausgegeben wird. Ihr Haar ist unordentlich aufgesteckt, ein paar Strähnen haben sich gelöst, vermutlich weil das Baby darin herumgewühlt hatte, und sie sieht blass und älter als ihre Jahre aus. Sie hebt das Gesicht zu mir und ringt sich ein Lächeln ab.

»Bringt Ihr mir eine Nachricht von meinem Mann?«

»Leider nein.« Ich hebe entschuldigungsheischend die Hände. »Ich bin gekommen, weil ich gehofft habe, Ihr hättet inzwischen etwas erfahren.«

Sie wirft der Magd, die noch immer in einer merkwürdig verstohlenen Haltung an der Tür steht, einen Blick zu, dann nickt sie und setzt das Baby auf ihre andere Hüfte. Ich folge ihr und Arthur einen Gang entlang und hernach in einen kühlen Salon, in dem gerade ein Feuer im Kamin zu ersterben droht. Jane schürt es, woraufhin ein Funkenregen aufstiebt und die Flammen kurzzeitig von neuem an den Scheiten zu lecken beginnen. Jane sieht mich verlegen an.

»Legt Euren nassen Umhang ab, Doktor Bruno, und stellt Euch an unser sogenanntes Feuer, ja? Sie haben ihn gestern spät in der Nacht abgeholt.« Sie streicht sich das Haar aus dem Gesicht und schaukelt das Baby leicht, um es zu beruhigen.

Arthur setzt sich neben den Füßen seiner Mutter auf den Boden und wendet den Blick immer noch nicht von mir ab. »Fünf Männer in königlicher Livree; sie sagten, es wäre dringend. Sie schafften ihn in ein Boot – ließen ihm kaum Zeit, seinen Umhang zu holen.« Sie presst die Lippen zu einem schmalen weißen Strich zusammen.

»Haben sie Gewalt angewandt?« Mit einem Blick zu dem Jungen senke ich die Stimme. Jane schüttelt den Kopf.

»Sie gingen nicht gerade sanft mit ihm um, aber sie haben ihm weiter nichts getan. Sie waren alle bewaffnet, könnt Ihr Euch das vorstellen? Warum hat die Königin meinen Mann von bewaffneten Palastwächtern holen lassen – ihn, der in seinem ganzen Leben noch niemandem auch nur ein Haar gekrümmt hat?«

Ich zögere.

»Am Hof hat es einen weiteren Mord gegeben. Früher am Abend. Habt Ihr nichts davon gehört?«

Ihre Augen weiten sich vor Schreck.

»Ich bin gar nicht aus dem Haus gegangen, ich hatte mit dem Kommen und Gehen hier genug zu tun.« Ihr Gesicht verdüstert sich. »Ein Mord? Aber sicher … was hat das denn mit uns zu tun?«

»Als Doktor Dee die Königin am Abend vor dem Mord aufsuchte«, beginne ich gleichfalls mit gedämpfter Stimme, »erzählte er ihr von einer Vision, in der eine rothaarige Frau gewaltsam zu Tode kam. Was er sagte, stimmt fast genau mit dem überein, was am nächsten Abend einer der Hofdamen zustieß, die rotes Haar hatte. Natürlich hat diese angebliche Vorhersage Eures Mannes das Interesse des Kronrats geweckt. Diese Morde werden als gegen die Person der Königin gerichtete Drohungen gewertet.« Wieder halte ich inne; überlege, wie viel ich preisgeben soll. Das Baby beginnt zu greinen; ohne hinzuschauen schiebt Jane ihm den Knöchel ihres kleinen Fingers in den Mund, woraufhin es zufrieden daran zu nagen beginnt.

»Also glauben sie, er hätte dieses grausige Ereignis durch Teufelswerk prophezeien können?« Ich empfinde Janes höhnischen Tonfall als seltsam beunruhigend.

»Ich denke, sie interessieren sich eher dafür, ob er nicht vielleicht auf eine ganz andere Weise zu seinem Wissen gekommen ist.«

Sie runzelt die Stirn.

»Nur war es natürlich nicht seine Vision«, versetzt sie mit unverkennbarer Bitterkeit.

»Nein, sie stammt von seinem Wahrsager Ned Kelley.«

»Der sich die letzten vier Tage nicht hat blicken lassen«, schließt sie. »Aber das würde mein Mann der Königin natürlich nie gestehen, er legt ja größten Wert darauf, dass sie an seine angebliche wundersame Gabe glaubt. Armer John.« Sie lächelt traurig. »Er hat diese Gabe nicht und wird sie auch nie haben. Man bezieht sie nicht aus Büchern, und wenn man noch so lange darüber brütet und Unsummen für ihre Anschaffung ausgibt. Meine eigene Großmutter war hellsichtig, ich kenne mich auf diesem Gebiet demnach ein wenig aus. Sie konnte mit Sieb und Schere weissagen und Träume deuten. Wenn Ihr mich fragt, verfügt allerdings auch Ned Kelley über keine derartige Gabe. Kelley mag manches sein – und ich schließe beileibe nicht aus, dass er auch einen Mord begangen haben könnte –, aber er kann weder in die Zukunft blicken noch mit Geistern sprechen.« Sie nickt nachdrücklich und verlagert das Baby auf ihre andere Hüfte.

»In diesem Punkt sind wir einer Meinung«, bestätige ich. »Freilich würde ich zu gerne wissen, wie Ned Kelley gerade auf diese Vision kommt, die Einzelheiten können nämlich kein Zufall sein. Wenn nicht alle Zeichen trügen, verdient dieser Scharlatan es nicht, dass Euer Mann ihn immer wieder in Schutz nimmt. Wenn John etwas weiß, wird er es den Beratern der Königin nicht verraten, und es steht zu befürchten, dass er sich dadurch nur selbst schadet.«

Jane holt tief Atem und blickt auf den Jungen hinab, der ein Stück näher an meine Füße herangerückt ist.

»Ein wahreres Wort ward nie gesprochen, Doktor Bruno. Dieses Thema war während der letzten Monate ein ständiger Anlass für Auseinandersetzungen zwischen uns. Gott allein weiß, wie es diesem Mann gelungen ist, John dermaßen einzuwickeln, ich kann es mir nicht erklären. Schläft unter unserem Dach, isst uns unser Brot weg, während meine Kleinen …« Sie bricht ab, als sie merkt, wie schrill ihre Stimme geworden ist. Ihre Wangen glühen. Der kleine Arthur hebt neugierig den Kopf.

»Wer isst uns unser Brot weg, Mama?«

»Sei still, mein Herz.« Jane bedeutet mir, ebenfalls zu schweigen. Eine Weile rührt sich keiner von uns von der Stelle, wir spitzen stumm die Ohren, dann schleicht Jane auf Zehenspitzen durch den Raum und reißt die Tür auf. Hastiges Fußgetrappel ertönt, das im Gang verklingt. Jane nickt in Richtung des Geräuschs und wirft mir einen viel sagenden Blick zu, als wolle sie sagen: Seht Ihr, was ich alles mitmachen muss?

»Ihr sagtet eben, hier hätte ein reges Kommen und Gehen geherrscht«, frage ich nach, als sie die Tür wieder schließt. »Was habt Ihr damit gemeint?«

»Johns Bibliothek. Ihr wisst, dass er alle Besucher willkommen heißt? Er meint, seine Sammlung müsse jedem zur Verfügung stehen, der sie mit Verständnis zu lesen und mit Sorgfalt zu behandeln weiß. Das gilt natürlich nicht für seine Abhandlungen über Magie«, fügt sie etwas leiser hinzu. »Nun, just an diesem Morgen stand noch vor neun Uhr ein Mann vor der Tür und behauptete, einen sehr langen Weg zurückgelegt zu haben, um einen Blick in ein spezielles Manuskript zu werfen, und er könne eine schriftliche Erlaubnis von meinem Ehemann dazu vorlegen.« Das Baby greint erneut, lässt sich diesmal jedoch nicht durch einen hingehaltenen Finger beschwichtigen und wendet das Gesicht ab. Seine Wangen lodern zornrot. »Es gefiel mir nicht, einen Fremden ins Haus zu lassen, weil ich mit den Kindern allein war, aber ich wollte den Mann auch nicht wegschicken – John hat das noch nie getan, obwohl Ihr Euch vielleicht vorstellen könnt, was für ein zwielichtiges Gesindel manchmal hier auftaucht.«

Ich denke an Kelley und nicke. »Also habt Ihr ihn hereingelassen?«

»Ich wusste nicht, was ich sonst tun sollte.« Sie blickt gequält auf.

»Hat er Euch diese schriftliche Erlaubnis Eures Mannes gezeigt?«

»Er hat mir tatsächlich einige Papiere gezeigt – Ihr müsst wissen, dass ich nicht sehr gut lesen kann, Doktor Bruno, doch ich kenne die Unterschrift meines Mannes. Also ließ ich ihn in die äußere Bibliothek, sagte ihm aber, ich wüsste nicht, wo das betreffende Buch zu finden sei, er müsse selbst nachsehen. Euch ist ja bekannt, dass John seine Bücher nach einem System ordnet, das außer ihm keiner durchschaut.«

»Hat dieser Mann Euch den Titel des Buches genannt?«

Sie runzelt die Stirn.

»Das hat er sicher getan, aber ich kann mich im Moment nicht daran erinnern. Er war lateinisch.« Sie schüttelt den Kopf. »Auf jeden Fall scheint er es nicht gefunden zu haben; ich weiß das, weil ich ihn im Auge behalten habe. Habe alle paar Minuten den Kopf in den Raum gesteckt, versteht Ihr? Ich bin keine Närrin – einige dieser Bücher sind ein Jahreseinkommen wert, und ich würde es praktisch jedem zutrauen, sie zu stehlen, selbst wenn er sich wie ein Gentleman von hohem

Rang kleidet. John hat bereits bemerkt, dass ein paar fehlen, und ich glaube ja, dafür ist unser geschätzter Hausgast verantwortlich.« Voller Abscheu presst sie die Lippen zusammen.

»Demnach handelte es sich bei diesem Besucher um einen Gentleman?« Ein böser Verdacht keimt in mir auf. »Wie hat er ausgesehen?«

»Lasst mich überlegen – er war ziemlich groß. Trug einen Hut mit einer riesigen Feder, den er auch im Haus nicht abnahm, was ich reichlich unhöflich fand. Es beweist wieder einmal, dass feine Kleider kein Garant für gute Manieren sind. Er hatte einen dunklen Spitzbart, der wie ein Dreieck geformt war.« Sie zeigt mit ihrer freien Hand, was sie meint. Dazu muss sie sie vom Mund des Babys wegziehen, das sich lauthals weinend beschwert.

»War es ein junger Mann?«

Sie überlegt kurz.

»Jünger als John. Älter als Ihr, würde ich sagen. Um die vierzig.«

Mein Herz macht einen kleinen Satz. Das klingt eindeutig nach Henry Howard. Zweifellos passt die Beschreibung auch noch auf andere Männer, allein, wer sonst würde wissen, dass Dee am Hof festgehalten wird, und die Gelegenheit nutzen, um in Dees Bibliothek herumzuschnüffeln? Wenn es Howard war … was hatte er zu finden gehofft?

»Also habt Ihr ihn in der Bibliothek beobachtet?« Ich achte darauf, dass meine Stimme meine Besorgnis nicht verrät, die arme Frau hat schon genug Bürden zu tragen. »Habt Ihr gesehen, was er gelesen hat? Hat er versucht, etwas an sich zu nehmen?«

»Ich glaube nicht. Aber er verhielt sich seltsam. Er hat die Regale in einer solchen Eile durchsucht, als wären sämtliche Höllenhunde hinter ihm her – fast wie im Rausch. Und wenn er dachte, ich würde es nicht sehen, hat er an der Tür zu Johns inneren Räumen gerüttelt, wo er seine geheimen Bücher aufbewahrt. Zum Glück hatte John sie abgeschlossen und den Schlüssel mitgenommen. Gegen die Täfelung hat der Kerl auch geklopft, als würde er ein Geheimfach suchen. Er hatte wohl sogar die Hand in den Kaminmantel gesteckt – gesehen habe ich es nicht, aber als er sich verabschiedet hat, hatte er Ruß am Ärmel.« Die Dreistigkeit dieses Fremden entlockt ihr ein grimmiges Lachen.

Sie muss so gut wie ich wissen, dass Dee bestimmte Papiere in einem Kasten in einer Nische im Kamin seines Studierzimmers verwahrt. Wer auch immer der Unbekannte gewesen sein mag, er hatte eine klare Vorstellung von dem, was er zu finden hoffte, und es muss sich um etwas handeln, was Dee seiner Überzeugung nach vor neugierigen Augen sorgsam verstecken würde.

»Wie lange ist er geblieben? Hattet Ihr den Eindruck, dass er gefunden hat, was er suchte?«

»So viele Fragen, Doktor Bruno!« Jane versucht, unbefangen zu klingen, aber ich höre die Furcht aus ihrer Stimme heraus. »Er blieb bis nach der Zeit zum Dinner, das schien er gar nicht zu merken. Er hat ein oder zwei Bücher aus dem Regal genommen und darin herumgeblättert, das war jedoch nur Theater. Ich begann allmählich zu vermuten, dass er vielleicht eine bestimmte Absicht verfolgte – eigens gekommen war, weil er wusste, dass John nicht hier war und dachte, er hätte dann freie Hand. Wer aber könnte das gewusst haben? Doch wohl nur die Königin und ihre engsten Vertrauten.« Ihre Stimme ist lauter geworden, sie sieht mich an, als könne ich ihre Ängste zerstreuen. »Habt Ihr eine Ahnung, wer dieser Mann war? Ihr hegt einen Verdacht, das sehe ich Euch an.«

»Ich denke, Ihr solltet in Abwesenheit Eures Mannes keine Fremden mehr ins Haus lassen«, warne ich. »Und diesen Mann schon gar nicht, sollte er sich noch einmal blicken lassen. Und ich werde sehen, ob ich nicht jemanden zu Euch schicken kann, der ein wenig auf Euch aufpasst, während John am Hof ist – es ist nicht gut, das Ihr mit den Kindern ganz allein im Haus seid.«

»Oh, ich bin ja gar nicht allein«, gibt sie trocken zurück. »Nicht, solange diese Schlumpe unter meinem Dach wohnt.«

Ich blicke mich um, weil ich annehme, dass sie die sauertöpfische Magd meint, die mir die Tür geöffnet hat, und frage mich, warum sie keine andere Dienerin einstellt, wenn ihr diese so zuwider ist. Vielleicht können sie sich keine andere leisten – was die Abneigung erklären würde.

»Dürfte ich einen Blick in Kelleys Kammer werfen?«, frage ich. »Darin könnte sich etwas befinden, was uns einen Hinweis darauf gibt, wie er seine Visionen erfindet, und vielleicht reicht das, um John von jeglichem Verdacht reinzuwaschen.«

»Natürlich.« Sie bringt mich zur Tür, reicht mir eine Kerze und deutet auf die Haupttreppe. »Es ist der Raum direkt über den Stufen. Geht nur hinein und stöbert darin herum, so viel Ihr wollt. Meinen Segen habt Ihr. Und achtet nicht auf *sie*«, fügt sie düster hinzu.

Dees Haus ist alt und verwinkelt, das Holz der Treppe und des Geländers dunkel und glatt von der Abnutzung durch Generationen von Händen und Füßen. Die Stufen knarren erschöpft, als ich sie erklimme, und aus den Augenwinkeln erhasche ich die Schatten hinter meinem Rücken, während sich der wässrige Lichtkreis der Kerze mit mir bewegt. Obwohl ich weiß, dass außer Jane, den Kindern und der Magd niemand im Haus ist, wappne ich mich für etwaige plötzliche Überraschungen, rechne halb damit, dass sich jemand aus einem Gang oder von einer Türschwelle her auf mich stürzt – als könne sich Kelley die ganze Zeit in einer spinnwebenverhangenen Ecke verborgen gehalten haben.

Die Tür am Ende der Treppe ist unverschlossen. Dahinter befindet sich ein großzügig geschnittener Raum mit zwei Fenstern, die auf den Fluss hinausgehen müssen. Jetzt, im Dunkeln, spiegeln sie nur meine verzerrten Umrisse und die Kerzenflamme wider. Als ich mich langsam umdrehe, stelle ich im Lichtschein fest, dass die Kammer eine Vielzahl von Gegenständen enthält: ein hölzernes Rollbett, dessen Decken zerknüllt und zurückgeworfen sind, als wäre Kelley gerade vorhin herausgesprungen, zwei Truhen, eine verschlossen, eine vor Kleidern und Leinenwäsche überquellend, ein Tisch mit ein paar Kerzenstummeln, daneben einige Würfel und ein Medaillon. Deren wabernde Schatten kriechen an den Wänden empor und wieder hinunter, als die Kerze an ihnen vorbeigleitet.

Nachdem ich die Tür hinter mir geschlossen habe, stecke ich meine Kerze in einen der Leuchter auf dem Tisch, stelle den dann neben mich auf den Boden und hocke mich neben die verschlossene Truhe. Ihr Schloss ist alt und verrostet, und als ich die Spitze meines kleinen Messers ansetze, brauche ich sie gegen meine Erwartung nur ein paarmal hin und her zu bewegen, dann öffnet das Schloss sich mit einem leisen Klicken, ich muss es nur noch entfernen und kann den Truhendeckel hochklappen. Mein Puls beschleunigt sich, sobald meine Finger auf Papier treffen, Briefbündel vielleicht, und darunter auf den Kalbsledereinband eines Buches. Ich fördere ein Bündel Manuskripte zu Tage und inspiziere sie in dem Lichtkreis der Kerze. Was ich sehe, lässt mich nach Luft schnappen.

Ich halte mit primitiver Hand ausgeführte Notizen und Zeichnungen in der Hand: astrologische und alchemistische Symbole sowie kabbalistische Zeichen; Namenslisten in einer merkwürdigen, mir unbekannten Sprache; geometrische Muster, die zu denen auf dem Tisch passen, den Dee bei seinen Séancen benutzt und von denen er behauptet, sie wären ihm durch Kelley von den Geistern übermittelt worden. Ferner gibt es Sternenkarten und Skizzen der Bilder der Dekane, die den Beschreibungen in den Schriften des Hermes entsprechen; Fetzen magischen Wissens, zusammengetragen aus in ganz Europa verbotenen Büchern, und drei vor kurzem illegal gedruckte Pamphlete, die denen ähneln, die auf dem Kirchhof von St. Paul's vertrieben werden und die den Mord an Cecily Ashe als Zeichen des drohenden Endes der Welt werten. Auch Illustrationen, die an Scheußlichkeit kaum zu überbieten sind, fehlen nicht. Doch am beunruhigendsten sind die selbst gezeichneten Bilder, die ich ganz unten in der Truhe finde und die weitaus ausdrucksvoller sind als diejenigen in den Pamphleten. Sie zeigen eine junge Frau mit wehendem Haar und weit ausgebreiteten Armen, die in einer Hand ein Buch und in der anderen einen Schlüssel hält. Ihr Mieder ist zerrissen, ihre Brüste quellen heraus, und in ihrer Brust steckt ein Dolch. Einige tragen das Zeichen des Saturns auf der Brust, andere das des Jupiters. Diese Bilder unterscheiden sich in Einzelheiten voneinander – in einem steht eine Frau in etwas, das wie ein reißender Fluss aussieht, in einem anderen liegt sie nackt auf einer Art Altar ausgestreckt; der Ausdruck von Angst und Schmerz dagegen ist immer derselbe. Übelkeit steigt in mir auf, und in meinem Magen bildet sich ein heißer Klumpen – diese Bilder strahlen eine unverkennbare sadistische Wonne aus; es sind die zu Papier gebrachten Gewaltfantasien eines jungen Mannes. Man spürt, dass es dem Maler Vergnügen bereitet hat, nicht nur die nackten Körper der Frau darzustellen, sondern vor allem auch die Qualen, die sie erleidet. Mit Kelleys Schreibkünsten mag es zwar nicht weit her sein, aber er verfügt durchaus über ein gewisses Zeichentalent; die Bilder wirken erschreckend lebensecht. Wenn sie wirklich von seiner Hand stammen, dürfte es ihm auch nicht schwergefallen sein, die Visionen detailgetreu zu beschreiben.

Langsam falte ich die Zeichnungen zusammen und verstaue sie in meinem Wams. Es handelt sich eindeutig um Skizzen, die der Vorbereitung des Mordes an Abigail Morley dienten, und wenn bewiesen werden kann, dass Kelley sie angefertigt hat, könnte das ausreichen, um ihn zu verurteilen oder zumindest vor Gericht zu bringen. Allein die Vorstellung, Kelley könnte seine lüsternen Fantasien an Abigail ausgelebt haben, treibt mir die Zornesröte ins Gesicht. Mein Atem beschleunigt sich, ich schließe einen Moment die Augen und zwinge mich, ruhig zu bleiben und einen kühlen Kopf zu bewahren. Selbst wenn Kelley ein Mörder ist, hätte er nicht die Möglichkeit gehabt, in die Nähe der Hofdamen der Königin zu kommen … es sei denn, er wäre von jemandem mit besseren Verbindungen angeheuert worden.

Ich greife erneut in die Truhe und nehme die beiden unter den Papieren verborgenen Bücher heraus. Das erste ist eine Ausgabe von *Das Buch Soyga*, von Hand kopiert; ein Buch, das, wie viele glauben, Namen und Beschwörungen in der Sprache enthält, die zwischen Gott und Adam gesprochen wurde, eine noch nicht von dem Sündenfall der Menschen verdorbene Sprache von großer Macht. Ich habe dieses Manuskript in Paris gesehen und Zweifel bezüglich seiner Echtheit gehegt, obschon ich wusste, dass Dee eine Kopie besaß und fest darauf vertraute, dass es verborgene Mächte beinhaltet. Als ich ihn vor einiger Zeit bat, seine Kopie sehen zu dürfen, sagte er mir, sie sei verschwunden. Offenbar betätigt sich sein betrügerischer Privatwahrsager auch noch als Langfinger.

Das zweite Buch ist eine Überraschung für mich, denn es handelt sich um mein eigenes, *Über die Schatten von Ideen*, das ich letztes Jahr in Paris veröffentlicht habe. Als ich die Seiten langsam umblättere, stelle ich fest, dass Kelley die Passagen unterstrichen hat, in denen ich die Bilder der Dekane beschreibe. Was Dee für Enthüllungen gehalten hat, die seinem Wahrsager zuteilgeworden sind, ist nichts als die Fähigkeit, Worte wiederzugeben, die er gelesen hat – meine Worte, um genau zu sein. Wenn Dee wieder da ist, werde ich ihm dieses Buch mit den Eselsohren und Anmerkungen als Beweis dafür zeigen, dass Kelley genauso wenig über eine Sehergabe verfügt wie das mürrische Hausmädchen. Vielleicht wird ihn das endlich davon überzeugen, dass er arglistig getäuscht worden ist.

Das Buch schiebe ich zu den Papieren in meinem Wams. Diesmal bin ich ebenso wütend auf mich wie auf Dee; ich hätte die Wahrheit schon in dem Augenblick erkennen müssen, als ich Kelley das erste Mal von seiner »Vision« des Dekans des Widders faseln gehört habe. Kelley weiß weder etwas über die Schriften des Hermes noch spricht er mit den Geistern, seine sogenannten Offenbarungen sind frei erfunden, aus Einzelheiten zusammengesetzt, die er in Dees eigener Bibliothek zusammengetragen hat.

»Was tut Ihr da mit den Büchern meines Mannes?«

Ich schrecke zusammen und hätte beinahe die Kerze umgestoßen – ich war so in meine Gedanken versunken, dass ich ihre Schritte nicht gehört habe, und ihre plötzlich im Dunkeln erklingende scharfe Stimme lässt mir das Herz bis zum Hals schlagen. Als ich mich umdrehe, sehe ich Dees Hausmädchen mit einer kleinen Kerze in der Hand im Türrahmen stehen.

»Heiliger Christus, Frau, du hast mich zu Tode erschreckt!« Ich bin so verwirrt, dass es einige Sekunden dauert, bis ich registriere, was sie gesagt hat. »Deines *Mannes*?«

»Ihr habt kein Recht, seine Papiere durchzusehen, und die Bücher gehen Euch nichts an.«

»Da irrt Ihr Euch gewaltig, Madam – auf diesem steht nämlich mein Name.« Ich halte das Buch in die Höhe.

Sie verengt nur die Augen zu schmalen Schlitzen und starrt

mich weiterhin finster an. Offensichtlich hofft sie, dass ich klein beigebe.

»Ned Kelley ist also dein Mann. Wo steckt er dann?«

Sie zuckt die Achseln. Im Kerzenlicht sehe ich, dass sie älter ist, als ich zunächst angenommen hatte, eher vierzig als dreißig. Noch immer lässt sich erkennen, dass sie einst zwar nicht schön, aber mit ihrem kantigen, von Willensstärke zeugenden Gesicht doch recht anziehend gewesen sein muss.

»Er ist nicht da. Doch er kommt zurück, und dann ergeht es Euch schlecht.«

»So? Wenn er zurückkommt, beabsichtigt er dann, den Mann, der ihn beherbergt und ihm zu essen gibt, auch weiterhin schamlos zu betrügen? Was erhofft er sich von dieser Scharade? Hat ihn jemand dazu angestiftet?«

»Ich weiß nicht, wovon Ihr redet«, faucht sie, wendet aber den Blick ab. »Ich stecke meine Nase nicht in die Angelegenheiten meines Mannes.«

»Sehr klug von dir, denn die bestehen hauptsächlich darin, junge Mädchen zu ermorden.«

Jetzt habe ich sie getroffen; sie fährt mit offenem Mund und vor Schreck geweiteten Augen zu mir herum, hat sich aber gleich wieder in der Gewalt.

»Mein Mann hat nie jemandem auch nur ein Haar gekrümmt, Ihr elender Verleumder – seine Gaben stammen von Gott. Von einem Ausländer kann man wohl nicht erwarten, dass er diese Dinge versteht. Eure Augen sind ja so schwarz wie die eines Mohren«, fügt sie gehässig hinzu.

»Vielleicht hatte sich meine Urgroßmutter einen Mohren mit in ihr Bett genommen, wer weiß?« Ich greife nach der Kerze und erhebe mich. Diese Engländer haben bedauerlich wenig Fantasie. Ich sehe, wie sie das Buch unter meinem Arm mustert.

»Wo ist dein Mann?«, wiederhole ich. »Ich kenne einige

Leute, die sich nur allzu gern einmal mit ihm über seine sogenannten *Gaben* unterhalten würden.« Ich hebe die Kerze bis an ihr Gesicht, sie ist jedoch eine groß gewachsene Frau, so groß wie ich und wesentlich stämmiger. Sie lässt sich damit auch nicht einschüchtern, sondern sieht mir so unverschämt wie eine Southwarkhure fest in die Augen.

»Ihr könnt dieses Buch nicht mitnehmen, Ihr habt kein Recht …«, beginnt sie von neuem. Meine Geduld ist erschöpft.

»Sprich du nicht von Recht, Mädchen«, zische ich, packe sie am Oberarm und stoße sie gegen den Türrahmen. »Gerade du nicht. Du und dein Mann, ihr nutzt die Großzügigkeit eines gutherzigen Mannes und seiner Frau schamlos aus. Sag mir jetzt sofort, wo er ist!« Ich schüttele sie grob, woraufhin sie die Zähne fletscht. Zufrieden registriere ich, dass zumindest ein Anflug von Furcht in ihrem Gesicht aufflackert, ehe sie zum Gegenangriff übergeht.

»Großzügigkeit, sagt Ihr? Ich nenne das Gutgläubigkeit. Ich weiß nicht, wo Ned ist – vermutlich ist er dort, wo weder ein Hexenmeister wie Ihr ihn je finden werdet noch ein Narr wie John Dee.«

»Wie gut, dass die Palastgarde der Königin für solche Suchaktionen besser ausgebildet ist. Vor allem, wenn sie einen Mann aufstöbern muss, der unter Mordverdacht steht.«

Das lässt ihre Aufmüpfigkeit ins Wanken geraten. Sie versucht, mir ihren Arm zu entreißen, aber da wir beide Kerzen in der Hand halten, ist ihre Bewegungsfreiheit eingeschränkt.

»Ned hat niemanden umgebracht. Das war nie …«

»Nie was?« Ich schüttele ihren Arm stärker. »Nie Teil der Abmachung? Vielleicht haben dein Mann und sein Geldgeber die Abmachung geändert. Wie dem auch sei, Elisabeths Schergen werden die Wahrheit schon auf die eine oder andere Weise aus ihm herausbekommen.«

»Warum tust du Johanna weh?«, fragt eine piepsende Stimme irgendwo auf Höhe meiner Knie. Ich spähe nach unten und sehe Arthur Dee auf dem Treppenabsatz stehen. Seine ernsten Augen wandern von mir zu Kelleys Frau. Widerwillig gebe ich sie frei. Sie wirft mir einen triumphierenden Blick zu, streicht umständlich ihre Röcke glatt und reibt sich so demonstrativ den Arm, als wäre sie schwer misshandelt worden. Was sie mehr als verdient hätte, denke ich, während ich angewidert das Gesicht verziehe.

»Ist dort oben alles in Ordnung, Doktor Bruno?«, ruft Jane Dee vom Fuß der Treppe her.

»Alles bestens.« Ich beuge mich zu dem Jungen hinunter. »Niemandem ist etwas geschehen, Arthur. Sollen wir zu deiner Mutter zurückgehen?«

Er nickt und schiebt seine kleine Hand in die meine. Wir wenden uns ab und überlassen es Johanna Kelley – falls das wirklich ihr Name ist –, die Sachen ihres Mannes in die Truhe zurückzulegen.

»Ich mag sie nicht«, gesteht Arthur in einem Flüsterton, der gleichwohl im ganzen Haus zu hören sein muss, als wir die Treppe hinuntersteigen. »Sie hat mich einmal geschlagen, und meine Mama hat sie eine Hexe genannt.« Er sagt das so voller Inbrunst, dass es mir schwerfällt, ein Lachen zu unterdrücken.

»Das Luder war sicher alles andere als erfreut darüber, dass Ihr die Sachen ihres Mannes durchsucht habt«, meint Jane, als ich mich zu ihr in den Salon geselle. Sie sieht aus, als bereite ihr diese Vorstellung ein diebisches Vergnügen. »Wenn er überhaupt ihr Mann ist.«

»Von guten Umgangsformen kann bei ihr allerdings keine Rede sein.«

Jane nickt. »Man sollte nicht meinen, dass sie einst bei einer Adelsfamilie gedient hat. Damals hat sie mit Sicherheit besser auf ihre Manieren geachtet. Oder vielleicht auch nicht«, fügt sie bedeutungsvoll hinzu.

Ich halte mit dem Anlegen meines Umhangs inne.

»Tatsächlich? Bei welcher Familie denn?«

»Im Haus des Earl of Arundel, sie war Zofe oben in Arundel House auf dem Strand. Sie wollte nicht sagen, warum sie gegangen ist, aber ich vermute, man hat sie in Schande davongejagt. Sie hat ein Kind, müsst Ihr wissen, eine kleine Tochter, nicht älter als Arthur. Sie hat sie im Haus einer Witwe untergebracht, die für die Kleine sorgt. Und Kelley ist nicht der Vater«, erklärt sie mit einem vielsagenden Nicken. »Soweit ich weiß, hat sie sich erst vor einem Jahr mit ihm zusammengetan. Ich könnte wetten, dass sie nicht ordnungsgemäß verheiratet sind.«

»Ihr meint, sie ist in Arundel House schwanger geworden?« Ich starre sie ungläubig an. Noch eine Verbindung zu den Howards. Könnte es sein – ich stiere Jane noch immer an, während ein neuer Gedanke in meinem Kopf Gestalt annimmt –, dass Kelley für Henry Howard oder seinen Neffen arbeitet, eventuell sogar durch die Vermittlung seiner Frau? Mir fallen mein seltsames Gespräch mit Howard nach dem Konzert und seine verschleierte Drohung wieder ein. Er hatte erwähnt, Dee würde Geister in einem Kristall beschwören. War das ein Zufall, oder kannte er dieses Detail aus erster Hand?

»Es würde mich nicht wundern. Von irgendwoher muss sie Geld für den Unterhalt des Kindes bekommen. Ihre Kleider sind auch aus gutem Stoff – von wesentlich besserer Qualität, als man es bei einem einfachen Dienstmädchen erwarten würde. Wie dem auch sei – da mein Mann in seiner Gutmütigkeit ihrem angeblichen Mann Kost und Logis gewährt, bestehe ich darauf, dass sie als Gegenleistung einen Teil der anfallenden Hausarbeiten erledigt. Aber eigentlich weiß ich nicht, wieso ich mich mit ihr herumplage – dieses Baby hier wäre mir im Haus nützlicher, als sie es ist.« Sie schaukelt das Baby sanft, weil es einen leichten Schluckauf bekommen hat. »Und sie stiehlt Essen aus der Küche, da bin ich mir ganz sicher.«

Bei diesen Worten hebe ich eine Braue – vielleicht hält sich Ned Kelley noch hier in der Nähe auf. Allerdings äußere ich diesen Verdacht Jane gegenüber nicht, sie würde in Dees Abwesenheit gewiss nicht besser schlafen, wenn sie befürchten müsste, dass sich der selbsternannte Wahrsager im Garten versteckt hält.

»Öffnet niemandem die Tür, bis Euer Mann zurückkommt«, mahne ich sie an der Tür und klopfe auf meine Brust, wo Kelleys Papiere unter meinem Wams stecken. »Ich habe Beweise gefunden, die John entlasten, sowie die richtigen Leute sie zu Gesicht bekommen, und die Ned Kelley zu einem offiziell gesuchten Verbrecher machen werden.«

Jane schnaubt. »Als ob er das nicht schon wäre. Macht Euch um uns keine Sorgen, Doktor Bruno. Wir kommen schon zurecht – wie immer. Es war nett von Euch, uns zu besuchen«, fügt sie mit einem gezwungenen Lachen hinzu und streicht sich das Haar aus dem Gesicht. Wieder fällt mir auf, wie erschöpft ihre Stimme klingt. »Es ist furchtbar nass draußen – müsst Ihr wirklich gehen? Ihr seid herzlich zum Bleiben eingeladen, wenn Ihr wollt.«

Ich spüre, dass sie sich über Gesellschaft freuen würde oder zumindest froh wäre, einen Mann im Haus zu haben, aber nun, da ich Kelleys Papiere an mich gebracht habe, möchte ich sie so schnell wie möglich Walsingham übergeben.

»Ich muss leider fort. Doch wenn Kelley sich blicken lässt oder *sie* …«, ich nicke zur Treppe hinüber, »… irgendwie den Anschein erweckt, dass sie seinen Aufenthaltsort kennt, dann benachrichtigt unverzüglich Sir Francis Walsingham in Barn Elms. In der Zwischenzeit werde ich sehen, ob er nicht einen

Mann abstellen kann, um das Haus zu bewachen, bis John zurückkehrt.«

»Danke, Bruno. Aber Ihr könnt nicht ohne eine Laterne in die Nacht hinausgehen. Johanna!«, ruft sie in das dunkle Treppenhaus. »Hol eine Laterne für unseren Gast!«

Sie erhält keine Antwort. Mit einem ärgerlichen Schnauben stapft Jane mit dem Baby in den hinteren Teil des Hauses. Arthur und ich bleiben zurück und schauen uns feierlich an.

»Kümmere dich gut um deine Mutter, bis dein Vater nach Hause kommt.« Ich beuge mich zu ihm und fahre ihm mit der Hand durch das Haaar. Er sieht seiner Mutter ähnlich, hat aber Dees durchdringende Augen.

Der Junge nickt. Jane kehrt zurück und reicht mir eine Laterne mit einer frischen Kerze darin.

»Bringt sie bei Gelegenheit zurück. Und jetzt geht mit Gott.«

Trotz der kurzen Zeit am Feuer ist mein Umhang noch genauso feucht wie bei meiner Ankunft, und als ich ins Freie trete, dringt die Nachtluft wie ein eisiger Pfeil durch den Stoff und lässt mich erschauern. Dessen ungeachtet gelingt es mir, mich so unbeschwert von Jane zu verabschieden, als sei alles in bester Ordnung. Der kleine Arthur bleibt auf der Schwelle stehen und winkt, bis ich das Tor erreicht habe. Ich blicke zum oberen Stockwerk des Hauses empor und bin fast sicher, eine in Schatten gehüllte Gestalt am Fenster stehen zu sehen, die mich unverwandt beobachtet.

Ich habe weniger als eine Meile über die Landzunge zu gehen, die in den Fluss hineinragt und bewirkt, dass er einen Bogen um Barnes und Mortlake beschreibt. Es gibt nur eine Straße, kaum mehr als ein Pfad, der am Wasser entlang und dann quer über das Land führt. Vom Wind getriebene Wolken jagen über das Antlitz des Mondes, doch sogar im Dunkeln wäre der Weg von hier nach Barn Elms kaum zu verfehlen. Entgegen Walsinghams Anweisung, ihm meine Informationen durch Fowler zukommen zu lassen, erscheinen mir die Papiere unter meinem Wams so dringend, dass ich jede Verzögerung vermeiden will; ich kann sie ihm oder Sidney übergeben und in die Botschaft zurückkehren, ohne dass jemand erfährt, wo ich gewesen bin. Ich halte die Laterne vor mich, sodass sich ihr Licht in den Pfützen in den Furchen auf dem Pfad widerspiegelt, schlinge meinen Umhang enger um mich und schließe das Tor hinter mir.

Ich spüre die Gegenwart eines Verfolgers mehr, als dass ich sie höre – fast im selben Moment, in dem ich auf die schlammige Straße trete, die mich zum Flusspfad führen wird. Er – oder vielleicht auch sie – ist nicht mehr als eine bloße Bewegung gerade außerhalb meines Blickfeldes, ein leiser Lufthauch, ein sachtes Klatschen auf Wasser in einer Pfütze. Langsam drehe ich mich um, erweitere den Lichtkreis der Laterne, indem ich den Arm ausstrecke, doch wer immer mich auch belauert, er hält sich im Verborgenen. Dennoch weiß ich, dass ich nicht allein bin, und ein Teil von mir verwünscht meine Unvorsichtigkeit – ich beschleunige meine Schritte. Was habe ich mir nur dabei gedacht, mich zu so später Stunde noch so weit von der Stadt zu entfernen, vor allem jetzt, wo kein Zweifel mehr daran bestehen kann, dass mich jemand beschattet? Bei jedem Schritt spüre ich Kelleys Papiere an meiner Brust und versuche, meine aufkeimende Furcht zu unterdrücken. Wir stehen kurz davor herauszufinden, wer Cecily Ashe und Abigail Morley getötet hat, und ich bin jetzt davon überzeugt, dass Ned Kelley die Verbindung zwischen den Howards und dem Mordkomplott ist. Angespornt von dem Gedanken, dass das Rätsel vielleicht bald gelöst ist, verfalle ich in einen schnellen Trab, aber mein unbekannter Verfolger lässt sich nicht abschütteln. Ich kann meine Schritte im Morast wie ein Echo wahrnehmen, drehe mich gleichwohl nicht mehr um. Stattdessen halte ich den Blick auf den Weg vor mir gerichtet, eine Hand auf mein Messer gelegt, mit der anderenhalte ich die Laterne vor mich und sage mir immer wieder, dass mich jeder Schritt Barn Elms und Walsingham näher bringt. Sowie mein Verfolger erkennt, wohin ich will, wird er sich sicherlich zurückziehen. Walsingham lässt seine Tore von bewaffneten Posten bewachen, ihm bleibt gar nichts anderes übrig, wenn man bedenkt, wie viele Katholiken ihn gerne verfrüht zu seinem Schöpfer schicken würden.

Der feuchte Atem der Nacht, die soliden Umrisse der nassen Bäume zu beiden Seiten, dazu die Gegenwart meines unsichtbaren Verfolgers, der in der Stille fast zu einer Art von Gefährten wird … beinahe beginne ich zu glauben, dass er mir gar nichts Böses will, sondern nur ein Auge auf mich hat. Über mir zerreißt der schrille Schrei einer Eule die Atmosphäre, ich schnappe erschrocken nach Luft, komme in einer Furche kurz ins Straucheln und meine, irgendwo hinter oder neben mir einen scharfen, zischenden Atemzug gehört zu haben. Ich bin vielleicht eine halbe Meile gelaufen, als ich einen schwachen menschlichen Laut vernehme – kein Wort, eher ein Grunzen, ein Geräusch, das von körperlicher Anstrengung zeugt. Ich fahre herum, halte das Licht hoch und reiße mit der rechten Hand mein Messer aus dem Gürtel. Dabei höre ich, wie sich mein Gegner bewegt und irgendetwas leise durch die Luft pfeift, und ein blinder Instinkt rät mir, mich zu ducken; die Hand mit dem Messer fliegt hoch, und da trifft mich schon ein Schlag und schickt mich zu Boden.

Wie durch verschwommene Schleier hindurch kann ich seine Silhouette erkennen, die über mir aufragt, dann wird die Welt dunkel um mich.

12

Barn Elms, Südwestlondon
1. Oktober im Jahr des Herrn 1583, nachts

Als das Licht zurückkehrt, sehe ich als Erstes den noch immer über mich gebeugten Umriss meines Angreifers. Ich setze mich schwach zur Wehr und höre, wie sich ein erstickter Schrei meiner Kehle entringt, aber der Typ drückt mich zu Boden, und ein sengender Schmerz frisst sich langsam von dort, wo mein linkes Auge sein sollte, aber jetzt nur noch tiefschwarze Nacht ist, quer über meine Stirn. Meine mit Wasser vollgesogenen Glieder protestieren und geben nach. Ich scheine im Boden einzusinken, kann aber nichts dagegen tun.

»Er ist wach.« Die Stimme scheint von dem Mann zu kommen, der in mein Gesicht späht; sie kommt mir irgendwie bekannt vor, doch ich kann ein Auge nicht öffnen und mit dem anderen nichts scharf erkennen. Flüchtig frage ich mich, ob er beabsichtigt, mich zu töten. Mit großer Mühe gelingt es mir, die Hände zu meinen beiden Seiten flach auf den Boden zu legen. Der Untergrund fühlt sich kühl und glatt an. Dann landet etwas Kaltes, Nasses auf meinem Gesicht, ich erlange prustend das Bewusstsein wieder und stütze mich auf einen Ellbogen.

»Gütiger Christus, Bruno, du hast uns den Schreck unseres Lebens eingejagt«, sagt der Mann, und als das verkrustete Blut mit einem feuchten Tuch von meinem unversehrten Auge getupft wird, nimmt er die Gestalt von Philip Sidney an. Ich begreife nicht, wie er hierherkommt, also beschließe ich, es auch gar nicht zu versuchen, obwohl ich, seit er mich in Oxford gerettet hatte, noch nie so froh war, ihn zu sehen.

»Ich glaube, es macht dir Spaß, mich dazu zu zwingen, dein Kindermädchen zu spielen«, bemerkt er vergnügt, als könne er meine Gedanken lesen. »Was in Gottes Namen ist dir diesmal zugestoßen? Kannst du dich an irgendetwas erinnern?«

»Ich weiß noch nicht einmal, wo ich bin.«

»Versuch du ja nicht aufzustehen.« Er richtet sich auf und reckt die langen Arme über den Kopf, aber das feuchte Tuch streicht auch weiterhin sanft über mein Gesicht. Mir wird klar, dass sich noch eine Person im Raum befinden muss, ich kann allerdings den Kopf nicht drehen, um zu sehen, wer es ist. »Du bist in Barn Elms«, fährt Sidney von der anderen Seite des Raums aus fort. »Du hast verdammtes Glück gehabt, Bruno, wenn du es genau wissen willst. Einer der Diener hat dich auf dem Rückweg von seinem freien Tag auf der Straße von Mortlake gefunden. Er wusste natürlich nicht, wer du bist, doch als sie dich ins Haus brachten, hat Frances dich erkannt. Nicht wahr, Liebes?«

»Ja, Philip«, bestätigt eine weiche Mädchenstimme über mir. Demnach handelt es sich bei meiner Krankenschwester um Sidneys Frau. Als sie das Tuch wegzieht, um es auszuspülen, erhasche ich aus dem Augenwinkel heraus einen Blick darauf. Das Wasser, das sie auswringt, ist hellrot.

»Ansonsten wärst du vermutlich gestorben«, stellt Sidney mit seiner üblichen Sachlichkeit fest. »Hast du den Täter gesehen? Er hat dich mit einem schweren Gegenstand niedergeschlagen, aber es sieht schlimmer aus, als es ist, denke ich. Hat er dich ausgeraubt?«

»*Merda!*« Ich setze mich mühsam auf, schleudere die Decke zurück und hätte dabei fast die Wasserschüssel umgestoßen. Weißes Licht flammt hinter meinen Augen auf, ich halte mich an dem Bettpfosten fest, bis es erlischt. Während ich ohnmächtig war, hat mich jemand entkleidet, ich trage nur noch mein Hemd und meine Beinlinge. »Die Papiere! Wo sind sie?«

»Was für Papiere? Nicht bewegen, sonst fängst du wieder an zu bluten!«

»Wer hat mir mein Wams ausgezogen?« Ich ziehe mich auf die Füße, doch sofort beginnt sich der Raum um mich zu drehen.

»Ich, du verdammter Narr«, raunzt Sidney. »Ich sitze bei dir, seit sie dich ins Haus gebracht haben. Walsingham war auch lange hier. Wir fürchteten, du würdest es nicht schaffen.« Er zögert einen Moment. »Trotzdem«, jetzt klingt seine Stimme wieder schroff, damit ich ihn ja nicht für sentimental halte, »dein Angreifer hätte wissen müssen, dass es mehr als nur eines Schlages auf den Kopf bedarf, um dich ins Jenseits zu befördern. Du hattest nichts bei dir. Keine Papiere, keinen Geldbeutel. Nichts. Und dein Wams und Hemd waren geöffnet.«

Ich sinke auf das Bett zurück und presse eine Hand behutsam gegen meine Schläfe.

»Ich wollte sie zu Walsingham bringen. Er muss sie mir abgenommen haben.«

»Wer?«

Ich schiele zu Frances, schüttele unmerklich den Kopf und zucke dann zusammen. Sogar bei dieser kleinen Bewegung kommme ich mir vor, als hätte sich mein Hirn in meinem Schädel gelockert.

»Liebes, gehst du bitte und holst deinen Vater, wenn er Zeit hat? Sag ihm, Bruno ist wieder bei Bewusstsein. Besten Dank.« Er deutet gebieterisch zur Tür. Seine Frau nickt schwach und verlässt mit ihrer Schüssel voll blutigem Wasser den Raum. Die Tür fällt leise hinter ihr zu. »Sie ist entsetzlich gehorsam, weißt du«, bemerkt Sidney mit mildem Interesse, als sprächen wir über ein Pferd.

Der Raum ist mit einem großen, bequemen Bett ausgestattet, dessen weiße Leinenvorhänge nun mit meinem Blut bespritzt sind. Ein Wandbehang, der eine Jagdszene zeigt, hängt an einer Wand, und sämtliche Kerzen sind entzündet worden, um die Kammer in ein freundliches Licht zu tauchen; die Flammen scheinen vor meinem verletzten Auge zu verschwimmen, und die Gegenstände ringsum wanken und schwanken. Sobald mir das volle Ausmaß des Geschehenen bewusst wird, ist mir, als hätte ich einen zweiten Schlag erhalten – vorsichtig berühre ich mein geschwollenes Jochbein und meine Beine, die zu zittern angefangen haben: Dass mein Verfolger mich am Leben gelassen hat, mag ein Versehen seinerseits gewesen sein, vielleicht dachte er ja, er hätte mich getötet, aber jetzt besteht kein Zweifel mehr daran, dass er mich aus dem Weg räumen will.

Ich habe gerade damit begonnen, die Ereignisse in Dees Haus wiederzugeben, als die Tür gegen die Wand kracht und Walsingham mit solch drängender Eile in den Raum schreitet, dass ich einen Moment lang meine, er wollte mich in die Arme schließen. Davon hält er sich gerade noch ab, aber seine Besorgnis hat sich tief in sein Gesicht eingegraben, und ich kann nicht umhin, mich geschmeichelt zu fühlen.

»Ich finde den Mann, der Euch das angetan hat, Bruno, verlasst Euch darauf.« Er zeigt mir seine geballte Faust, bevor er seine freie Hand darum schließt.

»Oder die Frau«, wende ich ein. Meine Zunge fühlt sich doppelt so dick wie sonst an. Walsingham hebt die Brauen.

»Tatsächlich? Das müsst Ihr mir erklären.« Er bedeutet Sidney, die Tür zu schließen.

Also berichte ich von Jane Dees mysteriösem Besucher, von Ned Kelleys Truhe, den Büchern und den Zeichnungen, von Johanna Kelleys Verbindung mit der Familie Howard und weise darauf hin, dass mein Angreifer gewusst haben muss, dass ich etwas Belastendes aus Dees Haus mitgenommen habe. Walsingham runzelt die Stirn und beißt sich dann auf die Lippe, als ich ihm gestehe, dass mir die Papiere gestohlen worden sind. Nachdem ich geendet habe, fährt er sich mit der Hand über das Gesicht und nickt.

»Wenn Kelleys angebliche Frau Essen für ihn stiehlt, dann kann sein Versteck nicht allzu weit vom Haus entfernt liegen.« Sidney verschränkt die Arme vor der Brust. »Entweder hat er das Gebäude beobachtet, oder sie ist dir selbst gefolgt, weil sie wusste, was du gefunden hast, so lautet meine Vermutung.«

»Ich wünschte, ich hätte diese Bilder gesehen.« Walsingham verzieht das Gesicht. »Erst diese Sache mit Marias Ring, dann Kelley und diese Johanna – steckt wirklich Henry Howard hinter alldem?«

»Können wir ihn nicht unter irgendeinem Vorwand festnehmen?«, erkundigt sich Sidney. »Möglicherweise redet er, wenn er um seine Haut fürchtet.«

»Und welchen Vorwand schlägst du vor?«, fährt Walsingham ihn an. Der Staatssekretär erhebt nur selten die Stimme, und ich verwünsche mich erneut, weil die Papiere abhandengekommen sind, die ihm vielleicht geholfen hätten, den Fall zu lösen. »Wir haben nichts gegen ihn in der Hand – absolut nichts! Und wenn die Königin ohne hieb- und stichfeste Beweise gegen die Howards vorgeht, werden die restlichen katholischen Adeligen eine geschlossene Front gegen sie bilden, was das Letzte ist, was wir brauchen können, solange es Botschafter gibt, die versuchen, sie zu einer gewaltsamen Rebellion anzustiften. Beim Blut Christi!« Er schlägt sich mit der Faust in die linke Handfläche und stapft wie ein Bär an einer Kette durch den Raum, während Sidney und ich ihn angespannt beobachten. »Ich kann John Dee nicht ewig vor den Folgen seiner eigenen Dummheit schützen!«, platzt er schließlich heraus. »Geister beschwören! Er lädt andere ja geradezu ein, ihn auszunutzen. Und wenn sich herausstellt, dass er einen Mörder in seinem Haus beherbergt hat ...« Er reibt sich den Bart, holt tief Atem, dreht sich zu mir um und versucht, zu seiner üblichen Selbstbeherrschung zurückzufinden. »Bruno, zu welchem Schluss seid Ihr bislang gekommen?«

Mein Kopf fühlt sich noch immer an wie mit Watte gefüllt, Walsinghams Stimme scheint aus weiter Ferne an mein Ohr zu dringen, aber ich sammele meine Gedanken, so gut ich kann.

»Findet Ned Kelley«, ist das Beste, was ich hervorbringe. »Henry Howard, Philip Howard, die toten Mädchen – irgendwie hängt alles zusammen, doch nur Kelley kann die Verbindung herstellen.«

Walsingham sieht mich erwartungsvoll an, doch wiederum verschwimmt die Welt um mich herum, und ich muss mich gegen den Bettpfosten lehnen.

»Ich werde Männer ausschicken, um Kelley zu suchen.« Er richtet aufmerksam seinen Blick auf mich. »Und jemanden abstellen, um auf Jane Dee aufzupassen und zu verhindern, dass sie keinen weiteren unerwünschten Besuch mehr bekommt. John hat bislang wenig gesagt, nur geschworen, dass weder er noch Kelley mit den Morden zu tun haben. Jetzt verstehe ich auch, warum er sich nicht über die Art seiner Beziehung zu Kelley äußern will – allerdings muss ich ihn noch einmal über diese Zeichnungen befragen. Und ich werde diese Johanna holen lassen und sie verhören, wenn ich gerade dabei bin. Was

Euch betrifft, Bruno – Ihr seid noch einmal glimpflich davongekommen, und ich mache mir Vorwürfe, weil ich Euch erlaubt habe, dieser Sache allein nachzugehen. Ihr braucht jetzt Ruhe.«

»Ich muss in die Botschaft zurück«, entfährt es mir erschrocken, und ich stehe zu schnell auf, woraufhin mein Kopf erneut protestiert. »Man betrachtet mich dort ohnehin schon mit Misstrauen – ich kann nicht einfach über Nacht wegbleiben. Wie spät ist es?«

»Neun«, erwidert Sidney. »Du bleibst besser hier, alter Freund – so, wie du aussiehst, jagst du dem Botschafter eine Todesangst ein.«

»Bruno hat Recht.« Walsingham tritt näher, um meine Wunde im Kerzenschein zu untersuchen. »Seine Position in Salisbury Court ist für uns jetzt von elementarer Bedeutung. Ich werde Euch zum Fluss zurückbringen lassen. Behauptet einfach, Ihr wärt überfallen worden, weil Ihr Ausländer seid.«

»Das wäre auch nicht das erste Mal.« Wieder berühre ich mein Auge. Mein Kopf fühlt sich an wie ein Ballon. Mit einiger Anstrengung bleibe ich auf meinen wackeligen Beinen und warte darauf, dass die Übelkeit vergeht.

»Bruno.« Walsingham legt mir väterlich eine Hand auf die Schulter. »Ihr habt heute Abend mit Eurer gewohnten Mischung aus Mut und Unvorsicht gehandelt. Diese Papiere wären für uns Gold wert gewesen, und ich bedauere ihren Verlust genauso wie Ihr. Indes, ich würde es noch mehr bedauern, wenn wir ihretwegen Euch verloren hätten. Ich möchte, dass Ihr von nun an Eure Nachforschungen in Salisbury Court einschränkt. Tragt eine Waffe bei Euch, und wenn Ihr längere Wege zurücklegen oder Botschaften überbringen müsst, lasst Euch begleiten. Wendet Euch an Fowler – ich habe Euch doch gesagt, Ihr sollt zusammenarbeiten. Ihr streift nicht mehr im Dunkeln im Land umher und versucht, alles allein zu tun – *capisce*?«

Ich nicke unter Schmerzen.

»Gut.« Sein Lächeln hält nur einen Augenblick lang an. »Ich werde für ein Boot sorgen und bis Whitehall mit Euch kommen. Unter Umständen kann ich Dee ja doch noch überreden, sich mir anzuvertrauen.« Er schreitet zur Tür und dreht sich dann noch einmal zu mir um. »Glaubt Ihr, es ist etwas Wahres daran, Bruno? An diesen Versuchen, mit Geistern zu kommunizieren, meine ich? In Paris hieß es, Ihr verstündet etwas von dieser Kunst.«

Ich blinzele, bis ich seine Züge deutlich erkennen kann. Sein Gesichtsausdruck ist neutral, zeugt höchstens von leiser Neugier. »Das ist nach den Gesetzen der Kirche streng verboten«, erwidere ich endlich. »Eurer und meiner.«

»Ich *weiß*, dass es verboten ist, Bruno – ich verfasse schließlich die Gesetze«, antwortet er ungeduldig. »Deswegen will es niemand zugeben, obwohl das Land von diesen sogenannten Sehern und Wahrsagern nur so wimmelt, die die Armen und Unwissenden schamlos täuschen. Und bisweilen auch die Gebildeten«, fügt er trocken hinzu. »Aber glaubt Ihr, dass manche Menschen wirklich die Gabe haben könnten, mit Geistern zu sprechen – Engeln oder Dämonen, oder wie auch immer man sie nennen mag? Habt Ihr so etwas jemals erlebt, oder ist dieser Aberglaube nur ein Relikt aus unserer finsteren Vergangenheit?« Die Hand noch immer auf den Türknauf gelegt forscht er in meinem Gesicht. Ich spüre, dass auch Sidneys Blick fragend auf mir ruht. Mir ist bekannt, dass er sich für solche Dinge interessiert hatte, als er Dees Schüler war, seit er eine Position bei Hof innehat, distanziert er sich jedoch davon. Mein armer gemarterter Verstand fühlt sich den diplomatischen Spitzfindigkeiten nicht gewachsen, die eine Antwort auf diese Frage erfordert.

»Wenn das Universum unendlich ist, woran ich fest glaube«,

ich wäge meine Worte sorgfältig ab, »dann muss es mehr enthalten als das, was wir bislang verstanden oder niedergeschrieben haben. Die heiligen Schriften unserer und anderer Religionen sprechen sämtlich von Wesen, die zwischen uns und den Göttern stehen. Im Lauf der Jahrzehnte und Jahrhunderte haben überall auf der Welt Menschen behauptet, mit ihnen sprechen und die Zukunft vorhersagen zu können. Ich kann nicht beurteilen, ob das der Wahrheit entspricht oder nicht, aber in einem Punkt bin ich mir sicher – wenn es Menschen gibt, die über diese Gabe verfügen, gehört Ned Kelley nicht zu ihnen. Und John Dee auch nicht.«

»Und Ihr?«, fragt Walsingham prompt.

Ich höre, wie Sidney zischend den Atem einzieht.

»Ich gleichfalls nicht, Euer Gnaden.« Ich verzichte darauf, das Wort »noch« einzufügen, obwohl es in meinem Kopf widerhallt.

Walsingham sieht mich kurz an, dann nickt er knapp, rauscht zur Tür hinaus und fordert Sidney und mich auf, ihm zu folgen. Sidney legt mir eine Hand auf den Arm.

»Sei vorsichtig, Bruno.« Er senkt die Stimme. »Wie auch immer die Wahrheit über diesen Kelley und die Morde aussieht – Dee wird aus der Sache nicht ungeschoren herauskommen. Was er getan hat, gilt als Hexerei, das weißt du. Es sind schon Menschen wegen geringerer Vergehen auf dem Scheiterhaufen gelandet. Die Königin wird nicht zulassen, dass man ihn verbrennt, aber sie wird sich von ihm distanzieren müssen – und du könntest ebenfalls in Misskredit geraten, weil du freundschaftlichen Umgang mit ihm pflegst.«

»Somit hätte Howard sein Ziel erreicht.« Ich packe ihn am Ärmel. »Dee fällt in Ungnade und wird vom Hof verbannt. Wir müssen Beweise finden, die Howard ohne jeden Zweifel mit den Todesfällen in Verbindung bringen, oder Dee ist ruiniert!«

»Du bist also fest davon überzeugt, dass Howard hinter den Morden steckt?«

»Ich weiß es nicht. So vieles deutet auf ihn hin, und trotzdem ergibt so vieles keinen Sinn.« Fowlers Warnung fällt mir wieder ein. »Freilich darf ich mich nicht auf Howard als Täter versteifen, nur weil mir der Mann zutiefst zuwider ist.« Wieder berühre ich die Wunde an meiner Schläfe. »O Gott, bin ich ein Narr. Wenn ich diese Papiere nicht verloren hätte …«

»Ja, wenn … und wenn dieser Bursche besser gezielt hätte, wärst du jetzt tot«, schilt Sidney. »Vergiss die Papiere, und versuche, an Howard heranzukommen. Irgendwann muss er sich verraten.«

»Oder mich vorher umbringen«, fasse ich meine Befürchtung in Worte, dabei betrachte ich das Blut an meinen Fingerspitzen.

13

Salisbury Court, London
1. Oktober im Jahr des Herrn 1583

Anfangs kann ich das Geräusch nicht zuordnen; ein beharrliches Hämmern, das den Kokon des Schlafes durchdringt. Als ich erwache, explodiert ein neuer Schmerz hinter meinen Augen, doch als ich meine Schläfe vorsichtig betaste, spüre ich, dass die Schwellung zurückzugehen scheint. Bruchstücke der letzten Nacht ziehen an mir vorbei und formen sich zu einer vagen Erinnerung: Walsinghams Boot setzte mich am Ende der Water Lane ab, und einer seiner Diener begleitete mich bis zur Gartentür von Salisbury Court. Ich hatte gehofft, mich unbemerkt die Treppe hochschleppen zu können, doch Courcelles kam sie zur gleichen Zeit herunter, und ich habe fast befriedigt registriert, dass er sein Entsetzen über meinen Zustand nicht verbergen konnte. Trotz meiner Proteste führte er mich sofort zu Castelnau. Der Botschafter akzeptierte meine Geschichte von einem Schänkenstreit mit englischen Raufbolden, ohne Fragen zu stellen (wir Ausländer waren alle schon einmal Opfer von Misshandlungen durch die Londoner), und hätte sich nicht freundlicher und mitfühlender zeigen können. Seine wutentbrannten Drohungen, gesetzliche Maßnahmen einzuleiten oder den Bürgermeister einzuschalten, habe ich gleichwohl entschieden abgewehrt; ich wollte nur noch in mein Bett fallen und die Augen schließen.

Und jetzt bin ich viel zu früh – es fällt kaum mehr als ein schwacher Lichtschein durch die Fensterläden – von dem zunehmend eindringlicher werdenden Klopfen geweckt worden. Für einen Augenblick verstummt es, und ich hoffe schon, derjenige, ganz egal wer das hier sein sollte, hätte aufgegeben, doch dann flüstert jemand: »Bruno! So lasst mich doch herein!«, und das Klopfen setzt von neuem ein. Leise fluchend krieche ich aus dem Bett und entriegele die Tür. Léon Dumas steht zitternd in seinem Nachthemd vor mir, seine Augen quellen hervor wie die eines verängstigten Fisches.

»Rasch«, raunt er und späht über seine Schulter, als er in meine Kammer huscht, obwohl der Gang leer ist. »Großer Gott, was ist mit Eurem Kopf passiert?«

»Ich bin in einer Schänke angegriffen worden. Ein paar Londonern hat mein Akzent nicht gefallen.«

»Tatsächlich?« Wenn überhaupt möglich, sieht er jetzt noch ängstlicher aus. »Ich bin schon einmal angespuckt worden, weil ich Franzose bin, aber Euch haben sie schlimm zugerichtet. Waren sie betrunken?«

»Allerdings. Die Sache ist aus dem Ruder gelaufen. Ich hätte sie gar nicht beachten sollen, aber ich habe auf ihre Pöbeleien reagiert. Es war mein Fehler.«

»Was hattet Ihr denn an einem solchen Ort zu suchen, Bruno? Wart Ihr allein?« Er wirkt so besorgt, dass ich ihn am liebsten getröstet hätte.

»Ja. Ich bin auf dem Rückweg von der Bibliothek in Mortlake – dort, wo ich an meinem Buch arbeite, das wisst Ihr ja – kurz eingekehrt, um eine Kleinigkeit zu essen.«

»Das sieht ja furchtbar aus.« Er ringt die Hände und runzelt die Stirn wie eine hilflose Mutter. »Wart Ihr bei einem Arzt? Ihr solltet einen aufsuchen.«

Ich schüttele meinen Kopf – und bereue es sofort.

»Es wird schon heilen. Wolltet Ihr etwas Bestimmtes von mir?«

»Oh, das. Nun, ich …« Er knetet seine Hände, geht dann zum Fenster, dreht sich mit gequältem Gesicht zu mir um, beißt in seinen Daumenknöchel und kommt zurück. »Ich brauche Eure Hilfe.«

»Natürlich. Was kann ich denn für Euch tun?« Ich bemühe mich, mir meine Ungeduld nicht anmerken zu lassen.

»Da ist etwas …« Er reibt sich den Nacken und wendet den Blick ab. »Ich weiß nicht, wie ich es Euch sagen soll, aber ich muss es loswerden. Es belastet mein Gewissen zu sehr.« Wieder bricht er ab und fixiert mich mit seinen riesigen Augen, als flehte er mich an, sein Geständnis aus ihm herauszuholen, ohne dass er es laut aussprechen müsste. Einen Moment schließt sich eine eisige Hand um mein Herz – würde er mir gleich mitteilen, dass er unter dem ständigen Druck, dem er ausgesetzt ist, zusammengebrochen sei und jemandem in der Botschaft von Walsingham und den Briefen erzählt hätte? Unser Verrat ist aufgeflogen – anders kann es nicht sein. Aufgrund des Zustands meines Kopfes kann ich mir die Konsequenzen für die Invasionspläne und für meine Person kaum ausmalen.

»Ich habe Schweigen gelobt, doch ich fürchte, man wird mich bald überführen, und dann ergeht es mir noch schlimmer, als wenn ich freiwillig gestehe. Aber ich sagte mir, Bruno wird wissen, was zu tun ist.«

»Was ist geschehen, Léon?« Ich versuche, meiner Stimme einen beruhigenden Klang zu verleihen, obwohl mir schwant, dass ich die Antwort bereits kenne. Er wirkt, als könnte er jede Sekunde in Tränen ausbrechen.

»Es geht um den Ring«, stößt er endlich hervor. »Den verschwundenen Ring, den Maria Stuart Henry Howard geschickt hatte.«

Einen Moment lang verschlägt es mir die Sprache.

»Was ist damit?«

»Ich weiß, wo er ist.«

Soweit mir bekannt ist, befindet sich Maria Stuarts Ring derzeitig in Walsinghams Obhut. Dumas kann das unmöglich wissen. Ich starre ihn an, während er erneut an seinen Knöcheln nagt.

»Ich war gierig, Bruno, das gebe ich zu. Es war jedoch nicht für mich – ich habe alles Geld meinen Eltern geschickt. Sie sind arm, wisst Ihr?«, verteidigt er sich mit erhobener Stimme.

»Was für Geld? Wovon redet Ihr eigentlich?«

Doch bevor er antworten kann, knarrt draußen vor der Kammer eine Bodendiele. Ich hebe eine Hand, und Dumas erstarrt.

Es klopft leise an der Tür – noch ein Besucher im Morgengrauen. Ich bin in Salisbury Court noch nie so gefragt gewesen. In der Hoffnung, dass der Neuankömmling glaubt, ich schliefe noch, gebe ich Dumas ein Zeichen, sich still zu verhalten, aber das wird offenbar als Einladung aufgefasst; die Tür öffnet sich einen Spaltbreit, und Marie de Castelnau schlüpft in den Raum. Ihr Haar fällt ihr offen über die Schultern, und sie trägt ein dünnes Gewand, unter dem sich ihre Brüste und die Kurve ihrer Hüften abzeichnet. Ihre Füße sind bloß. Sie blickt mich mit großen Augen an und legt einen Finger auf ihre Lippen, als wären wir Komplizen in einem verbotenen Spiel – sie hat Dumas noch nicht bemerkt. Ich setze ein gezwungenes Lächeln auf und lenke ihren Blick mit einem Nicken zu der Stelle, wo er steht und so fassungslos wirkt, als hätte er gerade die Wiederauferstehung mit angesehen. Beide brauchen eine Weile, um sich von ihrem Schrecken zu erholen. Mich überkommt ein nahezu unwiderstehlicher Lachreiz, doch er erstirbt beim Anblick von Maries Gesicht – sie scheint vor Wut zu schäumen, und der hasserfüllte Blick, den sie auf Dumas richtet, droht sich durch ihn hindurchzufressen und die Bodendielen in Brand zu setzen. Dumas seinerseits trägt die Miene eines Mannes zur Schau, dem man eine glühende Eisenzange an seine empfindlichsten Körperteile hält. Selbst wenn mein Kopf in einer besseren Verfassung wäre, bin ich mir nicht sicher, ob mir die richtigen Worte einfallen würden, um die Situation zu entschärfen.

Zum Glück ist es Marie, die als Erste die Fassung zurückgewinnt.

»Ihr«, zischt sie, verschränkt die Arme vor der Brust und bringt alle Reste ihrer üblichen selbstsicheren Haltung auf. »Solltet Ihr nicht auf dem Weg zu meinem Mann sein, um ihm zur Hand zu gehen? Ich bin sicher, dass es viel zu tun gibt.«

Dumas starrt sie nur weiter mit offenem Mund an, als wäre sie Luzifer persönlich.

»Nun geht schon.« Sie nickt ungeduldig in Richtung der Tür. »Ich schreibe einen Brief an einen Freund in Italien«, fügt sie obenhin hinzu, als es Dumas endlich gelingt, seine Füße vom Boden zu lösen. »Ich brauche Brunos Hilfe bei der Übersetzung. Und er muss schnell fertig werden, weil der Bote schon heute Morgen aufbricht. Versteht Ihr?« Ihr barscher Ton zielt darauf ab, etwaige Missverständnisse von vornherein aus dem Weg zu räumen. Dumas stolpert benommen zur Tür, wirft mir noch einen letzten panikerfüllten Blick zu und verlässt den Raum dann so zögernd, als sei er nicht sicher, ob er mich gefahrlos mit Marie allein lassen kann. Ich nicke ihm auffordernd zu und versuche ihm mit meiner Miene zu verstehen zu geben, dass wir das Gespräch besser später fortsetzen.

Marie sieht mit einem leichten Kopfschütteln zu, wie die Tür ins Schloss fällt, und stemmt die Hände in die Hüften.

»Was hatte er denn um diese Zeit hier zu suchen?«

»Dumas? Er leidet gelegentlich unter Heimweh«, erwidere ich, dabei verwünsche ich ihr unverhofftes Auftauchen aus tiefster Seele. Dumas hatte kurz vor einem wahrscheinlich wichtigen Geständnis gestanden, und sie hat alles verdorben. Jetzt wird es mir unmöglich sein, mich auf irgendetwas zu konzentrieren, bis ich den Rest aus ihm herausgeholt haben werde. »Manchmal braucht er dann jemanden, mit dem er reden kann.« Ich zwinge mich, den Blick von der Tür loszureißen und auf ihr Gesicht zu richten. Ihre scharfen Augen begegnen den meinen und wandern dann zu meiner Kopfwunde.

»Zu dieser Stunde?«

»Nun – *Ihr* seid ja auch zu dieser Stunde hier.«

Ihre Züge werden weicher.

»Vielleicht habe ich auch Heimweh. Und fühle mich einsam. Tut Ihr das nicht, Bruno?« Sie scheint auf mich zuzuschweben; ihre Füße verursachen keinerlei Geräusch auf dem Boden. »Auf jeden Fall denke ich, meine Gründe sind nicht dieselben wie die dieses Sekretärs. Wie heißt er doch gleich?«

»Léon Dumas.« Eigentlich überrascht es mich nicht, dass sie die Namen der Angestellten ihres Mannes nicht kennt, es bestätigt eine ihrer hervorstechendsten Eigenschaften – mangelndes Interesse an jedem, der ihr nicht irgendwie nützlich sein kann. »Aber Ihr habt einen Mann«, füge ich gepresst hinzu. Sie steht jetzt dicht vor mir und hebt mit besorgt verzogenem Gesicht eine Hand zu meiner Schläfe. Noch ehe sie mich berührt, zucke ich unwillkürlich zusammen, und sie lacht leise.

»Keine Angst, Bruno, ich habe nicht die Absicht, Euch anzufallen. Ja, ich habe einen Mann, und ich kann sehen, dass Ihr nie verheiratet wart, wenn Ihr das für ein Heilmittel gegen Einsamkeit haltet.«

Ich beiße die Zähne zusammen, als sie mit einem Finger leicht oberhalb der Wunde durch mein Haar fährt.

»Courcelles sagte, Ihr wärt angegriffen worden – ich habe mir Sorgen um Euch gemacht«, flüstert sie. Ich frage mich nebenher, wann denn Courcelles zwischen meiner späten Rückkehr und diesem frühmorgendlichen Überfall Zeit gefunden hatte, mit ihr zu sprechen, aber meine Gedanken werden von ihrer auf meinem Brustbein ruhenden Hand abgelenkt, während ihr rechter Zeigefinger über mein Gesicht streicht. Wieder konzentriere ich mich darauf, keinen Muskel zu rühren, obwohl meine Nerven kribbeln und meine Kehle sich zuschnürt. Ihr Gewand ist etwas verrutscht, sodass ihre nackte Schulter sichtbar wird. »Bruno …«, beginnt sie, ohne mir in die Augen zu sehen, »… was gestern passiert ist …«

»Bitte – vergesst, was geschehen ist«, höre ich mich mit erstickter Stimme murmeln. »Es gibt keinen Grund, noch ein Wort darüber zu verlieren.«

»Doch das ist ja gerade das Problem, Bruno«, haucht sie. Ihr Atem weht warm über mein Kinn. »Ich kann es nicht vergessen. Ich kann an nichts anderes denken. Ich weiß nicht, was Ihr mit mir gemacht habt.« Sie schlängelt sich noch näher an mich heran und schmiegt sich eng an meine Hüfte. Jetzt ist es genug, befinde ich. Mein Kopf wird schlagartig so klar, als hätte ich ihn mit kaltem Wasser übergossen. Ich trete zurück und fasse sie sanft bei den Schultern.

»Bitte, Marie. Ich habe nichts vorsätzlich getan, und Ihr solltet nicht hier sein.«

»Dass Ihr es nicht vorsätzlich getan habt, macht es umso reizvoller«, wispert sie, und ich kann die Hitze ihres Körpers spüren, als sie sich aufs Neue gegen mich presst. Wiederum gerate ich in Verwirrung. Ihr Verlangen wirkt echt, doch ich werde den Verdacht nicht los, dass dies nur eine Vorstellung ist, eine Falle, die sie zuschnappen lassen will. Selbst wenn es sich nicht um eine beabsichtigte Falle handelte, würde sie bald zu einer werden. Ich muss Marie aus meiner Kammer herauslotsen, ehe ich Grund habe, mir Vorwürfe zu machen.

»Marie«, sage ich sanft, woraufhin sie den Kopf hebt, mir in die Augen sieht und leicht die Lippen öffnet. *Dio mio*. Ich muss all meine Selbstbeherrschung aufbieten, um mich nicht einfach vorzubeugen und diesen lockenden Mund zu küssen. »Das darf nicht sein, und Ihr wisst es. Es würde nicht nur Eurem Mann, sondern auch Euch und mir Leid zufügen. Bitte versucht, nicht auf diese Weise an mich zu denken, so wie ich versuche, nicht an Euch zu denken.«

Sie schüttelt den Kopf, tritt aber wenigstens einen Schritt zurück.

»Leide ich nicht schon genug, Bruno? Euch jeden Tag zu sehen, mit Euch im selben Haus zu leben und am selben Tisch zu essen und dabei zu wissen, dass Ihr mich nicht wollt – wenn es ein größeres Leid geben sollte, wüsste ich nicht, welches.«

Weil du nie erfahren hast, wie es ist, etwas zu wollen und es sich nicht augenblicklich verschaffen zu können, denke ich, als ich sie ansehe. Für sie liegt der Reiz allein in meinem beharrlichen Widerstand, in diesem Punkt gebe ich mich keinerlei Illusionen hin.

»Auf jeden Fall«, fährt sie mit gesenkten Lidern fort, »weiß ich nicht, wie ich so weiterleben soll. Allmählich denke ich, dass unter diesem Dach kein Platz für uns beide ist, wenn Ihr mich nicht lieben könnt. Einer von uns muss nach Paris zurückkehren.«

Ich fahre mir mit einer Hand durch das Haar, hole tief Luft und suche nach einer diplomatischen Antwort. Jetzt spricht sie von Liebe – wenn sie das wirklich ernst meint, ist es bloßes Wunschdenken ihrerseits. Sie hat sich eingeredet, mich zu lieben, weil ich sie abgewiesen habe. Aber vielleicht ist das, was wir gemeinhin als Liebe bezeichnen, ohnehin nur Selbsttäuschung. Und wenn Marie eine Rolle spielte … ist all das dann Teil eines Plans, mich aus dem Weg zu schaffen? Wenn sie beschließt, dass einer von uns nach Paris zurückkehren muss, kann sie damit nur mich meinen. Und soweit ich weiß, erwartet mich in Paris nichts außer der wachsenden Macht des Herzogs von Guise und seiner katholischen Anhänger, die die Inquisition sofort willkommen heißen würden, wenn sie die Gelegenheit dazu bekämen. Ich frage mich, wer sie dazu angestiftet hat. Wer hat am meisten zu gewinnen, wenn ich just zu der Zeit verschwinde, wenn das Invasionskomplott Gestalt annimmt? Henry Howard? Der Herzog von Guise selbst? Wer auch immer es sein mag, er darf keinen Erfolg haben.

»Ich würde Euch nie bewusst Leid zufügen«, beginne ich. Mein Kopf pocht schmerzhaft. »Zugleich will ich jedoch auch Euren Mann nicht kränken. Ich weiß nicht, was ich tun soll. Marie – Ihr wollt doch wohl nicht, dass ich Euch hier, unter seinem Dach, zu meiner Geliebten mache? Glaubt Ihr, das ließe sich bewerkstelligen, ohne dass der gesamte Haushalt erfährt, dass sein Hausgast ihm Hörner aufsetzt? Léon Dumas dürfte sich ohnehin schon Gedanken machen, warum Ihr im Morgengrauen so …« Ich deute auf ihr dünnes Gewand und erröte leicht. »So unzureichend bekleidet in meine Kammer gekommen seid. Andere Dienstboten würden sich weniger diskret verhalten. Es wäre eine unmögliche Situation.«

Ich merke sofort, dass ich das Falsche gesagt habe. Ihr Gesicht verfinstert sich, ihre Augen sprühen Funken, und ein wütender Blick trifft die Tür, als könne Dumas dahinter stehen und sich Notizen machen.

»Ihr glaubt, er würde meinem Mann etwas sagen? Oder den anderen Dienern? Was denn? Ich habe ihm einen plausiblen Grund für meinen Besuch genannt, warum sollte er also dummen Klatsch verbreiten?« Ihre Stimme ist rau vor Ärger. Ich reibe mir die Stirn. Bildet sie sich wirklich ein, die Diener würden nicht darüber tratschen, dass die Herrin des Hauses ihrem Gast im Schutz der Dunkelheit und nur spärlich bekleidet einen Besuch abstattet, während ihr alternder Mann in seinem Bett schnarcht?

»Dumas wird kein Wort darüber verlieren, er ist ein guter Mann und wird keine Gerüchte in die Welt setzen wollen.« Ich drücke aufmunternd ihren Arm. »Allein, Ihr seht, was passieren würde, wenn wir den Dienstboten Anlass zu Mutmaßungen geben. Ich bin sicher, dass Ihr Euren Mann nicht in seinem eigenen Haus entehren wollt, egal was Ihr sonst für ihn empfindet.«

Sie seufzt leise. »Michel ist ein anständiger Mensch. Und er betet mich an, daher handelt er mir zuliebe oft gegen seine eigenen Überzeugungen. Wir brauchen ihn, wenn diese Invasion Erfolg haben soll. Ihr habt Recht, Bruno, ich kann es mir nicht leisten, jetzt seine Unterstützung zu verlieren.«

Das ist nicht unbedingt das, was ich gemeint habe, aber ich sage wohlweislich nichts dazu.

»Er ist sechzig Jahre alt, Bruno er kann mir nicht der Mann sein, den ich brauche. Ihr versteht mich?« Ihre Stimme wird seidenweich; wieder verspüre ich eine sengende Hitze in der Lendengegend, und mein Hals wird trocken. »Ich wollte nur wissen, ob Ihr dasselbe empfindet wie ich«, fügt sie nahezu unhörbar hinzu.

»Ich … das müsst Ihr doch wissen«, erwidere ich, weil ich das für die einzige diplomatische Antwort halte. Wenn ich sie zu brüsk zurückweise, wird sie dafür sorgen, dass ich nach Paris zurückgeschickt werde, das hat sie mir unmissverständlich zu verstehen gegeben. »Aber Ihr habt Recht, genauso will auch ich nicht, dass die Invasionspläne scheitern, weil wir unsere selbstsüchtigen Begierden nicht eine Zeit lang unterdrücken können. Wir können auf die Unterstützung Eures Mannes nicht verzichten, deshalb dürfen wir ihn in dieser Phase nicht gegen uns aufbringen.«

Sie betrachtet mich mit aufrichtiger Überraschung, die langsam in vorsichtige Anerkennung umschlägt.

»Wisst Ihr, ich hatte mir schon Gedanken darüber gemacht, ob Ihr wirklich voll und ganz hinter dem Invasionsplan steht, Bruno. Ich gebe zu, dass einige von uns an Eurem Einsatz für die katholischen Interessen gezweifelt haben – Howard und der Earl of Arundel zum Beispiel. Claude. Sogar ich manchmal. Es freut mich, dass wir uns geirrt haben.«

Ich neige zustimmend den Kopf.

»Und was das andere betrifft …«, fährt sie mit einem leisen Lächeln fort und senkt erneut die Stimme. »Wenn Ihr wirklich meint, was Ihr gesagt habt, dann werden wir einen Weg finden. Der Herzog von Guise wird für meinen Mann keine Verwendung mehr haben, wenn Maria Stuart Königin von England ist und Guise seine Macht in Paris gefestigt hat.«

Die Sicherheit, die sie bezüglich dieses katholischen Reiches an den Tag legt, und die unbekümmerte Art, mit der sie davon spricht, sich ihres Mannes zu entledigen, lassen mich erschauern, obwohl mein Körper noch immer auf ihre Nähe reagiert. Ich betrachte sie mit fasziniertem Abscheu, als sie sich vorbeugt und mich weich, aber keusch auf den Mund küsst. Weder erwidere ich den Kuss, noch weiche ich zurück, sondern bleibe zumindest nach außen hin vollkommen teilnahmslos, in der Hoffnung, mir ein bisschen mehr Zeit erkauft zu haben.

»Sprecht mit Eurem Freund, dem Sekretär«, sagt sie gebieterisch an der Tür. »Sorgt dafür, dass er den Mund hält.«

»Das werde ich.«

Sie schenkt mir ein letztes wissendes Lächeln, deutet einen Kuss an, bleibt einen Moment auf der Schwelle stehen und späht nach rechts und links, um sicherzugehen, dass sie nicht gesehen wird. Dann ist sie fort, zurück bleibt nur ein Hauch ihres Ambraparfüms in der Luft meiner Kammer. Ich streiche mir mit den Händen langsam über das Gesicht und setze mich auf das Bett, um wieder zur Ruhe zu kommen. Der Balanceakt zwischen Marie und ihrem Mann wird mir größere Diplomatiekünste abverlangen als all die, die der Botschafter am Hof aufbieten muss. In der Zwischenzeit muss ich Dumas alleine abpassen und ihm den Rest seines gestammelten Geständnisses bezüglich Maria Stuarts Ring entlocken.

Während des restlichen Morgens bekomme ich allerdings keine Gelegenheit dazu. Nachdem ich mein Fasten abgebrochen habe, lungere ich in der Hoffnung, Dumas werde irgendwann einmal auftauchen, mit einem Buch so unauffällig wie möglich in dem Gang herum, der zu Castelnaus Arbeitszimmer führt. Doch der Botschafter muss ihn förmlich an seinen Schreibtisch gefesselt haben, denn Dumas lässt sich fast zwei Stunden lang nicht blicken. Nur Courcelles kommt auf dem Weg zu und von einer Besprechung mit dem Botschafter zweimal an mir vorbei, beide Male mustert er mich von Kopf bis Fuß und fragt, ob ich genug Licht zum Lesen habe und ob es in der Galerie nicht viel bequemer wäre. Als er ein drittes Mal auftaucht, erbietet er sich, Castelnau bei seiner Arbeit zu unterbrechen und mich zu ihm zu schicken. Ich versichere hastig, den Botschafter nicht stören zu wollen, und husche in meine Kammer zurück. Courcelles verfolgt meinen Rückzug mit seinem üblichen wachsamen Argwohn.

Ich tröste mich damit, dass ich Dumas ja sehen werde, wenn sich alle zum Mittagessen versammeln. Mein Kopf schmerzt nach wie vor heftig, aber die Wunde verheilt gut. Da ich nichts Vernünftiges zu tun habe, bis ich den Sekretär vom Botschafter loseisen kann, versuche ich, an den Notizen für mein Buch zu arbeiten, kann mich aber auf nichts anderes als auf Dumas' Geschichte und die Linie von Marie de Castelnaus Brustbein konzentrieren. Also war es Léon Dumas, der den Ring an sich genommen hat. Er sprach von Geld und Gier – hatte er den Ring entdeckt, als Marias Korrespondenz mit Howard durch Castelnaus Hände ging, und hat die Gelegenheit genutzt, ihn zu stehlen und zu verkaufen? Dann muss der Käufer entweder die Person sein, die ihn Cecily Ashe gegeben hat, oder eine enge Verbindung zu dieser Person haben. Innerlich verwünsche ich Marie erneut für ihr unerwartetes Erscheinen und ihre unerwünschten Aufmerksamkeiten, obwohl die Ironie des Ganzen mir fast ein Lächeln entlockt: Während meiner einsamen Jahre als Dominikanermönch wäre ich nie auf die Idee gekommen, eines Tages eine schöne Frau dafür zu verwünschen, dass sie glaubt, sich in mich verliebt zu haben. Aber ich fürchte, ihr morgendlicher Besuch wird auch Dumas' Leben schwieriger machen, wenngleich ich nicht glaube, dass er mit den Dienstboten schwatzen wird; außerdem ist er im Moment zu verängstigt, um das Risiko einzugehen, Anstoß zu erregen. Als Marie in den Raum kam, glich sein Gesicht einer Maske nackten Entsetzens, während sie eindeutig wütend war, bei ihrem unziemlichen Ausflug ertappt worden zu sein, und bezüglich Dumas' Verschwiegenheit Zweifel hegen wird. Es kursieren genug Geschichten über Diener, die ausprobiert haben, mit solchem Wissen Geld von ihren Herren zu erpressen. Ich kann nur hoffen, dass sie es sich nicht in den Kopf setzt, allem, was er vielleicht sagen könnte, vorzubeugen, indem sie versucht, ihn bei

Castelnau in ein schlechtes Licht zu rücken. Ich schiebe meine Papiere zur Seite, stütze die Ellbogen auf den Tisch und sodann meinen Kopf auf die Hände. Dank Maries ungebetenen Interesses an mir hängen jetzt sowohl Dumas' als auch meine Position von ihren Launen ab.

Diese Gedanken und zahlreiche Abwandlungen davon beschäftigen mich bis zur Essenszeit, wo ich überrascht und ein wenig besorgt feststelle, dass Dumas nicht am Tisch sitzt. Die Mahlzeit besteht nur aus gekochtem Huhn und Gemüseeintopf, da Castelnau und seine Frau am Abend zu diesem Essen in Arundel House eingeladen sind, von dem Fowler gesprochen hat. Bislang hat noch niemand davon gesprochen, dass sich die Einladung auch auf mich erstreckt, obwohl ich darauf versessen bin, an dem Essen teilzunehmen – eine bessere Gelegenheit, Henry Howard und seinen Neffen genauer in Augenschein zu nehmen, könnte sich mir gar nicht bieten. Doch ich kann den Botschafter schwerlich in Gegenwart seiner Frau und seines Privatsekretärs bitten, mich mitzunehmen. Courcelles' Geplauder bei Tisch lässt keinen Zweifel daran, dass er Castelnau an diesem Abend begleiten wird. Er ist fast der Einzige, der beim Essen Konversation betreibt; der Botschafter wirkt in sich gekehrt und von Sorgen geplagt und spricht nur, um etwas Geschäftliches zu bestätigen oder eine Frage zu beantworten. Marie sitzt zur Rechten ihres Mannes, blickt mich aber unter ihren Wimpern hervor unverwandt an, und zwar so eindringlich, dass ich meine Augen auf meinen Teller gerichtet halten muss, damit es nicht so aussieht, als würden wir eine Art Blickduell ausfechten. Immer wenn ich den Kopf hebe, schenkt sie mir ein verstohlenes Lächeln – eines, das Courcelles nicht entgeht und dessen finsteres Funkeln ich gleichfalls ignoriere.

Castelnau nickt mir zu, sowie die Mahlzeit beendet ist und

die Diener ihm eine Schüssel mit Wasser und ein Leinentuch bringen.

»Kommt zu mir, wenn Ihr Euch die Hände gewaschen habt, ja, Bruno? Ich möchte mit Euch sprechen. Unter vier Augen«, fügt er mit einem Blick auf Courcelles hinzu, schiebt mit einem kratzenden Geräusch seinen Stuhl zurück und verlässt den Raum, ohne noch ein Wort an seine Frau zu richten.

Als ich vor seinem Arbeitszimmer stehe, ist die Tür geschlossen, also klopfe ich höflich an und drehe den Knauf, da ertönt sein gebelltes »*Entrez*!«. Der Botschafter sitzt bereits hinter seinem Schreibtisch; er bedeutet mir, die Tür hinter mir zu schließen, mir einen Stuhl heranzuziehen und ihm gegenüber Platz zu nehmen, schließlich legt er seine Schreibfeder beiseite und dreht den Bogen Papier um, den er beschrieben hat. Mir fällt auf, dass Dumas' Schreibtisch nicht besetzt und sein Stuhl immer noch zurückgeschoben ist – so als habe er den Raum in großer Eile verlassen.

»Bruno.« Castelnau faltet die Hände auf dem Tisch. Der Geste haftet eine Müdigkeit an, die sich in seinem Gesicht widerspiegelt; er wirkt blass und verhärmt, und unter seinen Augen liegen dunkle Schatten. »Der Angriff auf Euch letzte Nacht bereitet mir Sorgen.«

»Es war meine eigene Dummheit, wirklich. Aber aus Schaden wird man ja bekanntlich klug.« Ich fahre mit einem Finger über meine Stirn und lächele schuldbewusst, weil ich hoffe, dass er die Angelegenheit dann auf sich beruhen lässt; ich lege keinen Wert darauf, allzu eingehend über die Ereignisse des gestrigen Tages befragt zu werden.

»Seid Ihr denn sicher, dass die Attacke Euch persönlich galt?« Die Furchen auf seiner Stirn vertiefen sich. »Und nicht auf uns abgezielt war, meine ich? Auf die Botschaft?«

Ich hole tief Atem.

»Es waren Fremde, Mylord. Eine Schar von Londoner Lehrlingen, die zu viel getrunken hatten. Sie kannten mich nicht – sie sahen nur einen Ausländer und somit eine Zielscheibe für derbe Späße. Sie nannten mich einen spanischen Hurensohn«, füge ich hinzu, um die Geschichte auszuschmücken. »Ich hätte es ihnen durchgehen lassen sollen, aber stattdessen habe ich sie meinerseits beleidigt, und da sind sie auf mich losgegangen.«

Er misst mich mit einem langen Blick, um hernach traurig zu lächeln.

»Diese Stadt«, seufzt er, als wäre sie für alle seine Bürden verantwortlich. »Meine Ängste lassen mich überall Feinde sehen. Ich fürchte mich davor, dass diese Kriegsvorbereitungen entdeckt werden. Es beunruhigt mich, wenn Angehörige dieser Botschaft ohne erkennbaren Grund auf der Straße angegriffen werden. Wo ist es doch gleich passiert?«

»In einer Schänke in der Nähe von Mortlake. Ihr wisst ja, dass ich dorthin gehe, um in der Privatbibliothek von John Dee zu arbeiten, Mylord. Er sieht gern Gelehrte bei sich, und er besitzt viele Bücher, die ich sonst nirgendwo finden würde.«

»Ja, ja«, winkt er ab. »Seine Bibliothek ist berühmt. Wenn es möglich ist, solltet Ihr gleichwohl eine Zeit lang auf Eure Besuche dort verzichten, Bruno. Ich habe genug Sorgen, da muss ich nicht auch noch um Eure Sicherheit bangen.«

»Ich werde mich von Schänken fernhalten, so viel ist sicher«, versichere ich ihm, dabei reibe ich mir über die eine Gesichtshälfte. »Aber, Mylord – die Engländer trinken zu viel, und sie hassen Ausländer, das bekommt man an jeder Ecke Londons zu spüren. Und in den Straßen wird von nichts anderem als von Prophezeiungen, Planetenkonstellationen und dem Ende der Welt gesprochen – das alles schürt Ängste, die sich in Angriffen auf jeden entladen, der fremdländisch aussieht. Alle werden von Furcht beherrscht.«

Castelnau lächelt schwach.

»Und das sind die Leute, von denen Henry Howard und meine Frau glauben, dass sie sich bereitwillig mit französischen und spanischen Truppen verbünden würden, um ihre Königin zu stürzen!« Wieder schüttelt er den Kopf.

»Ihr verliert den Glauben an den Invasionsplan?«

»Ich habe nie daran geglaubt, Bruno, das wisst Ihr. Und die Beteiligung der Spanier beunruhigt mich zutiefst.«

»Ihr denkt, sie könnten diese Invasion nutzen, um ihre eigene Macht auszuweiten?«

»Philip von Spanien hält sich für den Hauptverteidiger des katholischen Glaubens in Europa. Aber er meint auch, durch seine verstorbene Frau – Elisabeths Halbschwester – einen Anspruch auf den Thron zu haben. Ihr könnt sicher sein, dass er kein Geld und keine Männer bereitstellt, nur um Maria Stuart die Krone zu verschaffen.« Er zieht eine Grimasse. »Und wenn die spanische Unterstützung für Guise und seine Anhänger über diese Invasion hinausgehen sollte …« Seine Stimme verklingt.

»Ihr meint, er könnte einen Staatsstreich von Guise in Paris finanzieren«, beende ich den Satz für ihn. Es ist keine Frage, sondern eine Feststellung. Stille tritt ein, als sich unsere Gedanken in dieselbe Richtung bewegen: Mit spanischer Hilfe könnte der Herzog von Guise den französischen Thron an sich reißen und ein Bündnis kompromissloser Katholiken ins Leben rufen, die sich gemeinsam gegen die schwächeren Länder des protestanischen Europas auflehnen.

»Ganz genau. Hört zu«, sagt Castelnau, nachdem wir einige Sekunden gebraucht haben, um das Ausmaß der Bedeutung dieser Schlussfolgerung zu erfassen. »Ihr müsst etwas für mich tun.«

Ich hebe beide Hände.

»Ich stehe Euch zur Verfügung, Mylord. Was soll ich tun?«

»Geht heute Abend an meiner Stelle zu diesem Essen in Arundel House, ja?«

»An Eurer Stelle? Seid Ihr krank, Mylord?«

Ein nahezu unhörbarer Seufzer lässt seine Schultern zittern.

»Ja. In der letzten Zeit komme ich mir wie ein Schatten meiner selbst vor. Ich kann nicht mehr schlafen, Bruno. Ich weiß nicht, wann ich zum letzten Mal eine Nacht durchgeschlafen habe. Das muss vor der Rückkehr meiner Frau aus Paris gewesen sein.« In dem letzten Satz schwingt eine unüberhörbare Bitterkeit mit.

»Der rasche Fortschritt, den dieser Invasionsplan macht, fordert seinen Tribut von Euch, Mylord«, entgegne ich mit aufrichtigem Mitgefühl. »Ihr solltet Euch ausruhen.«

»Wie kann ich mich ausruhen, Bruno?«, entfährt es ihm. »Der Herzog von Guise ist ein fanatischer Kämpfer für die katholische Sache. Wenn er die Zeit dazu hätte, würde er jeden Protestanten in Europa eigenhändig abschlachten, dabei Gott preisen und überzeugt davon sein, sich einen Platz im Himmel zu sichern. Mit Henry Howard verhält es sich ähnlich, nur dass er sich darüber hinaus auch noch am Haus Tudor rächen will. Und jetzt haben sich ihnen auch noch Mendoza und Philip von Spanien angeschlossen, weil Spanien aufgrund des Umstandes, dass Frankreich so gespalten ist, die Gelegenheit wittert, sich mit minimalem Aufwand maximale Vorteile zu verschaffen. Und ich stehe zwischen ihnen allen und versuche, die Interessen meines Königs zu vertreten und für ein gemäßigtes Vorgehen zu plädieren, während meine Frau sich auf Gedeih und Verderb mit Guise zusammengetan hat.«

»Es wundert mich nicht, dass Ihr nicht schlafen könnt, Mylord.«

Er verflicht seine Finger miteinander und zeigt dann mit beiden Zeigefingern auf mich.

»Da ist noch etwas. Henry Howard fürchtet, dass sich jemand an seiner Korrespondenz mit Maria zu schaffen macht.«

»Wie kommt er denn darauf?« Mir bricht unter den Armen der Schweiß aus, doch ich wahre eine unbeteiligte Miene.

»Maria hat ihm anscheinend etwas geschickt, was er nie erhalten hat.« Castelnau runzelt konzentriert die Stirn, während er unablässig an den Federästen seiner Schreibfeder herumzupft. »Natürlich richtet sich sein Verdacht auf Salisbury Court.«

»Aber diese Briefe gehen auf ihrem Weg durch viele Hände«, gebe ich zu bedenken.

»Richtig, zum Beispiel durch die des jungen Throckmorton. Es gefällt mir gar nicht, dass uns Howard jetzt mit Argwohn betrachtet. Sein Einfluss unter den englischen Katholiken ist nicht zu unterschätzen, Bruno. Er ist es, der sie immer wieder anspornt, sie dazu bringt, ihr Leben und ihre Landsitze für den Erfolg der Invasion zu riskieren. Wenn er beschließt, mich auszuschließen, indem er seine Briefe über Mendoza schickt, verlieren wir jeden Einfluss auf dieses Komplott und jegliche Hoffnung auf eine moderate Lösung.«

Er hält inne, um tief einzuatmen, und zwickt sich mit Daumen und Zeigefinger in den Nasenrücken, den Blick nun auf den Schreibtisch gesenkt. Der Botschafter hat die Feder fast kahl gerupft. Als er den Kopf leicht anhebt und weiterspricht, dämpft er seine Stimme zu einem Flüstern. »Indes müssen wir auch die Möglichkeit in Betracht ziehen, dass diese Invasion scheitert. Vielleicht bleiben die versprochenen Gelder und Truppen der Spanier aus. Vielleicht lassen sich die englischen Katholiken schwerer aufwiegeln, als Howard hofft. Oder vielleicht verrät sich einer aus ihrer Mitte. So etwas kommt vor«, fügt er hinzu, als rechne er mit Einwänden meinerseits.

»Und falls das Komplott aus einem dieser Gründe auffliegt …«, grübele ich laut.

»Dann darf König Henri nicht damit in Verbindung gebracht werden«, beendet Castelnau den Satz für mich. »Sonst wird es nie zu einem Bündnis mit Elisabeth kommen. Allerdings sollte er sich auch nicht offen dagegenstellen, falls die Invasion doch Erfolg hat, sonst verliert er jegliche Unterstützung der französischen Katholiken und Guise kann ihn leicht zu Fall bringen.« Er schwört einen leisen Eid. »Auf jeden Fall muss eine katholische Rückeroberung Englands unter Einsatz von so wenig Gewalt wie möglich erfolgen, und aus diesem Grund müssen Ihr und ich uns das Vertrauen derer, die die Fäden ziehen, so lange erhalten, wie wir können.« Er legt die Hände flach auf den Tisch und richtet sich mit einiger Anstrengung auf. »Ich fühle mich nicht gut genug, um Howard und Mendoza heute Abend gegenüberzutreten. Ich werde mich entschuldigen lassen, und Ihr werdet an meiner Stelle nach Arundel House gehen. Prägt Euch alles Wichtige ein, das gesagt wird, und berichtet es mir. Bringt in meinem Namen Argumente für ein moderates, respektvolles Vorgehen vor, aber achtet darauf, keinen Zweifel daran zu lassen, dass wir eine Rückkehr Marias auf den Thron befürworten.«

»Eine respektvolle Art, in ein Land einzufallen und seinen Herrscher zu stürzen – Ihr müsst mich daran erinnern, wie sich das bewerkstelligen lässt.«

Castelnaus Lächeln erreicht seine Augen nicht. Er sieht so mitgenommen aus, dass ich fürchte, er könnte tatsächlich ernsthaft krank sein.

»Ihr wisst, was ich meine, Bruno. Tut einfach Euer Bestes, das Bestreben meiner Frau zu dämpfen, Protestanten auszuweiden, wenn der glorreiche Tag kommt.« Wieder entringt sich ihm ein Seufzen. Er presst wie im Gebet versunken die Hände vor den Mund und starrt lange schweigend vor sich hin. Ich bin nicht sicher, ob ich entlassen bin oder nicht, und schicke mich an, mich zu räuspern, als er plötzlich fragt:

»Glaubt Ihr, dass meine Frau mich zum Hahnrei macht, Bruno?«

»Eure Frau?«, wiederhole ich benommen.

»Marie. Sie hat einen Geliebten, da bin ich ganz sicher.«

»Habt Ihr denn Grund zu der Annahme?«, frage ich vorsichtig. Er ist raffiniert genug, um mich zu überrumpeln zu versuchen, falls ich es sein sollte, den er im Verdacht hat. Wie so oft setze ich eine absolut undurchdringliche Miene auf.

»Ich vermute es seit ihrer Rückkehr aus Paris. Ihre Stimmungsschwankungen – sie kommt mir oft flatterhaft und unstet vor. Jünger, könnte man auch sagen.« Er kratzt sich den Bart. »Marie ist seit Katherines Geburt nicht mehr willig in mein Bett gekommen, und ich gehöre nicht zu den Männern, die Zwang ausüben. Aber sie ist noch jung, das vergesse ich wohl manchmal. Vermutlich musste es so kommen.«

»Habt Ihr denn Beweise für ihre Untreue?«, erkundige ich mich.

»Letzte Nacht – es war töricht von mir«, beginnt er, ohne mir in die Augen zu sehen. »Ich hatte wieder wachgelegen und fand – nicht zu Unrecht, denke ich –, dass ich das Recht auf etwas Trost von meiner eigenen Frau hätte.« Er sagt das alles hinter dem Schutz seiner Handrücken. Castelnau hat einen starken Sinn für persönliche Würde; es muss ihm schwerfallen, mir eine Geschichte anzuvertrauen, die mit seiner eigenen Demütigung endet. Einen Moment frage ich mich, warum er mir das alles erzählt, wenn nicht, um mich zu beschuldigen. »Für gewöhnlich erniedrige ich mich nicht so vor ihr, aber der Druck …« Er bricht bekümmert mit immer noch gesenktem Kopf ab.

»Und weiter …?«, dränge ich nach weiterem Schweigen.

»Ich ging zu ihrer Kammer und klopfte leise an. Ich glaube, ich hatte gar nicht daran gedacht, das Bett mit ihr zu teilen – ich wollte nur etwas Zärtlichkeit, die Berührung einer Frau. Eine weiche Hand auf meiner Stirn. Nicht zu viel verlangt von der eigenen Frau, oder, Bruno?«

Ich erinnere mich lebhaft daran, wie diese Hand erst einige Stunden zuvor meine eigene Stirn berührt hat. Meine Haut prickelt leicht. Ich schüttele den Kopf.

»Ganz und gar nicht, Mylord.«

Er holt tief Atem, als wappne er sich für den nächsten Teil seiner Geschichte.

»War sie mit einem anderen zusammen?«

»Nein. Nun ja, vielleicht. Sie war gar nicht da, das ist es. Nicht in ihrem Bett.«

»Wo war sie dann?«

»Ich weiß es nicht, Bruno«, erwidert er mit einem Anflug von Ungeduld. »Ich habe nicht das Haus durchkämmt, um herauszufinden, in welchem Bett sie lag. Es hat gereicht, dass ich sie nicht in ihrem eigenen vorgefunden habe. Wer weiß, ob sie überhaupt im Haus war.«

»Womöglich ist sie nachts aufgestanden, um nach ihrer Tochter zu sehen?«, überlege ich.

Castelnau misst mich mit einem zweifelnden Blick.

»Ihr kennt meine Frau nicht gut, nicht wahr, Bruno?«, versetzt er. »Sie ist nie eine fürsorgliche Mutter gewesen. Katherine hat eine Kinderfrau, die in ihrer Kammer schläft. Vielleicht sollte ich auch für Marie eine einstellen.«

»Verdächtigt Ihr denn irgendjemanden?«, frage ich so harmlos wie möglich.

Er schüttelt den Kopf.

»Inzwischen alle und jeden, Bruno. Ihr habt meine Frau erlebt. Sie benimmt sich so, dass es in jedem Mann Hoffnungen wecken muss – ich mache ihr keinen Vorwurf daraus, es ist einfach ihre Art. Sie ist von Natur aus kokett – ich kann nicht leugnen, dass mich gerade das zu ihr hingezogen hat. Henry Howard macht ihr natürlich den Hof, doch ich halte ihn für redlich genug, um sicher zu sein, dass er sich nur ihre Unterstützung in religiösen Angelegenheiten sichern will. Ich weiß es nicht, Bruno. Ich verdächtige jeden, vom Küchenjungen bis zum Earl of Arundel und meinen eigenen Sekretär.« Er deutet auf Dumas' leeren Stuhl, dann stützt er die Ellbogen auf den Schreibtisch und presst seine Stirn in die Hände. »Habt heute Abend ein Auge auf sie, ja? Wenn ich nicht dabei bin, verhält sie sich vielleicht weniger zurückhaltend. Euch könnte auffallen, wem sie eine unschickliche Zuneigung zeigt.«

Mühsam verdränge ich die Erinnerung an Maries an mich gepressten Körper und ihre Hand auf meiner Brust. Armer Castelnau. Jeglicher Versuchung und möglichen Konsequenzen zum Trotz beschließe ich, dass ich nicht derjenige sein werde, der seinen Verdacht bestätigt.

»Ich werde tun, was Ihr wünscht, Mylord. Aber wenn ich Euch einen Rat geben darf – es bringt nichts, wenn Ihr Euch von Phantomen peinigen lasst. Solange Ihr keine Beweise gegen Marie habt, solltet Ihr Euch lieber auf reale Probleme konzentrieren.«

Er lächelt dünn.

»Euer Rat ist gut, Bruno.« Unverhofft legt er eine seiner großen, schwarz behaarten Hände über meine. »Es macht mir nichts aus, es jetzt einzugestehen, aber anfangs wollte ich Euch nicht in meinem Haus haben, obwohl Ihr unter dem Schutz meines Herrschers standet. Einen bekannten Ketzer unter meinem Dach zu beherbergen! Ich dachte, Ihr hättet Euch Henris schwachen Charakter zunutze gemacht, um seine Zuneigung zu gewinnen. Jedoch habe ich meinen Irrtum rasch erkannt. Ihr seid ein guter Mann, Bruno, und ich bin froher als je zuvor, dass Ihr zu mir gekommen seid. Es gibt niemanden sonst in England, dem ich mich so bereitwillig anvertrauen würde.« Er drückt leicht meine Hand.

»Danke. Ich fühle mich geehrt.« Ich muss den Blick abwenden. Ich bin nicht der Mann, für den er mich hält, und das, was er mir anvertraut und ich so bedenkenlos an Walsingham weitergebe, könnte gut seinen Untergang herbeiführen. Aber wenigstens bin ich nicht der Geliebte seiner Frau, tröste ich mich. »Wo ist Léon?«, frage ich dann, dabei nicke ich zu dem leeren Schreibtisch hinüber.

»Léon? Oh, ich habe ihn heute Morgen losgeschickt, um Throckmorton abzufangen, bevor er nach Sheffield aufbricht. Ich habe einen persönlichen Brief an Königin Maria geschrieben, Howards Anschuldigungen zurückgewiesen und ihr meine Loyalität versichert. Ich will nicht, dass sie denkt, diese Botschaft wäre nicht fähig, ihre geheime Korrespondenz zu bearbeiten. Und ich will nicht zugunsten von Mendoza beiseitegeschoben werden. Das müssen wir um jeden Preis vermeiden.« Er schiebt das Kinn vor und blickt erneut zu Dumas' Stuhl hinüber. »Ich habe Léon zum Essen zurückerwartet. Hoffentlich hat er die Gelegenheit nicht genutzt, um in einer Schänke einzukehren. Ich möchte nicht, dass ihm dasselbe widerfährt wie Euch.«

»Ich glaube nicht, dass so etwas Léons Art ist«, erwidere ich mild, obwohl mich eine leise Unruhe überkommt. Wo ist Dumas? Wo mag er in seinem überreizten Zustand hingegangen sein? Ich grabe die Nägel in die Handflächen. Wenn doch Marie nur sein Geständnis nicht unterbrochen hätte!

»Nein, da habt Ihr Recht.« Castelnau schiebt seinen Stuhl zurück und geht zur Tür. »Viele Sekretäre hätten das getan. Mit

Léon habe ich Glück – er ist ein pflichtbewusster Junge, nur etwas zu nervös. Nun, Bruno«, er hält mir die Tür auf, »danke, dass Ihr Euch die Probleme eines alten Mannes angehört habt.«

»Mylord Botschafter«, murmele ich, den Kopf neigend.

Er lächelt. Sein Gesicht scheint vor Erschöpfung einzufallen.

»Heute Abend werdet Ihr mein Botschafter sein, Bruno. Enttäuscht mich nicht.«

Als sich die Tür hinter mir schließt, löst sich Courcelles eine Spur zu schnell aus den Schatten im Gang.

14

Arundel House, London
2. Oktober im Jahr des Herrn 1583

Der Wind peitscht seitlich über den Fluss, lässt weiße Gischt über das braune Wasser tanzen, die Privatbarke des Botschafters schwanken und die Laterne hin und her schwingen sowie große Bogen orangefarbenen Lichts beschreiben, während sich die Abenddämmerung und die angeschwollenen Wolken wie eine dunkle Decke über die Stadt London zu legen scheinen.

Die Stadtresidenz des Earl of Arundel ist eines dieser großen, vor hohen Schornsteinen strotzenden Herrenhäuser aus roten Ziegeln, deren weitläufige Rasenflächen sich bis zum Ufer des Flusses erstrecken, wo eine hohe Mauer sie vor dem Anblick sowie dem Geruch der Themse und des darauf herrschenden lebhaften Verkehrs schützt. Obwohl wir von Salisbury Court nur eine kurze Strecke flussaufwärts zurückzulegen haben, bietet die Fahrt Courcelles ausreichend Gelegenheit, seinen Gefühlen bezüglich meiner Rolle an diesem Abend Luft zu machen.

»Es ist unglaublich!«, platzt es aus ihm heraus, dabei erhebt er sich halb von seinem Sitz, sodass sich das Boot bedenklich zur Seite neigt, während wir an den Gärten des Inner Temple vorbeigleiten. Ein paar Blätter wehen über die Mauer und landen auf der Wasseroberfläche, als der Wind durch die überhängenden Zweige der Bäume fährt. Die neben Courcelles sitzende Marie legt ihm beschwichtigend eine Hand auf den Arm. Ich war so vorsichtig, ihn nach ihr in das Boot steigen zu lassen, wohl wissend, dass er den Platz an ihrer Seite einnehmen würde. Ich muss mich heute Abend auf andere Dinge konzentrieren als darauf, Maries Annäherungsversuche abzuwehren, und gedenke, so viel Abstand zu ihr zu halten wie möglich.

Courcelles schiebt ihre Hand ungeduldig weg. »Nun, das ist es doch wirklich! Wenn Lord Castelnau krank ist, sollte ich von Rechts wegen an seiner Stelle an dem Bankett teilnehmen!«

»Ihr nehmt doch daran teil«, versetze ich, dabei blicke ich zum Südufer hinüber. »Wo liegt das Problem?«

»Das *Problem*, Bruno …« Courcelles ist gezwungen, innezuhalten, da der Wind ihm sein feines Haar in den Mund bläst. Nachdem er es herausgezogen hat, rutscht er auf den Rand der Bank und deutet mit einem Finger auf mich. »Das Problem ist, dass *ich* sein persönlicher Sekretär bin. Ich bin mit seinen Geschäften besser vertraut als irgendjemand sonst in der Botschaft. Also sollte ich derjenige sein, der heute Abend seine Ansichten vertritt. Wer seid Ihr denn schon?«

Aus seiner Entrüstung schließe ich, dass Castelnau ihn vor unserem Aufbruch beiseitegenommen und ihm klargemacht hat, dass er mich als seinen Stellvertreter zu dieser Versammlung der Verschwörer schickt. Kein Wunder, dass Courcelles sich übergangen fühlt. Ich hebe eine Braue.

»Das werdet Ihr mir sicher gleich sagen.«

»Allerdings.« Sein Finger zittert vor unterdrückter Wut. »Ihr seid ein Flüchtling, der auf Kosten des Botschafters lebt, weil unser schwächlicher Herrscher aufgrund Eurer gemeinsamen Missachtung der Heiligen Mutter Kirche eine fehlgeleitete Zuneigung für Euch hegt! Ihr seid ja noch nicht einmal ein Franzose!«, fügt er hinzu, dabei schüttelt er den Kopf, als wäre das das größte Vergehen von allen.

»Das reicht, Claude«, mischt sich Marie mit gelangweilter Stimme ein.

»Warum?« Courcelles ist zu aufgebracht, um sich besänftigen zu lassen. »Fürchtet Ihr, er könnte König Henri schreiben und ihm meine Worte wiederholen?«

»Wer weiß, wem Bruno in seiner abgelegenen kleinen Kammer so schreibt?« Mit einem verstohlenen Lächeln zwinkert sie mir zu.

»Der Botschafter hat mich gebeten, in seinem Namen einigen seiner Ansichten Ausdruck zu verleihen«, sage ich, dabei drehe ich mich wieder zum Ufer, als wäre das alles für mich bedeutungslos. »Er hat sicher nichts dagegen, dass Ihr gleichfalls Eure Meinung äußert, Courcelles.«

»Wozu die Aufregung, Claude?« Marie schlingt ihren Samtumhang enger um sich. »Jeder wird Gelegenheit erhalten, das Wort zu ergreifen, da bin ich ganz sicher.«

»Es ist eine Frage des Protokolls!« Courcelles' Stimme steigert sich zu einem schrillen Quieken. »Wenn der Botschafter indisponiert ist, bekleide ich nach ihm den höchsten Rang und sollte offiziell die Interessen Frankreichs vertreten – ich und nicht dieser *Hochstapler*!«

»Es handelt sich um eine Einladung zum Abendessen«, erwidert sie in einem Ton, in dem man ein schmollendes Kind beruhigt. »Und nicht um eine Kriegsratsversammlung.«

»Nicht?« Er fährt zu ihr herum. Augenblicklich gibt sie ihm einen Klaps auf den Arm, nickt hinüber zu dem Bootsmann und bewegt stumm die Lippen. Der Mann scheint nichts bemerkt zu haben, aber man kann nie vorsichtig genug sein, besagt diese hektische Geste, die Courcelles zum Schweigen bringen soll. Man kann nie wissen, bei wem man es mit einem Informanten zu tun hat. Ich blicke auf das unter den Rudern dahinströmende Wasser. Castelnau mag glauben, ich wäre als sein Sprachrohr hier, doch ich verfolge einen größeren Plan. Meiner Meinung nach läuft alles in Arundel House und bei Familie Howard zusammen: das Invasionskomplott, die Morde an Cecily Ashe und Abigail Morley, Ned Kelley, Maria Stuart und – was ich kaum zu hoffen wage – das verschwundene Buch des Hermes Trismegistos, das Buch, das John Dee vor vierzehn Jahren gewaltsam gestohlen wurde. Diese unerwartete Gelegenheit, in das Haus der Howards zu gelangen, darf ich mir nicht entgehen lassen; ich muss einen Weg finden, das Geheimnis zu entdecken, von dem ich fest überzeugt bin, dass es irgendwo hinter der Ziegelmauer versteckt liegt, die jetzt rechts von uns aufragt, als unser Bootsmann auf einen kleinen Landesteg mit zu einem Bogengang und einem Eisentor führenden Stufen zusteuert. Ich habe mir bereits einen Plan zurechtgelegt; um ihn ausführen zu können, benötige ich ein gehöriges Maß an Glück, die Kerze und die Zunderbüchse, die ich in meiner Tasche trage, und alles, was ich an Schauspielkunst aufbieten kann.

Ein Diener in der Livree der Arundels erwartet uns oben auf der Wassertreppe und hält uns mit gesenktem Haupt das Tor auf. Ich trete zurück und überlasse es Courcelles, Marie galant aus dem Boot zu helfen. Sie erklimmt zwei Stufen, dabei rafft sie die Röcke, damit sie nicht mit dem Schleim in Berührung kommen, der die Steine bei Ebbe bedeckt, dann dreht sie sich zu mir um, als wäre ihr gerade etwas eingefallen.

»Euer Freund, der Sekretär, Bruno – wie lautet doch gleich sein Name?«

»Dumas«, erwidere ich, obwohl ich sicher bin, dass sie das selbst weiß. »Was ist mit ihm?«

»Es sieht so aus, als wäre er davongelaufen. Mein Mann hatte ihn heute Morgen auf einen Botengang geschickt, und er ist nicht zurückgekommen. Ich dachte, Ihr wüsstet vielleicht, wo er abgeblieben sein könnte.«

»Ich habe Dumas …«, seit heute Morgen nicht mehr gesehen, hätte ich fast hinzugefügt, halte mich aber in Gegenwart von Courcelles zurück, der mich wie immer mit leicht angehobenem Kinn betrachtet, als versuche er, einem üblen Geruch auszuweichen, »… heute noch nicht zu Gesicht bekommen«, beende ich den Satz.

Das trifft zu und ist für mich eine Quelle wachsender Besorgnis; ich stand heute Nachmittag mehrmals vor der Tür seiner Kammer unter dem Dach, sie war immer verschlossen. Außerdem habe ich Castelnau einige Male unter einem Vorwand in seinem Arbeitszimmer gestört und Dumas' Schreibtisch jedes Mal leer vorgefunden, bis ich fürchtete, Verdacht zu erregen, wenn ich zu oft dort auftauche. Am späten Nachmittag zeigte sich sogar der Botschafter besorgt über die Abwesenheit seines Sekretärs und sprach davon, Dienstboten auszuschicken, um nach ihm zu suchen; er fürchtete, Dumas könnte, wie ich es vorgegeben habe, einem ausländerfeindlichen Anschlag zum Opfer gefallen sein – meine Befürchtungen gehen indessen in eine andere Richtung. Er befand sich heute Morgen in einem Zustand hochgradiger Aufregung, war von Schuldgefühlen und Furcht wegen seiner Beteiligung am Diebstahl von Maria Stuarts Ring zerfressen – so viel weiß ich. Wovor fürchtete er sich aber genau? Er sagte zwar, er hätte den Ring des Geldes wegen genommen, jedoch habe ich Dumas nie für einen Gelegenheitsdieb gehalten – hat ihn dann jemand bezahlt, um den Ring zu stehlen? Dieselbe Person, die ihn später Cecily Ashe als Liebesgabe schenkte? Was mag Dumas getan haben, nachdem Marie ihn der Chance beraubt hatte, mir alles zu gestehen und mich um Rat zu bitten? Hat er sein Geheimnis jemand anderem anvertraut? Hat er die betreffende Person namentlich genannt, und, wichtiger noch, wusste derjenige das? Ich fürchte um seine Sicherheit, und genauso sehr fürchte ich, dass ein Teil der Lösung des Rätsels mit ihm verschwunden sein könnte.

»Vielleicht hat er sich abgesetzt«, wirft Courcelles glatt ein. »Was er aus den Briefen des Botschafters erfahren hat, kann einigen Leuten eine Menge Geld wert sein, und Dienstboten lechzen immer nach ein paar zusätzlichen Münzen. Man kann ihnen nicht trauen.« In seiner Stimme schwingt ein provozierender Unterton mit, der mich veranlasst, ihm einen forschenden Blick zuzuwerfen. Kann es sein, dass er etwas über Dumas weiß, oder versucht er nur, mich nervös zu machen? Freilich weiß ich nicht, wie weit die Komplizenschaft zwischen ihm und Marie geht. Wie viel mag sie heute Morgen vor meiner Tür mit angehört haben?

»Dumas ist ein ehrlicher Mann«, fauche ich zurück, steige vorsichtig aus dem Boot und rutsche fast auf den glitschigen Stufen aus. »Ehrlicher als viele, die ich kenne.« Courcelles macht keine Anstalten, mir behilflich zu sein. Marie fröstelt.

»Ach, hört auf, euch zu zanken«, mahnt sie ungeduldig. »Er ist nur ein Sekretär. Entweder taucht er wieder auf oder nicht. Und jetzt lasst uns gehen, damit wir aus diesem Wind herauskommen.«

Ein Haushofmeister führt uns durch die große Halle von Arundel House, vorbei an der kostbaren Wandvertäfelung mit Faltwerk aus Linnen und vorbei an den kunstvoll geschmiedeten Rüstungen, bis wir in einen Gang mit grün und goldfarben bemalten Wänden gelangen. Am Ende sehe ich eine schwere Eichenholztür, die gerade so weit offen steht, dass man Regale voller schön gebundener Bücher erkennen kann.

»Was ist das für ein Raum?«, frage ich den Haushofmeister, dabei zeige ich zum Ende des Korridors. Er bleibt stehen und dreht sich halb um, sichtlich verdrossen darüber, aufgehalten worden zu sein.

»Das ist Lord Arundels Privatbibliothek«, erwidert er, fast ohne die Lippen zu bewegen. »Wir müssen uns beeilen. Der Earl und Lord Howard erwarten Euch.« Die Betonung, die er auf das Wort »privat« gelegt hat, ist mir nicht entgangen, aber mein Herz hämmert in meiner Brust, als ich der Tür einen letzten Blick zuwerfe. Ehe wir das Ende des Ganges erreichen, klopft der Haushofmeister formell an eine in die Täfelung eingelassene Tür und tritt mit einer Verneigung in einen warm erleuchteten Raum mit einer hohen, verzierten Decke und zwei fast wandhohen Fenstern. Hier ist ein langer Tisch mit Silbergeschirr und vielarmigen Kerzenleuchtern gedeckt, in denen flackernde Wachskerzen brennen. Erleichtert registriere ich, dass der Steinfußboden dick mit duftenden Binsen bestreut ist. Genau darauf hatte ich gehofft. Wie es aussieht, haben wir uns etwas verspätet, die anderen sind bereits versammelt, und als wir eintreten, erheben sie sich, um uns zu begrüßen. Philip Howard kommt mit ausgetreckter Hand auf uns zu. Neben ihm geht ein zottiger weißer Hund, offenbar ein Talbot Hound, und streckt argwöhnisch die Nase vor. Er reicht seinem Herrn fast bis zur Hüfte.

»Madame de Castelnau, Seigneur de Courcelles, *bienvenus«*, sagt er mit einer anmutigen Verneigung. »Und Master Bruno. *Benvenuto*.«

»Achtet darauf, Bruno mit dem ihm gebührenden Titel anzureden«, bemerkt Henry Howard und setzt sich wieder, nachdem er sich nur andeutungsweise erhoben hatte. »Er ist Doktor der Theologie und sehr gekränkt, wenn man das vergisst. Großer Gott, Bruno – was ist denn mit Eurem Kopf passiert? Ich habe ja von Eurem Ruf als Streithahn schon gehört, doch ich dachte, den hättet Ihr zusammen mit Euren religiösen Gelübden in Italien zurückgelassen.«

Ich berühre meine Schläfenwunde mit den Fingerspitzen – sie heilt gut, muss aber immer noch besorgniserregend aussehen.

»Ihr müsstet den anderen sehen«, scherze ich.

Philip lächelt unsicher. Ich spüre, dass er sich aus familiären Gründen verpflichtet fühlt, mich herablassend zu behandeln, die Überzeugung seines Onkels in diesem Punkt allerdings nicht ganz teilt. Zur Antwort neige ich höflich den Kopf. Zu meiner Überraschung stelle ich fest, dass Henry Howard und nicht der junge Earl den Platz am Kopf der Tafel einnimmt. Obwohl das Herzogtum Norfolk beschlagnahmt wurde, als Henrys Bruder mit seinem Komplott, Maria Stuart zu heiraten, aufflog und der Arundel-Titel durch Philips Mutter weitergegeben wurde, ist jedem aufmerksamen Beobachter sofort klar, dass Henry Howard das Oberhaupt des Howard-Clans ist und sein Neffe sich seinen Entscheidungen fügt. Was vielleicht auch für seine Taten zutrifft, überlege ich, während ich Philip ansehe, der jetzt auf die Runde am Tisch deutet. Meine Stimmung sinkt beim Anblick von Don Bernadino de Mendoza, der rechts von Henry Howard sitzt. Der spanische Botschafter grunzt nur kurz, bevor er die Zähne in ein Stück Brot schlägt. Archibald Douglas ist da, Fowler gleichfalls, und am Ende des Tisches, gegenüber von Henry Howard, sitzt eine blasse junge Frau in einem blauen Kleid, deren helles Haar von einer schlichten Haube verdeckt wird. Sie scheint meinen fragenden Blick zu spüren, sieht mich kurz an und wendet dann hastig den Kopf ab.

»Jetzt sind alle da, glaube ich.« Philip schaut sich im Raum um. »Es hat mir leidgetan, von der Krankheit Eures Mannes zu hören, Madame. Sicher wird es ihm bald wieder besser gehen.«

Maries Augen werden schmal.

»Danke. Ich wusste nicht, dass er Euch bereits informiert hat.«

»O ja.« Philip faltet die Hände und sieht mich an. »Sein Sekretär überbrachte mir heute Morgen eine Botschaft, richtete mir die Entschuldigung Eures Mannes aus und erklärte, dieser habe Doktor Bruno gebeten, ihn zu vertreten.«

»Schwache Konstitution«, bemerkt Mendoza mit vollem Mund an niemand Bestimmten gerichtet.

Ich lächele Philip höflich zu. Sehr klug von Castelnau, schon vorher offiziell zu verkünden, dass ich an seiner Stelle an dem Essen teilnehme, denke ich. Aber meint der Earl mit »sein Sekretär« Dumas? Hat der Botschafter ihn sowohl mit einer Nachricht hierher als auch mit Briefen zu Throckmorton geschickt? Und wenn dem so war … wer hat Dumas zuletzt gesehen, bevor er verschwand?

Philip Howard führt mich zu einem Stuhl am anderen Ende des Raums. Neben mir sitzt die blasse junge Frau, die erst schüchtern zu mir aufblickt und dann sogar ein schwaches Lächeln riskiert, als ich meinen Platz einnehme. Der Hund trottet zu ihr hinüber und legt ihr die Schnauze in den Schoß, woraufhin sie ihm geistesabwesend über den Kopf streicht.

»Meine Frau Anne kennt Ihr, glaube ich, noch nicht, Doktor Bruno?«, sagt Philip.

»*Piacere di conoscerla.*« Ich verbeuge mich so tief, dass sie mein Gesicht nicht sehen können. Seine Frau! Eine Ehefrau wirft alle meine Theorien bezüglich der Howards über den Haufen. Ich hatte mich selbst schon fast davon überzeugt, dass es sich bei dem attraktiven, hochrangigen Höfling, der Cecily Ashe umworben hat, um den Earl of Arundel handeln muss, der die Anweisungen seines Onkels auszuführen hatte. Aber wenn Philip Howard verheiratet ist, ist diese Vermutung hinfällig. Ich runzele gequält die Stirn.

»Alles in Ordnung mit Euch, Bruno?« Der mir gegenüber sitzende Douglas grinst kameradschaftlich und greift nach seinem Glas. »Ihr habt gerade vorhin ein Gesicht gemacht wie ein Mann, der versucht, eine Rübe auszuscheißen.«

»Mein Magen macht mir ein paar Probleme.« Ich ringe mir ebenso ein Lächeln ab. »Wahrscheinlich habe ich einfach nur Hunger.« Ich darf mich nicht verraten; im Gegenteil, ich muss mir den Mann mir gegenüber zum Vorbild nehmen.

»Aye, uns knurrt allen der Magen – wir haben nur auf Euch gewartet.« Douglas schwenkt sein Glas, um es nachfüllen zu lassen. Augenblicklich kommt ein Diener vom anderen Ende des Raumes herbeigeeilt, wo Flaschen und Speisen auf einem hölzernen Büffet angerichtet sind, und schenkt Douglas Wein nach. Ich hebe gleichfalls mein Glas und leere es dann fast in einem Zug. Douglas sieht mir scheinbar beeindruckt dabei zu, und sein Grinsen wird breiter.

Die Mahlzeit verläuft unbehaglich, da Mendoza Marie und Courcelles mit Fragen bezüglich der verschiedenen Parteien am französischen Hof bombardiert und sie darüber ausfragt, wie stark die französischen Edelleute den Herzog von Guise unterstützen und ob König Henris Ansehen beim Volk sinkt. Gelegentlich spielt er auf König Philips wachsende Bewunderung für den jungen Herzog von Guise an, während Marie affektiert lächelt und mit den Wimpern klimpert, als hinge der Erfolg der Verschwörung allein von der Macht ihrer Reize ab. Die Pausen in ihrem Gespräch werden von uns anderen durch gestelzte Wiedergaben von Hofklatsch oder Abwandlungen derselben Komplimente über das Essen ausgefüllt. Letztere sind zumindest aufrichtig gemeint, der Earl of Arundel beschäftigt einen ausgezeichneten Koch.

»Ein Italiener«, flüstert Anne Howard, als ich sie darauf anspreche. Die Gräfin ist eher still, isst wenig, sondern stochert nur in den Gerichten herum und betrachtet jeden Bissen so eingehend, als gälte es einen Gedächtnistest zu bestehen, doch durch Aufmerksamkeit und behutsames Nachhaken erfahre ich, dass sie sehr zart und anfällig ist, oft kränkelt und sich selten am Hof einfindet. Obwohl dies, wie sie mir anvertraut, weniger an ihrer schwachen Gesundheit als vielmehr an Ihrer Majestät läge, die jetzt, wo sie im Herbst ihres Lebens steht, eifersüchtig über die Aufmerksamkeit ihrer Höflinge wacht und deren Frauen nur zu besonderen Anlässen im Palast duldet. Die einzigen weiblichen Wesen, die die Königin toleriert, erklärt Anne, sind ihre eigenen Hofdamen, die sie nach Kriterien wie Sittsamkeit und tugendhaftem Ruf auswählt. Da sie mir all dies ohne jegliche Spur von Ironie erzählt, enthalte ich mich eines jeden Kommentares. Als ich sie in einem leichten Ton frage, ob sie keine Angst hätte, ihren gut aussehenden jungen Ehemann in diese fröhliche Hofgesellschaft zu entlassen, antwortet sie mit einem hellen Lachen und vertraut mir an, dass sie den Earl seit ihrer Kindheit kennt – tatsächlich war sie seine Ziehschwester –, und mit vierzehn wurden sie dann miteinander verlobt. Sie sagt das, als wäre ihre gemeinsame Jugend eine Garantie dafür, dass ihr Mann nicht fremdgeht. Ich würde das genaue Gegenteil vermuten, behalte das aber natürlich für mich.

Würzig duftende, dampfende Gerichte werden aufgetragen: mit Früchten gefüllte Kapaune; Wildbret; mit Thymian und Rosmarin bestreute Kaninchen in sämigen Saucen; Kalbsfußsülze und Lerchen- und Amselpasteten. Diener balancieren Tabletts aneinander vorbei, während der junge Mann mit der Weinflasche schweigend und diskret um den Tisch herumschreitet und dafür sorgt, dass das Glas keines Gastes zu lange leer bleibt. Mendoza isst und trinkt mit demselben Appetit, den er in allen Dingen an den Tag zu legen scheint, spricht andauernd mit vollem Mund und achtet nicht darauf, dass Essensreste in seinem Bart kleben bleiben. Mir fällt auf, dass Henry Howard, der Earl und seine Frau am Wein nur nippen. Douglas und ich dagegen halten den jungen Mundschenk ständig auf Trab, einer von uns hebt immer sein Glas und nickt unauffällig. Fowler trinkt mäßig und sagt wenig. Ab und an blickt er mit neutralem Gesichtsausdruck zu mir hinüber, woraufhin ich kurz lächele und meine Aufmerksamkeit wieder Anne Howard zuwende.

Angesichts der Zusammensetzung der Gruppe hatte ich erwartet, dass die Invasion mehr oder weniger unverblümt zur Sprache gebracht werden würde, aber als weitere Flaschen geöffnet, Platten abgeräumt und weitere Gänge gebracht werden, sieht es im Moment jedenfalls so aus, als handelte es sich wirklich nur um ein ganz normales Bankett. Ich frage mich, ob diese bewusste Zurückhaltung auf Annes Gegenwart oder die der Diener zurückzuführen ist und wann, wenn überhaupt, die Runde zu einem Kriegsrat wird. Ein Mandeltörtchen wird vor mich hingestellt. Allmählich gehen uns die unverfänglichen Gesprächsthemen aus.

»Heute haben sie einen dieser Flugschriftenverfasser verhaftet, habt ihr das schon gehört?«, wirft jemand ein, nachdem eine Bemerkung Fowlers über das Wetter in der Luft hängen bleibt.

»Was für Flugschriften?«, erkundigt sich Courcelles.

»Ihr müsst die Dinger doch schon gesehen haben, Claude.« Fowler faltet die Hände. »Werden einem für einen Penny auf jedem Marktplatz oder in jeder Schänke in die Hand gedrückt. Sie enthalten apokalyptische Prophezeiungen, sagen das Ende von Elisabeths Herrschaft oder sogar ihren Tod voraus und behaupten, diese Morde am Hof seien Zeichen für Teufelswerk. Sie zu verfassen oder zu drucken gilt heutzutage als Verrat.« Er saugt zischend den Atem ein und schüttelt den Kopf. »Ich möchte nicht in der Haut dieses Burschen stecken.«

»Ich besuche keine Märkte oder Schänken«, erwidert Courcelles, dabei wirft er sein Haar zurück. »Daher geht der Klatsch von Lehrlingen und Schankmädchen an mir vorbei.«

»Die einfachen Leute in diesem Land sind von Vorhersagen ihres bevorstehenden Untergangs fasziniert«, verkündet Mendoza. »Ich habe so etwas noch nie erlebt. Sogar die Diener in meiner eigenen Botschaft lassen sich von diesen Prophezeiungen die Köpfe verdrehen, wenn sie in englische Schänken gehen. Hat mit mangelnder Frömmigkeit zu tun, denke ich. Uns kann es dagegen nur nützen, wenn die Leute glauben, die Apokalypse stünde kurz bevor.«

Howard wirft ihm einen warnenden Blick zu und späht dann kurz zu Anne hinüber, die mit dem Hund beschäftigt zu sein scheint.

»Der Bursche, den sie festgenommen haben, war nur der Drucker«, fährt Douglas fort. »Es heißt, man hätte in einem Privathaus oben bei Finsbury eine illegale Druckerpresse gefunden. Sie werden aus dem armen Kerl noch die Namen der Verfasser herausbringen, ehe sie ihn hängen. Das kann für einige Leute, die wir kennen, böse Folgen haben.«

Henry Howard hebt eine Hand und fordert Douglas scharf auf, nicht weiterzusprechen. Der Schotte schaut ihn verdutzt an, bis Anne Howard den Kopf hebt und mit piepsiger Stimme fragt:

»Morde?«

Philip Howard und sein Onkel wechseln einen Blick.

»Du erinnerst dich doch sicher, dass ich den tragischen Tod einer der Hofdamen der Königin erwähnt habe, meine Liebe?«, erwidert Philip dann beschwichtigend. »Am Hof wurde spekuliert – wie immer in solchen Fällen –, dass es sich um Mord gehandelt haben könnte. Du weißt ja, wie schnell sich solche Gerüchte verbreiten können.«

Douglas prustet in sein Glas, sodass Wein über den Tisch spritzt; Anne blickt verängstigt von ihm zu ihrem Mann. Mir kommt der Gedanke, dass sie nicht viel über Gerüchte wissen kann, wenn sie noch nicht einmal von den Morden am Hof gehört hat, von denen einer kaum eine halbe Meile von ihrem eigenen Haus entfernt verübt wurde. Ob ihr Mann sie hier einsperrt wie eine Maid in einer höfischen Romanze? Während die Gruppe sie unsicher mustert, nutze ich die Gelegenheit, um die Hand unter den Tisch zu schieben und mein Glas Wein auf dem Boden unter meinem Stuhl auszukippen. Die Binsen saugen den Inhalt ebenso lautlos auf wie den der beiden vorigen Gläser, die ich in einem günstigen Augenblick dort geleert hatte. Soweit ich weiß, hat bisher niemand etwas bemerkt, ich habe nur befriedigt registriert, dass Henry Howard jedes Mal, wenn Douglas und ich den Jungen mit der Flasche zu uns beordert haben, missbilligend die Stirn gerunzelt hat. Es ist zwingend notwendig, dass Howard mich für mindestens so betrunken wie Douglas hält – obwohl dem Schotten, abgesehen von seiner blühenden Gesichtsfarbe, nichts von der Weinmenge anzumerken ist, die er bereits in sich hineingeschüttet hat. Der Mann muss das Naturell eines Ochsen haben.

»Meine Frau leidet stark unter Nervosität und anderen Beschwerden«, erklärt Philip Howard den Anwesenden, als hätte er meine unausgesprochene Frage gehört. »Sie möchte nicht mit den unbedeutenden Vorfällen am Hof und seinen Intrigen behelligt werden.«

Anne streichelt unablässig die Ohren des Hundes, dabei betrachtet sie sanftmütig ihren Mann. Maries Gesicht verdüstert sich. Ich kann mir lebhaft vorstellen, was sie zu so einem Mann sagen würde, aber sie versteht genug von Diplomatie, um den Mund zu halten. Ich beobachte, wie Anne dem Hund unter dem Tisch ein Stück Fleisch gibt. Ihre Haut ist so weiß, dass sie im Kerzenschein ein eigenes Licht zu verströmen scheint. Möglicherweise muss eine kränkliche Frau für einen forschen jungen Höfling nicht unbedingt ein Hindernis darstellen; Philip Howard könnte leicht die Zuneigung einer jungen Hofdame gewinnen, wenn er behauptete, seine Frau sei leidend, und andeutete, vielleicht bald nach einer neuen Ausschau halten zu müssen. Und welcher Mann bezeichnet die grässlichen Morde an zwei jungen Frauen als »unbedeutende Vorfälle«? Mein Verdacht gegen die Howards verdichtet sich wieder. Zu meiner Verwunderung sagt Mendoza nichts dazu, dabei war er heute Abend der Erste, der zu jedem Thema seine Meinung zum Besten gegeben hatte.

Als der Tisch endlich abgeräumt ist, entschuldigt sich Anne Howard unter dem Vorwand, müde zu sein, obwohl mir ihr Aufbruch irgendwie wie einstudiert vorkommt. Ich frage mich, ob sie ahnt, warum ihr Mann und sein Onkel diese so seltsam zusammengewürfelte Gruppe an ihrer Tafel versammelt haben; vermutlich weiß sie es, zieht es jedoch wie bei Neuigkeiten vom Hof vor, die Augen davor zu verschließen. Die Diener stellen in unmittelbarer Reichweite von mir und Douglas einen neuen Weinkrug auf den Tisch und tauschen die Kerzen aus. Henry Howard erhebt sich von seinem Platz und nimmt einen Diener an der Tür beiseite. In der darauffolgenden erwartungsvollen Stille wird Howards leises Gemurmel von einem anderen Geräusch übertönt, einem seltsamen, irgendwie feuchtklingenden Scharren. Mir wird bewusst, dass sich alle zu mir umgedreht haben. Als ich nach unten blicke, sehe ich, dass der Hund zwischen meinen Füßen liegt und mit offensichtlichem

Genuss den Boden ableckt. Ich beobachte ihn halb besorgt, halb neugierig – ich möchte nicht, dass er meine List verrät, allerdings habe ich noch nie einen Hund mit einer Vorliebe für Rheinwein gesehen. Philip verrenkt sich den Hals, um zu sehen, was mich so fesselt.

»Ach, dieser Hund. Meine Frau wirft ihm bei Tisch immer Bröckchen hin«, bemerkt er abschätzig. »Das Vieh hält sich für eine Art Kronprinzen in diesem Haushalt – er ist eben ein Kinderersatz.« Die Verachtung in seiner Stimme lässt keinen Zweifel daran, wer Schuld an der Kinderlosigkeit haben muss.

Henry Howard kehrt zu seinem Platz zurück, und der letzte Diener schließt die Tür hinter sich. Durch diesen Akt bekommt das Schweigen im Raum eine andere Qualität; plötzlich sind wir alle hellwach und beugen uns erwartungsvoll vor. Ich zwinkere ein paarmal heftig und schüttele den Kopf. Obwohl ich nicht annähernd so viel getrunken habe, wie die anderen glauben, war ich doch gezwungen, mehr Wein zu mir zu nehmen als gewöhnlich, und er hat mich stärker benebelt, als mir lieb ist.

»Seit unserem letzten Zusammentreffen klingen die Briefe von Königin Maria ausgesprochen ermutigend«, beginnt Howard, dabei zieht er einen zusammengefalteten Papierbogen aus seinem Wams. Douglas lehnt sich über den Tisch und schenkt mir ein weiteres Glas Wein ein, bevor er sein eigenes nachfüllt. Bei dem leisen Plätschern blickt Howard tadelnd auf, sieht aber als guter Gastgeber davon ab, etwas zu sagen.

»Laut unserem Freund Don Bernadino«, fährt er, auf den spanischen Botschafter deutend, fort, »hat der Herzog von Guise König Philip von Spanien erfolgreich davon überzeugt, uns Geld und Truppen zur Verfügung zu stellen.« Er faltet das Papier auseinander und schwenkt es als Beweis durch die Luft. Während alle Augen auf ihm ruhen, schütte ich drei Viertel meines Weins in die Binsen, wo sich wie immer der Hund darauf stürzt.

»Mein Herr ist sehr erfreut, dazu beitragen zu können, zum Ruhme Gottes den katholischen Glauben wieder in England einzuführen.« Mendoza legt seine großen behaarten Hände flach auf den Tisch und gestattet sich ein bescheidenes Lächeln, doch das triumphierende Glitzern in seinen schwarzen Augen lässt mich zu dem Schluss kommen, dass Castelnau Recht hatte – es ist nicht Gottes Ruhm, der den spanischen Botschafter oder seinen König interessiert.

»Wir beginnen jetzt damit, ernsthafte Vorbereitungen zu treffen, meine Freunde.« Howard hält inne und umfasst mit seinem Lächeln den gesamten Tisch. »Ich habe hier eine Liste katholischer englischer Edelmänner, deren Landsitze sichere Häfen darstellen. Unser unermüdlicher Master Throckmorton reitet just zu dieser Stunde mit einem von Mendozas Abgesandten durch das Land, um jeden von ihnen aufzusuchen und sich deren Unterstützung zu sichern. Wir brauchen so viele Landeplätze für die Truppen wie möglich.« Er reicht das Papier über den Tisch hinweg an Marie weiter, die es mit einem anerkennenden Nicken studiert.

»Mein Neffe steht natürlich ganz oben auf dieser Liste«, fährt Howard fort, dabei zeigt er strahlend auf Philip. »Wir haben beschlossen, dass eine fünftausend Mann starke Guise-Truppe in der Nähe von Arundel an der Küste von Sussex landen und das Land des Earls durchqueren soll. Wir können auch fast sicher mit der Hilfe des Earls of Northumberland rechnen, der unserer Sache wohlwollend gegenübersteht und dessen Sitz bei Petworth es der französischen Armee ermöglichen würde, über die South Downs auf London vorzurücken. In der Zwischenzeit werden schätzungsweise zwanzigtausend spanische Soldaten an der Küste von Lancashire landen, denen sich die dortigen Katholiken anschließen werden. Diese Truppe marschiert landeinwärts, um Königin Maria aus Sheffield Castle zu befreien.« Er hält inne, um Atem zu schöpfen, und nippt an seinem Wein. »Dort stößt die schottische Verstärkung südlich von der Grenze her zu ihnen, denke ich.«

Er wirft Fowler einen auffordernden Blick zu. Dieser nickt und führt weiter aus:

»Der Marquis of Huntley unterstützt uns und hat uns Männer zugesagt. Ich warte auf die Bestätigung der genauen Anzahl, aber ich hoffe, dass er weitere schottische Lords auf unsere Seite zieht, sowie sie davon überzeugt sind, dass es uns mit der Invasion ernst ist.«

Douglas schnaubt verächtlich.

»Und woher habt Ihr diese Informationen, mein Junge? Wann wart Ihr zuletzt in Schottland?«

Fowler starrt ihn ungerührt an. »Ich *darf* Schottland zumindest noch betreten!«

Daraufhin fällt Douglas außer einem finsteren Blick keine Antwort ein. Wieder überlege ich, wo die Feindschaft zwischen den beiden Schotten wohl herrührt.

Mendoza mischt sich ein.

»Habt Ihr ein Datum festgesetzt?«

Howard neigt den Kopf. »Merkt es Euch, Gentlemen – und Madame.« Er lächelt Marie zu. »Diese glorreiche Mission soll am 30. November stattfinden.«

»Am *30.*?«, entfährt es mir, bevor ich mich daran hindern kann. Vom anderen Ende des Tisches her fange ich Fowlers warnenden Blick auf. Ich schlucke – alle Augen sind auf mich gerichtet, und das Schweigen scheint eine Anklage zu beinhalten. Das Papierstück in Cecily Ashes Spiegel fällt mir wieder ein, das den 17. November nennt, den Tag, an dem sich Elisabeths Thronbesteigung jährt. Sind die Pläne geändert worden, oder habe ich etwas falsch verstanden?

»Ist Euch der 30. nicht genehm, Bruno?« Howard hebt sarkastisch die Brauen. »Habt Ihr an diesem Tag schon eine Verabredung? Ich bin sicher, dass wir alles so regeln können, dass es Eure Pläne nicht stört.«

Über das speichelleckerische Gelächter hinweg hebe ich eine Hand, um ihn zu beschwichtigen.

»Mir war lediglich eingefallen«, erwidere ich bewusst nuschelnd, »dass eine Invasion besonders effektiv wäre, wenn sie, sagen wir mal, an einem Feiertag stattfände, wo das ganze Land von Festlichkeiten abgelenkt ist. Ich hatte angenommen, man würde den Tag des Thronjubiläums wählen.«

»Euch war das *eingefallen*?« Howards Stimme klingt gepresst, er umklammert eine Hand mit der anderen, bis die Knöchel weiß hervortreten.

»Und«, füge ich hinzu, um den Vorwand der Trunkenheit glaubwürdiger erscheinen zu lassen, »hätte der Mordanschlag nicht die größte Wirkung, wenn er an diesem besonderen Jahrestag ausgeführt werden würde? Das ganze Land würde in Aufruhr geraten.« Ich lehne mich erwartungsvoll zurück. Das Schweigen wird erdrückend. Auf den Gesichtern ringsum spiegelt sich Erschrecken wider. Fowler hält den Blick starr auf den Tisch gerichtet und sitzt so unbeweglich wie eine Statue da. Mich beschleicht das Gefühl, einen furchtbaren Fehler gemacht zu haben.

»Mordanschlag?«, wiederholt Philip Howard endlich, sichtlich verwirrt.

»Wer soll ermordet werden?« Mendoza blickt mit so Unheil verkündend zusammengezogenen Brauen in die Runde, als hätte ihn jemand wissentlich getäuscht. »Elisabeth? Mir wurde nicht gesagt, dass …«

»Das verstößt gegen die Abmachung, Henry!«, kräht Marie mit lodernden Wangen. Howard bedeutet ihr, die Stimme zu dämpfen. »Der Duc de Guise hat ausdrücklich darauf bestanden …«

»Sagt nicht, ich hätte es nicht angeboten«, wirft Douglas lakonisch ein, dabei zupft er aber grinsend an seinen Nägeln herum, sodass ich nicht weiß, ob er es ernst meint oder nur seinem Ruf gerecht werden will. »Würde mir weiter keine Umstände machen.«

Henry Howard springt mit flammenden Augen auf.

»Bitte! Lasst uns nicht gleich den Kopf verlieren. Es wird kein Attentat geben. Ich denke, unser Freund Bruno hat zu viel Wein getrunken.«

»Wie auch immer – er stammt aus Neapel.« Marie misst mich mit einem Blick, von dem Wein sauer werden könnte. »Dort gibt es bekanntermaßen viele Hitzköpfe. Wer hat Euch denn diesen Unsinn eingeredet, Bruno?«

Howard setzt sich wieder und fixiert mich mit seinen dunklen Augen.

»Ja, Bruno«, insistiert er mit eisiger Kälte. »Woher habt Ihr diese ausgefallene Idee?«

»Nun, vielleicht habe ich etwas falsch verstanden«, beginne ich stockend. »Aber wenn Maria Stuart den englischen Thron besteigen soll, müsste doch erst einmal ihre Base aus dem Weg geräumt werden, oder? Daher habe ich angenommen, dass sie, *wenn* diese Invasion stattfindet …« Ich breche achselzuckend ab, blicke in die Runde und hoffe, dass meine gespielte Naivität überzeugend wirkt. Fowler sieht mich nach wie vor nicht an, vermutlich will er sich seinen Ärger nicht anmerken lassen.

Howard lacht nachsichtig. Meiner Meinung nach klingt Erleichterung darin mit.

»Ich verstehe – Ihr dachtet, wir müssten uns der alten Herrscherin entledigen, wenn wir eine neue auf den Thron bringen wollen? Nein, nein, Bruno – so mag man womöglich in Neapel vorgehen, hier aber sind wir keine solchen Barbaren.«

Ich hätte ihn am liebsten darauf hingewiesen, dass er soeben von einer Invasion von zwanzigtausend oder mehr Soldaten gesprochen hat, die Krieg gegen eine friedliche Nation führen sollen, doch ich halte mich zurück.

»Dieser Staatsstreich, wenn Ihr ihn so nennen wollt«, fährt Howard glatt fort, »muss nach den Regeln des Gesetzes durchgeführt werden. Was Ihr als Ausländer eventuell nicht begriffen habt, Bruno, ist, dass Elisabeth Tudor nicht Englands rechtmäßige Königin ist und es auch nie war. Den einfachen Leuten im Land wurde vorgegaukelt, das Thronfolgerecht wäre auf sie übergegangen. Diese Ansicht muss korrigiert werden. Sie im Namen des katholischen Glaubens zu ermorden würde sie in den Augen des Volkes nur zu einer Märtyrerin machen – danach wäre es für jeden katholischen Monarchen unmöglich, die Ordnung wiederherzustellen oder die Zuneigung seiner Untertanen zu erringen. Nein, wir müssen zivilisierter vorgehen.« Er lächelt und presst die Fingerspitzen gegeneinander.

»Oh, ein zivilisierter Staatsstreich?«, gebe ich zurück. »So etwas habe ich noch nie erlebt – wie funktioniert das? Entschuldigen sich die Truppen, wenn sie in eine Stadt einmarschieren?«

Marie muss ein Kichern unterdrücken, Howards Lächeln verebbt.

»Worauf mein Onkel hinauswill, Doktor Bruno, wenn ich Euch das auseinandersetzen darf«, mischt sich Philip Howard ein, »ist, dass wir die Leute behutsam lenken müssen, wenn wir England in den Schoß der wahren Kirche zurückführen wollen. Das kann nicht nur mit Schwertern und Armbrüsten geschehen, sondern hauptsächlich, indem wir England seinen Irrtum vor Augen führen. Wir kämpfen hier einen heiligen Krieg, und ich denke, wir alle sind uns einig, dass nicht mehr Blut vergossen werden darf als unbedingt nötig, um Gottes Werk zu tun.« Seine Stimme zittert leicht, als er in aufrichtiger Ergriffenheit eine Hand auf sein Herz legt.

»Mein Neffe ist der Heilige in der Familie«, bemerkt Henry Howard trocken.

»Aber der Nolaner hat Recht«, schnauft Mendoza. »Die Prätendentin Elisabeth muss verhaftet und öffentlich vor einem päpstlichen Gericht als Verräterin und Ketzerin angeklagt werden.«

»Der Bevölkerung muss auf rechtsstaatlichem Weg bewiesen werden, dass Maria Stuart die einzige legitime Erbin der Tudor-Krone ist«, erklärt Howard mit mühsam gezügelter Ungeduld. »Das ist unbedingt erforderlich, wenn das Volk sie und ihre Erben als rechtmäßige Herrscher anerkennen soll.«

Der mir gegenüber sitzende Douglas hebt mit einem Ruck den Kopf und starrt Howard an. Fowler hat sich ebenfalls aus seiner Gedankenversunkenheit gelöst und den Blick auf Howard gerichtet. Ein verwunderter Ausdruck huscht über sein Gesicht. Marie dreht sich um und heftet ihren Blick mit schmalen Augen auf Howard. Dieser hält den Blicken der anderen trotzig stand, kann aber nicht verhindern, dass ihm eine leise Röte in die Wangen steigt. Er weiß, dass auch er zu viel gesagt hat.

»Soweit mir bekannt ist«, Douglas zieht die Worte in die Länge und lehnt sich in seinem Stuhl zurück, »hat Maria nur einen Erben, und das ist König James von Schottland. Und ich wüsste nicht, dass seine legitime Geburt oder sein Thronfolgerecht jemals angezweifelt worden wären.« Er schlägt einen leichten Ton an, hingegen entgeht mir die stählerne Note darin nicht. »Sein Vater war ein eitler Pfau und ein Trunkenbold, der seinen Schwanz nicht in der Hose behalten konnte, jedoch wurde James' Abstammung nie in Frage gestellt.«

»Nein, natürlich nicht«, lenkt Howard rasch ein. »Ich stelle ja nur Mutmaßungen an. Königin Maria ist noch jung genug, um vielleicht wieder heiraten zu wollen, nachdem sie ihren Thron zurückerobert hat. Diese Möglichkeit können wir nicht ausschließen.« Er klopft ein unsichtbares Stäubchen von seinem Wams, um Douglas nicht ansehen zu müssen. Sein offenkundiges Unbehagen reizt mich zum Lachen, aber ich bezwinge mich.

Douglas betrachtet ihn mit einer Mischung aus Abneigung und Ungläubigkeit.

»Heiliger Christus, Mann, sie wird einundvierzig und hat die Figur eines verdammten Ackergauls – der Mann, der sie flachlegt, würde sich eine beachtliche Belohnung dafür erhoffen.«

»Einigen würde es schon genügen, Prinzgemahl der Königin von England zu werden«, bemerkt Fowler. Irgendwie wirkt seine leise, ruhige Stimme eindringlicher als die der anderen, weil sie so selten zu vernehmen ist. Ich frage mich, ob irgendjemand die Wut bemerkt, die den Bruchteil einer Sekunde lang über Howards Gesicht huscht, bevor er wieder sein gewinnendes Lächeln aufsetzt. Aus der Art, wie Mendoza ihn beobachtet und dabei die Lippen fast zu einem höhnischen Lächeln verzieht, schließe ich, dass Howards Entgleisung den scharfen Augen des Spaniers nicht entgangen ist.

Mittlerweile ist Howards Papier von Douglas an mich weitergereicht worden. Es zeigt eine grobe Skizze der Umrisse Englands. In verschiedenen Abständen sind Häfen markiert und die Namen der katholischen Lords notiert, deren Landsitze an die Küste grenzen. Die meisten Namen sagen mir nichts, aber eine Kopie von diesem Papier würde für Walsingham ausreichen, um Howard festzunehmen und anzuklagen. Die Frage ist, wie ich mir eine verschaffen kann. In der Zwischenzeit setze ich meine ganze Konzentrationskraft ein, um mir die Karte samt Namen einzuprägen.

»Wir sprachen davon, was nach der Invasion mit Elisabeth geschehen soll.« Howard ist sichtlich erpicht darauf, das Thema zu wechseln.

»Ja. Der Duc de Guise besteht darauf, dass sie sich wegen Ketzerei vor einem Kirchengericht verantworten muss«, zischt Marie. Ich blicke vorübergehend von dem Papier auf – in ihren Augen brennt jenes Feuer, das religiösem Fanatismus und Verführungsversuchen vorbehalten ist. »Diese Botschaft werden auch die anderen protestantischen Herrscher Europas verstehen – unterwerft Euch der Autorität der katholischen Kirche, sonst erleidet ihr dasselbe Schicksal.« Sie lächelt voll triumphierender Vorfreude.

»Der Herzog kann sich in diesem Punkt auf die Unterstützung Spaniens verlassen.« Mendoza verneigt sich leicht vor Marie, die geziert lächelt. »Das wäre das ausdrucksvollste Zeichen, das die vereinten katholischen Mächte setzen könnten – ein Zeichen, das in ganz Europa und jenseits der Grenzen Wirkung zeigen würde. Vor allem in den Niederlanden«, fügt er giftig hinzu.

»Und wenn die Inquisition sie für schuldig befindet, was sicherlich der Fall sein wird? Soll sie dann als Ketzerin hingerichtet werden, mit allen Konsequenzen, die das nach sich zieht?«, fragt Fowler Marie. Sein Gesicht bleibt so ernst wie immer.

Marie zuckt die Achseln. »Das habe nicht ich zu entscheiden. Es gibt festgesetzte Strafen für Ketzerei. Ich sehe nicht ein, warum bei ihr eine Ausnahme gemacht werden sollte, nur weil sie ein königlicher Bastard ist, der sich selbst Königin nennt.«

»Das wird dem Volk nicht gefallen.« Philipp reibt sich die Unterlippe.

»Es gibt Präzedenzfälle«, erwidert sein Onkel. »Außerdem sind die Leute auf einen Umsturz vorbereitet. Denk an die Flugschriften, die Douglas erwähnt hat. Die Große Konjunktion, Prophezeiungen des Endes der Welt – die Menschen klammern sich an solchen abergläubischen Unsinn, also machen wir uns diesen Glauben zunutze. Wir überzeugen sie davon, dass das in den Sternen vorhergesagte Ende das Ende der protestantischen Religion bedeutet und in einem vereinten katholischen Europa eine neue Ära des Friedens anbricht. Tief in ihren Herzen ist es das, was sie wollen, auch wenn sie es selbst nicht wissen.« Er vollführt eine leichte Handbewegung, als habe er gerade ein Geschäft abgeschlossen und einen Vertrag unterzeichnet. Es ist diese Art, über das Leben anderer Menschen bestimmen zu wollen, die mich so gegen ihn einnimmt. Ich könnte darauf wetten, dass er sich schon neben Maria Stuart auf dem Thron sieht.

Marie beugt sich vor, als wollte sie erneut das Wort ergreifen, doch in diesem Augenblick gibt der Hund unter dem Tisch ein unverkennbares Rülpsen von sich, und alle drehen sich zu mir um.

»Doktor Bruno.« Howard setzt erneut sein falsches Lächeln auf. »Das Papier, wenn ich bitten darf.« Er streckt die Hand nach der Karte aus, die ich noch immer studiere. Widerstrebend schiebe ich sie ihm hin.

»Wir haben Euch noch gar keine Gelegenheit gegeben, Eure Pflicht zu erfüllen und uns die Ansichten des Botschafters vorzutragen«, fährt Howard fort. »Bitte tut Euch keinen Zwang an – wenn Ihr Euch dazu in der Lage fühlt.« Seine eisige Höflichkeit könnte die Trauben an den Reben verdorren lassen, als er den Blick viel sagend auf mein Weinglas heftet. Mein Pulsschlag beschleunigt sich. Mein Plan hängt jetzt von der Vorstellung ab, die ich in den nächsten Minuten abliefere. Ich kann Mendozas beißende Verachtung förmlich spüren, als er mich vom anderen Ende des Tisches her finster anfunkelt.

Also zähle ich, das Glas in der Hand, Castelnaus inzwischen abgedroschen klingende Argumente gegen eine überstürzte Ausführung der Invasionspläne auf – dass der Herzog von Guise ohne die Erlaubnis und Billigung von König Henri handelt, dass immer noch die Chance besteht, einen Vertrag zwischen Elisabeth und Maria zustande zu bringen, dass die diplomatischen Möglichkeiten noch nicht ausgeschöpft sind und Rom zu viel Macht in die Hände gegeben werden würde und so weiter – doch ich leiere die einzelnen Punkte so trunken nuschelnd herunter, dass Howard angewidert das Gesicht abwendet. Courcelles scheint, wie ich aus dem Augenwinkel heraus bemerke, meine Vorstellung erfreut zu verfolgen; ich sehe ihn schon vor mir, wie er triumphierend zu Castelnau läuft, um zu berichten, was passiert, wenn man seine Privatangelegenheiten einem abtrünnigen Italiener überträgt und nicht seinem Sekretär, wie es das Protokoll verlangt. Normalerweise hätte ich eine solche Verletzung meiner Würde nicht hingenommen, aber es steht zu viel auf dem Spiel, um auf solche Empfindlichkeiten Rücksicht zu nehmen, außerdem ist es äußerst unwahrscheinlich, dass ich in nächster Zukunft noch einmal nach Arundel House eingeladen werde. Fowler betrachtet mich nur mit seiner unbewegten, besorgten Miene und presst die Finger gegen die Lippen.

Ich beende meinen Auftritt mit einer alles umfassenden Handbewegung, die mein Weinglas durch die Luft fliegen und wie beabsichtigt neben mir auf dem Boden zerschellen lässt, was den in die Binsen vergossenen Wein erklären soll. Der Hund zieht sich winselnd in eine Ecke des Raums zurück. Er sieht aus, als ginge es ihm nicht gut. Henry Howard kann seinen Zorn kaum noch zügeln; sein Schnurrbart zuckt Unheil verkündend.

»Keine Sorge, Doktor Bruno, die Diener werden sich morgen um dieses … Malheur kümmern«, beruhigt mich Philip Howard mit formvollendeter Höflichkeit und winkt mit der Hand ab.

»Und danke, dass Ihr Lord Castelnaus Ansichten in Eurer eigenen unvergleichlichen Weise Ausdruck verliehen habt«, fügt Henry Howard hinzu. Mendoza lacht nur und schiebt seinen Stuhl zurück.

Ich bemerke, dass meine kleine Vorstellung die Spannung im Raum gelockert hat; die Leute werden unruhig, als würden sie ungeduldig zum Aufbruch drängen. Die Kerzen sind fast zu Stummeln heruntergebrannt, und ich habe keine Ahnung, wie spät es ist. Gleichwohl, es wird Zeit für mein Finale. Ich drücke eine Hand an mein Gesicht, sacke dann auf meinem Arm über dem Tisch zusammen und lasse den Mund leicht offen stehen.

»Ist alles in Ordnung mit ihm?«, fragt Philip Howard nach einer Schrecksekunde. Eine Hand stößt mich zaghaft an.

»Ach, um Himmels willen«, explodiert Henry Howard. »Sie haben keinerlei Selbstbeherrschung, wie Ihr seht. Genau wie ich es immer gesagt habe. Schwelgen in den Freuden des Fleisches.« Bei den letzten Worten verzieht er voller Abscheu den Mund.

Mit einer gequälten Miene schließe ich die Augenlider und frage mich, wen er mit »sie« meint. Dominikaner? Ketzer? Italiener? Jetzt erklingt Maries scharfe, ungeduldige Stimme:

»Wie sollen wir ihn in diesem Zustand nach Salisbury Court zurückbekommen?«

»Ich trage ihn jedenfalls nicht«, wirft Courcelles rasch ein. »Außerdem wird er sich vermutlich im Boot übergeben.«

Es folgt eine geflüsterte Beratschlagung; ich widerstehe der Versuchung, ein Auge wieder ganz zu öffnen. Endlich meint Philip:

»Es hilft nichts – er muss hierbleiben und seinen Rausch ausschlafen. Platz haben wir genug. Er kann morgen zur Botschaft zurücklaufen, wenn es ihm wieder besser geht.«

Im Geiste stoße ich einen kleinen Triumphschrei aus.

»Fast könnte er mir leidtun, der arme Narr«, knurrt Howard. Zwar kann ich die Geringschätzung auf seinem Gesicht nicht sehen, mir dafür aber umso lebhafter vorstellen. »Er hat sich und dem Botschafter Schande bereitet. Das war mit Sicherheit das letzte Mal, dass ihm irgendwelche Verantwortung übertragen worden ist. Der Mann bildet sich ein, unangreifbar zu sein, nur weil er hoch in König Henris Gunst steht.«

»Das wird ihn nicht mehr viel länger schützen.« Mendozas Stimme trieft vor Hohn.

»Schschtt, Onkel – er könnte dich hören«, zischt Philip zugleich.

»Der? Der bekommt gar nichts mehr mit. Irgendwer soll ihn nach oben bringen. Fowler – Ihr wirkt zumindest noch nüchtern. Wärt Ihr so gut?«

Stühleknarren ertönt, gefolgt von einem knirschenden Geräusch, als jemand in die Glasscherben rund um meinen Stuhl tritt. Ich spüre, wie sich starke Arme um meinen Oberkörper schlingen.

»Kommt schon, hier könnt Ihr nicht bleiben«, sagt Fowler sanft, als er mich auf die Füße zieht und meinen schlaffen Arm fast liebevoll um seine Schultern legt. Henry Howard steht – das bemerke ich, als ich es wage, meine Augen einen winzigen Spaltbreit zu öffnen – mit verschränkten Armen und zusammengepressten Lippen da; die Verkörperung missbilligender Frömmigkeit. Dessen ungeachtet hat Henry Howard seine ganz eigenen Schwächen, und heute Nacht gedenke ich seine Geheimnisse zu enthüllen und Beweise dafür zu sichern.

»Howard«, faucht Mendoza, und durch meine halb geschlossenen Lider sehe ich, wie er abrupt zur Tür deutet.

Indem ich durch die Wimpern hindurch die Schritte von meinen und Fowlers Füßen verfolge, merke ich mir den Rückweg zu dem Korridor mit dem Esszimmer, sowie ich einen Gang entlang und eine Treppenflucht hochgeschleift werde. Philip Howard geht mit einer Kerze in der Hand vor uns her, um uns den Weg zu weisen, während ich mich auf Fowlers Schultern stütze und mich halb zu einem Raum tragen lasse, wo ich auf ein Bett gelegt werde.

»Glaubt Ihr, er erholt sich wieder?«, fragt Philip nervös von der Tür her.

»Nach ein paar Stunden Schlaf ist er wieder ganz der Alte.« Fowler setzt sich neben mich auf das Bett und zieht mir nacheinander die Stiefel aus. »Ein Krug guten Weins hat noch niemanden umgebracht.« Er rollt mich auf die Seite, ohne dass ich mich selbst bewege. »Stellt ihm lieber ein Nachtgeschirr hin, falls er aufwacht«, rät er dann sachlich.

Es folgt ein leises Schlurfen, Schritte ertönen im Gang, und zu guter Letzt stellt jemand – vermutlich der Earl selbst – einen Topf neben das Bett. Ich darf jetzt als sicher voraussetzen, nie wieder eine Einladung von den Howards zu erhalten.

»Keine Sorge – ich kümmere mich darum, dass er es bequem hat«, sagt Fowler. Der Earl murmelt etwas, und auf der anderen Seite des Raumes höre ich Schritte verklingen. Ich halte es für das Beste, mich weiterhin bewusstlos zu stellen. Fowler beugt sich über das Bett und legt mir eine Hand auf die Schulter.

»Eine beeindruckende Vorstellung, Bruno«, flüstert er. Sein Mund berührt fast mein Ohr. »Und gefährlich. Was wollt Ihr denn damit erreichen?«

Ich schlage die Augen auf und stelle fest, dass sein Gesicht ganz nah vor dem meinen schwebt; jeder unbeteiligte Beobachter würde denken, er wollte mich küssen.

»Mich auf die Suche begeben und sehen, was ich finden kann«, wispere ich. Er betrachtet mich, und im Kerzenschein kann ich die Zweifel auf seinem Gesicht erkennen; er findet wohl, dass ich mich unnötig in Gefahr begeben habe. Verdruss steigt in mir auf. Fowler ist in diesem ganzen Unternehmen zwar sozusagen mein Partner, aber es steht ihm nicht zu, mir Verhaltensmaßregeln zu erteilen oder meine Methoden zu kritisieren.

»Diese Liste von Häfen wäre von unschätzbarem Wert für uns«, raunt er endlich. »Howard hat sie freilich mitgenommen – Ihr könnt davon ausgehen, dass er sie an einem sicheren Ort verwahrt. Und Ihr könntet alles verderben, wenn Ihr ertappt würdet.«

Das ist mir selbst durchaus bewusst, doch es ärgert mich, dass er meint, mich darauf hinweisen zu müssen.

»Ich lasse mich nicht so leicht ertappen«, zische ich. »Und wenn Ihr zu lange hierbleibt, wird das Verdacht erregen.«

»Henry und Mendoza haben sich zu einer privaten Unterredung zurückgezogen«, gibt er zurück. »Ich gäbe viel darum, sie belauschen zu können. Aber seid um Gottes willen vorsichtig!«

»Vertraut mir.«

Er drückt meine Schulter.

»Dann viel Glück, Bruno. Ihr seid mutiger als ich, so viel ist sicher.«

Die Kerze wird ausgeblasen, die Tür geschlossen, und meine Lippen krümmen sich im Dunkeln zu einem Grinsen, als ich mich auf den Rücken rolle, hellwach und abwartend.

15

Arundel House, London
3. Oktober im Jahr des Herrn 1583

Nachdem vielleicht zwei Stunden verstrichen sind, für mich eine Ewigkeit, setze ich mich auf und lausche angestrengt. Die Stille, die sich über das Haus gelegt hat, wirkt auf mich seltsam angespannt – oder vielleicht erscheint mir das nur so, nachdem ich so viele endlose Minuten im Dunkeln gelegen und auf das kleinste Geräusch geachtet habe, das mir verraten könnte, ob noch jemand im Haus wach ist. Jetzt ist kein Laut mehr zu hören; nur gelegentlich kreischt einer der Wasservögel über dem Fluss oder jault ein Fuchs. Vorsichtig schwinge ich die Beine über die Bettkante und trete im selben Moment gegen den Nachttopf, den Philip Howard mir hingestellt hatte; bis er wieder zum Stillstand kommt, scheppert er auf dem Holzboden wie eine Salve abgefeuerter Schüsse. Ich erstarre, mein Herz beginnt zu hämmern, aber nach wie vor bleibt im Haus sonst alles still. Ich frage mich, wie weit ich von den Privatgemächern der Familie oder den Dienstbotenunterkünften entfernt bin und wer noch wach sein und Verdacht schöpfen könnte. Als ich aufstehe und zum Fenster tappe, um einen der hölzernen Läden aufzustoßen, kommt mir der Gedanke, dass sie möglicherweise den weißen Hund nachts durch das Haus streifen lassen. Obwohl das Tier gegenwärtig vermutlich in einem schlimmeren Zustand ist als ich, überlege ich, mir die Schläfen reibend. Ich habe zwar pochende Kopfschmerzen, fühle mich ansonsten aber wach und ausgeruht.

Die Kerze und die Zunderbüchse stecken noch immer in der Tasche meiner Hose. Ohne meine Stiefel verursachen meine Füße in den Beinlingen keinerlei Geräusch, obwohl die Bodendielen uneben sind und bei jedem Schritt leise knarren. Ich öffne die Kammertür, erst einen Spaltbreit, dann weit genug, um mich hindurchzuzwängen. Nichts rührt sich, als ich mich zur Treppe taste; ich meine, die gemeinsamen Atemzüge der schlafenden Haushaltsmitglieder vernehmen zu können. Wenn ich auf jemanden stoße, bevor ich mein Ziel erreiche, kann ich immer noch vorgeben, halb betrunken auf der Suche nach einem Glas Wasser oder dem Abtritt zu sein.

Der Korridor, der zum Esszimmer zurückführt, liegt verlassen da. Ich schleiche auf Zehenspitzen und kann weiterhin keinen Laut vernehmen. Die Tür am Ende ist verschlossen, und als ich mich ihr nähere, dröhnt das Blut in meinen Ohren – sollte sie abgeschlossen sein und es mir nicht gelingen, das Schloss mit der Klinge meines Messers, das wie immer in meinem Hosenbund steckt, zu öffnen, wäre das ganze Schauspiel heute Abend vergebens gewesen.

Doch die Tür lässt sich so leicht öffnen, dass ich fast damit rechne, jemanden in der Bibliothek vorzufinden, der meine Absicht erraten hatte und nun auf mich wartet. Stattdessen finde ich mich alleine in einem rechteckigen Raum wieder, an dessen vier Wänden sich mit Büchern und Manuskripten vollgestopfte Holzregale entlangziehen. Lediglich an beiden Enden ist Platz für zwei sich gegenüberliegende Bogenfenster ausgespart. Durch eines davon fällt bleiches Mondlicht und wirft schwarze Schatten auf den Boden. Mit zitternden Fingern – ich kann kaum glauben, dass das Glück mir so hold ist – schließe ich die Tür, so leise es mir möglich ist, nehme die Kerze aus der Tasche und bemühe mich sie zu entzünden. Beim dritten Versuch flackert die Flamme endlich auf, und ich trete näher an die Bücher heran, um zu versuchen, Philip Howards Klassifizierungsmethode zu ergründen. Oder vielleicht gehört die Bibliothek eigentlich Henry Howard, der junge Earl kommt mir nicht unbedingt wie ein Gelehrter vor. Henry könnte seine Büchersammlung nach Arundel House verlegt haben, nachdem seine Familie ihren eigenen Landsitz verloren hatte. Wie dem auch sei, auf jeden Fall verschafft es mir ein immenses Vergnügen, ohne Erlaubnis in der Bibliothek der Howards herumzustöbern, so wie es Henry Howard meiner Meinung nach in Dees Haus getan hatte.

Der Lichtkreis zittert an den Bücherreihen entlang, als ich die Regale abschreite, und doch weiß ich die ganze Zeit, dass das Buch, das ich zu finden hoffe, bestimmt nicht für jeden sichtbar hier steht – wenn es sich überhaupt hier befindet. Falls Dee indes Recht haben sollte und es Howard war, der veranlasst hatte, dass ihm vor all den Jahren in Oxford das Buch des Hermes gestohlen wurde, dann hat er es höchstwahrscheinlich irgendwo in seiner Bibliothek versteckt. Ich kann nur beten, dass ich lange genug ungestört bleibe, um nach irgendwelchen Anzeichen für sein Vorhandensein zu suchen.

Sogar ein oberflächlicher Blick über die Regale verrät mir, dass die meisten Bände hier zu der harmloseren Sorte gehören; klassische Werke über Theologie und Poesie, mit denen viele Gentlemen vertraut sind und die offenbar eher wegen ihres kostbaren Einbands als wegen ihres Inhalts angeschafft wurden. Die lange Wand gegenüber der Tür kommt mir allerdings merkwürdig vor, sie hat kein Fenster, aber meiner Meinung nach sollte dieser Raum das Ende des Ostflügels darstellen. Warum ist dann kein Fenster darin eingelassen, um mehr Licht hineinzulassen – was für einen als Lesesaal vorgesehenen Raum ein großer Vorteil wäre? Langsam gehe ich an dieser Wand entlang, und genau, als ich das äußerste Regal erreiche, beginnt die Flamme meiner Kerze heftig zu flackern und droht zu erlöschen. Ich strecke meine andere Hand aus und spüre einen scharfen Luftzug, der hinter dem hölzernen Bücherregal hervorzukommen scheint. Das erscheint mir eigenartig, denn die Regale sehen so aus, als wären sie in die Wand hineingebaut. Als ich mich bücke, entdecke ich auf einer Seite Kratzspuren in den Bodendielen, und mein Herz macht einen Satz. Ich versuche, die Kerze möglichst ruhig zu halten, und taste mit meinen Fingern fieberhaft die Holzplatte ab, die das Regal mit der Ecke des Raumes verbindet. Die Schnitzverzierung dieser Täfelungsplatte weist kleine Einkerbungen auf. In eine, die tiefer ist als die anderen, schiebe ich die Fingerspitzen, bis sie auf Metall treffen – es scheint sich um eine Art Riegel zu handeln. Ich nestele daran herum, so gut ich kann, bis ich glaube, ihn geöffnet zu haben; das hölzerne Regal bewegt sich kaum merklich, und mit angehaltenem Atem beginne ich es von der Wand weg zu mir hin zu ziehen. Es ist schwer, lässt sich aber überraschend leicht handhaben, und ich begreife, dass es an einem Scharnier hängt; daran lässt es sich gerade so weit öffnen, dass sich eine Person in die Lücke dahinter zwängen kann. Dort ist eine Tür in die Wand eingelassen, die nicht zu sehen ist, wenn das Regal an seinem Platz steht.

Meine Handflächen sind mittlerweile schweißfeucht, als ich mich in die Lücke quetsche und nun versuche, diese Tür zu öffnen. Sie ist verschlossen, und das Schloss widersteht meinen Bemühungen, es mit dem Messer zu knacken. Ich stelle die Kerze ab und atme tief durch, wohl wissend, dass Eile und ungeschickte Finger mich hier nicht weiterbringen. Nach einigem vorsichtigem Stochern spüre ich, wie sich die Messerspitze in den Mechanismus des Schlosses einhakt, und es gelingt mir, die Klinge wie einen Schlüssel zu drehen, obwohl meine Hand im letzten Moment abrutscht und ich mir mit der Messerschneide die Haut an einem Finger aufritze. Etwas Blut rinnt über die Seite meiner Hand, und mit einem leisen Fluch schiebe ich die Tür auf.

Die Kerzenflamme flackert in dem plötzlichen Luftzug, als ich in einen schmalen Raum trete. Ich komme mir vor wie in einem Mausoleum. Der feuchte Atem kalter Steine umwabert mein Gesicht, und ein modriger, fauliger Geruch hängt in der Luft. Als ich das Licht in die Höhe halte, hätte ich fast einen leisen Schrei ausgestoßen, doch der Laut bleibt mir in der Kehle stecken.

Keine kunstvolle Deckenbemalung oder Holztäfelung machen diesen Raum wärmer oder wohnlicher. Es gibt nur kahle Ziegelwände, scharf geneigte nackte Deckenbalken und Steinfliesen auf dem Boden. Die Kammer scheint in die Wand des Hauses eingebaut zu sein, die beiden bogenförmigen Fenster sind zugemauert. Es ist, als würde dieser Raum gar nicht existieren.

Ich hebe die Kerze erneut, schiebe die Tür zu und untersuche meine Umgebung. An der gegenüberliegenden Wand hängt zwischen den beiden zugemauerten Fenstern ein großes, von einer der arabischen astrologischen Karten abgezeichnetes Bild des Universums mit konzentrischen, in die verschiedenen Häuser des Tierkreises unterteilten Kreisen. Darunter steht ein Schrank aus schwarzem Holz, dessen Türen mit einem Einlegemuster aus kleinen Perlmuttrauten verziert sind. Darauf liegen verstreute Papiere und alte Schreibfedern. Zu meiner Linken steht am anderen Ende des Raumes ein rechteckiger, mit einem dunkelroten Samttuch bedeckter Steinblock. Er sieht aus wie ein Altar, zu beiden Seiten ist ein silberner Kerzenleuchter aufgestellt, aber in der Mitte ruht ein polierter, im schwachen Licht blassrosa schimmernder Kristall in einem Messingdreibein, der dem von John Dee bis ins Detail gleicht. In Oxford habe ich einmal eine solche geheime Kapelle gesehen und gehört, dass sich die katholischen Edelleute Englands diese Räume häufig in ihre Herrenhäuser einbauen lassen, um dort unbemerkt die Messe zu hören, aber dies hier scheint kein Ort katholischer Glaubensausübung zu sein. Als ich zu Boden schaue, erblicke ich in Pentagramme unterteilte Kreidekreise auf dem Stein. Jede Unterteilung weist astrologische und okkulte Symbole auf. Als ich mich langsam umdrehe, um den Linien zu folgen, bemerke ich in einer Ecke des Raums ein leichtes Glitzern. Ich hebe die Kerze und springe beim Anblick eines aus Messing gefertigten menschlichen Schädels auf einem steinernen Sockel erschrocken zurück. Die Konturen sind gespenstisch lebensecht, die Wangen jedoch hohl und ausgezehrt, als hätte man vom Kopf eines Leichnams einen Abdruck gemacht. Die Augen sind blank und glatt, der Mund eingefallen wie der des Messingkopfes, den der Mönch Roger Bacon vor ungefähr dreihundert Jahren besessen haben soll – der Kopf, der der Legende zufolge durch die Macht der Geister Prophezeiungen ausgesprochen hat. Meine Haut prickelt, und die Haare auf meinen Armen richten sich auf – dieser Kopf ist das bislang eindeutigste Zeichen dafür, dass es sich bei diesem Raum um einen Tempel hermetischer Magie handelt. Die Schriften von Hermes Trismegistos behandeln die Kunst, Statuen mittels Geistermacht mit Leben zu erfüllen, um sie weissagen zu lassen. Der heilige Augustin hat dies als dämonische Magie verdammt, aber der wahre Adept weiß es besser. Hat Henry Howard versucht, den Bronzekopf zum Sprechen zu bringen?

Über dem Kopf ist ein Regal an der Wand angebracht, auf dem Glasphiolen und Flakons sowie eine Reihe von Gegenständen, die wie chirurgische Instrumente aussehen, angeordnet sind. Einige dieser Phiolen sind mit Flüssigkeiten gefüllt, andere enthalten seltsame Gegenstände – Knochensplitter, Haar oder Hautstücke, Dinge der Art, wie man sie in einem katholischen Reliquienschrein oder in dem Laboratorium eines Alchemisten zu finden erwartet. Gegenüber dem Altar steht ein mannshoher, vielleicht vier Fuß breiter Spiegel aus Obsidian an der Wand. Meine Umrisse wabern über seine Oberfläche, die Kerzenflamme flackert wild. Der Kristall, der schwarze Spiegel, der Messingkopf – das sind die Gerätschaften derer, die nach Erleuchtung aus dem spirituellen Reich suchen. Also versucht Howard, der große Verdammer von Prophezeiungen, Astrologie und jeder Art von Weissagungen, selbst Kontakt mit den Mächten jenseits der Sterne aufzunehmen. Dee hat so etwas bereits geahnt. Ich kann mir ein triumphierendes Lächeln nicht verkneifen.

Die Kerze brennt herunter, und der ständige kalte Luftzug droht sie zum Erlöschen zu bringen. Ich darf nicht riskieren, dass sie ausgeht, also durchquere ich rasch den Raum und entzünde die beiden Kerzen auf dem Altar. Die neuen Lichtkreise kräuseln sich über der Ziegelwand und drängen die Schatten ein wenig zurück. Mit bis zum Zerreißen angespannten Nerven, kaum zu atmen wagend, kehre ich zu dem Schrank zurück und beginne die Papiere durchzusehen. Ich kann kein System, keine Ordnung darin erkennen; bei einigen scheint es sich um komplexe astrologische Berechnungen unter Einbeziehung der Positionen der Planeten in der Großen Konjunktion und ihrer Bewegungen durch den Kalender zu handeln, andere zeigen eine Reihe von Tabellen, die aussehen wie Codes und Ziffern. Hiervon gibt es Dutzende, scheinbar endlose Variationen derselben Tabelle, peinlich genau kopiert; Listen von Buchstaben, Zahlen und Symbolen in verschiedenen Anordnungen. Darunter finde ich einen Rohentwurf der Karte, die Henry Howard beim Essen herumgereicht hat, zusammen mit der Liste potenzieller Landeplätze und Namen von katholischen Großgrundbesitzern. Ich hebe den Bogen mit der Karte an und ziehe ein anderes Papier hervor. Es gibt mir einen Ruck, als ich begreife, was ich da in der Hand halte. Hastig lege ich es auf die anderen und streiche es glatt, um es gründlich zu studieren. Die Flamme zittert in meiner Hand, als ich mich vorbeuge und zu lesen beginne.

Das Papier zeigt die Stammbäume der Familien Tudor und Stuart, ausgehend von König Henry VII., dem Großvater von Königin Elisabeth, und seiner Frau Elizabeth of York. Die wahre Abstammungslinie – zumindest nach der Auffassung des Verfassers dieser Ahnentafel – ist farblich hervorgehoben und zeigt eindeutig Henrys älteste Tochter Margaret Tudor, die König James IV. von Schottland heiratete, als Großmutter Maria Stuarts. Die Tudor-Linie wird durch König Henry VIII. fortgesetzt, der dieser Genealogie zufolge Catherine of Aragon geheiratet und Königin Mary Tudor gezeugt hat – Elisabeths Halbschwester, die als die Blutige Maria bekannt war und 1558 starb. Henrys weitere Heiraten und Nachkommen werden nicht erwähnt. Natürlich, denke ich – dies ist die katholische Sicht der Thronfolge, die Henrys Scheidung nicht anerkennt und daher seine erste Ehe als die einzige rechtmäßige und seine Tochter Mary Tudor als seine einzige legitime Erbin betrachtet. Deswegen bereitet es ihnen ein solches Vergnügen, Elisabeth als »Bastard« zu bezeichnen. Von Henry VII. jüngerer Tochter, noch einer Mary, stammen noch andere potenzielle Tudor-Thronfolger ab, aber es besteht kein Zweifel an dem, was diese Version der Geschichte zu beweisen wünscht: dass Maria Stuart die älteste lebende legitime Erbin der Krone von England ist.

Der Besitz einer solchen Kopie dieser Ahnentafel gilt nach

dem englischen Gesetz als Verrat und wird mit dem Tod bestraft. Aber das ist noch nicht alles, denn neben dem Namen Maria Stuarts steht der ihres verstorbenen Mannes Lord Darnley (auch einem Abkömmling von Margaret Tudor), und darunter zeigt eine Linie die Frucht dieser Verbindung, den derzeitigen König James VI. von Schottland. Daneben prangt fast unsichtbar, aber eindeutig von derselben Hand ausgeführt eine Linie zu Maria, die ein schlichtes »H« mit ihr verbindet. Eine weitere Linie scheint einen möglichen Nachkommen anzuzeigen, doch der Platz, wo der Name des Kindes stehen sollte, ist leer. Ich fahre mir mit der Zunge über die trockenen Lippen, als ich das Papier näher an die Augen halte, wie um die Kühnheit des hier schriftlich Festgehaltenen zu bestätigen. Es besteht kein Zweifel daran, dass es sich um dieselbe Handschrift handelt wie auf der Liste der sicheren Häfen, die am Essenstisch herumgereicht wurde – die Schnörkel sind unverwechselbar –, und sie stammt von Henry Howard. Also lag ich mit meinem Verdacht von Anfang an richtig: Sein eigentliches Ziel besteht darin, Maria zu heiraten, an ihrer Seite auf dem Thron von England zu sitzen und – der Gipfel der Anmaßung – seinen Sohn in die Thronfolgerlinie einzureihen. Unwillkürlich schüttele ich den Kopf, teils ungläubig, teils vor Bewunderung ob des Ausmaßes des Ehrgeizes des Mannes. Natürlich hat er diese Absichten vor seinen Mitverschwörern geheim gehalten. Marie und Courcelles arbeiten für den Herzog von Guise, der sich sicherlich einen hohen Rang in dem neuen katholischen Reich erhofft; als Marias Vetter pocht er vielleicht sogar auf eine Art Familienanspruch. Douglas habe ich immer für einen Opportunisten gehalten – ahnt er, dass er für den Aufstieg der Familie Howard arbeitet, und würde es ihn interessieren, solange etwas für ihn herausspringt? Ich frage mich, ob sogar Philip Howard mit seinem heuchlerischen Plädoyer für eingeschränktes Blutvergießen in die wahren Pläne seines Onkels eingeweiht ist.

Hastig falte ich das Papier zusammen und schiebe es in meinen Hosenbund. Was auch immer ich heute Nacht noch entdecke – das, was ich bereits gefunden habe, war das ganze Risiko wert, denn es ist pures Gold: Eine von Henry Howard angefertigte Ahnentafel, die Elisabeth das Recht auf den Thron abspricht und ganz klar von seiner Absicht zeugt, die Königin von Schottland zu heiraten – auf einen handfesteren Beweis für Howards Verrat kann Walsingham kaum hoffen. Und in einem geschickt geführten Verhör könnte er weitere Einzelheiten bezüglich des Invasionsplans aus ihm herausbringen, sodass genug Zeit bliebe, diesen Plan zu durchkreuzen.

Die Freude über diesen Erfolg lässt mein Blut schneller durch meine Adern rauschen, aber ich darf keine Zeit verlieren. Ich bücke mich, um die Türen des schwarzen Schranks zu öffnen, doch hier verlässt mich mein Glück. Die Türen sind verschlossen. Ich sehe keinen anderen Platz im Raum, an dem Bücher versteckt sein könnten – und wenn Henry Howard verbotene okkulte Bücher besäße, was sicherlich der Fall ist, wo sollte er sie aufbewahren, wenn nicht hier, in dieser verborgenen Kapelle? Ich ziehe mein Messer aus der Scheide und versuche, die Spitze in das Schloss einzuführen, aber das Schlüsselloch ist zu klein, die Klinge kann nicht weit genug eindringen, um etwas auszurichten. Entmutigt und von leiser Furcht erfüllt – mir entgeht nicht, dass alle Kerzen langsam herunterbrennen – gebe ich auf und befasse mich wieder mit dem Regal über dem Messingkopf, um nach noch etwas Verwertbarem zu suchen, und als mein Blick über die Reihen von Phiolen wandert, die wie Reliquien aussehen, sticht mir eine besonders ins Auge – eine kunstvoll gearbeitete Glasflasche, die eine Locke goldblonden Haares enthält.

Ich greife danach und ziehe den Stopfen heraus. In Italien habe ich mehr Überreste von Heiligen gesehen, als ich zählen kann – genug Finger und Blut und Haar, um die Welt siebenmal mit heiligen Männern und Frauen zu bevölkern – aber für gewöhnlich bemühen sich die Verkäufer gefälschter Reliquien, ihrer Ware den Anschein großen Alters zu verleihen. Diese Haarlocke wirkt aber nicht spröde und staubig wie die antiken Reliquien, sondern frisch und elastisch. Mein Magen krampft sich zusammen, als mir einfällt, dass Cecily Ashe blondes Haar hatte.

»Wie ich sehe, habt Ihr das Haar der heiligen Agnes gefunden.«

Die hinter mir ertönende Stimme Henry Howards klingt höflich und leicht belustigt, als würde es ihn nicht im Geringsten überraschen, mich hier in seiner okkulten Kapelle beim Durchstöbern des Zubehörs seiner Magie zu ertappen. Er hat sich so leise angeschlichen, dass es mir einen grässlichen Moment lang so vorkam, als habe der Messingkopf gesprochen; ich springe auf, wirbele so heftig zu ihm herum, dass ich beinahe die Flasche fallen gelassen hätte, und starre ihn mit offenem Mund und am ganzen Leib zitternd an. In einer Hand hält er eine Kerze, in der anderen ein kunstvoll verziertes Schwert.

»Die Reliquien der heiligen Agnes besitzen die Macht, die Keuschheit zu schützen«, fährt er in demselben leichten Ton fort. »Aber sie fördern auch das Wachstum des Getreides. Aber das wisst Ihr natürlich alles. Ich finde es faszinierend, Ihr nicht? Ein und dieselbe Quelle hat Einfluss auf Keuschheit und Fruchtbarkeit – zwei absolute Gegensätze.«

»Zwischen gegensätzlichen Kräften besteht eine mächtige Verbindung«, erwidere ich, sowie mir meine Stimme wieder gehorcht. »Wenn man an diese Mächte glaubt.«

»Ich denke nicht, dass Ihr an die Macht von Reliquien

glaubt. Aber als guter Schüler des Hermes glaubt Ihr sicher daran, dass man sich gewisse Elemente der natürlichen Welt zunutze machen kann, um bestimmte Mächte der himmlischen Welt freizusetzen.«

Ich sehe ihn nur an, zucke die Achseln und täusche eine Gleichgültigkeit vor, die ich nicht empfinde. Mir ist klar, dass ich ihm jetzt auf Gedeih und Verderb ausgeliefert bin und es vermutlich ratsamer wäre zu schweigen. Mein Blick wandert zu dem Schwert, das er lose in der Hand hält.

»Es ist wirklich schade.« Er kommt auf mich zu und schließt die Tür mit einem Fußtritt. Über seinem Nachthemd trägt er einen schweren karminroten Schlafrock. »Unter anderen Umständen wäre es interessant gewesen, mit Euch über die hermetische Magie zu diskutieren. Privat bin ich bereit einzuräumen, dass Ihr einen gewissen Ruf auf diesem Gebiet besitzt, obwohl ich das nie öffentlich zugeben würde.«

»Ich fühle mich geschmeichelt.« Ich neige den Kopf, doch mein Sarkasmus scheint wirkungslos von ihm abzuprallen.

»Ihr seid wesentlich wagemutiger, als ich gedacht hätte, Bruno.« Fast schwingt ein Anflug von Bewunderung in seiner Stimme mit. »Eure Vorstellung heute Abend war absolut überzeugend. Ihr habt Douglas unter den Tisch getrunken – das hätte mich stutzig machen müssen. Wenn ich nicht so erpicht darauf gewesen wäre, meine schlimmsten Vorurteile bezüglich Eurer Person bestätigt zu sehen, wäre ich misstrauisch geworden. Und ich stelle fest, dass Ihr überaus gerissen seid. Noch nicht einmal den Schergen Ihrer Majestät ist es je gelungen, diesen Raum zu entdecken, so oft sie das Haus meines Neffen auch durchsucht haben.« In seinen Samtpantoffeln tappt er geräuschlos über die Steinfliesen, um flüchtig die Papiere auf dem Schrank zu mustern. Sein Fuß berührt fast das Messer mit dem beinernen Griff, das ich nach dem Versuch, das Schloss aufzubrechen, auf dem Boden habe liegen lassen. Meine Muskeln spannen sich an, das Dokument unter meinem Hemd kribbelt auf meiner Haut. Wird er sein Fehlen bemerken?

»Mein Neffe hat sich diesen Raum als Privatkapelle bauen lassen. Der Jesuit Edmund Campion hat hier einmal die Messe gelesen, müsst Ihr wissen. Aber nachdem Campion hingerichtet wurde und der Kronrat verstärkt Jagd auf heimliche Priester machte, verlor Philip ein wenig die Nerven. Kann dem Jungen keinen Vorwurf daraus machen – er war noch sehr jung, als sein Vater wegen Verrat hingerichtet und ihm sein Titel entzogen wurde. Er wollte diesen Besitz nicht auch noch verlieren. Also fanden keine Messen mehr statt, und ich habe diese Kapelle für meine eigene Arbeit übernommen. Wir sprechen nicht davon.« Sein Blick wandert zu dem Altar am anderen Ende des Raums, als erinnere er sich an seine eigentliche Bestimmung. »An dem Tag, an dem sie Campion in Tyburn gehängt und gevierteilt haben – das war der Moment, in dem ich begriff, dass England nicht allein durch Priester und Gebete zum katholischen Glauben zurückgebracht wird.« Als er das sagt, zuckt ein Muskel an seinem Kinn, und seine Hand schließt sich so fest um den Griff seines Schwerts, dass die Knöchel weiß hervortreten. Vielleicht, denke ich, während ich ihn beobachte, steckt hinter seinem Wunsch nach Rache und Aufstieg ja wirklich echte Religiosität, oder alles ist zu ein und demselben verschmolzen. Er schüttelt die Erinnerungen ab und richtet seine Aufmerksamkeit wieder auf mich.

»Ihr täuscht Trunkenheit übrigens sehr gut vor«, bemerkt er, als wären wir flüchtige Bekannte, die sich in einer Schänke über Belanglosigkeiten unterhalten. »Habt Ihr den guten Rheinwein meinem Hund gegeben? Der arme Bursche hat sich über die gesamte Hintertreppe übergeben.«

Ich erwidere nichts darauf. Einen Moment lang starren wir

uns im Kerzenlicht an, und ich kann ein Erschauern nicht unterdrücken. Der Raum kommt mir eiskalt vor.

»Nun, Bruno.« Er mustert mich von Kopf bis Fuß. Sein Ton lässt keinen Zweifel daran, dass er sich als Herr der Lage fühlt. »Ich brauche wohl nicht zu fragen, ob Ihr erkennt, was Ihr hier seht.« Er vollführt eine Handbewegung, die die Kreise auf dem Boden, den Altar und den Messingkopf einschließt.

»Ihr strebt heimlich nach magischem Wissen, während Ihr es öffentlich verdammt«, murmele ich. »Dee vermutete so etwas schon.«

»Natürlich tat er das«, versetzt Howard ungeduldig. »Er wusste immer, dass ich der geborene Adept bin. Aber er war so arrogant vorauszusetzen, er allein hielte den Schlüssel zu meinen Fortschritten in der Hand und könne mich einfach von den höheren Ebenen dieses Wissens ausschließen. Er wird von Furcht beherrscht, Bruno«, fügt er brüsk hinzu. »Das Letzte, was Dee brauchen kann, ist ein Rivale auf diesem Gebiet bei der Königin. Einem Gebiet, das auf der anderen Seite der Religion, in ihrem Schatten liegt. Er möchte als ihr Hofmagier anerkannt werden, und er wird versuchen, jeden auszuschalten, der ihm dabei in die Quere kommt. Das werdet Ihr selbst noch herausfinden.« Er schüttelt den Kopf und tritt noch einen Schritt näher. Sein kaum einen Fuß von meinem entferntes Gesicht verzerrt sich zu einem grotesken Lächeln. »Aber ihm fehlt der eine Gegenstand, der ihn zum vorherrschenden Magier und Astrologen unserer Zeit machen würde, und er kann vor Verlangen danach kaum schlafen. Genau wie Ihr.«

»Das verschwundene Buch des Hermes.« Meine Stimme ist kaum zu vernehmen, aber mein Atem bildet in der kalten Luft zwischen uns kleine Wölkchen. »Also habt Ihr es ihm in Oxford gestohlen.«

Es ist eine Feststellung, keine Frage. Howards Lächeln wird breiter.

»Es ist irgendwie in meine Hände gelangt. O ja, starrt mich nur an, Bruno. Ihr seid doch vermutlich hergekommen, um es aufzuspüren. Ihr seid ein findiger Geist, das muss ich zugeben.« Er macht auf dem Absatz kehrt und tritt zu dem kleinen Altar, dann dreht er sich um und fixiert mich mit seinen schwarzen Augen.

»Aber ein Mann im Exil ist immer verwundbar, Bruno. Habe ich nicht Recht? Kein Wunder, dass er nach Mächten strebt, die über die seinen hinausgehen. Ihr und ich, wir verstehen das«, fügt er voller Inbrunst hinzu. »Wegen meines Bruders Thomas haben wir das größte Herzogtum Englands verloren. Mein Familienname ist mit der Schande des Verrats befleckt. Man hat mir Gefängnis und Verbannung angedroht, und ich bin gezwungen, als Gast bei meinem Neffen zu leben und Loyalität gegenüber der Thronräuberin Elisabeth zu heucheln.« Er verzieht die Lippen. »Mein rechtmäßiges Erbe wird mir so beharrlich verwehrt, als wäre ich aus England verbannt worden. Aber ich warte nur meine Zeit ab.«

»Und Ihr seid entschlossen, das zu beenden, was Euer Bruder begonnen hat?« Ich hebe das Kinn.

Er mustert mich einen Moment lang stirnrunzelnd, als versuche er zu ergründen, wie viel ich weiß.

»Warum sagt Ihr das? Wegen meiner Bemerkung über Marias Erben?«

»Wenn sie damals bereit war, Euren Bruder zu heiraten, warum dann nicht auch Euch?«

Er hebt sein Schwert und richtet es auf mich. Ich spüre, wie sich meine Eingeweide zusammenziehen; einen Moment lang fürchte ich, dass er sich gleich auf mich stürzt. Aber endlich nickt er.

»Sehr klug gefolgert von Euch, Bruno. Die Howards stammen von Edward Plantagenet ab, dem ersten englischen König dieses Namens. Wusstet Ihr das?« Ohne eine Antwort abzuwarten fährt er fort: »In unseren Adern fließt königliches Blut. Es sollte ein Howard-Erbe auf dem Thron sitzen.«

»Ihr beabsichtigt, Maria zur Frau zu nehmen, wenn sie nach dieser Invasion frei und gekrönt ist, und mit ihr einen Erben zu zeugen?«

Er verzieht das Gesicht.

»Das ist meine Pflicht gegenüber meiner Familie und meiner Herkunft. Aber ich erwarte nicht, dass ein Mann von gewöhnlicher Geburt das versteht.«

Instinktiv balle ich die Fäuste, wie ich es immer tue, wenn der Adel eine solche angeborene Arroganz an den Tag legt, aber meine Stimme bleibt ruhig.

»Aber Douglas hat Recht. Maria hat bereits einen Erben, an dessen königlicher Abstammung kein Zweifel besteht und der König von Schottland ist.«

»Junge Männer sind nicht unsterblich, Bruno«, versetzt Howard mit einem leisen Lachen. »Und James hat noch keine Nachkommen.«

Ich sehe ihn an und begreife, dass ich noch nicht einmal begonnen habe, das Ausmaß seiner Hoffnungen zu verstehen. Howards Pläne gehen weit über diese Invasion, weit über die Wiedereinführung des katholischen Glaubens hinaus, die die anderen anstreben; er arbeitet auf eine Zukunft hin, in der er König eines katholischen Englands, sein eigener Sohn der Thronerbe und der junge König James wie sein Vater Opfer eines unglücklichen Unfalls geworden sein würde. Jetzt leuchtet mir auch ein, warum Howard Archibald Douglas in seinem Umfeld duldet – wenn Douglas den Vater umbringen konnte, warum ihn dann nicht anheuern, um auch den Sohn aus dem Weg zu räumen? Für den richtigen Preis würde Douglas zweifellos einwilligen. Aber die nagende Furcht in meinem Inneren rührt von dem Bewusstsein her, dass Henry Howard mir eine so unglaubliche – um nicht zu sagen: irrwitzige – Geschichte nur aus einem einzigen Grund anvertraut: Weil er sicher ist, dass ich nicht mehr dazu kommen werde, sie publik zu machen. Meine rechte Hand will instinktiv nach meinem Messer greifen, obwohl es nicht an seinem Platz ist, und ich zwinge mich, keine unbedachte Bewegung zu machen. Wenn Howard glaubt, ich wäre bewaffnet, könnte er auf die Idee kommen, mich zu durchsuchen, und dann würde er die Ahnentafel finden. Ich blicke auf die Glasflasche in meiner Hand, die ich fast vergessen habe. Die heilige Agnes, hat er behauptet. Dieses Haar gehörte keiner Frau, die schon lange tot ist. Aber ich kann nicht verstehen, wie die Morde am Hof in Howards langfristige Pläne passen.

»Aber genug davon«, sagt er unerwartet aufgeräumt. »Ich wollte Euch etwas zeigen, was Euch das Blut in den Adern gefrieren lässt, nicht wahr, Bruno? Tretet näher.«

Zu meiner Erleichterung legt er das Schwert auf den Altar, hält die Hand aber in Reichweite, als er das Tuch anhebt, das ihn bedeckt. Der Stein darunter weist ein Flachrelief von Figuren auf, deren Gesichter im Lauf der Zeit so verwittert sind, dass nur noch ein verschwommener Umriss geblieben ist. Es scheint jahrhundertealt zu sein.

»Stammt aus einer der Abteien von Sussex, die während der großen Zerstörung abgerissen wurden«, bemerkt Howard, als hätte er meine Gedanken gelesen. »Mein Bruder hat ihn heimlich gekauft und in seiner eigenen Kapelle aufgestellt. Nach seinem Tod haben wir ihn hierher schaffen lassen. Ihr könnt Euch gar nicht vorstellen, was für eine Mühe es macht, so ein Ding von der Stelle zu bewegen. Außerdem ist es natürlich illegal, einen solchen Altar zu besitzen.«

Seine Stimme klingt erstickt, als er mir den Rücken zukehrt und sich vor dem Altar niederkauert. In den Fuß des Steins ist eine kleine Nische eingelassen; Howard greift hinein und zieht eine hölzerne Schatulle heraus, deren Deckel mit einem kunstvollen Goldeinlegemuster verziert ist. Er nimmt einen Schlüssel aus seinem Gewand und schließt das Kästchen auf. Ich trete zögernd näher, meine Handflächen sind schweißnass, und ich achte darauf, mich außerhalb der Reichweite des Schwertes zu halten. Als ich an dem schwarzen Schrank vorbeikomme, schiebe ich das Messer mit einem leichten Tritt darunter.

»Von dort aus könnt Ihr nicht richtig sehen.« Er richtet sich auf und dreht sich um. »Kommt.«

Er hält mir einen in eine Leinenschutzhülle gewickelten Gegenstand hin. Als ich mich zu ihm geselle, wickelt er ihn aus. Ein in verblasstes Leder gebundenes Buch kommt zum Vorschein. Meine Knie werden plötzlich weich, als hätte mich jemand mit kaltem Wasser übergossen, mein Herz macht einen Satz, und ich beuge mich vor, wobei ich das Schwert fast vergesse.

Kann dies wirklich das Buch sein, hinter dem ich von Venedig über Paris bis Oxford hergejagt bin, das fünfzehnte Buch der Schriften des ägyptischen Weisen Hermes Trismegistos, das Cosimo de' Medici aus den Ruinen von Byzanz gerettet und dem großen Neoplatoniker Marsilio Ficino zum Übersetzen gegeben hat, der es dann versteckte, als er die Macht seines Inhalts erkannte? Das Buch, das Ficino einem alten Venezianer zufolge, den ich in Paris kennen gelernt habe, dem Buchhändler Vespasiano da Bisticci zur Verwahrung gab, dessen Lehrling es aus Versehen einem englischen Sammler verkaufte; das Buch, das unerkannt in einer Universitätsbibliothek von Oxford gelegen hat, bis ein gerissener Bibliothekar es vor den Säuberungsaktionen der königlichen Kommission rettete; das Buch, das ein skrupelloser Händler namens Rowland Jenkes Dee für ein Vermögen verkauft und das Dee von Henry Howard gestohlen wurde? Bei allem, was mir heilig ist – kann es sein, dass ich endlich das Buch vor mir sehe, von dem man glaubt, es beinhalte das Geheimnis des göttlichen Ursprungs der Menschen und das Wissen, wie man diese Göttlichkeit zurückerlangen kann? Ich wage kaum zu atmen.

»Öffnet es, wenn Ihr wollt.« Howards Lächeln wird wölfisch, seine Augen glitzern; er gleicht einem Kind, das einem anderen eine Marzipanfigur zeigt, die sein Gegenüber bewundern soll – wohl wissend, dass es sie nie in die Finger bekommen wird. Er nickt ermutigend. Ich strecke eine sichtlich zitternde Hand aus und hebe das Buch aus der Schatulle. In dem Moment, wo ich es aufschlage, kommt es mir so vor, als höre die Welt auf, sich zu drehen, und ich kann meinen Herzschlag wie aus weiter Ferne hören. Die gebundenen Manuskriptseiten sind alt und steif, die griechischen Buchstaben stellenweise so verblasst, dass man sie kaum noch entziffern kann, aber als ich zu lesen beginne, hege ich keinen Zweifel mehr an der Echtheit des Buches.

Howard nickt erneut, als ich die Seiten umblättere, den Blick hungrig über die Zeilen wandern lasse und daran denke, was ich dafür geben würde, einen Tag mit diesem Buch verbringen, es studieren und kopieren zu können. Endlich wird er ungeduldig.

»Lest weiter, Bruno. Lasst den Prolog und die ersten Kapitel aus. Befasst Euch mit dem mittleren Teil.«

Überrascht gehorche ich, und als ich das Buch in der Mitte aufklappe, begreife ich, was der leicht hysterische Ausdruck von Triumph auf seinem Gesicht zu bedeuten hat. Ich lese die griechischen Zeilen – und lese sie noch einmal. Als sich die Furchen auf meiner Stirn vertiefen, beginnt Howard zu lachen.

»Seht Ihr, Bruno? Seht Ihr?«

Mich überkommt das verwirrende Gefühl, ins Bodenlose zu fallen. Auch Howard muss so empfunden haben, als er das Buch zum ersten Mal aufgeschlagen hatte. Ich blicke auf die Seite hinab, dann zu Howard, dabei schüttele ich ungläubig den Kopf.

»Verschlüsselt!«

»Ganz genau! Das Kernstück des Buches, das geheimste und heiligste Wissen, das es enthält, ist so prekär, dass der Verfasser es nicht gewagt hat, es uncodiert niederzuschreiben. Im Prolog erwähnt Hermes den Großen Schlüssel, den Clavis Magna. Aber dieser muss getrennt von dem Buch existieren, und ich habe ihn nicht.« Seine Augen sprühen Feuer. »Vierzehn Jahre! Vierzehn Jahre lang habe ich versucht, den Code zu entschlüsseln. Ich habe jedes System angewandt, von dem ich je gelesen habe, aber ohne Erfolg.«

Das Buch noch immer in der Hand haltend beobachte ich ihn mit offenem Mund. Vierzehn mit dem Versuch verbrachte Jahre, das Buch zu entschlüsseln, von dem man glaubt, es enthielte das Geheimnis der Unsterblichkeit! Fast empfinde ich Mitleid mit ihm – kein Wunder, dass all seinen Plänen ein Hauch von Irrsinn anzuhaften scheint. Ich staune, dass er noch nicht vollständig den Verstand verloren hat.

»Aber Ficino muss ihn besessen haben«, grübele ich laut. »Den Großen Schlüssel. Soweit ich weiß, hat er das ganze Buch gelesen, warum hätte er sich sonst so davor gefürchtet, es zu übersetzen?«

»Irgendwo existiert er oder kann abgeleitet werden«, stimmt Howard zu, und ich höre die Erschöpfung langer Jahre aus seiner Stimme heraus. »Aber wo ist er zu finden, Bruno? Wo soll man mit der Suche beginnen?«

»In Dees Bibliothek finden sich viele Abhandlungen über

Geheimschriften«, erwidere ich, ohne seinem Blick auszuweichen. »Aber das wisst Ihr ja.«

Er hebt nur eine Braue.

»Ich soll Dee um Hilfe bitten? Und gestehen, dass ich das Buch habe, wegen dem er beinahe getötet wurde? Ich habe natürlich im Lauf der Jahre herauszufinden versucht, ob sich unter Dees Manuskripten eines befindet, bei dem es sich um den Schlüssel handeln könnte, von dem Hermes spricht, ohne dass er es merken sollte. Ich habe Diener und Verbündete in der Maske reisender Gelehrter zu seinem Haus geschickt. Und ja, ich habe die Gelegenheit genutzt, es selbst zu durchsuchen, wenn er nicht da war. Aber in dieser ganzen Zeit habe ich kaum die Oberfläche von Dees Bibliothek berührt.« Seine Züge verhärten sich, und er sieht mich an, als wäre ihm gerade wieder eingefallen, wer ich bin. »Aber Dee steht kurz vor dem Ruin. Elisabeth wird die Augen nicht länger vor seinen Praktiken verschließen können. Und wenn das geschieht – selbst wenn ihm das Leben geschenkt wird, wird sein Hab und Gut beschlagnahmt werden. Und ich werde seine Bibliothek irgendwie in meinen Besitz bringen.« Die kalte Entschlossenheit in seiner Stimme straft das wilde Flackern in seinen Augen Lügen – sollte sein Geist getrübt sein, hat dieser Umstand seine Skrupellosigkeit nicht beeinträchtigt. Doch seine Bemerkung bezüglich Dees bevorstehendem Ruin kommt einem Geständnis gleich.

»Ist Ned Kelley einer der Handlanger, die für Euch arbeiten?«

Er reibt sich das Gesicht, als versuche er sich zu erinnern, wo er den Namen schon einmal gehört hat.

»Kelley. Ein Gauner, sicher, aber einer mit einer bemerkenswerten Fantasie und der Fähigkeit, die Herzen Fremder zu gewinnen, obwohl ich bekennen muss, dass sie bei mir versagt hat.«

»Bei mir auch.«

»Die Dienstmagd Johanna hat ihn zu mir gebracht – sie entdeckte ihn auf irgendeinem Jahrmarkt, wo er die Leute mit Kartentricks betrog. Sie dachte, er könnte mir nützlich sein. Aber niemand hätte vorhersehen können, wie schnell Kelley Dee für sich einnehmen und welchen Einfluss er auf ihn erlangen würde.« Er feixt. In mir wallt Zorn auf, und ich umklammere das Buch fester.

»Ihr habt Kelley bezahlt, um Dee dazu zu bringen, Geister zu beschwören, damit er öffentlich angeklagt und bestraft werden kann«, zische ich mit zusammengebissenen Zähnen. Howard gestattet sich ein nachsichtiges Kichern.

»Ich wusste, dass Dee der Versuchung nicht widerstehen können würde, es der Königin zu erzählen, wenn er davon überzeugt wäre, wirklich mit himmlischen Geschöpfen kommunizieren zu können. Sie ist immer noch von der Vorstellung fasziniert, Wissen zu erwerben, das über die Grenzen der menschlichen Weisheit hinausgeht, aber das geht den Mitgliedern des Rates, die zur Vernunft mahnen, natürlich zu weit …« Er klopft sich lächelnd auf die Brust. »Dee wird schneller gefällt werden als ein morscher Baum. Und ich muss nicht länger fürchten, dass er die Geheimnisse meiner Vergangenheit enthüllt.« Er verschränkt die Arme vor der Brust und legt den Kopf in den Nacken, um mich über seine Nase hinweg zu mustern. »Was mich zu Euch bringt, Bruno.«

»Was ist mit den Mädchen?«, entfährt es mir. Mein Gesicht verzerrt sich vor Zorn. »Sind sie deswegen gestorben? Um Kelleys gewalttätigen Weissagungen Glaubwürdigkeit zu verleihen? Um Dee in die Morde zu verwickeln, um ganz sicherzugehen, dass sein Ruf ruiniert ist?«

Howard ist zu sehr Höfling, als dass seine glatte Maske Risse bekommt, aber ich hatte gehofft, die Anschuldigung würde ihm zumindest einen Anflug von Schuldbewusstsein entlocken. Doch stattdessen spiegelt sich erst Verwirrung und dann Wut auf seinem Gesicht wider.

»Mädchen? Großer Gott, Bruno – Ihr glaubt doch nicht etwa, dass ich etwas damit zu tun habe?« Er wirkt ehrlich verdutzt – aber ich darf nicht vergessen, dass er ein in der Kunst der Verstellung geübter Politiker ist. »Das wäre Wahnsinn – Morde, die just zu der Zeit, wo wir eine Invasion planen, deren Erfolg auf dem Überraschungseffekt beruht, die allgemeine Aufmerksamkeit auf Drohungen gegen die Königin lenken? Warum um alles in der Welt sollte ich all das aufs Spiel setzen, wovon meine gesamte Zukunft abhängt?«

»Ned Kelleys Prophezeiung hatte Abigail Morleys Tod fast detailgetreu beschrieben«, gebe ich mit gedämpfter Stimme zurück. »Woher sollte er wohl sonst davon wissen können?«

Howard schüttelt ungeduldig den Kopf.

»Kelley war ein Narr – er hat zu viele dieser blutrünstigen Flugblätter gelesen, und seine Fantasie ist mit ihm durchgegangen. Also hat es, als der Mörder sein Schema wiederholt hat, so ausgesehen, als hätte Kelley das Geschehen vorhergesehen. Nein, diese Morde hätten sich verheerend auf unsere Invasionspläne auswirken können. Mehr Überfälle auf Katholiken, mehr Wachposten am Hof, und man hätte Maria stärker überwacht – und das zu der Zeit, wo Throckmorton durch das Land reitet und versucht, die katholischen Adeligen zu einem kleinen Krieg aufzustacheln. Glaubt Ihr, ich würde das alles leichtfertig in Gefahr bringen?« Seine Augen blitzen. »Nein. Wenn Dee mit Mord in Verbindung gebracht wird, kann sich das durchaus als vorteilhaft erweisen, aber ich bin wütend über den Zeitpunkt dieser Morde, das könnt Ihr mir glauben, Bruno. Außerdem«, fügt er mit einer selbstgefälligen Geste hinzu, »würde ich sie nie so geschmacklos inszenieren. Dieses groteske

Spektakel ist das Werk eines Mannes, dessen Eitelkeit größer ist als seine Vernunft.«

Ich sehe ihn an, und meine frühere sichere Überzeugung löst sich in Luft auf. Trotz seines selbstzufriedenen Grinsens glaube ich, dass er die Wahrheit sagt. Da ich mir selbst einreden wollte, er müsse hinter den Morden stecken, habe ich versucht, mir die Fakten zurechtzubiegen, aber nie eine plausible Erklärung für den Umstand gefunden, dass die Morde so offensichtlich auf eine von den Katholiken ausgehende Bedrohung hindeuten. Und nun, wo ich das Ausmaß von Howards Ehrgeiz und sein Ziel kenne, Teil einer königlichen Dynastie zu werden, sehe ich ein, dass der Mord an Elisabeth seinen Interessen zuwiderläuft, also hat die Theorie, dass er Cecily Ashe dazu bringen wollte, die Königin zu vergiften, auch keinen Bestand mehr. Aber wenn Howard nicht der Mörder ist, wer dann?

»Ihr gebt mir jetzt besser mein Buch zurück, Bruno.« Er streckt eine Hand aus. »Ich traue es Euch durchaus zu, dass Ihr den Code entschlüsselt, wenn ich Euch den Rücken zukehre.«

Langsam trete ich vor. Mein Arm fühlt sich bleischwer an, als ich ihm das Buch reiche. Das grobkörnige Leder gleitet unter meinen Fingerspitzen hinweg, als er es an sich nimmt, und ich verfolge so trostlos, wie er es in die Schatulle zurücklegt, als hätte ich meine große Liebe gefunden und im nächsten Moment schon wieder verloren – nur dass ich diesem Buch mit größerer Hingabe quer über einen Kontinent und über ein Meer gefolgt bin, als ich sie jemals einer Frau entgegengebracht habe. Es in den Händen gehalten zu haben und wieder hergeben zu müssen ist fast noch schlimmer, als es auch weiterhin verzweifelt zu suchen, ohne zu wissen, ob es überhaupt existiert. Auch kann ich der beharrlichen Stimme meiner eigenen Eitelkeit nicht entrinnen: Ich bin sicher, dass Dee und ich, hätten wir genug Zeit, sicher das Rätsel des Codes lösen könnten, der Howard so lange genarrt hat. Mein Blick folgt ihm sehnsüchtig, als Howard die Schatulle verschließt und an seine Brust presst. Die Chancen, dieses Buch je wieder berühren zu können, stehen mehr als schlecht.

Das Schwert glitzert auf dem Altar im Kerzenschein. Wenn ich mich jetzt darauf stürzen würde, während Howard mit der Schatulle beschäftigt ist, könnte es mir gelingen, es an mich zu bringen, bevor er reagieren kann, obwohl er näher am Altar steht als ich. Als würde er meine Gedanken erahnen, streckt er, ohne aufzublicken, eine Hand aus und legt sie besitzergreifend an den Griff.

»Ihr bringt mich in eine missliche Lage, Bruno«, sagt er, als er sich die Schatulle unter den linken Arm klemmt. »All das hier …«, er deutet auf die Karte, den Messingkopf und den Altar, »… war nicht für Eure Augen bestimmt. Mein größtes Geheimnis. Wenn es bekannt würde, wäre das der endgültige Nagel im Sarg des Rufes meiner Familie und würde mich in den Tower bringen. Schon vor dieser Nacht wart Ihr kein Mann, dem ich voll und ganz vertraut habe. Was soll ich nun mit Euch machen?« Er streicht mit dem Daumen sacht über das Heft des Schwerts, greift aber nicht danach.

Ein kalter Schauer rinnt mir über den Rücken, und meine Kehle zieht sich zusammen. Ich habe mit etwas Derartigem gerechnet, halte aber störrisch an der Hoffnung fest, mit ihm argumentieren zu können.

»Dee hat Euer Geheimnis erraten und es nicht preisgegeben – wieso denkt Ihr, ich würde anders handeln?«

Ihm ist die Furcht in meiner Stimme nicht entgangen, denn er lacht humorlos auf.

»Dee hat keinerlei Beweise. Außerdem hegt er einen gesunden Respekt vor der Reichweite meines Einflusses, wohingegen es Euch, Bruno, anscheinend gänzlich an Respekt mangelt.« Er stützt die linke Hand auf die Hüfte und schüttelt den Kopf. »Ich glaube, ich habe noch nie einen Mann von niedriger Geburt so selbstherrlich auftreten sehen.«

Erneut wandert mein Blick zu dem Schwert.

»Keine Angst, Bruno, ich habe nicht vor, Euch damit zu durchbohren, es sei denn, Ihr begeht eine Dummheit. Es wäre schwierig, das dem Botschafter zu erklären.« Ein gefährliches Lächeln spielt um seine Lippen. »Zum Glück hat mir Eure kleine Scharade heute Abend den perfekten Vorwand geliefert. Schließlich kommt es häufig vor, dass ein Mann, der dem Wein zu reichlich zugesprochen hat, nachts an seinem eigenen Erbrochenen erstickt.«

»Lasst mich zur Botschaft zurückkehren«, bitte ich. Meine Stimme gleicht einem heiseren Krächzen. »Ich behalte alles, was ich weiß, für mich.«

»So?« Seine Lippen krümmen sich erneut zu einem Lächeln, das verblasst, als er das Schwert in die Hand nimmt. »Auch dann, wenn Dee wegen Hexerei in den Kerker kommt? Das bezweifle ich doch sehr.« Er zielt mit der Schwertspitze auf meine Brust, woraufhin ich instinktiv zurückweiche. »Die Dienstmagd wird Euch am Morgen finden – steif und kalt und mit Erbrochenem besudelt. Dieser Hund hat wahrlich genug davon produziert. Eine peinliche Angelegenheit für die Französische Botschaft, aber Castelnau und ich werden unser Bestes tun, um den Skandal zu vertuschen. Und in dem großen Tumult, der diesem Land bevorsteht, wird sich niemand mehr an den kleinen italienischen Mönch erinnern, der seinen Wein nicht vertragen konnte.«

Er drängt mich mit der Schwertspitze zum anderen Ende des Raumes, wo der Obsidianspiegel steht. Die Schatulle mit dem Buch des Hermes hat er sich fest unter den Arm geklemmt.

»Ich muss Euch hier zurücklassen, während ich die vertrauenswürdigsten Diener des Earls wecke. Ich habe nicht vor, mir selbst die Hände schmutzig zu machen. Vertreibt Euch nur nach Herzenslust die Zeit. Jetzt ist es nicht mehr wichtig, was Ihr hier findet.«

Das Schwert noch immer auf mich gerichtet zieht er sich rückwärts zur Tür zurück. Einen Moment lang erwäge ich flüchtig, auf ihn loszugehen und zu versuchen, ihm die Waffe zu entwinden, aber er ist um einiges größer als ich und würde sich sofort auf mich stürzen. Das Schwert mag ja aussehen, als sei es nur zu Dekorationszwecken gedacht, aber mir ist nicht entgangen, wie scharf die Klinge ist.

An der Tür bleibt Howard noch einmal stehen.

»Ich habe übrigens Euer Buch über die Gedächtniskunst gelesen«, bemerkt er nachdenklich. »Jetzt kann ich ja zugeben, dass ich es für das Werk eines außergewöhnlichen Geistes gehalten habe. Fast tut es mir leid, dass alles so enden muss, aber in diesen Zeiten muss ein Mann um das eigene Überleben kämpfen. Und ich habe ein größeres Schicksal zu erfüllen als Ihr. Lebt wohl, Giordano Bruno.« Er misst mich mit einem langen Blick und tritt dann zur Tür hinaus. Ich höre, wie ein Schlüssel umgedreht und das Bücherregal an seinen Platz zurückgerückt wird. Mit einem Seufzer fahre ich mir mit den Händen durch das Haar, hole tief Atem und versuche, den Raum mit einem klaren Kopf zu inspizieren, obwohl mein Herz wild hämmert und mich eine leichte Übelkeit überkommt.

Die Kerzen sind fast heruntergebrannt, doch noch tanzen ihre Flammen in dem kalten Luftzug. In der verborgenen Kapelle ist es so kühl, dass mein Atem kleine Wölkchen vor meinem Mund bildet. Nach meiner Berechnung ist die Kapelle entstanden, indem der Raum, der jetzt die Bibliothek bildet, aufgeteilt und die hinterste Wand abgetrennt wurde, was bedeutet, dass wir uns ganz am Ende eines Flügels befinden, was die zugemauerten Fenster gegenüber der Tür bestätigen. Aber der konstante Luftzug lässt darauf schließen, dass es irgendwo noch eine andere Öffnung gibt, die nur hinter dem Spiegel zu finden sein kann. Ich nehme eine Kerze vom Altar und finde meine Theorie bestätigt, als ich mich dem Rand des Spiegels nähere und die Flamme fast erlischt.

Mir bleibt nur sehr wenig Zeit. Die dicke polierte Obsidianscheibe ist breit und höher als ein Mann – zumindest höher als ein Mann aus Neapel – und am Fuß in einen massiven Holzblock eingelassen. Ich stemme mich mit der Schulter dagegen, woraufhin er sich ein wenig bewegt, und jetzt besteht kein Zweifel mehr daran, dass die kalte Luft aus der Lücke zwischen Spiegel und Wand kommt. Ich setze einen Fuß gegen den hölzernen Halter, lehne mich mit dem Rücken gegen die Wand und versuche, den Spiegel fortzuschieben, dabei halte ich den Blick unverwandt auf die Tür zur Bibliothek gerichtet, da ich jeden Augenblick damit rechne, das leise Klirren des Schlüssels zu hören.

Alle Muskeln anspannend stemme ich beide Beine gegen den Sockel des Spiegels, bis ich ihn so weit von der Wand abgerückt habe, dass ein mit Holzbrettern vernagelter Kamin zum Vorschein kommt. Mein Herz wird bleischwer, aber als ich die Kerze näher daranhalte und die Flamme mit der Hand schütze, stelle ich fest, dass die Nägel nur lose eingeschlagen sind; es wäre ein Leichtes, sie herauszuziehen, wenn ich nur mehr Zeit hätte. Ich taste nach dem Messer, das ich unter den Schrank geschoben habe, stelle die Kerze außerhalb des Luftzugs ab und bohre die Klinge hinter den Nagel des obersten Bretts. Er lässt sich mühelos lockern, ich kann die Finger hinter das Brett schieben und es losreißen. Mit dem zweiten verfahre ich ebenso. Meine Hände zittern, weil ich mich so beeilen muss, meine

Fingerspitzen sind von den Splittern blutig geschürft. Innerhalb weniger Minuten habe ich drei Bretter entfernt und ein Loch geschaffen, das groß genug ist, um mich hindurchzwängen und in den Kamin klettern zu können. Ich habe keine Ahnung, wie breit der Kaminmantel ist und ob man überhaupt bis nach oben gelangen kann, aber mir bleibt keine andere Wahl. Ich schiebe das Messer in die Scheide, lasse die Kerze widerstrebend zurück und bücke mich, um in die Lücke zu kriechen, dabei danke ich meinem Schöpfer dafür, dass ich die Gestalt eines Neapolitaners habe. Einer dieser hochgewachsenen, kräftigen Engländer wie Howard oder Sidney hätten hier keine Chance gehabt.

Im Kaminmantel hüllt mich eine undurchdringliche Finsternis ein, der Geruch nach Ruß und Moder steigt mir in die Nase. Ich spüre jene Panik in mir aufsteigen, die mich immer überkommt, wenn ich mich auf beengtem Raum befinde, die wilde Beschleunigung von Herzschlag und Atem, die schweißnassen Handflächen, das nackte Entsetzen, sich eingeschlossen zu wissen. Unter Aufbietung aller Willenskraft zwinge ich mich zur Ruhe und taste das Mauerwerk ab, bis ich auf das stoße, was ich zu finden gehofft habe – eine innen in den Kamin eingelassene Metallsprosse, die es den Kindern erleichtern soll, hineinzuklettern und ihn auszufegen. In diesem Kamin war seit Jahren niemand mehr, denke ich, als ich die Sprosse packe, mich in den Rauchfang ziehe und über meinem Kopf blind nach der nächsten Sprosse taste. Spinnweben verstopfen meinen Mund und meine Nase, und ich versuche, mich auf einige Gedächtnisübungen zu konzentrieren, um mich von der Vorstellung abzulenken, dass sich die Wände immer enger um mich schließen, während ich weiterklettere. Lose Ziegel zerbröseln und fallen den Schacht hinunter. Bald spüre ich, wie die Seiten meine Schultern berühren und die rußige Luft plötzlich frischer und kälter, irgendwie herbstlicher riecht. Ich kann nur beten, dass auf der Kaminspitze kein kunstvoll geschmiedeter Deckel sitzt und den Schacht zu meinem Gefängnis macht. Der Weg nach oben war kürzer, als ich gedacht hatte, ich kann die Nachtluft schon auf meinem Scheitel spüren, was mir hilft, die Angst zu unterdrücken, die mich überfällt, als meine Schultern einen Moment lang stecken zu bleiben drohen. Nach heftigem Winden gelingt es mir, einen Arm über den Kopf zu heben und nach dem Rand des Rauchfangs zu tasten. Halb quetsche, halb ziehe ich mich durch die Öffnung und reibe mir den Schmutz aus den Augen, als mir der Wind vom Fluss entgegenschlägt. Der Geruch von Themseschlamm und Abwässern war mir nie willkommener.

Wolken jagen über den Himmel hinweg, der fahle Mond verschwindet kurz, bevor er aus ihren blaugrauen Schatten wieder auftaucht. Das Licht reicht aus, um zu sehen und gesehen zu werden, stelle ich fest, als ich auf die Dachziegel springe. Hier in seinem hinteren Teil besteht das Haus aus einem an die Hauptgebäude angrenzenden Gewirr von Anbauten und zusätzlichen Räumen. Der Raum, der die Bibliothek und Howards geheime Kapelle beherbergt, scheint sich an das Ende des Flügels anzuschließen; er ist nur ein Stockwerk hoch, und links von dem Kaminmantel, aus dem ich gekrochen bin, fällt das Dach steil ab. Obwohl die Ziegel von dem früheren Nieselregen glitschig sind, dürfte es nicht schwierig sein, vom Dachende zu Boden zu springen, wenn ich mich langsam hinablassen kann, die Höhe kann nicht mehr als fünfzehn Fuß betragen. Ich vergewissere mich, dass die Papiere und mein Messer noch in meinem Hosenbund stecken, halte mich am Rand des Kaminmantels fest und beginne auf dem Rücken das Dach hinunterzurutschen. Ich habe keine Ahnung, ob Henry Howard inzwischen mit den Dienern zurückgekommen ist und festgestellt hat, dass ich verschwunden bin, und ich weiß auch nicht, in welche Richtung ich laufen soll, wenn ich unten angekommen bin, aber Zögern hilft mir in meiner Situation bestimmt nicht weiter.

Außerdem ist das Dach so glatt, dass ich kaum Einfluss darauf habe, wie schnell ich nach unten rutsche … erst langsam, dann immer schneller, bis ich das letzte Stück zu Boden falle und hart auf der linken Seite lande, als ich versuche, mich abzurollen, um den Aufprall abzumildern. Ich habe mich gerade aufgerappelt und davon überzeugt, dass ich den Arm noch bewegen kann, als nur einen Steinwurf von mir entfernt wütendes Gebell die Nachtluft zerreißt. Panikerfüllt renne ich los, blindlings, nur fort von dem Lärm. Aus der Lautstärke des Gebells folgere ich, dass es sich nicht um den Hund handelt, den ich zuvor mit Wein abgefüllt habe, sondern um einen im Garten gehaltenen Wachhund. Damit hätte ich rechnen müssen, tadele ich mich, als meine Beine mich überraschend schnell über die offene Rasenfläche tragen, die sich bis zum Fluss hinunter erstreckt. Ohne mich umdrehen zu müssen, spüre ich, dass der Hund aufholt, sein abgehackter Atem und sein Knurren klingen hinter mir schon bedrohlich nah. Am Ende des Gartens ist ein Bootshaus um einen kleinen Flussarm herumgebaut – wenn ich eines der Boote erreichen und auf das offene Wasser hinausgelangen könnte, hätte ich eine Chance, Salisbury Court zu erreichen, bevor mich jemand einholt, denn der Weg bis zur Botschaft ist nicht weit.

Aber die Bootshaustür ist abgeschlossen, und jetzt kann ich den Hund nicht nur hören, sondern auch sehen: ein großer, langbeiniger Schatten, dessen Bellen Tote aufwecken könnte. Mein Körper scheint aus einem eigenen Willen heraus zu handeln und jagt jetzt über das Gras auf das in die Mauer eingelassene eiserne Tor zu, durch das wir am Abend zuvor von der

Wassertreppe aus das Gelände betreten haben. Auch das Tor ist verschlossen, aber ich erklimme es schneller, als ich jemals an etwas hochgeklettert bin – abgesehen vielleicht von der Mauer von San Domenico Maggiore in der Nacht meiner Flucht vor der Inquisition. Ich schwinge ein Bein über den steinernen Torbogen und lande auf den schleimigen Stufen auf der anderen Seite, wo ich beinahe in das Wasser rutsche. Jetzt vernehme ich vom Haus her auch Stimmen und sehe einen flackernden Lichtpunkt aus der Dunkelheit auftauchen, bei dem es sich nur um eine Fackel handeln kann. Ich betrachte den tintenschwarzen Fluss hinter mir. Sogar im bleichen Mondlicht kann ich sehen, wie schnell er dahinströmt. Aber ich darf keine Sekunde mehr verlieren, der Fackelschein kommt näher, und der Hund wirft sich immer wieder gegen das Tor und schiebt die Schnauze mit den gefletschten Zähnen zwischen den Stäben hindurch. Es scheint ihn rasend zu machen, dass er mich nicht erreichen kann. Ich blicke nach unten. Das Gurgeln des Wassers klingt in der Stille der Nacht unnatürlich laut. Von den Stufen aus ist es nur ein kurzes Stück entlang der Mauer bis zu der Stelle, wo die Boote festgemacht sind, aber die Strömung ist stark – wenn ich sie verfehlen sollte und flussabwärts getrieben würde …

Ich schließe die Augen und springe. Die Kälte verschlägt mir den Atem, und das schwarze Wasser schließt sich so schnell über mir, dass mir die Zeit unter der Oberfläche wie eine Ewigkeit vorkommt. Ich kämpfe gegen das Brennen in meinen Lungen an, als ich auftauche, nach Luft schnappe und mit aller Kraft, die mir geblieben ist, gegen die Strömung anschwimme, die mich schon fast an dem Torbogen vorbeigetragen hat, der zu dem Bootshaus führt. Als Junge war ich ein guter Schwimmer, aber die letzten Jahre in nördlichen Ländern haben meine Begeisterung für diesen Sport gedämpft. Jetzt gewinnen Entschlossenheit und Furcht die Oberhand über die Starre, die sich bereits in meinen Gliedern ausbreitet, und ich pflüge durch die Strömung, bis ich den Rand der Mauer zu fassen bekomme und in das ruhigere Wasser des Bootshauskanals gelange. Männerstimmen dringen durch das Fenster, das Licht der Fackel wirft Schatten über die Decke, aber der in einem ärgerlichen Ton geführte Wortwechsel sowie das heftige Rütteln an der Tür lassen darauf schließen, dass meine Verfolger auch keinen Schlüssel bei sich haben. Meine Hände sind so klamm, dass ich kaum die Finger krümmen kann, um sie um den Rand des nächstgelegenen Bootes zu schließen, aber ich schaffe es, mich über die Seite zu hieven, und sitze einen Moment lang nach Atem ringend da.

Ich zittere jetzt so stark vor Kälte, dass das Klappern meiner Zähne von den Wänden widerhallt; der Versuch, das Seil zu lösen, mit dem das Boot an einem Ring in der Wand befestigt ist, erweist sich als nahezu unmöglich, doch endlich ist das Glück mir hold, das Boot ist von dem Strick befreit, und ich stake mit einem der Ruder an der Wand entlang, bis ich in das offene Wasser der Themse gelange. Im Schatten hinter mir vermischen sich die Zornesrufe eines Mannes mit dem unablässigen Gebell des Hundes und verklingen, als ich das Gesicht in den Wind drehe, meine letzte Kraft aufbiete, um mit dem Boot am Nordufer entlangzurudern, und hoffe, genug sehen zu können, um die Anlegestelle an der Water Lane und die Gartenmauer von Salisbury Court zu erkennen. Als der Bug des Bootes eine große Welle durchschneidet, trifft mich ein eiskalter Gischtregen, und ein sengender Schmerz schießt durch meine linke Schulter, als ich mich bemühe, den Kurs zu halten. Noch nie sind mir die Mauern des Botschaftsgebäudes so verheißungsvoll vorgekommen.

16

Salisbury Court, London
3. Oktober im Jahr des Herrn 1583

Ich schiebe das Boot in die Strömung zurück, nachdem ich in den weichen Schlamm gesprungen bin, der das Pflaster dort überzieht, wo die Water Lane zum Fluss abfällt. Bis auf die Haut durchweicht, bis ins Mark durchfroren, unkontrolliert zitternd und gegen einen pochenden Schmerz hinter den Augen ankämpfend schleppe ich mich die Water Lane empor bis zum Gartentor von Salisbury Court, das ich zu meiner abgrundtiefen Erleichterung unverschlossen vorfinde. Ich rechne nicht damit, mit der Haustür ebenso viel Glück zu haben; vielmehr frage ich mich, ob wohl noch ein paar Dienstboten wach sind und wie viel Verwirrung und Anlass für Klatsch mein Anblick hervorrufen wird, aber als ich den Garten durchquere, sehe ich hinter einem Fenster zu ebener Erde Licht brennen. Als ich mich näher heranpirsche und die Fenster abzähle, erkenne ich, dass es sich um Castelnaus Arbeitszimmer handelt. Der Schlaf scheint den armen Mann immer noch zu meiden. Wie muss es Courcelles genossen haben, ihm in aller Ausführlichkeit zu berichten, warum ich nicht mit ihm und Marie zurückgekehrt bin! Zumindest dafür schulde ich dem Botschafter eine Erklärung, und vielleicht ist dieser Weg dem Wecken der Diener vorzuziehen. Ich beiße die Zähne zusammen, bücke mich und klopfe leicht gegen den Fensterrahmen.

Drinnen ertönt ein erschrockener Schrei, dann fällt etwas zu Boden. Daraufhin erscheint ein Schatten am Fenster, der eine Öllampe in die Höhe hält.

»Mylord – ich bin es, Bruno.« Vor lauter Zähneklappern bringe ich die Worte kaum heraus.

Nach einer kleinen Pause wird das Fenster einen Spaltbreit geöffnet.

»Bruno? Guter Gott, Mann, was ist denn mit Euch passiert? Was tut Ihr da draußen?«

»Kann ich zuerst hereinkommen?« Ich deute auf das Fenster, er öffnet es weiter, und ich schwinge mich auf das Fensterbrett, bevor ich mich durch die Lücke zwänge und wie ein Sack nasser Wäsche auf dem Boden lande. Castelnau hebt die Lampe und starrt mich wortlos und ungläubig an, als ich mich aufrappele. Erst hier, in diesem Raum, wird mir bewusst, dass ich nach Themseschlamm stinke. Der Botschafter tritt einen Schritt zurück. Endlich schüttelt er den Kopf.

»Ich kannte Philosophen in Paris. Es waren stille Männer mit staubigen Bärten, die sich in ihren Büchern vergruben. Sie fielen nicht in den frühen Morgenstunden mit Blut und Dreck bedeckt durch Fenster. Ich spüre, dass es in Eurem Leben Abgründe gibt, die ich noch nicht einmal ansatzweise verstehe, Bruno. Was klebt Euch denn da im Gesicht? Es sieht aus wie Ruß.« Er klingt nicht anklagend, sondern mitleidig. »Ich dachte, Ihr wärt in Arundel House geblieben?«

»Auf dem Rückweg bin ich in den Fluss gefallen«, keuche ich und schlinge die Arme um die Brust, als ich erneut von einem heftigen Zittern geschüttelt werde. »Ich kann es erklären …«

»Vorher werdet Ihr erfrieren – hier, zieht Eure Kleider aus

und das hier an.« Er streift seinen schweren wollenen Schlafrock ab, den er um die Schultern trägt. Darunter ist er immer noch in Hemd und Hose, offenbar hat er noch nicht einmal vorgegeben, zu Bett zu gehen. »Stellt Euch ans Feuer.«

Er hält mir das Gewand hin und bedeutet mir mit einem Nicken, mich zu beeilen. In einiger Verlegenheit lege ich meine schmutzigen, nassen Kleider ab und lasse sie achtlos fallen. Mein Dolch landet klirrend auf dem Boden, ich hebe ihn hastig auf und lege ihn auf die Kante seines Schreibtischs. Erst als ich mir das Hemd über den Kopf ziehe, spüre ich das nasse Papier auf meiner Brust kleben. Castelnau verfolgt neugierig, wie ich es von meiner Haut löse und von mir abhalte. Wieder gleicht mein Herz einem schweren Stein. Die Tinte ist bis zur Unkenntlichkeit verschmiert. Ich fluche laut auf Italienisch und kämpfe gegen Tränen der Wut ob meines neuerlichen Versagens an. Zum zweiten Mal habe ich ein wichtiges Beweisstück verloren, das für Walsingham von unschätzbarem Wert gewesen wäre.

»Etwas Wertvolles, nehme ich an?«, fragt Castelnau, als ich mit den Papieren hilflos durch die Luft wedele. Als ich keine Antwort gebe, führt er mich fürsorglich zum Kamin, in dem die Überreste eines Feuers leise verglühen. Er nimmt mir den Papierbogen aus der Hand und breitet ihn vor dem Kamin auf dem Boden aus, aber ich sehe schon, dass keine Chance mehr besteht zu beweisen, dass einst ein von Henry Howard eigenhändig erstellter illegitimer Stammbaum darauf geprangt hatte. Ich kann Walsingham nur berichten, dass ein solches Dokument existiert hat; ich werde diese Information so schnell wie möglich an Fowler weiterleiten müssen. Unter Umständen bereitet er sich ja schon darauf vor, Walsingham beim ersten Tageslicht aufzusuchen, um ihm von den Invasionsplänen und der Liste katholischer Lords und sicherer Häfen zu erzählen und ihn davon in Kenntnis zu setzen, dass ich mittels einer List über Nacht in Arundel House geblieben bin. Walsingham wird auf weitere Beweise lauern, und wieder muss ich ihn enttäuschen.

Die ersten Vögel stimmen draußen vor dem Fenster ihren Gesang an. Der Botschafter wickelt seinen schönen Schlafrock um meinen mit Schlamm und Ruß verschmierten Körper und tritt zu seinem Schreibtisch, um mir aus einer Karaffe die letzten Tropfen Wein einzuschenken. Ich vermute, dass er den Rest in den langen schlaflosen Stunden selbst getrunken hat. Behutsam umfasse ich das Glas mit beiden Händen und bemühe mich, trotz meines Zitterns nichts zu verschütten, während Castelnau neben mir vor der glühenden Asche stehen bleibt. Wieder stößt er einen tiefen Seufzer aus, der besagt, dass die Last der ganzen Welt auf seinen Schultern ruht.

»Es gibt schlechte Neuigkeiten, Bruno.« Er spricht, ohne mich dabei anzusehen, und ehe er die nächsten Worte über die Lippen bringt, weiß ich, was er mir mitteilen wird. »Léon ist tot.«

Ich beiße mir auf die Lippe. Ein Teil von mir hatte damit gerechnet, seit Dumas gestern nicht zurückgekehrt war, aber ich habe versucht, mir einzureden, dafür könne es auch eine andere Erklärung geben. Wenn uns nur Marie nicht unterbrochen oder ich mir mehr Mühe gegeben hätte, ihm die Geschichte mit dem Ring zu entlocken, wenn ich doch nur seine Ängste ernst genommen und sie nicht auf sein nervöses Naturell geschoben hätte … ich nippe an dem Wein, weil mir plötzlich entsetzlich übel ist, stelle aber fest, dass ich nicht zu schlucken vermag. Ich bin fast sicher, dass Léon Dumas wie Abigail Morley meinetwegen sterben musste und ich es hätte verhindern können.

»Was ist passiert?«, frage ich endlich, nachdem wir beide eine Zeit lang in den Kamin gestarrt haben.

»Nachdem ihr gestern alle gegangen wart, sind die Ratsherren gekommen«, erwidert er tonlos. »Ein paar Bootsmänner haben seinen Leichnam unten am St. Paul's Wharf im Fluss gefunden und es sofort gemeldet.«

»Paul's Wharf?« Ich sehe ihn an. »Also bei Throckmortons Haus?«

»In der Nähe. Sie glauben, er wäre von irgendeinem Beutelschneider erdrosselt worden. Es ist eine gefährliche Gegend – dort gehen all die ausländischen Kaufleute an Land. Er hatte nichts bei sich, nur die Kleider, die er am Leib trug, als sie ihn herauszogen. Er muss einige Stunden im Wasser gelegen haben.«

»Woher wussten sie denn, dass sie hierherkommen mussten?«

»Sie haben die Dockarbeiter und Bootsmänner am Kai befragt. Jemand hat ihn erkannt, er wusste, dass er Franzose war. Sagte, er wäre in dieser Ecke der Stadt bekannt.«

Das muss er wohl gewesen sein, so oft, wie er Throckmorton aufgesucht hatte, denke ich. Wo befand sich der junge Kurier jetzt? Auf dem Weg nach Sheffield zu Maria Stuart? Wenn Dumas in der Nähe des Paul's Wharf getötet worden war, war sein Mörder ihm dann dorthin gefolgt, oder hatte er ihm in dem Wissen, dass er ein regelmäßiger Besucher Throckmortons war, dort aufgelauert? Aber der Einzige, der mit einem Besuch von Dumas gerechnet haben konnte, war Throckmorton selbst. Ich blicke zum Fenster und erinnere mich an den Tag, an dem ich Throckmorton unangemeldet in diesem Raum angetroffen habe, und an die Art, wie er den Blick nicht vom Schreibtisch des Botschafters wenden konnte. Dumas wurde wegen des Rings getötet. Alles dreht sich um diesen Ring: Dumas hat ihn aus Marias Brief gestohlen, bevor er Howard erreichte, jemand hat ihn dafür bezahlt, und der Ring landete schließlich bei Cecily Ashe. Ich reibe mir die Augen. Mein erschöpfter Verstand sucht nach Verbindungen, aber wieder komme ich auf Cecilys mysteriösen Geliebten zurück; den Mann, der ihr den Ring als Unterpfand ihres Paktes gegeben hat – derselbe Mann, von dem sie auch die Phiole mit Gift für Elisabeth Tudor hatte. Dumas musste sterben, weil er die Identität dieses Mannes kannte, das ist die einzige Erklärung. Doch warum gerade jetzt – es sei denn, dieser Mann hatte neue Gründe zu befürchten, von Dumas verraten zu werden. Bei diesem Gedanken krampft sich mein Körper so heftig zusammen, dass etwas von dem Wein im Glas auf den Boden schwappt, und das Wort, das mir augenblicklich durch den Kopf schießt, kommt über meine Lippen, bevor ich es verhindern kann.

»Marie.«

»Bitte?« Castelnau dreht sich um und sieht mich aus rot geränderten Augen an.

»Ich – nichts.« Ich hatte nicht beabsichtigt, ihren Namen laut auszusprechen. »Ist Marie gestern Abend gut nach Hause gekommen?«

»Ja, natürlich. Sie und Courcelles. Er konnte es gar nicht erwarten, mir zu erzählen, wie Ihr Schande über Euch und die Botschaft gebracht habt. Mir war selbstverständlich klar, dass Ihr euch nur verstellt hattet.« Er neigt viel sagend den Kopf.

»Mylord?« Zum Glück zittere ich so heftig, dass ich keine Furcht vortäuschen muss.

»Ich habe Courcelles gegenüber natürlich kein Wort darüber verloren, gleichwohl sofort vermutet, dass Ihr meine Befürchtungen, Henry Howard könnte mit den Spaniern gemeinsame Sache machen, ernst genommen und die Möglichkeit genutzt habt, so viel wie möglich über ihn herauszufinden, während Ihr unter seinem Dach geweilt habt – Ihr wolltet die Leute dazu bringen, unvorsichtig zu werden, indem Ihr den Betrunkenen gemimt habt. Courcelles mangelt es an der nötigen Raffinesse, um eine solche Strategie zu begreifen.« Er lacht matt. »Außerdem war er gestern Abend mit anderen Dingen beschäftigt. Kommt mit, Bruno. Ich möchte, dass Ihr Léon seht.«

»Sie haben seinen Leichnam hierhergebracht?«

»Er hat Familie in Frankreich, der arme Junge. Sie werden ihn dort bestatten wollen, allerdings weiß ich nicht, ob das noch rechtzeitig in die Wege geleitet werden kann.« Er fährt sich mit einer Hand über die Brauen. »Ich muss den Angehörigen schreiben. Und das ausgerechnet jetzt.« Er vollführt eine vage Geste, aber ich verstehe ihn: Er meint die Invasion.

»Ich würde ihn gern noch einmal sehen«, sage ich, und der Botschafter nickt, als wäre sein Kopf zu schwer, um ihn hochzuhalten. Plötzlich überkommt mich der Drang, mich ihm anzuvertrauen, ihm von all denen zu erzählen, die hinter seinem Rücken gegen ihn arbeiten, von Henry Howards ehrgeizigen Plänen, den Machenschaften seiner Frau, von Dumas und dem Ring. In meinem erschöpften Zustand glaube ich einen absurden, flüchtigen Moment lang, dass ich von meiner Bürde befreit werden könnte, wenn ich sie mit ihm teilte, wenn ich diesem anständigen, väterlichen Mann, der zwischen so vielen rivalisierenden Parteien gefangen ist, gestände, dass ich nicht der bin, für den er mich hält, dass ich ihn die ganze Zeit getäuscht habe, aber dass wir letztendlich dasselbe Ziel anstreben: einen Krieg zu verhindern. Ich halte eine Hand vor den Mund und blicke zu Boden, bis dieser Anflug von Irrsinn verflogen ist. Es war meine Entscheidung, ein Doppelleben zu führen, und ich muss an dieser Entscheidung festhalten, auch wenn ich die Belastung fast nicht ertragen kann.

»Da wird einem bewusst, wie wenig man einen Mann kennt, obwohl man ihn den größten Teil des Tages an seiner Seite hat«, sinniert Castelnau bedrückt, als er mich den Gang entlang zu der Hintertür in der Nähe der Küche führt. »Nie habe ich ihm eine persönliche Frage gestellt, wisst Ihr? Ich habe ihm nur von morgens bis abends ziemlich schroffe Anweisungen erteilt. Er hatte sich nie beklagt, aber ich glaube nicht, dass er in England glücklich war. »

Castelnau löst einen Schlüssel von der Kette an seinem Gürtel, öffnet die Tür und geleitet mich über den kleinen Hof zu den Nebengebäuden und Lagerräumen, die ihn zu zwei Seiten säumen. Meine bloßen Füße sind so kalt, dass sie auf dem Pflaster zu schmerzen beginnen – der Botschafter scheint nicht daran gedacht zu haben, dass ich keine Schuhe trage, also zwinge ich mich unter Aufbietung all meiner Willenskraft, die Beschwerden zu ignorieren. Der Himmel ist jetzt hell genug, um auf Kerzen verzichten zu können, und als Castelnau die Tür eines der Gebäude aufstößt, kann ich die leblose Gestalt von Léon Dumas auf einem Tisch deutlich erkennen. Sein Kopf ist in einem unnatürlichen Winkel zur Seite geneigt. Der Botschafter bleibt an der Tür stehen, als hielte er Wache, und blickt den Leichnam nicht an. Ich schlinge den Schlafrock enger um mich und trete langsam näher.

Dumas' große, verwunderte Augen sind geschlossen worden, doch sein Gesicht wirkt nicht friedlich; es ist verfärbt und geschwollen, die Lippen sind leicht geöffnet. Vorsichtig ziehe ich mit dem Zeigefinger seinen Hemdkragen zurück und lege ein Würgemal an seinem Hals frei. Ich sehe ihn vor mir, wie er die Straßen bei den Docks entlanggeht, von den Schuldgefühlen niedergedrückt, die er erfolglos auf mich abzuwälzen versucht hat, und dann von dem Mörder überrumpelt wird, der sich mit einem Strick oder einem zusammengedrehten Tuch in den Händen aus dem Schatten löst.

»Er muss am helllichten Tag angegriffen worden sein«, murmele ich, dabei lege ich die Fingerspitzen auf seinen kalten Arm.

Castelnau verlagert sein Gewicht von einem Fuß auf den anderen.

»Ihr wisst ja, wie es unten an den Docks zugeht, Bruno, es ist ein übler Stadtteil. Die Seeleute streiten ständig, und die Hälfte ist schon tagsüber betrunken. Diebe halten nach Opfern Ausschau, und die Leute sehen einfach weg.«

»Aber Léon sah nicht so aus, als trüge er große Reichtümer bei sich.« Ich mustere Dumas' abgetragene, mit Flussschlamm verklebte Hose.

»Wie meint Ihr das?«

Ich zögere. Der Botschafter hat zurzeit genug Probleme, vielleicht wäre es gnädiger, ihn in dem Glauben zu lassen, Dumas sei das Zufallsopfer eines Räubers geworden.

»Ihr fragt Euch vermutlich, ob er nicht von einem Straßenräuber überfallen wurde, sondern von jemandem, der wusste, was ihn dorthin geführt hat«, versetzt er, als ich nichts erwidere.

Dabei späht er zur Tür und nagt an seinem Daumenknöchel, und einen schrecklichen Moment überlege ich, ob er vielleicht irgendetwas verheimlicht. Ich starre ihn über Dumas' Leichnam hinweg an, bis er mir in die Augen sieht.

»Was ich nicht weiß, Bruno, ist, ob er den Brief bei Throckmorton abgeliefert hat, bevor er attackiert wurde. Die Ratsherren sagen, sie hätten nichts bei ihm gefunden, doch das heißt ja nicht, dass es ihm nicht abgenommen worden sein kann. Wenn er als regelmäßiger Besucher bekannt war, könnte jemand vermutet haben …« Seine Stimme schleppt sich in ein angsterfülltes Schweigen.

»Dass er einer von Marias Kurieren war?«

»Es heißt, Francis Walsingham hätte seine Spione überall.« Castelnau zupft an seinem Bart, und ich halte den Blick unverwandt auf den Toten auf dem Tisch geheftet. »Was, wenn Throckmorton indiskret war? Wir können davon ausgehen, dass Marias Diener in Sheffield Castle genau überwacht werden – was, wenn jemand Throckmorton dort erkannt hat? Ich muss zugeben, dass ich an Léons Loyalität gezweifelt habe, seit ich von seinem Tod erfuhr«, murmelt er mit gedämpfter Stimme. »Wie Ihr wisst, hat er meine private Korrespondenz erledigt – er hatte Zugang zu allen Geheimcodes. Bis heute Abend hatte ich keinen Grund, seine Zuverlässigkeit in Frage zu stellen, aber jetzt kann ich an nichts anderes denken. Was haltet Ihr davon, Bruno? Könnte er so sehr nach englischen Münzen gegiert haben, dass er dafür mich und die Botschaft verkauft hätte?«

Seine Augen weiten sich, und hinter seiner Müdigkeit erkenne ich, dass er von echter Furcht schier aufgefressen wird. Mir wird sofort klar, was ich tun muss, obwohl mich seine Worte bis ins Mark treffen und ich am liebsten voller Scham den Blick gesenkt hätte. Doch stattdessen schüttele ich meinen Kopf.

»Ihr habt begonnen, Gespenster zu sehen, Mylord.« Ich erinnere mich an den Ton, den mein Vater angeschlagen hat, wenn ich als Junge Albträume hatte, und versuche so beruhigend wie möglich zu klingen. »Unter der Last, die Ihr zu tragen habt, wären ganz andere Männer zusammengebrochen, und diese furchtbare Sache hat uns alle erschüttert.« Behutsam lege ich eine Hand auf Dumas' starren Körper. »Léon hat Euch und Frankreich die Treue gehalten, da bin ich ganz sicher. Wir sollten uns jetzt nicht vor Angst von unseren Zielen ablenken lassen. Ihr habt ja selbst gesagt, dass Paul's Wharf ein gefährlicher Ort für Ausländer ist.«

Er verzieht das Gesicht. »Aber ich habe eine Dummheit begangen. Dieser Brief, den ich an Maria geschrieben und in dem ich ihr angesichts von Howards Anschuldigungen meine Loyalität versichert habe – ich habe ihn in aller Eile verfasst, damit er Throckmorton noch vor seinem Aufbruch erreicht, also habe ich ihn nicht verschlüsselt. Er trägt das Siegel der Botschaft … wenn der in die falschen Hände fällt …«

Er starrt mich an, hofft auf Trost. Nur allzu gern würde ich ihm sagen, dass derjenige, der Dumas auf dem Gewissen hat, nicht das geringste Interesse an dem Brief gehabt haben dürfte, doch ich kann mir in keinem Punkt mehr sicher sein. Mein Kopf schwirrt geradezu vor Verbindungen und Theorien, aber meine Gewohnheit, eine Idee zu verfolgen, bis ich zu glauben beginne, dass sie der Wahrheit entspricht, hat mich schon einmal in Schwierigkeiten gebracht – und ich darf den Fehler nicht wiederholen, den ich mit Henry Howard gemacht hatte. Trotzdem kehren meine Gedanken immer wieder zu diesem Morgen zurück – zu Dumas' Fast-Geständnis und Maries plötzlichem Auftauchen. *Marie*. Der Eifer, mit dem sie für die Sache des Herzogs von Guise eintritt, ihre Skrupellosigkeit, die Vertrautheit zwischen ihr und Courcelles. Wenn Marie Dumas in meiner Kammer belauscht hatte, bevor sie anklopfte, wenn sie sich vor dem fürchtete, was er eventuell beichten könnte – was könnte das bedeuten? Dass *sie* hinter dem Diebstahl des Rings steckte? Dumas hatte bei ihrem Anblick sichtlich erschrocken gewirkt, wiewohl ich das der peinlichen Situation zugeschrieben hatte, in die sie uns gebracht hat. Indes, wie ich gestern Abend erfahren habe, war Dumas an seinem Todestag vor seinem Besuch bei Throckmorton auch in Arundel House. Was mochte er dort in seinem aufgelösten Zustand gesagt haben, das ausgereicht hat, um jemandem Angst vor seiner lockeren Zunge einzujagen?

Der Gedanke an Arundel House bringt mir augenblicklich die Ereignisse der letzten Nacht zurück, die ich über den Schock von Dumas' Tod vorübergehend vergessen hatte. Ich fahre mir mit der Hand über die Stirn, und meine Knie drohen unter einer plötzlichen Welle der Erschöpfung nachzugeben, sodass ich mich mit einer Hand am Tisch abstützen muss.

»Alles in Ordnung, Bruno?« Castelnau tritt einen Schritt auf mich zu und streckt mir eine Hand hin. »Ihr solltet ins Haus gehen. Ich werde die Diener anweisen, Badewasser für Euch zu erhitzen.«

Ich reibe mir verlegen über das Gesicht, als ich langsam um den Tisch herumschreite und Dumas' Leichnam inspiziere, als könne mir sein armer toter Körper verraten, wer ihm dies angetan hat. Wieder bei seinem Kopf angekommen bleibe ich kurz stehen und berühre leicht sein verfilztes, feuchtes Haar. Vielleicht vor Müdigkeit, Frustration, Kummer oder Schuldgefühlen füllen sich meine Augen plötzlich mit Tränen, und ich muss mich abwenden, um sie ärgerlich abzuwischen.

»Er mochte Euch«, sagt Castelnau sanft. »Léon war ein eigenartiger Mensch – hielt sich immer für sich. Euch jedoch hat er sehr geschätzt. Ich glaube, für ihn kamt Ihr hier einem Freund am nächsten.«

»Ich hätte ihm ein besserer Freund sein sollen.« Die Worte kommen als Krächzen über meine Lippen.

»Wir hätten alle mehr für ihn tun sollen. Nur haben wir nie daran gedacht, als er noch am Leben war. So etwas kommt leider häufig vor.« Castelnau deutet zur Tür. Ich flüstere einen Abschiedsgruß und will mich gerade abwenden, als mein Blick auf Dumas' Hemd fällt. Auf der linken Seite prangt über seinem Herzen ein unter dem Schmutz aus dem Fluss kaum erkennbarer roter Fleck. Vorsichtig ziehe ich das Hemd zurück und stelle fest, dass die Haut darunter Schnitte aufweist und nur an dieser einen Stelle mit Blut verklebt ist. Ich spucke auf meine Hand, reibe den Speichel auf das getrocknete Blut und benutze das vor Schlamm starrende Leinen des Hemdes, um den Fleck wegzuwischen.

»Was tut Ihr da, Bruno?« Castelnau tritt näher und schaut

jetzt ebenfalls hin; seine Neugier hat über seinen Ekel gesiegt. Ich bringe keinen Ton heraus.

In Dumas' Brust wurde mit einer Messerspitze ein astrologisches Symbol eingeritzt, ein Kreis mit einem Kreuz darunter und einem nach oben gebogenen Halbkreis darüber. Einen Moment finde ich keine Erklärung dafür – dieses Zeichen passt nicht zu den anderen; es hat nichts mit Prophezeiungen von der Apokalypse oder der Großen Konjunktion zu tun. Noch während ich das geschickt in das Fleisch meines Freundes eingeritzte Symbol anstarre, fange ich jedoch an, es zu verstehen: Es ist das Zeichen Merkurs, des Götterboten. Dumas' Mörder hat es als Unterschrift hinterlassen, als bewussten Hinweis auf eine Verbindung zu den anderen Todesfällen und sicherlich als spöttische Anspielung auf dessen Rolle als Kurier. Ich beiße die Zähne zusammen, als mich Zorn in der Kehle würgt. Dieser Mörder betrachtet den Tod als Spiel, ritzt als persönlichen Scherz Zeichen in die Haut – aber für wen sind sie bestimmt? Im Gegensatz zu den Zeichen des Jupiters und des Saturns scheint dieses wie eine nachträgliche Überlegung hinzugefügt worden zu sein. Dumas' Tod war eine Notwendigkeit, keine öffentliche Zurschaustellung, und dennoch stellt dieses Zeichen eine Botschaft des Täters an irgendeinen dar, der die Bedeutung erfassen würde, bekäme er es zu sehen. Ob ich derjenige bin?

»Was ist das?« Castelnau zeigt mit einem Finger auf das Mal.

»Eine Messerwunde, denke ich.« Ich zupfe das Hemd des Toten wieder zurecht und presse die Handfläche einen Augenblick lang auf sein nicht mehr schlagendes Herz.

Der Botschafter mustert mich lange. Seine Augen sind klein und blutunterlaufen, die Haut darunter ist schlaff, doch er sieht mich an wie ein Vater seinen ungeratenen Sohn.

»Ihr solltet jetzt baden, Bruno. Später möchte ich natürlich auch Eure Version dessen hören, was sich in Arundel House zugetragen hat. Aber vorher müsst Ihr unbedingt schlafen.«

»Und Ihr, Mylord?«

»Ich finde leider keinen Schlaf.« Er streicht mit beiden Händen über sein Gesicht, die Geste wirkt wie das Eingeständnis einer Niederlage. »Ich muss heute Morgen Mendoza aufsuchen. Die Verbindung zwischen Maria Stuart und den Spaniern wird täglich enger, und wenn wir nicht aufpassen, werden sie sogar den Herzog von Guise ausschalten, sowie die Invasion ins Rollen gebracht worden ist. Courcelles soll sich um Léons Beerdigung kümmern, während ich fort bin. Die Sheriffs stellen auf Betreiben der Ratsherren in dem Viertel, wo er gefunden wurde, Nachforschungen an, allerdings habe ich wenig Hoffnung, dass der Täter gefasst wird.«

»Man darf die Hoffnung nie aufgeben, Mylord.« Ich berühre ihn leicht am Arm, als er mir die Tür öffnet. In diesem Fall hingegen bin ich mir nicht sicher, ob ich selbst an meine Worte glaube.

Gebadet und in ein frisches Hemd und neue Beinlinge gekleidet liege ich in meiner Kammer auf dem Bett und starre die Decke an, während pochende Schmerzen hinter meinen Augen toben. Ich habe unruhig bis nach der Essenszeit geschlafen und nach dem Aufwachen einen Krug Bier und etwas Brot vor der Tür vorgefunden, vermutlich eine aufmerksame Geste Castelnaus. Nachdem ich mir in einer Wanne heißen Wassers, die mir einer der Küchenjungen gebracht hat, die Schichten von Ruß und Themseschlamm abgewaschen hatte, waren zahlreiche Schnittwunden und farbenprächtige Prellungen zum Vorschein gekommen. Anschließend hatte ich mich hingelegt, mein erschöpfter Körper hat freilich meine widersprüchlichen Gedanken mit in den Schlaf hinübergenommen. Der Schock,

Dumas ermordet vorzufinden, hat mich meine eigene missliche Lage zeitweilig vergessen lassen. Henry Howard wird nicht eher ruhen, bis er mich zum Schweigen gebracht hat.

»Gerüchte reisen wie Merkur mit geflügelten Sandalen«, hatte er am Abend des Mordes an Abigail Morley bei dem Konzert in Whitehall zu mir gesagt. Merkur, der Götterbote. War das ein Teil seiner kryptischen Warnung oder ein bloßer Zufall? Jetzt liegt unser eigener Bote Dumas tot mit dem in seine Brust eingeritzten Zeichen des Merkur in einem der Nebengebäude. Mein einziger Schutz besteht in Howards Furcht um seinen Ruf und sein öffentliches Ansehen. Nun, da ich ihn der Gelegenheit beraubt habe, mich zu töten und es wie einen Unfall aussehen zu lassen, wird er sich – hoffentlich – hüten, etwas zu tun, das einen Skandal auslösen oder meinen Tod mit ihm in Verbindung bringen könnte. Innerhalb der Mauern von Salisbury Court müsste ich sicher sein, aber ich zweifle nicht daran, dass es, wenn ich auf Londons Straßen hinaustrete, nur noch eine Frage der Zeit ist, bis ich als Nächster mit einem Strick um den Hals in irgendeiner Gasse enden werde. Ich könnte Castelnau von Howards Drohung erzählen, doch was kann der Botschafter schon unternehmen? Er fürchtet sich schon jetzt davor, sich Howard zum Feind zu machen und ihn in Mendozas Arme zu treiben. Ich sollte Fowler eine Botschaft schicken, ihm von der Ahnentafel berichten und Walsingham durch ihn von Howards Mordabsichten in Kenntnis setzen – in diesem Punkt aber fühle ich mich hin und her gerissen, weil ich den instinktiven Drang verspüre, das Geheimnis von Howards Kapelle zu bewahren. Wenn Arundel House durchsucht würde, käme seine Experimentiererei mit Magie sicherlich ans Licht, und das Buch des Hermes würde von den Behörden beschlagnahmt werden, die es in ihrer Ignoranz vielleicht zerstören würden. Solange es sich in Henry Howards Händen befindet, weiß ich wenigstens, dass es sicher ist, selbst dann, wenn es für mich zurzeit unerreichbar ist – obwohl wir in Howards Augen Todfeinde sind, verbindet uns paradoxerweise dieses Geheimnis und das gemeinsame Verlangen, dieses Buch zu besitzen. Ich schließe die Augen und rufe mir das Gefühl seiner steifen Seiten und des rauen Ledereinbands unter den Fingerspitzen ins Gedächtnis, und der Schmerz des Verlusts trifft mich wie ein Schlag. Hätten wir nur ausreichend Zeit und Gelegenheit zur Verfügung, würden Dee und ich den Code des Hermes entschlüsseln können, daran besteht für mich kein Zweifel. Es geht nur darum, das Buch irgendwie in die Finger zu bekommen. Angenommen, Fowler hat Walsingham bereits über das Treffen des vergangenen Abends Bericht erstattet – ja, das wird sicherlich der Fall sein –, brütet der Staatssekretär wahrscheinlich bereits über eine Möglichkeit nach, Arundel House offiziell durchsuchen zu lassen. Ich kann nur hoffen, dass Henry Howard, der um dieses Buches willen beträchtliche Risiken eingegangen ist und der es vierzehn Jahre lang behütet hat, über genug Verstand verfügt, um es vor Walsinghams Schergen zu beschützen.

Endlich meine ich, aufstehen und etwas unternehmen zu müssen. Ich ziehe saubere Hosen an, fahre mit den Fingern durch mein feuchtes Haar und betrachte mich im Spiegel neben dem Bett: Meine Schläfenwunde heilt gut, aber mein Bart ist zerzaust, und meinen müden Augen kommt es vor, als wäre ich in den vergangenen wenigen Tagen um Jahre gealtert. Immer noch wird mein Haaransatz von einer hartnäckigen Schmutzschicht verunziert. Ich gieße etwas Wasser aus dem Krug, der auf dem Tisch bei meinem Fenster steht, in eine flache Schüssel und reinige meine Zähne mit Salz und Wasser. Nun ja, denke ich, wenn Marie wirklich ein ernsthaftes Interesse an mir hätte, würde sie sich an Resten von Themseschlamm nicht stören. Jetzt ist die Zeit gekommen, sie auf die Probe zu stellen.

Sie ist nicht die Einzige, die ihren Körper einzusetzen vermag, um anderen Informationen zu entlocken.

Im Haus herrscht Stille, als ich die Galerie im ersten Stock durchquere. Meine Schritte hallen von dem dunklen Holz wider. Jeden Moment rechne ich damit, einem der Dienstboten oder gar Courcelles zu begegnen, der die Gabe besitzt, überall dort aufzutauchen, wo ich bin, und sein verächtlichstes Gesicht zur Schau zu tragen. Aber alles bleibt ruhig, und ich erreiche den rückwärtigen Korridor des ersten Stockwerks, wo die Kammern von Marie und ihrer Tochter liegen, ohne aufgehalten zu werden. Hinter einer geschlossenen Tür gegenüber der Treppe höre ich das Geplapper eines kleinen Mädchens, das von der ernsteren Stimme einer Frau unterbrochen wird. Sie klingt nicht wie die Maries. Ihre Kammer muss sich also hinter der zweiten Tür befinden. Sollte sie nicht da sein, umso besser, dann kann ich ihren Raum durchsuchen und hätte eine Entschuldigung parat, sollte sie mich dabei ertappen. Nach einem tiefen Atemzug klopfe ich an.

»*Entrez.*«

Marie sitzt mit einer Schreibfeder in der Hand an einem kleinen Schreibtisch am Fenster, blickt auf, und als sie mich auf der Schwelle erkennt, huscht ein verwirrter Ausdruck über ihr Gesicht, als wäre ich ein Schauspieler, der in der falschen Szene auf der Bühne erschienen ist. Doch sie fasst sich rasch und gibt mir ein Zeichen, die Tür zu schließen.

»Bruno.« Sie erhebt sich und streicht ihren Rock glatt. Sie trägt ein Kleid aus blassgoldener Seide, dessen Mieder mit Perlenknöpfen bestickt ist. Ihr Haar fällt ihr offen auf die Schultern. Das Licht betont die Linie ihrer Wangenknochen, als sie auf mich zutritt. Ich mahne mich, dass ich dies alles ja nur tue, um einen Mörder zu überführen und dass diese Frau sogar hinter den Mordfällen stecken könnte.

»Ihr habt die schrecklichen Neuigkeiten von dem Sekretär wohl schon gehört?« Diesmal bleibt sie ein paar Schritte vor mir stehen. Mein unerwarteter Besuch bringt sie sichtlich in Verlegenheit, was ich hoffentlich zu meinem Vorteil nutzen kann.

»Dumas. Ja. Ich – ich kann es kaum glauben.« Ich zwicke mich mit Daumen und Zeigefinger in den Nasenrücken und senke den Blick. Soll sie doch denken, ich könne meiner Emotionen kaum Herr werden, ich habe öfter die Erfahrung gemacht, dass sich Frauen über jede Gelegenheit freuen, die Seelenqualen eines Mannes zu lindern.

»Man vergisst so leicht, wie gefährlich diese Stadt ist.« Sie erschauert leicht. »Vor allem für Katholiken. Armer – Dumas, so hieß er doch? Und wie geht es Euch heute? Ihr dürftet ziemliche Kopfschmerzen haben.« Sie lacht nervös und schielt zur Tür.

»Allerdings. Ich wollte mich für mein Benehmen gestern Abend entschuldigen …«, beginne ich, dabei berühre ich flüchtig meine Schläfe.

»Ach, macht Euch doch nichts daraus. Es war so amüsant, den Earl of Arundel so schockiert zu sehen. Er ist wirklich ein unerträglicher Tugendbold.« Sie schiebt die Unterlippe vor, und diesmal klingt ihr Lachen entspannter. »Für einen Trinker habe ich Euch freilich nicht gehalten.«

»Normalerweise trinke ich auch nicht viel.« Ich lasse den Blick – hoffentlich unauffällig – durch den Raum schweifen. An der gegenüberliegenden Wand steht ein Bett mit weißen, zugezogenen Vorhängen, daneben ein mit Schminktiegeln, Pinseln und Glasfläschchen übersäter Toilettentisch, auf dem ein gegen die Wand gelehnter Spiegel steht. Wenn jemand auf der Suche nach einer Parfümflasche wäre, um sie mit Gift zu füllen, würde er hier fündig werden. Auf dem kleinen Schreibtisch am Fenster sind mit ihrer säuberlichen Handschrift bedeckte Papierbögen verstreut, mit denen sie beschäftigt war, als ich sie unterbrochen habe. Ich richte meine Aufmerksamkeit wieder auf ihr Gesicht. »So etwas ist gar nicht meine Art, aber es gibt viel, was mich belastet. Verzeiht mir bitte.«

Endlich scheint sie milder gestimmt zu sein, sie kommt näher und legt mir eine Hand auf den Arm.

»Da gibt es nichts zu verzeihen. Wir alle tragen in diesen Tagen eine schwere Last – es steht so viel auf dem Spiel. Nicht nur unser Leben, falls wir scheitern, sondern die Zukunft des Christentums. Wir dürfen nicht vergessen, dass es das ist, wofür wir kämpfen.« Sie blickt mit großen, bedeutungsvollen Augen zu mir auf. »Wir müssen alle versuchen, stark zu bleiben. Wir sind so wenige – zerstritten werden wir keinen Erfolg haben.«

Ich nicke nachdrücklich, ehe mein Blick erneut zu ihrem Toilettentisch wandert, und da sehe ich es. Zwischen den Tiegeln und Tüchern und Glasperlenschnüren entdecke ich eine kleine grüne Samtschatulle von der Größe, die zur Aufbewahrung eines Siegelrings dienen könnte. Maria Stuarts Ring wurde in einer grünen Samtschatulle versteckt, erinnere ich mich. Ich trete zu dem Tisch und gebe vor, mich im Spiegel zu betrachten.

»Für mein Äußeres müsste ich mich auch entschuldigen.« Ich beuge mich vor, wie um mein lädiertes Gesicht zu begutachten.

»Ihr wirkt so charmant wie immer, Bruno«, erwidert sie noch immer lächelnd, gleichwohl schwingt in ihrer Stimme Unsicherheit mit – sie möchte, dass ich zur Sache komme. Unsere Blicke kreuzen sich im Spiegel, als ich nach einer Halskette greife und die Steine zwischen meinen Fingern hindurchgleiten lasse.

»Ihr besitzt ein paar schöne Stücke«, murmele ich, bemüht, wie ein Kenner zu klingen. »Und dies hier ist auch sehr hübsch.«

Ich hebe die kleine grüne Schatulle hoch und drehe sie in den Händen.

»Ja, mein Mann ist mit Geschenken sehr großzügig.«

»Darf ich einmal sehen?« Ich öffne die Schatulle, aber sie ist leer. »Stammt sie aus Paris? Ich habe dort schon etwas Ähnliches …«

»Ich weiß nicht mehr, wo sie herkommt.« Diesmal kann sie ihre Ungeduld nicht verbergen. »Bruno – ist noch etwas? Ich schreibe gerade ein paar Briefe, während Katherine bei ihrer Gouvernante ist, und muss bald damit fertig werden, also wenn …« Sie lässt den Rest in der Luft hängen.

Ich stelle das Kästchen an seinen Platz zurück, drehe mich um und sehe sie an.

»Es tut mir leid. Meine Gefühle für Euch bringen mich durcheinander, Marie. Ich habe versucht, gegen etwas anzukämpfen, gegen das ich nicht ankomme.«

Das scheint sie aus der Fassung zu bringen. Wieder beschleicht mich das Gefühl, das Falsche gesagt zu haben. Einen Augenblick fürchte ich, dass sie mir gleich mitteilt, dies sei nicht der richtige Zeitpunkt und ich hätte meine Chance verpasst. Aber sie betrachtet mich nur mit einer Spur von Neugier, tritt mit einem letzten Blick zur Tür auf mich zu und legt mir eine Hand auf die Brust. Ich muss sie dazu bringen, über Dumas zu sprechen, solange ich mir ihrer ungeteilten Aufmerksamkeit sicher sein kann.

»Außerdem liegt mir der Tod meines Freundes auf der Seele.« Ich senke den Kopf, sie schließt eine Hand um meinen Nacken und streichelt mein Haar. Eine schlichte, tröstliche Geste; ich bilde mir nicht ein, dass sie es ernst meint, und trotzdem erinnert mich diese Berührung daran, wie lange es her ist, seit ich zum letzten Mal jemandem gestattet habe, mir Zuneigung zu zeigen.

»Armer Bruno«, säuselt sie. »Allein, Ihr hättet nichts tun können.«

»Er wirkte gestern Morgen so verängstigt«, beharre ich, dabei wölbe ich den Hals wie eine Katze, während sie mich liebkost. »Ich hätte seine Furcht ernst nehmen sollen.«

»Ihr konntet doch nichts Genaues wissen«, flüstert sie beschwichtigend. »Hat er sich denn vor etwas Bestimmtem gefürchtet? Hat er Euch gesagt, was ihn bedrückt?« Ihre Finger gleiten unter den Kragen meines Hemdes, jedoch bin ich jetzt auf der Hut – sie will Informationen von mir, so wie ich welche von ihr will, ohne selbst etwas preisgeben zu müssen.

»Er hatte keine Gelegenheit mehr dazu.«

Sie legt den Kopf mit einem Ruck zurück und misst mich mit einem fragenden Blick.

»Der arme Mann«, bemerkt sie obenhin, dabei nimmt sie das Streicheln wieder auf. »Ich hatte ihn stets kaum beachtet, außer dass ich mir letztens Sorgen gemacht habe, was er wohl bezüglich meines Besuches in Eurer Kammer zu meinem Mann sagen würde. Ich nehme an, das Problem hat sich jetzt erledigt.« Sie lächelt, als warte sie darauf, dass ich über ihren Scherz lache. Eigentlich sollte mich ihre Gefühllosigkeit nicht überraschen, trotzdem schockiert mich jede solche Bemerkung wieder von neuem. Dennoch gebe ich ihr Lächeln zurück. »Außerdem«, schnurrt sie, als sie meinen Arm nimmt und ihn absichtlich um ihre schmale Taille legt, »hat mein Mann heute Nachmittag in der spanischen Botschaft zu tun. Vielleicht würde es Euch guttun, Eure Sorgen für eine Weile zu vergessen, Bruno.«

Und dann presst sich ihr Mund auf den meinen – und ich lasse sie gewähren. Mein Gewissen und mein Willen scheinen auf Stecknadelkopfgröße geschrumpft zu sein, und so stehe ich fast regungslos da, erschöpft und resigniert, während mein

Körper wie vorhergesehen reagiert. Zwischen den Gedanken, die mir durch den Kopf gehen, kaum dass ihre Finger über mein Schlüsselbein gleiten und beginnen, mein Hemd aufzuschnüren, schwirrt auch die Erinnerung an den Blick umher, den sie und Dumas am gestrigen Morgen in meiner Kammer gewechselt haben. Er hatte Angst vor ihr. Diese Frau – deren Zunge gerade über meine Lippen fährt und die mir jetzt das Hemd über den Kopf streift, um dabei gleichzeitig ihre Fingernägel sanft über meine Wirbelsäule streifen zu lassen – könnte diejenige gewesen sein, die in jenem Moment beschlossen hatte, ihn zum Schweigen bringen zu lassen.

Sie lässt mein Hemd zu Boden fallen und streicht mit einer Hand über meine Brust, hernach ergreift sie meine beiden Hände und führt mich zum Bett, wo sie den Vorhang zurückzieht und sich gegen mich drängt, bis ich auf der Decke liege. Sie lässt sich neben mich sinken – angesichts ihrer voluminösen Röcke ein schwieriges Manöver –, und ich schließe die Augen, als ihr Haar meine Haut streift und ich ihre Lippen auf meiner Brust sich weiter nach unten bewegen spüre, während ihre Hand geschickt die Innenseite meiner Schenkel massiert. Mein Leib ist ganz und gar lebendig, meine Gedanken jedoch kreisen weiterhin unbeeindruckt um andere Dinge, bis irgendwo außerhalb des Raums eine Frauenstimme erklingt.

»Madame?«

Marie springt wie von der Tarantel gestochen auf und bedeutet mir, die Beine in das Bett zu ziehen.

»Was gibt es, Bernadette?«

Jemand klopft an die Tür.

»Kann ich Euch sprechen, Madame? Es geht um Katherine.«

»Kann das nicht warten?«, gibt sie gereizt zurück.

»Ich fürchte, nein, Madame. Sie klagt über Fieber und Magenschmerzen.«

»Nun, ich bin kein Arzt. Sag ihr, du wirst den Bader holen – das wird ihr die Flausen austreiben.«

Auf der anderen Seite der Tür tritt eine Pause ein.

»Madame, ich glaube nicht, dass sie sich verstellt. Sie fühlt sich ganz heiß an.« Die Stimme der Gouvernante klingt gepresst. »Sie ruft nach ihrer Mutter.«

»Na schön. Einen Augenblick noch.«

Marie verdreht die Augen, steht auf und streicht ihr Kleid glatt. »Bleib hier«, formt sie mit den Lippen, anschließend zieht sie den Vorhang um mich zu. Als ich die Tür zufallen höre, bleibe ich kurz regungslos liegen, dann konzentriere ich mich unter Aufbietung all meiner Willenskraft auf die vor mir liegende Aufgabe. Ich ziehe meine Hose zurecht, husche hinüber zum Schreibtisch und überfliege die Papiere, die Marie dort zurückgelassen hat. »*Mon cher Henri*«, beginnt der Brief. Zuerst gehe ich davon aus, dass das Schreiben an Howard gerichtet ist, doch als ich weiterlese, stoße ich zu meiner Verwunderung auf einen Bezug auf die Übernahme der Krone Englands, gefolgt von der Erwähnung des französischen Throns. Meint sie König Henri von Frankreich? Überzeugt, etwas falsch verstanden zu haben, zwinge ich mich, genauer hinzusehen, und stelle fest, dass sie im selben Absatz von »deiner schottischen Base« schreibt, die leicht zur Seite geschoben werden kann, sowie der »Herrschaft unseres schwächlichen Königs«, dessen Tage sich ihrem Ende zuneigen. Ich spüre, wie sich mein Gesicht ungläubig verzieht, als ich dies verarbeite. Der Brief ist für Henri I., Herzog von Guise, bestimmt, und strotzt vor Intimitäten: dem Schmerz der Trennung, der großen Entfernung, Erinnerungen an Umarmungen sowie dem Wunsch, wieder vereint zu sein, sobald Gott es zulässt. Am Ende hat sie in einer Schrift, die darauf hindeutet, das es hastig verfasst wurde, ein Postskriptum hingekritzelt: »Ich weiß nicht, wann du diesen

Brief erhalten wirst, denn ich kann ihn nicht auf dem üblichen Weg schicken.« Neben ihrer Unterschrift hat sie das Bild einer Rose gezeichnet.

Langsam und benommen vor Verwunderung lege ich das Schriftstück auf den Schreibtisch zurück. Dieser Invasionsplan wird von allen Beteiligten zu verschiedenen Zwecken genutzt – Marie mag ja von Einigkeit sprechen, doch während Henry Howard seine eigenen geheimen Pläne verfolgt, beabsichtigt sie, persönlichen Profit aus dem Unternehmen zu schlagen. Demzufolge steht sie mit dem Herzog von Guise, der offenbar den Thron Englands als sein rechtmäßiges Eigentum betrachtet, sowie das unbedeutende Problem des Herrscheraustauschs gelöst ist, auf vertrauterem Fuß, als ich angenommen hatte. Worauf zielt Maries Ehrgeiz letztendlich ab, frage ich mich – hofft sie darauf, dass ihr Mann vom Sturz des »schwächlichen« französischen Königs mitgerissen würde und sie infolgedessen den Platz an Guises Seite einnehmen könnte? Ich kehre zum Toilettentisch zurück und greife erneut nach der grünen Samtschatulle, dabei schüttele ich immer noch den Kopf. Hinter der Fassade ihres Geredes von religiöser Reinheit und ihrer Pflicht gegenüber dem Christentum und den unsterblichen Seelen der Engländer strebt jeder der Verschwörer nach dynastischen Vorteilen. Ihr könnt sicher sein, dass Mendoza und der spanische König euch ihre Mittel auch nicht aus bloßer Frömmigkeit zur Verfügung stellen, denke ich, während ich das Kästchen in den Händen drehe; sollte diese Invasion tatsächlich stattfinden, werden sie England zwischen sich zerreißen wie Straßenköter ein Stück Fleisch. Elisabeth Tudor wird fraglos zu den Opfern zählen – genauso ist es wiederum denkbar, dass Maria Stuarts glorreiche Rückkehr auf den Thron rasch in ein böses Schicksal umschlagen könnte, falls die falsche Partei die Oberhand gewinnt und die aufrechten, vernünftigen Männer des Kronrats –

Walsingham, Burghley, Leicester – alle vernichtet würden. Diese kleine Insel mit ihren seltsamen Sitten und den wenigen kostbaren Freiheiten, die sie solchen bietet, die sich wie ich Rom zum Feind gemacht haben, wird in ein Chaos gestürzt werden, gegen das die ganzen Weltuntergangsszenarien der Pennypamphlete sich wie Kindermärchen ausnehmen – und wer außer den Mächten Frankreichs oder Spaniens, die die Unterstützung des Papstes genießen, könnte die Ordnung wiederherstellen?

Die grüne Schatulle verrät mir nichts. Ich bin kein Juwelenexperte, daher kann ich auch nicht sagen, ob sie Maria Stuart gehört und über Dumas ihren Weg zu Marie gefunden hat oder ob sie ein ganz gewöhnliches Behältnis ist. Doch beim Gedanken an Dumas halte ich plötzlich inne und sehe Maries hastiges Postskriptum in einem neuen Licht. Sie kann den Brief nicht auf dem gewöhnlichen Weg schicken – war damit Dumas gemeint? Wenn Guise ihr Liebhaber ist, könnte sie ihm ihre Briefe nicht über die Botschaft zukommen lassen, sie brauchte einen anderen Boten, einen geheimen Weg, Briefe nach Frankreich zu senden. Guise verfügt in England über eigene Agenten und Abgesandte – er führt sich schon so auf, als wäre er der Anwärter auf den Thron –, und Dumas, der ständig mit Briefen für Throckmorton und der offiziellen Botschaftskorrespondenz unterwegs war, könnte leicht ein paar Botschaften mehr befördert haben. Wie mir nur zu gut bekannt ist, war er mehr als bereit, sich ein paar zusätzliche Münzen zu verdienen – was ihn vielleicht das Leben gekostet hat. Dachte Marie, er hätte mir ihr Geheimnis anvertraut? Ich kenne den Herzog von Guise von seinen Auftritten an König Henris Hof im letzten Jahr her, als ich in Paris lebte. Er ist ein gut aussehender Mann Anfang dreißig mit einem auffälligen Lockenschopf und einer ziemlich hoffärtigen Art. Der französische König schien sich in seiner

Gegenwart immer eingeschüchtert zu fühlen – man kann sich leicht vorstellen, welchen Eindruck er im Vergleich mit diesem charismatischen Führer macht, der Frankreich fehlt – besonders auf eine Frau wie Marie. Ich betrachte meinen eigenen nackten Oberkörper im Spiegel, frage mich unwillkürlich, ob sie mit Guise dasselbe tut, was sie mit mir gemacht hätte, hätte die Gouvernante uns nicht unterbrochen, und schäme mich für den Anflug von Bedauern, der in mir aufsteigt.

Als der Türknauf gedreht wird, blicke ich mich erwartungsvoll um, aber statt Marie steht Courcelles mit einem Papierbogen in der Hand auf der Schwelle. Er zwinkert heftig, mustert mich von Kopf bis Fuß, blickt zum Bett und setzt mehrere Male zum Sprechen an, bevor er einige Worte herausbringt.

»Was …? Wo ist sie?«

»Ihre Tochter wurde plötzlich krank.«

Er späht zur Tür und dann wieder zu mir, als könne er nicht glauben, was er mit seinen eigenen Augen sieht. Dann lässt er das Papier sinken.

»Und Ihr … sie …« Er winkt mit der Hand vage in Richtung des Bettes. Ich muss angesichts seiner offensichtlichen Fassungslosigkeit einen Lachreiz unterdrücken und frage mich, ob gleichfalls Courcelles ihr Liebhaber ist und sie sich mit ihm vergnügt, während sie zugleich intrigante Liebesbriefe an Guise schreibt. Sein Verhalten zeugt jedenfalls von einer sehr persönlichen hilflosen Wut. Ich zucke nur die Achseln und hebe eine Braue; mein halb bekleideter Zustand und meine unübersehbare Erregung machen jegliche Rechtfertigung überflüssig.

»Ich könnte Euch ebenso fragen, was Euch in ihre Privatgemächer führt«, erwidere ich stattdessen betont lässig, während ich mich nach meinem Hemd bücke.

»Soeben ist ein Brief von Lord Henry Howard für sie eingetroffen.« Er schwenkt den zusammengefalteten Papierbogen durch die Luft.

»Spielt Ihr jetzt den Boten? Solltet Ihr Euch nicht um die Beerdigung des armen Dumas kümmern?«

Das scheint ihn aus seiner Erstarrung zu reißen, er stapft auf mich zu und sticht mir einen Finger fast ins Gesicht.

»Ihr glaubt, Ihr kommt mit allem davon, nicht wahr? Ihr erschleicht Euch jedermanns Vertrauen, Ihr habt keinen Respekt vor Rang und Position, und Ihr denkt, Ihr könnt Euren Weg machen, ohne einen Gedanken an mögliche Konsequenzen zu verschwenden – und das alles nur, weil Ihr den König von Frankreich zum Lachen zu bringen vermögt!«

»Oh, hört auf – ich werde ja gleich rot.«

»Was meint Ihr wohl, wie der Botschafter *hierauf* reagieren wird, Bruno?«, zischt er, bohrt den Finger in meine unbedeckte Brust und beugt sich zu mir, bis mir sein Gesicht fast so nah ist wie das von Marie kurz zuvor. »Nachdem er Euch so viel Vertrauen geschenkt hat! Es würde mich nicht wundern, wenn er Euch unverzüglich nach Frankreich zurückschickt. Dann soll Euch der König nur vor dem beschützen, was dort kommen wird – wenn er dazu imstande ist!«

»Und *was genau* wird dort kommen, Claude?«, hake ich nach, weiterhin um einen lockeren Ton bemüht. »Irgendetwas, wovon König Henri wissen sollte? Oder der Botschafter? Vielleicht irgendeine Art Staatsstreich? Ich bin sicher, dass Ihr als loyaler Untertan alles weitergeben würdet, was Ihr wisst, um Euren Herrscher zu schützen. Oder gilt Eure Loyalität jetzt anderen?« Ich streife mir das Hemd über den Kopf und fixiere ihn mit einem durchdringenden Blick. Zu meiner Befriedigung schlägt er als Erster die Augen nieder. Ich spähe über seine Schulter und sehe Marie mit vor der Brust verschränkten Armen und zu einem weißen Strich zusammengepressten Lippen im Türrahmen stehen.

»Wenn mein Mann ein Wort hiervon erfährt, werdet ihr euch beide auf dem nächsten Schiff nach Frankreich wiederfinden, und zwar mit einem solchen Schandfleck auf eurem Ruf, dass ihr niemals wieder am französischen Hof aufgenommen werdet.« Sie deutet auf jeden von uns. »Haben wir uns verstanden?«

»Marie – *ich* habe nichts getan! Ich bin hergekommen, um Euch dies hier zu bringen, und fand ihn in dieser Kammer vor.« Courcelles hält ihr gekränkt den Brief hin. Sie misst ihn mit einem langen, tadelnden Blick.

»Seid ehrlich, Claude. In diesem Haus müssen wir einander vertrauen können.« Ihr Blick wandert von ihm zu mir, und mir wird klar, dass Courcelles mit diesem Raum und diesem Bett vertraut ist. Ich beobachte Marie mit wachsendem Zorn. Sie weiß sich in der Tat die Zeit zu vertreiben. Doch am meisten ärgere ich mich über mich selbst, weil mich ein Anflug von Eifersucht durchzuckt. Gleich darauf muss ich an Castelnau und seine einsamen durchwachten Nächte denken, und mein Ärger weicht einer Welle von Schuldgefühlen.

»Wie geht es Katherine?«, frage ich.

»Sie wird bald wieder auf dem Damm sein.« Ihr Ton klingt jetzt sachlich und geschäftsmäßig, als sie nach dem Brief greift und das Siegel erbricht. Es ist ganz offenkundig, dass meine Gegenwart nicht länger erwünscht ist. »Ihr solltet jetzt besser gehen, Bruno. Und schnürt Euer Hemd zu. Wir wollen den Dienstboten keinen Anlass zu Klatsch geben.«

Courcelles wirft mir einen hasserfüllten Blick zu, als ich zur Tür gehe, meine Aufmerksamkeit gilt allerdings nur dem Brief in Maries Hand. Was könnte Howard ihr seit letzter Nacht mitzuteilen haben, das nicht mich betrifft?

»Bruno.« Sie streckt eine Hand aus. »Das Kästchen.«

Erst jetzt merke ich, dass ich noch immer die grüne Samtschatulle umklammere. Ich reiche sie ihr mit einer gemurmelten Entschuldigung. Ihre Augen werden zunächst schmal, dann erhellen sich ihre Züge wieder etwas, und sie drückt flüchtig meine Hand. »Vielleicht setzen wir ja unsere Unterhaltung bei einer anderen Gelegenheit da fort, wo wir aufgehört haben.«

Ich ziehe ihre Hand mit großer Geste an meine Lippen, um Courcelles, der kurz vor einem Wutanfall zu stehen scheint, noch mehr zu reizen. Zwar habe ich nicht alles erreicht, weswegen ich hergekommen bin, aber ich habe Maries wahre Motive aufgedeckt. Welche Rolle mag dann wohl Courcelles in diesem Spiel zugedacht sein?, überlege ich, als ich an der Tür stehen bleibe und er mich mit dem Gesichtsausdruck eines Mannes beobachtet, der bereit ist, einen Mord zu begehen. Weiß er von dem Herzog von Guise, oder glaubt er, dass es ihm, Claude de Courcelles, bestimmt wäre, den Platz des Botschafters an Maries Seite einzunehmen, wenn die glorreiche Wiedereinführung des katholischen Glaubens vollzogen ist? Wie dem auch sei, ich spüre, dass die beiden jetzt eine geschlossene Front gegen mich bilden; sie stehen Schulter an Schulter da und warten darauf, dass ich sie allein lasse, damit sie sich mit Howards Brief befassen können. Zum wiederholten Male bin ich wütend darüber, dass sie mit mir gespielt hat – absurd eigentlich, wo ich es doch war, der in der Absicht, sie zu überlisten, zu ihrer Kammer gegangen ist. Ich sehe die beiden ein letztes Mal an, dann überlasse ich sie ihrer Ränkeschmiederei. Im Vorbeigehen kann ich in der Kinderstube das gedämpfte Weinen eines kleinen Mädchens hören.

17

London
3. Oktober im Jahr des Herrn 1583

Wieder in meiner eigenen Kammer angelangt wächst meine Unruhe bezüglich des Briefes von Henry Howard, den Courcelles und Marie jetzt gerade lesen. Er wird ihnen sicherlich nicht die ganze Wahrheit mitgeteilt haben, aber ich traue es ihm zu, irgendeine Geschichte erfunden zu haben, in der er behauptet, meinen Verrat an ihnen allen aufgedeckt zu haben und ihnen so einen Grund liefert, mich nicht aus den Augen zu lassen, bis er einen anderen Weg gefunden hat, mich zu beseitigen.

Ich würde zur Stunde alles dafür geben, Sidney sehen zu können, der mich durch einen kräftigen Schlag auf meine schmerzende Schulter aufmuntern und dann sein Schwert zücken würde, um mich zu verteidigen. Doch Sidney befindet sich Meilen entfernt in Barn Elms, und da Howards Männer nach mir suchen, würde ich nicht viel auf die Chancen wetten, Walsinghams Haus mit heiler Haut erreichen zu können. Der Wind rüttelt an den Fensterrahmen und lässt sie wie hölzerne Zähne klappern, hinter den Scheiben kann ich nur graue Wolken erkennen. Bei diesem Anblick zieht sich mein Herz zusammen, und ich kann mich des Gedankens nicht erwehren, dass es ein Fehler war, nach England gekommen zu sein. Ich dachte, so würde ich der Verfolgung durch die Inquisition entgehen, aber seit ich auf dieser Insel gelandet bin, scheine ich nichts anderes getan zu haben, als mich auf die falsche Seite von Katholiken zu stellen, die mich töten wollen. Da hätte ich gleich in Neapel bleiben können, grübele ich düster, obwohl ich weiß, dass der Fehler bei mir liegt; niemand hat mich gezwungen, Walsinghams Angebot anzunehmen, mich in sein Informantennetz einzureihen. Ich habe zugesagt, weil ich ihn respektierte und weil ich, wie ich schon zu Fowler sagte, glaube, dass die Freiheiten, die Königin Elisabeth Leuten wie mir gewährt, es wert sind, mit allen Mitteln gegen die Tyrannei Roms verteidigt zu werden. Und – da mache ich mir nichts vor – weil ich wusste, dass diese Art, Elisabeth und ihrem Staatssekretär zu dienen, mir Belohnungen und Gunstbezeugungen einbringen würde, ohne die ein Philosoph und Schriftsteller wie ich niemals zu Ruhm gelangen könnte. Indes, jetzt fürchte ich, dass mein Leben in Gefahr ist, und zwar unabhängig davon, ob ich das Botschaftsgebäude verlasse oder nicht.

In London bin ich zum Glück nicht ganz ohne Freunde; außer Sidney steht mir noch eine andere Person etwas näher, der ich mich anvertrauen kann. Wenn es mir gelänge, St. Andrew's Hill und Fowler zu erreichen, ohne angegriffen zu werden, könnte ich in seiner Nähe bleiben – in seiner Gesellschaft käme ich mir weniger verwundbar vor. Wieder stelle ich mir vor, wie der arme Dumas plötzlich gepackt wird, als er unten an den Docks an einer dunklen Gasse vorbeikommt, wie sich der Strick um seinen Hals schlingt, bevor er zu schreien vermag, wie er um sein Leben kämpft, ohne dass es jemand bemerkt, selbst dann nicht, als seine Gliedmaßen zu zucken aufhören und sein Körper wie ein Sack Unrat in den Fluss geworfen wird. Wenn ich diesem Schicksal lange genug entgehen könnte, um zu Fowler zu gelangen, hätte ich die Möglichkeit, seine Meinung bezüglich meiner unvollendeten Theorie einzuholen, die ich heute Morgen in meinem unruhigen Halbschlaf ausgearbeitet habe: dass Marie auf Betreiben des Herzogs von Guise hinter dem Komplott steckt, Elisabeth am Tag ihres Thronjubiläums zu vergiften. Sie war es, die Dumas bezahlt hat, um den Ring zu stehlen, während der Schönling Courcelles Cecily verführt und ihr die nötigen Mittel zur Ausführung des Mordanschlags zur Verfügung gestellt hat. Dann verlor Cecily aus irgendeinem Grund die Nerven und musste zum Schweigen gebracht werden. Womöglich waren die Zeichen, die auf eine katholische Bedrohung hindeuten, ja dazu bestimmt, die Aufmerksamkeit des Hofes auf die bekannten englischen katholischen Sympathisanten in seinen Reihen zu lenken. Wie dem auch sei, das einzige Element, das in dieser Gleichung noch fehlt, ist die Frage, wer die Morde denn tatsächlich ausgeführt hat. Ich bezweifle nicht, dass Marie skrupellos genug wäre, um ein Leben auszulöschen, allerdings mangelt es ihr an der nötigen Körperkraft; außerdem würde sie einen Mord von irgendeinem Untergebenen begehen lassen. Courcelles kam mir dagegen schon immer wie ein Mann vor, der in Ohnmacht fallen würde, sollte er sich aus Versehen mit seinem Essensmesser in den Finger schneiden, aber vielleicht verstellt er sich besser, als ich es ihm zugetraut habe. Doch selbst wenn das zuträfe – sowohl Marie wie auch Courcelles standen bei dem Konzert neben mir, als Abigail Morley ermordet wurde. Wer war dann ihr Komplize, der dritte Mann?

Entschlossen greife ich nach meinem Wams. Ich werde nicht hier in dieser Kammer ausharren und darauf warten, dass mich Howards gedungene Mörder aufspüren. Gerade ziehe ich einen Umhang über mein Wams, da fällt mir ein, dass ich meine ledernen Reitstiefel in Arundel House zurückgelassen habe, also werde ich die für besseres Wetter bestimmten Schuhe tragen müssen, obwohl der Regen die Straßen inzwischen in Schlamm verwandelt haben dürfte. Bevor ich gehe, hebe ich die lose Bodendiele unter meinem Bett an, unter der ich die kleine Truhe mit dem Geld verwahre, das ich von Walsingham bekomme. Es ist kein Vermögen – schon gar nicht im Vergleich zu den Risiken, die ich für ihn eingehe –, aber es erlaubt mir, hier in London einen Lebensstandard zu pflegen, den ich mir nicht hätte leisten können, wenn ich nur auf König Henris spärliche Zuwendungen angewiesen wäre. Ich werde mir neue Stiefel machen lassen müssen – ohne Stiefel kann man den Londoner Winter nicht überstehen, wie man mir sagte. Vielleicht kann ich Fowler überreden, mich zu begleiten. Auf jeden Fall werde ich meinen Dolch aus Castelnaus Arbeitszimmer holen, bevor ich mich in die Straßen der Stadt hinauswage – mein Glück dort zu suchen ist zumindest besser, als mich in meiner Kammer mit endlosen Theorien herumzuschlagen, die ich weder beweisen noch widerlegen kann.

Nur der Mundschenk des Botschafters sieht mich zur Vordertür hinausschlüpfen, meinen Kopf umhüllt mit dem hochgezogenen Umhang. Wenn er will, kann er ja Marie und Courcelles erzählen, dass ich das Haus verlassen habe. Ich habe beschlossen, mich auf den Hauptstraßen und in der Nähe von Menschen zu halten, dann ist das Risiko geringer, so zu enden wie Dumas. Andererseits ist es einfacher, einem Mann ein Messer zwischen die Rippen zu stoßen und danach in einer Menge unterzutauchen. Ich schiebe den Dolch in meinen Gürtel und halte eine Hand auf den Griff gelegt, während mein Blick über beide Seiten der Straße hinwegwandert.

Bei der Fleet Bridge höre ich Schritte hinter mir und wirbele so schnell herum, dass einem etwaigen Verfolger keine Zeit bleibt, sich entweder zu verstecken oder zuzuschlagen, aber ich sehe nur einen mageren Jungen, der erstarrt und mich nervös anglotzt. Sein Blick flattert zu meiner Hand unterhalb meines Umhangs, und ich erkenne ihn wieder – es ist der Küchenjunge Jem aus Whitehall, der Abigail Morley die verhängnisvolle Botschaft überbrachte, die sie in den Tod lockte. Ich lasse den Dolch los, trete auf ihn zu und versuche, eine etwas weniger abweisende Miene aufzusetzen. Der Junge zieht ein Stück Papier aus seiner Jacke.

»Jem? Wie lange folgst du mir schon?«

»Seit Salisbury Court, Sir. Sie hat mir befohlen, draußen zu warten und Euch abzufangen, wenn Ihr herauskommt. Sie hat gesagt, ich solle darauf achten, dass mich niemand sieht.«

»Sie? Wen meinst du damit?«

»Ich soll Euch das hier geben, Sir.« Er hält mir das Papier hin.

Ich betrachte das Siegel, doch es sagt mir nichts. Rasch reiße ich den Brief auf und stelle überrascht fest, dass er von Lady Seaton stammt, der Kammerfrau der Königin. Sie besucht Freunde in Crosby Hall in der Bishopsgate Street und hat mir etwas mitzuteilen. Ich soll am Dienstboteneingang klopfen und nach ihrem Leibdiener fragen. Unter anderen Umständen hätte mich der herrische Ton der Botschaft dazu veranlasst, sie zusammenzuknüllen und fortzuwerfen, aber als ich in der Nacht im Richmond Palace mit Lady Seaton sprach, hatte ich bereits vermutet, dass sie mehr wüsste, als sie sagen wollte. Warum sie ihre Meinung plötzlich geändert hat und mich nun doch zu sehen wünscht, weiß ich nicht, und ich kann auch nicht ausschließen, dass es sich um eine Falle handelt. Jem scharrt mit den Füßen, als sei er nicht sicher, was nun von ihm erwartet wird.

»Danke, Jem. Wann wurdest du losgeschickt?«

»Heute Morgen, Sir. Gleich nach dem Frühstück.«

»Fühlst du dich in der Lage, noch weitere Botengänge zu machen?«

Er sieht mich gequält an.

»Ich habe Hunger, Sir. Ich muss etwas essen.«

»Ja, natürlich.«

Ich blinzele zum Himmel empor. In dem schwachen Licht ist es unmöglich, den Stand der Sonne zu bestimmen, aber es muss schon nach drei sein. Wenn die Nachricht wirklich von Lady Seaton stammt, wird sie mich bereits erwarten. Flüchtig erwäge ich, dem Jungen einen Schilling zu geben, damit er mich durch die Stadt begleitet, entscheide mich dann jedoch dagegen. Wenn mich jemand angreifen will, wird er nicht zögern, auch Jem aus dem Weg zu schaffen, und ich darf nicht riskieren, dass noch jemand meinetwegen zu Schaden kommt. Ich greife in die Börse in meinem Wams und ziehe eine Silbermünze hervor, die er dankbar einsteckt; er läuft sogleich die Fleet Street in westlicher Richtung zurück, und ich sehe, wie mühelos er zwischen den Leuten und den Karren hindurchschlüpft. Nachdem er außer Sichtweite ist, suche ich die Straße voller Unbehagen ab, doch all die gegen den Wind fest in ihre Umhänge eingepackten Londoner, die auf dem Weg zum Lud Gate sind, gehen mit gesenkten Köpfen an mir vorbei, ohne mir Beachtung zu schenken. Dennoch spüre ich von Hauseingängen, von Seitengassen und von leeren Fenstern her die Augen der Stadt auf mir ruhen und komme mir so verwundbar vor, als würde ich nackt durch die Straßen wandern.

Mit Lady Seatons Brief in der Hand drehe ich mich um und steuere auf das Torhaus vor mir zu, dessen Türme über der hohen Stadtmauer aufragen, aber meine Nerven sind so zum Zerreißen gespannt wie die von Dumas bei unserem letzten gemeinsamen Ausflug; bei der kleinsten Bewegung am Rand meines Blickfelds schrecke ich zusammen wie ein Hase, der meint, einen Habicht zu sehen. Ich rufe mir den Abend des Konzerts in Whitehall ins Gedächtnis, das Gespräch in Burghleys Raum, als Jem seine Geschichte erzählt hat. Er scheint mir nicht intelligent genug zu sein, um sich verstellen zu können, nichtsdestoweniger besteht die unwahrscheinliche Möglichkeit, dass er Abigail wissentlich eine falsche Botschaft ausgerichtet hatte, um sie in eine Falle zu locken, und nun von derselben Person benutzt wird, um mit mir ebenso zu verfahren. Der Mann mit dem Hut, von dem er damals gesprochen hatte – wer war er? Maries und Courcelles' unbekannter Dritter? Aber wenn Jem gelogen hat, existiert dieser Mann vielleicht gar nicht; er könnte diesen Auftrag auch von jemandem erhalten haben, den er vom Hof her kannte und dessen Namen er nicht nennen wollte.

Mit diesen Überlegungen beschäftigt unterquere ich das Lud Gate, zwänge mich zwischen einer Herde magerer Schafe hindurch und versuche, nicht zu den über dem zentralen Bogen aufgespießten verrotteten Leichen emporzublicken, die die Bürger von London an den Preis für Verrat erinnern sollen. Statt zum St. Andrew's Hill hinunterzugehen, laufe ich die Cheapside entlang, die breite, mit Steinen gepflasterte Straße, die die Stadt von Osten nach Westen durchschneidet. Hier wächst meine Gewissheit, verfolgt zu werden, wenngleich ich nichts entdecken kann, was meinen Verdacht bestätigen würde – von einem in einem Hauseingang verschwindenen Umhang einmal abgesehen, und das kann ich mir auch eingebildet haben. Es ist eher so, dass ich meinen Verfolger spüre, seine Bewegungen, die sich den meinen anpassen, seine auf meinen Rücken gerichteten Augen. Die Gassen bieten zwischen den kunstvoll verzierten Fronten der Werkstätten der Goldschmiede, deren bunte Schilder wie Banner über meinem Kopf hin und her schwingen, zahlreiche Möglichkeiten, sich zu verstecken, doch wenn ich mich in der Mitte der Straße halte und Reitern und den Karren von Hausierern ausweiche, verschaffe ich mir hoffentlich genug Zeit und Gelegenheit zu reagieren, falls mir jemand zu nahe kommen sollte.

Am Ostende der Cheapside biege ich nördlich in die Three Needle Street ein, die mich an der prachtvollen Fassade des Royal Exchange vorbeiführt, diesem von Flamen entworfenen Gebäude, das aussieht, als wäre es direkt von den Niederlanden nach London versetzt worden. Man merkt sofort, dass dies der Teil der Stadt ist, wo sich der Wohlstand versammelt. Händler in kostbaren Pelzen und federgeschmückten Kappen eilen die Stufen des Royal Exchange hinauf und hinunter, und die großen, von der Straße zurückgesetzten Wohnhäuser sind entweder Neubauten mit großzügigen Fenstern oder umgewandelte Klostergebäude, die renoviert wurden, nachdem der Vater der Königin sie geschlossen hatte. Aber wo Geld ist, findet man immer auch Not und Verzweiflung: Bettler, die nur durch Lumpen notdürftig vor der Oktoberkälte geschützt sind, fordern in der Nähe der Treppe bei den wohlgenährten und gut gekleideten Menschen klagend Almosen ein. Zumindest herrscht hier, wo der Reichtum allzu deutlich sichtbar ist, auch eine größere Wachsamkeit: Vor dem Exchange stehen livrierte, mit Piken bewaffnete Posten, und einige der in teure Pelze gehüllten Bürger werden von Leibdienern flankiert. Wenn mein Verfolger bis hierher gekommen ist – und mein Instinkt sagt mir, dass er sich ganz in der Nähe befindet –, wird er jetzt mehr auf der Hut sein müssen.

Ich finde Crosby Hall am Ende der Bishopsgate Street, ein schönes neues Haus mit einer Front aus rotem Ziegelwerk und hellen Steinen. Entlang der Gartenmauer verläuft eine schmale Gasse, und ich vermute, dass sich dort auch der Dienstboteneingang befindet. Als ich um die Ecke biege, schlägt eine Welle kalter Angst über mir zusammen, und ich ziehe meinen Dolch, denn wenn ein Angriff erfolgen soll, dann wird das jetzt der Fall sein, außerhalb der Sichtweite von Passanten. Eine Tür knarrt, ich wappne mich und hebe den Dolch, als eine junge Frau mit einem Korb aus einem kleinen Tor in der Mauer tritt und so laut loskreischt, als wäre ich tatsächlich auf sie losgegangen.

»Es tut mir leid.« Ich schiebe das Messer in meinen Gürtel zurück und eile zu ihr, um ihr beim Aufheben der heruntergefallenen Wäsche zu helfen, doch sie weicht zurück und schreit weiter, als wären sämtliche Hunde der Hölle hinter ihr her, woraus ich schließe, dass mir mein Akzent keine Hilfe ist. Ein großer, erkahlender Mann mit einer schmutzigen Küchenschürze vor dem Bauch steckt den Kopf zum Tor heraus und ballt die Fäuste.

»Was ist hier los?«

»Verzeihung – ein Missverständnis –, ich möchte Lady Seaton sprechen. Mein Name ist Giordano Bruno.«

»Dein ausländischer Name interessiert mich einen Rattenscheiß. Hier wohnt keine Lady Seaton. Jetzt verschwinde, ehe ich dir einen Tritt in deinen dreckigen spanischen Hintern verpasse!«

»Er hat ein Messer«, quiekt das Mädchen, als es hinter seiner fleischigen Schulter Schutz sucht.

Ich hebe beide Hände.

»Lady Seaton ist heute bei Eurem Herrn zu Gast, glaube ich. Man hat mir gesagt, sie hätte eine dringende Botschaft für mich. Wärt Ihr so freundlich, einmal nachzufragen? Ich kann hier warten.«

»Und ob du hier wartest. Mit einem Messer kommst du hier nicht herein. Geh ins Haus zurück, Meg, bis wir die Angelegenheit geklärt haben.« Er hält dem Mädchen das Tor auf. Sowie Meg hindurchgehuscht ist, funkelt er mich finster an.

»Sag deinen Namen noch einmal. Aber langsam.«

»Bruno. Einfach Bruno.«

Er nickt, und das Tor schließt sich hinter ihm. Die Gasse bleibt ruhig. Ich lehne mich gegen die Mauer; jetzt überzeugt, dass ich in eine Falle geraten bin und hier in diesem schlammigen Sträßchen auf meine Hinrichtung warte. Nun, denke ich, ich habe dem Tod schon mehr als einmal ins Auge geblickt und in meinen Jahren als Flüchtling in Italien ein bisschen über Kampfkunst gelernt. Wenn ich hierher bestellt worden bin, um zu sterben, werde ich es meinen Henkern nicht leicht machen.

Die Zeit verstreicht, ich habe den Versuch aufgegeben, die Minuten zu zählen. Ein Windstoß fegt herabgefallene Blätter durch die Gasse; einige bleiben an meinen Beinen kleben, bevor sie weiterwirbeln. Als das Tor wieder geöffnet wird, springe ich zurück, und meine Hand fährt zu dem Dolch. Ein grauhaariger Mann in einem schmucken schwarzen Wams und einer gestärkten Halskrause erscheint im Eingang und mustert mich von Kopf bis Fuß.

»Ihr seid Bruno? Lady Seatons Bote?«

»Äh – ja.« Ich stoße langsam den Atem aus, denn der Mann macht nicht den Eindruck, als wollte er auf mich losgehen. War der Brief letztendlich doch echt?

»Tretet ein. Ich bin der Haushofmeister von Sir John Spencer.« Er führt mich in einen kleinen Hof hinter dem Haus, wo ein paar Hühner nach Körnern aus großen Getreidesäcken scharren, die darauf warten, in die Vorratshäuser geschafft zu werden.

»Wartet hier. Aber ich muss Euch leider bitten, mir Eure Waffe in Verwahrung zu geben.« Er streckt entschuldigend eine Hand aus.

Ich zögere immer noch, doch als ich über seine Schulter spähe, sehe ich mit einer Erleichterung, die meine Knie weich werden lässt, die stattliche Gestalt von Lady Seaton um die Ecke des Hauses kommen.

»Oh, da seid Ihr ja, Bruno – Ihr müsst für mich eine dringende Nachricht in den Palast bringen«, ruft sie mir gebieterisch entgegen. Dies ist eindeutig ein Vorwand, den sie sich ausgedacht hat, um zu erklären, warum jemand von niedriger Geburt sie im Haus ihrer Freunde aufsucht. Ich finde ihr Verhalten empörend, aber es erzielt anscheinend die beabsichtigte Wirkung. Ich verneige mich tief, der Haushofmeister mustert mich neugierig, dann tut er es mir nach und zieht sich ins Haus zurück, ohne noch einmal mein Messer zu verlangen. Ein Diener, der einen Holzeimer über den Hof schleppt, hält in seinem Tun inne, um uns anzustarren, macht aber auf einen eisigen Blick Lady Seatons hin, dass er weiterkommt.

Sie schenkt mir ein säuerliches Lächeln.

»Sie haben den Mörder meiner Mädchen immer noch nicht gefasst«, beginnt sie fast anklagend. »Nachdem man Abigail Morley gefunden hat, wurde Sir Edward Bellamy aus dem Tower entlassen, aber Ihr könnt Euch das Getuschel am Hof vorstellen, als er sich dort wieder blicken ließ, der arme Mann. Der Gestank einer solchen Beschuldigung bleibt lange haften. Die Leute wollen ihn für den Täter halten, damit sie wieder ruhig in ihren Betten schlafen können. Aber nun lebt der Hof erneut in Angst, und ein paar meiner Mädchen sind schon fast hysterisch. Und die Königin wird ungeduldig.«

»Ich glaube, man hofft, ihn bald zu finden.«

»Pah.« Ihr spöttisch verzogener Mund zeigt, was sie von meiner Bemerkung hält. »Sie wissen nicht, was ich weiß.«

»Was denn?«

Sie winkt mich in eine Ecke im Schatten eines niedrigen Lagerhauses.

»Letzte Woche wurde Cecily Ashes Leichnam ihrem Vater

übergeben, damit er sie bestatten kann. Der Rest ihrer Familie ist von Nottinghamshire heruntergekommen. Es gab einen Gottesdienst in der königlichen Kapelle. Ich nutzte die Gelegenheit, um mit ihrer jüngeren Schwester zu sprechen.«

Ich ermuntere sie mit einem Nicken fortzufahren. Mir wird bewusst, dass ich den Atem anhalte.

»Natürlich gestattete ihr Vater dem Mädchen nicht, auch nur in die Nähe des Hofes zu kommen – verständlich, wenn man bedenkt, was mit Cecily passiert ist, obwohl ich zu behaupten wage, dass das ihre Heiratschancen schmälern wird. Cecily war diejenige in der Familie, die all die Schönheit mitbekommen hat – umso schlimmer, nicht wahr?« Sie schnüffelt. »Aber Ihr wisst ja, dass sich Schwestern fast alles anvertrauen.«

Das weiß ich nicht, aber ich nicke, um sie nur ja nicht zu unterbrechen.

»Ich lotste die Kleine also von ihren Eltern weg, um aus ihr herauszubekommen, was ihr Cecily über ihren Kavalier erzählt hat.«

»Der, von dem Ihr mir versichert habt, es gäbe ihn nicht?«

Sie schürzt die Lippen.

»Nehmt es mir nicht übel. Offenbar hat Cecily ihrer Schwester jede Woche geschrieben – die Briefe der Hofdamen sollten natürlich durch meine Hände gehen und von mir kontrolliert werden, aber sie finden immer Mittel und Wege, um sie herauszuschmuggeln. Das Mädchen war nicht erpicht darauf, mir alles zu erzählen, aber ich kann sehr überzeugend sein.«

»Daran hege ich keinen Zweifel.«

Sie nickt, als würde sie meine Zustimmung beschwichtigen.

»Nun ja – dieser Kavalier. Cecily hat ihrer Schwester geschrieben, dass sie bald eine Gräfin würde.«

»Demnach war er ein Earl?« Mein Puls beschleunigt sich erneut. In meiner Aufregung packe ich ihren Ärmel.

»Lasst mich bitte los, Bruno.« Sie streicht die Seide glatt, doch als sie geruht, mich wieder anzusehen, leuchten ihre Augen, so sehr genießt sie es, ihre Geschichte zu erzählen. »So sagte er wohl. Am Ende musste ich es dem Mädchen durch Drohungen entlocken. Ich sagte ihr, wenn sie mir den Namen nicht verriete und noch mehr Mädchen stürben, würde ich der Königin persönlich mitteilen, dass sie dafür verantwortlich ist, weil sie den Mörder gedeckt hat. Das hat ihr eine Todesangst eingejagt, kann ich Euch sagen. Mit fünfzehn sind sie allesamt störrische Kreaturen.«

»Ich kann es mir vorstellen.« Ich male mir aus, wie die verängstigte Schwester der scharfzüngigen Lady Seaton hilflos ausgeliefert ist. »Sie hat Euch einen Namen genannt?«

»Keinen Namen, sondern einen Titel. Sie behauptete, Cecily hätte ihr den Namen nie genannt, sie hätte ihn lediglich als Earl of Ormond bezeichnet.« Sie legt eine dramatische Pause ein, damit ich diese Information verarbeiten kann. Ich gestehe meine Unwissenheit mit einem Achselzucken ein.

»Nun – kennt Ihr diesen Mann?«

Sie dreht sich zu mir um. Ein schadenfrohes Funkeln tritt in ihre Augen.

»Das ist ja gerade der springende Punkt, Bruno – bei Hof gibt es niemanden, der diesen Titel führt.«

»Aber dann – jeder könnte sich einen falschen Titel zugelegt haben«, erwidere ich verzagt. »Wie soll uns das weiterhelfen?«

»Ich habe nicht gesagt, dass es sich um einen falschen Titel handelt, sondern nur, dass meines Wissens niemand am Hof als Earl of Ormond bekannt ist. Und ich kenne dort jeden«, fügt sie hinzu, als hätte ich versucht, dies zu leugnen. »Ich dachte, das wäre vielleicht eine Spur, der Ihr nachgehen könnt. Ich meine, es könnte ein alter Familienname sein, der von einem anderen Haus vereinnahmt worden oder ausgestorben ist – die

Annalen des englischen Adels wimmeln von halb vergessenen untergeordneten Titeln wie diesem.«

»Demnach war er Engländer?«

Sie runzelt die Stirn, als wäre sie nicht sicher, worauf ich hinauswill.

»Nun, das nahm ich jedenfalls an. Wie sonst hätte er Cecily davon überzeugen können, eine Grafschaft zu besitzen?«

Ich streiche mir das Haar aus der Stirn und revidiere ungeduldig meine Theorie. Courcelles spricht gut Englisch, aber sein französischer Akzent ist so ausgeprägt, dass er Muttersprachler zum Lachen reizt. Lady Seaton hat Recht, er hätte nie überzeugend als englischer Adliger auftreten können, und Cecily hätte es sicher entweder ihrer Schwester oder Abigail gegenüber erwähnt, wenn ihr eindrucksvoller Verehrer ein Franzose gewesen wäre. Nein, so ungern ich mich auch von der Idee verabschiede – obwohl Courcelles' Äußeres in das Bild passt, glaube ich nicht, dass er sich als Earl of Ormond ausgegeben hatte.

»Aber wo könnte ich etwas über diesen Titel herausfinden?«

Sie sieht mich an, als würde ich mich dümmer stellen, als ich bin.

»Das Heroldsamt hat alles archiviert. Es ist am Derby Place, einer Seitenstraße der St. Peter Street. Dort kann man Euch sicher Auskunft geben.«

»Wo um alles in der Welt liegt Ormond nur?«

»Woher soll ich das wissen, Bruno? Ich bin kein Kartograf.«

»Habt Ihr Lord Burghley davon erzählt?«, erkundige ich mich neugierig.

Sie schnalzt mit der Zunge.

»Lord Burghley und ich schätzen uns nicht sehr. Ich hatte nie den Eindruck, dass ihm das Schicksal der Hofdamen sonderlich naheging. Ihr Tod ist ein politisches Problem für ihn, für das er eine politische Lösung finden wird, da könnt Ihr sicher sein. Inzwischen sind meine Mädchen außer sich vor Angst davor, der Mörder könne sein Auge noch auf andere von ihnen geworfen haben. Auch die Königin fürchtet sich, obwohl sie es nie zugeben würde. Diese Morde waren groteske Drohungen gegen ihre Person. Und sie vergiften die Atmosphäre am Hof – wir sehen jeden Mann voller Argwohn an und fragen uns, ob er wohl der Täter ist. Er muss gefunden und weggesperrt werden, damit er keiner weiteren von uns etwas antun kann.« Sie schlingt ihren Schal enger um sich, als ein Windstoß die Blätter im Hof aufwirbelt. »Ich hatte wenig Lust, von Lord Burghley noch einmal als törichte alte Närrin abgetan zu werden. Aber Ihr habt etwas an Euch … mit Euren klugen Augen und klugen Fragen. Als ich Euch mit dem französischen Botschafter am Hof sah, wurde mir sofort klar, dass Ihr einer von Francis Walsinghams Agenten sein müsst. Ihr braucht nicht darauf zu antworten. Ich kann schweigen wie ein Grab.«

Weder bestätige ich dies noch leugne ich es.

»Ich kann Euch versichern, Mylady, dass ich alles tue, was in meiner Macht steht, um zu helfen, diesen Mann zu fassen, und ich bin Euch dankbar für Eure Mühe. Aber ich denke, in Bezug auf Lord Burghley irrt Ihr Euch. Er hat selbst eine Tochter ungefähr dieses Alters verloren. Ich glaube, all das geht ihm näher, als Ihr ahnt.«

Sie denkt darüber nach, als ich knapp nicke und auf das Tor zugehe.

»Bruno?«

Ich drehe mich erwartungsvoll um.

»Vergesst Eure Manieren nicht. *Mein* Titel ist echt, das versichere ich Euch.« Dabei zuckt es verräterisch um ihre Mundwinkel. Ich verbeuge mich tief, und als ich wieder aufblicke, ist sie bereits auf dem Rückweg ins Haus.

Auf dem Weg durch Bucklersbury, wo die Gerüche aus den zahlreichen Apothekerläden die Luft erfüllen, bleibe ich stehen, um über meine Schulter zu blicken. Sollte mein Verfolger noch hinter mir her sein, soll er sich doch zeigen; ich spüre, dass die Identität dieses schwer fassbaren Mörders kurz vor der Enthüllung steht. Er hat Cecily Ashe mit einem hübschen Gesicht und einem Titel verführt, den er sich ausgeliehen oder erfunden hat, oder vielleicht ist es wirklich sein eigener, den er nur nicht benutzt, doch wenn die Grafschaft Ormond wirklich existiert oder je existiert hat, werde ich herausfinden, wer von den restlichen Verdächtigen eine Verbindung dazu hat. Schon jetzt eilen meine Gedanken den Tatsachen voraus und legen sich auf Throckmorton fest. Obwohl ich ihm nur zweimal in Salisbury Court begegnet bin, erinnere ich mich an ihn als an einen Mann von angenehmem Äußeren, nicht auffallend schön wie Courcelles, aber gut aussehend genug, um der Beschreibung zu entsprechen. Er ist Engländer, stammt aus guter Familie – könnte er nicht genauso gut Cecily davon überzeugt haben, dass er einen Titel führt?

Meine Überlegungen fliegen schneller dahin als meine Füße, die mich entlang der Great St. Thomas Apostle und dann als Abkürzung den Garlic Hill hinunter zur Thames Street und genau nach Westen zur St. Peter's führen. Ich danke meinem Schöpfer dafür, dass ich einen großen Teil des Sommers damit verbracht hatte, durch die Straßen der Stadt zu wandern und sie zu erkunden, die Bezirke der Gildemitglieder und Kaufleute, die wohlhabenden und die Armenviertel. Ich wollte alles kennen lernen, um in meinem Kopf ein Gesamtbild zusammensetzen zu können; da ich London zu meiner neuen Heimat machen wollte, fand ich, sollte ich mir die Mühe machen, mir profunde Ortskenntnisse zu erwerben. Und obwohl ich mich nie so gut auskennen werde wie die, die mit dem Gestank der Themse in der Nase geboren wurden, habe ich mir zumindest so viele der wichtigsten Straßen eingeprägt, um nicht ständig stehen bleiben und Fremde nach dem Weg fragen zu müssen. London ist für Ausländer keine freundliche Stadt; es empfiehlt sich, nie zuzugeben, dass man sich verlaufen hat.

In der St. Peter Street halte ich einen gut gekleideten Mann an und erkundige mich, wo das Wappenamt zu finden ist. Er deutet die Straße hinunter auf ein großes u-förmiges dreistöckiges Gebäude auf der Nordseite. Im Westteil des Hauses erblicke ich ein Torhaus mit heraufgezogenem Fallgitter. Innerhalb des von Gebäudereihen umschlossenen quadratischen Hofes tritt ein Mann in einem Heroldsrock mit dem königlichen Wappen aus der Haupttür und fragt mich nach meinem Begehr. Ich bleibe stehen, beuge mich vor, stütze die Hände auf die Oberschenkel und versuche, wieder zu Atem zu kommen, während er mich besorgt mustert.

»Ich brauche Informationen über einen bestimmten Titel«, keuche ich, als mir meine Stimme wieder gehorcht. Seine Augen werden schmal.

»Zu welchem Zweck?«

»Um herauszufinden, ob er wirklich existiert.«

»In wessen Auftrag?«

Ich zögere. Wessen Autorität könnte mir hier am meisten nützen? Ich darf es keineswegs riskieren, dass man mich mit Walsingham in Verbindung bringt, und wenn ich Burghley nenne, würde der königliche Bedienstete gewiss einen Brief oder ein Siegel als Beweis verlangen – verständlich, da meine Erscheinung durchaus Anlass zu Misstrauen gibt.

»Ich bin der Privatsekretär des französischen Botschafters, Seigneur de Mauvissiere.« Ich richte mich auf und streiche mir das Haar aus dem Gesicht, hierauf beuge ich mich erneut vor und dämpfe meine Stimme. »Es handelt sich um eine heikle Angelegenheit.«

Ein leiser Anflug von Interesse huscht über sein Gesicht, er nickt und öffnet mir die Tür. Ich finde mich in einer gefliesten Eingangshalle voller Seidenbanner in leuchtenden Farben wieder; sie zeigen eine Menagerie von Löwen, Adlern, Einhörnern, Greifen und Basilisken, die sacht im Luftzug wehen, der durch die offene Tür dringt.

»Ihr müsst mit einem der Wappenherolde sprechen«, informiert mich der Türhüter. Wir blicken uns beide um. Die Halle ist leer. »Wartet einen Augenblick.« Er geht zu einer Tür am anderen Ende, wobei seine Absätze auf den Fliesen klicken, steckt den Kopf hinein und ruft jemandem etwas zu. Ein paar Minuten verstreichen in Schweigen. Ich lächele meinen Führer unsicher an, woraufhin er ermutigend in Richtung Tür nickt. Endlich erscheint ein stämmiger Mann in demselben Wappenrock, dessen Doppelkinn über seine Halskrause quillt. Auch er betrachtet mich mit Argwohn.

»Dieser Gentleman«, sagt der Türhüter, wobei mir der Anflug von Sarkasmus in seiner Stimme nicht entgeht, »muss einen Titel überprüfen. Sagt, er ist in einer persönlichen Angelegenheit des französischen Botschafters hier.«

»Habt Ihr eine Vollmacht?«, fragt der Mann mit dem Doppelkinn.

»Leider nein.« Wie zum Beweis klopfe ich auf mein Wams.

Er presst die Lippen zusammen und faltet die Hände. Einen Moment fürchte ich, dass er mich unverrichteter Dinge wieder fortschickt.

»Ich habe Geld«, platze ich heraus.

Der Offizier lächelt schwach.

»Oh, ohne Geld kommt Ihr auch nicht weit. Was ist denn der Grund für Eure Nachfrage?«

Ich schaue von einem zum anderen.

»Die Nichte des Botschafters hat einen Heiratsantrag von einem englischen Gentleman bekommen, der behauptet, der Erbe einer bestimmten Grafschaft zu sein«, flüstere ich, als würde ich ihnen ein pikantes Geheimnis anvertrauen. »Aber mein Herr kennt diesen Titel nicht und möchte die Glaubwürdigkeit des jungen Mannes überprüfen.«

Die beiden Männer tauschen einen wissenden Blick.

»Der alte Trick«, sagt der ältere, womit er andeuten will, dass er täglich mit derartigen Dingen zu tun hat. Er streckt eine fleischige Hand aus. »Das Amt benötigt regelmäßige Einkünfte, um das Archiv unterhalten zu können, das versteht Ihr doch sicher.«

»Natürlich.« Ich klopfe auf den Brustteil meines Wamses, wo ich mir unter meinem Umhang meine Geldbörse um den Hals geschlungen habe. Das für neue Stiefel bestimmte Geld wird wohl einer wichtigeren Sache geopfert werden müssen. »Wie hoch ist der Preis?«

»Das hängt davon ab, wie lange ich brauche, um die entsprechenden Unterlagen zu finden«, erwidert er und stößt zum Beweis die Tür auf, durch die er gekommen ist. Dahinter liegt ein Raum mit deckenhohen Regalen an den Wänden, die mit gebundenen Manuskripten und Papierrollen vollgestopft sind. »Die Akten über Wappen und Stammbäume reichen hundert Jahre zurück, seit das Amt von König Richard III. gegründet wurde«, erklärt er stolz, dabei deutet er auf die Sammlung, als habe er selbst sie zusammengetragen. »Wie lautet denn der angebliche Titel?«

»Earl of Ormond«, antworte ich. Der Name hat in meinen Ohren bereits einen düsteren Klang angenommen.

»Oh, dann kann ich Euch nicht helfen«, bedauert er. »Spart lieber Euer Geld.«

»Warum nicht? Ist es kein echter Titel?«

»Es ist kein *englischer* Titel«, entgegnet er vorsichtig. »Ich halte ihn für schottisch, und wir bewahren hier keine Unterlagen über den schottischen Adel auf. Dafür werdet Ihr nach Edinburgh reisen müssen.«

Ein Dutzend widersprüchlicher Gefühle muss über mein Gesicht gehuscht sein, denn er scheint Mitleid mit mir zu bekommen.

»Allein – es gibt jemanden, der Euch vielleicht weiterhelfen kann. Wartet hier.« Er stapft wichtigtuerisch durch eine andere Tür. Seine Schritte verklingen, und plötzlich überkommt mich eine solche Erschöpfung, dass ich mich auf die unterste Stufe der Marmortreppe setzen muss, die von der Eingangshalle nach oben führt.

»Offen gestanden«, meint der Türhüter, der sich nicht von der Stelle gerührt hat – anscheinend ist er an dem Ausgang meiner Suche so interessiert, dass er nicht auf seinen Posten zurückkehren will, »sind die meisten, die mit ihrem Earltitel prahlen, selten von Adel. Ich meine, die wahren Earls haben es nicht nötig, großes Aufhebens davon zu machen.«

Ich hebe den auf meinen Händen ruhenden Kopf an, um den Türhüter ansehen zu können. »Danke. Ich werde es mir merken.«

Nach einer Weile höre ich die sich nähernden Schritte des Wappenherolds. Hinter ihm schlurft ein weißhaariger, ebenfalls in die Livree des Amtes gekleideter Mann, der sich militärisch aufrecht hält, obwohl das Gehen ihm sichtliche Schwierigkeiten bereitet.

»Das ist Walter, unser dienstältester Offizier«, verkündet der Mann mit dem Doppelkinn. »Er hat den größten Teil unserer Akten im Kopf, müsst Ihr wissen. Wenn hier, was Gott verhüten möge, ein Feuer ausbrechen sollte, werden wir uns an

Walter wenden, damit er unser Archiv aus dem Gedächtnis heraus neu aufbaut.« Er tippt sich viel sagend gegen die Schläfe. »Und er ist gebürtiger Schotte und weiß auch viel über schottische Adelstitel.«

»Nun«, versetzt der alte Mann mit sonorer Stimme und dieser seltsamen Betonung der Vokale, die ich mittlerweile sofort erkenne, »leider stiehlt mir das Alter nach und nach die Namen und Daten. Aber an die Grafschaft Ormond kann ich mich erinnern, wenn es Euch interessiert.«

Ich springe auf und nicke.

»Bitte – erzählt mir alles, was Ihr wisst!«

»Gut.« Er räuspert sich, als schicke er sich an, eine lange Geschichte zu erzählen. Insgeheim hoffe ich, er möge sich kurz fassen. »Der Titel leitet sich von Ormond Castle auf der Black Isle ab, aber die Grafschaft wurde 1455 nach einer Rebellion gegen die schottischen Könige konfisziert.«

»Also ist der Titel erloschen?«

»Er wurde ein Nebentitel der Herzöge von Ross, der Anfang dieses Jahrhunderts ebenfalls verloren ging. Nun …«, er hält inne, schluckt und hebt wie ein Schulmeister, der die Aufmerksamkeit seiner Schüler auf sich lenken will, einen zittrigen Finger, »… die Herzöge von Ross waren Stewarts, die Earls of Ormond entstammten dagegen alle dem Haus Douglas.«

Ich höre kaum, wie der Wappenherold mir seinen Preis nennt, meine Finger greifen fast wie von selbst nach meinem Geldbeutel und reichen ihm die verlangten Münzen, während ich den alten Mann anstarre, ohne ihn bewusst wahrzunehmen. *Douglas*. Der Name hallt in meinen Ohren wider. Warum bin ich nicht schon früher darauf gekommen? Douglas, der gedungene Mörder mit seinem eigenartigen Charme, mit dem er sowohl Männer als auch Frauen in seinen Bann ziehen kann, mit seinem schelmischen Lächeln und seinen zotigen Witzen. Hat er sich mit Marie und den Guise-Anhängern zusammengetan, weil er ihnen die größte Chance einräumt, nach der Invasion an die Macht zu gelangen, oder haben sie ihm einfach nur genug Geld für die Morde geboten?

Ich danke den Männern und stolpere durch das Tor des Heroldsamtes auf die Straße hinaus. Das Licht wird schwächer, eine kühle frühe Abendämmerung bricht über die Stadt herein, als dünner Nebel aufsteigt, die Gebäude einhüllt und die Straßen plötzlich fremd erscheinen lässt. Schon werden in den Fenstern die ersten Lampen entzündet. Ich ziehe meinen Umhang hoch und schlinge den Kragen um mein Gesicht, denn der Mut, den ich noch einige Zeit zuvor verspürt habe, ist schlagartig erloschen. Hier in den sich verdunkelnden Straßen bin ich allein und verwundbar, und diese Erkenntnis steigert meine Furcht noch. Ich kann nicht umhin, als an den Tag zu denken, an dem Douglas mich unverhofft auf der Straße angesprochen hatte, so, als habe er mich zufällig getroffen – er musste mir da schon gefolgt sein. Der Nebel würde weder ihn noch Henry Howards Männer abhalten, wenn sie mir auf den Fersen wären, und die Wachposten beginnen erst mit ihren Runden, wenn die Glocken acht Uhr geläutet haben. Von der St. Peter Street bis zum St. Andrew's Hill ist es nicht weit, nur wenige hundert Yards; wenn Fowler daheim ist, könnten wir noch heute Abend mit einem Boot zu Walsingham oder wenigstens nach Whitehall zu Lord Burghley fahren.

Ich schöpfe wieder etwas Mut, biege in die St. Peter Street ein und halte mich diesmal dicht im Schatten der Gebäude. Ein paar einsame Reiter sind Richtung Westen auf dem Weg hinaus aus der Stadt, und die letzten Straßenhändler trotten mit ihren Körben auf den Schultern an mir vorüber. Die wehmütigen Schreie der Möwen zerreißen das Zwielicht. Ich schreite rasch aus; der heranwabernde Nebel scheint die Geräusche der Stadt zu dämpfen oder aus den unwahrscheinlichsten Ecken widerhallen zu lassen. Ich habe gerade die Ecke zum Addle Hill erreicht, als sich ein Arm von hinten um meinen Hals schließt und ich in eine Lücke zwischen zwei Häusern gezerrt werde. Ich versuche zu schreien, doch der Arm schnürt mir die Luft ab. Mein Angreifer ist ein hünenhafter, kräftiger Mann, er hebt mich fast vom Boden hoch, und obwohl ich nach ihm trete, treffen meine Füße ihn nicht. Mit seiner freien Hand presst er meinen linken Arm hinter meinen Rücken, doch dieses Manöver ermöglicht es mir, meinen Körper so weit zu drehen, um mit der rechten Hand nach meinem Dolch greifen zu können. Ich habe nur eine einzige Chance und kaum den Bruchteil einer Sekunde Zeit, darüber nachzudenken, als er seinen Arm enger um meinen Hals legt. Ich biege den Rücken durch, beuge den rechten Arm und stoße mit dem Messer nach ihm. Er scheint die Bewegung zu spüren, und noch bevor ich den Stoß ausführen kann, versucht er auszuweichen – doch er ist nicht schnell genug; er stößt einen Schmerzensschrei aus und lockert seinen Griff so weit, dass ich nach Atem ringen kann, die Knie anwinkeln und blitzartig hochschnellen, sodass mein Kopf gegen sein Kinn kracht. Dadurch gibt er meinen linken Arm frei, und es gelingt mir, mit vorgestrecktem Dolch zu ihm herumzuwirbeln; er hinkt, bleibt jedoch unbeirrt, wenngleich ich leichter und schneller bin und ihn mit einer Reihe von Finten aus der Sicherheit der Schatten in die leere Straße hinaustreibe. Er holt aus, um mir einen Faustschlag zu versetzen, ich ducke mich und ramme ihm gleichzeitig das Messer in das weiche Fleisch des Oberschenkels. Als er brüllend erneut die Faust schwingt, trete ich ihm mit aller Kraft in den Unterleib, woraufhin er zurücktaumelt. Aber er ist kräftig gebaut und nicht gewillt, den Kampf aufzugeben; er holt zu einem neuerlichen Schlag aus, ich springe zurück, gerate mit dem Fuß in eine Furche in der Straße und lande hart rücklings auf dem Boden. Mein Gegner baut sich in seiner ganzen Größe über mir auf, greift nach seinem Gürtel, Stahl blitzt auf, und ich versuche, auf Händen und Füßen davonzukriechen, doch er ist schon wieder über mir. Nackte Angst durchzuckt mich, ich wappne mich für den tödlichen Stoß, und da torkelt mein Gegner plötzlich, als habe ihn ein Schlag getroffen, seine Hand sinkt, und er scheint in sich zusammenzusacken. Ich rolle mich zur Seite, wie er erst auf die Knie und dann wie eine zerbrochene Marionette auf das Gesicht fällt und ich einen Armbrustbolzen aus seinem Rücken ragen sehe. Erschüttert bleibe ich still liegen und versuche zu begreifen, was sich soeben ereignet hat, als eine in einen Umhang gehüllte Gestalt so schnell, dass ich ihre Gegenwart kaum registrieren kann, aus dem Schatten schießt und leichtfüßig den Addle Hill hinaufläuft, wo sie vom Nebel verschluckt wird.

Ein leises Stöhnen entringt sich dem Mann neben mir – er ist noch nicht tot, wird es aber bald sein, wenn er keine Hilfe bekommt. Eine anders geartete Furcht ergreift von mir Besitz: Wenn ich hier angetroffen werde, wird man mich für den Mörder halten. Ich schiebe das Messer in die Scheide zurück, erhebe mich unsicher und werfe einen letzten Blick auf den Fremden, der mich sicherlich getötet hätte, sofern mein ebenso rätselhafter Schutzengel nicht zur Stelle gewesen wäre. Die feuchte Luft benetzt mein Gesicht. Wer war der Armbrustschütze, und wie lange ist er mir gefolgt? Ich blicke mich um, spähe erneut in den Nebel auf dem Addle Hill, in dem der Mann verschwunden ist. Die Straße bleibt ruhig. In der Ferne erkenne ich den tanzenden Lichtfleck einer Laterne – jemand nähert sich mir von Osten her. Ich klopfe mir den Staub ab und eile in die entgegengesetzte Richtung davon, bevor mich ein Passant hier entdeckt.

Fowler schenkt einen Becher heißen Wein ein und reicht ihn mir, dabei runzelt er besorgt die Stirn. Ich kauere auf einem niedrigen Stuhl vor dem Feuer in seinem kleinen, ordentlichen Salon, während er, eine Hand auf den Kaminsims gestützt, stehen geblieben ist.

»Aber Henry Howard ist ein Verbündeter der Verschwörer, Bruno«, gibt er zu bedenken, nachdem ich ihm von dem Hinterhalt erzählt habe, in den ich geraten war. »Wenn er Euch Mordgesindel auf den Hals hetzt, müsst Ihr es Castelnau sagen.«

»Castelnau hat keinen Einfluss auf Howard. Er ist für die Verschwörer nur so lange von Nutzen, wie sie die Botschaft als Umschlagplatz für ihre Korrespondenz mit Maria benutzen können.« Ich trinke einen Schluck Wein und wärme mir die Hände an dem Becher. »Keiner von ihnen respektiert Castelnau oder den französischen König. Henry Howard hat ganz offensichtlich beschlossen, dass ich eine Gefahr für ihn bin und zum Schweigen gebracht werden muss. Ich bin erst dann sicher, wenn er verhaftet ist.«

Fowler schnalzt ungeduldig mit der Zunge. Zum ersten Mal sehe ich, wie seine ruhige Gelassenheit Risse bekommt.

»Ich weiß, was Ihr sagen wollt«, komme ich ihm zuvor und hebe eine Hand, um seine Kritik im Keim zu ersticken. »Ihr habt mich gewarnt, dass meine Eskapade in Arundel House ein böses Ende nehmen könnte, und Ihr habt Recht behalten. Ich hätte auf Euch hören sollen. Beinahe hätte es sich gelohnt!«

Er fährt sich seufzend mit der Hand durch das Haar.

»Gefahr liegt in der Natur unserer Arbeit. Wenigstens wart Ihr bereit, ein Risiko einzugehen.« Etwas, was an Bedauern grenzt, schwingt in seiner Stimme mit. »Es ist wirklich zu schade, dass Ihr dieser Ahnentafel aus Arundel House verlustig gegangen seid«, fügt er, den Kopf neigend, hinzu. »Sie hätte dazu geführt, dass Howard seinem Bruder geradewegs auf das Schafott gefolgt wäre.«

»Mir blieb keine andere Wahl. Wäre ich nicht zu dem Boot geschwommen, wäre ich auf der Stelle getötet worden. Ihr habt Walsingham eine Nachricht geschickt und ihn über den Verlauf des gestrigen Abends informiert, nehme ich an? Und ihm von dem Datum und der Liste sicherer Häfen berichtet?«

»Natürlich«, murmelt er. »Ich bin gleich heute Morgen als Erstes zu Phelippes gegangen. Doch leider fehlte mir ja ein schriftlicher Beweis. Großer Gott, Bruno – Henry Howard!« Er schüttelt den Kopf und stößt einen leisen Pfiff aus. »Ich kann kaum glauben, welches Ausmaß der Ehrgeiz dieses Mannes angenommen hat. Ihr glaubt, er hat es auch auf König James von Schottland abgesehen? Unvorstellbar.«

»Er ist absolut skrupellos. Dafür habe ich alle Beweise, die ich brauche.« Ich reibe mir den Hals. »Dabei habe ich Euch noch nicht einmal die Hälfte erzählt.«

Fowler hebt die Brauen und zieht sich ein Kissen heran, auf dem er im Schneidersitz Platz nimmt und auf den Rest der Geschichte wartet. Es stimmt, dass ich ihm nicht alles erzählt habe; bei meiner Wiedergabe der Nacht in Arundel House habe ich Henry Howards Beschäftigung mit dem Okkultismus ausgelassen und auch den geheimnisvollen Fremden nicht erwähnt, der vorhin meinen Angreifer in der St. Peter Street unschädlich gemacht hatte. Das geschah teils aus Stolz, teils aber auch, weil mir das Geschehene Unbehagen eingeflößt hat. Schon lange bevor Henry Howard mich tot sehen wollte, habe ich vermutet, dass mich jemand verfolgt. Möglicherweise hat derjenige, der mich heute gerettet hat, nicht aus Ritterlichkeit gehandelt, sondern um das Spiel zu verlängern.

Nachdem ich noch einen Schluck Wein getrunken habe, berichte ich Fowler von Lady Seatons Brief und meinem Abstecher zum Heroldsamt. Als ich zu den Informationen des alten schottischen Beamten komme, schlägt er eine Hand vor den Mund und starrt mich einfach nur an.

»Großer Gott!«, entfährt es ihm endlich.

»Ich kann es nicht glauben, dass ich nicht eher an Douglas gedacht habe. Vielleicht, weil er als Mörder eine zu offensichtliche Wahl war. Aus den Ränken der anderen schien er sich auch immer herauszuhalten.«

Fowler schüttelt mit zusammengebissenen Zähnen den Kopf.

»Den lakonischen Söldner spielt er ganz hervorragend. Doch wenn es um sein eigenes Vorwärtskommen geht, ist Douglas gerissener als jeder andere. Nur deshalb hat er so lange überlebt.«

»Hattet Ihr ihn je verdächtigt?«

»Nein«, erwidert er tonlos. »Er ist mir wegen seiner Vorgeschichte in den Sinn gekommen, aber ich habe ihn nicht ernsthaft als Täter in Erwägung gezogen, weil ich bei ihm kein Motiv erkennen konnte. Er muss die ganze Zeit über die verschiedenen Parteien unter den Verschwörern abgeschätzt haben und dann überlegt, welche von denen nach der Invasion die größten Chancen hat, an die Macht zu gelangen.«

»Warum hasst Ihr ihn denn so sehr?«, frage ich neugierig, nachdem ich mein Glas geleert habe.

Fowlers Züge verhärten sich.

»Er ist ein Mann ohne jegliche Prinzipien. Er schmeichelt sich bei den schottischen Lords ein, mit denen sich der junge König James umgibt, und spielt sie dann gegeneinander aus. Ein Mord belastet sein Gewissen nicht sonderlich. Doch was noch schwerer wiegt …«, ein Schatten huscht über sein Gesicht, und er dämpft seine Stimme zu einem Flüstern, »… ist, dass er mir meinen besten Freund genommen hat.«

»Douglas hat ihn ermordet?«

Er senkt den Blick.

»Nein, er hätte es aber ebenso gut tun können – er ist jetzt für mich tot. Patrick, Master of Gray. Wir waren von Kind an Freunde, Douglas hat ihn mir gleichwohl entfremdet und unter seinen Einfluss gebracht, um seine Absichten bezüglich König James voranzutreiben.«

In der Stimme dieses jungen Mannes, der so selten Gefühle zeigt, schwingt eine solche Bitterkeit mit, dass ich mich unwillkürlich frage, wie eng diese Freundschaft gewesen war. Fowler scheint der Verlust tief zu schmerzen. Als ich ihn beobachte, empfinde ich eine unerwartete Zuneigung zu diesem Mann, der – wenn auch aus Gründen der Notwendigkeit – mein Vertrauter geworden ist. Wie wenig wir doch von dem wissen, was in anderen vorgeht. Vielleicht trägt der ruhige, zurückhaltende Fowler ebenfalls einen verborgenen Schmerz mit sich herum.

»Ich muss Walsingham unverzüglich von alldem in Kenntnis setzen«, sage ich. »Nur er kann mich vor Howards Leuten schützen. Aber ich fürchte, der heutige Abend hat mir bewiesen, dass ich besser nicht allein unterwegs sein sollte. Begleitet Ihr mich flussaufwärts?«

Er zögert. Ich frage mich, ob er Angst hat und es nicht zugeben will; er macht nicht unbedingt den Eindruck eines Kämpfers.

»Wir sollten nicht zu oft zusammen gesehen werden …« Im Nachhinein scheint er einzulenken, er steht auf und streicht seine Kleider glatt. »Dessen ungeachtet habt Ihr Recht, Bruno – wer sollte sonst mit Euch kommen? Ich werde uns Laternen und mir einen Umhang holen. Habt Ihr Geld für den Bootsmann?«

Ich nicke. Er verschwindet, und ich versuche, die letzte Wärme des Feuers aufzusaugen, bevor ich wieder in den nasskalten

Londoner Nebel hinaustreten muss, der in die Knochen einsickert und einen von innen her frieren lässt.

Ich registriere, dass Fowler sich unter seinem Umhang einen Schwertgurt umgeschnallt hat. Wir gehen schweigend zum Puddle Wharf hinunter und halten unsere Laternen in die Höhe, obwohl sie in der nebligen Luft kaum Licht spenden. Der Mond wird fast gänzlich von Wolken verdeckt, und die Stadt wirkt wie unter einem Leichentuch begraben.

»Außer dem Klatsch von Ladey Seaton haben wir keinen Beweis gegen Douglas in der Hand«, bemerke ich, als wir den leeren Landungssteg erreichen. »Er wird dagegenhalten, dass sich jedermann einen nicht mehr genutzten Titel aus dem Archiv hätte aussuchen können.«

Fowler neigt sich nach vorne, blickt über den Fluss hinweg und ruft einen Bootsmann herbei, dann dreht er sich zu mir, während er darauf wartet, dass seine Worte Wirkung zeigen. »In dieser Phase haben wir keine andere Wahl mehr. Douglas ist berüchtigt dafür, in Schottland durch die Maschen des Netzes der Justiz geschlüpft zu sein, aber schottische Richter sind häufig käuflich. Doch mit einem zu allem entschlossenen Walsingham hatte er es noch nie zu tun gehabt. Wenn jemand ihm ein Geständnis entlocken kann, dann er.«

Ich erwidere nichts darauf. Wir kennen beide einige der Methoden des Staatssekretärs auf diesem Gebiet nur allzu gut. Walsingham pocht immer darauf, dass Gott ihm erlaubte, sein Gewissen in diesem Punkt rein zu halten, und dass er lieber einen Unschuldigen der Streckfolter unterzieht, als das Leben vieler aufs Spiel zu setzen, indem er einem möglichen Komplott nicht nachgehe. Er weiß, dass ich mich seiner Meinung hier nicht anschließe und die Aussagekraft von Informationen anzweifle, die von einem Mann stammen, dem die Gliedmaßen aus den Gelenkpfannen gerissen werden. Da ich aus einem Land stamme, das unter der Knute der Inquisition steht, weiß ich besser als viele andere, wie bereitwillig ein Mensch, dem unerträgliche Schmerzen angedroht werden, demjenigen, der dem Einhalt gebieten kann, alles sagt, von dem er glaubt, dass der Betreffende es hören will. Walsingham beschwichtigt auf diese Weise die Stimme seines eigenen Gewissens und kann anscheinend damit leben.

Fowler stößt einen neuerlichen Ruf aus, und nach einer Weile bahnt sich das sachte Plätschern von Rudern im Wasser seinen Weg durch die Nacht, gefolgt vom verschwommenen Lichtschein der Laterne eines Bootsmanns. Als sich uns die kleine Fähre nähert, dreht sich Fowler unvermittelt zu mir um und packt mich am Arm.

»Ich habe eine bessere Idee – was, wenn wir Douglas gleich direkt nach Whitehall bringen würden? Ich kenne ihn schon lange, er kann Schwierigkeiten förmlich wittern und macht sich dann rar – wenn wir Walsingham erreicht haben und er bewaffnete Männer nach ihm ausschickt, könnte ich fast schwören, dass sich Douglas in der Zwischenzeit aus dem Staub gemacht hat.«

»Wie sollen wir ihn denn dazu bewegen, uns zu begleiten? Er wird doch sicher Verdacht schöpfen.«

Fowler überlegt einen Moment.

»Ich werde ihm sagen, dass Mendoza ihn sprechen will, das sollte seine Neugier wecken. Er weiß, dass Mendozas Einfluss auf Maria wächst, im Gegensatz zu dem des armen Castelnau. Und Mendoza hält sich ständig am Hof auf.«

»Ich weiß nicht so recht.« Dieser neue Plan gefällt mir nicht; mir fällt auf, dass Fowler in Bezug auf Douglas überempfindlich ist, obwohl er in einem Punkt Recht hat – die Fahrt zu Walsingham und zurück würde Stunden dauern.

»Denkt doch daran, wie viel besser wir dastehen würden, wenn wir den Mann gleich an Burghley ausliefern«, zischelt er.

»Wo soll es denn hingehen, die Herren? Hier, nehmt das.« Der Bootsmann wirft uns ein Seil zu. Es landet mit einem nassen Klatschen auf dem Anlegesteg, wo ich es aufhebe und straffziehe.

»Über den Fluss«, antwortet Fowler, bevor ich zu Wort komme, steigt in das Boot und zupft seinen Umhang zurecht. »Setzt uns am Dock von St. Mary Overy hinaus.«

»Oh, aye? Kleiner Ausflug nach Southwark, meine Herren?« Das Lampenlicht verzerrt das lüsterne Grinsen des Mannes. Ich klettere vorsichtig hinter Fowler in das Boot. Die Kissen scheinen die gesamte Kälte und Feuchtigkeit der Luft aufgesogen zu haben und leiten sie jetzt durch meine Hose auf meine Haut. »Ihr werdet um einige Schillinge ärmer zurückkommen, das garantier ich Euch. Passt bloß auf, dass Ihr nicht von einer Winchestergans gebissen werdet, eh?« Er stößt ein meckerndes Lachen aus, als er das Boot mit einem Ruder vom Steg abstößt.

»Was für eine Gans?« Ich sehe Fowler verwirrt an, woraufhin ein dünnes Lächeln um seine Lippen spielt.

»Das ist eine Umschreibung dafür, sich die Syphilis zu holen. Eine Winchestergans ist eine Hure – so genannt, weil der Bezirk nominell unter die Gerichtsbarkeit des Bischofs von Winchester fällt, der die Konzessionen für die Hurenhäuser erteilt.«

Ich blinzele zu dem nebelumwaberten Südufer des Flussess hinüber. Southwark, das Viertel außerhalb der Mauern und Gesetze der Stadt, wo eine Halbwelt aus Bordellen, Spielhäusern und Spelunken existiert, die illegale Kämpfe – von Menschen und Tieren – veranstalten, hat sich wie ein giftiger, wuchernder Pilz am Flussufer ausgebreitet. Wer mit Hehlerware und illegalen Büchern handelt, tut das in den Schänken von Southwark.

Piraten, Räuber, Huren, fahrende Schauspieler und verkappte Priester treffen hier auf Ratsherren, Anwälte und Höflinge in verschiedenen Verkleidungen, die die verbotenen Früchte des Bezirks genießen wollen. Gleich unmittelbar nach meiner Ankunft in England hatte mich Castelnau bereits beschworen, mich von Southwark fernzuhalten; in diesen Straßen würde man Ausländern nur zum Spaß die Kehle durchschneiden, warnte er, vor allem Männern, die so aussähen wie ich. Und da ich als Flüchtling in Italien genug solcher Straßen gesehen hatte, habe ich seinen Rat weitgehend befolgt. Kein Wunder, dass Fowler damit rechnet, Douglas dort zu finden. Als der Fährmann die Jolle dreht und beginnt, sich in die Riemen zu legen, um uns flussabwärts zu rudern, überkommt mich eine Vorahnung drohenden Unheils. Da ich sogar bereits vor Einbruch der Dunkelheit in einer der Hauptstraßen der Stadt angegriffen worden bin, wo der Täter damit rechnen musste, von der Stadtwache ertappt zu werden, ist es vermutlich ausgesprochener Wahnsinn, sich im Dunkeln in das berüchtigteste Viertel Londons zu wagen. Ich betrachte Fowlers Profil. Er blickt entschlossen auf das Wasser hinaus, die Augen fest auf das andere Ufer geheftet, eine Hand ruht leicht auf dem Griff seines Schwertes. Wenigstens bin ich diesmal nicht allein, denke ich und frage mich aufs Neue, wer vorhin den rettenden Bolzen abgefeuert hatte.

Die Landungstreppen von St. Mary Overy sind schmal und glitschig. Ich bezahle dem Bootsmann seinen Schilling und folge Fowler, der die Stufen vorsichtig erklimmt. Mit einer Hand stützt er sich an der Kaimauer ab, in der anderen hält er die Laterne. Ein Fehltritt, und wir könnten in das dunkle Wasser unter uns stürzen. Oben gelangen wir auf ein offenes, schlammiges Gelände, von dem zwei schmale Straßen in südlicher Richtung abzweigen. Jede ist mit zwei- und dreistöckigen Gebäuden gesäumt, die eng beieinanderstehen und sich derart nach vorne neigen, dass ihre Giebel sich fast in der Mitte berühren. Ein paar dieser Häuser sind auffällig weiß getüncht, um sie als Freudenhäuser kenntlich zu machen. Fowler deutet nach rechts; ich folge ihm und halte mich so dicht hinter ihm, dass ich Gefahr laufe, im Nebel gegen ihn zu prallen. Trotz der Kälte sind zahlreiche Menschen unterwegs; ausgelassene Gruppen junger Männer, die einander die Arme um die Schultern geschlungen haben und Seemannslieder oder ihre eigenen zotigen Versionen von Kriegsballaden grölen; bunt gekleidete, nur unzureichend vor dem Wettter geschützte Frauen und weitaus finsterere Gestalten, die mit bis zum Gesicht hochgezogenen Umhängen in Hauseingängen herumlungern und ihre Umgebung lauernd beobachten. Wo gehurt und gespielt wird, ist auch die Nachfrage nach Fleisch, Ale und Wein groß, und diese Straße wimmelt von Schänken, aus denen jedes Mal, wenn die Türen geöffnet werden, der würzige Duft von geröstetem Fleisch und warmem Bier herausweht. Wenn ich nicht um mein Leben fürchten müsste, würde ich die Atmosphäre von Southwark genießen; es liegt eine eigenartige Spannung in der Luft, als wären wir, die wir hier durch die Nacht huschen, stillschweigende Komplizen auf der Jagd nach illegitimen Vergnügungen.

Wir haben die Hälfte der Straße hinter uns gelassen, als sich Fowler unter einem Bogen zwischen zwei Gebäuden hinwegduckt und in eine Gasse einbiegt, die in einen kleinen, zu drei Seiten von Häusern umgebenen Hof führt. Am Eingang des linken Gebäudes lehnt eine junge Frau mit halb aufgeschnürtem Mieder am Türrahmen, wickelt sich eine Haarsträhne um den Finger und betrachtet uns aus weinumflorten Augen mit mildem Interesse. Als wir an ihr vorübergehen, besieht sie uns beide von oben nach unten, doch Fowler achtet nicht auf sie und stößt die Tür auf. Dahinter liegt der Schankraum einer Taverne mit niedriger Decke und rußschwarzen Balken, schlecht beleuchtet und von Tabakrauch und den Ausdünstungen ungewaschener Körper erfüllt.

»Woher wisst Ihr, dass er hier ist?«, flüstere ich Fowler zu, als er sich zwischen den Tischen hindurchdrängt, an denen Männer sich unterhalten oder stumpfsinnig vor ihrem Bier hocken.

»Weil hierhin die staatsverdrossenen Schotten kommen, um zu trinken«, zischt er zurück. »So hält er sich über die Geschehnisse in seinem Heimatland auf dem Laufenden.«

Aus seinem Ton schließe ich, dass es nicht nur Douglas ist, der in diesem schmuddeligen Raum Informationen sammelt. Am anderen Ende des Schankraums hebt Fowler den Riegel einer weiteren Tür, hält sie mir auf und lässt mich in ein Hinterzimmer treten.

Dort sitzen Douglas und ein anderer Mann bei einem Kartenspiel an einem kleinen Tisch. Neben dem Stapel abgelegter Karten und einem Bierkrug liegen einige Münzen. Daneben flackert eine Öllampe in dem Luftzug, der von dem offenen Fenster in der hinteren Mauer herrührt. Beide Männer haben ein Mädchen auf den Knien sitzen; plumpe, kichernde, austauschbare Geschöpfe mit dick geschminkten Gesichtern und bloßen Schultern. Douglas blickt angesichts der Unterbrechung auf, nimmt mich und Fowler kurz zur Kenntnis und nickt zum Tisch.

»Bin gleich bei euch, Freunde«, murmelt er, dabei hält er seine Karten in die Höhe, um sie seiner Gespielin zu zeigen. Sie deutet auf eine, und Douglas lacht.

»Sei froh, dass ich diesen Burschen hier setze und nicht dich, Süße.«

Er legt einen Herzbuben auf den Tisch. Ich beobachte seine

langen, breiten Hände mit einer makaberen Faszination, die exquisite Art, wie er die Karte zwischen Daumen und Zeigefinger hält. Diese Hände haben sich um die schlanken weißen Hälse von Cecily Ashe und Abigail Morley geschlossen und das Leben aus ihnen herausgepresst. Dieselben Hände haben Zeichen in ihre Haut und das Botensymbol in Dumas' Brust geschitten – bei Letzterem nur, um sich einen Scherz zu erlauben. Bei der Vorstellung droht mir mein Mageninhalt in die Kehle zu steigen; ich muss an mich halten, um mich nicht auf den Mann zu stürzen.

Sein Gegner flucht mit starkem schottischem Akzent, und Douglas streicht die Münzen ein.

»Tut mir leid, Monty«, lacht er. »Ich gebe dir später Gelegenheit zur Revanche. Und jetzt verpiss dich – ihren Gesichtern nach zu urteilen haben diese Gentlemen etwas Geschäftliches mit mir zu besprechen.«

Der andere Mann grunzt unwillig, schiebt jedoch das Mädchen von seinen Knien und drängt sich an uns vorbei.

»Du auch«, sagt Douglas zu dem Mädchen auf seinem eigenen Schoß. Es schmollt erst, trollt sich dann aber, nachdem er ihm eine Münze zugesteckt und einen Klaps auf die Kehrseite gegeben hat. Er klopft seine Pfeife am Tischrand aus, stopft sie mit frischem Tabak und zündet sie mit Hilfe einer Zunderbüchse an. Als er endlich wie ein verstopfter Schornstein Rauchwolken ausstößt, dreht er sich zu uns um.

»Wollt ihr etwas trinken, Gentlemen?« Er deutet auf den Krug. »Ich lasse einen neuen bringen, wenn der hier leer ist.«

Ich schiele zu Fowler, der aufmunternd nickt. Verwirrt begreife ich, dass ich mit unserer List so verfahren soll wie besprochen. Seine Abneigung gegen Douglas scheint so weit zu gehen, dass er ihn noch nicht einmal direkt ansprechen will.

»Wir können leider nicht bleiben«, beginne ich. »Wir sind

auf dem Weg nach Whitehall, unser Boot wartet – wir wollten lediglich fragen, ob Ihr uns begleitet.«

»Whitehall?« Douglas bläst den Rauch nachdenklich aus. »Und was habt Ihr in Whitehall zu tun, das mich von dieser erlesenen Gesellschaft hier fortlocken könnte?«

»Henry Howard trifft sich dort mit Mendoza und hat uns dazugebeten, damit wir besprechen können, was nach der Invasion geschehen soll«, erwidere ich. Meine Stimme klingt zu laut für den Raum. Douglas mustert mich mit schmalen Augen und inhaliert Rauch, als würde er sich davon ernähren.

»Mendoza? Tatsächlich? In Whitehall?« Ein seltsamer Unterton klingt in seiner Stimme mit, als er angelegentlich seinen Pfeifenkopf inspiziert. »Das kommt mir nicht sehr wahrscheinlich vor, Bruno. Seid Ihr sicher, dass die Schläge auf den Kopf bei Euch keine Schäden hinterlassen haben?«

Ich senke ein paar Sekunden lang den Blick und verwünsche mich dafür, auf Fowler gehört zu haben. Ich hätte darauf bestehen sollen, dass sein Vorschlag nur Douglas' Verdacht wecken würde. Über meine Schulter hinweg sehe ich Fowler Hilfe suchend an, aber seine Augen ruhen unverwandt auf Douglas.

»So lautet die Botschaft, die ich erhalten habe«, fahre ich mit dem Mut der Verzweiflung fort.

»Wann habt Ihr denn diese Botschaft erhalten – während Ihr in Arundel House wart? Habt Ihr dort übrigens etwas Interessantes entdeckt?«

Seine Stimme klingt immer noch unbekümmert, freilich entgeht mir die stählerne Note darin nicht.

»Bitte?«

»Nun, ich habe natürlich gemerkt, dass Ihr den ganzen Wein dem Hund gegeben hattet. Meint Ihr, ich kann einen echten Betrunkenen nicht von einem Schwindler unterscheiden? Daher habe ich mir gedacht, dass Ihr einen guten Grund gehabt haben müsst, Euch über Nacht dort einzuquartieren. Wonach habt Ihr gesucht? Nach Beweisen für Howards Verrat?«

»Warum hätte ich nach solchen Beweisen suchen sollen?«

»Aus demselben Grund wie wir alle. Um ihn in den Tower zu bringen.«

Ich starre ihn an, unfähig, die Bedeutung seiner Worte zu erfassen. Ist das ein Eingeständnis, dass er sich dem Kampf des Herzogs von Guise verschrieben hat? Welchen Grund könnte er haben, Henry Howard wegen Verrats im Gefängnis sehen zu wollen?

»Ich …«, beginne ich stockend, weiß aber nicht, was ich als Nächstes sagen soll.

»Bruno hat heute Nachmittag dem Heroldsamt einen Besuch abgestattet«, wirft hinter mir Fowler sanft ein. Ich fahre verdutzt zu ihm herum. Was für ein Spiel spielt er jetzt?

»Oh, aye?« Douglas wirkt belustigt. »Wappenkunde – ein merkwürdiges Hobby für einen Mann wie Euch, Bruno. Seid Ihr dort auf etwas Bemerkenswertes gestoßen?«

Ich bin seinen Ton und das Gefühl, dass er mit uns Katz und Maus spielt, gründlich leid.

»Allerdings. Ich habe die Blutslinie des Earls of Ormond überprüft.«

»Tatsächlich? Und warum?«

Ich funkele Fowler an. Das hatte ich nicht beabsichtigt; in einer schmierigen Schänke wollte ich Douglas keinesfalls zur Rede stellen. Wir mögen ja zu zweit sein, können hingegen nicht wissen, wie viele der Männer auf der anderen Seite seine Freunde und Spießgesellen sind. Meine Schultern spannen sich an. Jetzt wird mir klar, dass wir böse von unserem Kurs abgekommen sind.

»Es ist einer Eurer Familientitel, nicht wahr?«

Im Raum herrscht mit einem Mal Totenstille.

»Meiner?« Douglas lächelt noch immer, doch sein Lächeln gleicht jetzt eher einem Zähnefletschen. Er legt seine Pfeife zur Seite. »O ja, wahrscheinlich schon. In Schottland gibt es so viele Zweige der Familie Douglas wie Sterne am Himmel – wir haben mehr Titel errungen und verloren, als Ihr in Eurem jämmerlichen Leben Messen gelesen habt. Warum interessiert Euch das?«

»Weil ich glaube, dass die jungen Frauen am Hof von einem Mann getötet wurden, der sich als Earl of Ormond ausgab«, versetze ich, meinen Dolch ziehend. Hinter mir höre ich das stählerne Geräusch, mit dem Fowlers Schwert aus der Scheide gleitet.

Douglas schiebt abrupt seinen Stuhl zurück und springt auf. Die Schnelligkeit seiner Reaktion verrät mir, dass er trotz seines scheinbaren Hanges zur Völlerei kräftig gebaut ist und sich in guter körperlicher Verfassung befindet. Doch nach einem Moment bricht er in schallendes Gelächter aus.

»Oh, und Ihr seid zu dem Schluss gekommen, dass ich der Täter bin, nicht wahr? Wegen eines Titels, den irgendein alter Vorfahre geführt hat und den sich jeder ausgeborgt haben könnte? Meint Ihr wirklich, das hat vor Gericht Bestand?« Sein Lachen klingt in dem kleinen Raum falsch und aggressiv.

Ich bewege mich behutsam um den Tisch herum auf ihn zu, als er mit erhobenen Händen zur Wand zurückweicht.

»Wenn Ihr unschuldig seid, habt Ihr nichts zu befürchten.« Ein Schauer überläuft mich, sobald mir klar wird, dass sich Walsingham genau dieses Arguments bedient, wenn er katholische Verdächtige verhört.

Douglas lächelt weiterhin unsicher. Endlich lässt er die Hände sinken, aber ich sehe, dass seine Muskeln auch jetzt noch angespannt und in Alarmbereitschaft sind.

»Nehmt das Messer weg, Bruno, seid kein Narr.«

»Ihr begleitet uns flussaufwärts, Douglas – Ihr habt keine andere Wahl.« Ich versuche, meine Stimme so gebieterisch wie möglich klingen zu lassen. Mein Messer ist nach wie vor auf ihn gerichtet. Douglas dreht sich mit einem flehenden Gesichtsausdruck zu Fowler um.

»Ja – steckt das Messer weg, Bruno.«

Fowlers Stimme bleibt so ruhig und freundlich wie immer, auch dann noch, als ich mich, nicht sicher, ob ich richtig gehört habe, langsam zu ihm wende und feststelle, dass er von der anderen Seite des Tisches aus mit seinem Schwert auf mich zielt. Lange herrscht Schweigen, während wir uns anstarren.

»Kommt schon, Bruno – glaubt Ihr wirklich, ein hübsches junges Ding wie diese Cecily würde einen Ring von einem graubärtigen alten Trunkenbold mit so einem Gesicht annehmen?«, fragt Douglas schließlich, dabei deutet er spöttisch auf sich selbst. »Ihr beliebt wohl zu scherzen. Nein, ich könnte trotz meines Familiennamens nie als Earl durchgehen.« Er verschränkt grinsend die Arme vor der Brust, doch ich konzentriere mich jetzt auf Fowler. Er fixiert mich noch immer so gelassen, als wäre nichts geschehen, und zum ersten Mal fällt mir auf, dass man ihn durchaus als gut aussehend bezeichnen könnte. Sein Gesicht ist absolut symmetrisch, hat ebenmäßige Züge, und seine Augen blicken klar und ernst.

»Ihr.« Mehr scheint es dazu nicht zu sagen zu geben.

Er neigt kaum merklich den Kopf, zieht das Schwert jedoch nicht zurück.

»Der Earl of Ormond, zu Euren Diensten«, bestätigt er in dem unverkennbaren Tonfall der englischen Aristokratie. »Ihr bringt uns in eine schwierige Situation, Bruno«, fügt er in seinem eigenen Akzent hinzu. »Ich hatte darauf gebaut, dass Ihr etwas herausfindet, was Howard oder den Earl of Arundel so stark belastet, dass man sie verhaften würde, bevor dieser Invasionsplan im Ausland tatsächlich in die Tat umgesetzt wird. Aber Ihr habt angefangen, in den falschen Ecken herumzustochern.«

Ich packe mein Messer fester. Fowler richtet noch immer sein Schwert gegen mich. Obwohl der Tisch zwischen uns steht, würde es ihm vermutlich gelingen, mich mit der Klinge zu durchbohren, bevor ich Douglas erreiche, also lasse ich den Dolch sinken. Douglas wirkt sichtlich erleichtert darüber, dass ihm von mir keine unmittelbare Gefahr mehr droht; er greift nach seiner Pfeife und macht sich daran, sie erneut anzu zünden.

»Eines verstehe ich nicht«, bemerke ich endlich. »Wollt Ihr, dass die anderen Verschwörer verhaftet werden? Dass die Invasion scheitert?«

Fowler blickt Douglas an, der gleichmütig die Achseln zuckt.

»Du kannst seine Neugier ruhig befriedigen.« Er nuckelt heftig an dem Pfeifenstiel, bis die Tabakblätter zu schwelen beginnen. »Er kann ja schließlich nichts mehr ausplaudern.«

»Das Letzte, worauf wir hinarbeiten, ist Maria Stuarts Entlassung aus dem Gefängnis«, erwidert Fowler glatt. »Sie darf noch nicht einmal in die Nähe des englischen Throns kommen, sondern muss wegen Verrats verurteilt werden.«

»Also habt Ihr Cecily Ashe den Hof gemacht und sie dann getötet, um den Verschwörern die Schuld in die Schuhe zu schieben und mit Maria ein falsches Spiel zu treiben?« Ich schüttele den Kopf. »Wen wollt Ihr denn dann auf dem Thron sehen – Elisabeth? Ich dachte, sie sollte vergiftet werden.«

Fowler mustert mich fast mitleidig.

»Wir wollen den wahren Erben auf den Thron bringen, Bruno. Den König, der unter der Anleitung seiner vertrauten Ratgeber dieses gespaltene Reich vereint. Den einen Abkömmling Henry Tudors, dessen legitime Geburt nie in Frage gestellt wurde.«

Ich brauche eine Zeit lang, um zu begreifen, wen er meint.

»König James von Schottland?« Ich wende mich an Douglas. »Ihr habt das alles für ihn getan? Was ist mit seiner Mutter?«

»Alt, krank, übergewichtig, realitätsfremd, platzt vor Groll und Rachedurst«, versetzt Fowler. »Niemand will eine solche Frau an der Spitze eines ohnehin schon gefährlich zerstrittenen Reiches sehen.«

»Niemand will überhaupt von einer Frau regiert werden«, fügt Douglas mit einem kehligen Lachen hinzu.

»Doch die englischen Katholiken haben Maria zu lange als Symbolfigur betrachtet, um nun plötzlich ihre Meinung zu ändern«, gebe ich zu bedenken. »Es würde zu Aufständen kommen, wenn Elisabeth sterben und Maria nicht freigelassen werden würde.«

»Ihr beleidigt unsere Intelligenz, Bruno.« Fowler lächelt, wobei er seine gleichmäßigen Zähne entblößt. »Das haben wir natürlich berücksichtigt. Deswegen war es ja so wichtig, dass dieses Invasionskomplott solche Formen annimmt, dass es ausreicht, um die Hauptverschwörer von Elisabeths Häschern verhaften zu lassen. Damit wären Maria, die Familie Howard sowie Castelnau und seine Frau aus dem Weg – sie werden allesamt von Elisabeth des Verrats bezichtigt und eingekerkert oder hingerichtet werden. Bevor diese tragischerweise an ihrem eigenen Ehrentag einer mysteriösen Krankheit erliegt.«

»Ohne die Howards können die englischen Katholiken noch nicht einmal ein Kartenspiel organisieren«, fügt Douglas mit einer Geste zum Spieltisch hinzu. »Elisabeth stirbt, es gibt keinen Erben, die Engländer haben keinen Herrscher mehr – und dann tritt die einzige Person auf den Plan, die die Ordnung im Land wiederherstellen kann, und bringt ihre vertrautesten schottischen Lords und Berater mit.« Lächelnd zeigt er auf sich und Fowler.

»Also die, die ihn am besten zu manipulieren verstehen«, zische ich. »Aber Elisabeth ist sowieso aus dem Alter heraus, wo sie noch einen Erben gebären kann, also würde König James den Thron ohnehin erben. Warum riskiert Ihr so viel, um den Lauf der Ereignisse voranzutreiben?«

»Elisabeth kann leicht noch dreißig Jahre leben«, entgegnet Fowler. »Oder irgendeine katholische Verschwörung könnte sie zu Marias Gunsten entthronen – wenn nicht diese, dann eine andere. Die Spanier werden eingreifen – mein Herr, der König, könnte ganz von der Thronfolge ausgeschlossen werden. Ihn weiter als bloßen Thronfolger zu belassen wäre weitaus gefährlicher gewesen. Man muss sein Schicksal selbst in die Hände nehmen, statt auf die Vorsehung zu bauen, findet Ihr nicht, Bruno?«

Ungläubig schüttele ich den Kopf.

»Mein Gott, was für ein raffinierter Plan. Indes, er hing von so vielen Einzelheiten ab, dass er scheitern musste.«

»Er hätte Erfolg gehabt, wenn das Mädchen nicht gewesen wäre.« Fowler knirscht vernehmlich mit den Zähnen.

»Cecily?« Ich starre ihn an. »Demnach hattet Ihr sie in Euer Komplott verstrickt, indem Ihr sie dazu gebracht habt, sich in Euch zu verlieben. Aber sie hatte ihre Meinung geändert, nicht wahr?«

»Anfangs war sie Feuer und Flamme für meinen Plan. Die Königin hatte ein paar Monate zuvor eine beginnende Romanze im Keim erstickt, weil sie Cecily für den fraglichen jungen Mann offenbar für zu unbedeutend hielt. Cecily schäumte vor Wut und sann auf Rache – ich habe diese Gefühle nur genährt und ihr die Gelegenheit dazu gegeben. Sie war allerdings zu hitzköpfig – hatte nicht die Geduld, auf den richtigen Moment zu warten.« Kurz flackert Bedauern in seinen Augen auf, doch ich lasse mich nicht täuschen – er bereut nur das Scheitern seiner eigenen Pläne.

»Folglich musstet Ihr sie töten. Aber die Inszenierung – die astrologischen Zeichen, die Puppe –, all das hat doch den Verdacht auf die Katholiken gelenkt. Hattet Ihr keine Angst, dass die Maßnahmen zum Schutz der Königin verstärkt oder Ihr entlarvt werden könntet?«

Er winkt geringschätzig ab.

»Sowie Cecily Ashe beschlossen hatte, mir nicht länger zu helfen, musste sie zum Schweigen gebracht werden, das stand außer Frage. Und da wir damit rechnen mussten, dass der Tod einer der Hofdamen der Königin eine gründliche Untersuchung nach sich zöge, haben wir uns entschieden, dies zu nutzen, um am Hof und in der Stadt Furcht und Verwirrung zu säen. Eine verängstigte Bevölkerung ist für einen starken Führer noch empfänglicher.«

»Und der Plan ist aufgegangen«, bemerkt Douglas, dabei klopft er mit seiner Pfeife gegen die Tischkante. »Dem Gerede der Leute in den Schänken nach zu urteilen könnte man meinen, dass sie glauben, Beelzebub persönlich würde aus der Themse aufsteigen und die Stadt bis auf die Grundmauern niederbrennen. Sie haben sich in die Hosen gepisst, besonders nach dem zweiten Mord.«

»Ich hatte nicht beabsichtigt, das zweite Mädchen auch zu töten.« Fowler klingt fast entschuldigungsheischend. »Sowie ich sie jedoch mit Euch am Holbeintor sah, Bruno, begann ich mir Sorgen zu machen. Cecily hatte meinen richtigen Namen nie erfahren, aber ich fürchtete, sie könnte ihrer Freundin genug Details verraten haben, mittels derer man mich identifizieren könnte, und ich vermutete, Walsingham müsse Euch beauftragt haben, die Todesfälle zu untersuchen, ergo musste ich dafür sorgen, dass sie gleichfalls nicht mehr reden konnte. Ich dachte, wenn wir den ersten Mord kopieren würden, würde das nach Astrologie und Beschwörungen riechen – die Leute würden es für das Werk eines Geistesgestörten halten, der versucht, die apokalyptischen Prophezeiungen zu erfüllen.«

»Geistesgestört wäre gar nicht so falsch. Ihr wart es also, der mir die ganze Zeit gefolgt ist – dann wart Ihr bei dem Konzert in Whitehall der Mann mit dem Hut?« Ich versuche fieberhaft, die einzelnen Teile zusammenzusetzen.

Fowler schüttelt den Kopf.

»Das war Douglas. Ich habe in einem Boot auf dem Fluss gewartet. Ich wusste, dass es beim Küchendock ruhig sein würde, sowie das Konzert begonnen hatte. Das Mädchen fiel auf die falsche Botschaft herein und kam zum Dock hinunter. Nachdem ich es getötet hatte, habe ich den alten Kittel ausgezogen, den ich über meinen eigenen Sachen trug, und bin zur Privy Bridge gerudert, wo man mich als Konzertbesucher in den Palast einließ.«

»Und Ned Kelley? Wie passt er mit seinen angeblichen Visionen und den Zeichnungen der ermordeten Mädchen in das Gesamtbild?«

Fowler runzelt die Stirn. Er und Douglas wechseln einen verständnislosen Blick.

»Wer ist Ned Kelley?«, fragt Fowler dann. Ich starre von einem zum anderen; beide können sich ausgezeichnet verstellen, wie ich inzwischen nur zu gut weiß, aber in diesem Fall scheinen sie wirklich keine Ahnung zu haben, von wem ich rede. Vielleicht hatte Henry Howard bezüglich Kelley doch die Wahrheit gesagt.

»Nicht weiter wichtig. Dennoch verstehe ich eines immer noch nicht«, fahre ich fort, während ich mich weiter bemühe, das Gehörte zu verarbeiten. »Jetzt ist Cecily tot und Elisabeth immer noch am Leben. Was wird denn jetzt aus Eurem genialen Plan?«

»Bis zum Thronjubiläum ist es noch eine Weile hin«, versetzt

Fowler mit einem leisen Lächeln. »Zeit genug, andere Steine ins Rollen zu bringen.«

»Ihr habt einen zweiten potenziellen Mörder in der Hinterhand?«

»In Frankreich besteht kein Mangel an heißblütigen jungen Männern, die bereit sind, für die katholische Sache den Märtyrertod zu sterben – vor allem nicht unter Marias verbannten Anhängern in Paris, wo unser Freund Master of Gray während der letzten Jahre gelebt und viele neue Kontakte geknüpft hat. Gift wäre zwar die elegantere Methode gewesen, aber ein entbehrlicher junger Mann mit einer Pistole in der Menge … einer, dem Verbindungen zu Maria nachgewiesen werden könnten …« Er bricht ab, als würde ihn das Thema langweilen.

»Ihr hoffe, Ihr seht jetzt klar, Bruno«, wirft Douglas brüsk ein, erhebt sich und klopft sich Asche von den Kleidern. »Aber jetzt haben wir lange genug geredet, eh?«

»Wartet – was ist mit Dumas?«, frage ich. Der verzweifelte Versuch, das Gespräch in Gang zu halten, lässt meine Stimme schrill klingen.

»Ehe Ihr aufgekreuzt seid und ihn mit Walsinghams Geld geködert habt, hatte ich ihm ein paar Münzen zugesteckt, damit er mir Einblick in die Korrespondenz des Botschafters verschafft. Als er mir erzählte, dass Maria Stuart Henry Howard über Throckmorton private Päckchen zukommen lässt, bezahlte ich ihm eine beträchtliche Summe dafür, dass er den Inhalt durchsieht und nach Geschenken oder Schmuck Ausschau hält – nach irgendetwas, was ich benutzen konnte, um es so aussehen zu lassen, als stünde Cecily mit Maria in Verbindung«, erwidert Fowler. Douglas wirft ihm einen ungeduldigen Blick zu, doch Fowler scheint zu meinen, mir eine Erklärung schuldig zu sein – vielleicht zum Ausgleich für das fehlgeleitete Vertrauen, das ich ihm einst geschenkt habe. »Aber ich merkte, dass er unter der Last all dieser Heimlichkeiten zusammenzubrechen drohte. Er hatte seine Dienste viel zu vielen Leuten verkauft und besaß nicht die Nerven für derartige Intrigen. Ich fürchtete, er würde dem Druck irgendwann nicht mehr gewachsen sein und Euch alles über den Ring erzählen. Als er um sein Leben flehte, schwor er, ihn nicht zu haben, doch ich glaubte ihm nicht.«

»War ich der Nächste auf Eurer Liste der Personen, die ausgeschaltet werden müssten?« Ich rücke fast unmerklich von ihm ab und zum Fenster hin. Ohne den Blick von mir zu lassen, folgt er meinen Bewegungen.

»Ich hatte darauf gehofft, dass Ihr vorher die notwendigen Beweise für das Invasionskomplott zu Walsingham bringt«, entgegnet er sachlich. »Ich dachte, Ihr würdet gegebenenfalls sogar einen Weg finden, Howard für die Morde verantwortlich zu machen – Ihr schient so verbissen darauf hinzuarbeiten. Gleichzeitig wusste ich, dass Ihr am Ende die Wahrheit über den Ring herausfinden würdet und ich dann überlegen müsste, was ich mit Euch anfange.«

»Was hat König James Euch beiden versprochen?« Ich blicke von einem zum anderen. »Wie viele Leben hättet Ihr noch ausgelöscht, um ihm zu dem Thron Englands zu verhelfen? Er muss Euch den Mond in Aussicht gestellt haben.«

»James weiß noch gar nichts davon.« Fowler klingt, als wäre er auch noch stolz darauf. »Er ist jung und bezüglich seiner Religion verunsichert genug, um leicht zum Opfer von Gewissensbissen zu werden. Wir werden ihm den Thron dann anbieten, wenn er keine andere Wahl hat, als ihn zu besteigen und uns zu danken.«

»Wohingegen Ihr gar nicht wisst, was ein Gewissen ist, nicht? Was *ist* denn Eure Religion – von dem Streben nach Macht einmal abgesehen?«

Fowler lacht unverhofft laut auf, ein volles, offenes Lachen, das mich flüchtig an den Mann erinnert, für den ich ihn vordem gehalten hatte.

»Es gibt keine Glaubensversion, die nicht so interpretiert werden könnte, dass sie zu den angestrebten politischen Zielen passt. Ich dachte, das hättet Ihr auf Euren Reisen gelernt, Bruno. Ich persönlich würde dem jungen James raten, die katholische Kirche zu unterstützen, allerdings nur aus dem Grund, weil dort das Machtgleichgewicht in Europa liegt, obwohl …«

»Das *reicht* jetzt, William.« Douglas schlägt mit der flachen Hand auf den Tisch. »Wir müssen die Sache langsam zu Ende bringen.«

»Auf der anderen Seite dieser Tür befindet sich ein Schankraum voller Menschen.« Ich hebe meine Stimme ein wenig; sie beginnt mitten im Satz zu zittern. Douglas legt den Kopf schief und grinst.

»Wisst Ihr nicht, wo Ihr seid, Bruno? Dieser Bezirk wird die Freistatt genannt. Eine halbe Meile südwestlich von hier unterstünden wir der Gerichtsbarkeit des Sheriffs von Surrey. Eine halbe Meile weiter nördlich, auf der anderen Seite des Flusses, gelten die Gesetze der Stadt London – dieses kleine Fleckchen Erde jedoch wird von dem Bischof von Winchester regiert, und der kümmert sich um nichts. Wir stehen hier alle außerhalb des Gesetzes, Söhnchen. Eure Leiche könnten wir sogar vor einem Hurenhaus auf der Straße liegen lassen, und die Leute würden einfach über Euch hinwegsteigen, während Ihr langsam verrottet.«

Fowler korrigiert seinen Griff um sein Schwert. Mir bleibt kaum ein Herzschlag lang Zeit, um eine Entscheidung zu treffen. Ehe er reagieren kann, reiße ich die Öllampe vom Tisch und schleudere sie ihm entgegen. Er versucht zurückzuspringen, aber sein Ärmel fängt Feuer, und er lässt das Schwert sinken, als er die Flammen mit seiner freien Hand ausschlägt. Im selben Augenblick, in dem sich Douglas aus der anderen Richtung auf mich stürzt, hebe ich ein Ende der Bank neben dem Tisch an und ramme sie mit voller Wucht gegen ihn. Er wirft sich wutschnaubend zur Seite, ist aber lange genug abgelenkt, um es mir zu ermöglichen, mich auf das Fensterbrett zu schwingen und hinauszuspringen. Ich lande klirrend zwischen Milchkannen in einem schlammigen Hof, auf dessen anderer Seite ein Tor zu einer Seitenstraße hinausführt. Douglas springt gleichfalls aus dem Fenster, als ich gerade das Tor hinter mir zuschlage und blindlings durch die nebligen Straßen hetze, ohne zu wissen, wohin sie mich führen.

Alles, was ich jetzt tun kann, ist, so schnell wie möglich in die trübe Nacht hineinzurennen. Ich höre Douglas – oder beide Männer – dicht hinter mir; einige Male meine ich, ihre Atemzüge vernehmen zu können, aber vielleicht sind es auch meine eigenen, die sich keuchend meiner Kehle entringen, während mein Herz in meinen Ohren hämmert. Die Straßen hier sind bessere Gassen, nicht befestigt und von Hufen und Karrenrädern aufgewühlt. Die kalte Luft lässt meine Augen tränen, doch aus den Geräuschen und dem Wabern des Nebels schließe ich, dass ich auf den Fluss zulaufe. Wie ich um eine Ecke biege, pralle ich mit zwei Männern zusammen, die ihrem Unmut lauthals brüllend Luft machen, aber zu betrunken sind, um mehr zu unternehmen. Ich mache mich los und bete, dass sie meine Verfolger eine Weile aufhalten mögen. Am Ende dieser schmalen Straße weichen die Häuser offenem Gelände, der Nebel wird dünner, und ich kann links von mir die Schatten von Bäumen ausmachen. Hinter mir ertönen jetzt stampfende Schritte, und ich jage weiter, fort von den Gebäuden, und wäre ein paar Yards weiter beinahe in einen Wasserarm gefallen, einen der Kanäle, die vom Flussufer landeinwärts führen. Er verströmt einen beißenden Gestank nach Unrat und Abwässern. Schlitternd komme ich zum Stehen und renne am Ufer entlang, den Blick auf den Boden gerichtet, bis ich auf eine schmale Holzbrücke stoße, die über den Wasserlauf hinwegführt.

Ich laufe weiter, obwohl meine Brust fast zu platzen droht, fest entschlossen, mich nicht umzublicken. Rechts von mir ragt ein großes Gebäude aus dem Nebel auf, das einem hohen runden Turm mit Wänden aus Feuerstein gleicht. Ein schwerer, scharfer Geruch nach Tierexkrementen und Blut steigt von dem Boden auf, der mit in den Schlamm getretenem Stroh bedeckt ist. Natürlich – ich muss am Paris Garden sein, dem Bärenhatzplatz von Southwark. Hier könnte ich ein Versteck finden. Mich nah an der Wand haltend husche ich weiter, bis ich ein niedriges Tor entdecke, durch das die Tiere von ihren Pferchen auf den Kampfplatz gebracht werden. Ich kann mühelos darüber hinwegklettern und gelange in einen weitläufigen Ring voller Nebelschwaden. In der Mitte ist ein massiver Pfahl in den Boden gerammt, an dem ein paar Ketten hängen, und ringsum ziehen sich drei Bankreihen entlang, die von einem Baldachin überdacht werden. Erschöpft verfrachte ich mich über die Ziegelmauer, die die Arena von den Ställen trennt, und lasse mich unter der ersten Sitzreihe auf den Boden sinken. Mit dem Gesicht nach unten bleibe ich liegen, ringe nach Atem und lausche angespannt auf jedes verräterische Geräusch.

Mir kommt es vor, dass nur wenige Sekunden verstrichen sind, bis ich irgendwo auf der gegenüberliegenden Seite des Rings Holz knarren höre, gefolgt von leisem Stimmengemurmel, das wohl vom Eingang hinter mir kommt, wenngleich der Nebel meine Wahrnehmung verzerrt.

»Diese Seite.« Das ist Douglas' Stimme, leise und drängend. »Ich nehme die andere.« Ich höre Schritte auf den Holzstufen hinter mir und entscheide, dass es in dieser Phase hilfreicher ist, still liegen zu bleiben, statt auf dem Bauch davonzukriechen. Stahl trifft auf Holz, die Bretter knarren erneut, als der Mann näher kommt und mit der Schwertspitze unter den Bänken herumstochert. Das muss demnach Fowler sein. In einem fairen Kampf Mann gegen Mann könnte ich ihn vermutlich überwältigen, aber er hat ein Schwert und ich nur meinen Dolch mit dem kurzen Griff. Wo ich aufgewachsen bin, werden nur die Söhne der Angehörigen der Oberschicht im Umgang mit dem Schwert unterwiesen, und es gehörte selbstverständlich auch nicht zu meiner Ausbildung als Dominikanernovize; mit den Fäusten oder einem Messer zu kämpfen habe ich später zwangsweise während meines Lebens als Flüchtling in Italien erlernen müssen, gegen einen erfahrenen Schwertkämpfer mit einer scharfen Klinge komme ich freilich damit nicht an.

Ein orangefarbener Lichtpunkt tanzt durch die milchige Luft. Als das tastende Schwert weiter an den Brettern entlangtappt, komme ich meiner Entdeckung zuvor, indem ich mich unter der Bank hervorrolle und blitzschnell nach der Laterne trete. Ich treffe Fowlers Arm, er flucht, hält das Licht aber fest. Ich raffe mich auf, hechte mit einem Sprung über die Bank hinweg und klettere zur nächsten Reihe empor.

»Hier herüber!«, donnert Fowler. Ich sehe einen zweiten Lichtpunkt in den gegenüberliegenden Sitzreihen pausieren und sich dann abwärts bewegen. Das Schlurfen allerdings, das ich vorher gehört hatte, kam von oben, und zwar von dieser Seite. Mir bleibt keine Zeit, darüber nachzudenken. Fowler springt behände über die Bänke, und mehr als ein Mal spüre ich den Luftzug, wenn sein Schwert direkt hinter mir durch den Nebel pfeift. Ich klettere wieder nach unten, bis ich die Mauer erreiche, um mich in die Arena zu rollen. Als ich erkenne, dass ich mich in eine Falle manövriert habe, verwünsche ich meine eigene Dummheit – jetzt bin ich gezwungen, gegen beide Gegner zugleich zu kämpfen, wie die Bären, die sonst in diesen Ring geführt werden, um sich gegen eine Meute wilder Hunde zur Wehr zu setzen. Ich stelle einen Fuß auf die Trennmauer, um hinüberzuspringen, doch eine Hand packt meinen Umhang und reißt mich zurück; ich verliere den Halt, falle in die Arena und lande hart auf der Seite. Der Untergrund besteht aus Sand, und obwohl ich kaum Luft bekomme, rolle ich mich zur Seite, als Fowler ebenfalls über die Mauer hinweggesetzt und kaum zwei Fuß entfernt neben meinem Kopf landet. Er hebt das Schwert, ich kreuze die Arme vor dem Gesicht, und genau in diesem Moment, in dem ich darauf warte, dass die Klinge niedersaust, wird in meinem Kopf plötzlich alles glasklar – genau in diesem Moment weiß ich mit absoluter Gewissheit, dass es sich bei den Mythen der Priester und Prediger um Ammenmärchen handelt, dass der Tod, wenn er eintritt, nicht als Strafgericht, sondern als Befreiung erfolgt: Genau jetzt ist der Moment, in dem ich mich auf einer Schwelle zwischen den Welten stehen sehe, am Rand des bekannten Universums, bereit, durch die Umlaufbahnen der Planeten zu dem dahinter liegenden unendlichen Weltall mit seinen Millionen von Sonnen aufzusteigen, das Hermes Trismegistos den Göttlichen Geist genannt hat. Ich sehe mein Leben kurz aufflammen, und mein Körper entspannt sich, um den Todesstoß zu empfangen – da werde ich durch einen scharfen Pfiff und eine blitzschnelle Bewegung aus meinem tranceähnlichen Zustand gerissen. Fowler stößt ein markerschütterndes Heulen aus. Sein Schwert gleitet ihm aus den Händen und streift mein Bein, als er, seinen Arm umklammernd, zur Seite kippt.

Mein Instinkt erwacht wieder, ich werfe mich auf ihn und drücke ihn zu Boden. Ein Armbrustbolzen ragt aus seiner Schulter. Er brüllt nach Douglas, aber zur Antwort ertönen nur hastige Schritte, die sich in Richtung des Eingangs entfernen. Die andere Laterne liegt dort auf dem Boden, wo sie fallen gelassen wurde. Fowler windet sich unter mir, stöhnt leise und krallt eine Hand in meine Schulter, doch ich halte ihm mein Messer an die Kehle, woraufhin er seinen Widerstand aufgibt. In den Bänken über mir vernehme ich weitere Schritte, gefolgt von dem dumpfen Aufprall, mit dem jemand in der Arena landet. Ich blicke auf und zucke zusammen, als sich ein hochgewachsener Mann in einem ledernen Wams neben mir niederkauert und Fowler untersucht.

»Ich habe auf die Laterne gezielt. Ich hatte Angst, ich könnte Euch treffen, Sir.«

»Wer seid Ihr?« Ich wage kaum, den Atem auszustoßen. Mein Messer berührt noch immer Fowlers Kehle. Der Nebel lässt die Züge des Fremden weicher erscheinen und ihn noch jünger wirken, als er es sowieso ist – vielleicht Anfang zwanzig, das verrät mir sein noch spärlicher Bartwuchs.

»Tanner, Sir, Joseph Tanner, zu Euren Diensten.« Er nimmt seine Kappe ab und dreht sie zwischen den Fingern. »Ich hatte den Auftrag, ein Auge auf Euch zu haben, Sir. Er sagte, es gäbe Leute, die es auf Euch abgesehen hätten, und er hatte Recht.« Er nickt zu Fowler hinüber, dann hebt er dessen Schwert aus dem Sand auf und wiegt es mit einem wertschätzenden Kennerblick in der Hand.

»Demnach steht Ihr in Walsinghams Diensten?« Erschöpfung durchflutet mich, und mit einem Mal beginne ich zu frösteln.

»In denen von Sir Philip Sidney, Sir.« Er dreht noch immer an seiner Kappe herum. Fowler gibt einen erstickten Schmerzenslaut von sich, woraufhin ich ihm das Knie in die Rippen bohre.

»Sidney hat Euch geschickt? Wie lange folgt Ihr mir denn schon?«

»Seit der Nacht, in der Ihr nach Barn Elms kamt, Sir, nachdem Ihr auf der Straße angegriffen wurdet. Sir Philip sagte, ich solle herauszufinden versuchen, wer sich an Eure Fersen geheftet hat, und dafür sorgen, dass Ihr nie ohne Schutz seid. Jedoch sollte ich nur eingreifen, wenn Euer Leben in akuter Gefahr ist.«

»Warum habt Ihr Euch mir nicht gezeigt?«

Der junge Mann senkt verlegen den Blick.

»Sir Philip meinte, das würde Euch nicht gefallen, Sir. Er meinte, Ihr wärt sehr stolz.«

»So, meinte er das?« Ich lächele. Einerseits missfällt es mir, dass Sidney hinter meinem Rücken entschieden hat, ich könne nicht auf mich selbst aufpassen und benötige einen Leibwächter. Andererseits muss ich einräumen, dass mir ohne den jungen Tanner jetzt Fowlers Schwert zwischen den Rippen stecken würde.

»Er sagte auch, es wäre nicht mehr, als er selbst für Euch tun würde, wenn er nicht so viele andere Pflichten hätte. Euch den Rücken zu decken, meinte er, wie es ein Freund tun sollte.«

»Ich werde mich bei ihm bedanken.« Ich blicke auf Fowler hinunter, dessen Gesicht sogar in dem schwachen Licht totenblass geworden zu sein scheint. Dort, wo sich der Bolzen in seine Schulter gebohrt hat, breitet sich ein dunkler Fleck auf seinem Wams aus. »Dieser Mann braucht einen Arzt, Joseph. Wir müssen ihn nach Whitehall bringen.«

Fowler setzt sich kurz zur Wehr, aber ich merke, dass seine Kräfte nachlassen. Er darf hier nicht verbluten, sonst bleiben zu viele Fragen unbeantwortet – nicht zuletzt die, ob das Mordkomplott noch immer Bestand hat und wer jetzt mit der Ausführung betraut worden ist. Tanner nickt.

»Wir müssen ihn zu einem Boot schaffen, Sir. Ich denke, wir können ihn zwischen uns zu der Wassertreppe Bank End tragen.«

Ich bewundere seinen Optimismus – zurzeit fühle ich mich noch nicht einmal imstande, meinen eigenen Umhang bis zum Tor zu tragen, aber ich ziehe mich auf die Füße, als Tanner Fowler aufrichtet, was seinerseits weitere Proteste zur Folge hat – seine Stimme ist mittlerweile schwächer geworden, sein Körper hängt schlaff in unseren Armen, was es uns erschwert, ihn über das Tor zu hieven, durch das wir den Bärenhatzplatz betreten hatten. Als ich den Rücken krümme, um Fowlers Gewicht auf mich zu laden, während Tanner ihn von der Innenseite her hochwuchtet, suche ich unwillkürlich die Schatten zu beiden Seiten für den Fall ab, dass Douglas dort irgendwo lauert und auf seine Chance wartet.

»Da war noch einer«, entschuldigt sich Tanner, als er sich Fowlers unversehrten Arm um den Nacken legt und ihn zum Fluss schleift. »Ich konnte ihn nicht aufhalten, Sir – er lief fort, und ich hielt es für wichtiger, Euch beizuspringen. Schließlich war er hier derjenige mit dem Schwert.«

Besagtes Schwert trage ich nun bei mir, meine Hand ist mit seinem Gewicht noch nicht vertraut, doch es verleiht mir entschieden mehr Selbstvertrauen, als ich auf dem Weg hierher verspürt habe. Vielleicht kann ich ja lernen, damit umzugehen, überlege ich, sowie ich den Arm leicht nach unten beuge und spüre, wie die Klinge die Luft durchschneidet. Wenn ich in Walsinghams Diensten verbliebe, könnte es nützlich für mich sein, diese Kunst zu beherrschen. Als wir die Treppe erreichen und ich ein Boot herbeirufe, staune ich erneut über die unerwarteten Wendungen, die mein Leben genommen hat. Ich war immer davon ausgegangen, Schreibfedern und Tinte würden meine einzigen Waffen sein und bleiben. Und als das Boot schließlich anlegt, bin ich fest davon überzeugt, dass Douglas nicht die Absicht hat zurückzukommen und seinem Mitverschwörer beizustehen. Der Mann, der nur seine Schuhe bei dem Leichnam von Lord Darnley zurückgelassen hatte, ist wieder einmal auf Nimmerwiedersehen verschwunden.

Drei bewaffnete Wächter in Palastlivree patrouillieren die Privy Bridge auf und ab. Sobald sich ihnen unser Boot nähert, richten sie ihre Piken auf uns und fragen uns nach unserem Begehr. Tanner gibt sich als Sir Philip Sidneys Bediensteter zu erkennen und erklärt, dass wir dringend mit Lord Burghley sprechen müssten. Ihm wird gestattet auszusteigen, und einer der Wächter scheint ihn eingehend zu verhören, während die anderen uns voller Argwohn betrachten. Ich sitze mit dem Schwert quer über dem Schoß da und stütze Fowler, aus dessen Schulter noch immer der Armbrustbolzen ragt. Wir sehen aus, als wären wir in ein Straßengefecht geraten. Ich habe den Saum meines Umhangs um Fowlers Wunde gewickelt, um das Blut zu stillen; zwar bin ich kein Arzt, aber ich halte die Verletzung nicht für lebensbedrohlich. Auf dem Anlegesteg hebt der Wächter seine Laterne, als Tanner ein Medaillon vorzeigt, das er an einer Kette um den Hals trägt – es muss eine Art von Insignien zeigen, denn es scheint den Mann zufriedenzustellen, er tuschelt kurz mit seinen Kameraden und bedeutet Tanner dann, ihm durch das Tor zu folgen.

Wir anderen warten schweigend ab. Das Boot tanzt auf den Wellen und prallt immer wieder gegen den Steg. Der Bootsmann misst mich mit einem fragenden Blick und murrt über die schändliche Zeitverschwendung, woraufhin ich ihm einen weiteren Penny zustecke, damit er den Mund hält. Die beiden anderen Wachposten lassen uns nicht aus den Augen. Fowler verlagert mit einem schmerzlichen Stöhnen sein Gewicht auf der Bank.

»Wenn die Königin von Eurer Verschwörung erfährt, werden sich die diplomatischen Beziehungen mit König James äußerst interessant gestalten«, flüstere ich, um das Schweigen zu brechen. »Habt Ihr darüber schon einmal nachgedacht?«

»Ich weiß nicht, wovon Ihr redet«, krächzt er. »Alles, was geschah, geschah im Namen Maria Stuarts. Sie steckt hinter der Verschwörung. Sollen sie doch das Gegenteil behaupten. Wo sind ihre Beweise?«

Sein Gesicht verzieht sich zu einem schwachen, doch zuversichtlichen Lächeln. Er glaubt unverdrossen, dass sein Plan aufgehen wird.

»Bildet Ihr Euch wirklich ein, Walsingham könnte Euch nicht dazu bringen, das zu wiederholen, was Ihr mir vor einer Stunde gestanden habt?«

»Er kann es versuchen, doch ich werde mit Marias Namen auf den Lippen sterben. Ihr könnt die Lawine jetzt nicht mehr aufhalten. Und was *Euch* betrifft, mein Freund …« Er hält inne und schluckt mühsam, bevor er sich mit der Zunge über die trockenen Lippen fährt. »Ihr tätet gut daran, von jetzt an stets mit einem offenen Auge zu schlafen. Archie Douglas lässt die Dinge nicht gerne unerledigt zurück.« Er hustet, und weißer Speichel quillt aus seinem Mund.

Schritte lassen die Bohlen erzittern: Walsingham erscheint mit weiteren Bewaffneten, gefolgt von Tanner. Der Staatssekretär trägt einen pelzgefütterten Umhang, der um seine Beine schlägt, als er abrupt vor dem Boot stehen bleibt und mit undurchdringlicher Miene auf Fowler hinunterblickt.

»William«, sagt er endlich. In seiner Stimme schwingt alles mit, was sein Gesicht nicht verrät: Bedauern, Zorn, Enttäuschung, die Erkenntnis, verraten worden zu sein – und Ärger über sich selbst, weil er den Mann so falsch eingeschätzt hatte.

»Sir Francis«, erwidert Fowler nahezu unhörbar, aber der höhnische Unterton ist unverkennbar.

»Er ist verwundet«, werfe ich ein. Walsingham nickt knapp.

»Bringt ihn ans Ufer und gebt auf seinen Arm Acht«, bellt er den Wächtern zu. Einer von ihnen tritt zu dem Boot, und in diesem Augenblick richtet Fowler sich auf, versetzt mir einen Stoß gegen die Brust, der mich rücklings zu Boden schickt, und hechtet über den Rand. Eine eisige Wasserfontäne spritzt auf. Die Wächter wechseln einen erschrockenen Blick – in ihren schweren Rüstungen können sie hier nichts ausrichten. Einer beginnt, seinen Brustpanzer abzuschnallen. Ich suche das schwarze Wasser zu beiden Seiten ab, soweit es mir möglich ist, doch Fowler ist verschwunden.

»Haltet das Licht hoch!«, ruft Walsingham dem Bootsmann zu, während er zum Ende der Anlegestelle läuft. Fast schneller, als ich denken kann, blicke ich zu ihm auf, werfe meinen Umhang ab, kneife die Augen zusammen und springe Fowler hinterher.

Wieder verschlägt mir das kalte Wasser den Atem, und als ich auftauche, benötige ich eine kleine Weile, um mich zu orientieren.

»Dort!«, brüllt der Bootsmann, der sich mit erhobener Laterne gefährlich weit über den Rand lehnt und auf einen Punkt im Wasser deutet. Nach Luft schnappend drehe ich mich um und erkenne in den weißen Nebelschwaden einen schlanken schwarzen Schatten, der ein kleines Stück weiter flussabwärts die Wasseroberfläche durchbricht. Ich setze ihm nach. Obwohl ihn die Strömung mit sich zieht, kann er mit dem Bolzen in seiner Schulter nicht rasch genug vorwärtskommen, selbst wenn er seine Schwäche übertrieben hätte. Mit ein paar kräftigen Schwimmzügen habe ich ihn fast eingeholt; er scheint zu ermatten, und sein Kopf beginnt unter Wasser zu geraten. Ich pumpe meine Lunge voll Luft und tauche hinter ihm her; hier, in der gurgelnd dahinströmenden Schwärze, taste ich blind herum, bis ich auf etwas Festes stoße. Finger schließen sich um meinen Arm, ich versuche, mich nach oben zu kämpfen, doch er hat meinen Ärmel zu packen bekommen und will ihn nicht loslassen, und er hat mehr Masse als ich. Es gelingt mir, einen Arm unter seine Schulter zu schieben und heftig Wasser zu treten, um ihn mit mir in die Höhe zu ziehen, doch er umkrallt mich mit seiner anderen Hand, und ich begreife zu spät, dass er keinen Fluchtversuch unternommen hat, sondern der Strafe entgehen will, der ich ihn überantwortet habe, und seine Geheimnisse vor Walsinghams berüchtigten Verhörmethoden zu schützen gedenkt, indem er sie mit sich mit auf den Grund des Flusses nimmt. Womöglich hatte er sogar damit gerechnet, dass ich ihm ohne zu zögern hinterherspringen würde. Seine Hand greift nach meinem Gesicht – er beabsichtigt zu verhindern, dass einer von uns wieder an die Luft gelangt. Ich schlage nach ihm. Meine Hand trifft den hölzernen Schaft des Armbrustbolzens in seiner Schulter, ich schließe die Finger darum und drehe ihn mit aller Kraft zur Seite, woraufhin Fowler seinen Griff lockert, ich mich mit einem gewaltigen Beinstoß an die Wasseroberfläche katapultiere und meine brennenden Lungen mit Luft fülle. Dabei schlucke ich eine Menge fauliges Themsewasser, fange würgend an zu husten und fürchte schon, erneut unterzugehen, doch da prallt etwas gegen meine Schulter – mit der rechten Hand klammere ich mich verzweifelt daran fest, während ich mit der linken noch immer Fowler festhalte, der von seinem Gewicht nach unten gezogen wird.

»Lasst nicht los!«, ertönt eine laute Stimme. Ich zwinkere Wassertropfen aus meinen Augen und sehe das Boot vor mir, in dessen Bug jetzt zwei Wächter sitzen, von denen einer mir ein Ruder hinstreckt. Meine Hand rutscht ab, trotzdem gelingt es ihm, mich so nah an das Boot heranzuziehen, dass er den Rückenteil meines Wamses zu fassen bekommt und mich mit der Hilfe seines Kameraden über den Rand zerren kann wie einen ins Netz gegangenen Fisch. Wasser aushustend krümme ich mich auf dem Boden.

»F… F…« Meine Stimme gehorcht mir nicht, meine Zähne klappern zu heftig, also deute ich stattdessen auf das Wasser, wo einer der Wächter erfolglos mit seinem Ruder in den Wellen herumstochert. Ich stehe auf und taumle ein Stück bugwärts. Sie dürfen jetzt nicht aufgeben, Fowler darf der Triumph nicht vergönnt werden, seinen eigenen Ausweg zu wählen. Auf der Jagd nach ihm habe ich zu viele wichtige Beweisstücke verloren – dieses letzte in Gestalt seiner Person wird er mir nicht nehmen. Halb von Sinnen vor Wut erwäge ich fast, mich noch einmal in die Themse zu stürzen, um die Verfolgung erneut aufzunehmen, doch der Wächter, der mich herausgezogen hat, ahnt meine Absicht und hält mich fest. Zur gleichen Zeit stößt sein Kamerad einen lauten Ruf aus, und der Lichtschein fällt auf einen schwarzen Schatten, der aus dem Wasser auftaucht. Fowlers Überlebensinstinkt scheint die Oberhand gewonnen zu haben. Die Männer manövrieren das Boot näher an ihn heran und beugen sich vor, um das nasse Bündel herauszufischen, wobei sie das kleine Gefährt fast zum Kentern bringen.

»Ist er tot?«, krächze ich.

»Keine Ahnung. Setzt Euch hinten hin«, erwidert einer der Wächter, der offenbar schon häufiger Menschen aus dem Fluss gezogen hat. Er dreht Fowler herum und drückt ein paarmal fest auf seinen Magen. Fowler rührt sich nicht. Der Mann versucht es abermals, diesmal fester, und richtet den Oberkörper des Schotten auf – da löst sich von seinen Lippen ein schwacher Würgelaut, gefolgt von einem wässrigen Strom von Erbrochenem. Als der zweite Mann uns gegen die Strömung wieder zum Landungssteg zurückrudert, registriere ich zufrieden, dass Fowlers Leben noch immer an einem seidenen Faden hängt.

Die Wächter hieven ihn unsanft auf die Bohlen und schleifen ihn zwischen sich fort. Walsingham wirft ihm einen flüchtigen Blick zu, als sie an ihm vorbeikommen.

»Lebt er?«

»Aye, Euer Gnaden.«

Er nickt, dann hält er mir eine mit einem Lederhandschuh bekleidete Hand hin. Zitternd klettere ich auf den Steg, wo meine Beine unter mir nachgeben. Walsingham kauert sich neben mich und legt mir eine Hand auf die Schulter.

»Wenn ich es nicht besser wüsste, Bruno, würde ich sagen, dass Ihr einen Pakt mit dem Teufel persönlich geschlossen habt. Ihr seid nicht unterzukriegen. Indes, ich glaube nicht, dass der Teufel die Nerven hätte, sich auf eine Wette mit Euch einzulassen. Er hätte Angst, Ihr würdet ihn überlisten.«

Ich setze zu einer Antwort an, aber mir ist so kalt, dass ich das heftige Beben nicht unterdrücken kann, das meinen Körper durchschüttelt. Walsingham lächelt väterlich und drückt meine Schulter.

»Oh, ich weiß, dass Ihr genauso wenig an den Teufel glaubt wie an Gott, Bruno«, raunt er mir zu. »Ihr habt Eure Sache gut gemacht – wieder einmal. Ich werde Euch der Obhut des Earls of Leicester übergeben, und wenn Ihr Euch aufgewärmt und ausgeruht habt, möchte ich die ganze Geschichte aus Eurem Mund hören.«

Er richtet sich auf. Ich halte ihn an seinem Umhang fest und ziehe ihn zu mir herunter.

»Ich glaube an das Böse«, bringe ich durch die Zähne zustande, als sich sein Gesicht auf einer Höhe mit dem meinen befindet.

Er nickt ein einziges Mal, erhebt sich, wirft mir noch einen schwer zu deutenden Blick zu, dreht sich dann um und geht davon. Ein Wächter mit einer Fackel streckt mir eine Hand hin, um mir aufzuhelfen, schlingt meinen taub gewordenen Arm um seine Schulter, stützt mich, damit ich nicht das Gleichgewicht verliere, und führt mich in den Palast.

18

Mortlake
1. November im Jahr des Herrn 1583

In Mortlake ziehen sich die raureifüberzogenen Bäume und Hecken so regungslos wie gemalte Bühnenkulissen am Flussufer entlang. Der von der Wassertreppe heraufführende Pfad knirscht unter meinen Füßen, da der Nachtfrost den Schlamm erstarren lassen hat. Die Sonne steht tief, aber hell am Himmel und taucht die Landschaft und das krumme Dach von Dees Haus in einen blassgoldenen Schein. Aber mein Herz ist schwer, als ich das Gartentor aufstoße, und als Jane Dee mir die Vordertür öffnet, sehe ich, dass sie geweint hat. Sie umarmt mich kurz, dann deutet sie über ihre Schulter.

»Vielleicht könnt Ihr ihn zur Vernuft bringen, Bruno – mir gelingt es nicht.« Ihre Worte klingen gepresst vor angestauten Emotionen.

Ich zögere, komme aber zu dem Schluss, dass es besser ist, ihr jetzt noch keine Fragen zu stellen.

Das Laboratorium wirkt verlassen, heute dampft oder blubbert oder stinkt oder qualmt nichts, und ein Teil der Destillierapparate sind geleert und abgebaut worden. Dee steht an seinem Arbeitstisch und wirft scheinbar wahllos Bücher in eine offene Truhe. Ich räuspere mich, er blickt auf und verzieht die Lippen hinter dem Schnurrbart zu einem breiten Lächeln.

»Bruno!« Er hüpft über eine mit Glasflaschen gefüllte Kiste hinweg, die bedrohlich klirrt, als er mit dem Fuß dagegenstößt, und zieht mich in eine feste Umarmung.

»Ihr seid ja heute in Hochstimmung«, bemerke ich in der Hoffnung, nicht zu bitter zu klingen.

»Wie könnte es auch anders sein, mein Freund?« Er fasst mich bei den Schultern und sieht mich mit leuchtenden Augen an. »Böhmen, Bruno! Könnt Ihr Euch das vorstellen? Prag! Noch nicht einmal Ihr habt auf Euren Reisen Prag besucht. Der Hof eines Philosophenkaisers, der selbst nach verborgenen Wahrheiten forscht und diejenigen von uns, die nach altem Wissen streben, das nicht in den Büchern der Kirchenväter verzeichnet ist, nicht verfolgt und verurteilt, sondern achtet und fördert!« Er schüttelt mich leicht. »Kaiser Rudolf ist der aufgeklärteste Herrscher Europas. Es heißt, an seinem Hof gibt es wahre Wunder zu bestaunen. Holztauben, die wirklich fliegen …«

»Ihr wisst, dass Ihr nicht gehen müsst«, unterbreche ich ihn. »Henry Howard steht unter Hausarrest und wird in Kürze in das Fleet-Gefängnis überstellt, und Fowler ist unter dem Verdacht, die beiden Hofdamen ermordet zu haben, verhaftet worden. Euer Name ist reingewaschen.«

»So einfach ist das alles nicht, das wisst Ihr so gut wie ich.« Er senkt bedauernd den Kopf. »Gestern suchte mich der Sekretär des Earls of Leicester auf.«

»Was wollte er?«

»Er brachte mir ein Geschenk der Königin. Vierzig goldene Engelstaler.«

»Dann steht Ihr also noch immer in ihrer Gunst«, strahle ich.

»In ihrer schon.« Er zupft an seinem Bart. »Aber nicht in der des Kronrats. Es war ein Abschiedsgeschenk, Bruno, und ich wäre ein Narr, etwas anderes hineinzuinterpretieren. Ein Zeichen ihrer Wertschätzung, ja, aber auch eine Art, mir dafür zu danken, dass ich ihr durch meine unauffällige Abreise die Dinge leichter mache. Nach dieser Geschichte am Hof wird Burghley noch mehr Gesetze gegen Astrologen und Männer erlassen, die sich mit Prophezeiungen und Weissagungen befassen – sie kann mir dann nicht mehr öffentlich ihre Gunst beweisen. Sie hat mir einen Ausweg angeboten, und ich nehme ihn dankbar an. Ich bin sechsundfünfzig Jahre alt – ist das nicht eine einmalige Gelegenheit für mich?« Er zwingt sich, Begeisterung in seine Stimme zu legen.

»Aber was ist mit …« Ich schwenke eine Hand durch den Raum. *Was ist mit mir?*, wollte ich eigentlich sagen und schelte mich für meine Eigensucht. Die Aussicht, jetzt, wo sich auch Sidney von mir entfernt hat, ohne Dee in London leben zu müssen, ist für einen ausländischen Ketzer im Exil mehr als trübe. Als ich sein leer geräumtes Laboratorium und die Bücher in der Truhe betrachte, erkenne ich, wie sehr er mir fehlen wird. »Mit all Euren Büchern?«, beende ich den Satz wenig überzeugend.

»Janes Bruder wird hier wohnen und sich um die Bibliothek kümmern«, erwidert er obenhin. »Ihr könnt sie natürlich benutzen, wann immer Ihr wollt, Bruno, macht Euch deswegen keine Sorgen.«

Ich bin versucht, ihn zu fragen, ob Jane es auch als einmalige Gelegenheit ansieht, ihre Familie zu entwurzeln und mit zwei kleinen Kindern durch halb Europa zu reisen. Ihr Gesicht verrät mir die Antwort – aber ich weiß nicht, was sie von mir erwartet. Dee hat Recht, bezüglich der Morde sind am Hof noch immer Gerüchte im Umlauf, und die Prophezeiungen versetzen die Leute in Unruhe – all das muss die Regierung ersticken, wenn die Ordnung wiederhergestellt werden soll. Welche andere Wahl hätte er denn? Mein Freund würde sich unweigerlich auf der falschen Seite der neuen Gesetze wiederfinden. Elisabeth verbannt ihn quasi, um sein Leben und seinen Ruf zu retten. Man muss es ihm zugutehalten, dass er sich entschlossen hat, diese Verbannung als einen neuen Anfang zu betrachten. Genau das habe ich während der vergangen sieben Jahre versucht, aber es fällt mir mit jedem Jahr schwerer. Alter und Entfernung wecken ein Heimweh in mir, das alle Freiheiten, die ich in England genieße – lesen, schreiben und veröffentlichen zu können, was ich will, ohne die Inquisition fürchten zu müssen –, nicht ganz aufwiegen können.

»Kommt.« Dee winkt mich in sein privates Studierzimmer, wo ich einst zugesehen hatte, wie Ned Kelley die apokalyptischen Worte der Geister erfunden hat. Auch hier werden Dees magische Gerätschaften für die Reise verpackt. Der Kristall und mehrere Wachssiegel liegen in einer verzierten, mit dem roten Seidentuch umwickelten Schatulle, daneben stapeln sich die Notiz- und Tagebücher.

»Dann erzählt mir jetzt alles.« Er klopft auf den Deckel einer der Truhen und fordert mich auf, Platz zu nehmen. »Haben sie Howard angeklagt?«

»Er wird noch verhört. Alles, was sie gegen ihn in der Hand haben, ist die Liste sicherer Häfen und katholischer Edelleute, die sie bei Throckmorton gefunden haben, als er auf der Straße abgefangen wurde. Sie behaupten, sie wäre in seiner Handschrift verfasst, aber er streitet das natürlich ab. Und die Königin ist sehr darauf bedacht, vorsichtig mit ihm zu verfahren.« Elisabeths Entschluss, Howard so behutsam wie möglich zu behandeln, ist für mich ein Quell großer Sorge, was ich Dee aber verschweige. Ihre Weigerung, eine peinliche Befragung zuzulassen, hat dazu geführt, dass er und der Kronrat in eine

Art Sackgasse geraten sind, und auch wenn er formell des Verrats bezichtigt wird, kann es passieren, dass sie ihn freilässt, um ihre katholischen Untertanen zu beschwichtigen. Wenn das geschieht, wird er die Suche nach mir unverzüglich wieder aufnehmen, davon bin ich überzeugt.

»Aber sie haben doch sicher Arundel House durchsucht?« Dee fährt fort, überall herumzuhantieren, hebt Gegenstände auf und stellt sie wieder zurück. Er fühlt sich zwischen seinen zur Hälfte verpackten Habseligkeiten sichtlich unwohl.

»Vom Keller bis zum Dach, hat Walsingham gesagt.« Ich zögere. »Sie haben das Buch nicht gefunden, John. Er hätte es erwähnt, wenn das der Fall gewesen wäre, da bin ich ganz sicher.«

Dee schüttelt bekümmert den Kopf.

»Nicht auszudenken, dass Ihr es in den Händen gehalten habt. Hört zu – während ich in Böhmen bin, werde ich jede Abhandlung, jedes Manuskript und jedes antike Traktat über Geheimschriften studieren, das ich finden kann. Ich werde Kaiser Rudolfs berühmteste Gelehrte zu Rate ziehen. Und in der Zwischenzeit müsst Ihr Euch das Buch verschaffen.« Er zeigt mit dem Finger auf mich.

»Es wurden keine Beweise gegen Philip Howard gefunden, als sie Throckmortons Haus durchsucht haben«, sage ich. »Der Earl und seine Frau haben sich wohlweislich vom Hof zurückgezogen, bis über das Schicksal seines Onkels entschieden ist. Ich könnte darauf wetten, dass Howard ihm vor seiner Verhaftung das Buch in Verwahrung gegeben hat.«

Dee überdenkt dies mit schief gelegtem Kopf. »Nun – da habt Ihr ja während meiner Abwesenheit eine Aufgabe.« Er lächelt traurig. »Throckmorton wird hängen, nehme ich an? Und Fowler?«

»Wenn sie im Tower mit ihm fertig sind«, erwidere ich, und

dann verstummen wir beide. Getreu seiner Ankündigung hat Fowler nichts gestanden; die erfahrensten Folterknechte des Towers konnten ihn nicht dazu bringen, das zu wiederholen, womit er mir gegenüber in diesem Hinterzimmer der Schänke in Southwark geprahlt hat. Als Vorsichtsmaßnahme wird Walsingham in der Hoffnung, den jungen König James davon überzeugen zu können, dass friedliche Beziehungen zu England seinem Reich am besten dienen, nach dem Thronjubiläum in diplomatischer Mission nach Schottland reisen. Im Moment konzentrieren sich die Bestrebungen des Kronrats darauf herauszufinden, ob ein anderer, bislang unbekannter Verschwörer mit der Ausführung des Mordanschlags betraut worden ist.

»Dieses Land«, beginnt Dee, dann hebt er die Hände, als könne er nicht die richtigen Worte finden. »Als ich in Eurem Alter war, Bruno, glaubte ich, Elisabeth Tudor würde uns wirklich von dem Aberglauben und der Tyrannei Roms befreien. Aber wenn ich sehe, was ihre Schergen zu tun bereit sind, um diese Freiheit zu erhalten, dann muss ich das Erreichte in Frage stellen. Walsingham würde sagen, man kann nicht ohne Blutvergießen zum Wohle vieler handeln, aber ich weiß nicht …« Er seufzt tief. »Ich kann nur sagen, dass es mir nicht leidtut, diese Insel für eine Weile zu verlassen. Nur unsere Gespräche werde ich vermissen, Bruno.«

»Ich auch«, erwidere ich inbrünstig. Ich möchte ihm noch mehr sagen, ihn wissen lassen, dass er mir während meiner Verbannung fast zu einem Vater geworden ist, aber in diesem Moment bemerke ich eine Bewegung hinter mir, und ich sehe, wie sein Blick über meine Schulter hinweg zur Tür wandert und er nickt. Als ich mich umdrehe, traue ich meinen Augen nicht, denn vor mir steht Ned Kelley. Er trägt einen ausgefransten roten Schal um den Hals und hält eine Bücherkiste in den Händen.

»Die kann auf die Reise geschickt werden«, verkündet er. »Oh, hallo, Doktor Bruno. Was macht Euer Kopf? Ich hörte, Ihr habt einen ziemlich heftigen Schlag abbekommen.« Er grinst verschlagen, wobei er seine schiefen Zähne entblößt.

»Du schmierige kleine Ratte!« Meine Wut kocht über, ich stürze mich auf ihn und packe ihn mit solcher Kraft am Hemd, dass er die Kiste fallen lässt und die Bücher sich auf dem Boden verteilen. Ich hole mit geballter Faust aus, Kelley blökt angstvoll, doch Dees Hand schließt sich um meine zum Schlag erhobene Hand, bevor ich sie in das höhnische Gesicht des Wahrsagers schmettern kann.

»Schon gut, Bruno. Ich verstehe Euch ja. Aber Ned und ich haben viele Stunden damit verbracht, alles aufzuarbeiten, was zwischen uns geschehen ist, und er hat sein Verhalten bereut.«

»Bereut hat er es?« Ich gebe Kelley frei und drehe mich ungläubig zu Dee um. »Er hat Euch verkauft! Er hat Geld von Henry Howard genommen, um Euch zu vernichten – und Ihr lasst ihn immer noch in Euer Haus? In Gottes Namen, John – habt Ihr jetzt ganz den Verstand verloren?«

»Bruno.« Dees Stimme klingt so bekümmert und sanft wie immer. Er legt mir eine Hand auf den Arm. »Ned stand zu sehr unter dem Einfluss dieser Frau. Jetzt, wo sie fort ist, ist er wieder zu sich gekommen, und ich habe ihm verziehen, wie man einem missratenen Sohn verzeiht. Ich glaube, Ihr versteht, dass ein Mann sich durch die Reize einer Frau vom rechten Weg abbringen lassen kann.«

»Es war der Reiz von Howards Geldbörse, das wisst Ihr genau!« Ich schüttele seine Hand von meinem Arm. Das hat Jane also mit »zur Vernunft bringen« gemeint. Alle Zuneigung, die ich eben noch für Dee empfunden habe, ist angesichts meines Zorns ob seines unerschütterlichen Vertrauens in Kelley verflogen. »Und er hat versucht, mich zu töten, während Ihr im

Palast wart. Er hat mir einen Stein an den Kopf geworfen.« Ich reibe mir die Schläfe, an der eine rote Narbe zurückgeblieben ist.

»Das ist üble Nachrede.« Kelley weicht vorsichtshalber einen Schritt zurück. »Ihr habt keinerlei Beweise.«

»Seid Ihr wirklich so blind?« Ich drehe mich wieder zu Dee. »Er verfügt über keine besondere Gabe, John. Er beherrscht auch keine spezielle Sprache, in der er mit den Geistern kommunizieren kann. Er ist nichts als ein Scharlatan – ich sehe es, Eure Frau sieht es, nur Ihr verschließt die Augen davor!«

Ich hatte nicht beabsichtigt, die Stimme gegen ihn zu erheben. Er sieht mich verletzt an, und ich verspüre Bedauern und Erleichterung zugleich. Ich möchte nicht, dass wir im Streit auseinandergehen, aber ich kann mich auch nicht für etwas entschuldigen, von dem ich weiß, dass es die Wahrheit ist.

Kelley bückt sich, hebt die heruntergefallenen Bücher auf und klopft den Staub ab. »Nehmen wir die alle mit, Sir?«

»Ich weiß es noch nicht.« Dee fährt sich mit dem Handrücken über die Stirn. Die frühere freudige Erregung scheint von ihm abgefallen zu sein, jetzt klingt er müde und verwirrt. »Leg sie auf den Schreibtisch, Ned, ich sehe sie gleich durch. Vielleicht kannst du uns einen Moment allein lassen?«

Kelley nickt und huscht mit einem letzten triumphierenden Lächeln in meine Richtung davon. Ich starre Dee an.

»Er soll Euch doch nicht etwa begleiten?«

»Doch. Oh, verdreht nicht so die Augen, Bruno. Ned hat ein launisches Naturell, das hängt mit seiner Gabe zusammen. Aber er hat seinen Betrug gestanden und sich vollständig von Howard und Johanna losgesagt. Jetzt brennt er darauf, unsere Arbeit fortzusetzen. Er sagt, ihn durchströmen neue Energieschübe der Geister. Sie wollen sich dringend mit uns in Verbindung setzen.«

»Das Einzige, was ihn durchströmt, ist der Wunsch, England zu verlassen, bevor er von den Constables wegen seiner Schulden festgenommen wird«, schnaube ich giftig.

»Ach, Bruno, ich weiß, dass unsere Meinungen in Bezug auf Ned immer auseinandergehen werden, aber wir wollen doch in Frieden voneinander scheiden«, erwidert er, und ich sehe ein, dass ich ihn nicht von seinem Kurs werde abbringen können. »Ich habe ein Geschenk für Euch.« Er wühlt in den Papieren auf seinem Schreibtisch herum und fördert ein schönes, in Kalbsleder gebundenes Buch zu Tage, das er mir fast verschämt hinhält. Ich schlage es auf, um das Vorsatzblatt zu betrachten, und stelle fest, dass es sich um eine Ausgabe der *Kommentare* des Erasmus handelt, desselben Werkes, das ich in jener Nacht vor sieben Jahren, als ich aus dem Kloster in Neapel floh, gezwungenermaßen im Abtritt versenken musste. Dee hat immer großes Vergnügen an dieser Geschichte gefunden und mich wiederholt gebeten, sie noch einmal zu erzählen.

»Ich fand, Ihr müsstet eine eigene Ausgabe davon besitzen«, murmelt er, ohne mir in die Augen blicken zu können. »Hierzulande ist es nicht verboten. Passt auf, dass Ihr es nicht in die Latrine fallen lasst.«

»Es ist wunderschön.« Ich streiche über den Einband, und diesmal muss ich den Blick abwenden, um ihn nicht merken zu lassen, wie mühsam ich die Tränen zurückhalte. Bei der Tür drehe ich mich um und beobachte ihn, wie er da zwischen dem Zubehör seiner Magie steht und wie das Sonnenlicht, das durch das Fenster fällt, seinen langen Bart aufleuchten lässt, und ich wünsche mir, ich würde über Zeichentalent verfügen, denn dann würde ich ihn genau so verewigen, wie er jetzt aussieht – störrisch, verwirrt, ein wenig traurig und weiser als die meisten von uns – nur für den Fall, dass ich ihn in diesem Leben nicht mehr wiedersehe.

In der Halle umarmt mich Jane noch einmal. Der kleine Arthur klammert sich an ihre Röcke.

»Ich muss ihn wohl lieben, Bruno, oder warum würde ich mich sonst mit allem abfinden?«

»Vielleicht fällt Kelley auf der Reise über Bord«, versetze ich.

Sie lacht und wischt sich mit dem Handrücken eine Träne ab, bevor sie ihr über die Wange rollen kann.

»Wenn es nach mir ginge, bestimmt.« Sie hält inne und dreht ihre Schürze in der Hand. »Geht mit Gott, Bruno. Ihr seid ein guter Mann. Gott weiß, wie wenige es davon gibt.«

»Dann kümmert Euch gut um den, den Ihr in Eurer Obhut habt«, sage ich mit einer kleinen Verbeugung. »Und zieht einen weiteren groß.« Ich zerzause Arthurs Haar, woraufhin er sich kichernd hinter seiner Mutter versteckt.

»Und geratet nicht wieder in Schwierigkeiten.«

»Wenn ich nur wüsste, wie ich das verhindern soll. Ich suche die Gefahr nicht, Jane – sie folgt mir.« Als ich das sage, muss ich an Fowlers Warnung bezüglich Douglas denken, wie ich jeden Abend daran denke, wenn ich zu Bett gehe. Die Morde sind aufgeklärt, die Invasion ist abgewendet – zumindest vorläufig, aber die Gefahr ist noch nicht gebannt. Ich frage mich, ob ich wohl je erfahren werde, wie es ist, ohne Furcht vor einem Messer an der Kehle zu leben – aber dann sage ich mir, dass noch nicht einmal die Königin von England diesen Frieden kennt. Das liegt in der Natur unseres Zeitalters, und es bedarf weder einer alten Prophezeiung noch einer Konjunktion der Planeten, um es zu erklären.

Epilog

Whitehall Palace, London
17. November im Jahr des Herrn 1583
25. Jahrestag der Thronbesteigung Ihrer Majestät Elisabeth, Regina von England

Die königliche Standarte ist erhoben; einen Moment flattert sie in der Brise, hebt sich scharlachrot und golden vom wässrigen Blau des Himmels ab, und die Menge zieht vernehmlich den Atem ein. Die Zeit scheint stillzustehen, Schicksale hängen in der Schwebe – bis die Standarte gesenkt wird und von beiden Seiten des Turnierplatzes her Hufgedröhn ertönt, als die Konkurrenten in vollem Galopp aufeinander zujagen, sodass die prächtigen Federn auf ihren Helmen und am Zaumzeug der Pferde hinter ihnen herwehen. Ich wappne mich für den Augenblick des Zusammenpralls; ich habe nie gelernt, diese Turniere als Sport zu betrachten, aber gerade heute bin ich mehr als bereit, mich von der Festtagsstimmung mitreißen zu lassen, dem Prunk und Gepränge und der fast hysterischen Atmosphäre der Anbetung der Frau, die auf ihrer Galerie hoch oben über dem Tumult sitzt und deren Kopf über dem riesigen steifen Spitzenkragen zwergenhaft klein wirkt. Bei jeder ihrer Bewegungen blitzen ihre Juwelen im Sonnenlicht auf.

Castelnau neben mir erstarrt ebenfalls. Der uns am nächsten dahingaloppierende Reiter, dessen Pferd eine blau-weiß gewürfelte Schabracke trägt, hebt seinen Schild, um die Lanze seines Gegners abzuwehren; ein markerschütterndes Krachen ertönt, als der andere in die Schulter getroffen wird und ein paar qualvolle Sekunden lang versucht, sich im Sattel zu halten, aber die Wucht des Stoßes war zu groß, und er landet mit einem metallischen Knirschen im Sand. Johlender Beifall brandet auf; wir, die Zuschauer, springen auf, jubeln und stampfen mit den Füßen, bis die hölzerne Tribüne bedenklich unter uns zittert. Der siegreiche Reiter zügelt sein Pferd, wendet es und trabt über das Feld zurück, bevor er seinen Helm abnimmt und sich im Sattel tief vor der Königin verneigt. Irgendwo weiter östlich fällt eine Kirchenglocke in die Kakophonie mit ein.

Ich blicke zum Fenster der Galerie empor. Wir sind zu weit entfernt, um die königliche Gesellschaft genau erkennen zu können, obwohl Castelnau als ausländischer Würdenträger mit die besten Plätze zugewiesen bekommen hat. Aber ich kann Elisabeth in der Mitte ausmachen; sie ist von ihren weiß gekleideten Hofdamen umringt. Ich senke für eine Weile den Kopf und schließe die Augen – nicht in ein Gebet versunken, sondern im stillen Gedenken an Cecily Ashe. Wenn ihr Gewissen nicht über ihre Vernarrtheit in den Mann gesiegt hätte, den sie für den Earl of Ormond gehalten hat, wäre die Tudor-Linie vielleicht just an diesem Morgen beendet worden. Und wenn sie Fowler nie begegnet wäre, grübele ich, wenn sie nicht einen kindlichen Groll gegen die Königin gehegt hätte, wenn er weniger überzeugend und sie vorsichtiger gewesen wäre, könnte sie jetzt in ihrem weißen Kleid an Elisabeths Seite sitzen. Genau wie Abigail Morley – wenn sie nicht Cecilys Vertraute gewesen wäre, wenn sie mich nie kennen gelernt oder mir nicht den Ring gegeben hätte, könnte sie jetzt in die Hände klatschen und zusammen mit den anderen Mädchen auf der Galerie vor Vergnügen quieken. Wenn, immer wieder wenn.

Als ich den Blick über die Menge schweifen lasse, frage ich mich, ob sonst noch jemandem die Anzahl bewaffneter Wachposten inmitten der Herolde, der Gildemänner in ihren Livreen, der Ratsherren und Anwälte in ihren Amtsroben sowie der Bischöfe und Edelleute hinter der Königin aufgefallen ist. Im letzten Monat haben Beamte in jedem Hafen entlang der Südküste junge Engländer und Schotten angehalten und durchsucht, die aus Frankreich oder den Niederlanden kamen. Einer, der bei dem Versuch ertappt wurde, in Rye eine geladene Pistole durch den Zoll zu schmuggeln, trug auch katholische Reliquien in seinen Habseligkeiten versteckt bei sich, aber Fowler schweigt auch im Tower weiterhin beharrlich, daher kann niemand sicher sein, ob er bezüglich eines zweiten möglichen Mörders gelogen hat oder ob sich auch jetzt noch eine schattenhafte Gestalt unter die Tausende von Londonern gemischt hat, die sich hinter den Barrieren drängen, die entlang von Whitehall und dem Strand errichtet worden sind, wo die Königin nach dem Turnier vorbeikommen wird, um in St. Paul's eine Predigt zu hören. Sie mag sich so ruhig und gelassen geben wie immer, aber wenn sie am Abend sicher in ihre Gemächer eskortiert worden ist, werden Walsingham, Burghley und Leicester einen der nervenzermürbendsten Tage ihres Lebens überstanden haben. Walsingham hat ihr zugeredet, auf die öffentliche Prozession zu verzichten, aber sie hat darauf bestanden, dass ihre Untertanen sie sehen müssten – majestätisch, stolz, stark und unbeeindruckt von Bedrohungen durch Planeten und Katholiken.

Wir klettern von der Tribüne hinab; ein schwieriges Unterfangen bei so vielen anderen Zuschauern, die sich alle beeilen wollen, um einen Platz entlang der Prozessionsstrecke zu ergattern und die Königin möglichst gut sehen zu können.

»Marie hätte dieses Schauspiel gefallen«, bemerkt Castelnau, als wir langsam vorwärtsschlurfen, wobei wir von allen Seiten von wohlhabenden Bürgern in kostbaren Pelzen angerempelt werden.

»Ihr müsst sie sehr vermissen«, murmele ich. Wir stehen so eng beieinander, dass ich spüre, wie sich seine Brust hebt und senkt, als er seufzt.

»Es war das Beste für alle, dass sie nach Paris zurückgekehrt ist. Als sie Throckmorton und Howard verhafteten, wusste ich, dass sie als Nächstes an unsere Tür klopfen würden. Ich hatte das Gefühl, größere Chancen zu haben, die Botschaft von jeglichem Verdacht reinzuwaschen, wenn Marie nicht befragt werden könnte. Außerdem«, er blickt sich um und dämpft die Stimme, »hat sich meine Frau schon lange von mir entfernt, auch wenn wir unter einem Dach leben. Es war ein Fehler, sie herkommen zu lassen. Ich bezweifle nicht, dass es andere in Salisbury Court gibt, die ihre Abwesenheit mehr schmerzt als mich.«

Ich schiele über meine Schulter zu Courcelles, der durch eine Handvoll Menschen von uns getrennt ist. Er fängt meinen Blick auf und starrt mich mit dieser mürrischen, trotzigen Miene an, die er seit Maries Abreise ständig zur Schau trägt. Ich frage mich, ob Castelnau weiß, dass er seine Frau direkt in die Arme des Herzogs von Guise zurückgeschickt hat, dessen Ehrgeiz zweifellos nur vorübergehend gedämpft worden ist. Ich könnte darauf wetten, dass Courcelles es mit Sicherheit weiß und der Gedanke daran ihn jeden Tag peinigt.

»Wir können uns trotzdem glücklich schätzen, Bruno«, sagt Castelnau in einem Ton, als müsse er sich selbst überzeugen. »Ich muss gestehen, dass mein Gespräch mit Francis Walsingham der unangenehmste Moment meiner Karriere war. Wie ich befürchtet hatte, scheinen sie Throckmorton schon eine ganze Weile beschattet zu haben, und wir wissen noch nicht, wie viele der Briefe, die er beförderte, abgefangen worden sind. Aber bislang hat man mich noch nicht konkret beschuldigt. Ich schätze, ich bin sehr glimpflich davongekommen«, fügt er hinzu. Seine Stimme zittert leicht.

Glimpflicher, als er ahnt, denke ich; als Throckmorton verhaftet und die Liste sicherer Häfen und Namen bei ihm gefunden wurde, trug er auch Castelnaus letzten unvorsichtigen Brief an Maria bei sich, in dem er ihr seine Loyalität versicherte. Nur meine Argumente zu seinen Gunsten und das Widerstreben der Königin, einen diplomatischen Sturm zwischen Frankreich und England auszulösen, haben den Botschafter vor ernsteren Konsequenzen bewahrt.

»Maria war immer klug genug, den Komplott zu ihrer Befreiung nie schriftlich zu bestätigen«, versichere ich ihm. »Sollen sie doch zu dem Schluss kommen, dass das Ganze eine kühne Fantasie war, die ihre Anhänger in Paris sich zusammengebraut haben. Hätten sie irgendetwas gegen Euch in der Hand, hätten sie es schon benutzt.«

Er schüttelt den Kopf und presst die Lippen zu einem schmalen Strich zusammen.

»Sie haben gerade erst angefangen, den armen Throckmorton in die Zange zu nehmen. Ich wage gar nicht, daran zu denken, was sie ihm antun und was noch alles herauskommen könnte. Wenn König Henri in die Sache hineingezogen würde, Bruno – könnt Ihr Euch vorstellen, was das für Folgen hätte?«

Ich kann mir nur zu gut vorstellen, was geschehen würde, wenn der französische König von der Königin von England erfährt, dass sein Botschafter in ein Guise-Komplott mit dem Ziel, sie zu stürzen, verstrickt war. Aber andererseits dürfte

König Henri vollauf damit beschäftigt sein, die Pläne des Herzogs bezüglich seines eigenen Throns zu durchkreuzen, überlege ich, dann klopfe ich Castelnau auf die Schulter und murmele ein paar beschwichtigende Worte.

»Und das alles, weil ich meiner Frau nichts abschlagen kann«, bemerkt er bitter. Ich könnte ihm sagen, dass er da nicht der Einzige ist, aber ich bezweifle, dass ihm das ein Trost wäre. »Sie dachte, Ihr wärt es«, fügt er hinzu, als er sich zu mir umdreht.

»Ich wäre was?«

»Der Verräter in unserer Mitte – sie und Courcelles waren davon überzeugt, dass Ihr uns hintergangen habt. Aber wisst Ihr, worauf ich sie hingewiesen habe?«

»Ja?« Ich bemühe mich, keine Gefühlsregung erkennen zu lassen.

»Ich habe gefragt: Wo ist Archibald Douglas? Eh?« Sichtlich zufrieden mit seinen eigenen Fähigkeiten, Schlussfolgerungen zu ziehen, versetzt er mir einen leichten Rippenstoß. »Seit den Verhaftungen hat ihn niemand mehr gesehen oder von ihm gehört. Da liegt die Antwort. Und er gehört zu den Männern, deren Loyalität man für einen Schilling kaufen kann. Meint Ihr nicht auch?«

»O doch.«

»Nein, ich habe ihm nie getraut. Und dann ist William Fowler unter dem Verdacht, diese Mädchen am Hof ermordet zu haben, verhaftet worden, obwohl ich mir nicht erklären kann, welchen Grund sie zu dieser Annahme haben. Ich habe ihn immer für einen ruhigen, sanftmütigen Mann gehalten. Und wer weiß, was er ihnen auf dem Streckbett alles erzählt.« Er stößt zischend den Atem aus. »Ich werde hier in England noch lange Zeit in Angst vor Anschuldigungen leben, Bruno. Das ist vermutlich der Preis dafür, kein reines Gewissen zu haben.

Aber eines sage ich Euch – ich werde nie wieder mich oder die Botschaft Seiner Majestät in solche geheimen Intrigen hineinziehen lassen, egal wer mich dazu zu überreden versucht.« Er seufzt tief. »Manchmal bezweifle ich, dass es überhaupt möglich ist, hinter der Fassade, die ein Mann der Welt zeigt, sein wahres Gesicht zu erkennen.«

Ich grunze zustimmend und senke den Kopf, um ihm nicht in die Augen sehen zu müssen.

Als wir uns dem Ende des Turnierfeldes nähern, entsteht Unruhe in der Menge; die Leute murren lautstark, weil jemand versucht, sich unter Einsatz der Ellbogen zum Tor durchzudrängen. Sowie der Mann sich auf einer Höhe mit uns befindet, dreht er sich um, und ich erkenne den spanischen Botschafter Mendoza. Hinter dem schwarzen Bart wirken seine Züge wie aus Granit gemeißelt. Er sticht Castelnau mit einem behaarten Zeigefinger fast in das Gesicht.

»Mein Herrscher ist empört«, zischelt er durch die Zähne.

Castelnau strafft sich würdevoll.

»Wann ist er das nicht?«

»Ich bin aufgefordert worden …« Mendoza senkt die Stimme. Vor Anstrengung, seine Wut zu unterdrücken, läuft sein Gesicht dunkelrot an. »Ich, Don Bernadino de Mendoza, bin aufgefordert worden, einem Komitee von Kronratsmitgliedern wie ein Schuljunge Rede und Antwort zu stehen! Ihr auch?«

»Noch nicht«, erwidert Castelnau gleichmütig, als wir durch das Tor auf die Straße hinaustreten, wo Beamte und bewaffnete Wachposten uns anweisen, in ordentlichen Reihen unsere Plätze hinter den Barrieren einzunehmen.

»Die Königin beschuldigt König Philip, sich gegen sie verschworen zu haben«, fährt Mendoza erregt fort. »Ist Euch klar, dass ich deswegen des Landes verwiesen werden könnte?«

»Dasselbe Schicksal könnte mir drohen.«

»Aber ich wüsste nicht, dass Ihr verhört worden seid. Und trotzdem war es jemand in Salisbury Court, der Walsingham unsere Pläne verraten hat.«

»Walsingham hat Throckmorton verhaftet. Sie haben sein Haus durchsucht. Soweit ich weiß, hat er ebenso viele Briefe zwischen Euch und Maria hin und her befördert wie zwischen mir und ihr. Es ist denkbar, dass die Euren weniger vorsichtig verfasst waren.« Castelnau bleibt bemerkenswert ruhig. Mendozas Barthaare stellen sich auf, und er funkelt mich finster an.

»Ich bin nicht derjenige, der einen bekannten Gegner der katholischen Kirche unter seinem Dach beherbergt hat. Ich habe es Euch schon einmal gesagt, Michel – Ihr lasst Euch zum Narren halten. Wenn ich aus England verbannt werde, wird mein Herrscher dafür sorgen, dass Ihr und Euer König einen hohen Preis dafür bezahlt.«

Ich hole gerade tief Luft, um mich hitzig zu verteidigen, als mein Blick auf die Menge auf der anderen Straßenseite fällt und mein Herzschlag kurz aussetzt – ich bin sicher, ihn in der Masse der Gesichter ausgemacht zu haben, nur für den Bruchteil einer Sekunde lang: das spöttische Grinsen unter der alten, speckigen Kappe, das lakonische Zwinkern, und dann ist er fort, vom Menschenmeer verschluckt worden. Ich kneife die Augen zusammen, versuche ihn wiederzufinden, kann ihn aber nirgendwo mehr entdecken und frage mich endlich, ob sein Gesicht nur eine Ausgeburt meiner nächtlichen Albträume war. Aber ich darf kein Risiko eingehen, also ducke ich mich hinter Castelnau, kämpfe mich durch das Gewühl verärgerter Zuschauer und packe den ersten Wachposten, auf den ich treffe, am Ärmel.

»Sucht Walsingham«, keuche ich, dabei schüttele ich ihn leicht.

»Eh? Wer seid Ihr? Lasst mich sofort los!« Er macht Anstalten, seinen Spieß zu senken, und ich hebe rasch beide Hände.

»Bitte – Ihr müsst sofort zu Sir Francis Walsingham gehen. Sagt ihm, Douglas ist hier. Und sagt ihm, die Königin darf sich keinesfalls auf dieser Straße blicken lassen – Ihr müsst ihn so schnell wie möglich benachrichtigen. Sie schwebt in Lebensgefahr! Richtet ihm aus, der Italiener hätte es gesagt.«

Er schaut mich für kurze Zeit verwirrt an, solange er überlegt, ob er meine Worte ernst nehmen soll. Ich nicke mehrmals nachdrücklich, um ihn zum Handeln zu bewegen. Endlich hebt er seinen Spieß und ruft laut: »Macht Platz, Leute! Macht Platz, rasch!«

Bis ich davon überzeugt bin, dass er die Botschaft ausrichten wird, habe ich Castelnau und Mendoza aus den Augen verloren. Ich mische mich unbemerkt unter die anderen Zuschauer, mein Blick wandert von Gesicht zu Gesicht, und meine Hand ruht unter meinem Umhang wie immer auf dem Griff meines silbernen Messers.

Später stehe ich, den Kopf in den Nacken gelegt, im großen Hof von Whitehall Palace und atme die frostige Luft ein, während ein Feuerwerk orangegoldene Funken am tintenblauen Himmel aufleuchten lässt; einen Regen bunten Feuers, der kurz aufflammt und dann verraucht und der die Gäste wie entzückte Kinder quieken und kreischen lässt. Dieses Schauspiel ist der Höhepunkt des heutigen Festes; sowie es vorüber ist, werden wir uns in die große Halle zurückziehen, um eine Reihe von Theaterszenen anzuschauen, die alle von Elisabeths Größe handeln, und sie mit verschiedenen mythischen Heldinnen vergleichen. Ich wollte eigentlich nach Hause gehen, aber das hat Castelnau nicht zugelassen, sondern mir klargemacht, dass es gilt, absolute Untertanentreue an den Tag zu legen, solange er gezwungen ist, erneut um ihre Gunst zu kämpfen. Aber Elisabeth ist noch am Leben, und das allein ist schon ein

Grund zum Feiern. Die Prozession fand – wenn auch dank meines Eingreifens etwas verspätet – auf ihr Betreiben hin statt und verlief ohne Zwischenfälle, und dem Lärm zahlreicher Gelage in den Straßen sowie dem unaufhörlichen Glockengeläut nach zu schließen bekunden ihre Untertanen ihr in trauter Einigkeit lautstark ihre Verehrung. Vielleicht war Douglas ja heute gar nicht hier; vielleicht werde ich mir von nun an ständig einbilden, sein Gesicht in der Menge zu sehen, werde so schreckhaft und nervös werden wie der arme Léon Dumas – und man hat ja gesehen, wo das hingeführt hat.

Ich spähe durch das Funkenmeer zu dem dahinterliegenden unendlichen Himmel empor. Die Nacht ist klar, und die Sterne leuchten so hell, dass sie zu pulsieren scheinen. Was würde ich benötigen, um die Entfernung zu ihnen zu berechnen?, überlege ich.

»Wie viele neue Welten hast du entdeckt, Bruno?«

Aus meinen Gedanken gerissen fahre ich herum und sehe Sidney mit einem Becher Wein in der Hand an der Wand lehnen. Schuldbewusst blicke ich mich um, aber Castelnau ist nicht in der Nähe.

»Unendlich viele«, murmele ich, während sich meine verkrampften Muskeln entspannen.

»Wo ist denn Gott zu finden, wenn es kein Universum von Fixsternen gibt?« Er dämpft seine Stimme zu einem Flüstern. »Hinter dem Ende des Kosmos?«

»Ein unendliches Universum hat kein Ende, das solltest sogar du begreifen«, gebe ich grinsend zurück.

»Wo ist er dann? Hinter den Sternen?«

»Oder vielleicht in ihnen. In den Sternen und den Planeten und dem Regen und den Steinen unter unseren Füßen und in uns. Oder nirgendwo.«

»Du tätest gut daran, solche Ideen nicht in dein Buch aufzunehmen«, erwidert er. »Ihre Majestät kann es nämlich kaum erwarten, es zu lesen.«

»Wie bitte?«

Er lacht. »Das ist deine Belohnung, mein Freund. Walsingham hat ihr erzählt, dass du ein Buch über das Firmament schreibst. Sie wünscht, dass du eine Kopie davon binden lässt und sie ihr persönlich am Hof überreichst.« Er klopft mir auf die Schulter und hält mir seinen Becher hin. »Ihre Majestät ist eine ungewöhnlich gebildete Frau, wie jeder weiß, aber trotzdem wünsche ich ihr viel Glück, wenn sie versuchen will, deine Theorien nachzuvollziehen.« Erneut blickt er zu dem mit Sternen übersäten Himmel auf. »Wenn ich mir auch nur eine Minute lang ein Universum ohne Ende vorstellen müsste, würde mein Gehirn wahrscheinlich überhitzen und explodieren.«

»Dann riskier es erst gar nicht.« Ich trinke einen Schluck und gebe ihm den Becher zurück. »Bitte richte ihr und Walsingham meinen Dank aus. Ich fühle mich sehr geehrt.«

»Das solltest du auch. Ein solches Interesse seitens der Königin wird dein Buch zum Hauptgesprächsstoff an allen Akademien machen. Versuch nur, nichts allzu Aufrührerisches zu Papier zu bringen.«

»Du kennst mich doch, Philip.«

»Eben, daher die Warnung. Sie wird ihre Gunst keinem Schriftsteller gewähren, der andeutet, dass es keinen Gott gibt, egal wie oft du ihr das Leben retten magst.«

Ich bestätige dies mit einem Nicken, und dann stehen wir lange da und betrachten die unbekannten Weiten über uns.

»Es hat mir leidgetan, von Dees Abreise zu hören«, bemerkt er endlich. »Ich hatte keine Gelegenheit mehr, mich von ihm zu verabschieden. Den alten Geisterbeschwörer werde ich vermissen.«

»Ich auch«, seufze ich. »Er hat sich ja nichts zuschulden

kommen lassen, sondern ist nur auf die falschen Leute hereingefallen. Der Wahrsager Kelley hatte letztendlich nichts mit den Morden zu tun. Ich hatte mich nur in etwas verrannt, weil ich ihn unbedingt damit in Verbindung bringen wollte. Manche Dinge beruhen eben ganz einfach auf Zufällen.«

»Doch Leute, die von Angst vor Planeten und Prophezeiungen beherrscht werden, werden das nicht glauben. Dee war schon vor diesen furchtbaren Ereignissen eine zu umstrittene Persönlichkeit, um am Hof toleriert zu werden.« Sidney fährt sich seufzend mit der Hand durch das Haar. »Sein Drang, Verbotenes zu erforschen, wird seinen Untergang herbeiführen, fürchte ich. Genau wie den deinen, *amico mio*.«

Er dreht sich zu mir und drückt flüchtig meine Schulter. Für eine Weile betrachten wir wieder schweigend den Himmel.

»Würdest du nicht auch alles dafür geben, durch das Universum reisen und entdecken zu können, was sich dort verbirgt, Philip?«

»Alles – außer meiner Seele«, versetzt er trocken. »Deiner Frage nach zu urteilen hast du noch nicht aufgegeben, oder? Du glaubst wie gehabt, dass Howards Buch dir das ermöglichen kann?«

»Howard ist davon überzeugt, dass es ihm Unsterblichkeit verleiht.«

»Wenn er wegen Verrats angeklagt wird, könnte es für ihn zu spät sein, das zu erproben. Wo ist das Buch denn jetzt?«

»Ich weiß es nicht. Das kann uns nur Howard sagen. Oder sein Neffe.«

Sidney dreht sich um und sieht mich an. Das Feuerwerk ist beendet, und die Fackeln in den Haltern rings um den Hof bilden jetzt die einzigen Lichtquellen. Schatten tanzen über sein Gesicht.

»Du hast dir schon fest vorgenommen, es zu suchen, nicht

wahr?« Als ich nichts darauf erwidere, schlägt er sich mit der Hand gegen die Stirn und tritt einen Schritt zurück. »Beim Blut Christi, Bruno – verabschiede dich von dieser fixen Idee, ja? Die Königin und ihre wichtigsten Minister stehen in deiner Schuld, du hast ein Einkommen und die Muße, ein Buch zu schreiben, das wie das von Kopernikus in ganz Europa Wellen schlagen wird. Davon hast du doch immer geträumt, oder?«

Ich bestätige dies mit einem leichten Kopfnicken.

»Na also! Wirf das nicht alles um einer Illusion willen fort. Howard hat schon versucht, dich und Dee wegen dieses Buches zu töten, und ich kann nicht rund um die Uhr auf dich aufpassen.«

»Schon gut, ich weiß ja, dass du Recht hast.«

»Versprichst du mir, dass du nicht versuchen wirst, das Buch des Hermes in deinen Besitz zu bringen? Dort, wo Henry Howard jetzt ist, hat er keine Gelegenheit, es zu studieren, und der Earl of Arundel ist zu fromm und zu feige, um einen Blick hineinzuwerfen, falls er es in Verwahrung hätte. Niemand kann es beschädigen oder zerstören. Also versuch nicht, es aufzuspüren.«

Ich zögere. Sidney droht mir mit einem Finger und setzt eine schulmeisterliche Miene auf.

»Na schön.«

»Gut so. Und jetzt sollte ich mich wohl besser auf die Suche nach meiner Frau machen. Es gibt noch immer kein Anzeichen für einen Erben«, fügt er hinzu, als könnte er nicht verstehen, warum niemand dieses Problem für ihn löst. »Nicht, dass wir uns nicht alle Mühe geben würden. Hier, trink das aus, ich hatte schon genug.«

»Tut mir leid, das zu hören«, beteuere ich, als er mir den Becher reicht. »Aber ihr seid ja erst zwei Monate verheiratet.«

»Ha! Mehr als Zeit genug, um den Sidney-Samen Wirkung zeigen zu lassen!«

Ich verziehe das Gesicht, er lacht und klopft mir ein weiteres Mal auf den Arm, dann wendet er sich zum Gehen. »Vergiss nicht, was ich dir gesagt habe!«, ruft er mir zu. »Ich habe dein feierliches Versprechen.«

Ich bleibe in dem sich allmählich leerenden Hof zurück, blicke wieder nach oben, wobei ich den Kopf so weit wie möglich in den Nacken lege, und stelle mir vor, das gesamte Universum würde sich wie ein Rad mit mir als Achse um mich drehen. Ich habe überhaupt nichts versprochen, und als ich verfolge, wie eine Sternschnuppe, ihren Schweif nach sich ziehend, im Dunkel verglüht, rufe ich mir den weichen Ledereinband, die steifen alten Seiten und die verschlüsselten Wahrheiten in einem geheimen Buch ins Gedächtnis, das mir vielleicht eines Tages enthüllen wird, was sich hinter den sichtbaren Welten in den rätselhaften Weiten der Unendlichkeit verbirgt. Während ich nach oben starre, explodiert ein letzter Feuerwerkskörper, und ein leuchtend roter Funkenschauer ergießt sich wie ein feuriger Regen über den Himmel, sodass er für einen Augenblick mit der Farbe des Blutes besudelt ist.